新编21世纪中国语言文学系列教材

外国文学简编

（欧美部分）

第七版

A Concise History of European and American Literature

主　编　朱维之　赵　澧　黄晋凯
副主编　杨恒达

中国人民大学出版社
·北京·

内容简介

三十余年学术积淀，七度精心修订易稿，累计印数已逾二百万册。

这是一部经受时间考验又不断追踪学术前沿，受到一代又一代读者广泛欢迎的精品教材：

● 全书分三编十三章，以时序为经，以思潮为纬，精要阐述欧美文学自古代至21世纪初的发展。

● 历史勾勒清晰，注意承传关系。

● 以点带面，重点突出，分析深透。

● 思考题启迪创造性思维，阅读书目强调注重文本，既宜于启发性讲授，又宜于系统性自学。

第七版对全书再次作了认真修订，除订正讹误外，继续淡化此前编写留下的历史局限，努力吸收学界最新的研究成果，并通过对作家专节的增删，将涵盖历史适度向21世纪延展，从而使教材更具时代性和生命力。

2015年修订版（第七版）
编委会和执笔者名单

主　编：朱维之　赵　澧　黄晋凯（执行）

副主编：杨恒达

编　委：陈　惇　李明滨　徐京安　黄晋凯　杨恒达

执笔者：北京大学：孙凤城　李明滨　罗经国

中国人民大学：王以培　杨恒达　杨慧林

赵　澧　徐京安　黄晋凯

北京师范大学：匡　兴　刘象愚　陈　惇　高建为

首都师范大学：曹淑芬

中国社会科学院研究生院：康　林

北方工业大学：杜宗义

南开大学：朱维之　任子峰

天津师范大学：安守礼　许桂亭　何文林

天津电视大学：张鸿榛

内蒙古大学：陈寿朋

内蒙古师范大学：李广博

山西大学：戴屏吉

安徽师范大学：孙慧芬

北京外国语大学：李德恩

1980年版（初版）
编委会和执笔者名单

主　编：朱维之　赵　澧

编　委：朱维之　匡　兴　陈　惇　陈寿朋　李广博
　　　　李明滨　赵　澧　徐京安　黄晋凯　曹淑芬

执笔者：北京大学：李明滨　罗经国
　　　　中国人民大学：杨恒达　赵　澧　徐京安　黄晋凯
　　　　北京师范大学：匡　兴　刘象愚　陈　惇
　　　　北京师范学院：曹淑芬
　　　　南开大学：朱维之　任子峰　崔宝衡
　　　　天津师范大学：安守礼　许桂亭
　　　　河北大学：何文林　张鸿榛
　　　　河北师范大学：严金华
　　　　河北师范学院：王成化　张宪周　康　林
　　　　内蒙古大学：杜宗义　陈寿朋
　　　　内蒙古师范大学：白斯古楞　李广博　雷成德
　　　　山西大学：黄月华　戴屏吉
　　　　山西师范学院：张钦尧
　　　　安徽师范大学：孙慧芬
　　　　江西师范大学：刘国屏

2015年修订版（第七版）说明

本次修订，对全书进行了认真审读、修改，纠正了个别谬误，修正补充了某些观点，并对作家专节作了增删：

1. 删去原中编第九章第三节“鲍狄埃”。

2. 下编第十三章增加第八节“米兰·昆德拉”。

3. 下编第十三章增加第九节“略萨”。

为使本书修订工作能够持续完善，原编委会在京成员一致推举杨恒达教授出任本书副主编。

本次修订由原编委会在京成员陈惇、李明滨、徐京安、黄晋凯及杨恒达讨论决定修订方案，分头审读修改，最后由杨恒达负责定稿。

中国人民大学出版社促成本次修订，黄海飞编辑提供了宝贵意见，做了许多协调工作，在此一并表示感谢。

编　者

2014年5月

目　录

下编　20 世纪文学

导 言

一

任何民族，任何时代的文学，都是全人类共同的精神财富。优秀的文学作品，自有某种难以阻隔的穿透力，跨越疆界，跨越历史，进入一代又一代人的视野，启迪人们的智慧，滋润人们的心灵，陶冶人们的性情。

在多元文化共存的世界里，文学作为一种十分活跃、敏感而又内涵丰富的重要文化形态，在国家与国家之间，民族与民族之间，扮演着“形象大使”的角色，对促进彼此的了解和认知起着无可替代的作用。进入21世纪，人们越来越渴望以对话、交流和理解来取代隔阂、对抗和敌视，文学的沟通功能势必将日益彰显，不断发挥其独特的作用。

中华民族素有兼容并蓄、海纳百川的广阔胸襟，但也有过夜郎自大、作茧自缚的不光彩记录。历史的正反经验昭示我们，以开放的心态，对异域优秀文化进行批判性借鉴和吸取，是唯一明智的选择。这对提高全民族的整体素质和建设社会主义新文化，都具有极为重要的意义。

近些年来，人文教育受到普遍重视。在商品经济和物质主义的大潮下，高尚精神的培养和完美人格的塑造，越发显示出其重要性和迫切性。在这一方面，外国文学的学习和阅读，将有助于人们拓展精神视域，丰富情感世界，提高文化品位，领悟多向的思维方式，从而促进人的健康成长和全面发展。欧美文学对人本体始终不渝的探索追问，为我们认识自身、关注人的命运，提供了有益的思想资源。

“世界文学”的观念业已深入人心，各民族文学在相互交流和碰撞中发展，已成不可逆转之势。20世纪的历史雄辩地证明，对外来文化的广泛吸取，有力地促进了我国新文学的萌动和成长。信息时代的到来，更为文学的传播和互动，开启了便捷的通道。今日中国的文坛，外国文学已成为不可或缺的组成部分，其影响也在与日俱增。为此，不断深化对外来文化的研究，不断强化“为我所用”的自觉意识，便成了我们文化工作中的一项重要任务。

二

文学史，顾名思义，是文学发展的历史。它记录着过往发生的文学现象，潮起潮落，星移斗转；它带领人们徜徉在五光十色的历史长河，品味历代的溢彩华章，探寻个中生成发展的规律。

欧美文学，由于地理、历史、语言、文化、社会、宗教、政治、经济、习俗等诸多因素的特殊关系，形成了相对统一的发展轨迹和思想体系，并在世界文学中占据着重要地位。从公元前11世纪开始至今3 000多年间，欧美文学史，群星璀璨，佳作迭出，令人叹为观止，是一座无以穷尽的宝藏。

古希腊罗马文学，是欧美文学一个辉煌的起点。它一起步就以丰富的想象力和哲理性思考，以及对人的命运的特别关注而引人瞩目；它创造的多种文学样式均达到了几近成熟的水平，理论体系的创建更显示了古代哲人的高超智慧。凡此种种，都对后世文学产生了极大的影响。

中世纪是争议最多的一段历史。人们以"中"为其标志，是把它看做从古代到近现代的过渡。而漫长的中世纪正是希伯来文化和希腊文化在冲突交融中形成"基督教欧洲"的过程，其无疑是欧洲文化史乃至西方文化史上一个重要的转折点，尽管文学成就略逊风骚，其深远意义却是不容忽视的，对它的研究也越来越走向深入。

文艺复兴时期被称为"巨人的时代"。它产生了巨人式的作家，也产生了巨人式的艺术形象，形成了一个新的高峰。作为对古代的呼应和发展，人的力量得到了更充分的展示，人的本质得到了更深入的开掘。理性，成为人们挑战神学权威和揭露封建蒙昧的有力武器；人文主义的光芒，照亮了此后文学发展的道路。

17世纪、18世纪的文学，继续着文艺复兴的传统，进一步发挥了理性的威力，为社会大变革推波助澜。启蒙思想家们对"自由、平等、博爱"的追求，更显示了对旧秩序的强大冲击力，并演绎为其后西方世界的价值理念。

19世纪是给人类带来现代文明和文化的世纪，文学也出现了普遍的高度繁荣。以地域论，文学大国已从西南欧扩展到东欧和北欧，甚至跨洋过海，影响远播美洲大陆；以创作论，贯穿文学史的两大创作方法——浪漫主义和现实主义，得到了最充分的展现，达到了近乎完美的境地，各种体裁均取得了长足的发展，诗歌和长篇小说的成就尤为突出。

20世纪的文坛，色彩斑斓，令人目迷。非理性主义导演下的诸多流派此消彼长，争奇斗艳，汇成现代主义大潮。现实主义与现代主义的相互冲突、相互渗透，为文学的发展提供了新的活力。社会主义实践的坎坷历程，使新文学的探索同样有着喜忧参半的不平凡经历。刚过去的20世纪，给我们留下了许多未解之谜，使我们的研究尚存有很大的提升空间。

文学史不完全等同于可作线性描述的一般历史，也不应是静态的现象罗列。如接受美学的奠基人姚斯所言："文学的历史性在历时性和共时性的交叉点上显示出来。"① T. S. 艾略特也曾指出："从荷马以来欧洲整个的文学及其本国整个的文学有一个同时的存在，组成一个同时的局面。"② 一部文学作品，既是特定历史时期的产物，又受到历代的选择和评说，更依赖于当代人的解读阐释，因此，任何一部文学史都必然既是历史的积淀，又融进当代人的主观投影和审美观照，而中国人编撰的外国文学史，也必然会体现中国人的特殊视角。

---

① ［德］姚斯：《走向接受美学》，见［德］姚斯、［美］霍拉勃：《接受美学与接受理论》，96页，沈阳，辽宁人民出版社，1987。

② ［英］艾略特：《传统与个人才能》，见《象征主义·意象派》，105页，北京，中国人民大学出版社，1989。

以历史唯物主义和辩证唯物主义为指导，将文学现象、作家、作品置于一定的社会历史背景下进行考察，是我们坚持的基本方法。20 世纪涌现的多种批评模式，也为我们开拓了广阔的思路。这使我们意识到，文学史的研究永远不会有绝对意义上的终点。

三

《外国文学简编》分为“欧美部分”和“亚非部分”两卷，是为高校中文系、外文系外国文学课程编写的教材，也适用于文学爱好者自学。本卷为“欧美部分”，共分三编十三章。既然是教材，就需要考虑教学的实际，从总量的衡定到体例的安排，从史的知识面到重要作家、作品的选择评析，从思考题的设置到阅读书目的列举，我们都力图贴近教学的需求。

教材是教学的基础，但也仅仅是基础而已。它为教师与学生提供的只是一个基本的知识框架，真正对学科的把握，尚需最大限度地调动师生的能动性和创造性。

文本。作品是文学史构成的基本单元，没有作品，也就无所谓“文学”，更遑论“史”。但是，近些年来，浮躁之风弥漫学府，青年学子多喜高谈阔论，而淡漠于潜心阅读，致使文学史教学几成无源之水。课程讲完，学生却未读几本名著的怪现象屡见不鲜。以背读教材作为学习的捷径、应付考试的秘方，是违背文学史学习规律的，也违背了教材编写者的初衷。为此，本版增列了“阅读书目 100 种”。尽管我们知道，学生在有限的时间内不可能“照单全读”，但希望至少可以起到些许促进作用。

对话。阅读就是一种默默的对话，是心与心的交流，是体验作家的体验。对话本身就是在筛选、在抉择、在吸纳，也是在诠释、在演绎、在丰富。人们越来越清楚地意识到，没有读者的介入，没有他人的参与，文学作品只能是档案馆里的“文献”，就算价值再高，也永远得不到完整意义上的实现。相反，随着一代代各民族受众的读解，历史上的经典会不断释放出新的能量，从而获得愈加充溢的生命力。

问题。任何学科的形成和发展，对任何学科的把握和深入，都离不开问题的提出和回答。诘问和反诘，应当成为学习研究中的贯穿意识。文学，是一门涵盖面极广的学科，它蕴含着从人生、社会到哲思、艺术等各层面的问题。有问未必有答，答案未必就是真理，但人们相信，问题的提出就是向真理的靠近。

比较。我们是将欧美文学作为整体来考察的。对总体思潮演进的把握和对代表性作家的选择，都力图站在世界文学的高度来进行。但“求同”亦需“存异”，对不同民族、不同作家、不同文学现象的评析中就隐含着比较的因素。如果在学习研究中，更自觉地拓展跨民族、跨学科、跨文化的视野，就定将使探索更上一层楼。

上编

古代至18世纪文学

绪 语

古希腊罗马文学是欧美文学的辉煌起点：美丽的神话、英雄的史诗、多彩的戏剧、体系化的理论，以及贯穿其中的人本思想，都足以使其傲立于世界文化之林。其想象力之丰富，哲理性之深邃，令人叹为观止，成为后人宝贵的思想资源。

古代与近代之间的一个漫长“过渡期”（5至17世纪）——统称“中世纪”。这是东方的希伯来文化和西方的希腊文化（国人俗称“两希文化”）冲突交融的时期，标志着欧洲进入了基督教文明，是为西方文化史的重要转捩点。世俗文学与宗教文学并存，基督教影响日增，逐渐形成统辖之势；民族独立的进程，伴随着民族语言的规范化和民族文学的兴盛。

中世纪后期（15至17世纪）的文艺复兴是欧美近代文学史的发端，是又一个令世界瞩目的文化高峰。它以“再生”（复兴）古代文化为旗号，再一次展示人的力量、探求人的本质、促进人的解放。以理性为核心的人文主义，挑战神学权威和封建蒙昧，冲破重重精神禁锢，造就了文学艺术的大发展、大繁荣。巨人式作家和巨人式艺术形象的出现，成为这一历史时代的重要标志。

17世纪、18世纪文学主流是文艺复兴传统的继续和变异。17世纪的古典主义，进一步倡导复古、仿古，作家多取古代题材以传达今人情感，并把古人的艺术法则奉为圭臬；唯理主义的倾力推崇，不仅左右着艺术作品的内容取舍和思想倾向，甚至还直接作用于创作方法的确立和规范。

18世纪的启蒙文学是启蒙运动的重要组成部分。作家们更自觉地把文学视为启迪大众的工具，更自觉地把理性作为评价社会生活的唯一尺度，因而其思想锋芒尖锐，批判力度强劲，也创造出许多与之相适应的文学样式，为下一世纪文学的繁荣作了有力的铺垫。

第一章
古代文学

第一节 概 述

古代希腊和古代罗马是欧洲文学的发源地。古希腊位于欧洲南部，包括今巴尔干半岛南部、小亚细亚西岸和爱琴海中的许多岛屿。它的海湾、岛屿较多，航海业发达，因此和其他地区，特别是同埃及等古代东方各国容易发生商业、文化等方面的联系。这些文明古国对古希腊文化，并通过古希腊对古罗马文化的发展产生过积极的影响；古希腊、罗马文化发展后，又反过来给东方各国文化以影响。古罗马城邦位于意大利半岛上，在地中海中央。公元前 1 世纪到公元 2 世纪发展成为地跨欧、亚、非三洲的大帝国。希腊在公元前 8 世纪以前处于氏族公社制时期，此后，随着生产的发展，约在公元前 8 世纪至公元前 6 世纪之间，最早的阶级社会——奴隶社会在希腊建立起来。稍后，奴隶制度也在古罗马形成。

古希腊、罗马文学是奴隶社会的产物。正如恩格斯所说："只有奴隶制才使农业和工业之间的更大规模的分工成为可能，从而使古代世界的繁荣，使希腊文化成为可能。没有奴隶制，就没有希腊国家，就没有希腊的艺术和科学；没有奴隶制，就没有罗马帝国。没有希腊文化和罗马帝国所奠定的基础，也就没有现代的欧洲。"①

古希腊、罗马奴隶社会都经历了形成、发展、繁荣和衰亡的阶段，它们的文学也随着社会的发展而经历了几个时期。古希腊文学的发展可分三个时期：(1) 早期希腊文学（公元前 11 世纪至公元前 9 世纪），当时的希腊处于氏族公社制向奴隶制过渡的时期，文学上的主要成就是神话和史诗；(2)"古典时期"的希腊文学（公元前 8 世纪至公元前 5 世纪），这是雅典奴隶主民主制的极盛时期，文学上的主要成就是戏剧和文艺理论；(3)"希腊化"时期的希腊文学（公元前 4 世纪至公元前 2 世纪），文学成就不大，只有新喜剧对后世文学有一定影响。古代罗

① 《马克思恩格斯选集》，2 版，第 3 卷，524 页，北京，人民出版社，1995。

马文学继承并模仿希腊文学，但具有自己的民族特色。它的发展过程也可分为三个时期：（1）早期罗马文学（公元前3世纪至公元前2世纪），主要成就是喜剧；（2）“黄金时代”的古罗马文学（公元前1世纪至公元1世纪），这100多年间，诗歌的成就较高，文学理论也有一定成就；（3）晚期罗马文学（公元1世纪后），这时，古罗马文学开始衰落，接着兴起的是早期基督教文学。欧洲文学有两个渊源，一个是古希腊、罗马文学，一个是早期基督教文学。前者偏重于现实和理性，后者偏重于情感、理想和心灵。

一 古希腊文学

古希腊早期文学的主要成就是神话和《荷马史诗》。希腊神话是古代希腊人民留给后世的一份丰富多彩的口头文学遗产。它同其他民族的神话一样，产生于人类社会发展的早期阶段。那时，人类在同自然的斗争中，无法科学地认识自然、战胜自然，只有借助想象征服自然力，支配自然力，把自然力加以形象化。因此，一般来讲，希腊神话同其他民族的神话一样，乃是自然现象、人类与自然的斗争以及社会生活在广大艺术概括中的反映。希腊神话经过几百年的口头流传，然后在《荷马史诗》、赫西俄德的《神谱》以及希腊的诗歌、戏剧、历史、哲学等著作中记录下来。后人根据这些零散的材料，整理出了目前通行的希腊神话故事。

希腊神话既包括神的故事，如开天辟地、神的产生和谱系、人类的起源等，也包括半神的英雄的传说。按照赫西俄德的说法，宇宙之初，首先出现的是卡俄斯（混沌）、该亚（地母，传说是混沌所生）、塔耳塔洛斯（冥土）和厄洛斯（爱神）。地母该亚从自己身上生出天神乌拉诺斯。乌拉诺斯以其母该亚为妻，生了六男六女，总名叫提坦。乌拉诺斯对自己的子女十分仇视，一生下来就把他们关在地下，不让他们看见光明。地母该亚极为愤恨，鼓动子女们起来斗争。其中只有克洛诺斯起而反抗，打败了乌拉诺斯，救出了被囚的兄弟姐妹，做了天神。克洛诺斯娶妹妹瑞亚为妻，为了防止自己被孩子推翻，他把所生的子女吞掉，但最小的儿子宙斯被瑞亚藏了起来。宙斯长大后设法让克洛诺斯吐出所有的子女，然后联合他们把克洛诺斯推翻，在奥林匹斯山上建立起一个以宙斯为家长的庞大的家族，称为“奥林匹斯神统”。

这些故事属于早期神话，反映的是希腊处于蒙昧时代的情况。在两性关系和家庭形式上，有着明显的杂交和血缘家庭的痕迹，母子或兄妹之间可以结婚。同时，女神在社会生活中起着决定性作用，在家庭关系上，也是以女性为主。这是母权社会的一种反映。另外还保留着吃人之风的残余。

至于奥林匹斯神统本身所反映的，则主要是父权社会。宙斯是众神之主，他的兄弟中，波塞冬是海神，哈迪斯是冥王。他让他的子女分管天上、人间，如阿波罗是日神，阿尔忒弥斯是猎神和月神，阿瑞斯是战神，赫淮斯托斯是铁匠神，雅典娜是智慧之神，阿佛洛狄忒是爱神，等等。他们组成了一个有组织的秩序社会，住在希腊最高的奥林匹斯山上。希腊的神与人同形同性，他们不仅在外形上与人相同，而且同人一样，有爱、有恨，好嫉妒，爱虚荣，有时还来到人间同美貌的男女谈情说爱。他们和凡人不同的地方，就在于他们长生不死，比人的力量大得多。

经过几百年的口头流传，神话经历着发展和变化。以奥林匹斯神统为例，宙斯和赫拉以兄妹结成夫妻，反映出血缘家庭制的遗习。《荷马史诗》中的神统，则是一幅氏族社会的画面。

到了希腊悲剧家的笔下，宙斯又成了贵族奴隶主的象征了。同样，普罗米修斯的神话也是比较古老的。他创造了人，并把天火盗来交给人类，触怒了宙斯，以致被钉在高加索山上，每天有恶鹰去啄食他的肝脏。这是古希腊人对原始社会中火的发明的艰苦过程的一种不自觉的艺术加工。到了希腊悲剧家的手里，普罗米修斯成了一个为了人类文明而违抗宙斯以致受到残酷迫害的英雄，成为马克思所说的"哲学日历中最高尚的圣者和殉道者"①。

神话中的英雄传说主要反映的是遥远的古代社会生活以及人与自然的斗争。在原始社会中，在对自然进行斗争时，个人是无力的，必须依靠集体的力量，共同去获取生活资料或者"防御四脚和两脚的敌人"。这时，集体的劳动英雄特别受人们的崇敬，这些古代人心目中的伟大人物乃是制造神的原料，他们往往被认为是半人半神的英雄，有的甚至擢升到奥林匹斯山上，归入诸神之列。这些英雄传说以不同的英雄为中心形成了许多系统，著名的有赫拉克勒斯建立 12 件大功的故事、伊阿宋率领众英雄取金羊毛的故事、俄狄浦斯的故事、特洛伊战争的故事等。

希腊神话中还有许多是反映古希腊人民的生活和生产知识的。如司农业的女神得墨忒尔和她的女儿珀耳塞芳涅的故事反映出古代人民对于一年时序的朴素解释。还有许多神话是反映古代人民的手工劳动的。铁匠神赫淮斯托斯是万能的制造家，他不但在奥林匹斯山上为众神修建了巍峨富丽的宫殿，为希腊军大将阿喀琉斯铸造了精致无比的盾牌，还在埃特拉工场里用银子制造了两个自动女孩替他来往送东西。这些神话都反映了古希腊人丰富美丽的幻想。

正如马克思所说："希腊神话不只是希腊艺术的武库，而且是它的土壤。"② 古希腊的诗歌、悲剧、喜剧都从神话传说中汲取题材。希腊神话成为后世文学创作取之不尽的题材来源，许多神话故事成为文学母题的根源。总之，希腊神话对后世欧洲文学的影响是难以估量的。

关于《荷马史诗》，我们将在第二节论述。

《荷马史诗》之后，出现了赫西俄德的教诲诗《田功农时》（又译《工作与时日》）。赫西俄德是公元前 8 世纪时彼阿提亚的一个自耕农。这时，氏族社会开始瓦解，阶级分化日趋尖锐。氏族贵族利用权势，把贫苦农民的土地集中到自己手里，失地破产的农民沦为奴隶，小自耕农也感到生活的艰辛。赫西俄德的弟弟珀尔塞斯凭借当地贵族的权势，要夺取他应得的父产，他便写了这首长诗劝导弟弟走正直劳动的道路，不要走巧取豪夺的邪路。诗中还反映出当时希腊农村的现实。诗人讲到人类经历了金、银、铜、英雄和铁五个时代，讲到随着时代的变迁，农民的生活每况愈下，他自己生活于其中的铁时代更是"白天是完不了的苦工和痛苦，晚间是无尽的疲劳，神还要送来烦恼"。在有名的"老鹰和夜莺"的寓言中，诗人揭示了当时氏族贵族仗势欺凌小农的现实。诗人在全诗的后部，以一个亲身参加劳动的人的亲切感，描绘出许多农村景色的生动画面，是这首诗艺术上的一大特色。

公元前 8 世纪至公元前 6 世纪间，氏族社会进一步解体。奴隶主城邦制逐渐形成。阶级分化越来越尖锐，个人意识代替了集体思想，个人的情感要求多方面的表现，于是抒情诗便代替史诗繁荣起来。抒情诗起源于民间歌谣，有琴歌、笛歌（又名哀歌）和讽刺诗等。当时作者辈出，主题多样。有的歌颂竞技的胜利者，歌颂神和政治领袖，如品达（公元前 522？—前 442）的合唱琴歌；有的制作战歌，鼓舞士气，如提耳泰俄斯（公元前 7 世纪末）的进行曲；有的歌

① 《马克思恩格斯全集》，中文 1 版，第 40 卷，190 页，北京，人民出版社，1982。
② 《马克思恩格斯选集》，2 版，第 2 卷，28 页，北京，人民出版社，1995。

颂生活、爱情和大自然，如阿那克瑞翁（公元前 550？—前 465？）和女诗人萨福（公元前 612？—前 560？）的独唱琴歌。他们的诗在艺术上都有较高的成就，对后世欧洲抒情诗的发展有较大的影响。

与此同时，古希腊民间流传着许多以动物生活为题材的小寓言，相传为公元前 6 世纪时一个名叫伊索的被释奴隶所作。但今天流传的《伊索寓言》，却是后人收集改写而成，其中还掺杂了一些后代其他民族的故事。

《伊索寓言》共收集了三四百个小故事，与抒情诗主要反映贵族奴隶主的思想感情不同，这些小故事主要是受欺凌的下层平民和奴隶的斗争经验、生活教训的总结。许多故事通过描写动物之间的关系来表现当时的社会关系，谴责社会上人压迫人的现象。例如，《农夫与蛇》劝告人们不要对敌人仁慈，《狗和公鸡与狐狸》告诉人们要善于运用智慧，战胜敌人。《狮子与鹿》、《捕鸟人与冠雀》、《两个锅》等故事则揭示了这样的道理：贪婪残暴的统治者大权在握，贫苦的人是不可能平安地生活下去的。

《伊索寓言》中有些故事还总结了古代希腊劳动人民的生活经验和智慧，其中有的长期被后人引用，成了人们熟知的典故，如《龟兔赛跑》、《狐狸与葡萄》等。但是，《伊索寓言》中也掺杂着一些消极的东西，如宣传乐天知足（《说马幸福的驴子》）、向强者妥协（《芦苇与橄榄树》）等。

公元前 6 世纪末叶，奴隶主民主制的政体在雅典确立起来。民主制的确立标志着奴隶主民主派，即新兴工商业奴隶主对氏族贵族奴隶主斗争的胜利。从这时起到公元前 4 世纪中叶，通称为希腊史的“古典时期”，其中伯里克利执政时期（公元前 443—前 429）是雅典民主政治高度发展的阶段，被称为“黄金时代”。这时，雅典民主政治的发展和经济的繁荣，带来了古希腊文学，特别是其戏剧艺术的高度繁荣。关于古希腊的戏剧，我们将在本章第三节中加以论述。

除戏剧外，这一时期在散文和文艺理论上也取得了较高的成就。古希腊的散文包括演说、哲学著作和历史著作三个方面。在雅典民主制条件下，演说的作用特别重要，许多政治家都是演说的能手，而且出现了一些有名的演说家，如吕西阿斯（公元前 459？—前 380？）、伊索格拉底（公元前 436—前 338）、狄摩西尼（公元前 384—前 322）。古希腊的历史著作也注意运用文学手法，因此许多历史著作就是优美的文学作品，如希罗多德（公元前 484？—前 425？）的《历史》、修昔底德（公元前 460？—前 400？）的《伯罗奔尼撒战争史》、色诺芬（公元前 430？—前 354？）的《远征记》等。

在文艺理论方面，主要的作家是柏拉图和亚里士多德。柏拉图（公元前 427—前 347）在政治上反对民主制，提倡贵族政治；在哲学上，他仇视德谟克利特的唯物论，创立“理念论”，成为西方客观唯心主义的始祖。他认为文艺是对具体事物的摹写，而个别、具体的事物仅是对理念或一般事物的不完全的模仿，因而文艺是模仿的模仿，是“影子的影子”，“和真理隔着三层”。他又在欧洲文论史上最早提出“灵感论”，认为诗人只有“在神灵的感召下”才能创造出不朽的作品。同时，他认为诗人“培养发育人性中低劣的部分，摧残理性的部分”，破坏“正义和其他德行”，因此，他对诗人下了逐客令，“除掉颂神的和赞美好人的诗歌以外，不准一切诗歌闯入”他的“理想国”。柏拉图曾写有对话录 40 多篇，其中最著名的有《理想国》、《斐德若》、《伊安》、《会饮》等篇。这些对话录通过对话者之间的辩论，生动而广泛地涉及各种文艺和美学问题，对后来欧洲文艺理论的发展产生了深远的影响。

亚里士多德（公元前384—前322）是柏拉图的弟子。他在文艺理论方面的主要著作《诗学》，对古希腊文学作出了理论的总结，回答了文艺创作中的一些根本问题。在文艺和现实的关系上，他认为，艺术的本质是模仿，文艺是对现实的模仿，现实世界本身是真实的，因此作为现实之摹本的文艺也是真实的。不仅如此，他还拿诗和历史作比较，认为文艺不是对现实的表面的复述，而应该描写现实中那些带有普遍性的东西。对于文艺的社会功用，他在承认艺术真实性的前提下，还肯定了艺术的认识作用。在他看来，通过艺术是能够达到对真理的认识的，因为艺术描写的是现实中带有普遍性的东西。人们通过艺术欣赏，就能够达到对现实事物真实意义的认识和了解。他在《诗学》中着重分析了悲剧，指出悲剧是对一个完整而又有一定长度的行动的模仿，以太阳运行一周的时间为限。这些观点后来被古典主义者引申为戏剧的“三一律”。总的说来，亚里士多德从总结古希腊文艺创作经验出发，为西方文艺理论中现实主义的发展奠定了基础，两千多年来产生了深远的影响。

公元前4世纪末叶至公元前2世纪中叶，从马其顿王亚历山大东侵直到希腊被罗马灭亡这期间，希腊文化传播到东方，并和东方文化相互交流。这一时期通称“希腊化”时期。这个时期的希腊文学成就不大。只有米南德（公元前342？—前291）的喜剧和一些诗人（如忒俄克里托斯）的田园诗还有些价值，对后世文学产生过一定的影响，特别是米南德的“新喜剧”[①]与古罗马的喜剧有着极为密切的关系。

二　古罗马文学

罗马氏族公社制的解体和奴隶制的形成，大约发生在公元前8世纪至公元前6世纪之间。公元前6世纪末，奴隶制的贵族共和政体建立。平民和贵族经过两个多世纪的斗争，社会进一步分化，贵族与富裕平民联合起来，形成了新贵族共和政体。罗马从公元前4世纪开始向外扩张，先后统一了意大利本土，并征服了西部地中海沿岸和意大利半岛上的大部分地区，到了公元前2世纪中叶，终于成为一个强大的国家。在向外扩张的过程中，罗马人接触到先进的希腊文化。约在公元前3世纪中叶，随着国力的强大和经济的繁荣，并在希腊文学的影响下，罗马文学开始形成。

早期罗马文学的主要成就是戏剧。罗马原来流行两种民间戏剧，即阿特拉笑剧和拟剧。后来接受了“希腊化”时期的新喜剧的影响，在公元前3世纪末到公元前2世纪中叶，出现了戏剧的繁荣。这一时期的罗马戏剧继承了希腊新喜剧以描写爱情和家庭生活为主的传统，主要是世态喜剧，代表作家是普劳图斯和泰伦斯。

普劳图斯（提图斯·玛求斯·普劳图斯，公元前254？—前184）出身平民下层，在剧院当过木工和演员，长期从事戏剧活动，据说他写过130部剧本，流传至今的有20部（另有一部残稿）。他的喜剧大都根据古希腊新喜剧改编，用的是希腊的题材，反映的却是罗马人的生活。他利用滑稽可笑的情节，揭露出当时罗马上层阶级生活的腐化和道德的败坏，以及妇女地位的卑下和婚姻的不自由，具有一定的民主倾向。他在剧中嘲笑富裕阶层，同情争取婚姻自由的男女青年和没有人身自由的奴隶。《吹牛的军人》里的奴隶巴勒斯特里奥，运用机智和勇敢，

---

① 文学史上一般把古典时期的希腊喜剧称为“旧喜剧”，把希腊化时期的希腊喜剧称为“新喜剧”。

不仅自己摆脱了一个军人的奴役，还帮助一个被军人霸占的妓女重新回到了她心爱的青年身边。

普劳图斯的喜剧以其情节巧妙、富于动作、语言生动自然、接近民间喜剧风格，深受一般观众的欢迎。与普劳图斯不同，泰伦斯（普布留斯·泰伦提乌斯·阿非尔，约公元前190—前159）则以其严肃文雅的风格，更受贵族文人的赞赏。他是一个贵族的奴隶，曾在罗马受过贵族教育，后来获释，从事戏剧创作。他只写过6部喜剧，全部流传下来，都是根据希腊新喜剧改编的。这些作品以结构谨严、语言精练和人物性格鲜明见长。在这些喜剧中，奴隶处于不被重视的地位。《婆母》是泰伦斯早期喜剧的代表作，叙写青年潘菲路斯夫妇间的一段婚姻纠葛。剧中肯定了潘菲路斯的情妇和母亲的自我牺牲精神，说明妇女同奴隶一样，应该为了爱人或儿子的利益而牺牲自己。他的后期代表作《哥儿俩》叙写两兄弟以宽容和严格两种教育方式管教子女的不同结果，说明以宽容的方式教育远比以严格的方式收效来得大。

在共和国末期，古罗马文学在诗歌和散文方面取得了较高的成就，涌现了散文家西塞罗（公元前106—前43），诗人、哲学家卢克莱修（公元前98？—前55）和抒情诗人卡图鲁斯（公元前87？—前54？）等。

公元前3世纪至公元前2世纪期间罗马对外扩张的胜利和对各行省的榨取，使罗马本土获得了大量的奴隶和财富。贵族奴隶主占有大片土地，使用大量奴隶劳动，组成奴隶制的大田庄，对奴隶残酷剥削。奴隶与奴隶主的对立成为社会的主要矛盾。从公元前2世纪后半叶起，各地不断掀起波澜壮阔的奴隶起义，著名的有西西里岛奴隶起义和斯巴达克起义。对于镇压奴隶起义，旧的共和政体已经无能为力，因此被军事独裁制代替，政权落到拥有军队的将军手里。经过恺撒、克拉苏、庞培和安东尼、屋大维、雷必达前后“三雄”间几十年的混战，最后由屋大维于公元前31年统一全国，建立起为时40多年的元首制，实际已是罗马历史上帝国时期的开始。这一时期，内战停止了，罗马帝国维持住暂时的和平，在一定程度上促进了奴隶制经济的发展。屋大维还注意到文化对政权的维护作用，他的亲信麦凯纳斯把当时著名的作家聚集在他周围，为他的政权服务。这时，古罗马文学史上便出现了所谓的“黄金时代”。

古罗马诗歌在共和国时期成就的基础上达到了它的高峰，文艺理论也取得了新的成就，代表作家是维吉尔、贺拉斯和奥维德。

维吉尔（普布留斯·维吉留斯·马罗，公元前70—前19）是古罗马最杰出的诗人，出生于意大利北部一个小土地所有者的家庭。内战时期，他家的田地曾被没收，屋大维当政后退还给了他。他属于麦凯纳斯庇护下的文学集团。他在创作中歌颂屋大维的英明和罗马帝国的光荣。他写了三部诗歌：《牧歌》、《农事诗》和史诗《伊尼德》（又译《埃涅阿斯纪》）。他的诗模仿希腊的同类作品，但更注重反映罗马的现实。

《牧歌》共10首，是维吉尔的成名之作。诗中描写田野的自然景色，流露出对内战引起的农村破产的不满。诗中赞颂屋大维把土地退还给维吉尔的英明，歌唱新的黄金时代的到来。

《伊尼德》是维吉尔的杰作，是他生命最后11年的心血结晶，到死时只完成了初稿。史诗共12卷，叙述了希腊联军攻陷特洛伊城后，特洛伊王子埃涅阿斯率众逃到拉丁姆地区，成为罗马开国之君的这段经历。维吉尔写作这首万行史诗的目的，是为了叙述罗马帝国的产生和历史，并歌颂屋大维本人。诗人把屋大维王族的始祖追溯到特洛伊王子埃涅阿斯，而埃涅阿斯又是爱神阿佛洛狄忒之子，从而把罗马王族的历史和神话传说联系起来，借以证明屋大维是神的后裔。

《伊尼德》的写作，以《荷马史诗》为范本。在结构上前6卷写主人公在海上漂流，模仿

《奥德赛》，后6卷写战争，模仿《伊利亚特》；在具体情节和写法上，也有很多学习模仿《荷马史诗》的地方。更主要的是，维吉尔广泛利用了本民族的历史以及罗马文学的成就，并充分发挥个人的风格和特长，因而能在继承中有革新，在学习中有特色。

诗人通过主人公的经历，颂扬了帝国的神圣传统和先王建国的艰辛，同时通过他游地狱的情节，歌颂了凯撒和屋大维的勋绩并肯定了罗马帝国统治世界的使命。在第6卷中，诗人着重歌颂了屋大维，说他是“天帝的亲友，他将在拉丁姆重现黄金盛世”。诗人号召罗马人民：“要记着自己的神圣职责，是向全世界推行和平的统治，挫败的多加抚恤，桀骜的诛戮，这才是上国之风，帝王之术。”对罗马帝国的扩张政策的这种肯定，表现了作者的国家意识。

史诗在主人公埃涅阿斯身上，着重肯定他的“虔诚”的品德，这种品德兼有对神明敬畏、对国家忠诚、对人仁爱、对事公正等品质。在作者看来，这是一个理想君王应有的品德。作者描写埃涅阿斯的勇敢，但他的勇敢不同于阿喀琉斯的勇猛，其勇敢是一种服从于对国家、对所负使命的忠诚的表现。作者描写埃涅阿斯对迦太基女王狄多的爱情，写他为了建国兴邦的使命，听从了神示，毅然离开了女王。这些都可以说是诗人那种国家意识的表现。

《伊尼德》在艺术上有较高的成就，它与来源于民间口头创作的《荷马史诗》不同。《伊尼德》是文人史诗的范本，是具有高度艺术品质的个人创作。它缺乏民间文学那种活力和自然，却具有自己的特征。它的语言简洁而富于寓意，音律谨严而富于节奏，风格严肃而又哀婉。在描写技巧上，维吉尔不长于写战争，而长于对爱情心理的刻画。《伊尼德》第4卷中埃涅阿斯和狄多的爱情故事是全诗中最动人的片断之一。埃涅阿斯离弃狄多是建国兴邦的责任的要求，是责任战胜爱情的结果。诗人在描写这一悲剧性情节时，既肯定埃涅阿斯行动的必要性，又写出了狄多殉情的细微心理。这些都是《荷马史诗》所缺乏的。此外，维吉尔继承了荷马的传统，在诗中用了不少生动贴切的比喻，增加了诗的形象性。

贺拉斯（昆图斯·贺拉提乌斯·弗拉库斯，公元前65—前8）是一位杰出的讽刺诗人和抒情诗人，也是一位有重要影响的文学理论家。他关于文学的论文都是用诗简的形式写成，其中最重要的一篇是写给皮索父子的，后来被称为《诗艺》。这篇《诗艺》分三部分，首先讲作诗的一般原则，其次讲诗歌的形式和技巧，最后讲诗人的修养和任务。他根据自己以及同时代作家（如维吉尔）的创作实践，吸收亚里士多德和“希腊化”时期的文学理论，提出自己对于创作——主要是悲剧创作的理论和要求。在文学与现实的关系上，他继亚里士多德之后，重申文学模仿自然的观点；在文学的作用上，他明确提出“寓教于乐”的原则。他对诗人提出严格的要求，希望他们勤学苦练，乃至“应当日日夜夜把玩希腊的范例”。他还提出“合式”的原则，即要求一部文学作品具有“统一与协调的美”。这些主张对后来的古典主义文学理论产生了很大的影响。

奥维德（普布留斯·奥维弟乌斯·纳索，公元前43—公元18）写过《爱情诗》、《爱的艺术》、《古代名媛》等诗歌作品，但他最重要的作品是神话诗《变形记》，在这部作品中，诗人把250多则古希腊罗马的神话串联成一个有机的整体，诗句优美，想象丰富，结构巧妙，其中也流露出作家对罗马统治者骄奢淫逸的不满。这部作品成为后来许多作家创作的题材和灵感的来源。

在两个世纪的所谓“罗马和平”之后，随之而来的是长期的黑暗和混乱。从公元1世纪起，罗马的奴隶制开始衰落，社会矛盾加剧。公元3世纪后，帝国陷入危机，奴隶起义不断发生。与此同时，外族相继入侵。公元476年，西罗马帝国终于在奴隶起义和外族入侵的内外夹攻下灭亡。

这一时期，文学日趋衰落。戏剧、史诗、抒情诗和文学理论都没有什么发展。比较有成就的是讽刺文学和小说。马希尔和朱文纳尔的讽刺诗、琉善的讽刺散文对话、彼特隆纽斯的小说《萨蒂里卡》以及阿普列尤斯的小说《变形记》（又译《金驴记》）是这一时期较重要的文学作品。

三 早期基督教文学

当罗马帝国的传统文学日趋衰落的时候，一种新的、对后世文学有着巨大影响的文学出现了，那就是基督教文学。

基督教原是产生于巴勒斯坦的犹太教的一个支派。因崇拜救世主耶稣而与正统犹太教分裂，以后又与希腊文化结合，流传于欧洲。

早期基督教文学产生在公元1世纪中叶到2世纪末叶，正是基督教在欧洲发展的时期。基督教文化是希腊文化和希伯来文化由矛盾、冲突到交流、融合而产生的新文化。它的产生是世界文化史上的大事，是东西方文化交流的重大成果。远在公元前4世纪末，古希腊文化衰落时，马其顿国王亚历山大并吞当时希腊诸邦，用闪电战术东征胜利后，便掀起了轰轰烈烈的“希腊化”运动，把希腊文化传给东方人，又把东方的文化带回西方。那时中东地区文化的最高代表是希伯来文化，它的一神论宗教正是希腊人所求索的东西。希腊人把现实的老调子唱腻了，想唱些深邃、神秘的新歌。他们见希伯来人把祖宗历代千余年的文献和经典全部译成希腊文，叹为奇迹；另一些人则用希腊的哲学思想去解释《圣经》。这样，《圣经》的希腊化就为基督教在古希腊罗马世界的传播铺平了道路。

希伯来《圣经》中有很多篇章是优秀的文学作品，原初属于希伯来一个民族，基督教称之为《旧约》，意思是说，它只是发展中的世界宗教的经典。其中的规章制度，基督教未必全部接受，例如严守安息日、施行割礼等。希腊、罗马世界的基督教，已不同于希伯来经典中的基督教，它不过用了其中的一神论为媒介，有许多东西是后来附加进去的，况且它是在希腊、罗马文化的沃土上茁壮成长起来的。正是由于它找到了这样一种媒介，又借助于希腊罗马世界所取得的思想成果而继续发展，并且与之相融合，因而终于成为世界宗教。

亚历山大的闪电战东征和雷厉风行的希腊化运动，冲破了希腊文化和希伯来文化之间的深沟高垒，它们之间由冲突、交流到融合，最终产生了基督教新文化和新文学。早期基督教文学就在这样的风云际会中产生了。在旧纪元之末新纪元之初，当罗马文学黄金时代的光芒暗淡下去之时，基督教文学便应运崛起而大放异彩，成为欧洲的一个新的文学思潮和文学渊源。

早期基督教文学是用希腊文写的，作者不少，作品流传很广。到了3世纪时，经过教会的筛选，选出27卷编为《新约全书》（简称《新约》），定为基督教的正典。原先流传的希伯来经典遂被称为《旧约》，因为它源远流长，记载着一神论发展的历史，包含着丰富多彩的优美的作品以及深邃的宗教经验和奥义。

从《新约》看，早期基督教文学的文体有四种，即“福音书”、“史传”、“书信”和“启示书”。福音书是全新的体裁，像传记又不全是传记，像语录又不仅是语录。每一种福音书都各有目的。例如《马太福音》的目的是向犹太人证明耶稣就是他们世代所盼望的基督（即弥赛亚）。全书充满诗意，如耶稣的山上说教就弥漫着诗情画意。《路加福音》述说耶稣的言行。路加是希腊人，长于叙事文，有希腊文学现实的风格。《约翰福音》则是较晚的、希腊化较深时期的著作，其中体现的基督教思想已相当成熟。书一开头就是“太初有道……道就是神”、“道成了肉身”。由此出发而把宗教化成一套系统的哲学理论。这一卷书标志着基督教已在希腊罗马文化环境里，交融、发展到了一个更高的阶段。

《新约》的史传体作品只有一卷，就是路加写的《使徒行传》，有“基督教史诗”之称。作者有“欧洲古代新时期的荷马”之称。其中第27章的海难描写，可与《奥德赛》中的海难篇相媲美。

书信共21卷，其中保罗的书信14卷，占《新约全书》篇幅的三分之一以上。书信体的论文是罗马时代风行的新文体。保罗以其雄辩的言辞，发出狮子吼，自有一种阳刚之美。他受过希腊文化和希伯来文化的充分教育，精通“二希”之学。他生在希腊化的名城大数，母亲是希伯来人，自称是“希伯来人生的希伯来人”。他父亲是罗马的公民，又自称“生而为罗马人”。他曾拜在耶路撒冷著名文士迦玛列的门下，专攻摩西的“五经”，20岁以后回到大数去学习希腊的各门学问。当基督教风起云涌时，他最初参加反对派，积极迫害基督徒，目睹司提反被迫害致死时从容就义的崇高品格。后来经过彻底参悟，觉得过去各宗教以民族为主，排斥他教，未免狭隘，不如基督教放眼世界，前途远大，具有国际性。于是立志毕生以传教为业，首先以真道征服罗马世界的人心，再从欧洲推广到全世界。他为人刚勇坚毅，有无穷的精力，从小亚细亚向西，经过希腊和意大利诸名城，直到西班牙，吸收信徒无数，建立了许多教会。教会的人事、会务，头绪纷繁，中间也难免有不团结的现象，他不可能一一亲自前往排解，便提笔为文恳切相劝。例如在公元1世纪50年代，他旅居以弗所时，听到哥林多教会内部不和，便写信以赤诚肺腑之言恳切教导他们，其中如《哥林多前书》第13章就成为著名的“爱的颂歌”，情真意切，感人至深。他的14卷书信，内容包罗广泛，包括早期基督教教义等严肃的问题。保罗把深邃的理论和充沛的感情结合起来，言辞雄辩而富于说服力。其他书信也各有特色，如《以弗所书》、《腓立比书》等，都是脍炙人口的佳作。

最后一种文体——启示书，是当时希伯来文学最新的体裁。《新约》中的《启示录》是对它的继承与发展，是一卷最宏大的古代象征主义作品。该书除序言与结语外，共分三部分：第一，给七个教会的书信，绘出了当时教会的全貌；第二，世界末日的景象——七印、七号角、七异象、七碗盛怒，光明与黑暗两大势力的大决战；第三，大决战的最后胜利，出现新天新地、新耶路撒冷。从文学的角度看，这一卷是古代象征主义的杰作，与后来的现代主义文学有某些相通之处。

第二节
《荷马史诗》

公元前12世纪末，在希腊半岛南部地区的阿开亚人和小亚细亚北部的特洛伊人之间发生了一次为时10年的战争，最后希腊人毁灭了特洛伊城。这是一次部落之间的战争。战争结束后，在小亚细亚一带便流传着许多歌颂战争中氏族部落首领英雄事迹的短歌。在传诵过程中，英雄传说又同神话故事交织在一起，由民间歌人口头传授，代代相传；每逢盛宴或节日，在氏族贵族的官邸中咏唱。相传，大约公元前八九世纪时，一位盲诗人荷马以短歌为基础，予以加工整理，最后形成了具有完整的情节和统一的风格的两部史诗——《伊利亚特》（又译《伊利昂纪》）和《奥德赛》（又译《奥德修纪》）。这就是《荷马史诗》形成的大致情况。至于用文字把它们写下来，则约在公元前6世纪。

根据传说，特洛伊战争是这样引起的：希腊英雄阿喀琉斯的父母举行盛大婚礼时，邀请了所有的神，单未请不和女神厄里斯。厄里斯来到席间扔下一个“不和的金苹果”，上面写着“给最美的女人”。赫拉、雅典娜和阿佛洛狄忒三位女神果然争夺起来，争持不下就去找宙斯，宙斯要她们找特洛伊王子帕里斯评判。三位女神找到帕里斯，都答应给他好处。赫拉应许他成为最伟大的君王，雅典娜应许他成为最伟大的英雄，阿佛洛狄忒应许他以最美貌的妻子。帕里斯把金苹果判给了阿佛洛狄忒。后来女神帮助他去斯巴达拐走了国王墨涅拉俄斯的妻子——美丽的海伦，并带走了大批财物。希腊各部落为夺回海伦而组成联军，公推迈锡尼王阿伽门农为统帅，发兵攻打特洛伊。战争进行了10年，众神各助一方。最后，奥德修斯设计把一具内藏兵将的巨大木马丢在城外，假装撤兵；木马被特洛伊人拖进城内。晚上，希腊军卷土重来。藏在木马中的希腊人出来，打开城门，里应外合攻下了特洛伊城。战后，希腊人各携财宝、奴隶还乡。

《伊利亚特》分为24卷，诗题的意思是关于伊利翁（即特洛伊）战争的一首诗。战争虽然进行了10年，但在这首长达15 000余行的诗中，作者只描写了最后一年中几十天内发生的事。诗人在史诗的一开始就点出，“阿喀琉斯的愤怒是我的主题”。他以这一情节为主线安排材料，既反映出时代的面貌，又突出了史诗的中心思想，并有助于对英雄人物形象的塑造。

《伊利亚特》是一部描写战争的英雄史诗。史诗着重歌颂了氏族领袖的英雄品质。为了战争的胜利，氏族要求领袖个人具有的品德，一是杀敌制胜所需的勇敢和机智，二是个人利益服从于集体利益。《伊利亚特》中的英雄，无论是希腊军中的阿喀琉斯、狄俄墨得斯、埃阿斯等，还是特洛伊军中的赫克托耳，无不是骁勇善战的英雄。史诗通过阿喀琉斯的愤怒，通过他始而退出战场、终于又重新参战这一情节刻画出双方英雄的勇敢。全诗三分之二以上的篇幅是描写阿喀琉斯休战期间两军的阵势和其他英雄的战功的。诗人借此不仅写出了战争的起因和作战双方的力量部署，而且充分表现出阿喀琉斯之外的其他将领的英勇品质。希腊联军方面的狄俄墨得斯和埃阿斯以及特洛伊方面的赫克托耳等人的英勇善战，都是在这一部分中加以表现的。正因如此，一到阿喀琉斯再度参战，立即扭转战局并杀死赫克托耳，阿喀琉斯的无比威力也就很自然地被衬托了出来。

通过阿喀琉斯的愤怒这一情节，诗人还给我们显示了在氏族集体的英雄身上开始萌芽的个人意识。这是不利于集体、需要加以谴责的东西。阿伽门农凭借个人权势，无理夺去阿喀琉斯的战俘，是使得希腊联军节节败退的根源，而阿喀琉斯不接受阿伽门农赔礼谢罪，拒绝继续参战，则又是希腊联军遭受更大伤亡的原因。因此，在诗人看来，阿伽门农的滥用权势和阿喀琉斯的任性自负，都是有害于氏族集体利益的。希腊联军中以智慧著称的老将涅斯托耳在《伊利亚特》第9卷和第11卷中，先后表示过对这两位首领的意见，代表了史诗作者的观点。

《奥德赛》描写特洛伊战争后，奥德修斯还乡途中10年漂流的故事和他家中发生的故事。

这部史诗在内容和风格上都具有与《伊利亚特》不同的特点：《伊利亚特》写战争，情调高昂急促；《奥德赛》前半部写海上的遭遇，色彩绚丽，富于浪漫色彩，后半部写家庭生活，细致深刻，富于现实精神。

《奥德赛》共 12 000 多行，也分为 24 卷。诗人把奥德修斯的 10 年海上历险，用倒叙的手法放在他临到家前 40 多天的时间里来描述。这 10 年惊心动魄的经历，包含了许多远古的神话，反映出经幻想加工过的自然现象以及古希腊人同自然的斗争和胜利。第 9 卷中所写的奥德修斯用计战胜巨人族波吕斐摩斯的故事，突出地表现了他的机智和勇敢。

虽然《奥德赛》包括许多早期的神话，但从它反映的社会生活来看，它的形成较《伊利亚特》为晚。通过奥德修斯还家后同贵族青年的斗争，史诗着重表现了一场争夺和维护私有财产的斗争。诗中不止一次谴责青年求婚者企图侵占奥德修斯家产的行为。这反映出，史诗形成于希腊社会中以私有财产为基础的奴隶制关系开始形成的时期。与此相联系，史诗在处理家庭关系上，也反映出一夫一妻制已在希腊的家庭生活中开始形成。奥德修斯的妻子珀涅罗珀坚持等候她的丈夫归来，长达 20 年之久；最后三年还抵制了成百个青年求婚者的胁迫。诗人把她塑造成一个善良、忠诚和贞洁的妇女的形象，目的是要在她身上体现出正在形成的新家庭制度的道德规范。

《荷马史诗》广泛地反映出希腊社会从原始公社制向奴隶制过渡时期的经济、政治、军事等方面的情况以及当时希腊人民的生活和斗争，对我们具有重要的认识意义。人们至今还把这一时期称为希腊历史上的“荷马时代”，并且主要根据史诗提供的材料来研究这一时期的社会状况。在经济方面，土地仍属公社所有，但土地私有制已在形成，土地占有已出现不平等。铁器已开始被使用，在史诗中，英雄一般使用青铜武器，但农民、牧人、工匠、屠夫等则使用铁器工具。社会的组织细胞是父系氏族，由氏族结成胞族、部落以至部落联盟。阿喀琉斯、奥德修斯等都是部落的首领。政治生活上，实行原始军事民主制，公社最高权力属于民众大会，讨论和战等重大问题；由德高望重的族长参加的长老议事会也起着重要作用。手工业开始从农业中分离，出现了木匠、铁匠、皮匠等各种手工业者。随着生产力的发展，阶级分化日益明显。史诗中已出现奴隶，主要是家内奴隶，《奥德赛》中比《伊利亚特》中出现得更多。

《荷马史诗》以简洁鲜明的笔触勾勒出一系列英雄形象。《伊利亚特》中的英雄都是些久经战阵、英勇无畏的战士。在他们身上既集中了氏族集体所要求的英勇品质，又已初步显示出每个人的个性特征。特别是在阿喀琉斯和赫克托耳这两个主要人物身上，诗人更触及了他们性格的复杂性。阿喀琉斯是一个非常骁勇并重视个人荣誉的战士，急躁而任性。由于不甘心忍受阿伽门农的欺负，一怒而退出战场。但当他得知穿上他的盔甲替他出阵的好友被赫克托耳杀死的消息时，悲痛欲绝，并深自悔恨过去同阿伽门农的争吵，立即决定杀死赫克托耳以为战友报仇。他果然一战而胜，并把赫克托耳的尸体拖在战车后面奔驰，显示出他勇敢而又残忍的性格。后来，当特洛伊的老王用对他父亲的回忆来打动他，跪求他归还赫克托耳的尸体时，阿喀琉斯终于被感动而对有丧子之痛的老王产生了同情。这样，阿喀琉斯的英勇任性而又富于友情、残酷而又不失同情心的复杂性格就充分表现出来。赫克托耳是特洛伊全军中最英勇的将领，身负保卫城邦的重任。他明知自己死后，娇妻弱子都将遭受沦为奴隶的悲惨命运，但为了保家卫国，仍然视死如归。《伊利亚特》第 6 卷写他辞别妻儿上阵，第 22 卷写他不顾老父老母的劝阻，毅然迎战阿喀琉斯，都刻画出一个意识到自己光荣职责的氏族英雄的形象。但是一般说来，作为人类早期的创作，史诗中的人物性格比较简单，缺乏变化、发展。

史诗用自然、质朴的口语写成。诗中的比喻极为丰富，在描述人物和事件时，200多次使用了从日常生活和自然现象中选取来的比喻，构成“荷马式的比喻”。此外，史诗中常用重复的手法，如重复同样的诗句、同样的形容词等。这是适应古代民间歌人口头复诵条件的一种传统手法，有时还能加强诗歌的感染力。

《荷马史诗》作为欧洲文学史上最早的优秀作品，在艺术上，取得了古代的历史条件下所能取得的惊人成就。因之，它不仅在古希腊成为进行公民教育的教材和文艺创作的典范，而且对后世欧洲文学的发展也产生了深刻的影响。直到今天，它“仍然能够给我们以艺术享受”。

但是，《荷马史诗》也存在着历史的局限。首先，史诗形成的时代还是“历史上的人类童年时代”，当时的人还无法正确理解客观事物的法则，因而把人的行为及其成败的原因归结为神的意志。如在《伊利亚特》中，战争的进程和胜负都是由于参战双方的诸神的干涉；在《奥德赛》中，奥德修斯及其同伴的种种灾难，也是由于触怒了海神。其次，史诗带有明显的贵族阶级观点。《伊利亚特》第2卷中，希腊联军召开了一次全体将士大会，讨论和战问题。会上普通士兵忒耳西忒斯起立发言，谴责军事贵族上层挑起这场大战，只是为了自己掠夺战利品，战争对普通士兵毫无好处，因而主张收兵回家。他的发言反映了氏族平民的厌战情绪，可是史诗作者却极力丑化他的形象：先把他描写成“伊利翁远征军中顶顶丑的一个人”；接着又让“伟大的”奥德修斯骂他一顿，打他一通；最后还让一个士兵“代表着大家的感想”，叫声：“打得好！”从这里可以清楚看出史诗作者的氏族贵族观点。

第三节 古希腊戏剧

公元前6世纪中叶，雅典工商业的迅速发展和对外贸易的扩大刺激了农业生产的发展。原来盛行于农村的庆祝丰收、祭祀酒神和农神的节日歌舞和祭仪表演进入城市，逐渐成了全国性的节日。这时雅典的社会生活日趋复杂，政治生活日益活跃，这些简单的歌舞表演已不能充分表达人们的思想感情，因而逐步演变为戏剧。如果说，史诗和抒情诗的繁荣为戏剧的产生做好了文学准备，那么，酒神祭就是希腊戏剧的直接成因。悲剧的前身是酒神颂歌，喜剧的前身是民间的祭神歌舞和滑稽戏。

古希腊戏剧反映了这一时期雅典的社会生活，表达了奴隶主民主派的愿望和要求，而且与雅典奴隶主民主政治的发展有着密切的联系，它随着民主政治的发展而发展，随着民主政治的衰落而衰落。

一　古希腊悲剧

古希腊悲剧大多取材于神话，其内容往往带有命运观念或其他迷信色彩，但它反映的却是当时的社会现实。无论是神与神之争，还是人与神之争，实际都是现实中人与人之间种种关系的反映。悲剧着重表现主人公的英雄行为，形象高大雄伟，气势壮烈磅礴，一般没有悲观色彩。

公元前5世纪是古希腊悲剧的繁荣时期，这一时期涌现出大批悲剧诗人，上演了许多悲剧作品，流传至今的有埃斯库罗斯、索福克勒斯和欧里庇得斯三大悲剧诗人的作品。他们的创作反映了奴隶主民主制发展不同阶段的社会生活，也显示出希腊悲剧在不同时期的思想和艺术特点。

埃斯库罗斯（公元前525？—前456）出身贵族，政治上拥护民主派。他的世界观存在着明显的矛盾，并反映在他的创作之中。

据传，他共写了90部悲剧和笑剧，留下来的只有7部，其中有一部完整的三部曲。他的创作反映了雅典奴隶主民主制建立时期的社会生活。

埃斯库罗斯参加过希波战争，抗击波斯人的侵略。在《波斯人》中，诗人以波斯水师在萨拉米全军覆没的事件为题材，抒发了他的爱国主义热情，赞美了雅典的民主制度。这是现存古希腊悲剧中唯一取材于现实生活的一部作品。在《七将攻忒拜》中，诗人用的是厄忒俄克勒斯和波吕涅刻斯两兄弟争夺王位的故事。其用意在于抨击当时妄图借波斯兵力进行复辟的僭主，谴责认敌为友的叛徒。作品反映出埃斯库罗斯的爱国思想和他对民主制的拥护。《俄瑞斯忒亚》三部曲（《阿伽门农》、《奠酒人》、《报仇神》）取材于希腊传说，以一连串的复仇故事，反映出过渡时期伦理道德观念的变化，其中以《阿伽门农》最为著名。

《普罗米修斯》三部曲的第一部《被缚的普罗米修斯》是埃斯库罗斯剧作中在日后最受重视的一部。其情节取材于希腊神话中普罗米修斯盗神火赐予人类的故事。

新得势的众神之王宙斯仇视人类，为了惩罚普罗米修斯盗火给人类和向人类传授各种技艺，派铁匠神赫淮斯托斯将普罗米修斯绑在高加索山的悬崖上，让恶鹰每天啄食他的肝脏，企图使普罗米修斯屈服。但是，普罗米修斯掌握着宙斯将被推翻的秘密，不肯泄露，对此宙斯非常恐惧。剧中宙斯虽然没有出场，但一个色厉内荏的专制暴君的形象却被烘托了出来。

面对这样的强敌，普罗米修斯表现得英勇顽强。他经受着极大的痛苦，却没有屈服。他还辛辣地嘲讽了河神俄刻阿诺斯的懦弱，挖苦了神使赫耳墨斯的奴性。诗人在剧中也谴责了威力神的凶残。

普罗米修斯反对宙斯的暴虐专横，但对宙斯也不无握手言欢的希望。他不肯泄露秘密，就是因为他知道只有这样才能使宙斯与他言归于好。据说，三部曲第二部《被释放的普罗米修斯》（已失传）中，他们终于和解了。这就明显地暴露出奴隶主民主派的妥协性，也反映出埃斯库罗斯思想的局限。

埃斯库罗斯的剧作，人物形象单纯而高大，是理想化的，但人物性格一般是静止的，缺少发展。戏剧结构比较简单，情节不曲折，但抒情气氛浓郁，歌队起着重要作用。语言庄严、夸张，但有时流于堆砌。尽管埃斯库罗斯的悲剧在艺术上还显得比较粗糙，但由于他在悲剧早期发展阶段就在内容和形式方面都作出了很多贡献，因而被人们誉为“悲剧之父”。

索福克勒斯（公元前496？—前406）是继埃斯库罗斯之后的又一个悲剧诗人。他的创作是雅典民主制盛极而衰时期社会生活的反映，也是古希腊悲剧艺术已臻成熟的标志。

索福克勒斯出身于一个工商业主的家庭。他与民主派领袖伯里克利交情颇深，政治上属于温和的民主派。他的剧作据说共120余部，但仅有7部流传至今，其中以《安提戈涅》和《俄狄浦斯王》最为杰出。

伯里克利时代被称为雅典的“黄金时代”，但它同时也是一个充满了战争，充满了政治和经济矛盾的动荡时期。希腊和波斯之间的战争，雅典和斯巴达之间的明争暗斗，以及富人与贫民、奴隶与奴隶主之间的阶级矛盾都非常尖锐。表面的平静和潜伏的动乱构成了这一时期的特点。在这种政治形势中进行创作的索福克勒斯，一方面极力讴歌人的力量，热情地唱着“奇异的事物虽然多，却没有一件比人更奇异”（《安提戈涅》），表达出他朴素的人本意识；另一方面他又在别的悲剧中表现了英雄的意志逃脱不出定数神威的思想，从而反映出他对即将到来的变革的惶恐和困惑。

《俄狄浦斯王》是索福克勒斯的代表作，剧本取材自古老的传说。俄狄浦斯王杀父娶母，自己却毫无所知。为了平息忒拜国内流行的瘟疫，按照神示，俄狄浦斯千方百计寻找杀害前王拉伊俄斯的凶手，结果发现凶手就是他自己。悲痛万分的王后伊俄卡斯忒自尽。俄狄浦斯百感交集，刺瞎了自己的双眼，自我放逐。

通过这个悲惨的故事，诗人歌颂了俄狄浦斯的坚强意志和对国家的责任感。为了解除忒拜的灾难，他不顾一切要找出灾难的原因，没料到最后发现原因就在自己。有着过人毅力的英雄，也不免要受命运的捉弄。在索福克勒斯眼里，命运不再是埃斯库罗斯剧中的神，而是一种不可知的力量。正是这种支配一切的神秘力量导致了无辜的俄狄浦斯的毁灭。这里，索福克勒斯对命运的合理性提出了怀疑，还表达了个人反抗命运的思想。

以《俄狄浦斯王》为代表的索福克勒斯的悲剧艺术，标志着古希腊悲剧艺术的成熟。索福克勒斯把人物放在尖锐的冲突中并通过人物对比的方法来加以塑造，因而人物的动作性强，性格比较突出。索福克勒斯长于结构布局，他的悲剧结构复杂、波澜起伏，却不给人以杂乱之感，布局巧妙、针线严密，却不露斧凿之痕。他的艺术成就曾受到亚里士多德、西塞罗、朗吉努斯、维吉尔、莱辛、歌德等众多大家的推崇。

欧里庇得斯（公元前485？—前406）出身贵族，曾受智者学派哲学思想的影响，被称为“舞台上的哲学家”。他的悲剧反映了雅典奴隶主民主制衰落时期的社会现实和思想危机。他拥护民主政治，但又深感民主制已濒临崩溃，因而他无法再像埃斯库罗斯或索福克勒斯那样，怀着自豪的心情来歌颂那些与命运搏斗的英雄，而是以沉重的笔触描绘出社会的黑暗，以及人们在反抗不合理的现实时所付出的巨大代价。

和他的前辈一样，欧里庇得斯利用古老的神话传说来创作他的悲剧，但那些故事在他笔下却往往改变了旧日的面貌，而显示出更强的现实意义。对神和英雄的气质的描写削弱了，代之以对人的激情和意志的刻画。不可一世的众神一变而为无耻之徒，威严崇高的古代英雄变成了卑鄙自私的小人，被压迫的妇女受到了前所未有的重视，受奴役的奴隶开始登上舞台。这些变化是雅典城邦民主制出现危机时的社会生活的反映。

据说欧里庇得斯共写过92部作品，流传至今的有18部。他的创作题材较广，开拓了一些新的领域。

代表作之一《特洛伊妇女》以反对侵略战争为主题。在《荷马史诗》里，特洛伊战争充满了悲壮色彩，但到了欧里庇得斯笔下，却呈现出一片凄凉景象：城楼起了火，神殿里流着血，男人被杀，女人被俘，孩子被从高高的城墙上扔下来摔死。作者这样处理的用意，是反对正在进行的不义战争。

欧里庇得斯对妇女的命运非常关心，在他现存的18部剧作中，就有12部是以妇女问题为题材的，其中最优秀的当推《美狄亚》，它是欧里庇得斯创作中最著名的一部。

伊阿宋是传说中一个令人敬爱的英雄。在美狄亚的帮助下，他克服重重困难取回金羊毛，并娶美狄亚为妻。《美狄亚》一剧着重描写伊阿宋回国后为了个人前途另寻新欢的故事。虽然这段故事是传说中原有的，但诗人把它突出，加以渲染，因而人物形象也就发生了巨大的变化。伊阿宋由一个勇敢的英雄变成了卑劣的小人，美狄亚则由一个多情的少女发展成为一个大胆反抗的妇人；歌颂英雄的古老故事，变成了谴责社会罪恶、控诉不平等现象和赞美反抗行为的悲剧。

为妇女地位的低下和命运的悲惨而鸣不平，是《美狄亚》的中心思想。美狄亚在剧中说道："在一切有理智、有天性的生物当中，我们女子是最不幸的。"由此可见当时希腊妇女的处境。诗人对受苦的妇女表示了深切的同情。

在《美狄亚》中，伊阿宋抛弃美狄亚另娶公主格劳刻，并不像传说中那样，只是由于喜新厌旧，而是因为这样的婚姻可以给他带来金钱和地位。对此，美狄亚愤怒地喊道："我可不要那种痛苦的富贵的生活和那种刺伤人的幸福。"

为了防范美狄亚，促成伊阿宋和公主的婚姻，国王克瑞翁不顾美狄亚的死活，决定将她驱逐出境。他那极端自私自利、无比凶狠残酷的面目被诗人刻画得入木三分。这个形象，自然会使当时的人们联想到专制暴君的统治。

欧里庇得斯创作的特点，是运用写实手法来表现当时的生活。索福克勒斯说过，他自己创造的人物是照应该如此的样子（即理想的），而欧里庇得斯的人物则是照实在如此的样子（即真实的）。这是古希腊悲剧艺术的一大变化。

索福克勒斯以结构布局严谨见长，欧里庇得斯则以心理刻画细腻著称。他不大注意结构，却着力描写人物的内心冲突，以揭示人物内心世界为塑造形象的主要手法。因而他的剧作表面看来有些松散，却具有一种内在的感染力。这种艺术方法的出现，是社会变革所引起的人们的感情骚动在创作上的体现。

欧里庇得斯的悲剧，特别是其艺术上的成就，对后世欧洲文学发展的影响，远甚于埃斯库罗斯和索福克勒斯，他对罗马文学和十七八世纪欧洲古典主义文学的影响最为显著。

二 古希腊喜剧

古希腊喜剧出现于悲剧之后，它的繁荣是在雅典城邦发生危机的时代。古希腊喜剧多为政治讽刺剧和社会问题剧。它取材于当时的现实生活，对人们普遍关心的重大政治社会问题发表意见。因而，比之古希腊悲剧，具有更为强烈的现实性。

古希腊喜剧从民间的祭神歌舞和滑稽戏演变而成，因此从故事情节、人物形象到台词、动作，都非常夸张、滑稽，甚至有些荒诞、粗俗。但它却表达了严肃的主题。

公元前5世纪的雅典，曾先后产生过三大喜剧诗人，但留传下完整作品的只有阿里斯托芬。

阿里斯托芬（公元前446？—前385？）是雅典附近的小土地所有者，他的喜剧反映了雅典奴隶主民主制衰落时期的社会生活。据说他共写过44部作品，现存11部。

阿里斯托芬的创作题材广泛，其中以写战争与和平问题的剧本为数较多。在这类作品中，最著名的是《阿卡奈人》。这个剧通过农民狄开俄波利斯单独与敌人媾和，从而过着幸福生活这一荒诞的故事，表达了人们要求和平的强烈愿望。全剧由一系列闹剧场面组成，但每一个场面都包含着严肃的思想。这出戏写于雅典与斯巴达战争开始后的第6年。这场战争给人民带来了深重的灾难。阿里斯托芬反对这场不义之战是有其进步意义的。

阿里斯托芬的喜剧绝大部分是描写现实的，如《骑士》直接嘲讽和抨击当时的当权人物克勒翁，《云》嘲笑了智者学派。但有一个例外，就是《鸟》。《鸟》是流传至今的唯一以神话幻想为题材的喜剧作品。林间飞鸟中建立了一个理想的社会——“云中鹁鸪国”，在这里大家都是平等的，没有压迫与奴役。这是欧洲文学中最早的乌托邦思想的表现。这种思想是由于对现实的不满而产生的，它反映出农民的幼稚的幻想。这部喜剧艺术性较高，情节丰富，色彩绚丽，抒情气氛浓厚。

阿里斯托芬的喜剧紧密地联系现实，而他所采用的手法则是极其夸张的。诗人在创作中驰骋丰富的想象力，虚构出种种离奇的戏剧情节，塑造出许多具有鲜明性格的人物。他的语言来自民间，朴实、自然、诙谐、生动，既有粗俗的插科打诨，也有优美的抒情诗歌，因而受到广大观众的欢迎。

阿里斯托芬被称为“喜剧之父”，他的创作对后世的喜剧和小说都有一定的影响。

阿里斯托芬不仅是古希腊最杰出的喜剧家，而且是欧洲文艺批评的奠基人之一。他关于文艺的言论散见于好几部剧作中，特别是在《蛙》一剧中，通过对埃斯库罗斯和欧里庇得斯的比较，提出了自己关于文艺的社会功用的见解。在他看来，文艺的功用在于提高公民的道德。因此，他虽然也肯定了欧里庇得斯的艺术成就，但是他认为埃斯库罗斯的悲剧英雄具有高尚的品质，可以培养观众的勇敢、正义、节制等品德，欧里庇得斯则描写人的激情和不道德的生活，在观众中会产生坏的影响。从而，他认为埃斯库罗斯高于欧里庇得斯。

【本章思考题】

1. 为什么说希腊神话是希腊艺术的“武库”和“土壤”？
2. 论述《荷马史诗》的英雄主义和艺术魅力。
3. 论述古希腊三大悲剧诗人创作风格的异同。
4. 如何理解古希腊悲剧中的命运观念？
5. 说明柏拉图和亚里士多德的主要文学观点。

安提戈涅

歌队　（第一曲首节）奇异的事物虽然多，却没有一件比人更奇异；他要在狂暴的南风下渡过灰色的海，在汹涌的波浪间冒险航行；那不朽不倦的大地，最高的女神，他要去搅扰，用变种的马耕地，犁头来来回回的犁土。

（第一曲次节）他用多网眼的网兜儿捕那快乐的飞鸟，凶猛的走兽和海里游鱼——人真是聪明无比；他用技巧制服了居住在旷野的猛兽，驯服了鬃毛蓬松的马，使它们引颈受轭，他还把不知疲倦的山牛也养驯了。

（第二曲首节）他学会了怎样使用语言和像风一样的思想，怎样养成社会生活的习性，怎样在不利于露宿的时候躲避霜箭和雨箭；什么事他都有办法，对未来的事也样样有办法，甚至难以医治的疾病他都能设法避免，只是无法免于死亡。

（第二曲次节）在技巧方面他有发明才能，想不到那样高明，这才能有时候使他走厄运，有时候使他走好运；只要他尊重地方的法令和他凭天神发誓要主持的正义，他的城邦便能耸立起来，如果他胆大妄为，犯了罪行，他就没有城邦了。

——节选自索福克勒斯：《悲剧二种》（罗念生译，见《安提戈涅》第二场《第一合唱歌》，16～17页，北京，人民文学出版社，1961）

第二章
中世纪文学

第一节 概　述

一　历史概况和基督教

公元 2 世纪末至 3 世纪末，奴隶制的罗马帝国爆发了全面的经济和政治危机，引发了奴隶以及其他贫苦人民多次起义，罗马帝国变得日益衰弱。北方的日耳曼“蛮族”不断越境侵扰，腐朽不堪的西罗马帝国终于在公元 476 年灭亡了。从这一年起，至 17 世纪中叶英国资产阶级革命，史称“中世纪”。“中世纪”是欧洲封建制度形成、发展和衰落的历史。漫长的中世纪，又被史学家分为三个时期：公元 5 世纪至 11 世纪是封建社会的初期，11 世纪至 15 世纪是它的中期，15 世纪至 17 世纪中叶是它的末期。在欧洲文学史上，中世纪文学是指中世纪前两个时期的文学，由于在它的后期，欧洲文学来到了一个极其重要的时期——文艺复兴时期。我们将另立专章。

侵入西罗马帝国的外族，亦习称“蛮族”，包括日耳曼人和匈奴人，但摧毁西罗马帝国的主要是日耳曼人。日耳曼人原来是些氏族部落，正处于氏族社会解体阶段。罗马帝国灭亡以后，日耳曼人在帝国废墟上建立起来的那些王国，通过土地的大量集中和农民的农奴化，逐渐过渡到封建社会。这一过程经过了几百年的时间。

在中世纪初期，原来的罗马帝国分成东西两个部分。在西罗马帝国土地上建立起来的各蛮族王国，为了争夺土地不断发生战争，它们的疆域也不断发生变化。中世纪的最初几个世纪就处在这种混战的状况中。

在日耳曼人建立的各王国中，以 6 世纪初建立的法兰克王国最为强大。8 世纪末和 9 世纪初，法兰克王查理（通称查理大帝，768—814 年在位）通过多次征战和侵略，大大扩充了疆域，建立了一个强大的帝国。查理死后，帝国迅速分裂。查理的三个孙子之间发生内战，公元

843年帝国一分为三：西法兰克王国（法兰西）、东法兰克王国（日耳曼）和意大利。欧洲大陆三个主要国家的疆域，随着外族的定居和封建化而初步定型。

盎格鲁—撒克逊人和裘特人也是日耳曼族的族群，他们从欧陆西北角渡海侵入不列颠，原居民凯尔特人或被杀戮，或被驱赶到山区，或与入侵者融合成为英格兰的新主人。

西罗马帝国灭亡后，东罗马帝国又支撑了近千年，从7世纪起，长期的内忧外患使它逐渐衰弱下去。波斯人、斯拉夫人、阿拉伯人、突厥人的不断入侵使它穷于应付。最后，1453年土耳其人攻陷君士坦丁堡，东罗马帝国灭亡。

外族的入侵和长期的战乱，使已经高度发展的古代文明遭到严重的破坏，以至于中世纪初期的欧洲文明几乎是从头做起，一切又从粗野的原始状态开始。值得注意的是，欧洲中世纪文化的发展，是和基督教分不开的。基督教在当时的社会生活中起着十分重要的作用，对文化的影响极为巨大。

基督教产生于罗马帝国的初期，最初它是奴隶和穷苦人的宗教。其基本教义是：上帝威力无边，他使救世主降临人间，指点人类走最终得救的道路。基督教提倡教徒之间互敬互爱、彼此互助，在上帝面前人人平等。教义还反对暴政压迫，鄙视富人，因而遭到帝国当局的残酷迫害。后来富有者和上层人士也加入进来，并取得了领导权。这些人不再宣传反抗压迫，而是突出宣扬忍耐顺从、爱仇敌、服从天命、希冀来世的思想。由此基督教的性质就发生了变化，帝国政府也不再镇压而采取了扶植的政策，并于4世纪将其定为国教。

当外族侵入罗马帝国时，他们抢劫和捣毁了古代文化的集中地——城市，致使古代文化大受摧残。比较完整地保存下来的基督教当时却以极大的努力进行传教，范围扩大至整个欧洲。日耳曼人以及东欧斯拉夫人所建立的大大小小的王国先后都接受了基督教。在中世纪欧洲封建化的过程中，基督教经过一番转型，成为适合封建社会的新的文化现象，在历史演化过程中起过一定的进步作用。

在中世纪早期，封建主热衷于征战，轻视文化，僧侣们取得了独占文化教育的地位，教会成了中世纪文化的代表。教会宗教宣传的主要内容是禁欲主义和出世主义，认为人应该放弃追求世俗欢乐的欲念，听从命运的安排，把希望寄托于来世。教会实行严酷的思想统治，教会的教义维护着封建秩序，原来为奴隶主统治服务的基督教，到了中世纪很自然地变成了封建主统治的重要工具，成为封建制度的精神支柱。基督教在意识形态方面的统治，不可避免地影响了整个文化领域。一切文化和学术都染上了浓厚的宗教色彩。这是欧洲中世纪文化包括文学的一大特点，其影响是深刻而久远的。

随着封建制度的确立，由于社会、经济的发展和社会秩序的稳定，欧洲文化有所复苏。在法国的查理大帝统治时期，出现了“加洛林文艺复兴”。在东罗马帝国，由于古代文明尚有保存，文化发展的情况与西欧有所不同。在那里，基督教文化与古代文化、东方文化融合，出现了“拜占庭文明”。这些新的文化成果都对欧洲中世纪封建文化的建成和发展带来积极的影响。

二 四种主要文学类型

在中世纪的文学中，宗教文学占有突出的地位。此外，还存在着世俗的骑士文学、英雄史诗和民谣以及市民阶级的城市文学。

一是宗教文学。

中世纪文化的主体是基督教，在文学方面，宗教文学占有显要地位。教会把一切文化纳入神学的范畴，把哲学看做神学的婢女，把科学看做宗教的仆人。文学艺术也被用来为宗教服务。作诗是为了撰写圣歌、祈祷词，作曲是为圣歌谱曲。修辞学是为了传授说教和讲道的技术，散文是为了写圣徒传，戏剧则用于搬演圣经故事和圣徒行迹等。

基督教的经典是《圣经》。《圣经》包括《旧约》和《新约》。《旧约》是希伯来人古代典籍的总汇，其中包括神话、传说、民间故事、宗教律法、历史书、先知书和诗文集，内容十分丰富，有很高的历史文献价值和文学价值。《新约》是基督教初期产生的关于耶稣及其使徒们的传说、言行录和书信。但僧侣们对《圣经》妄加解释，宣传人类负有原罪，在现世理应受苦，安贫守贱，顺从上帝的安排。这样，《圣经》就被封建统治者用来作为肯定现有秩序的理论根据。随着基督教的发展，《圣经》对欧洲社会和文学产生了深远的影响。

教会文学的体裁种类繁多，有赞美诗、圣徒传、祷告文、圣者言行录、梦幻故事、奇迹故事、宗教剧等。这些作品有的宣扬上帝至高无上的权威，有的歌颂基督的伟大，有的对圣徒大唱赞歌。那些为了基督教信仰而献身的殉道者，那些弃绝尘世生活遁世苦修的苦行者，以及那些长途跋涉去圣地朝圣的香客，都是歌颂的对象，他们的事迹被写成“行传”广为宣传。

但是，有一些下级教士或非僧侣界的人所写的作品，虽然采用了教会文学的某种体裁，其内容却更近于世俗的观念，表现了下层的要求。如 14 世纪英国穷教士朗格兰（1332—1377 或 1400）的长诗《农夫彼尔斯的幻象》，借用宗教文学梦幻故事的形式和寓意的手法来表达劳动人民的思想感情。彼尔斯认为真理寓于劳动之中，他向“劳动者不得食，寄生者不劳而获”的社会提出抗议。作者反对剥削，肯定劳动，要求平等，揭露社会黑暗，揭露教会和僧侣的罪恶，反映了广大农民的情绪。

中世纪教会文学经历了从无到有、由粗而精的发展过程。中世纪教会文学在思想上和艺术上的一些独具特色的东西，诸如赞美诗、传记体、书信体等文学体裁，以及中世纪教会文学常用的手法——梦幻、隐喻、象征，都具有创造性的价值，对中世纪的世俗文学和后世的文学产生了不小的影响。

二是骑士文学。

中世纪的骑士文学是世俗文学的主要成就之一。

西欧到了十一二世纪，封建制度已经完全确立，封建主阶级在政治上和经济上的统治地位日益巩固，这种情况使他们要求在基督教文化之外，还要有更直接、更具体地反映自己阶级意识的文化。这种封建主阶级的文化，在他们的文学——骑士文学中得到了鲜明的反映。

骑士制度是封建制度的产物。最初，骑士是为保护封建主的私有财产而建立的武装，成员主要来自中小地主，后来领主的家臣和富裕农民也可以成为骑士了。骑士自备坐骑和盔甲，每当战争发生时，他们上战场替大封建主打仗，得到大封建主赏赐的土地和财物，成为小封建主。骑士是封建主阶级最低一层的等级。在几次“十字军东征”中，由于战争的需要，骑士的地位大大提高，并形成了固定的骑士阶层。12 世纪时，出现了骑士团，从国王到拥有大小爵号的封建主都参加了骑士团的组织。封建主的子弟从小就接受军事训练，以便长大当一名合格的骑士。当他们训练合格、具备骑士的条件时，还要举行庄严的仪式，然后才正式成为骑士。

在“十字军东征”和骑士制度的发展过程中，欧洲各国的骑士，接触到了较高水平的东方文化，也感到提高自己文明程度的必要，因而逐渐形成了自己的一系列道德标准。骑士的信条是"忠君、护教、行侠"，此外，还要求骑士"文雅知礼"，甚至学习音乐和作诗。骑士把自己的荣誉看得高于一切。他不仅要忠实地为主人服务，还要效忠和保护女主人。女主人在骑士心目中像圣母一样神圣，这一点后来发展为对贵妇人的爱慕和崇拜。能为自己"心爱的贵妇人"去冒险并取得胜利，博得贵妇人的欢心，在骑士看来是最大的荣誉。所有这一切就构成了所谓"骑士精神"。骑士的忠君、护教，都是为了维护封建制度，他们对贵妇人的爱慕和崇拜也带有明显的矫揉造作的特点。不过由于他们是封建统治阶级中的最下一层，他们中间有些人的锄强扶弱、保护妇女、尊敬老人等道德信条，也有符合人民愿望的一面。他们向往世俗的爱情，要求突破禁欲主义的束缚，其实是对宗教教条的背离。

随着中央集权的加强和战争活动的相对减少，以及火枪的使用和雇佣兵制度的兴起，骑士制度已失去其意义而逐渐衰落下去。骑士们生活在王宫和大贵族的宫廷里，一味追求"典雅"，其腐朽和寄生的本质日益暴露，而他们引以为傲的尚武精神则逐渐消失。

如法国是中世纪骑士制度的中心一样，法国也是骑士文学最兴盛的地方。骑士文学的主要体裁有抒情诗和叙事诗（诗体传奇）。骑士抒情诗的发源地是法国南部的普罗旺斯。这里在查理大帝的帝国分裂以后，就处于独立的地位，商业发达，城市兴起，因而贵族文化也相当繁荣。恩格斯曾指出，南部法兰西"在新时代的一切民族中第一个创造了标准语言。它的诗当时对拉丁语系各民族甚至对德国人和英国人都是望尘莫及的范例"①。恩格斯在这里所说的诗，就是普罗旺斯的骑士抒情诗。

骑士抒情诗的作者主要是封建主和骑士，但也有少数是社会下层出身的人。在普罗旺斯，这种诗人被称为"特鲁巴杜尔"（Troubadour），意为吟咏诗人。普罗旺斯的骑士抒情诗在艺术方面受到民间诗歌很大影响，但内容则是描写骑士们的所谓"风雅的爱情"，主要是骑士对贵妇人的爱和崇拜。骑士抒情诗数量很多，其中以《破晓歌》最为有名，写的是骑士和贵妇人在黎明前依依惜别的情景。由于骑士抒情诗全都是歌颂所谓"风雅的爱情"，后来自然流于千篇一律了。不过它和宗教文学不同，写的是现世的生活，而且注重心理描写，语言也形象生动，诗律新颖多样，这些对后来欧洲诗歌的发展都有一定影响。

在普罗旺斯抒情诗的影响下，法国北部、德国和意大利的抒情诗也都流行起来。13 世纪前期，由于法国北方封建主对南方的讨伐和破坏，南方的抒情诗人流落各地，盛极一时的普罗旺斯抒情诗也就衰落了。

法国北方骑士文学的主要成就是骑士叙事诗。这种诗歌的诗人被称作"特鲁维尔"，亦即吟咏诗人之意。骑士叙事诗一般都比较长，内容是写骑士对贵妇人的爱情，写他们为获得荣誉和博得贵妇人的青睐，除妖驱魔、降龙伏虎，进行各种冒险的事迹；有时也写他们为了护教而征讨异教徒。骑士叙事诗缺乏历史或现实上的根据，大多出自诗人的虚构。诗中的离奇情节和冒险精神，同"十字军东征"时的宗教狂热和阿拉伯传说的影响有关，但根本原因是由于骑士精神脱离实际。所以，骑士文学作品就只能在虚幻的故事中表现骑士精神。

骑士叙事诗中，描写不列颠王亚瑟和他的圆桌骑士的作品数量很多，在法、英、德等国都产生了不少作品。其中以 12 世纪时法国的克雷提安·德·特洛阿（1135？—1191?）写得最好。亚瑟原是不列颠凯尔特人传说中的一个不大的封建领主，但特洛阿把他写成一个封建大国的国王。他的宫里讲究最优美典雅的礼节，四面八方勇武的骑士都云集这里。他们对美丽的贵

① 《马克思恩格斯全集》，中文 1 版，第 5 卷，420 页，北京，人民出版社，1958。

妇人表示爱慕和崇拜，并到各地去从事冒险。特洛阿对封建骑士的生活和精神作了理想化的描写，情节生动，色彩绚丽。

《特里斯丹和依瑟》是流传最广的骑士叙事诗之一。故事取自不列颠凯尔特人的传说，法、德诗人都曾根据这个传说写成叙事诗，13 世纪时还出现了散文体的传奇。作品叙述康瓦尔王马尔克派他的外甥特里斯丹为他到爱尔兰去向当地的公主依瑟求婚，求婚被接受了。依瑟的母亲给依瑟和马尔克准备了一种喝了便能彼此相爱的魔汤。特里斯丹和依瑟在归途中误饮了魔汤，由此二人产生了不可克制的爱情。依瑟虽同马尔克结了婚，但一心热爱特里斯丹。马尔克对他们进行种种迫害，终不能制止他们的爱情，最后两个情人都悲惨地死去。诗中歌颂了真诚的爱情，对封建的婚姻和礼教提出了抗议。

13 世纪流传的《奥卡森和尼柯莱特》是一部用散文和诗交错的形式写成的作品。贵族公子奥卡森违背父亲意志，置保家卫国的骑士职责于不顾，与一个女俘虏恋爱，经过抗争、逃亡、漂流而终成眷属。这类后期的骑士文学作品，已经明显地表现出中世纪骑士精神的衰落，同时也可以从中看出近代反封建思想的萌芽。骑士叙事诗中的一些技巧为后来的长篇小说创作提供了经验。

三是英雄史诗和民谣。

在整个中世纪，民间文学极其丰富多彩，有歌谣、故事、传说，甚至还有长篇叙事诗。这些人民集体的创作，主要是靠口头流传，受到广大人民的热烈欢迎。这些作品渗透着异教精神和反对封建压迫的战斗精神，反映了广大人民的愿望。很多作品由于教会的摧残没有流传下来。那些由僧侣们记录下来的东西，既残缺不全又有失真之处。流传下来的作品中，只有个别国家的民谣还比较完整，从中可以部分地看出当时人民创作的内容之丰富。此外，从英雄史诗中也可以看到人民创作的一些痕迹。

英雄史诗是在民间文学的基础上发展起来的，内容主要是反映民族的重要历史事件和歌颂杰出的英雄人物。从英雄史诗所反映的内容来看，可以分为两类。一类所反映的时代较早，属于民族大迁徙时期，即封建制度确立以前的氏族部落的生活。属于这一类的有日耳曼人的英雄史诗《希尔德布兰特之歌》（仅存 68 行）、盎格鲁—撒克逊人的英雄史诗《贝奥武夫》，以及冰岛的“埃达”和“萨迦”（意为故事，并非篇名）。这类作品的基本内容是歌颂部落的英雄，反映了氏族社会时期的生活。

《贝奥武夫》是流传至今最完整的一部早期英雄史诗。史诗于公元七八世纪之间写成，诗中所反映的事件是在 6 世纪，即盎格鲁—撒克逊人尚在欧洲大陆时的生活。史诗叙述瑞典南部耶阿特族青年贝奥武夫率 14 名勇士渡海到丹麦，只身与巨怪搏斗，杀死了巨怪和它的母亲。50 年后，贝奥武夫当国王时，又为本族杀死火龙，自己英勇牺牲。史诗通过歌颂一个入海斩妖、登山屠龙、临危不惧、奋勇当先的氏族英雄，宣扬见义勇为、大公无私、勇于自我牺牲的道德品质，体现了氏族社会末期人民的理想。诗中对英雄人物的性格刻画比较鲜明，结构比较严整，层次分明而又有一定的变化，语言富于形象的比喻。但史诗在传抄过程中曾受到基督教思想的影响，带有宿命论的色彩。

北欧是基督教影响传播较晚的地方，当地流传的异教神话和史传故事没有受到基督教的破坏。在冰岛流行的“埃达”和“萨迦”中保存着日耳曼人的古老的神话故事和英雄传说，这就使它们在文学史上占有特殊的地位。“埃达”共含诗歌 35 篇。神话诗《女法师的预言》记录了关于世界的诞生、毁灭和再生的故事。《洛基的吵骂》写被压迫的洛基对诸神的堕落与罪恶的责骂。“萨迦”包括英雄传说和历史传说共150余篇，著名的《佛尔松萨迦》写主神奥丁后裔的故事，包括血亲复仇、财物与权力之争的内容。总之，它们极其生动、丰富地反映了氏族社会晚期的社会生活和思想观念。

另一类即后期的英雄史诗则是封建制度发展以后的产物。诗中英雄人物的思想和活动已超出部落的狭隘范围，他们为保卫国家而战斗。这些史诗的中心主题是爱国主义。诗中的英雄勇敢善战，忠于祖国，忠于君主，体现了封建关系下人民理想中的爱国英雄形象。某些史诗中还出现了强大英明、能够统一国家、压制封建叛乱的理想君主的形象。这类英雄史诗一般都以一定的历史事实为基础，经过民间歌手们的传唱而辗转流传开来。这中间又经过各种加工，大约在十二三世纪时才被一些有文化的诗人记录下来。在长期流传过程中以及在最后被记录时，往往发生一些被歪曲和篡改的情况，掺入了一些贵族的、基督教的思想，因而带有一定的复杂性。

后期英雄史诗中最著名的有法国的《罗兰之歌》（约1080）、西班牙的《熙德之歌》（约1140）、德国的《尼伯龙根之歌》（约1200）和古罗斯（即基辅罗斯）的《伊戈尔远征记》（1185—1187）等。

法国的《罗兰之歌》是后期英雄史诗中最有代表性的作品。全诗共4 002行，用罗曼方言写成。诗中叙述的故事发生在查理大帝时代。查理大帝出兵西班牙，征讨摩尔人（即阿拉伯人），历时7年，只剩下萨拉哥撒还没有征服。萨拉哥撒王马尔西勒遣使求和。查理决定派人前去谈判，但大家知道马尔西勒阴险狡诈，去谈判是冒险的事。查理大帝接受其外甥罗兰的建议，决定让罗兰的继父即查理的妹夫加奈隆前往。加奈隆由此对罗兰怀恨在心，决意报复。在谈判时他和敌人勾结，定下毒计：在查理归国途中袭击其后队。加奈隆回报查理大帝，说萨拉哥撒的臣服是实情，于是查理决定班师回国，并接受加奈隆的建议由罗兰率领后队。当罗兰的军队行至荆棘谷时，突然遭到10万摩尔兵的伏击。罗兰率军英勇迎战，但因众寡悬殊，最终全军覆灭，罗兰英勇战死。罗兰好友奥里维曾三次劝他吹起号角，呼唤查理回兵来救，都被罗兰拒绝。直至最后他才吹起号角，但为时已晚。查理大帝赶到，看到的只是遍野横陈的法兰克人的尸体。查理率军追击，大败敌人。回国以后，将卖国贼加奈隆处死，而且惩罚了30个为加奈隆辩护的贵族。

史诗取材于法兰克历史。公元778年，查理大帝远征西班牙，因国内发生叛乱而返回，途中遭到巴斯克人的袭击。《罗兰之歌》的情节以这一历史事实为依据。但史诗中把一场只有几天的战争写成历时7年的征伐异教徒的大战，又把36岁的查理写成须发皆白的200岁老人。加奈隆这个人物也纯属虚构。这些虚构有力地渲染了史诗的气势，强化了史诗的英雄主义主题。

《罗兰之歌》是一部爱国主义诗篇。史诗热情歌颂了查理大帝，歌颂了罗兰和奥里维等赤胆忠心保卫祖国的英雄。同时，也严厉谴责了加奈隆为了私利而出卖国家利益的叛变行为。加奈隆不仅是一个叛徒，同时也是桀骜不驯的封建主的代表。在中世纪，英明强大的君主代表着国家的统一，具有历史的进步意义，那些桀骜不驯的封建主们常常不顾国家和民族的利益，不断发动争权夺利的混战，挑战君权，给人民带来无穷的灾难。《罗兰之歌》对查理大帝和罗兰的歌颂以及诗歌对于叛徒和封建主的谴责，反映了当时广大群众的要求。史诗中的查理大帝英明勇武，他的威武和名声甚至使敌人也表示敬畏。这样一个贤明、强大，能保卫祖国，又能制服叛乱封建主的国王，正是当时人民所要求的，同时也符合历史进步的要求。

罗兰是史诗中最动人的英雄形象。他体格魁伟、勇敢刚毅，面对10万敌军毫不畏惧。他在临终前的眩晕中，发现一个勇敢精壮的阿拉伯人来夺他身边的宝剑，竟能“对那人的金盔奋力一击，将钢盔和头骨一齐砸碎”，表现出一种非凡的英雄气概。他热爱自己的国家，把保卫“可爱的法兰克”看做自己的天职。他忠于查理，这无疑反映了封建社会的君臣观念，但是罗兰之忠于查理是和他忠于祖国不可分的。史诗的事件被写成征伐异教徒、保卫基督教的战争，以及罗兰死后被天使引入天堂等等，都显然是后人加工的结果。

《罗兰之歌》在艺术上比较完美。情节集中在一个事件上，只写战争的最后一年。诗中惯用重叠和对比的手法，风格粗犷朴素。这些都是民间创作艺术特色的表现。

西班牙的《熙德之歌》歌颂了西班牙人民反抗阿拉伯人入侵时期的民族英雄。史诗的主人公罗德利戈·德比瓦尔因国王听信谗言而被流放，但仍然忠于君主，他为民族独立而屡立战功，连阿拉伯人都表示敬畏，称他为“熙德”（阿拉伯语“首领”的意思）。在这个人物身上，爱国、忠君、为保卫基督教信仰而战的观念是结合在一起的，这部史诗的特点是没有中古文学中常见的神秘色彩和奇思幻想，一切都采用写实的手法。

德国的《尼伯龙根之歌》比较长，有9 516行，这部史诗与《罗兰之歌》、《熙德之歌》不同，缺乏民族意识和爱国思想，主要写封建主之间的亲情与复仇。史诗肯定了急功好义、心怀坦荡的理想英雄西格夫里，谴责了阴险、残暴的封建朝臣的代表哈根。

同英雄史诗相比，从中世纪流传下来的一些民间歌谣，特别是古罗斯的英雄歌谣和英国的谣曲，更多地反映出人民的愿望和他们对自己的英雄人物的赞颂。

古罗斯的英雄歌谣产生于封建社会的早期，即基辅罗斯时代至蒙古人入侵的时期。这些英雄歌谣实际上是一些不太长的歌谣体叙事诗。作品的中心人物是一些农民出身的“勇士”，其中最著名、最动人并且被讲述得最多的人物是穆罗姆人伊里亚。他出身农民，是著名的三勇士的首领。他大公无私、力大无比，且正直善良、性情平和，但他有极强的自尊心，对于贵族和王公们的无礼决不容忍。这些对于一个在封建时代备受屈辱与压迫的农民来说是难能可贵的品德。然而最主要的是他热爱祖国，是一个自觉地保卫祖国和人民的英勇战士。这些英雄歌谣歌颂了人民自己的英雄人物，所以深受广大群众的喜爱。

在西欧和北欧，民间歌谣也很盛行，特别是在14世纪以后。这和中世纪后期农民运动的高涨有着直接的关系。在西欧，民谣中最著名也是最好的一组是英国的“罗宾汉谣曲”。歌谣中的罗宾汉是一个自由农民，善射箭，因不堪地主压迫逃往绿林，结交一批“法外之民”，形成一支由绿林好汉组成的武装队伍。他们为社会正义而斗争，反对地主、僧侣、官吏，但不反对国王。他们抢劫贵族、僧侣，救济贫苦农民。哪里有封建主压迫人民，哪里就有罗宾汉兄弟出现。谣曲里还歌颂了罗宾汉的伙伴们，如细长个子“小约翰”、快乐的僧人大力士吐克、歌手阿兰等。他们过着无拘无束的生活，他们的事迹传颂于一时。这些谣曲热情地歌颂了他们在斗争中所表现的机智、勇敢等品质。谣曲故事性强，又富于抒情性，在当时非常流行，对后世有较大的影响。

四是城市文学。

10世纪至11世纪，由于生产力的发展、手工业和农业的分离以及商业的兴起，欧洲各国出现了以手工业和商业为中心的城市。这标志着欧洲封建社会开始进入它的全盛时期。随着城市经济的发展，封建剥削的加重，市民阶级为维护和发展自己的利益和争取自治而开始与封建主展开斗争。通过长期的斗争，许多城市取得了自治权。同时由于城市内部的分化，市民阶级上下层之间的矛盾也日益加深。

随着城市的发展，城市文化应运而生。它反映了市民阶级的反封建精神和市民的文化要求。城市中还出现了非教会的学校和反教会的“异端”运动。这种新的城市文化的产生，打破了教会在思想文化上的垄断，形成了非教会的世俗文化。城市文学也就应运而生。

城市文学是在民间文学的基础上发展起来的。与教会文学和骑士文学不同，它取材于日常的现实生活，内容主要是对僧侣和封建主进行讽刺和揭露，因此最富于现实性，语言也极其生动，深受群众欢迎。在文学样式上，城市文学也有新的创造，像韵文故事和讽刺叙事诗都是新的体裁。作者主要是城市里的街头说唱者。城市文学的内容一般都是讽刺性的，讽刺的对象是专横的贵族、贪婪的教士和凶暴的骑士，特别是教士经常成为嘲笑的对象。也有的城市文学作品以赞扬市民和农民的机智为内容。

关于列那狐的故事诗是中世纪市民文学的最重要成就之一。大约在 9 世纪至 10 世纪时，法国广泛流传着动物故事。12 世纪后，形成一批以狐狸为中心形象的故事诗。14 世纪中叶，它们又被连缀成三万多行的长篇巨著，在西欧各国广泛流传。

《列那狐故事》通过对动物生活的形象描绘，反映出中世纪封建社会的现实生活。每一种动物都有特定的象征意义。狮子象征专横而昏庸的国王，骆驼象征教皇，熊和狼则是残暴贪婪的封建领主和骑士的象征，狐狸象征市民，其他小动物则是下层人民的象征。许多诗篇写到列那和猛兽的冲突，如列那经常暗算依桑格兰（狼），使它大吃苦头。列那也害了许多小动物。动物们纷纷向狮王告状。狮王开庭审判，列那却利用对手之间的矛盾，逃脱了惩罚。列那与猛兽之间的斗争，反映了市民与贵族、僧侣之间的矛盾。诗中歌颂了市民的机智，对封建统治者进行讽刺和嘲弄。列那对小动物的欺侮，则反映了市民内部上下层之间的矛盾。这类故事谴责了列那的丑行，肯定小动物的胜利。这种寓意和讽刺的风格，是中世纪城市文学作品的突出特点。

长篇故事诗《玫瑰传奇》是中世纪城市文学中另一部重要作品。长诗分上、下两部，分属两个不同的作者，也表现了不同的思想倾向。上部是骑士文学的仿作，用隐喻的手法写一个爱情故事：“玫瑰”代表少女，“情人”追求“玫瑰”而不可得。作品并未完成，几十年后，由一个市民诗人让·德莫恩续写，完成下部。德莫恩虽然继续采用隐喻手法写爱情故事，却表现了完全不同的思想。如果说上部写的是骑士式的典雅爱情，那么下部完全突破了这一框架。下部不但写到了许多重大的社会问题，对教会和贵族进行了尖锐的指责，而且在许多方面表现了新兴市民的人文主义思想的萌芽，因而成为文学史上一部具有特殊意义的作品。

13 世纪以后，市民抒情诗也出现了，代表作家是法国的吕特勃夫（？—1280）和维庸（1431—1480?）。他们的诗歌反映了城市下层人民的思想情绪。

城市戏剧在 14 世纪发展起来。城市戏剧是在中世纪的人民杂耍表演与宗教奇迹剧、神秘剧的基础上发展起来的。主要剧种有道德剧、傻子剧和笑剧。道德剧的内容是劝善惩恶，人物是寓意性的，把抽象的观念拟人化。傻子剧是通过人物装傻来讽刺贵族和教士，指责时弊。笑剧是城市戏剧中现实意义最强的一种。它最初作为穿插于宗教剧中的“幕间剧”而演出，后来独立出来，十四五世纪在法、德等国广泛流行。其特点是直接反映现实生活，充满戏谑和嘲弄，生气勃勃，内容丰富，深受群众欢迎。最著名的笑剧是法国的《巴特兰律师》，写巴特兰与羊倌捉弄布商，最后律师又被羊倌捉弄的故事。作者赞扬了巴特兰的狡猾和羊倌的智慧。剧中把狡猾和诈术作为好品质加以赞扬，反映了笑剧作者的市民阶级意识。

中世纪戏剧经过长期的发展演变而繁荣起来，对文艺复兴和 17 世纪欧洲戏剧的发展都有不小的影响。

第二节 但丁

一 生平与创作

生活在 13 世纪末 14 世纪初的意大利诗人但丁·阿里盖利（1265—1321）是中世纪最伟大的作家。他的创作标志着从封建主义时代向资本主义时代的过渡。恩格斯指出："意大利曾经是第一个资本主义民族。封建的中世纪的终结和现代资本主义纪元的开端，是以一位大人物为标志的。这位人物就是意大利人但丁，他是中世纪的最后一位诗人，同时又是新时代的最初一位诗人。"① 这段话准确地指出了但丁的历史地位。

意大利地处东西方交通的要道，"十字军东征"开始以后，东西方贸易迅速发展，意大利的工商业日益繁荣，成为资本主义因素出现最早的地方。到 13 世纪，意大利北部的热那亚、威尼斯、佛罗伦萨、米兰等城市已经成为重要的经济中心，出现了早期资产阶级。他们依靠人民的力量，摆脱了封建统治，取得了城市的自治权，建立了共和国。但从整个意大利来说，经济发展并不平衡，政治上四分五裂。罗马教皇和"神圣罗马帝国"皇帝为了统治意大利和掠夺财富，彼此进行长期的争斗。各城市内部的各阶级之间也存在着尖锐的矛盾。这些复杂的矛盾往往表现为党派间的斗争。所有这些情况都严重地影响了意大利国家的统一。在但丁的故乡佛罗伦萨，形成了两个彼此对立的政党：基白林党和贵尔夫党。基白林党是封建贵族的政党，支持神圣罗马帝国皇帝；贵尔夫党是资产阶级的政党，支持罗马教皇。1293 年，贵族政权被摧毁，基白林党亦被粉碎。贵尔夫党执政后不久，又分裂成黑白二党，彼此进行残酷的斗争。

但丁生于佛罗伦萨的一个没落小贵族家庭。但丁的父亲长期经商，属贵尔夫党。但丁早年拜著名学者布鲁内托·拉蒂尼为师，学习拉丁文、诗学、修辞学并研究古典文学。他对罗马大诗人维吉尔极为崇拜，称之为导师。但丁在其他文化领域如绘画、音乐、哲学等，也颇有造诣，是当时最博学的人之一。但丁少年时曾对邻家少女贝阿特丽采产生暗恋。这是一种近乎骑士式的精神之爱，对但丁后来的创作产生了极为深远的影响。1290 年贝阿特丽采夭逝，但丁把自己 1283 年以来所写的献给贝阿特丽采的 31 首抒情诗，用散文连缀起来，形成一部散韵结合的作品，取名《新生》（1292），以纪念自己所爱的女子。诗人在这些诗里抒发了对贝阿特丽采的纯洁热烈的爱情，也谈到由于她的早亡所引起的深切悲哀。《新生》写的是爱情主题，并

① 《马克思恩格斯选集》，2 版，第 1 卷，269 页，北京，人民出版社，1995。

且带有中世纪文学的神秘色彩，但其中对纯洁爱情的歌颂，反映了摆脱禁欲主义束缚的愿望。诗歌还具有自然清新的风格。这是欧洲文学史上第一部向读者剖露作者最隐秘的思想感情的自传性作品。

但丁在青年时代就参加了贵尔夫党，积极投入反对封建贵族的斗争。他曾经参加粉碎基白林党的冈巴地战役。贵尔夫党得胜后，但丁曾于1300年被选为佛罗伦萨的行政官之一。在贵尔夫党分裂为黑白两党后，但丁属于白党，反对教皇干涉佛罗伦萨内政。1302年，黑党在教皇卜尼法八世和法国军队支持下掌握了政权。但丁全部家产被没收，后又被判处终身流放。政治活动和流放生活，对但丁的思想和创作产生了极大的影响。他走出了狭隘的个人生活的圈子，接触到现实的重要问题。流亡使他看到城邦之间的内争的危害，更增加了他对祖国统一的渴望。流放初期，他写了《飨宴》和《论俗语》两部著作。《论俗语》（约1305）研讨的是语言问题。但论述的中心是建立统一的意大利民族语言的必要性问题。但丁认为民间俗语对于建立统一的标准语和文学语言是极其重要的。但丁坚定地主张建立统一的民族语言，是和他统一全意大利的政治主张相一致的。《飨宴》（1307—1308）按作者的构思应是一部涉及面很广的学术著作，原计划是给自己的14首诗都写出诠释，再加上一篇引言，共15篇。这15篇中既涉及哲学、神学、道德问题，也有其他各种知识，将作为精神食粮，提供给读者，故称为《飨宴》。然而这部具有“百科”性质的著作，因他动手写《神曲》而未能写下去，只写成了4篇。虽然但丁阐述问题的基本观点是中世纪的，但也表达出一些新思想，如他提出一个人的高贵不在于其出身，不在于财富和头衔，而在于其个人的品格。这种观念，以及其中所表现的理性能使人变得高贵等观点，都是后来兴起的人文主义的核心思想。这部著作是用意大利俗语写成的。

表达但丁晚年政治思想的政论《帝制论》（1310—1313）是用拉丁文写成的。但丁认为，祸乱之源在于贪欲，政治权威不立酿成纷争，只有建立起皇帝的最高权威才能消除动乱。他认为教皇集教权与政权于一身，造成放纵贪欲，引发祸乱。因此，他主张政教分离，教皇与皇帝各司其职，教皇不得干涉世俗政治。皇帝依据哲学的道理，引导世人走现世幸福之路；教皇则依据宗教的启示引导世人走向天国幸福之途。在当时的具体条件下，提出政教分离，否定神权高于君权，无疑是对教会和教皇的挑战，具有进步意义；但另一方面，但丁也美化了王权的作用。在实践上，但丁把希望寄托在神圣罗马帝国皇帝亨利七世身上，反映了诗人不切实际的幻想。在漫长的流亡生活中，但丁一直同教皇作斗争，拒绝向教皇在佛罗伦萨所支持的反动势力屈服。直至1321年客死于拉文那，但丁都没有再回过故乡。所幸，但丁在死前完成了他最伟大的作品《神曲》，由于这部作品，但丁成为不朽的诗人。佛罗伦萨人曾多次要求归还但丁的骨灰，但都遭到拉文那的拒绝。

二 《神曲》

《神曲》（1307—1321）是但丁在放逐期间写的一部长诗，是诗人的代表作。《神曲》分为三部：《地狱篇》、《炼狱篇》（又译《净界篇》）、《天堂篇》。诗人采用中世纪流行的梦幻文学的形式，描写了一个幻游地狱、炼狱、天堂三界的故事。诗人在诗中自叙他在人生的中途（35岁），在一片黑暗的森林中迷了路，正想往一个秀美的山峰攀登时，忽然出现了三只野兽——豹、狮、狼（分别象征淫欲、强权和贪婪）拦住去路。在这危急关头，古罗马诗人维吉尔出现了，他受贝阿特丽采之托前来援救但丁从另一条路走向光明。于是，他在维吉尔的引导下，游历了地狱和炼狱，然后由贝阿特丽采引导游历了天堂。

《神曲》中的地狱共分九层，如漏斗形，越往下越小。凡生前犯有各种罪孽的人，死后被罚在这里受刑。罪人的灵魂依照生前罪孽的轻重，分别被放在不同的圈层中受苦刑惩罚，罪行愈大者愈居于下层。但丁按照基督教的观点，把犯了贪色、贪吃、易怒和信奉异教罪的人看做是严重的罪犯，让他们在地狱中受苦。他更把那些社会上各种作恶的人放在地狱的下层，如第八层里受罪的有阿谀者、贪官污吏、买卖圣职者、占卜者、高利贷者、伪君子、盗贼、诱人作恶者、挑拨离间者、诬告害人者、伪造者以及罗马教皇。在第九层受罪的则是叛国者，他们是但丁最痛恨的人。

游完地狱，维吉尔带着但丁通过地心，顺着盘旋曲折的岩洞小径，走出地球，到了净界山下，见一座高山矗立在海面上。这是炼狱所在。由海滨到炼狱山门，是炼狱的外部，忏悔太晚者和被逐出教会者在这里等待。山内的炼狱分为七层，分别住着犯有骄、妒、怒、惰、贪、食、色七种罪过的亡魂。离开第七层到了山顶，即地上乐园。住在炼狱中的亡魂生前所犯罪孽较地狱中的罪人为轻。他们在炼狱中修炼，待断除孽根后，便可升入天堂。但丁在维吉尔带领下，游完炼狱后来到山顶。这时，维吉尔突然不见，圣女贝阿特丽采出现，她带领但丁进入天堂。天堂分为九重，生前为善者死后来到这里。九重天之上便是天府，为上帝和幸福灵魂所居。但丁看见了上帝，但只是电光般一闪。

《神曲》带有中世纪基督教世界观的明显烙印。诗中包含着不少神学和烦琐哲学的知识，有很多难解的象征和隐喻，神秘色彩浓厚。梦幻性、奇迹性、象征性和抽象性，都代表中世纪艺术的风格。作品中幻游三界的构思，就是宗教观点的直接表现。因此，《神曲》的宗教意味是十分明显的。然而，我们不能把它看做单纯的宗教宣传。但丁写这个幻游三界的故事，目的是给人类指示一条从黑暗走向光明的途径。诗中写的虽然是一个宗教故事，但是作者大量从现实生活中取材，描写了历史上的或同时代的各种人物，并且从自己鲜明的政治立场出发，对这些人物作出明确的评价。因此，《神曲》在神秘的宗教外衣下包含着现实性和倾向性。《地狱篇》通过但丁和各种人物的对话，鲜明地表现了意大利的现实生活，触及了一系列迫切的现实问题。诗中明显的反封建、反教会倾向和渴望祖国统一的爱国主义热情，集中地反映了作品的进步意义。

作为人文主义的先驱，但丁在批判封建社会的罪恶时，必然把他的矛头对准教会，因为封建制度的国际中心正是罗马天主教会。在《地狱篇》里，但丁集中地对教会的各种罪恶，对僧侣阶级的贪婪和腐败进行了愤怒的揭露。罗马教皇为了便于自己统治，宁愿保持意大利的城邦分裂状态。意大利各地祸乱的根源是和教皇的罪恶分不开的。但丁在诗中对他所痛恨的教皇进行了猛烈的鞭挞，愤怒地揭露教皇对世俗政权的野心以及买卖圣职等罪恶。他怒斥教皇尼古拉三世说："因为你的贪心，使世界变为悲惨，把善良的踏在脚下，把凶恶的捧在头上。"这位教皇被头朝下倒栽在石洞中，露着的双脚被火烧得颤抖不已。当时，教皇卜尼法八世还没有死，但是由于他罪恶太大，但丁已预先在地狱里为他安排好了位置，以表示对这个干涉佛罗伦萨内政、破坏意大利统一的罪魁的无比愤恨。

在《神曲》中，但丁出于对意大利严重分裂的不满，对佛罗伦萨黑白两党的分裂与斗争给予了严厉的谴责。党争使这个城邦"充满了嫉妒和怨恨"。诗人谴责两党"为着自己的党派利益"，忘记了祖国的前途，因而把当时参与两党斗争的主教和各党首领都放进地狱中受罚。同时，他又给神圣罗马帝国皇帝在天堂上留下了位置，充分反映出他的思想倾向。

在《神曲》里，但丁对那些横行霸道的豪强贵族、鱼肉人民的贪官污吏也进行了严厉的批判。这伙世俗的压迫者和剥削者，同僧侣阶级一起，是造成国家灾难的罪人。此外，但丁也没有放过新兴资产阶级的罪恶，他特别对贪婪成性、重利盘剥的高利贷者进行了揭露。

《神曲》的进步性还表现在对中世纪蒙昧主义的批判和对文化知识及人的才能智慧的歌颂上。诗中对古希腊罗马的诗人、学者表示了很大的敬意。他称荷马是“诗人之王”，称亚里士多德为“智者们的大师”，由于他们生在基督教之前，因此无法上天堂，只能被安排在地狱第一圈，在一片叫“林勃”（又译“灵泊”）的地方过着与众不同的生活。这些“伟大的灵魂”中还有苏格拉底、柏拉图、贺拉斯、奥维德等许多古希腊罗马的著名哲学家和诗人。但丁把古罗马诗人维吉尔奉为导师，称他是“智慧的海洋”，并让他引导自己游历地狱和炼狱。诗中尤利西斯（即《荷马史诗》中的奥德修斯）的形象，集中地反映了要求理智解放的思想。他为了追求知识，抛开个人的幸福，在波涛汹涌的大海上向西航行，在困难中百折不挠。他说：“人不能像走兽那样活着，应当追求美德和知识。”但丁不但要求理智的解放，还要求感情的自由。比如在对因相爱而被惨杀的情侣弗兰采斯卡和保罗的描写中，就明显地违反了宗教的观点。这一对情侣因淫行罪而在地狱里受苦，但诗人对他们争取恋爱自由的精神，表现了深切的同情。诗人在听完他们悲惨的故事以后，大为感动，竟至“因怜悯而昏晕”，“像死尸一样倒在地上”。

但是，但丁是新旧交替时代的诗人，基督教的神学观念，中世纪的思想偏见，在他的世界观中仍占相当的比重，这就决定了《神曲》的思想内容是极其复杂和矛盾的。但丁虽然歌颂现世生活，但又把它看做是来世生活的准备。他虽然揭露贪婪腐败的教皇和僧侣，其出发点却是维护宗教的纯洁和神圣；对神学他是看重的。他推崇古典文化，但又不得不把古典文化的伟大代表放进地狱。这种安排表现了但丁思想的巨大矛盾和局限。另外，尤利西斯被当做使用阴谋诡计者，弗兰采斯卡和保罗因淫行，全被放进地狱中受苦；与此同时，却把一些“虔诚的”教士、苦行者、殉道者和为基督教信仰而牺牲的十字军战士放在天堂。这些都表现了但丁作为中世纪诗人所具有的神学世界观与作为新时代的第一个诗人的人文主义世界观之间的矛盾。不过，诗中的旧观点虽然相当明显，重要的是，这些旧时代的旧观点已被新时代的新观点压倒。诗人世界观中的进步因素，使他在中世纪文学中最先创造出广泛反映时代的社会生活、具有巨大的思想认识价值和艺术价值的伟大诗篇。《神曲》是欧洲文学史上一部具有划时代意义的巨著。

《神曲》在艺术上有很高的成就。它所塑造的人物形象，特别是《地狱篇》里的形象，并不是虚幻的幽灵，而是一些丰富多姿、有血有肉的人，如贪婪并有野心的教皇、专横残暴的君主、刚强高傲的法利那太、温柔多情的弗兰采斯卡等，都写得栩栩如生，个性鲜明，令人难忘。

《神曲》的结构巧妙而严整。全诗分为三部，三行分节，奇偶连韵，而且每部33篇，加上序诗共100篇。各部的诗行大致相等，看起来匀称、工整，一直为文学史家所称道。

《神曲》用意大利语写成。在当时，正统的文学作品都是用拉丁语写作，但丁首次采用意大利民族语言写作文学作品，这对于促进意大利民族语言的统一和民族文学的发展，都起了很大的作用。

几百年来，《神曲》一直为人们所推崇。但丁为自己的作品取名时，只叫《喜剧》，后人为表示对它的敬意而加上“神圣”一词，变成《神圣的喜剧》，中文意译为《神曲》。

【本章思考题】

1. 如何全面理解基督教在中世纪思想文化发展中的作用？
2. 试述后期英雄史诗中的爱国主义和英雄主义。
3. 世俗文学（骑士文学和城市文学）的主要特点和对后世文学的影响是什么？
4.《神曲》如何体现了但丁作为新旧交替时代伟大诗人的成就和矛盾？

我女郎的眸子里荡漾着爱情

我女郎的眸子里荡漾着爱情，
流盼时使一切都显得高洁温文，
她经过时，男士们无不凝目眸出神，
她向谁致意，谁的心就跳个不停，
以致他低垂着脸儿，心神不宁，
并为自己的种种缺陷叹息不已，
在她面前，骄傲愤恨无藏身之地，
帮助我同声赞美，女士们。

凡是听见她说话的人，心里
就充满温情，且显得很谦虚，
谁见她一面，谁真幸福无比，
她嫣然一笑，真是千娇百媚，
无法形容，也难以记在心头，
为人们展现新的动人的奇迹。

——节选自但丁《新生》（钱鸿嘉译，见《外国诗歌经典100篇》，176～177页，北京，人民文学出版社，2003）

第三章 文艺复兴时期文学

第一节 概 述

一 文艺复兴和人文主义

中世纪后期，文艺复兴和宗教改革运动使欧洲文化呈现出大发展、大繁荣的景象，在欧洲文学史上形成新的高峰。

文艺复兴是发生在约 14 世纪初到 17 世纪中叶欧洲新兴资产阶级反对封建主义的一次波及面极为广泛的思想文化运动。

这个时期是欧洲封建社会逐渐解体、资本主义生产方式在封建社会母体内孕育的时期，也是欧洲从中世纪封建社会开始向资本主义过渡的历史转折时期。从 14 世纪开始，欧洲封建社会由于内部生产力的发展和生产技术的进步，陆续出现了资本主义生产关系的萌芽。15 世纪末，由于新航路开辟和地理大发现，世界市场开始形成，资本主义得以进一步发展。资本原始积累以残酷而野蛮的手段迅速进行，这一过程主要是通过对国内农民土地的剥夺和对国外殖民地人民的奴役等血腥手段来完成的。当时的欧洲还是封建社会，封建的生产关系还占统治地位。资产阶级要自由地发展资本主义，就必然与阻碍他们发展的封建制度发生尖锐冲突。他们反对封建贵族和教会的统治，反对封建主和僧侣的特权，反对封建割据，关心国家的统一和商道的通畅。这样，正在形成的资产阶级就展开了反封建的斗争。

这一时期资产阶级反封建的思想斗争主要采取了两种形式：宗教改革和文艺复兴。

1517 年开始的宗教改革是资产阶级在宗教领域进行的一次反封建斗争，矛头直指以罗马教皇为首的天主教会。宗教改革是从教会营垒内部进行的斗争，它使各国政权和教会摆脱了罗马教皇的控制，也因主张个人与上帝的直接沟通而大大削弱了教会解释教义的绝对权威。与此同时，一些下层教士参与了大规模的农民起义，从而沉重地打击了天主教会和封建制度。

文艺复兴是资产阶级借助古代希腊文化中反映现实生活的文艺、朴素的唯物主义哲学和自然科学，以世俗的形式对封建制度和宗教势力所进行的斗争。基督教文化本是希腊文化和希伯来文化相结合而产生的，但在中世纪初期因为蛮族入侵，希腊古典文化遭到了一场浩劫。基督教一时成为封建文化的代表，占据了文坛的统治地位。然而，几个世纪之后，“拜占庭灭亡时抢救出来的手稿，罗马废墟中发掘出来的古典古代雕像，在惊讶的西方面前展示了一个新世界——希腊古代；在它的光辉的形象面前，中世纪的幽灵消逝了”①。这一时期，古希腊、罗马文化重新受到重视，当时的思想家们纷纷学习希腊文，掀起研究古代文化的热潮。他们打着“回到希腊去”的旗号，声称要把久被淹没的古典文化“复兴”起来，“文艺复兴”就因此而得名。实际上，资产阶级召唤古希腊的亡灵，目的不是要重建奴隶制旧文化，而是要摆脱封建思想的桎梏，建立起适应资本主义生产关系的新的意识形态。

人文主义是文艺复兴时期资产阶级反封建斗争的思想武器，也是这一时期资产阶级进步文学的中心思想。它的斗争锋芒是针对中世纪封建主义世界观，特别是天主教会的宗教世界观的。教会以神为宇宙的中心，人文主义者则提出人是宇宙的中心来和它对抗。对“人”的肯定，成了资产阶级思想的核心。

中世纪教会认为神高于一切，主宰一切，并宣称自己是神的代表，而人则是渺小的，只能忠顺地听任神的摆布，当神的奴仆。人文主义者却竭力歌颂人的价值、人的尊严和人的力量，认为人有理性，有崇高的品质，有无穷的求知能力，可以创造一切。教会宣扬禁欲主义，认为幸福在来世，希望在上帝的拯救。人文主义者则以个性解放来反对禁欲主义，他们肯定现世生活，认为幸福就在人间，人生的目的就是追求个人自由和个人幸福（爱情、财富等），个人的品德和才智是其高贵与否的标准。封建教会宣扬蒙昧主义，人文主义者则认为人可以凭借自己的理性获得真知，强调理性是“人的天性”，“知识是快乐的源泉”，“知识就是力量”。另外，不少人文主义者把建立一个中央集权的统一的国家作为自己的政治理想，反对封建割据。

有些进步的人文主义作家已看出社会罪恶的根源是私有财产，并提出人人劳动、产品归全社会所有的社会理想，这些人被称为空想社会主义者。英国的托马斯·莫尔（1478—1535）和意大利的托马斯·康帕内拉（1568—1639）是其主要代表。

总之，人文主义作为新兴资产阶级的世界观和思想武器，是对阻碍生产力发展的封建束缚和宗教观念的强大冲击，因而在当时起过很大的进步作用。但是人文主义者所肯定的“人”，主要是资产阶级自身，他们宣扬的个性解放、自由、幸福，在当时的历史条件下，主要是指资产阶级个人的解放及其自身的自由、幸福。

二　文艺复兴时期的欧洲文学

文艺复兴时期欧洲各国并存着三种文学，即人文主义文学、民间文学和封建文学。人文主义文学已经形成强大的洪流，占据主导地位。人文主义文学的巨大成就带来了欧洲文学史上一个新的繁荣时期。恩格斯说：“这种艺术繁荣好像是古典古代的反照，以后就再也不曾达到过。在意大利、法国、德国都产生了新的文学，即最初的现代文学；英国和西班牙跟着很快进入了

① 《马克思恩格斯选集》，2版，第4卷，261页，北京，人民出版社，1995。

自己的古典文学时代。”① 文艺复兴时期的文学是欧洲近代文学的开端，也是继古希腊文学以后的欧洲文学的又一次高峰。

◎　意大利是资本主义关系最早出现的地方，也是文艺复兴运动的发源地，因而人文主义的新文学出现也最早。其代表性的作家有彼特拉克和薄伽丘等。

弗兰齐斯科·彼特拉克（1304—1374）被称为人文主义的先驱。他搜集古希腊、罗马的抄本，研读并推广古典名著。他起初用拉丁文写作爱国的政论和叙事诗，后来用意大利语写他的抒情诗名作《歌集》。这是一部诗集，主要歌咏他自己对心目中的女性劳拉的爱情。其中也有一些歌颂祖国、呼吁统一的政治抒情诗。诗人一反中世纪诗歌的出世的神秘思想，赞美劳拉形态的美和精神的美，表现以现世幸福为中心的爱情观。他的抒情诗抛弃了中世纪抽象、隐晦的风格，表现了人文主义精神。《歌集》在形式上以十四行诗为主，达到了艺术上的高度成就，为欧洲抒情诗开辟了一条新的道路。

乔万尼·薄伽丘（1313—1375）是第一个通晓希腊文的人文主义者。他的杰作《十日谈》（1348—1353）反映意大利的社会现实，勇敢地向教会的禁欲主义提出了挑战。作品开端写 10 个青年男女，为逃避黑死病在乡间住了十几天，每人每天讲一个故事，10 天共讲 100 个故事。这些故事，多以爱情为主题，大胆地揭露天主教僧侣和封建贵族的生活腐朽、道德败坏，赞美商人、手工业者的聪明和勇敢，宣扬现世幸福，反对禁欲主义。小说的大故事里套小故事的框架结构和短篇小说的形式，对欧洲后来的小说有很大的影响。《十日谈》文笔精练，语言丰富，善于刻画心理和描绘自然，奠定了意大利散文的基础。薄伽丘的思想比彼特拉克激进，但小说中有些篇什有情欲描写过多的毛病。

15 世纪中叶以后，意大利出现前所未有的艺术繁荣，诗人阿里奥斯托和塔索是当时最重要的作家。

卢多维科·阿里奥斯托（1474—1533）的传奇体长诗《疯狂的罗兰》（1516—1532）叙述罗兰疯狂地爱上安杰丽加，走遍天涯海角去寻找她，后来知道她已经结婚，气愤、失望以至发疯。诗中对其发疯过程和心理变化的描写，是全诗的精彩部分。作者嘲讽离奇的骑士冒险，歌颂忠贞、勇敢与牺牲精神，体现出人文主义思想。他也抨击外来侵略和诸侯割据，呼吁国家统一。

托夸多·塔索（1544—1595）是意大利文艺复兴时期的最后一个诗人。他的思想充满着人文主义与基督教信仰之间的矛盾，以致精神崩溃，被关进疯人院。他的代表作长诗《被解放的耶路撒冷》（1579）写“十字军东征”的题材，战争场面写得壮烈动人，气势磅礴；诗中弘扬了爱国主义的主题。诗中还写了不同宗教信仰的男女之间的爱情故事，体现出爱情的力量超过宗教信仰力量的思想，被认为是意大利文艺复兴的最后闪光。

◎　这时期的德国仍处于分裂状态，资本主义发展迟缓，没有形成统一的民族国家。在罗马天主教、神圣罗马帝国和封建诸侯的三重压迫下，农民和城市平民，甚至下层贵族都对现存制度不满，尖锐的社会矛盾导致宗教改革和农民战争的发生。这一时期，德国人文主义文学的代表作品是埃拉斯慕斯（又译伊拉斯谟，1466—1536）的著名讽刺作品《愚蠢颂》（1509）和乌利希·冯·胡登（1488—1523）的《蒙昧者书简》（1517）。前者通过“愚蠢”这个人物的自白，揭露僧侣的虚伪和迷信，抨击诸侯之间的内战；后者则尖锐地批判了整个教会。

马丁·路德（1483—1546）是德国宗教改革的领袖。他用德国人民的语言译出《圣经》，

---

①《马克思恩格斯选集》，2 版，第 4 卷，261 页。

使农民和平民能引用《圣经》的章句作为斗争的武器，对德国语言的统一起到了一定作用，奠定了德国文学语言的基础。马丁·路德写了许多论辩的小册子和鼓动人心的赞美诗，其中《我主是坚固堡垒》（1525）一诗被称为16世纪的《马赛曲》。

托马斯·闵采尔（1490？—1525）曾以神甫的身份领导农民战争，他起初和路德一同搞宗教改革，后来和路德分道扬镳。1525年，他发布《致阿尔斯特德人民书》，慷慨陈词，号召城市平民和农民联合起来举行起义。他发表的小册子，热情充沛，富于说服力。他不但反对天主教会，而且接近无神论并主张财产公有。

民间文学在德国相当繁荣，其中以《梯尔·欧伦施皮格尔》（1515）和《浮士德博士传》（1587）为代表。欧伦施皮格尔是一个农民，他以农民的机智战胜贵族和僧侣，愚弄行会的师傅，反映了农民的觉醒。《浮士德博士传》叙述浮士德和魔鬼订约，把身心卖给魔鬼，魔鬼为他服务24年，满足他任何愿望，上天入地追求人生乐事。浮士德的一生反映出文艺复兴时代追求知识和人世欢乐的进取精神。

◎ 16世纪的法国已建立了统一的民族国家，是西欧最大的君主国。人文主义作家反对天主教会，要求享受现世幸福，但有不同的倾向。由龙沙等七人组成的“七星社”提出从古典作品寻找词汇来充实法国语言，轻视民间语言和民间传说、故事。拉伯雷等则大量运用民间语言和民间传说、故事，为人民所喜闻乐见。

弗朗索瓦·拉伯雷（1495？—1553）博学多才，是欧洲最重要的人文主义作家之一。他早年在僧院研读希腊文学和哲学，在天文、地理、数学、医药、考古、植物学等方面都有很深的造诣。1530年后，他在里昂行医，同时写小说。他创作的长篇小说《巨人传》共五部（1532—1562年陆续出版），被巴黎大学和法院宣布为禁书，迫使作者到意大利等地避难。小说第一部的主人公是格朗古杰国王的儿子卡冈都亚，他生下来就会说话，要喝17 000多头母牛的奶，要用12 000多尺布做一件衣服，是文艺复兴时代巨人的象征。卡冈都亚起初受经院教育，越学越傻，后来接受人文主义教育才聪明起来。他和约翰修士击退邻国的入侵，建立德廉美修道院酬劳约翰。第二部的主人公是卡冈都亚的儿子庞大固埃，一开始便受人文主义教育，比上一代更聪明。第三部通过辩论巴汝奇的结婚问题讽刺宗教迷信。后来庞大固埃、约翰和巴汝奇一起出发去各地寻找神壶。第四、第五两部写他们在旅行中所遇到的奇闻逸事，对教会和封建法律加以尖锐的讽刺。最后他们找到神壶。神壶上的铭文（“喝呀”）教导他们畅饮知识，畅饮爱情，肯定享乐的人生观。

巨人父子爱和平，爱人民；他们在国土受到邻国入侵时，首先想到的不是自己的王位，而是人民的利益。他们都受过全面发展的教育和锻炼，有广博的知识，反对宗教迷信，确信科学的真理。小说中的巴汝奇是新兴市民的形象，他用狡猾的方法进行剥削，借钱不还。但因为他有聪明才智，在打倒恶魔时起了一定作用，作者同情他，说他是“世界上最好的好孩子”。

◎ 西班牙在15世纪至16世纪之间结束了反摩尔人侵略的斗争，统一了国家。16世纪发现美洲后西班牙肆意掠夺，美洲的黄金滚滚流入西班牙。查理一世于1519年当选为神圣罗马皇帝，改称查理五世，称霸欧、美两洲，西班牙曾一度繁荣。但这繁荣是短暂的，到16世纪中叶后便开始衰落，一切进步思想受到王权和教会的残酷镇压。由于反动势力的强大，西班牙人文主义运动发展较迟。直到16世纪末17世纪初，西班牙文学才进入“黄金时代”，在小说和戏剧方面取得很大成就。

16世纪中叶，西班牙城市发达，产生出新的小说类型，即“流浪汉小说”。这类小说描写城市平民的生活，并通过城市平民的眼光对各阶层人物加以讽刺。最早的一部流浪汉小说是无名氏的《小癞子》（原名《托梅斯河上的小拉撒路》，中译本改名《小癞子》，1553）。小癞子从小离家流浪，先为一个瞎子领路，继而先后侍候过一个吝啬的教士、一个身无分文的绅士、一个穿着破烂的修士、一个经销免罪符的骗子手和一个公差。这些人贪婪、奸诈，不顾廉耻，连小癞子自己也学会了欺诈，一心只想发迹，赚不义之财，后来靠老婆与神甫私通而得以过上富裕的生活。《小癞子》出版后，出现了不少仿作。《小癞子》对欧洲小说的发展有过深远的影响。

文艺复兴时期西班牙小说发展的顶峰是塞万提斯的《堂吉诃德》（详见本章第二节）。

这一时期的西班牙戏剧也得到了繁荣，出现了公众剧场，涌现出大量优秀的剧本，形成了民族戏剧。这时成就最大的剧作家是洛卜·德·维加（1562—1635），据说他写过 1 800 多部剧本，现在留下的有 400 多部。维加提出戏剧应当满足当代观众的要求，不必拘泥于古典剧的清规戒律。他认为戏剧的首要任务是反映现实，主张把“悲剧和喜剧夹杂在一起”，他还很重视情节安排的技巧。维加的剧作表现人文主义思想，但也受宗教思想的影响。内容上可分两类：一类写爱情自由；一类写社会政治问题，揭露暴君的罪恶，歌颂开明君主。

《羊泉村》（1609）是维加的代表作，取材于 1476 年 4 月羊泉村村民不堪封建领主的压迫，进行武装抗暴的历史。骑士团队长费尔南在驻地羊泉村企图污辱当地长老的女儿劳伦霞，青年农民费隆多梭救了劳伦霞。费尔南又破坏这对青年的婚礼，抢走新娘，还要绞死新郎。劳伦霞逃回村来呼吁起义抗暴。全村人民起来攻占了城堡，杀死了费尔南。国王来审理此案，全村人民团结一致，谁也不说出带头人，国王最终赦免了他们，把该村收归为自己的辖区。

维加的剧作奠定了西班牙民族戏剧的基础，对十七八世纪的欧洲戏剧产生过一定的影响。

◎ 英国文学是文艺复兴时期欧洲文学的高峰。早在 14 世纪，英国就产生了人文主义作家，16 世纪中叶到 17 世纪初期，人文主义文学发展到繁荣时期。

杰弗利·乔叟（1343？—1400）早年出使意大利，接触到那里的人文主义文学，他的长诗《特罗勒斯与克丽西德》（1385）是根据薄伽丘的长诗《菲洛斯特拉托》改写的。乔叟的这首诗描写特洛伊战争时，特洛伊王子特罗勒斯爱上宫廷寡妇克丽西德，后来她又另有新欢的故事。作者同情女主人公，嘲笑封建礼教。乔叟的代表作是诗体的《坎特伯雷故事集》（1387—1400）。它以一群从伦敦去坎特伯雷朝圣的香客在路上为解闷而轮流讲故事的方式，写了 24 个短篇故事。全诗前有总叙，有声有色地介绍了众香客的容貌、举止和个性。骑士、侍从、地主、农夫、僧侣、尼姑、市民、商人、海员、大学生、手工业者等不同阶层和不同职业的代表构成了一幅当时英国社会的画卷。他用生动活泼的伦敦方言，幽默讽刺的手法，揭露出人物的虚伪、庸俗和愚蠢。

15 世纪至 16 世纪时，托马斯·莫尔因同情人民，反对圈地运动和国王兼揽教权而被斩首示众。他用拉丁文写成的主要著作《乌托邦》（1516）有力地揭露和批判了资本原始积累的残酷性，形象地指出“圈地运动”是“羊吃人”。他认为社会罪恶的原因在于私有制度。在他的“乌托邦”里，私有制被废除，公民在政治上一律平等，人人劳动，没有人剥削人的现象，产品丰富，归全社会所有。这部对话体幻想小说是空想社会主义最早的重要著作之一。

16 世纪，英国文艺复兴运动达到高潮，人文主义文学空前发达。这时的著名诗人是埃德曼·斯宾塞（1552？—1599）。他的长诗《仙后》（1590—1596）继承骑士传奇文学传统，又模仿意大利的阿里奥斯托，但过分堆砌辞藻，缺乏朴素自然的美。16 世纪后半叶，英国翻译了许多古希腊、罗马和意大利等国的作品。《圣经》的英译本达 10 种以上，以 1611 年的译本为钦定本。这是英国资产阶级革命前夕社会生活中的一件大事，在文学上影响极大。译文简洁、朴素和严肃的风格，形成了英国民族语言和散文的特点。

英国 16 世纪文学中成就最大的是戏剧。英国民族戏剧在 16 世纪中叶开始形成和发展，它以中世纪的城市戏剧为基础，并继承了古代希腊罗马戏剧的遗产。1551 年和 1562 年，伦敦舞台上先后出现了最早的喜剧和悲剧。在莎士比亚之前，出现了一批所谓"大学才子"的剧作家，他们精通古典文学和西欧各国文艺复兴时期的文学，对戏剧颇有创新，为莎士比亚戏剧的出现准备了条件。其中最早的是牛津大学毕业生约翰·李利（1554？—1606），他写剧本也写小说，文体华丽，写爱情故事庄谐杂出，保持了英国的传统文风。在牛津大学和剑桥大学学习过的罗伯特·格林（1558？—1592）一生放浪不羁，穷愁潦倒，熟悉下层社会生活。他以本国历史和民间传说为素材写成的剧本，对英国戏剧的发展作出了贡献。托玛斯·基德（1558—1594）的杰作《西班牙悲剧》（1594）是塞内加与莎士比亚之间的桥梁；他精通舞台艺术，他那深刻的构思和简洁的对话，博得了剧坛的好评。"大学才子"中年纪最小而贡献最大的是剑桥大学学生克里斯托弗·马洛（1564—1593），他是莎士比亚的先驱，参加过无神论团体，他的处女作《帖木儿》（1587—1588）表现出新兴资产阶级追求征服世界的进取精神。《马耳他岛的犹太人》（1590）表现贪财欲的恶果，对灭绝人性的资产者进行了批判。富商巴拉巴斯贪得无厌，满屋黄金，却不让自己的妻子儿女享用，反而毒死女儿，害死妻子，结果自己落进沸汤锅而丧命。他的杰作《浮士德博士的悲剧》（1592—1593），采用德国民间故事中关于魔术师浮士德把灵魂卖给魔鬼的传说写成。作者肯定知识的绝对力量，认为有了知识就可获得一切，实现理想。莎士比亚（详见本章第三节）则代表了文艺复兴时期欧洲戏剧的最高成就。

第二节 塞万提斯

一　生平与创作

米盖尔·德·塞万提斯·萨阿维德拉（1547—1616）是西班牙文艺复兴时期最杰出的小说家。

塞万提斯生于穷医生家庭，只读过几年中学。1569 年，他作为红衣主教的随从去意大利，接触到意大利的文学和艺术，受到了人文主义的影响。1571 年，他参加了著名的对土耳其的勒班多海战，身负重伤，左臂残废。1575 年回国途中，他被土耳其海盗掳去，在阿尔及尔服苦役，度过了五年的俘囚生活。1580 年，被赎回国。回国后，当过军需员和收税员。他因秉公办事而得罪权贵和教会，数次被诬入狱。种种经历使他看到了社会的黑暗和人民的不幸。就在此时，他开始文学创作。他的著名代表作《堂吉诃德》，就是在狱中酝酿成熟的。他的作品还有历史剧《奴曼西亚》(1584)、短篇小说集《惩恶扬善故事集》(1613)、长诗《帕尔纳索斯游记》(1613) 以及《八出喜剧和八出幕间短剧集》(1615) 等。这些作品的基本主题和主要倾向是反封建的,同时对受压迫人民寄予同情。

塞万提斯写作《堂吉诃德》时已 50 多岁。当时,荒诞的骑士传奇在西欧各国早已销声匿迹,但在西班牙却风行一时。塞万提斯对此深恶痛绝,决心把消灭荒诞的骑士文学看成是自己的义务,郑重宣布自己创作《堂吉诃德》的目的:“我的愿望无非要世人厌恶荒诞的骑士小说。堂吉诃德的真人真事,已经使骑士小说立不住脚,注定要一扫而空了。”果然,《堂吉诃德》出版以后,社会上迷恋骑士小说的狂热大为减退,西班牙从此再未出版一部骑士小说。

1605 年《堂吉诃德》第一部问世,备受读者欢迎,不到一个月就出了三个盗印的版本,此事引起某些卫道者的惊恐,他们设法打击塞万提斯的作品。1614 年出现了一部伪造的《堂吉诃德》续集,作者化名为阿隆索·费尔南德斯·德·阿维利亚纳达,代表天主教会和反动贵族势力,对塞万提斯进行恶毒的攻击,并歪曲作品主人公的形象,使堂吉诃德和桑丘变成了粗俗、下流的人物,妄图借此抵消作品的社会影响。塞万提斯愤慨之余,带病赶写续集,于 1615 年出版,这是对反动势力的一个有力反击。

1616 年,他刚写完另一部长篇小说《贝雪莱斯和西吉斯蒙达历险记》,便在马德里病逝。

二 《堂吉诃德》

《堂吉诃德》(1605—1615) 是一部风格独特、内涵丰富的长篇小说。小说主人公堂吉诃德是蛰居在拉曼却村的一个穷乡绅。他读骑士小说入了迷,决心恢复骑士道,模仿古代骑士去周游天下,打抱不平。他穿一身曾祖留下来的破烂不全的盔甲,提着长矛,骑上一匹可怜的瘦马,悄悄离家去冒险。他选中邻村的一位姑娘做他理想的“贵夫人”,终身为她服务,立志“冒大险,成大业,立奇功”,帮助被侮辱与被压迫者。他第一次出马极为不利,被打得“像干尸一样”。邻居把他横在驴背上驮回家。家人看到他被骑士小说害到如此可怜的地步,便把满屋子的骑士小说一烧而光。第二次,他说服了一个农民桑丘·潘沙做他的侍从,一起出走,还答应有朝一日让桑丘做岛上的总督。此行,他又干出许多荒唐可笑的事。第三次出游,桑丘在公爵的一个镇上当了“总督”。堂吉诃德迫不及待地要实现他的改革社会的理想,结果,主仆二人受尽折磨,险些丧命。最后,堂吉诃德败于白月骑士手下,从此卧床不起。临终时,他说:“我从前是疯子,现在头脑灵清了。”“现在知道那些书上都是胡说八道,只恨悔悟已迟。”他嘱咐他的唯一继承人——他的外甥女,千万不要嫁给读过骑士小说的人,否则就不能继承他的遗产。

小说以堂吉诃德企图恢复古代的骑士道来扫尽人间不平的主观幻想与西班牙社会的丑恶现实之间的矛盾作为情节的基础。作者以讽刺夸张的艺术手法,巧妙地把堂吉诃德的荒诞离奇的幻想与 16 世纪末 17 世纪初的西班牙社会现实结合起来,以史诗般的规模,描绘了这个时代的广阔的社会画面。

作者以犀利的讽刺的笔锋对西班牙的上层统治阶级进行了无情的鞭挞和嘲弄,对人民的苦难寄予深切的同情。好大喜功的国王疯狂地进行军事侵略,7 000 多西班牙士兵为保住突尼斯果雷塔这座殖民城堡而全部牺牲,无辜士兵尽成炮灰。公爵夫妇是上层统治阶级的代表。他们的府第表面上极其豪华,讲究繁文缛节,实际上内囊羞涩,靠借债度日又无力偿还,精神上更是空虚无聊，就如同当时西班牙外强中干的现实。为了寻开心，公爵夫妇不惜动用上百个奴仆扮演妖魔鬼怪，残酷地折磨堂吉诃德主仆。通过这些描写，作者揭露了封建统治阶级在奢华的、彬彬有礼的外表下掩饰着的空虚的本质和阴险、凶残的本性。作品还写到官僚们贪污纳贿，买卖黑奴，卖官鬻爵。在国内外面临重重危机的时候，统治阶级挑起宗教冲突或民族矛盾来摆脱困境。被驱逐的摩尔人李果德父女的悲惨遭遇就是对这种反动政策的血泪控诉。广大人民不堪忍受，只好铤而走险。反动政府残酷镇压反抗者，把二三十个人一起挂在树上绞死。堂吉诃德和桑丘在绿林深处总能见到"累累满树的尸体"。书中的强盗首领罗盖·吉那特就是历史上的真实人物，西班牙人民爱戴的侠盗。作者比较真实地反映了官逼民反的社会现实。堂吉诃德不止一次诅咒他的时代是"多灾多难的时世"，是"可恶的时代"。

在这黑暗腐朽、贫富悬殊的社会里，作者为我们塑造了一个"不畏强暴，不恤丧身"，立志扫尽人间不平的喜剧性人物堂吉诃德。骑士道本是封建制度下存在的观念形态，流行于西欧封建制度进入全盛时期的 11 世纪，随着封建制度的解体和火枪在军事上的运用，它早已成为历史陈迹。可是，生活在资本主义兴起时期的堂吉诃德却认为，要扫除社会不平"莫过于游侠骑士和骑士道的复活"。这一情节冲突既具有喜剧性又具有悲剧性。在小说第一部中，作者着重揭示了堂吉诃德性格中的喜剧因素。他带着幻想中的骑士狂热，把风车当成了巨人，把穷客店看成了豪华的城堡，把理发师的铜盆当做魔法师的头盔，把羊群当做军队，把苦役犯当做受害的骑士。他不顾一切地冲杀过去，结果不但没有帮助别人解除苦难，反而给人们带来灾难；他善良的动机，得到的却是害人的恶果。堂吉诃德把牧童安德瑞斯从地主的皮鞭下救了出来，自以为做了好事，扬长而去。可是他一走，牧童却遭到更加残酷的鞭打。事后，安德瑞斯气愤地指责他："凭我多么倒霉，总不如受您帮忙倒霉得厉害。但愿上帝诅咒您！诅咒世界上所有的游侠骑士！"堂吉诃德就这样单枪匹马地向社会冲杀过去，结果，"挨够了打，走尽背运，遍尝道途艰辛"。堂吉诃德犯了时代的错误，想在现实生活中恢复过了时的骑士精神，结果使自己成了一个荒唐的、滑稽的、喜剧性的角色。作者借用书中的一首诗表明了自己对骑士道的态度："流光的奔驰注定能拨转方向，/使'已经'又成为'未曾'；/世上哪有这么大的力量，/能颠倒今古把这事完成。/时间像奔腾澎湃的急湍，/它一去无还，毫不留恋。"

堂吉诃德坚信骑士道，如果有谁否认游侠骑士，在他看来"就仿佛要人相信太阳不放光，冰霜不寒冷，大地不滋育万物一样"。他从来不承认失败，并想出种种可笑的理由为自己辩护，说是魔术师跟他作对，剥夺了他的"胜利光荣"。他不怕人们议论、讥笑和咒骂。他说："名人而不遭毁谤，那是绝无仅有的。"他不怕遭受侮辱和打击，即使被人当做疯子一样关在笼子里，仍不以为苦，反以为荣。他也不失去信心，还安慰别人："干了我们这一行，这种灾难都是免不了的。"他更不怕死，他把非洲猛狮的笼子打开，凭一把又锈又钝的短剑，敢于和狮子决一胜负。但是，堂吉诃德心目中的骑士道与封建制度下的骑士道有所区别，他并不是为了维护封建秩序，而是为了锄强扶弱，主持正义，消灭世间的罪恶，而且具有为此而置个人生死于度外的献身精神。在小说中，作者把堂吉诃德放在种种意料不到的场合，反复突出他醉心于铲除人间罪恶这一特点，从而展示出他性格中的这一高贵品质：为了追求自己的正义理想而置自身安危于不顾，愿为社会而不惜牺牲自己的性命。由此可见，堂吉诃德与单纯的喜剧性角色不同，在主观上他又是一个带有悲剧因素的人物，一个有着崇高精神境界的"疯子"。

只要不提骑士道，堂吉诃德的谈吐应答都十分高明，是一个学识渊博的学者，其见解高出于周围的人。他对社会的批评，对战争、法律、道德、文学、艺术的看法都具有远见卓识，闪耀着人文主义的思想光辉。他追求的理想社会是"不懂得什么叫做'我的'，什么叫做'你的'"的"黄金时代"。比起托马斯·莫尔的乌托邦社会来，这理想是狭窄而又模糊的，是以空想的托古改制的形式出现的，但它反对私有制的罪恶，具有明显的进步性。堂吉诃德心目中的游侠骑士是个全才，既是一个"懂得公平分配、公平交易的原则"的法学家，又是神学家、医学家、天文学家、数学家，甚至"会钉马蹄铁和修理鞍辔"；品德上还要具有勇敢、文雅、大胆和为了"坚持真理，不惜以生命捍卫"等各种美德。这样的人正是文艺复兴时期人文主义作家心目中的理想人物。堂吉诃德对妇女所受的侮辱与压迫也十分关注。他热情地支持美貌的玛塞拉摆脱封建偏见、追求个性解放的要求。在他的支援下，牧羊青年巴西琉用妙计战胜了有钱有势的卡麻丘的霸道行为。他要求桑丘破除封建的门阀等级观念，进行人道的司法改革，还要"亲自视察监狱、屠场和菜市"等等。作者借堂吉诃德之口提出的"改革社会的方案"具有人文主义的特点。这些带有人文主义特色的思想，反映了西班牙社会的进步要求。

以上种种构成了堂吉诃德复杂而矛盾的性格，而这种性格正是西班牙极端野蛮的君主专制制度社会里产生的一种可悲的现象，是处于新旧交替时代的西班牙现实社会矛盾的反映。人文主义作为一种先进的理想已经产生，但是西班牙的资本主义发展迟缓，贵族与教会势力又相当猖獗，思想控制相当严密，社会现实还不能为作家提供改造社会的理想人物，因而在《堂吉诃德》中，作者虽然嘲笑骑士制度，却把希望寄托在过时的骑士道身上，把骑士精神加以理想化；他痛斥种种罪恶现象，但又把许多社会问题归结到抽象的道德上去。这正是塞万提斯的人文主义理想与西班牙社会现实的矛盾的反映，也是人文主义弱点的反映。在堂吉诃德的形象中，既有作家加以批判和否定的东西，又有他所梦想的肯定的东西。堂吉诃德是一个喜剧性与悲剧性相结合的人物。

桑丘·潘沙与堂吉诃德是既对立又互补的形象，他与堂吉诃德的耽于幻想不同，讲求实际，头脑清醒。他当骑士侍从不是为了建立"丰功伟业"，而是幻想通过冒险生活寻求一条摆脱穷困的生活出路（这是当时西班牙许多冒险家发家致富的经历给社会造成的影响）。他幻想有朝一日当了总督，发了财，驼背老婆就可以坐上金光闪闪的马车。这幻想既反映了他改变现状的要求，又反映了他作为小私有者的弱点。他目光短浅、狭隘自私，但这些弱点随着情节发展逐渐消失，而农民的机智、善良和乐观精神在桑丘身上逐渐放出光辉。他对现实有正确的判断力，常常纠正堂吉诃德，把主人从幻想世界领回到人世间来。他跟随堂吉诃德游侠没得一文工资，又吃尽苦头，几次要甩手不干，但他还是没有抛弃堂吉诃德，原因是堂吉诃德的品德和扫尽人间不平的理想吸引了他。他的眼界在扩大，思想性格也在起变化。在当总督的日子里，他断案如神，执法无私，"明鉴万里"，改革弊政，废除酷刑，"锄强扶弱"。堂吉诃德为之奋斗一生没有做到的事，桑丘却做到了。他与堂吉诃德不同，他吃过苦头，绝不重蹈覆辙。经过严峻生活考验之后，他把从堂吉诃德那里受感染得来的幻想放弃了。他做了 10 天总督就立即辞职，临走时他对人们说："各位先生，请让开一条路，让我回去过我逍遥自在的日子。我在这里是死路一条，得让我回去才活得了命。……请告诉公爵大人：'我光着身子出世，如今还是个光身，我没吃亏，也没占便宜'，换句话说，我上任没带来一文钱，卸任也没带走一文钱。这就和别处岛上的卸任总督远不相同了。"这些话显出他在道德上的真正胜利。桑丘显示出一个普通人民管理国家的才能，但在那个罪恶的社会里却没有生存的余地。

《堂吉诃德》问世 400 多年以来，经受住了时间的考验；堂吉诃德的名字在不同的历史年代、不同的国家流传，已成为世界文学宝库中最卓越的典型人物之一。

塞万提斯的创作原则是："描写的时候模仿真实，模仿得愈亲切，作品就愈好"，"凭空捏造愈逼真愈好，愈有或然性和可能性，就愈有趣味"。《堂吉诃德》乍看似乎荒诞不经，实则隐含作者对西班牙现实关系的深刻理解和概括。作者采用讽刺夸张的艺术手法，把现实与幻想结合起来，表达他对时代的见解，现实主义的描写在小说中占主导地位。在环境描写方面，与旧骑士小说的装饰性的风景描写截然不同，作者以史诗般的宏伟规模，以农村为主要舞台，在极其广阔的社会背景中，绘出一幅幅各具特色又互相联系的社会画面。他在作品中对西班牙的社会世态、人情习俗、当代重大的事件都进行了反映。作者塑造人物的方法是虚实结合，否定中有歌颂，荒诞中有寓意，并采用讽刺、夸张、对比的手法。作者常借用堂吉诃德的疯话和桑丘的傻话，讽刺、鞭挞现实社会。作者还在许多地方故意引用骑士小说中装腔作势的词语和实际情况对比，造成极不协调的对照。如，堂吉诃德认为他的意中人杜尔西内娅是绝代的佳人，是姣美的公主。她的"眼睛是太阳，脸颊是玫瑰，嘴唇是珊瑚，牙齿是珍珠……"但她实际不过是一个乡下姑娘，长得像男人一样，"身子粗粗壮壮，胸口还长着毛呢"。这种对比既讽刺了骑士小说的文风和它里面描写的矫揉造作的爱情，又嘲笑了堂吉诃德的脱离实际，从而收到了强烈的喜剧效果。

作家借堂吉诃德的话说：骑士小说这种体裁，可以"借题发挥，放笔写去，海阔天空，一无拘束"。他正是这样利用这种形式，时而针砭时弊，时而描绘滑稽荒诞的游侠行径，时而热情歌颂，时而冷嘲热讽，使这种体裁具有了丰富的社会内容，其讽刺效果出人意料。他戏拟骑士小说的写法，从骑士的命名、受封仪式、决斗比武到向贵夫人献殷勤，都采用讽刺模拟手法，模仿得惟妙惟肖，讽刺、揶揄挥洒自如，引人入胜。小说结构以主仆游侠历程为主线，又穿插一些相对独立而与主题相联系的故事作为补充，加深了主题的深度与广度。三次出游，在不同条件下，堂吉诃德的喜剧性格特征一再重复，加强了读者的印象。他一生执迷不悟，"临殁见真"，情节突然一转，戛然而止，突出了结局的悲剧气氛，点明了主题，给人以深长的回味。但有的穿插故事过于冗长，破坏了主线的前后连续性和结构的完整性。

欧洲近代小说以文艺复兴为起点，而真正着力塑造人物典型，可以说是从《堂吉诃德》开始的。塞万提斯在猛烈抨击骑士小说的反现实主义倾向的同时，以现实主义创作方法塑造了堂吉诃德和桑丘·潘沙两个不朽的典型，完成了小说艺术上的改革。塞万提斯也因而被认为是欧洲近代现实主义小说的先驱。他对欧洲各国的现实主义文学都有深远的影响。

第三节 莎士比亚

一 生平与创作

威廉·莎士比亚（1564？—1616?）是欧洲文艺复兴时期英国的戏剧家和诗人，也是当时欧洲最伟大的作家之一。他的戏剧和诗歌创作，都代表着文艺复兴时期欧洲文学的最高成就。直到今天，这些作品仍被认为是英语文学的典范。400年来，莎士比亚的作品在世界各地不断被整理、翻译、上演、评论，据统计，它们所涉及的语种仅次于《圣经》。后世的许多作家，都对莎士比亚怀有一种高不可及的感叹。比如歌德就曾经告诫埃克曼："我们还是不要讨论莎士比亚，一切提到他的话都是不够充分的……对于他的伟大心灵来说，舞台是太狭隘了。"① 他的"说不尽的莎士比亚"一语，更集中表述了后人对莎翁既崇拜又难以彻底解读的复杂心境。20世纪的T.S.艾略特也认为要谈论莎士比亚，也许永远也不可能正确。

莎士比亚的作品得到了比较完整的保存。在1623年出版的"第一对开本"，就已经基本上是其剧作的全集。但是关于他的生平和创作活动，却没有太多的记载。也许正是因此，始终有人怀疑莎士比亚是否真的存在过，从而构成了所谓的"莎士比亚问题"。

比如有研究者将《爱的徒劳》中的一个长字拆开，以拉丁文的顺序重排后，被破译为"这是培根的作品"②。还有许多人相信莎士比亚其实就是"大学才子"派的马洛，直至20世纪90年代还曾有好事者申请挖开马洛的坟墓，以寻找证据。另外据1996年3月的报载：美国一学者用计算机分析了莎士比亚与伊丽莎白一世的画像，认为他们是同一个人。近来，有更多的学者将目光投向牛津伯爵德维尔（1550—1604）。

与此相应，研究者也找出了一些确有莎士比亚其人的证据。比如1942年由美国史密斯学院的两位学者编订的《莎士比亚戏剧与诗歌全集》，就原样引用了"第一对开本"中的前言和献辞。在首页的莎士比亚画像下有几行"致读者"，大意如下："这是为优雅的莎士比亚所刻之像……如果他脸上的智慧也能留在这肖像上，这肖像将无与伦比。然而这不可能。所以读者们啊，不要看他的肖像，还是去看他的作品。"另有本·琼生的献辞："纪念我所热爱的威廉·莎士比亚先生，以及他留给我们的一切。"还有一篇献辞题为"纪念已故作者威廉·莎士比亚大师"，其中说道："青铜、象牙都可以朽坏，这部书却会使你万世常新。"最有意思的是，"第一对开本"附有莎士比亚戏剧的26位演员的名单，而第一位正是莎士比亚本人。③ 此外也有研究者引证罗伯特·格林临终前的一封信，信中提到"有个暴发户……写了几句虚夸的无韵诗，就以为……能震撼舞台"云云；"震撼舞台"（SHAKE-SCENE）被认为是对莎士比亚之名的影射。④ 还有的研究者根据莎士比亚家乡的"教区登记簿"，考证出莎士比亚及其十四行诗里的那位神秘女郎的蛛丝马迹。⑤

关于这一问题，专家们的考据对文学史本身的影响似已不大，因为无论考据的结果如何，莎士比亚的名字都会是英国文艺复兴文学的象征。

根据有限的资料，我们只能对莎士比亚的主要经历作出大致的描述。

1564年4月23日，莎士比亚出生于英国中部艾汶河畔的斯特拉福镇。其祖辈务农，父亲则经营手套生意并兼营农业，还曾担任当地的议员和镇长。在莎士比亚的幼年，伦敦一些著名的剧团每年都要到斯特拉福镇巡回演出，这可能引发了莎士比亚对戏剧的兴趣。他曾一度进入家乡的文法学校读书，接触到《圣经》和古代罗马的诗歌、戏剧等，后因家庭破产而辍学

---

① 转引自伍蠡甫主编：《西方文论选》，上卷，466页，上海，上海译文出版社，1988。

② 杨周翰：《莎士比亚评论汇编》，下卷，315页注释，北京，中国社会科学出版社，1981。

③ 参见［英］尼尔森、希尔编订：《莎士比亚戏剧与诗歌全集》，"第一对开本背景资料"部分，英文版，1942。

④ 参见赵澧：《莎士比亚传论》，4页，北京，中国人民大学出版社，1991。

⑤ 参见［美］安吉拉·皮特：《莎士比亚的女性》，6页，英文版，1981。

谋生。

1585年前后，莎士比亚去了伦敦。据说他曾在剧院做“打杂工”，为看戏的绅士看管过马匹，后来才当上雇佣演员。不过莎士比亚的艺术天赋肯定很快就为人所识，所以他后来成为主要演员，参与了编剧工作并做了剧团的股东。当时的剧团常常要依赖王室或者贵族的庇护，所以多以庇护者的称号或职务命名，比较著名的有女王剧团、海军大臣剧团、雷斯特伯爵剧团等。莎士比亚所在的则是“宫内大臣剧团”，后改名为“国王剧团”。

自1590年起，莎士比亚从改编开始自己的创作。至1613年，他共完成叙事长诗两部，十四行诗集一部（154首），戏剧37部。其中以戏剧方面的成就影响最大。戏剧创作上的成功为莎士比亚赢得了财富和声名，据载伊丽莎白一世曾召他进宫并要他写一部有关福斯塔夫（《亨利四世》中的著名人物）的爱情故事，从而才有了《温莎的风流娘儿们》。后来莎士比亚还在家乡买地置产，并为他的家庭取得世袭绅士的名分。大约在1608年，他回到家乡定居；其最后的4部传奇剧和1部历史剧是在这里写成的。1613年，莎士比亚停止了创作，1616年4月23日去世。

从莎士比亚的同代人本·琼生开始，关于莎士比亚的评论和研究就层出不穷，几乎覆盖了17世纪以后西方文艺理论史的所有阶段。至20世纪，我们仍然可以看到弗洛伊德、荣格、琼斯对莎剧人物的心理分析，弗莱对莎剧情节的神话—原型考察，以及新批评派的文本细读（比如布鲁克斯和燕卜逊），意象派批评的语义还原（比如卡罗琳·斯珀津）；当代西方马克思主义借他进行文化的反省（比如伊格尔顿1986年出版的《威廉·莎士比亚》），女权主义从中发掘“言说的权力”（比如卫曼写于1985年的《〈哈姆雷特〉中的模仿》），英国文化唯物主义又作出政治性的解读（比如德利谟尔等人1985年合编的《政治的莎士比亚》、他本人1984年所著的《革命性的悲剧：莎士比亚戏剧及其同代人的宗教、意识形态和权力》），等等。在20世纪八九十年代影响颇大的美国新历史主义批评，比如其代表人物斯蒂文·格林布拉特发表于1985年的论文《莎士比亚与驱魔者》以及1988年出版的著作《莎士比亚的“共谋”》，更是将莎士比亚作为其理论的基本出发点。乃至耶鲁大学的著名学者哈罗德·布鲁姆还认为：莎士比亚已经深深融入了西方人的心理结构、表达方式和阅读习惯，“重新阅读莎士比亚的最大困难就是我们不会感到任何困难”，因为没有莎士比亚根本无法理解现代文学，“在上帝之后，莎士比亚决定了一切”①。

莎士比亚的37部戏剧作品，一般被分为历史剧、喜剧、悲剧和传奇剧；西方人也常常将传奇剧视为喜剧的一个部分，称为田园喜剧。这些作品的创作，大体可分为早、中、晚三个时期。其中早期包括最初的尝试和历史剧、喜剧的成熟，中期基本上是悲剧创作阶段，晚期则主要是几部传奇剧的创作。

莎士比亚以历史剧开始自己的创作道路。当时，正值伊丽莎白女王统治的盛期。英国不仅建成了统一的民族国家和有效的中央集权制度，而且由于王室推行有利于资本主义工商业发展的政策，得到了资产阶级和新贵族的支持。这样，英国在击败西班牙“无敌舰队”后继续向外扩张，建立殖民地，从而进一步促进了国内工商业的繁荣。也许是英国社会的这种安定、富强使莎士比亚感受到国家统一的重要性，这个满怀理想的年轻人刚一下笔，就把视线投向了百多

① 参见［美］哈罗德·布鲁姆：《摧毁神圣的真理：从〈圣经〉到当代的诗与信仰》，“莎士比亚”一节，英文版，1987。

年来动荡的英国历史。

在1455年至1485年，兰开斯特和约克两大家族之间发生了长达30年的争斗；由于他们的家族标志分别为红、白玫瑰，故而在历史上被称为“红白玫瑰战争”。伊丽莎白女王所承袭的都铎王朝，便是在这场战争之后建立起来的。有证据表明：莎士比亚通过荷林息德的《英格兰、苏格兰与爱尔兰编年史》和霍尔的《兰开斯特与约克两大显贵家族结合记》，详尽地了解到这段历史，并从中获取了基本的素材。

莎士比亚的历史剧创作显然怀有一定的喻世目的和现实关注。英国的统一，是伊丽莎白女王的祖上——亨利七世击败理查三世的结果；在理查三世之前，则是昏庸无道的亨利六世。莎士比亚首先从《亨利六世》和《理查三世》的写作入手，因为没有这一段历史，也就没有英国统一，更何谈伊丽莎白时代的昌盛。

在取得几部喜剧创作的成功以后，莎士比亚才再度转回亨利六世之前的复杂历程，沿着理查二世、亨利四世、亨利五世的历史顺序，试图以另一位理想君主亨利五世的成长为核心，描述诸侯纷争、改朝换代的原因和教训。他晚年的《亨利八世》，据一些研究者考证是莎士比亚与人合作的产物，通常不被视为他的代表作。

莎士比亚的历史剧在一定程度上表达了人文主义的社会政治理想，揭示了国家统一和中央集权的必要性以及诸侯割据的危害，谴责了昏聩无能、残暴不仁的封建统治者，并且塑造出亨利五世这样一个符合资产阶级理想的开明君主形象。但是在这一系列历史画卷中，历来留给人更为深刻的印象的，却是性格鲜明的暴君理查三世，或者成为“典型”的无赖福斯塔夫。

在莎士比亚早期创作中，喜剧占有相当的数量。莎士比亚的喜剧与他之前的普劳图斯和泰伦斯相比，或者与他之后的莫里哀相比，都有很大的不同。如果说西方喜剧通常以“讽刺”为主调，那么，莎士比亚喜剧主要并不在于讽刺恶习、针砭时弊，而在于正面表达新的生活理想和时代精神。

莎士比亚的每一部喜剧几乎都是以爱情为主题，因而有“爱情喜剧”之称。其情节模式多以主人公“一见钟情”开始，接着又“好事多磨”，最后“终成眷属”。同时，除去个别的作品之外，这些喜剧的素材大都是古已有之，莎士比亚将它们重新组合加工，并赋予充沛的时代风貌。其中生动的对白、曲折的情节和各异的性格，始终吸引着一代又一代欣赏者。

莎士比亚写于“尝试阶段”的四部喜剧［《错误的喜剧》(1593)、《驯悍记》(1593)、《维洛那二绅士》(1594)、《爱的徒劳》(1594)］比较轻松。在“成熟阶段”的六部喜剧之中，《无事生非》(1599) 和《温莎的风流娘儿们》(1598) 与前期风格相近，《威尼斯商人》(1597) 带有一定的社会批判意义，《仲夏夜之梦》(1596)、《皆大欢喜》(1600) 和《第十二夜》(1600) 则被许多人认为是这一时期最好的喜剧作品。写于“悲剧阶段”的三部喜剧，多少被感染了一些悲剧色彩。其中以《一报还一报》(1603) 最为著名。在回到家乡定居的晚年，莎士比亚所写的四部“田园喜剧”（传奇剧）似乎反映着他本人对于世俗纠葛的某种超越，《暴风雨》(1611) 尤其典型地代表了这种情绪。

有研究者认为：莎士比亚看似轻松的爱情喜剧，蕴含着一种文艺复兴时代特有的“非道德化”倾向。比如《第十二夜》所表明的“优雅之爱”的虚幻，《皆大欢喜》女主人公对爱情陈词的挖苦，彼特鲁乔（《驯悍记》）和巴萨尼奥（《威尼斯商人》）为了“嫁妆”或者为“了却债务”去追求“爱情”，海丽娜（《终成眷属》）和依莎贝拉（《一报还一报》）为了自己的意愿不惜“床上换人”等等。从今天的角度看，这种“非道德化”的倾向或许反映了文艺复兴时代的

“人本”的限度；其中被生命意志取代的“至善”，在莎士比亚的悲剧体验中仍然长久地困扰着他。

“穿裙子的英雄”是人们关于莎士比亚喜剧的另一个重要话题。在16世纪的欧洲曾有一句熟语：“英国是女性的乐园，骏马的地狱。”其意思是说：英国女性享有更多的自由，而男性常常要追随妻子。与此相关的事实则是，英国女性受教育的机会较多。所以在莎士比亚的喜剧中，女性不仅是主人公，掌握着情节发展的关键，而且也相当博学。比如《无事生非》中的贝特丽丝熟悉地理和历史，《皆大欢喜》中的罗瑟琳可以引证古典数学，就连《温莎的风流娘儿们》中的两位乡村大嫂也能读懂福斯塔夫的信。而在这一切女英雄之上的原型，被认为正是伊丽莎白女王。

在很长时间里，人们一般都是从上述背景来理解莎士比亚喜剧中的女性形象的。但是近些年有学者提出：文艺复兴时期的英国文化，暗含着一种复杂的“性别政治”。一方面是莎士比亚喜剧中的女性常常处于中心，正像在生活中伊丽莎白女王操纵着臣民一样；但是另一方面，莎士比亚描写了这些女性，犹如斯宾塞将《仙后》献给女王——“当诗服务于女王时，女王也就服务于诗”。总之，这里有一种“权力的悖论”。①

伊格尔顿的《威廉·莎士比亚》一书也认为：像鲍西娅（《威尼斯商人》）之类的女英雄，实际上是以男性的身份和语言指出男性社会的问题，然后再把权力交还给某一男性，以便分享部分男性社会的权力。这非但没有解决问题，反而完善了男性社会的圈套。有人进而由此解释莎士比亚喜剧中大量采用的女扮男装，如《第十二夜》的薇奥拉、《辛白林》的伊摩琴、《维洛那二绅士》的朱利亚、《威尼斯商人》的鲍西娅、《皆大欢喜》的罗瑟琳等。同时也有人认为这把莎士比亚的喜剧搞得太过深沉，其实女扮男装只是纯粹的技术需要：当时的女演员很少，常常以男童代替，所以“男装”才更为合适。

无论是理论家还是普通的欣赏者，都可以看到一个“说不尽的莎士比亚”。但是后世西方的喜剧创作，事实上更多效法的是莫里哀，而不是莎士比亚。这或许也从一个侧面说明：莎士比亚的喜剧创作确实与文艺复兴时期独特的精神氛围相关，而那氛围，已是不可重复的。

悲剧可以说是莎士比亚的主要成就。莎士比亚的第一部悲剧《泰特斯·安德洛尼克斯》(1692)，仍与古罗马以后的所谓“流血复仇悲剧”相似；接下来的《罗密欧与朱丽叶》(1595)，则在风格和主题上比较接近同一时期的喜剧。1599年问世的《裘力斯·凯撒》，才成为他创作出“伟大悲剧”的标志。

莎士比亚最主要的几部悲剧，似乎可以从《李尔王》分为两段。此前的《裘力斯·凯撒》、《哈姆雷特》和《奥赛罗》，使我们看到“至善”理想与人类自身弱点的必然冲突以及理想主义者的孤独和毁灭。

在《裘力斯·凯撒》(1601)之中，主人公勃鲁托斯为了推翻暴政，不惜使用暴政的手段，率领共和派刺杀了凯撒。然而一切结果都与他原来的愿望相反：他以为自己摧毁了邪恶，却使国家陷入更大的混乱；他以为能把自由还给人民，人民却不需要自由，而需要新的凯撒。所以一方面是朋友和敌人众口一词地称颂勃鲁托斯的美德，另一方面则是他的努力只能以失败告终。这段故事本来在普鲁塔克的《希腊罗马名人传》里已经写得惊心动魄，经过莎士比亚的改编和戏剧处理，更是冲突迭起，发人深省。

① 参见张京媛主编：《新历史主义与文学批评》，269页，北京，北京大学出版社，1993。

《奥赛罗》(1604) 写摩尔人贵族奥赛罗由于听信手下旗官伊阿古的谗言，被嫉妒压倒，掐死了无辜的妻子苔斯德蒙娜，然后自己也悔恨自杀。从外部特征上看，奥赛罗与哈姆雷特的性格完全不同。他永远都处于动作之中，而不是像哈姆雷特那样沉溺于“延宕”和思辨。如果将他们二人的位置对调，那么正如一位研究者所说：哈姆雷特在证实苔斯德蒙娜的不贞和伊阿古的鬼话之前，绝不会杀死爱妻；而奥赛罗在第二幕就会干掉克劳狄斯。[①] 不过就内在的意蕴而言，奥赛罗所演出的故事，同样是从“善”的希望开始，到“善”的毁灭结束。

至纯至善的苔斯德蒙娜，在剧中集中体现着爱情、神圣、和谐、秩序等理想，但是在崇尚功利的世俗社会中却显得相当脆弱。所以伊阿古略施小计就打乱了一切，并且使悲剧的结果无可逆转。除去性格上的弱点之外，奥赛罗的全部信念实际上都以苔斯德蒙娜为依托；一旦抽掉这一依托，他所崇尚的“至善”理想本身也立刻被分裂。我们可以看到：奥赛罗在第一幕谈论的山川、大海、月亮、天空，到第三幕就变成了刀剑、毒药、火焰和死亡。理想人物性格中潜在的毁灭性力量，其实并不比伊阿古的邪恶的毁灭性力量小。

通过这几部悲剧我们似乎会得到一种印象：莎士比亚越是了解人，越是了解生活，就越是怀疑人间“至善”的能力，越是要以悲剧为他的理想人物送葬。

作为两段悲剧创作的过渡，《李尔王》也被认为是莎士比亚最好的悲剧之一，从而与《哈姆雷特》、《奥赛罗》和《麦克白》并称“四大悲剧”。《李尔王》(1606) 取材于一个古老的故事。莎士比亚把它改编成一个具有丰富时代内容的大悲剧。剧中主人公李尔本是一个专制独裁的昏君，但当他晚年把国土分赠给女儿后，却遭受女儿的虐待，流落为难民，最后遭到悲惨的结局。剧本写出了一个恶人当道、道德沦丧的时代。这部作品不仅在形式和语言方面为人称道，而且有一种“理性”的悖谬，引起许多研究者的兴趣。比如李尔王在发疯之前昏庸至极，发疯以后却要清醒得多；葛罗斯特毫发无损的时候有眼无珠、不辨忠奸，被挖去双眼倒看清了爱德蒙的真相；爱德伽装疯卖傻才保全了性命；弄人名曰“傻瓜”却是唯一既可以谴责李尔王又不遭放逐的人；疯癫中的李尔王甚至把装疯的爱德伽和愚拙的弄人当做法官，要他们审判忘恩负义的女儿。后世的西方人不断反思文艺复兴以来的“理性”时，莎士比亚又一次显示出他“属于所有的时代”。

美国新历史主义批评家格林布拉特对《李尔王》还作了另一种著名的读解。他从“历史的碎片”中仔细考察了1585年至1603年间关于一次非法“驱魔”活动的记录，认为这与《李尔王》的创作有许多关联。然而格林布拉特所要强调的并不是莎士比亚借用了其中的一些素材，而是两个文本之间、艺术与现实之间的互动关系。通过这种关系，历史的事实化解为艺术的虚构，艺术的虚构又参与甚至重塑着历史和文化的现实。具体地说：“驱魔”活动当时实际上被视为建立合法性神圣的一种方式；如果能有效地“驱魔”，“驱魔者”当然会借此获得神圣的地位，成为新的权威（即所谓“卡里斯马”）。对于伊丽莎白时代的世俗权力和英格兰教会，这都是无法容忍的。这也正是“驱魔”活动遭到禁止的原因。在格林布拉特看来，《李尔王》对上述素材的借用，恰好是以戏剧的方式消解“卡里斯马”之源的神圣感，从而可以得到高度的认同。比如，这部作品“完全没有《理查三世》、《裘力斯·凯撒》和《哈姆雷特》中的鬼魂，也没有《麦克白》中的巫师……人们一再呼求异教的神明，那些神明却沉默不语……没有谁来应答人类，没有什么能激起敬畏和恐惧……剧中对异教神明的求告，只是证明了并无神明”。格

① 参见［美］菲利斯·拉金：《莎士比亚的悲剧》，69页，英文版，1978。

林布拉特认为：这种文化与文本之间的互动关系，就是“官方教会将一种危险的‘卡里斯马’权力机制让渡给演员；反过来演员又使这一机制戏剧化，进而成为虚幻”①。

在《李尔王》之后，莎士比亚似乎不再通过悲剧表现理想人物的毁灭，而是让许多悲剧的主人公走上了“自我选择”或者“以恶制恶”的道路。比如麦克白和科利奥兰纳斯。

如果与《李尔王》的思路相接，那么《麦克白》进一步展示的，正是理性与自我意志可能导致的异己性和荒谬。《麦克白》（1606）写苏格兰大将麦克白弑君篡位，最后众叛亲离、受到惩罚的故事。麦克白本来勇武过人，也不乏智慧。以文艺复兴以后的个人权利而论，他所要求的东西并没有超出他的自身能力。但是当这种实现自我价值的努力和本性中潜在的邪念相互结合时，他终于被异己的力量吞没。后人从《麦克白》中感受到的最深刻之处，可能就在于一种对现实价值之内在矛盾的认识，即要实现不超乎人性原则的价值，有时会与另一些同样被视为人性原则的东西发生冲突，因而“罪恶”既来自人性，又为人性所不齿。

稍晚于《麦克白》的《安东尼与克莉奥佩特拉》（1607），亦以其关乎人性的主题充实了上述悲剧线索，“天神给我们缺点，使我们成为人”。而另外两部古代题材的悲剧《雅典的泰门》（1605）和《科利奥兰纳斯》（1607），也许可以看做是莎士比亚对人类的彻底检点；其各自的检点对象，则分别在于社会秩序和道德良心。

莎士比亚的悲剧内涵极为丰富，当然可以有不同的欣赏角度和再阐释的余地。不过从总体上看，其前后两段悲剧创作确实存在着某种可能的逻辑联系：人世间的“善”并不足以制“恶”，而一种“恶”也不能使另一种“恶”得到抵消；悲剧在双方的毁灭中暂时解决了，而世界依然故我。也许可以说，这既是人类的存在方式，又是社会前进的历程。

二 《哈姆雷特》

描写丹麦王子替父报仇故事的悲剧《哈姆雷特》（1601），代表着莎士比亚戏剧创作的最高成就。悲剧情节如下：

丹麦王子哈姆雷特在德国威登堡大学接受教育，因父王突然去世，怀着沉痛的心情回到祖国。而父王辞世不久，母后又与新王——哈姆雷特的叔叔结婚，更使他感到难过。新王克劳狄斯声称老国王是在花园里歇息时被毒蛇咬死的，哈姆雷特正在疑惑，父亲的鬼魂显灵，告诉他“毒蛇”就是新王，并嘱咐他为父报仇。

哈姆雷特认为复仇不是他个人的事情，而是关系到整个社会和国家。他觉得自己有责任重整乾坤。但是他担心泄露心事，担心鬼魂是假的，担心落入坏人的圈套等等，所以心烦意乱、郁郁寡欢，最后只好装疯，以察真相。同时，新王克劳狄斯怀疑哈姆雷特已经知道自己谋害老王的底细，派人探听他的动向和心事，连他的两个老同学和情人奥菲利娅也为克劳狄斯所用。

哈姆雷特借一个戏班子进宫演出的机会，自己改编了一出描写阴谋杀兄的旧戏《贡扎古之死》，让戏班子演出以试探克劳狄斯。戏未演完，克劳狄斯就做贼心虚，仓皇退席。这样，哈姆雷特便相信克劳狄斯的罪行属实。

克劳狄斯正在坐立不安，奥菲利娅的父亲——宫内大臣波洛涅斯为他献计，让王后将哈姆

① ［美］格林布拉特：《莎士比亚与驱魔者》，见帕克主编：《莎士比亚与理论问题》，英文版，1985。

雷特叫到房中谈话，自己躲在帷幕后偷听，以便探明情况。与母后谈话时，哈姆雷特发现帷幕后面有人，以为是克劳狄斯，便一剑刺过去，结果杀死了波洛涅斯。

克劳狄斯知道事已败露，又想出借刀杀人的办法。他派哈姆雷特去英国，并让与他同行的两个老同学带上一封密信，信中要英国国王在哈姆雷特上岸时将其杀死。没想到哈姆雷特已有察觉，他在半路上调换了密信，反让英国国王杀死克劳狄斯的两个特使；他自己则跳上海盗船，回到丹麦。

这时哈姆雷特才知道，奥菲利娅因为父亲被杀、情人远离而发了疯，落水溺死了。奥菲利娅的哥哥雷欧提斯带领一批人冲进宫来，要为父亲和妹妹报仇。克劳狄斯利用雷欧提斯与哈姆雷特决斗的机会，在雷欧提斯的剑上蘸了毒，同时还准备好毒酒，以便将哈姆雷特除掉。最后，哈姆雷特和雷欧提斯都中了毒剑，王后饮了毒酒，奸王克劳狄斯也被哈姆雷特刺死。

哈姆雷特临终前留下遗嘱，让好友霍拉旭完成他的心愿。

这段王子复仇的故事取材于12世纪末的一部丹麦史。1576年一位法国作家曾把它写入故事集；16世纪80年代，伦敦多次上演其他作家据此改编的戏剧。1601年，莎士比亚又将它重新改编，使这段带有浓厚的封建色彩的中世纪复仇故事焕然一新，成为一部具有反封建意识的伟大悲剧，而哈姆雷特的形象也由此成为世界文学中的一个著名典型。至于哈姆雷特的复仇是否有所谓“俄狄浦斯情结”的影响，是否与更古老的故事原型相关，其实仅属后人的种种解释，并没有多少实证。

《哈姆雷特》的故事发生在丹麦，却暗含着英国本身日趋尖锐的社会矛盾。悲剧一开始，我们所看到的就是宫廷内外的一片混乱：新国王要与寡嫂结婚，新人的婚礼紧接着老国王的丧礼；敌军压境，宫廷里却通宵达旦地酗酒作乐；老百姓群情激愤、一触即发，波洛涅斯被误杀后，他的儿子登高一呼，立刻号召起大批暴乱的民众向宫中杀去。就连军官马西勒斯也看出，“丹麦国里恐怕有些不可告人的坏事”。所以哈姆雷特作出了这样的判断：“丹麦是一所牢狱。”在他看来，当时的整个世界都是“一所很大的牢狱，里面有许多牢房、囚室、地牢”，而“丹麦是最坏的一间”。这种描写，影射着由鼎盛转向没落的英国。

悲剧主人公哈姆雷特是文艺复兴时期人文主义者的艺术形象。他出身于王室，但他一直在德国的人文主义中心威登堡大学读书，因此一般认为莎士比亚的这一交代表明了主人公的倾向。的确，在他的心目中，曾经把人类看做天神一般具有“高贵的理性”、“伟大的力量”和“优美的仪表”的“了不得的杰作”，是“宇宙的精华”、“万物的灵长”。他对爱情、友谊和人生都充满了理想主义的热情。然而这种理想主义不仅在残酷的现实中处处碰壁，而且几乎得不到任何人的理解。无奈之中，哈姆雷特一次次发出感叹：“人世间的一切在我看来是多么可厌、陈腐、乏味而无聊!”“脆弱啊，你的名字就是女人!”

理想与现实的矛盾是摆在哈姆雷特面前的根本问题，即使当他决心为父报仇、拯救国家的时候，他也清醒地意识到了这一点：“这是一个颠倒混乱的时代，唉，倒霉的我却要负起重整乾坤的责任!”更令他无法想象的是，他的老同学，甚至心爱的情人奥菲利娅都成了奸王的帮凶。从而“生存还是毁灭”对理想主义者确实成了问题。就此而言，哈姆雷特所追寻的“善”，与勃鲁托斯、奥赛罗的幻想同样脆弱，同样不堪一击。要坚持“善”的理想，似乎就要卷入与所有人的冲突：不仅是敌人、小人，也包括亲人、情人以及一切普通人。在这样巨大的使命面前，哈姆雷特虽有行动的决心却不知如何行动，思虑过多而行动延宕，以至有论者认为：犹豫本是他的性格特征，哈姆雷特的悲剧就是一出“性格悲剧”。其实，问题要深刻得多。莎士比亚的这部悲剧，从人性的深度上落笔，把人文主义理想的毁灭描写得极为生动。它写出了一个先进分子在面临理想与现实的矛盾时，由于时代尚不具备胜利的条件而抱恨死亡的悲剧。这是一个人文主义者的悲剧，也是时代的悲剧。剧本真正达到了恩格斯提出的悲剧境界，即写出了历史的必然要求与这个要求实际上不可能实现之间的悲剧性冲突。

《哈姆雷特》是莎士比亚戏剧艺术成熟的标志。首先，莎士比亚很注意情节的安排，他的戏剧常常包含几条平行的或者交错的情节。《哈姆雷特》中三条复仇的情节交织在一起，而以哈姆雷特为父复仇为主线，以雷欧提斯和小福丁布拉斯为副线，三条线相互联系，又彼此衬托。在复仇情节之外，剧中写了哈姆雷特和奥菲利娅之间不幸的爱情，写了哈姆雷特和霍拉旭之间真诚的友谊以及罗森格兰兹、吉尔登斯吞对哈姆雷特的友谊的背叛，还写了宫内大臣波洛涅斯一家父子兄妹之间的关系。所有这些又都起着充实、推动主要情节的作用。其次，《哈姆雷特》情节的丰富性还表现在它描绘的生活面很广阔，从宫闱到家庭，从深闺到墓地，从军士守卫到民众造反等场面。莎士比亚还常常突破古典戏剧的清规戒律，把喜剧因素和悲剧因素结合在一起，如在奥菲利娅落水 4 死的悲惨场面之后，紧接着的就是掘坟墓者插科打诨的场面。这种“崇高和卑下、可怕和可笑、英雄和丑角的奇妙的混合”，正是莎士比亚悲剧的特点之一。

悲剧中人物众多，但各具性格特点。在反面人物中，克劳狄斯这个“脸上堆着笑的万恶的奸贼”，阴险狠毒，笑里藏刀，表面上对人和气，善于笼络人心，实际无比凶狠。哈姆雷特同这样一个难于对付的笑面虎进行面对面的斗争，显示出他复仇任务的艰巨。于是不但装疯、“戏中戏”等安排有了情节上的必要，而且主人公的犹豫、拖延也才有了客观的根据。王宫中大小廷臣阿谀奉承，狼狈为奸。年老的如波洛涅斯，昏庸老朽，自以为是。奥斯里克则是年轻廷臣的典型。在正面人物中，奥菲利娅天真柔弱，既真心爱哈姆雷特，又甘心做波洛涅斯的工具，心爱的人装疯使她心碎，老父被爱人误杀致死又使她真疯以致落水而死，她是宫廷阴谋斗争中的不幸的牺牲者。霍拉旭理智冷静，同哈姆雷特一样，抱有人文主义的理想，同样富于正义感，但性格不同，又没有如哈姆雷特那样肩负起不共戴天的复仇任务，自然不会产生哈姆雷特那样激烈的内心斗争。在复仇问题上，哈姆雷特同雷欧提斯、小福丁布拉斯形成鲜明的对比。雷欧提斯为报私仇，利用民众对王室的不满，登高一呼，群众像怒潮一般涌向王宫，他只问目的，不择手段，也不顾后果，只有个人的恩怨，而缺乏扭转乾坤的大志，同哈姆雷特相比，就显得简单鲁莽。小福丁布拉斯，原定兴兵复仇，夺回老王失去的国土，在个人私仇上似乎也加上了一点儿国家兴亡的色彩，但却禁不住叔王的一顿训斥，轻易就放弃了复仇的打算。相形之下，他显然没有哈姆雷特性格的复杂和坚定。

除通过人物之间的对比来突出主人公的性格外，莎士比亚在《哈姆雷特》中还充分利用“独白”这一传统手法，来揭示主人公的内心活动，使得他的性格更加深刻和丰富。剧中主人公的重要独白共有 6 次之多，有的戏剧性强，有的富于哲理，但都有助于揭示性格。比如，第三幕第三场临末了哈姆雷特有一段独白（“他现在正在祈祷，我正好动手”），既说明了哈姆雷特当时放弃这一行动的原因，又达到推动剧情进一步发展的目的，具有高度的戏剧性，使得观众的情绪随之起伏。又如第三幕第一场那段“生存还是毁灭”的著名独白，不仅本身是一首富于揭露性和哲理性的好诗，也是理解主人公性格的一个重要方面的钥匙。通过这段独白，我们看到了他对人生的思索，他的烦恼、失望、苦闷和彷徨以及他对周围现实的深刻揭露和批判。

莎士比亚是语言的大师，他的语言丰富而富于形象性。他的戏剧主要用无韵诗体写成，又结合了散文、有韵诗句和抒情歌谣等，不同的文体在剧中起着不同的作用。莎士比亚根据人物的身份与处境的不同而使用不同的语言，文雅或粗俗，哲理或抒情，目的都是为了更有助于表现人物。同是一个哈姆雷特，装疯时的语言与平时的也有所不同。此外，莎士比亚还善于运用比喻、隐喻等形象化的语言。

【本章思考题】

1. 说明文艺复兴和人文主义的基本内涵。
2. 阐述文艺复兴时期文学在欧美文学发展史上的重要地位。
3. 阐述《十日谈》的挑战性和创新性。
4. 说明《巨人传》中的人物形象如何体现了人文主义对人的认识。
5. 堂吉诃德是怎样一个矛盾复杂的悲喜剧形象？
6. 怎样理解“说不尽的莎士比亚”一说？
7. 从《哈姆雷特》看莎士比亚悲剧艺术有什么样的特点？

哈姆雷特

哈姆雷特：人类是一件多么了不得的杰作！多么高贵的理性！多么伟大的力量！多么优美的仪表！多么文雅的举动！在行动上多么像一个天使！在智慧上多么像一个天神！宇宙的精华！万物的灵长！可是在我看来，这一个泥土塑成的生命算得了什么？人类不能使我发生兴趣；不，女人也不能使我发生兴趣……

——节选自《莎士比亚全集》第九卷（朱生豪译，见《哈姆雷特》第二幕第二场，49页，北京，人民文学出版社，1978）

第四章
17 世纪文学和古典主义

第一节 概 述

一 历史和文学概况

17 世纪的欧洲处在资本主义继续发展的时期。17 世纪中期的英国资产阶级革命标志着中世纪的终结和近代史的开端。革命后，资本主义迅速发展，英国成为当时欧洲最先进的国家。17 世纪的法国，资产阶级已经发展到足以与封建贵族抗衡的程度。在这两个阶级此长彼消的斗争过程中，王权“作为表面上的调停人而暂时得到了对于两个阶级的某种独立性”，法国由此成为当时欧洲最强大的君王专制国家。在意识形态方面，由于近代自然科学的发展，机械唯物主义思想、理性主义思潮大为兴盛，出现了霍布斯、笛卡儿、迦桑狄、斯宾诺莎、莱布尼茨等杰出的思想家，对欧洲哲学思想的发展作出了重要贡献。

但是，当时欧洲的多数国家中，封建制度仍占统治地位，封建势力，特别是天主教势力，还相当强大。它们在受到农民起义和资产阶级反封建反教会运动的沉重打击之后，竭力向人民进行反扑。它们通过耶稣会、宗教法庭、宗教裁判所等机构残酷迫害进步的思想家和科学家，而且颁布“禁书目录”，企图扼杀新思想。这种情况在意大利、西班牙和德意志等国家尤为严重。这些国家在文艺复兴时期曾经处于先进的行列，对欧洲历史和文学的发展起过重要作用。但是，到了 17 世纪，它们都落伍了。意大利由于国际商道的转移，丧失了商业中心的优越地位，经济上急剧衰落。与此同时，它政治上四分五裂，再加上外国的侵略，已经变成一个战乱频繁、破败不堪的国家。西班牙已经失去其海上霸权和欧洲强国的地位，工商业走下坡路，王权日趋反动，宗教势力猖獗，国内动荡不安。德意志在“三十年战争”（1618—1648）中遭到毁灭性的破坏，战后分裂为 300 多个小国，土地荒芜，人口猛减，农奴制又恢复起来。在这样战争四起、宗教反动势力猖狂一时、进步的思想运动受到沉重打击的情况下，文艺复兴运动渐告衰退。

随着文艺复兴运动的衰落，西欧文坛上先后兴起“巴洛克”文学、清教徒文学和古典主义文学思潮。

◎“巴洛克”（baroque）一词来自葡萄牙语的 barocco，原是用来形容一种形状不规则的珍珠，后来被艺术史家用来形容文艺复兴后期意大利等国出现的一种新的建筑风格。这种建筑一反文艺复兴时期艺术古朴、匀称、和谐的风格，崇尚豪华、动感和装饰美。19 世纪末以来，史家们认为，“巴洛克”现象不仅存在于建筑里，也存在于当时的美术、音乐，而且在文学方面，它也是文艺复兴衰退之后、古典主义兴起之前，欧洲许多国家中普遍存在的一种现象。巴洛克文学并不是一个统一的文学运动，有各种各样的巴洛克，但其间也有一些共同之处。譬如，巴洛克文学在思想上偏重于表现信念的危机和悲观颓丧的情绪；在艺术上，刻意追求怪谲，偏于雕琢，以致被一些史家称为夸饰主义。

巴洛克文学在意大利和西班牙较为盛行。那时，意大利已经失去其欧洲文化中心的地位。西班牙文学在塞万提斯和洛卜·德·维加之后也失去了“黄金时代”的光辉。巴洛克文学流行一时。意大利有“马里诺诗派”，西班牙有“贡戈拉诗派”。这些诗派的作品内容复杂，文字晦涩，常雕琢辞藻和堆砌典故。另外有些作家，他们继承了文艺复兴时期人文主义思想的传统，然而在天主教统治的迫害之下，陷于不可调和的思想矛盾之中。他们的作品也表现出巴洛克风格，如西班牙戏剧家卡尔德隆（1600—1681）。他写过反专制反暴政、肯定现世幸福、表现人文主义思想的剧本，同时又有浓厚的天主教思想，晚年则专写充满神秘主义、悲观主义思想的宗教剧，表现了人文主义的危机。

◎ 英国的骑士派和玄学派诗歌被认为是英国 17 世纪巴洛克文学的代表。骑士派诗人大都是革命战争中查理一世的拥护者，他们的作品大多以爱情为主题，表现及时行乐的思想，在诗歌的语言和技巧上比较讲究，代表作家有赫里克（1591—1674）、加莱（1594—1639?）、萨克林（1609—1642）等。玄学派因该派诗人“喜用玄学”（德莱顿语）而得名，他们写爱情与宗教的主题，从哲学与神学中抽取意象，写论辩式的诗句。这一派的代表人物是约翰·多恩（1572—1631）。他的那些奇特的意象最受人称道。

◎ 英国的清教徒文学，内涵更为丰富，艺术水平更高。

1642 年英国资产阶级打着宗教的旗号，发动革命，推翻了斯图亚特王朝，1649 年宣布成立共和国。1660 年资产阶级对人民进一步的民主要求感到畏惧，又与旧贵族妥协，把逃亡至法国的查理二世扶上王座，英国出现了 20 多年的王政复辟时期。1688 年发生“光荣革命”，资产阶级发动政变，建立了君主立宪制国家，资产阶级统治才告稳定。

清教徒运动是英国资产阶级革命的一个组成部分。清教徒主张“清除”国教中的天主教旧制和种种繁文缛节，反对王公贵族的骄奢淫逸，倡导清洁、勤俭、节约的生活方式。以表现清教思想为特征的清教徒文学，显示出强烈的批判锋芒，其重要代表作家是班扬和弥尔顿。

约翰·班扬（1628—1688）写了讽喻小说《天路历程》（1678），描写一个“基督徒”从毁灭之城出走，经过绝望泥潭、名利场、怀疑堡等地，历尽艰险，最后到达天国，以宗教性梦幻故事的方式讽喻现实，批判贵族阶级。

约翰·弥尔顿（1608—1674）是 17 世纪英国最重要的作家，也是当时欧洲最杰出的诗人。他在青年时代对古代希腊罗马的文学研究有素，能写一手独具风格的拉丁文作品。早年写过一些十四行诗。革命前后，他写了不少政论文，鼓吹革命。1649 年共和国成立后，革命政府处死了国王，国内外敌人疯狂攻击英国人民的革命行动。弥尔顿积极参加论战。在他担任共和国拉丁文秘书前后，写过《论国王与官吏的职权》(1649)、《为英国人民声辩》(1650)、《再为英国人民声辩》(1654) 等文章，用庄重严谨的拉丁文，旁征博引，竭力为英国人民的正义行动辩护，与敌人展开公开的笔战。为了捍卫共和国，他呕心沥血，日夜操劳，以致双目失明。王政复辟时期，弥尔顿遭到复辟政府的迫害，但是他始终没有妥协。他克服种种困难，口授了两部长诗《失乐园》、《复乐园》和一部诗剧《斗士参孙》，表现出对革命的坚定信念。

《失乐园》(1667) 是弥尔顿最主要的作品。这部长诗共12卷，取材于《圣经》，写叛神撒旦造反的故事和亚当、夏娃违犯上帝禁令偷吃禁果而被赶出乐园的故事。诗中描写的许多战争场面，可以使人联想到革命年代激烈战斗的情景。诗中最动人的形象是叛神撒旦。他反抗上帝，不屈不挠，虽然处于失败的地位，被囚于地狱的火海中备受煎熬，但仍是毫不气馁，鼓励同伙们继续战斗。他说："战场虽失败，怕什么？这不可征服的意志、报复的决心、切齿的仇恨和一种永不屈服、永不投降的意志——却都未丧失。"从这个形象身上，我们可以看到革命者当年的战斗精神和英勇气概，也可以看到他们在复辟时期坚持立场、继续战斗的崇高品德。诗人也批评了撒旦的骄傲、专断和欺骗行为。另外，长诗对亚当与夏娃的描写，既同情了他们对知识与自由的追求，也批评了他们未能以理智克制情欲的错误。这些都可以说是诗人对1642年革命的反思和对自己人生经验的总结。

《复乐园》(1671) 也取材于《圣经》，写耶稣拒诱的故事。弥尔顿把耶稣写成一个坚强的战士，他抵制住物质的和精神的诱惑，不怕武力的威吓，坚信胜利终会到来。

《力士参孙》(1671) 中的主人公很像是作者的自况。大力士参孙双目失明，在异族侵略者的奴役下从不屈服。一次，在敌人威逼他表演武艺时，拉倒神庙的支柱，使大厦倾覆而与敌人同归于尽。这是一个坚贞不屈的斗士的光辉形象。

弥尔顿继承了文艺复兴时期的人文主义思想，在创作上向古代学习，依照古希腊罗马史诗的体例写作长诗，依照希腊悲剧的手法写作诗剧。但是他并不受清规戒律的束缚。弥尔顿用激情充沛的诗句，在宏伟壮阔的背景上，表现革命斗争的历史，塑造革命者的英雄形象。与英国革命本身具有以宗教为外衣的特点一样，弥尔顿的作品以《圣经》为题材，而且具有明显的清教徒思想；作品中的主人公也有个人英雄主义的色彩。弥尔顿的创作对后来英国文学的发展产生了较大的影响。

二　古典主义文学

17 世纪欧洲最重要的成就是古典主义文学。

17 世纪的古典主义是起源于意大利、盛行于法国、流行于欧洲各国的一种文学思潮。在欧洲，文艺复兴时期就有仿古的风气，但是，这种风气形成了古典主义文学思潮，却与17世纪法国专制君主制有着密切的联系。那时的法国，经过持续30年的胡格诺战争，世袭贵族的势力已经大大削弱，资产阶级与贵族阶级处于势均力敌的状况。波旁王朝的亨利四世、路易十三和路易十四力图加强王权。他们在镇压各种反对王权的运动的过程中，逐步建立起强大的中央集权的君主专制国家。

王权在本质上是代表贵族阶级利益的。但是，王权为了消除封建割据，巩固自己的地位，采取了拉拢资产阶级的政策。这样既可以利用资产阶级来削弱贵族阶级，又可以从资产阶级那里获得大量钱财，以满足宫廷的挥霍，豢养庞大的军队。所以波旁王朝的几代国王都实施一些保护资产阶级经济利益的政策，甚至给予其一部分政治权利。资产阶级在这种阶级力量暂时平衡的情况下，对封建王权采取妥协的态度。王权成为资产阶级与贵族阶级之间“表面上的调停人”，那时的专制政体是“作为文明中心、社会统一的基础出现的”。到了17世纪的50年代至80年代，法国专制王权在镇压了反抗王权的“投石党”运动之后，发展到极盛时期，政权集中在国王手中。路易十四宣称“朕即国家”，宫廷成了国家政治生活和文化活动的中心。政治上的集中统一，要求文艺创作也有统一的法则，有必须遵循的权威。王权有意排斥各种不利于专制统治的活动而扶植古典主义，以推进思想文化的统一。在这样的条件下，古典主义思潮在法国得到了迅速的发展。

17世纪上半期的法国文坛还是一片混乱，那些依附王权、麇集巴黎的封建贵族，以贵夫人的“沙龙”（法语 salon，“客厅”的意思）为中心，聚合在一起，自命高雅，雕琢词句，写一些田园小说、爱情小说和抒情诗，美化骑士生活，缅怀中古封建社会，借以显示自己的特殊地位。那时，还有一种市民文学，用粗犷、活泼的风格，描写下层人民的日常生活，嘲讽上流社会。它们都不同程度地受到巴洛克风格的影响。

与此同时，出现了一种维护王权，要求文学语言规范化的文艺思想。亨利四世时代的诗人马来伯（1555—1628）最先提出：诗歌要为王权服务，语言应该纯洁、明晰和合乎逻辑，创作要有严整的格律。他的后继者沃日拉（1585—1650）、沙普兰（1595—1674）、盖兹·德·巴尔扎克（1595—1654）等人都积极加以推行。这种主张很快就得到了王权的支持。王朝也采取奖金、年俸等制度来诱使作家为王权服务。路易十三的首相黎希留还注意从组织上来控制文学艺术。1635年，他把一个私人文学集会加以改组成立“法兰西学士院”，作为推行他的文化政策、控制文学艺术的官方机构。黎希留从人文、科学、社会科学各领域选拔了40名“不朽者”（意为最优秀的代表人物，且为终身制）做院士，让他们专门研究文化艺术问题，制定文学和语言方面的法规。学士院的决定如同法律，全国都必须遵守。在黎希留和法兰西学士院的倡导之下，古典主义文学很快发展起来，到17世纪60年代，已成为法国文学的主流。

在政治上拥护王权，维护国家民族的利益，是古典主义文学的一个显著特征。古典主义要求作家为专制政体服务，把歌颂国王、维护国家利益作为自己的职责。古典主义悲剧作品的中心主题就是个人感情与国家义务之间的冲突，作家主张克制个人感情，服从专制国家的整体利益。在艺术上，古典主义要求作家遵从凡尔赛的艺术趣味，带有明显的宫廷倾向。布瓦洛曾经提出要“研究宫廷，认识城市”，轻视劳动人民的艺术要求。由于王权在当时还有一定的历史进步作用，古典主义的这种政治倾向也有一定的进步性。不过最优秀的作家并不是盲目地颂扬君主，有的要求国王以仁政治理国家（如高乃依），有的对专制暴政提出谴责（如拉辛），有的认为王权应该是反封建、反教会斗争的支持者（如莫里哀）。

古典主义文学的另一个特征是崇尚唯理主义。古典主义理论家布瓦洛说过：“首先须爱理性：愿你的一切文章永远只凭着理性获得价值和光芒。”这里所说的理性与17世纪法国哲学家笛卡儿（1596—1650）的唯理主义思想密切相关。笛卡儿在哲学上是个二元论者，他认为：人人都有判断事物、辨别真伪的能力，即良知，它先于感性而存在，是认识的来源，是检验实践的标准。笛卡儿的唯理主义肯定人的理性，反对教会的神权和蒙昧主义，有其进步意义。他还主张人们应该用理性克制个人情欲。笛卡儿的哲学反映了17世纪从混乱走向统一的时代趋势。

他的唯理主义哲学为古典主义文学提供了哲学基础。古典主义者或写理智对感情的胜利，或对丧失理性、情欲泛滥的人物加以谴责，或对不合理性的风俗礼教加以嘲笑。古典主义这种崇尚理性的特点还要求创作有规范，要求作品思想明晰，描写逼真，构思精密，语言规范。这种要求使戏剧艺术趋向严谨、规整，然而又在一定程度上束缚了作家的想象力。

古典主义文学的第三个特征是模仿古人，重视规则。文艺复兴时期的人文主义者已经掀起了学习古代希腊、罗马文化的高潮。16 世纪后半期就有意大利人在研究古代文学的基础上制定创作规则。到了 17 世纪的法国，古典主义者更大力提倡向古代学习，“古典主义”的名称也由此而来。古典主义者从古代希腊、罗马的文学和历史中选取创作题材，借用古代形象来塑造他们心目中理想的英雄人物。古典主义者还把古代文学作品所体现的创作原则看做任何时代都必须遵从和模仿的规范，他们从古代文学中找到制定各种创作规则的根据。影响最大的是戏剧创作中的“三一律”，要求一个剧本只能有一个情节线索，剧情只能发生在同一地点，时间不得超过一昼夜，即 24 小时。他们说这是亚里士多德的规定。其实亚里士多德只提到情节必须整一，并没有严格限制时间和地点。在古代希腊，由于舞台条件的限制，戏剧演出表现不出白天和黑夜的变换，而且多为独幕，不变换地点，所以多数作品是符合三整一的。法国古典主义因袭 16 世纪意大利文艺理论家对亚里士多德的误解，硬性规定多幕的长剧必须遵行“三一律”。古典主义重视艺术形式的完美，这是合理的，但是它过分严格的形式要求，逐渐成了创作发展的阻碍。

法国古典主义文学对法国民族文学和民族语言的形成起了重要的作用，对十七八世纪的欧洲文学也产生过不小的影响。17 世纪末，法国文坛上发生了一场所谓“古今之争”。争论的焦点是如何正确评价古代文学和当代文学。这种争论时起时伏，持续了一个多世纪，其间的事实说明，泥古、崇古的偏向虽然已经受到人们的怀疑，但是作为一种思潮，古典主义仍然有着很深的根基。一直到 19 世纪初期浪漫主义运动兴起之后，古典主义才作为一种过时的、保守的文艺思潮在欧洲文坛上逐步消失。

法国古典主义文学的成就是多方面的，其中以戏剧方面的成就最为卓著。高乃依、拉辛的悲剧，莫里哀（详见本章第二节）的喜剧，达到了这一时期欧洲文学的最高水平。

彼埃尔·高乃依（1606—1684）是法国古典主义悲剧的创始人。他出身于律师家庭，自己也长期从事律师业务。1629 年开始写作，1633 年曾受黎希留雇用，为他写剧本台词，由于不合黎希留的心意而被解雇。1636 年因发表作品《熙德》而名声大噪，后因受到攻击而辍笔数年。1640 年后又写了几部重要的悲剧：《贺拉斯》（1640）、《西拿》（1640）、《波利厄克特》（1643）等。晚期创作趋于衰落。他的悲剧大多取材于罗马历史（《熙德》除外），充满着爱国主义和英雄主义热情，描写具有坚强意志和高度责任感的英雄人物。

高乃依的代表作是《熙德》。这部悲剧取材于西班牙历史，并参考 17 世纪西班牙戏剧家卡斯特罗（1569—1631）的《熙德的青年时代》而写成。主人公堂·罗狄克是西班牙老将堂·狄哀格之子，他与堂·高迈斯伯爵之女施曼娜相爱。不料堂·高迈斯因妒忌堂·狄哀格被选为太子的师傅，打了狄哀格一记耳光。罗狄克为父复仇，杀了堂·高迈斯。施曼娜出于为父报仇的道义，不得不要求国王惩罚自己的恋人。这时，摩尔人入侵，罗狄克英勇抗敌，成了民族英雄，被人称为“熙德”（阿拉伯语，“将军”、“首领”的意思）。国王做主，让罗狄克在一次决斗中取胜，成全了二人的婚姻。剧中的矛盾冲突非常尖锐，主人公的内心斗争，即义务与爱情、理智与感情的冲突极其激烈。当罗狄克为国效劳成了民族英雄的时候，国王出面解决了这些矛盾。作品宣扬了国家民族的利益高于一切的思想，封建义务与个人感情的矛盾在这个原则的统率下得到解决。剧中的国王是一个贤明的统治者，而不是绝对权威。《熙德》的演出非常成功，但是黎希留不满意高乃依对国王的保留态度，不满意剧本歌颂西班牙英雄而违反他的外交政策，责令法兰西学士院对《熙德》发动攻击。1638年沙普兰起草的《法兰西学士院对〈熙德〉的批评》发表，指责高乃依抄袭别人、违反“三一律”。高乃依愤然搁笔，以示抗议，但是几年后，他还是屈服了，在后期的几部作品（《贺拉斯》、《西拿》等）中，都不得不接受古典主义的规范。《熙德》事件之后，作家们再也不敢违背“三一律”，古典主义在专制政权支持下取得了文坛的统治地位。

让·拉辛（1639—1699）是后起的古典主义悲剧作家。古典主义的悲剧艺术在他的作品中达到成熟。拉辛处在路易十四政权由盛而衰的阶段，因此，他的作品主要不是像高乃依那样塑造理想的英雄形象、歌颂爱国主义精神，而是揭露封建统治的黑暗和腐败。拉辛出身于公务员家庭，本人做过路易十四的史官。1664年后他写过11部悲剧和1部喜剧。《安德洛玛刻》和《费德尔》堪称其代表作。《安德洛玛刻》（又译《昂朵马格》，1667）取材于希腊故事。主人公安德洛玛刻是特洛伊英雄赫克托耳之妻，战争结束后，她被送到爱庇尔，成了国王庇吕斯的奴隶。国王爱上了她，一再拖延与斯巴达公主爱尔米奥娜的婚期。这时，希腊特使奥莱斯特来到，传令庇吕斯交出安德洛玛刻母子，以绝后患。庇吕斯以此来威胁安德洛玛刻。安德洛玛刻为了保全儿子被迫答应庇吕斯的要求，准备在他宣誓保证儿子安全以后自杀，然而爱尔米奥娜妒恨交集，唆使钟情于她的奥莱斯特杀死了庇吕斯。事后，爱尔米奥娜因悔恨而自杀，奥莱斯特也发了疯。拉辛在悲剧中赞扬安德洛玛刻临危镇定、理智清醒、反抗强暴、尽忠于祖国，谴责那些为个人情欲所驱使，为达到个人卑鄙目的而不择手段的王公贵族。《费德尔》（1677）也取材于希腊故事。雅典国王的继后费德尔向国王前妻之子希波吕托斯求爱，但王子另有所欢。费德尔羞愧欲死，后听从奶娘的劝告，向国王诬告了王子。国王请求海神惩罚了希波吕托斯，费德尔则受到良心谴责而自尽，临终时向国王吐露了真情。拉辛在剧本中揭露了宫廷贵族的荒淫无耻，但对费德尔的爱情表示同情。拉辛的作品结构严谨，技巧纯熟，尤其擅长心理分析。拉辛的晚年，专制制度日趋反动，他的创作中的反抗精神也有所增强。1689年后写的两部悲剧——《爱斯苔尔》（1689）和《阿达莉》（1691）取材于《圣经》，表现了反抗暴政的主题。

尼古拉·布瓦洛（1636—1711）是古典主义的理论家，他总结了高乃依、拉辛、莫里哀等作家的经验，写成诗体的理论著作《诗艺》（1674），被认为是古典主义的法典。布瓦洛认为“理性”是艺术的最高准则，并继承亚里士多德的模仿说，提出理性、真、自然三位一体的主张：为了求美就要求真，也就必须模仿自然（“我们永远也不能和自然寸步相离”）。他所说的自然，内容狭隘，不外乎宫廷和城市这两个方面，但是其中也包含着关注现实的艺术要求。布瓦洛又把古代希腊罗马作家的创作经验当做永恒不变的准则，制定了各种文学体裁必须遵循的法则，其中虽有合理可取的因素，但硬性地规定法则却成了对创作的束缚。这部作品对法国和欧洲的文学产生过很大影响，成为欧洲文艺理论史上一部重要的著作。

让·拉封丹（1621—1695）从文艺思想来讲，也是拥护古典主义的作家。他写过戏剧、散文、小说、故事诗、短诗等，但以寓言诗著称于世。从1668年至1694年，他共发表寓言诗12卷，计239首。这些作品以动物世界喻指人类社会，揭露封建王朝的黑暗，谴责贵族阶级的暴虐，也描写了劳动人民的苦难，广泛地反映了17世纪后半期法国封建社会的现实面貌。诗中有性格化的形象、戏剧性的情节，来自民间的语言，表现出作家的独特风格。拉封丹的作品对寓言诗这种体裁的发展作出了很大的贡献，在法国和欧洲都享有很高的声誉。

17 世纪后，欧洲许多国家在不同时期接受法国的影响，出现过古典主义文学。英国最有成就的古典主义作家是约翰·德莱顿（1631—1700）。他是宫廷诗人，曾受封为“桂冠诗人”（1670），创作了大量诗歌和戏剧，其“英雄剧”深受高乃依影响。他更突出的贡献在文学理论方面，被称为“英国批评的创始者”，其《论戏剧诗》（1668）、《悲剧批评的基础》（1679）等论著，被视为英国文学批评的奠基作。

第二节 莫里哀

一 生平与创作

莫里哀（1622—1673）是 17 世纪法国古典主义喜剧的代表作家，原名让-巴蒂斯特·波克兰，莫里哀是他的艺名。他父亲是宫廷装饰商，用钱买了小贵族（“王室侍从”）的身份。他从幼年时代起就爱好戏剧，1642 年中学毕业后走出家庭，开始投身戏剧活动。1645 年，莫里哀参加老演员杜佛莱尼率领的戏班子，在法国各地流浪演出了 13 年。在流浪中，他了解了人民的生活和艺术趣味，熟悉了法国社会。同时，他广泛接触到传统的法国民间闹剧和流行一时的意大利即兴喜剧，从中吸取了许多艺术创作经验。从 1652 年起，莫里哀接替杜佛莱尼领导剧团，而且开始为自己的剧团写作剧本。他的创作和演出在外省获得成功。1658 年，率剧团回巴黎，在卢浮宫演出，得到国王路易十四的赏识，从此莫里哀和他的剧团就在巴黎安顿下来。

莫里哀在巴黎创作演出的第一个剧目《可笑的女才子》（1659）通过两个青年向一对竭力模仿巴黎贵族风习的外省女子求婚时发生的笑话，嘲讽贵族沙龙文学咬文嚼字、故作风雅的恶习。以后陆续演出了《斯卡纳赖尔》（1660）、《丈夫学校》（1661）、《妇人学堂》（1662）、《〈妇人学堂〉的批评》（1663）、《凡尔赛即兴》（1663）等剧。这些剧本以家庭生活为主要题材，涉及爱情、婚姻、教育等问题。他继承文艺复兴时期人文主义思想的传统，维护个性解放，反对封建道德。在艺术方法上，逐渐接受了古典主义的规则。莫里哀的创作和演出得到了路易十四的支持，他与国王的关系也变得密切起来。他不仅进宫为国王演戏，而且得到了“喜剧诗人”的称号，领取国王赏赐的年金，一度成为宫廷游艺活动的主持人。

《妇人学堂》是他这一时期最重要的作品，该剧的上演也标志着法国古典主义喜剧的诞生。《〈妇人学堂〉的批评》和《凡尔赛即兴》是两部论战性的作品，莫里哀在剧中提出了自己的艺术见解。他认为戏剧应该面向广大的“池座观众”，而不必迎合少数上层人物，剧本的好坏不在于是否符合固定的规则，而在于能否打动观众；他也不赞成把文学体裁分成等级高下。他还大胆地提出，喜剧的责任在于表现“本世纪的人们的缺点”，“侯爵成了今日喜剧的小丑”。这些见解说明莫里哀在靠近宫廷、接受古典主义原则的时候，并没有放弃他的民主立场。

从1664年开始，莫里哀的创作进入全盛时期。在创作上，他不但熟练地掌握了古典主义的创作规则，而且在作品中表现了更加深刻的社会内容和更加强烈的民主倾向，作品的思想性和艺术性都达到了很高的水平。

《伪君子》揭露了宗教的伪善，是莫里哀这一时期最重要的作品。《唐璜》（1665）和《恨世者》（1666）是揭露贵族的作品。《唐璜》借用一个流行的西班牙传说。剧中主人公唐璜是一个贵族恶少，他表面上文雅、潇洒，实际上是无恶不作的登徒子，正如他的仆人所说，是“世界上从未有过的最大的恶棍”。值得注意的是主人公的性格具有复杂性，他的放荡行为与“自由思想”结合在一起；另外，剧本的结构完全不顾“三一律”，情节发生的地点多次转换。这是莫里哀戏剧中一部独具风格的作品。由于它对贵族的揭发尖锐有力，演出后立刻遭到保守势力的攻击，以致被迫停演。

《恨世者》不是塑造个别的贵族形象，而是一幅贵族社会的群丑图，把整个贵族集团作为攻击的对象。他们表面上讲文雅、讲礼貌，实际上自私自利、庸俗无聊、尔虞我诈、钩心斗角。主人公阿尔赛斯特看不惯这一切，却又爱上一个专好诽谤别人的风骚贵妇，自己也成了一个可笑的人物。这一出经过莫里哀精雕细刻的喜剧，是他对贵族社会的一次有力抨击。

《悭吝人》（1668）是一部揭露讽刺资产者的贪婪和吝啬的杰作。《悭吝人》的情节从古代罗马喜剧作家普劳图斯的《一坛黄金》脱胎而来，主人公阿巴贡是一个靠放高利贷发财的商人。为了无限制地贪求金钱，他变得极度贪婪和吝啬。他与儿女之间的关系，也成了纯粹的金钱关系。莫里哀把阿巴贡的吝啬和贪欲看做一种不合理性的“恶习”来加以谴责。主人公的形象生动深刻，剧本的演出深入人心，阿巴贡遂即在法语中成为吝啬鬼的代名词。

《乔治·唐丹》是讽刺资产阶级虚荣心的作品。富商乔治·唐丹为了取得贵族身份而娶了一个没落贵族的女儿，但是岳父母和妻子都看不起他，妻子又与人私通，虚荣心使他受尽了奚落和侮辱。莫里哀对于资产阶级的讽刺往往开导多于抨击，在作品中经常把他们放到一个受害者的地位，希望他们接受教训，迷途知返。

1669年以后，莫里哀的创作风格发生了变化，剧本的思想内容延续前一时期创作的主题，而在艺术上他更多运用了民间笑剧的艺术手法。1670年的《醉心贵族的小市民》延续了《乔治·唐丹》的主题，讽刺资产阶级的虚荣心。1672年的《女博士》延续了《可笑的女才子》的主题，嘲笑贵族沙龙。1671年的《史嘉本的诡计》是他晚年最杰出的作品。剧中的主人公史嘉本是一个仆人。剧本着力描写他在帮助年轻主人反对封建家长专制作风时所表现的聪明、机智、乐观、勇敢，处处显示出他超过主人。

1673年2月17日，莫里哀带病主演他最后一个剧本《无病呻吟》，演出后咯血不止，不到三小时便去世。他把自己的生命完全献给了他所热爱的戏剧舞台。

莫里哀一生写了30个剧本。他基本上遵守古典主义的创作法则，作品具有古典主义戏剧那种结构谨严、冲突集中、人物形象具有高度概括性的优点。但是，他并不墨守成规。他的喜剧笑料不是出自表面的滑稽情节和俏皮话，而是来自现实生活，来自他对社会恶习的揭露与嘲讽，而且在艺术上借鉴民间艺术的经验，因而具有鲜明的民族风格。他的创作把喜剧艺术真正提高到近代喜剧的水平，对欧洲戏剧的发展产生了深远的影响。

二 《伪君子》

《伪君子》是莫里哀的代表作。剧本的锋芒指向教会，具有强烈的揭露性。因此，该剧在1664年5月的凡尔赛宫盛大游园会一上演，保守势力（包括巴黎大主教和王太后）立刻四处活动，阻挠其公演。路易十四不得不下令暂停公演。但是，莫里哀并不就此罢休。他在多种场合朗读剧本，在私人宅第里演出，而且三上陈情书，请求国王收回成命。1667年得到国王的口头许诺，他对剧本作了修改后再度上演。但是，只演了一场，巴黎最高法院即下令禁演。巴黎大主教也在教区内张贴告示，严禁教民阅读或者听人朗读这出喜剧，否则就取消教籍。一直到1669年，教皇发布"教会和平"谕令，宗教迫害暂时有所缓和时，国王才准许剧本公演。1669年2月间该剧重新上演，获得极大的成功。在这近五年的时间里，莫里哀对剧本多次进行修改，使之日臻完善。

该剧根据古典主义的"三一律"写成。剧本情节单一，地点始终没有离开巴黎富商奥尔恭的家，时间不超过24小时，全文用诗体写成。剧中人物明显地分成两个对立的集团：以伪君子答丢夫和他的两个崇拜者——奥尔恭和他的母亲柏奈尔夫人为一方；以奥尔恭家中的其他成员为另一方，包括奥尔恭的续弦欧米尔、儿子达米斯、女儿玛丽亚娜，还有玛丽亚娜的情人瓦赖尔、舅父克雷央特和女仆桃丽娜。

伪君子答丢夫是全剧的中心人物。这是一个骗子，一个披着宗教外衣进行罪恶活动的恶棍。莫里哀在这个人物身上集中概括了封建贵族和教会势力的伪善本性，对他进行辛辣的讽刺和深刻的揭露。答丢夫原是外省的一个破落贵族，流落到巴黎以后，利用宗教谋出路。在教堂里，他装扮成一个虔诚的信士，用一些虚假的虔诚动作骗取了奥尔恭的信任，随即受邀混入奥尔恭家充当"良心导师"。到了奥尔恭家里，他仍然以矫揉造作的一套骗取信任，"一点点小事他也要扣在自己身上认为罪孽深重"。实际上，这是一个贪图享乐的酒肉之徒。他一个人能吃够六个人吃的东西，每天大嚼松鸡和羊腿，酒足饭饱之后，在睡意缠绵之中走到自己房间，猛不丁地躺在暖暖和和的床上，安安稳稳地一直睡到第二天早晨。

答丢夫的形象不仅体现了宗教的虚伪性，更重要的是通过这个形象，莫里哀揭露了宗教伪善对于社会的危害。答丢夫披上宗教信士的外衣，其目的是为了破坏别人的家庭，满足自己的私欲，霸占别人的财产。换句话说，就是以伪善的手段来达到掠夺的目的。所以剧本从第三幕开始就逐步深入地揭露答丢夫伪善的本质，让答丢夫以自己的行动剥下其虚伪的外衣，暴露出他的罪恶目的和凶狠面目。

第三幕第二场答丢夫出场的第一个行动就是勾引奥尔恭的妻子欧米尔。他恬不知耻地打着上帝的幌子来掩盖自己的用心。他的丑行被达米斯揭发后，又把自己装扮成一个被诬告者，混淆是非，颠倒黑白，既洗清了自己又嫁祸于别人。愚蠢的奥尔恭受了骗，反把自己的儿子赶出家门。从这两件事中，我们看到了答丢夫的伪善，也看到了他能言善辩，巧于应变。这是一个惯于伪装，手段极其老练、用心极其狠毒的大骗子。

第四幕第五场，答丢夫再次向欧米尔求欢，结果自己把画皮撕了下来。他对欧米尔说：上帝"在我是算不了一回事的"，"一件坏事只是在被人嚷嚷得满城风雨的时候才成其为坏事"。这就彻底暴露了他是个亵渎上帝、否认任何道德准则，以伪善手段来达到不可告人目的的无耻之徒，连糊涂的奥尔恭也看清了他的真实面目。

最后，当虚伪骗不了人的时候，他就抛掉画皮，露出凶相。他串通法院，以执行"契约"为名，要赶走奥尔恭一家，又借奥尔恭交给他文件匣子，向国王控告奥尔恭，妄图把奥尔恭置于死地，达到永远霸占奥尔恭的财产的目的。

通过这一形象，莫里哀深刻地揭露了宗教伪善的欺骗性和危害性。天主教在当时的法国是反动势力的代表，而伪善正是它最显著的特点。17世纪初期，教会势力和贵族反动势力勾结在一起，组织了反动谍报机构"圣体会"，打着宗教慈善的幌子，派人混进"良心导师"的行列，监视人们的言行，陷害进步人士，更露骨地体现了宗教的虚伪性。莫里哀笔下的答丢夫，有着明显的针对性，他把讽刺的锋芒对准了这种宗教伪善，揭露它的罪恶本质。

伪善的风气还流行于整个上流社会。莫里哀在他的一些剧本中就曾揭露过当时法国社会的这一特征。克雷央特说：有许多人"以假虔诚来配合他们的恶习"，从事罪恶活动。莫里哀的剧本切中时弊，触到了反动势力的痛处，抨击了庞大的保守势力，正如他在剧本的序言中所说："这出喜剧，哄传一时，长久受到迫害；戏里那些人，有本事叫人明白：他们在法国，比起到目前为止我演过的任何人，势力全大。"几百年来，这一形象始终保持了它的生命力，在西方语言中，答丢夫已经成为伪善、故作虔诚的奸徒的代名词。

奥尔恭的形象也富有典型意义。这个巴黎富商是王权的支持者，在国内几次变乱中，他都帮助过国王，表现得十分英勇，但是对于宗教虔诚却表现得异常狂热，以致受到答丢夫的欺骗而变得十分愚蠢。他的思想比较保守，害怕自由思想，唯恐因此会惹出什么灾祸。另外，此人还有专制家长的作风，刚愎自用，顽固暴躁，为了维护"一家之主"的地位，总想"煞一煞全家人的狂妄气焰"。莫里哀对他有讽刺也有同情，其基本态度是希望他能从灾难中吸取教训，不再受害。

桃丽娜是剧中另一个重要人物。她身为女仆，但头脑清醒，目光敏锐。在奥尔恭家里，她最早识破答丢夫的伪善外衣和他贪图金钱、女色的本性。她鼓动奥尔恭一家人揭穿答丢夫的伪善，甚至不怕吃耳刮子，与奥尔恭唇枪舌剑，支持年轻人争取婚姻自主。剧中，她与多个人物形成对照。比起奥尔恭的愚蠢、达米斯的急躁、玛丽亚娜的懦弱、克雷央特的无能来，桃丽娜的聪明、机智、勇敢、灵活更显得突出了。

该剧的结局是仰仗于国王的英明，恶人得到惩罚，奥尔恭得到恩赦。这个收场来得突然，剧情发展的内在因素不可能产生这种转悲为喜的收尾。但是，社会现实本身缺少解救奥尔恭的根据，莫里哀不得不求助于国王的力量。这体现了作家的政治态度和国王应该以理性治国的思想，同时也符合古典主义文艺思想的要求。

在剧中，莫里哀熟练地运用古典主义规则，使它们有利于刻画人物，表现主题。按照"三一律"的要求，剧中的地点不出奥尔恭的家里，然而，作者不但没有因此受到束缚，反而成功地利用这个室内环境来进行巧妙的构思。第三幕里的达米斯藏在套间，第四幕里的奥尔恭躲在桌下，既构成了关键性的戏剧情节，又能造成喜剧效果。其中一些戏剧动作，像答丢夫的求欢、欧米尔的巧计，离开了室内环境，就成为不可信的了。

这部喜剧充分体现了古典主义戏剧的优点，如主题鲜明、结构严谨、形象突出，矛盾冲突集中尖锐，层次分明。值得注意的是这部喜剧与众不同的构思，全剧以答丢夫为中心，但他在前两幕并没有出场，而是通过奥尔恭一家的争吵，处处使人感到答丢夫的存在。人们争吵的中心是对答丢夫的看法。争吵之中自然地介绍了答丢夫的为人。这样就为主要人物的登场作好了准备。同时对其他人物在这场冲突中的态度、地位以及他们之间的相互关系也作了介绍。这样的开场单刀直入，一举数得。再则，有了前两幕对答丢夫的一般介绍，作者在以后的几幕便可以集中笔墨揭露答丢夫伪善的实质和危害，使剧本思想内容步步深入。所以歌德认为，这是“现存最伟大和最好的开场了”。

答丢夫一上场，莫里哀用几句话和一个小小的动作（甩手帕），就撕破了答丢夫的伪善嘴脸。接着，通过答丢夫向欧米尔的两次求欢，让他自己一层层地剥下外衣。最后，通过他蛮横执行“契约”和借文件匣陷害奥尔恭的情节，进一步揭露他的凶恶面目。这样，在集中而紧凑的戏剧冲突中有层次地、逐步深入地揭穿了伪善者的本质。

莫里哀的《伪君子》还不顾古典主义关于各种体裁严格划分、不许交错的原则，在喜剧中插入了悲剧的因素。玛丽亚娜和瓦赖尔的婚姻被破坏，奥尔恭一家几乎要家破人亡，这些悲剧的因素，使得这部喜剧的戏剧冲突更加紧张、尖锐，更有力地揭示了答丢夫这个恶棍的凶险和危害。莫里哀在喜剧中还吸收了民间戏剧和各种喜剧体裁的艺术手法，增加了剧本的喜剧效果。例如：打耳光、桌下藏人等是民间笑剧常用的手法；答丢夫取走小匣子是传奇喜剧常用的手法；家庭吵架、撵走儿子、父亲逼婚等又是风俗喜剧常用的手法。莫里哀在吸收各种戏剧手法的基础上创造了独具风格的近代喜剧。

剧中人物的语言符合各自的身份和性格。桃丽娜的语言犀利、明晰、朴素、生动，处处显示她爽朗的性格和来自民间的智慧。答丢夫的语言则是矫饰、造作，竭尽堆砌辞藻之能事，为自己的卑劣行为进行诡辩。人物的语言风格大大有利于表现人物性格。

【本章思考题】

1. 阐述《失乐园》的叛逆精神。
2. 如何评价古典主义理性原则对文学发展的影响？
3. 请论述古典主义悲剧的艺术成就。
4. 以《伪君子》为例说明莫里哀喜剧创作的特点。

吝啬鬼（又译《悭吝人》）

阿巴贡：（他在花园就喊捉贼，出来帽子也没有戴。）捉贼！捉贼！捉凶手！捉杀人犯！王法，有眼的上天！我完啦，叫人暗害啦，叫人抹了脖子啦，叫人把我的钱偷了去啦。这会是谁？他去了什么地方？他在什么地方？他躲在什么地方？我怎样才找得着他？往什么地方跑？不往什么地方跑？他不在那边？他不在这边？这是谁？站住。还我钱，混账东西——（他抓住自己的胳膊）啊！是我自己。我神志不清啦，我不晓得我在什么地方，我是谁，我在干什么。哎呀！我可怜的钱，我的好朋友！人家把你活生生从我这边抢走啦；既然你被抢走了，我也就没有了依靠，没有了安慰，没有了欢乐。我是什么都完啦，我活在世上也没有意思啦。没有你，我就活不下去。全完啦，我再也无能为力啦，我在咽气，我死啦，我叫人埋啦。难道没有一个人愿意把我救活过来，把我的宝贝钱还我，要不然也告诉我，是谁把它拿走的？哦？你说说明？没有人。不管是谁下的这个毒手，他一定用心在暗地里憋我来的：不前不后，正好是我跟那忤逆儿子讲话的时候。走。我要告状，拷问全家大小：女佣人，男佣人，儿子，女儿，还有我自己。这儿聚了许多人！（指观众）我随便看谁一眼，谁就可疑，全像偷我钱的贼。哎！他们在那边谈什么？谈那偷我钱的贼？楼上什么声音响？他会不会在上头？行行好，有谁知道他的下落，求谁告诉我。他有没有藏在你们当中？他们全看着我，人人在笑。你看吧，我被偷盗的事，他们一定也有份。快来呀，警务员，宪兵，队长，法官，刑具，绞刑架，刽子手。我要把个个儿人绞死。我找不到我的钱呀，跟着就把自己吊死。

——节选自《莫里哀喜剧六种》（李健吾译，见《吝啬鬼》第四幕第七场，282～283页，上海，上海译文出版社，1983）

第五章

18 世纪文学和启蒙运动

第一节 概　述

一　启蒙运动和启蒙文学

18 世纪欧洲各国的发展情况并不平衡。有的国家资产阶级革命已取得胜利，经济发展蒸蒸日上；有的国家虽然还处于封建社会，但广大人民与封建制度的矛盾已经发展到白热化的程度，发动革命的时机已日益迫近；有的国家还处于封建割据的状态，社会发展受到严重阻碍，资产阶级的力量比较薄弱。但是，欧洲历史的总趋势是人民群众的反封建斗争已经发展到相当紧张、激烈的程度。18 世纪末爆发的法国大革命正代表了这种趋势。这次革命的胜利宣告了一个新时代的到来，它从根本上动摇了封建体系，为欧洲的广泛发展和最后胜利开辟了道路。

封建势力与资产阶级矛盾的激化，孕育了第二次全欧洲性的思想文化运动——启蒙运动。启蒙运动是文艺复兴运动在新的历史条件下的继续和发展。与文艺复兴运动相比，启蒙运动带有更鲜明的政治色彩。启蒙主义者向封建制度的意识形态和上层建筑发动了全面的攻击，而且提出了更彻底、更完整的纲领，从而为资产阶级夺取政权和巩固政权做了舆论准备。声势浩大的法国启蒙运动更是直接为 1789 年的大革命做好了思想准备。

启蒙运动在广泛的人民运动的推动下，在自然科学和唯物主义思想的影响下，形成了一个完整的思想体系。这个思想体系的核心是“理性”。启蒙主义活动家把“理性”看做衡量一切的尺度。他们要把过去一切不合“理性”的东西统统扔进历史的垃圾堆，重新建立起一个符合“永恒的真理”、“永恒的正义”的“理性的王国”。

启蒙思想家认为宗教迷信和专制制度是拴在人类脖子上的两股绳索，是社会进步的主要障碍。为此，启蒙思想家以唯物论批判宗教和封建制度的理论基础——唯心主义；以无神论或自然神论否定天主教权威和宗教偶像；以“自由”、“平等”等所谓天赋人权，反对封建统治和贵族特权。

启蒙运动者宣称自己是全体受苦人类的代表，是“第三等级”（法国大革命时期用语：第一等级是贵族，第二等级是僧侣，与之相对应的人民大众被称为第三等级）的代表，那是因为在当时的历史条件下他们的主张既符合社会发展的趋势，也代表了劳动人民的某些利益。

但是，18 世纪的伟大思想家们，也没有能够超出时代的限制。他们的社会历史观是唯心的。他们不相信人民群众的革命力量，而把提倡科学文明、进行启蒙教化看做改造社会的基本方法（这就是“启蒙运动”称号的由来）。他们的启蒙活动一方面指教育群众，传播革命思想，另一方面也意味着教育统治者。因此，尽管他们都激烈地批判、抨击封建专制制度，但往往推崇“开明君主”，把改革社会的希望寄托在所谓“天才”、“圣君”身上。尽管他们愤怒地谴责宗教迷信和教会罪恶，但并不完全否认宗教的力量，有的甚至主张，即使世间没有神，也要创造一个上帝，以约束人民的思想。他们在提出“自由、平等、博爱”口号的同时，认为财产私有是“人的自然权利”，甚至是最主要的人权之一。由此可见，启蒙思想家所宣传的“理性的王国”，实为资产阶级理想化的王国。

作为启蒙运动的一个组成部分，启蒙文学也迅速兴起。欧洲各国的启蒙文学，在传播革命火种、促进思想解放方面，起了不可磨灭的历史作用。

启蒙文学作家大多是启蒙思想家和社会活动家，他们从事文学创作的目的就是评论生活，干预生活，宣扬他们的思想观点。因此，强烈的战斗性和批判性是启蒙文学的一个显著特征。它们猛烈地抨击封建专制制度和教会，揭露其实质和罪恶，甚至指名道姓地攻击其代表人物。它们还尖锐地揭露、抨击社会上种种不平等和不合理的现象，宣传自由、平等、博爱的思想。不少作品还描绘社会政治理想的图景，提出改革方案。

启蒙思想家为争取第三等级的民主权利而斗争，在文学上他们也为争取第三等级的文学地位而斗争，使文学作品的题材、人物、语言都发生了根本的变化。启蒙文学作品一反古典主义文学以王公贵族为正面人物的原则，在理论上和创作上都把资产阶级和平民作为描写、歌颂的主要对象，而把王公贵族、教皇、教士当成嘲笑和批判的对象。许多启蒙文学作品中，资产阶级和平民已不再是被动的受害者，而往往是最终的胜利者。他们经历了种种灾难和挫折之后，都得到了美满的结局。启蒙文学家提倡从现实生活中取材，着重描写平民的日常生活，运用平民百姓喜爱的语言和艺术形式。

在创作方法上，18 世纪初，古典主义在欧洲文坛仍然占据统治地位。启蒙运动初期和中期的文学作品很多也受古典主义的影响。但随着启蒙运动的发展，古典主义的僵化原则已经显得陈旧。为适应新的需要，有的启蒙文学作品摒弃了古典主义，有的则在古典主义形式里掺进了新的思想内容。另外，在一些国家，现实主义创作方法逐渐成为主流，而且直接影响到 19 世纪批判现实主义的形成和发展。为便于宣传启蒙思想，启蒙作家创造了各种新的文学形式，如哲理小说、正剧（“严肃喜剧”、“市民悲剧”）、游记体讽刺小说、书信体小说、对话体小说、教育小说等等。

启蒙文学作家重视文学的社会功能和教育功能，有时又有忽略文学的审美特性的偏差，因此，有些作品艺术水平不高，有些作品中的人物成了作家思想的代言人，有着“把个人变成时代精神的单纯的传声筒”的缺点。

欧洲各国的启蒙文学，由于各自的发展情况和文学传统的不同，又各有其独自的发展过程和特点。

二　启蒙文学在各国的发展

◎ 18 世纪初期，英国文学仍处于古典主义时期，其代表人物是蒲柏（1688—1744）。他用英雄双韵体写诗译诗，而且擅长讽刺文学，为英国文学的发展作出了自己的贡献。

英国的启蒙文学是在英国革命之后出现的，其间还经历了“工业革命”这一重大的历史变革。因此，英国启蒙文学的任务不是召唤革命行动，而是以“理性”为武器，反对封建势力的残余，建立新的社会秩序；同时，在一些先进作家的作品中，也批判了新制度建立起来后暴露出来的种种不合理的东西。

18 世纪的英国文学以现实主义的长篇小说成就最高。小说家们在唯物主义思想的影响下，在继承流浪汉小说和市民文学的基础上，比较广泛地反映了英国资产阶级的发家历史和生活现实，并推进小说这种艺术形式的发展，为欧洲 19 世纪批判现实主义长篇小说的繁荣做了有益的准备。

丹尼尔·笛福（1660—1731）是这时期英国第一个重要的长篇小说作家。他的代表作《鲁滨孙漂流记》（1719）是 18 世纪英国现实主义小说的奠基作。这部小说体现出一种“个性自由”，发挥个人才智，勇于冒险，追求财富的进取精神。主人公鲁滨孙为追求财富，冒险出海，最后漂流到一个荒岛上。在那里他用劳动战胜自然，用才智克服困难，用火枪和基督教教义征服一个土人，成了荒岛的主人。恩格斯称他为“一个真正的‘资产者’”。小说用写实的手法和精细的细节描写，把一个虚构的故事写得真实可信。它的成功为英国现实主义小说的兴起开辟了道路。笛福的另一部重要小说《摩尔·弗兰德斯》（1722），描写一个贵夫人的养女弗兰德斯在社会的腐蚀和迫害下，堕落成荡妇和盗贼的故事。笛福对弗兰德斯的个人追求和善良品质持欣赏态度，给她安排了一个幸福但不真实的结局，表明笛福对现存社会持肯定态度。

乔纳森·斯威夫特（1667—1745）是一个激进的民主派，《格列佛游记》（1726）是他唯一的一部长篇小说。在这部讽刺小说里，斯威夫特对英国的资本主义制度，举凡君主政体、议会政治、司法制度、财政、教育、军队、殖民政策，乃至名门贵族、社会风尚，都进行了深刻的揭露和辛辣的讽刺，他还尖锐地揭露了贫富的矛盾和对立。和这种现存社会相对照，斯威夫特在《格列佛游记》的“大人国”一章中，提出了开明君主、贵族和人民三方面势力均衡的法治的主张，在“巫人岛”一章中，提出了共和政体的主张。

18 世纪 40 年代，英国资本主义社会的生活方式已经确立，相应地，现实主义小说所反映的内容也转变为描写贵族资产阶级社会的日常生活。这个时期的代表作家是理查生、菲尔丁和斯摩莱特。

撒缪尔·理查生（1689—1761）是个保守派作家。他企图树立清教徒式的道德规范，以维护现存的社会秩序。他的代表作《帕美拉》（1740—1741）写女仆帕美拉以自己的高尚情操赢得主人的尊重而娶她为妻的故事。书信体小说《克莱丽莎·哈娄》（1747—1748）写了贞节自持的少女克莱丽莎抗拒父母之命，逃婚在外，因受到贵族青年的欺骗和折磨而死去的故事。理查生批判了贵族，同时也谴责克莱丽莎违背了清教徒式的道德原则。理查生的小说不写冒险和奇遇，而写家庭日常生活，注意人物心理的描写，在结构上也突破流浪汉小说的串联式方法而集中描写一个完整的故事。这些都为小说的发展带来了新的因素。

亨利·菲尔丁（1707—1754）是18世纪英国最重要的小说家。他的作品对英国现实主义小说的发展起了巨大作用。菲尔丁还提出过现实主义的文艺理论。他竭力提高小说的地位，把它与史诗相提并论，称自己的小说《约瑟·安特鲁传》和《弃儿汤姆·琼斯的历史》为“散文滑稽史诗”。他认为“史诗”与小说都是从“自然的册子”里临摹来的，创作的任务就是描写典型人物。菲尔丁写有20多部喜剧和4部小说。他的第一部小说《大伟人江奈生·魏尔德传》（1743）是依据当时一名强盗头子魏尔德的事迹写成的。小说揭露和批判了当时英国社会道德的败坏和司法制度的黑暗，嘲笑了议会中的党派斗争。《约瑟·安特鲁传》（1742）通过男仆安特鲁的遭遇和经历，广泛地反映了当时英国的乡村生活，揭露和批判了乡绅地主的专横淫乱，批判了维护贵族特权的政治制度。《弃儿汤姆·琼斯的历史》（1749）是菲尔丁的代表作品，也是18世纪英国现实主义小说的最高成就。作品通过弃儿汤姆·琼斯和乡绅之女苏菲亚·魏斯登的爱情故事以及他们相偕逃往伦敦的种种经历，反映出整个英国的社会生活，广泛涉及18世纪中叶英国社会各个阶级和阶层。从贵族乡绅、资产阶级代表人物到被迫为奴的穷人，个个形象生动，具有典型意义。菲尔丁的小说突破了家庭生活的狭小范围，描绘了丰富多彩的社会生活图景，塑造了众多的各阶层的人物形象。更值得称道的是，他能把这一切处理得繁而不乱，妥帖有序，既有曲折动人的情节，又有严谨完整的布局结构，从而大大提高了小说这种文学形式的艺术水平，为19世纪小说创作的繁荣奠定了基础。菲尔丁揭露社会生活中的种种矛盾，企图以道德伦理来改善社会。他从人性出发，批判恶的东西，肯定善的一面。正因为如此，他的作品总是给主人公安排一个团圆的、幸福的结局，实际上这不过是他的善良愿望而已。

托比亚斯·斯摩莱特（1721—1771）的主要贡献也是小说。他在自传性小说《蓝登传》（1748）里，通过主人公蓝登为求得生存、摆脱穷困而努力挣扎的经历，猛烈地批判了英国政府的贪污受贿、海军的残暴黑暗，以及社会上对爱尔兰人的歧视。斯摩莱特的作品已经非常接近19世纪批判现实主义文学。

18世纪后期的英国，随着资本主义的发展，贫富分化加剧，社会矛盾突出，在文学上出现了感伤主义。这种创作倾向后来影响到法国和德国，也波及俄国。感伤主义者看到工业革命后社会现实的弊病，同情人民的贫困，不满贵族和资产阶级的暴虐，然而他们并不理解社会变化的原因，看不到社会发展的前景而面向过去。他们在对“理性”社会表示失望的同时，转为崇尚感情，在批判贵族资产阶级的同时，对宗法社会表示留恋。感伤主义的小说作家主要是斯泰恩（1713—1768）和哥尔德斯密。“感伤主义”这个名称就是由斯泰恩的《感伤的旅行》（1768）而来的。

奥立佛·哥尔德斯密（1730—1774）的代表作《威克菲尔牧师传》，写牧师普利姆罗斯一家受贵族乡绅种种迫害的故事，通过主人公的悲惨遭遇打动读者的心灵，批判乡村地主的专横、暴虐。但是作者按照“善有善报”的信念安排了一个不真实的好结局，反映了他的妥协性。

理查·布林斯莱·谢立丹（1751—1816）是英国18世纪最有成就的喜剧作家，他的代表作是《造谣学校》（1777）。这部喜剧生动而尖锐地讽刺了贵族资产阶级上流社会的虚伪、荒淫和造谣中伤的恶习。

罗伯特·彭斯（1759—1796）是18世纪后期英国杰出的诗人。彭斯出生在苏格兰一个贫苦的佃农家庭，从小就在田间劳动。他没有受过系统的教育，主要靠自学。苏格兰的民间文学和歌谣哺育了他。他长期居住在乡村，大部分诗歌是在劳动中创作的。他的诗歌唱出了苏格兰人民反对专制压迫和民族压迫，要求革命，要求民主、自由、平等的心声。彭斯的诗歌有现实生活的画面，也有浪漫主义的激情，感情热烈而真挚。

◎ 法国的启蒙文学是法国启蒙运动的一个重要组成部分。法国的启蒙运动直接指向1789年的大革命，为这次革命做舆论准备。启蒙作家往往就是为宣扬启蒙思想而创作文学作品，因而他们的作品具有更鲜明的政治倾向性，也更全面地体现了启蒙运动的思想观念。

18世纪的法国，封建经济仍占统治地位，但资本主义工商业已有很大发展，在当时的欧洲仅次于英国。封建王朝腐化奢侈，对外不断发动战争，致使国库空虚，财政混乱，税收繁重，民怨沸腾。从18世纪中叶起，农民起义此起彼伏，工人罢工和城市贫民的暴动不断发生。第三等级与封建专制统治的矛盾日益激化，终于酿成1789年的大革命。这是以资产阶级为首的广大人民反对封建制度的一次彻底的革命，它的胜利宣告了欧洲新的社会制度对封建制度的胜利。

18世纪初期，古典主义在法国文坛仍占统治地位，但已现衰微。从20年代起，启蒙文学登上文坛，杰出的启蒙作家相继涌现。他们继承法国的文学传统，借鉴英国的文学成就，或利用旧形式，或创造新形式，使启蒙思想得到广泛传播。

阿兰·勒内·勒萨日（1668—1747）是法国18世纪初期的重要作家。长篇小说《吉尔·布拉斯》（1715—1735）是他的代表作。小说采用流浪汉小说的形式，叙述一个西班牙青年吉尔·布拉斯从平民爬到首相秘书职位的过程，其间串联了他的各种经历。作品影射奥尔良公爵摄政时期（1715—1723）法国的社会现实。贵族荒淫无耻，统治者卖官鬻爵，贪污受贿，人民生活则困苦不堪。但是作者并不主张推翻现存社会；虽然讽刺其主人公，却肯定他向上爬的精神。尽管这样，但是它的批判精神和艺术上的成功却使它成为欧洲现实主义小说发展史上一部有影响的作品。

查理·路易·德·瑟贡达·孟德斯鸠（1689—1755）是法国启蒙文学史上第一个重要作家。他出身贵族，在司法界工作多年。后来到欧洲各国旅行，研究过英国的宪法和议会制度，写出《论法的精神》（又译《法意》，1748），主张立法、行政和司法三权分立。这种学说后来反映在法国1789年的《人权宣言》和1791年的宪法中。《波斯人信札》（1721）是孟德斯鸠用书信体写成的一部小说，开18世纪哲理小说之先河。小说由旅居巴黎的两个波斯贵族青年与他们的本国朋友和家人之间往来的通信组成。内容主要是关于法国的政治、宗教和社会生活的评述。其中关于波斯贵族生活的描写也是对法国专制暴政的影射。小说尖锐地抨击了封建专制制度和天主教会，是一部揭露性、讽刺性很强的作品。它一针见血地指出专制政体的实质是，一切的一切都服从那个统治者。在这种政体下，人们从肉体到精神都受到压抑和迫害。作者甚至把矛头直接指向去世不久的法国国王路易十四，讥讽他的刚愎专横，喜怒无常。作品也大胆地否定了上帝，讽刺了教皇，书中写道："有人说得妙，如果三角形也要创造一个神，它们一定给它们的神三条边。"又说教皇"是个古老的偶像，人们给他焚香，无非习惯使然"。作品还批判了上流社会的腐朽生活，嘲笑资产阶级艳羡贵族的门阀封号。在"穴居人"的故事里，作者提出了他的社会乌托邦理想，以人的自然品质维系着社会生活，实质上是一个美化了的宗法式社会。《波斯人信札》全面宣传了作者在政治、社会、宗教和道德等方面的启蒙思想。

伏尔泰（1694—1778）原名弗朗索亚·马利·阿卢埃，是法国启蒙运动的领袖人物，在启蒙运动中享有很高的声望。他出身于公证人家庭，一登上文坛，就以他那锐利的启蒙思想武器指向封建王权和天主教会，因而不止一次地受到反动王朝的迫害。他知识渊博，著作丰富（包括哲学、历史、文学、自然科学等方面）。他对中国的古代文化和儒家学说极为称赞，并用它来反对法国封建专制制度和天主教会。他还将中国元曲中的《赵氏孤儿》改编为《中国孤儿》，成为中法文化交流史上的一则佳话。他的启蒙思想对1789年的法国资产阶级革命，对18、19世纪欧洲许多国家进步人士争取民族独立和自由的斗争起了很大作用。不过，在政治思想上，他崇拜开明君主；在宗教上，他是自然神论者。

伏尔泰的文学创作和他的其他著作一样，是为宣传启蒙思想服务的。他从写作悲剧开始的文学创作，对教会和专制政体进行批判。悲剧《布鲁图斯》（1730）取材于古罗马史，写的是人民驱逐皇帝泰尔克维尼的故事，宣扬矢忠共和国的思想。悲剧《穆罕默德》（1742）是一部反对教权主义的作品，借揭露伊斯兰教的先知穆罕默德来抨击天主教教会的欺诈和残暴。爱情悲剧《扎伊尔》（1732）写伊斯兰教的苏丹奥洛斯曼和女基督教徒扎伊尔相爱的故事，揭露宗教偏见所造成的罪恶。他还写过史诗、短诗、随笔、故事等各种形式的文学作品，然而，伏尔泰最受欢迎的文学成果是哲理小说。其中著名的作品有《查第格》、《老实人》、《天真汉》等。《查第格》（1748）研讨善和恶相克相生的问题。结论是善恶相生，厄运对人也是一种磨炼；只要照着自己的意思，沿着一条道路，凭着智慧和勇敢走下去，最终会获得胜利。小说不仅对罪恶的社会进行了揭露，而且鼓舞启蒙者战胜恶势力的迫害。《老实人》（1759）主要批判盲目乐观主义，因为这种哲学有害于反封建、反教会的斗争。小说主人公贡第德是一个正直淳朴的青年，一个男爵的养子。男爵的家庭教师邦葛罗斯告诉他：世界安排得很好，一切都是十全十美的。但现实生活证明这种说法是错误的。邦葛罗斯自己受到各种灾难，还险些遭受宗教裁判所的火刑。贡第德流浪欧洲各地，还到过美洲，受尽各种折磨，说明世界上的一切绝非十全十美，盲目乐观是没有根据的。小说中还描绘了一个神话式的"黄金国"。这里的石头就是黄金，人们不受金钱的支配。这里没有教士的迫害，也没有法庭、监狱，一个贤明的国王统治国家，人们过着丰衣足食、自由自在的美满生活——这表达了伏尔泰的乌托邦理想。

德尼·狄德罗（1713—1784）是法国杰出的启蒙思想家和作家。狄德罗初登文坛时还是一个自然神论者，但不久即走向了无神论和唯物主义。他在1749年写成的《供非盲人读的盲人书》中，就以唯物论的反映论批判了唯心论，否定了宗教和超自然的东西。为此，他被关进了巴士底狱。出狱后，他和达朗贝合编《百科全书》。后来达朗贝辞去编辑工作，由他独自担任主编。他同时为《百科全书》写了上千个条目。《百科全书》是一部反对封建意识和天主教蒙昧主义的巨著。狄德罗组织了一大批启蒙思想家，用了20多年才完成。此书把启蒙运动推向一个新阶段。法国启蒙活动家由此而得名为"百科全书派"。

狄德罗是西方近代现实主义美学的早期代表，他的美学观点是以启蒙思想为基础的。他主张艺术要模仿自然，即反映现实生活，而这种模仿又必须和正确的判断联系在一起，也就是美和善要联系在一起。他强调性格和环境的关系，强调艺术对社会人生要起指导作用。狄德罗还是现实主义的戏剧理论家。他提出以正剧来代替古典悲剧和古典喜剧，主张戏剧要表现资产阶级和平民，要反映社会的重大问题。他号召作家到乡村住一阵子，访问那些小屋，详细问问住在那里的人，或者，最好是瞧瞧他们的卧床、食物、住房、衣服。他的正剧《私生子》（1757）和《家长》（1758）是他文艺理论的创作实践。

狄德罗的主要文学成就是他的三部哲理小说。《修女》（写于1760年，1796年出版）通过贫苦孤女苏珊娜·西蒙南在修道院所受到的残酷迫害揭露教会内幕，猛烈抨击教会对她精神上的压制和摧残。《宿命论者雅克》（写于1773年，1796年出版）揭露封建社会和贵族阶级的腐朽生活。雅克遭到主人打骂时常说“上帝是这样规定的”，这句口头禅，发人深省，激发人们反封建反宗教的意识。《拉摩的侄儿》（写于1762年，1823年出版）是一部对话体小说。小说的主人公拉摩的侄儿是一个聪明机灵、头脑清醒的青年，社会却使他成了一个寡廉鲜耻、卑鄙下贱的食客。他洞悉贵族社会的真相，看透了利己主义是那个社会里人与人之间的道德原则，但他甘心混迹其间，求得酒足饭饱。拉摩的侄儿是时代的产物，他的自白是对现存社会制度罪恶的有力揭露。

让-雅克·卢梭是法国启蒙运动中的民主派。他的思想比较激进，影响极为深远（详见本章第二节）。

加隆·德·博马舍（1732—1799）原名彼埃尔·奥古斯旦·加隆。父亲是钟表匠。他没有受过系统教育，生活经历丰富而复杂。他继狄德罗之后提出用正剧来代替悲剧和喜剧，主张正剧应该从现实生活中汲取情节，主人公必须是来自“第三等级”的现代人，散文应在戏剧中占优势。他的著名剧作是《塞维勒的理发师》（又译《防不胜防》，写于1772年，1775年演出）和《费加罗的婚姻》（又译《狂欢的一天》，写于1778年，1784年演出）。两个剧本的主人公都是一个名为费加罗的仆人。《塞维勒的理发师》写费加罗帮助阿勒玛维华伯爵战胜霸多洛医生的防范，同其养女罗丝娜结婚的故事。剧本围绕这场爱情冲突，批判了封建意识，肯定了爱情自由的思想。《费加罗的婚姻》写的是伯爵在仆人费加罗和使女苏珊娜结婚时，企图“赎回”他已经放弃的初夜权的故事。费加罗和苏珊娜对伯爵展开机智的斗争，取得了胜利。这一戏剧冲突象征着农奴对贵族的封建特权的反抗。作者在法国大革命的前夜，把贵族阶级和“第三等级”的矛盾冲突搬上舞台，具有巨大的现实意义。费加罗的胜利意味着“第三等级”的胜利。作者在结尾中写道：“人民受压迫，他们会诅咒，会怒吼，会行动起来”，使剧本的主题得到进一步升华。

◎ 德国自17世纪“三十年战争”之后，国家四分五裂，众多大小诸侯割据争霸，政治腐败，经济落后，人民生活贫困异常。反对封建专制制度和宗教特权，统一国家，是德国人民的当务之急。但是，德国资产阶级成长缓慢，力量分散。到18世纪中叶，资产阶级虽有所发展，却仍然软弱无力，没有革命的勇气。18世纪德国政治、经济、文化的落后，决定了德国启蒙运动的特点。它的首要任务不是进行政治斗争，而是通过建立统一的民族文化和民族戏剧来达到民族统一的目标。因此德国的启蒙运动只是局限在文学艺术和文化思想领域里的改革运动。

在18世纪40年代以前，德国启蒙文学的主要内容是在古典主义原则下进行戏剧改革。它的代表人物是高特舍特（1700—1766）。到了启蒙运动高潮时期，德国民族文学才开始走向繁荣，它的奠基人是莱辛。诗人克洛卜施托克（1774—1803）也是启蒙运动的一个代表作家。

高特荷德·埃夫拉姆·莱辛（1729—1781）出身于萨克森一个牧师家庭，曾在莱比锡大学学习，毕业后从事戏剧工作。他的美学理论、戏剧理论和戏剧实践，为德国启蒙文学的发展开创了道路。他的美学著作《拉奥孔》（1766）第一次明确区分了画和诗在反映现实上的区别。他指出，绘画之类的造型艺术反映现实时是选择最精彩的“富有孕育性的一瞬间”，而诗所描写的则是在时间上连续不断的行动。莱辛之所以区分画和诗的界限，目的在于强调诗歌应该模仿人的行动，表现人的感情的积极作用，以便更好地反映生活现实。莱辛的戏剧理论著作《汉堡剧评》（1767—1769）是他为汉堡民族剧院历次演出所写的剧评的辑集。在这部著作里，莱辛提出德国应有自己的民族戏剧——德国市民剧的主张。他说：“亲王和英雄的名字可以使剧本看起来场面豪华，派头十足，可是绝对不能使它感动观众。那些处境和我们相似的人的不幸遭遇，很自然而且很强烈地影响我们的心灵。”他主张舞台要表现中产阶级，强调戏剧要有教育作用，要用道德作为和崇高的思想感情来感动观众。他还提出戏剧所要表现的不只是人物做了什么，还有具有某种性格的人物在环境里照理会做什么。这说明他已经认识到人物性格和环境之间的必然联系。莱辛的美学思想和戏剧理论为德国乃至欧洲现实主义文艺和美学的发展作出了很大贡献。

莱辛的戏剧创作是他的戏剧理论的实践。早年的《萨拉·萨姆逊》（1755）是德国第一部市民悲剧。他的著名剧作有喜剧《明娜·封·巴尔赫姆》（1767）、悲剧《爱密丽亚·迦绿蒂》（1772）和诗体剧《智者纳旦》（1779）。《爱密丽亚·迦绿蒂》是一部杰出的市民悲剧。故事发生在15世纪的意大利：亲王孔莎佳企图占有乡村姑娘爱密丽亚，在宠臣玛利奈利的帮助下，把爱密丽亚骗到宫中并杀死了她的丈夫。爱密丽亚的父亲对此十分激愤，但不敢反抗亲王，最后杀死了自己的女儿，以保住她的贞操。悲剧对德国专制暴君的荒淫暴虐进行了尖锐的揭露和强烈的控诉。

18世纪七八十年代，德国发生了声势浩大的“狂飙突进”运动。它具有激烈的反叛精神和浓郁的感情色彩，似乎与崇尚理性的启蒙运动不同，但实际上它与启蒙运动的反封建方向一脉相承，可以说是德国启蒙运动的继续和发展。“狂飙突进”运动反映了资产阶级摆脱封建束缚，要求个性解放的强烈愿望。它崇尚感情，带有狂热的个人主义反叛精神；它歌颂自然，提倡回归自然，与自然相结合；它崇尚天才，要求个性自由，冲破一切束缚；它提倡民间文学，强调文学的民族特色，要求文学作品自然、朴实。

“狂飙突进”运动时期，德国文学摆脱了文学上落后的局面，出现了一批新作家、新作品，把德国文学推进到欧洲文学先进的行列。但是由于国内政治经济的限制，这场运动没有像法国启蒙运动那样发展成政治性的社会运动，只局限在文学领域，而且由于没有明确的政治纲领，不久就低落下去了。“狂飙突进”运动的作家大都是青年。年轻的歌德和席勒都参加了这场运动。赫尔德尔（1744—1803）是“狂飙突进”运动的理论家。他的文艺理论和对民间文学的搜集研究工作，对德国文学的发展影响很大。

18世纪80年代中期，德国文学进入古典时期。所谓“魏玛古典主义”只是形式上的古典主义，其理想是“人道主义”，实际上也就是启蒙思想的理想境界。德国古典主义的代表作家是晚年的歌德（详见本章第三节）和席勒。他们经过对“狂飙突进”运动时期自己的思想与创作的批判性反思之后，从古代希腊艺术中看到了一种淳朴、宁静、和谐的美的理想。他们希望通过这种古典艺术的美来重塑人的个性，恢复古典时代人与自然和谐结合的理想。他们企图通过培养个性完善的和谐的人，通过宽容来解决个人与社会、感情与理智、自由与法则的矛盾，实现人道主义的理想。

约翰·克里斯托弗·弗里德里希·席勒（1759—1805）出身于医生家庭，学过法律和医学。他是和歌德齐名的德国启蒙文学家。席勒在青年时期，在“狂飙突进”精神的影响下，写出了成名作《强盗》（1780）和《阴谋与爱情》（1783）。在《强盗》第二版的扉页上，席勒写了“打倒暴虐者”的口号，并且引用古希腊名医希波克拉底的话：“药不能医者，以铁治之；铁不能治者，以火治之。”战斗热情极为强烈。《阴谋与爱情》是席勒早期创作的代表作。剧中的男主人公菲迪南是宰相的儿子，他与音乐师的女儿露易丝相爱；宰相为自己争得更大权势，用阴谋破坏他俩的爱情，迫使儿子与公爵的情妇结婚，结果造成了一场悲剧。剧本反映了德国市民阶级和封建统治阶级的矛盾。剧中女主人公露易丝的形象体现了当时德国进步青年反对封建制度，要求自由、平等的思想。她所呼喊的“等级的限制都要倒塌，阶级可恨的皮壳都要破裂！人都是人!”可以说是时代的心声。以后的十年间，席勒转向历史和哲学的研究。在历史研究中，他着眼于历史发展中的民族运动。在哲学上，席勒是康德的信徒。他在自己的美学著作《审美教育书简》(1795）中，强调通过美的教育来改造社会，并且虚构了一个由美学原则统治的国家。1794年，席勒与歌德相识。在歌德的帮助下，他又开始努力创作。席勒后期写了《华伦斯坦》(1799)、《奥里昂的姑娘》(1801）和《威廉·退尔》(1804）等重要剧本。《华伦斯坦》以“三十年战争”为题材。剧中主人公华伦斯坦是个真实的历史人物。席勒在他身上反映了民族统一的要求，并指出了他失败的原因。《奥里昂的姑娘》取材于英法百年战争中法国的女英雄贞德的斗争事迹。她使法国转败为胜，免于亡国之辱。《威廉·退尔》取材于14世纪瑞士的英雄传说，表现了反对封建暴君、争取自由的要求。当瑞士人民起来反抗奥地利统治者时，主人公威廉·退尔起初游离于人民斗争之外，但是暴虐统治终于使他走上了反抗的道路。这三个剧本都在唤醒民族意识，号召民族统一。这是当时德国的时代要求。难能可贵的是，剧中还表现了人民群众的斗争和力量。

第二节 卢　梭

一　生平与创作

让-雅克·卢梭（1712—1778）是法国18世纪最杰出的启蒙思想家之一，被称为“浪漫主义运动之父”①，也是法国大革命中雅各宾党人推崇的思想先驱。他的著作和思想，对后世，包括哲学、历史、文学、政治、艺术乃至社会生活等各个领域，都产生了深远的影响。

卢梭于1712年出生在日内瓦，他的父亲是一名钟表匠，母亲在他降生后不久便去世。父亲因一场纠纷而离开了日内瓦，从此再也没去照管年幼的他。卢梭先是被托付在一个牧师家里，以后又在一个雕刻匠家里做了两年学徒，经常挨打、受欺辱，终于不堪忍受而逃跑。16岁那年，他从日内瓦逃到了法国东南部的萨瓦，此后又过了13年的流浪生活，从事过各种各样的职业，遭受过种种磨难。

1741年，卢梭抱着一个年轻人的幻想走进了巴黎社会的贵族沙龙。然而贵族、富豪们很快发现他“病态的敏感”，而他则无法容忍贵族们的伪善。

1749年夏季，卢梭偶然看到第戎科学院公告次年的征文题目：“论科学与艺术的进步是否有助于淳风化俗”。卢梭怀着对真理和自由的向往与激情，全心投入写作。第二年，他的论文

① ［英］罗素：《西方哲学史》，下卷，225页，北京，商务印书馆，1982。

发表，立即引起强烈反响。这篇论文奠定了卢梭成功的基础，它包含了卢梭全部学说的萌芽：科学与艺术的发展“败坏了”人类的风俗。文章还指出，人类社会是建筑在不平等基础之上的，文化在为腐朽的贵族阶级服务，而贵族阶级的奢侈生活又建立在人民的贫困之上。

这篇论文发表之后，卢梭找到了自己的道路，他开始越来越疏远贵族沙龙，决定像一个小手工业者一样独立生活。

1755年，他又参加了一次第戎科学院举办的征文活动，题目是“论不平等的起源”。他在论文中写道：“谁第一个把一块土地圈起来并想到说：这是我的，而且找到一些头脑十分简单的人居然相信了他的话，谁就是文明的奠基者。”在这篇文章中，卢梭将“人所形成的人”与“自然人”加以比较，指出“人的完善化”和私有制是人类苦难与罪恶的根源。

1761年和1762年，卢梭先后发表了三部重要著作：《新爱洛伊丝》、《社会契约论》和《爱弥尔》。

《新爱洛伊丝》(1761）是一部书信体长篇小说，描写一位贵族小姐与平民出身的家庭教师悲剧性的爱情故事。小说的出版，轰动了整个巴黎。

《社会契约论》(1762）是一部政治论著，它提倡民主、自由、平等，否定君权神授，把公共意志与负责执行法律的政府区别开来，认为“公共意志永远是稳固的、不变的而又是纯粹的”。

论著集中反映了卢梭的社会政治思想，为法国1789年大革命提供了理论依据，是一部重要的经典文献。它主张消灭以等级观念为基础的封建专制制度，而代之以全社会共同契约为基础的民主制制度。所谓社会契约，即以平等为原则确立的约定关系，它既规范着人与人之间的利益关系，也制约着国家与人民的关系。

《爱弥尔》(1762）一书详尽阐述了卢梭关于培养“自然人”的教育思想。作者在开篇便写道：“出自造物主之手的东西，都是好的，而一到了人的手里，就全变坏了。”作者让一个名叫爱弥尔的孩子在一个不受任何文明污染的自然环境中顺其自然地成长，教他如何做人、做事，如何生活、恋爱，让他完全按照自己的本性，在一种理想的自然状态中发展。《爱弥尔》第四卷写到“信仰自由”，写到萨瓦牧师对宗教的清规戒律持怀疑态度，主张“请教内心的光明”(“我把我心中对真理所怀抱的爱作为我的全部哲学”)，因此这本书被当局认为有罪，高等法院查禁了此书，并发出了通缉该书作者的命令。卢梭被迫逃亡。巴黎大主教发出了一份反对卢梭的“教书”，新教教会也对他进行迫害。他逃到伯尔尼州的比也纳湖中的圣彼得岛上，伯尔尼上议院也立刻将他驱逐出境。他应英国哲学家大卫·休谟的邀请，途经阿尔萨斯到了英国，但不久与休谟失和，又返回法国，重新过着流浪生活，直到1770年才被当局赦免。

晚年的卢梭过着隐居生活，只与少数友人来往，而他已经很难相信任何人了。朋友反目，教会、高等法院、王权贵族都来反对他，在这种情形下，卢梭担心自己成为千古罪人，因此他从1765年开始动笔，共花费约六年时间（至1770年）完成了自传《忏悔录》的写作（该书于1781年发表前六章，作家去世后的1788年发表后六章)。随后又写了《一个孤独的漫步者的遐想》，但此书未能完成。

在《忏悔录》中，卢梭想要做的是：“把一个人真实的面目赤裸裸地揭露在世人面前，这个人就是我。”在这部长篇著作中，作者叙述的不仅是他个人的生活经历，也是他感情的历史与心灵的历史。他以惊人的勇气和真诚，向世人袒露自己的整个内心世界，承认自己做过的错事，并充满信心地宣布：“不管末日审判的号角什么时候吹响，我都敢拿着这本书走到至高无上的审判者面前，果敢地大声说：‘请看！这就是我所做过的，这就是我所想过的，我当时就是那样的人……”这是一部惊世骇俗之作，其大胆与坦诚堪称世所罕见。他在忏悔的同时，也抨击了社会的罪恶，因而更加招来了虚伪的贵族的恶毒攻讦。但是历史是公正的。《忏悔录》终以其独特的魅力，成为文学史上的一座丰碑。

在那个时代，卢梭是一个“新人”，他开启了一个新的时代。

二 《新爱洛伊丝》

《新爱洛伊丝》发表于1761年，起初的书名为《阿尔卑斯山麓——小城中两个情人的书简》，出版时改为《尤丽，或新爱洛伊丝》（一般译为《新爱洛伊丝》），下面加上了“让-雅克·卢梭编集和出版”的字样，作者之所以要在卷首署名，“并非想把它掠为己有，而是为了对它负责”。

爱洛伊丝（1101—1164）是12世纪法国贵族、巴黎议事司铎斐尔贝的侄女。她与她的导师阿贝拉尔（1079—1142）相爱，但遭到其叔父的粗暴干预和残酷迫害，两人至终未能结成眷属，爱洛伊丝最后进了修道院。卢梭以书信体的形式创作了一部新的长篇小说，其内容也写一场师生恋的悲剧，所以借用了爱洛伊丝的名字，作品的情节发生在18世纪即作者生活的时代。当中世纪的爱情悲剧再度重演，它已被赋予了新的含义：作者借此不仅表达了自己反封建的精神，同时试图在当时的欧洲确立一种良好的道德风范。因为在他看来，“今天，到处一片腐化，风化和道德在欧洲都已荡然无存了”。

小说的故事情节是这样的：18世纪法国的贵族姑娘尤丽（或爱洛伊丝）爱上了她年轻的家庭教师、出身平民的知识分子圣·普乐，但遭到了父亲德丹热男爵的粗暴反对，这位满脑子封建意识的男爵坚决不允许女儿嫁给一个平民。在尤丽的表妹和圣·普乐的安排下，圣·普乐离开了尤丽，从瑞士到了法国，后来又随一支英国舰队远游，试图淡忘他对尤丽的情感。尤丽起初听从了自己的心声，已委身于圣·普乐，但后来又不得不屈从于父亲的意志，嫁给了俄国贵族中年男子沃尔玛。婚后，尤丽向丈夫坦白了她与圣·普乐从前的恋爱经历。为了表示对他们的信任，沃尔玛将圣·普乐接到家里，担任孩子的家庭教师。于是，这对昔日的恋人再度朝夕相处，他们都竭力抑制着自己内心强烈的情感，并因此陷入了深深的痛苦。一次，尤丽为了救她落水的儿子跳入湖中，此后一病不起，不久便离开了人世。临终前她留下遗嘱：“没有你，我的灵魂还能存在吗？没有你，我还能幸福吗？不能；我不离开你，我要等着你。美德虽使我们在世上分离，但将使我们在天上团聚。我怀着这美好的愿望死去：用我的生命去换取永远爱你的权利而又不犯罪，那太好了；再说一次：能这样做，那太好了！”

以上情节，分散在6卷共计163封书信中。前面还加了两篇序言。在序言中，作者谈到了他的创作初衷和对小说的理解：首先，小说与戏剧的对象不同，“应当给大城市的人演戏，给堕落的平民写小说”。其次，谈到小说的真实性，他说：“整个工作是否都是我做的，全部书信是否都是杜撰的？世间的人们，这与你们有什么相干？”作者还提醒读者，书中所描写的地形、地貌好几处都被大大改变了，所以这篇小说是否真实，每个人爱怎么想，就怎么想。换句话说，卢梭在这里暗示人们：小说的真实不同于现实的真实，作者可以在现实的基础上再创造，而小说应给读者留有想象的空间。另外，在序言中，作者还强调了故事的主人公不是一个贵族，而是一个平民；这些信不是为了贵族，而是为了平民而写的。他要求读者在读这些信之前，“必须先对自己说，写这些信的人们不是法国人、有才华的人、学士院院士、哲学家，而是些外省人、外国人、孤独者、年轻人，几乎是孩子，他们凭自己传奇式的想象，把自己头脑中认真的妄想当做哲学”。由此可见，卢梭从一开始就意识到自己的立场。“作家、文人、哲学家一再叫嚷，说什么为了尽公民的义务，为了对同胞作出贡献，就应该住在大都市。他们认为，逃避巴黎就是憎恨人类；他们不把乡下人放在眼里；按他们的说法，似乎只有那些领年金的人、学士和出入灯红酒绿之地的人，才算是人。”这些话不仅道出了《新爱洛伊丝》的主题，也从一个侧面反映出了卢梭全部学说的核心：返回自然，反对文明社会对人性的摧残和扭曲。

尤丽与普乐的爱情悲剧，具有强烈的反封建色彩。他们无视森严的等级差异而双双坠入爱河。普乐的种种优秀品质，更与空有头衔的贵族形成鲜明的对比，但在封建门阀制度下，有情人却难成眷属。尤丽丈夫的宽容，虽为一对恋人提供了朝夕相处的机会，但时时相见而不能真正相爱，却更增加了情感的折磨，以至导致了尤丽的不幸身亡。作家对他们的真诚而纯洁的爱情寄予了深厚的同情，对摧残爱情的专制力量提出了愤怒的控诉，并尖锐地指出，贵族阶级已成为“法律和自由的死敌”。

作品在艺术上也有很多创新，首先，作为书信体小说，它提供并实现了这样一种可能性：不是以故事情节的发展为线索，而是通过一幅幅流动的图画，通过人物内心的独白，表现出故事的侧影，使得故事成为背景，而在这个背景之下清晰呈现出的，是人物内心的思想与感情。在这一点上，《新爱洛伊丝》与当时流行的小说正好相反。其次，它的言语总是形象化的，可是这些形象都是没有确切性和连贯性的；它的说服力就在它的思想的紊乱里；它议论得越少，就证明得越多。它局部散乱，整体却浑然如一。再次，这部小说像一扇窗口，通过人物的内心独白，展示了一个广阔的世界，涉及宗教、文化、历史和当时的诸多社会现实问题。最后，作为一种新兴体裁，它既是一部抒情小说——优美的笔调，饱含着浓烈的情感，也是一部教育小说，其中包含着对青年思想与生活的启示：感情是自由的，可以冲破宗教观念与门第观念的束缚，但美德却是必需的，它胜于放纵与堕落。总之，这是一部具有历史意义的开创性的小说。然而，在它的丰富内涵中，最突出、最重要的特点还是在于：它将爱情作为人类崇高美好的情感加以热情歌颂，并尽情咏歌大自然旖旎的风光，字里行间都充满了“善感性”。而所有这些，正是浪漫主义的重要特征。卢梭之所以成为当之无愧的“浪漫主义运动之父”，这部小说就是一个很好的例证。

第三节 歌　德

一　生平与创作

约翰·沃尔夫冈·歌德（1749—1832）是 18 世纪中叶到 19 世纪初期德国以至欧洲最重要

的作家，他一生跨两个世纪，正当欧洲社会大动荡、大变革的年代。封建制度的日趋崩溃，革命力量的不断高涨，促使歌德不断接受先进思潮的影响，从而加深了自己对于社会的认识，创作出那个时代最优秀的作品。

歌德于1749年8月28日诞生在德意志中部美因河畔法兰克福市。父亲是一个富裕的中产阶级，曾用钱买到当地一个皇家参议的身份。他很注重对歌德的教育。母亲是市长的女儿，善于讲故事，从小就培养了歌德对文艺的兴趣。歌德还通过观看法国随军剧团的演出，接触到莫里哀、高乃依、拉辛的戏剧。

1765年，歌德遵照父亲的意思，到莱比锡大学学习法律。他不满学校的经院式教学，自己钻研自然科学和古希腊艺术，同时开始按照宫廷文学的风格学习写诗，模仿莫里哀的作品写喜剧。1768年因患重病回家休养。

1770年4月，歌德到斯特拉斯堡继续学习。在这里，他研究过17世纪荷兰哲学家斯宾诺莎的著作。斯宾诺莎的唯物论和泛神论思想对他世界观的形成起了积极的作用。在这里，歌德还认识了许多年轻朋友，有些就是后来“狂飙突进”运动的积极推进者。特别是他与“狂飙突进”运动的理论家赫尔德尔的相识，对他的思想和创作产生了很大的影响。赫尔德尔引导歌德阅读莎士比亚、荷马和英国启蒙文学作品，引导他搜集和学习民歌。歌德很快就接受了时代先进思潮和文学运动的影响，开始了文学创作活动，成为“狂飙突进”运动的积极参加者。

1771年8月，歌德在斯特拉斯堡结束学业，回到家乡。在此，他一边做律师，一边从事文学创作。他的作品充满了“狂飙突进”运动的反叛精神，在诗歌、戏剧、散文等方面都有较高的成就，主要作品有剧本《葛兹·冯·伯里欣根》、中篇小说《少年维特之烦恼》、未完成的诗剧《普罗米修斯》和诗剧《浮士德》的雏形《原浮士德》，此外还写了许多抒情诗和评论文章。

《葛兹·冯·伯里欣根》（1773）是德国第一部现实主义历史剧。葛兹原是16世纪德国的一个没落骑士，他曾反对皇帝和封建领主的暴政，一度参加农民起义，但是，他只想恢复旧日骑士的地位，后来又背叛了农民。葛兹作为一个骑士起来反对现存制度的行动，是骑士阶级对皇帝和封建领主的悲剧性的对抗。但是，在歌德的笔下，葛兹被写成了一个反对封建暴政、争取自由和统一的英雄。剧中对于当时黑暗社会的谴责，对于自由和统一的热烈向往，对于个人反抗英雄的歌颂，都表现了“狂飙突进”运动的精神。在艺术上，剧本摒弃古典主义而采用了莎士比亚戏剧的创作方法。它一出版就受到青年们的热烈欢迎。

《少年维特之烦恼》（1774）是一部充满狂飙激情的书信体小说。作品以少年维特与少女夏绿蒂的爱情悲剧为贯穿情节，感情浓烈，催人泪下。但它并非单纯的爱情小说。主人公维特出身市民，向往自由、平等的生活，希望从事有益的实际工作。但是，围绕着他的社会却充满着等级的偏见和鄙陋的习气。保守腐败的官场、庸俗屈从的市民、势利傲慢的贵族，使他和周围的现实不断发生冲突，不幸又陷入毫无希望的爱情之中，最后走上了自杀的道路。维特与社会的冲突，具有反封建的意义。通过维特的悲剧，小说揭露和批判了当时德国社会许多不合理的现象，表达了觉醒的德意志青年一代的反叛情绪，因此，它一发表就引起了强烈的反响，形成了一阵维特热。小说很快流传到欧洲各国，成为第一部产生重大国际影响的德国文学作品。维特与封建社会格格不入，然而只停留于孤独的感伤和愤慨中，乃至最后悲观自杀。莱辛指出维特的性格过于软弱。

《葛兹·冯·伯里欣根》与《少年维特之烦恼》的成功，使歌德成了“狂飙突进”运动的主将。

《普罗米修斯》是歌德取材于古代希腊神话的一部诗剧，剧本虽然没有写完，但留传下来的片断已表达出歌德青年时代强烈的反封建精神。剧中的普罗米修斯根本否认宙斯的权威，反对宙斯的专横跋扈，并且要创造和他一样蔑视宙斯的新的人类。维特身上所缺乏的那种坚忍的性格，在这个神话人物身上得到了体现。

这一时期，歌德还写过不少抒情诗（《五月之歌》、《欢会和别离》等）。他摆脱了当时诗坛上那种纤巧绮丽或虚拟唯理的诗风。他向民歌学习，以朴素、明快、音律铿锵的诗句，表现了对于大自然和人生的乐观态度与真情实感，成为近代德国抒情诗的真正创始人。

1775年六七月间，歌德作瑞士游。回来后，受到魏玛公爵卡尔·奥古斯特的邀请到了魏玛，结束了他的青年时代。歌德在魏玛一住就是十年，而且在这个封建小朝廷里做官，当过枢密顾问、部长，后来还升任首相。在“狂飙突进”运动时期，歌德反抗黑暗、腐败的现实，但是并不见效，他希望能够进行实际工作，以实现他社会改良的理想，因此，希望在这里施展他的才干，进行社会改良活动。但是，魏玛不过是德意志的一个封建小公国，歌德在这里的一切活动实际上只能为封建诸侯服务。他在魏玛委曲求全，竭力避免和周围环境发生冲突，孜孜不倦地从事了十年的实际工作，但未能如愿以偿。

1786年6月，他再也不能忍受封建小朝廷的束缚，改名换姓，私自离开魏玛，去了意大利。他在意大利的两年里，相继访问了威尼斯、佛罗伦萨、罗马等文化古城。他接触了丰富多彩的人民生活，研究了古代艺术的遗迹，研究了自然科学，这些都使他的思想有了新的变化。自然科学研究使他的思想增添了唯物主义成分和辩证法因素；在古代艺术的研究中，他接受了温克尔曼（1717—1768）的观点，把淳朴、宁静、和谐作为艺术的理想。歌德在意大利获得了新生。这些都反映在他这一时期的创作之中。他陆续完成了早已开始的一些作品，写出了《在陶里斯的伊菲格尼亚》和《哀格蒙特》等作品，以及《塔索》和《浮士德》部分章节。

剧本《哀格蒙特》（1788）取材于16世纪尼德兰人民反抗西班牙侵略者的斗争历史。剧中仍然保留着“狂飙突进”运动的革命情绪，但人物的反抗精神已经降低。在剧作《在陶里斯的伊菲格尼亚》（1787）中，歌德把道德教育和统治者的转变看成了社会改革的动力，狂飙精神的降低更加明显。剧本《塔索》（1790）写文艺复兴晚期意大利诗人塔索的故事，他热情奔放，富于幻想，天性率真，行为狂放，终于为宫廷所不容。最终，塔索以自我克制向对手表示妥协。从这些作品可以看到，歌德一方面没有放弃前一时期的理想，不断地探索改革社会、实现启蒙理想的道路；另一方面他逐渐转向抽象的“人性”的探索，主张用道德说教来代替现实斗争，妥协的调子越来越占上风。

1788年6月，歌德从意大利回到魏玛，他摆脱了政务，致力于文学创作和自然科学研究。1789年法国大革命震动了德国，开始，歌德肯定这次革命，歌颂革命将“揭开一个新的时代”；但是，随着革命的深入，他又害怕革命的暴力，写了一些讽刺革命群众的诗歌和剧本（如《市民将军》、《激动的人们》等）。

歌德这一时期创作思想的变化，充分表现出他思想上的矛盾，正如恩格斯指出的那样：“在他心中经常进行着天才诗人和法兰克福市议员的谨慎的儿子、可敬的魏玛的枢密顾问之间的斗争；前者厌恶周围环境的鄙俗气，而后者却不得不对这种鄙俗气妥协，迁就。因此，歌德有时非常伟大，有时极为渺小；有时是叛逆的、爱嘲笑的、鄙视世界的天才，有时则是谨小慎微、事事知足、胸襟狭隘的庸人。”①

---

① 《马克思恩格斯全集》，中文1版，第4卷，256页，北京，人民出版社，1958。

18世纪90年代是德国文学史上“魏玛古典主义”时代，歌德也步入了他的“古典”主义时期。1794年，歌德与席勒订交，两人互相帮助，不但合作写了许多警句和谣曲，而且各自完成了他们的一些重要作品。1796年，歌德写成了长篇小说《威廉·麦斯特》第一部《威廉·麦斯特的学习时代》，1797年完成叙事诗《赫尔曼与窦绿苔》，1806年又完成了《浮士德》第一部。

《威廉·麦斯特》是歌德的重要作品，也是德国第一部教育小说。《威廉·麦斯特的学习时代》（1795—1796）写的是主人公威廉·麦斯特走出富裕家庭，寻求人生意义的故事。起先，他参加剧团，在戏剧和诗歌中追求理想。他看到了也经历了许多人生的不幸，却看不到生活的意义。后来到了罗塔利奥家里，看到这个开明贵族努力为人类工作（解放农民、组织秘密团体等），便决定加入团体，投入社会改造事业。通过威廉的经历，歌德肯定行动和实践比抽象的艺术更有意义。小说以现实主义的手法描写了人民生活的不幸遭遇，描写了贵族社会的生活和18世纪的德国戏剧活动。但是小说把个性教育问题作为作品的中心，以个性道德的形成来代替社会改造，是德国启蒙文学的典型作品。《赫尔曼与窦绿苔》用古希腊的诗体写成。诗中，歌德把小市民社会加以诗化，并把它与革命带来的动荡生活进行对比，反映了他对法国大革命的错误认识。

在歌德的晚年，欧洲发生了一系列重大的历史事件：法国大革命掀起了全欧性的革命高潮，先进国家的工业革命突飞猛进，工人运动已经兴起，空想社会主义思想广泛流传，浪漫主义文学运动遍及全欧。这些情况促使歌德的眼光突破德国的狭隘世界，更多地注意到全欧洲甚至世界的变化，更多地接受社会的新思潮。这些都有助于他克服前一时期思想上的狭隘性。

歌德晚年的创作极其丰富，重要的有自传性作品《诗与真》（1811—1830）、《意大利游记》（1816—1829），长篇小说《亲和力》（1809）和《威廉·麦斯特》第二部《威廉·麦斯特的漫游时代》（1829），抒情诗集《西方与东方的合集》（1819）等；逝世前不久，又完成了《浮士德》第二部。这些作品表现了歌德重视实践、肯定为人类幸福而劳动的思想，说明他思想中的积极因素比前一时期有所增长。《威廉·麦斯特的漫游时代》虽然在艺术上不如《威廉·麦斯特的学习时代》那样引人，然而它以探求理想的社会制度为中心，认为人们只有在为集体福利而积极劳动中才能获得人生的意义，思想比较开阔、积极。歌德晚年的许多抒情诗中闪烁着积极、乐观的思想光芒，在当时消极浪漫主义文学风行一时的德国文坛上独放异彩。《浮士德》第二部的完成尤其突出地表现了歌德晚年在思想和艺术上的新发展。

1832年3月22日，歌德病逝。歌德是德国民族文学最杰出的代表，他的创作把德国文学提高到全欧的先进水平，并对欧洲文学的发展作出了巨大的贡献。

二 《浮士德》

《浮士德》是歌德的代表作，是他一生思想探索与艺术追求的总结，在某种意义上也可看做是启蒙运动的艺术总结。

《浮士德》的创作延续了将近60年之久。作品的雏形《原浮士德》写作于歌德在斯特拉斯堡求学期间。《浮士德》的第一部完成于1806年，第二部完成于1831年。

浮士德是16世纪的人物，后来成为民间传说中的形象。传说他通晓天文地理，懂得魔术；

他死后人们把当时传说中人和魔鬼订约的故事，都集中在他身上。在传说和后人写的文学作品中，浮士德的形象不断丰富、发展，越来越明显地体现了自宗教改革时期以来的挣脱宗教束缚、追求精神解放的时代精神。歌德在这个基础上，经过艺术加工，更加深化和丰富了这个形象的社会意义。

《浮士德》通过主人公努力追求的一生，概括了资产阶级上升时期欧洲先进知识分子不满现实、极力探索人生意义和理想社会的过程。

诗剧《浮士德》的结构庞大而复杂。第一部包括25场，前面另有《献诗》、《舞台上的序剧》、《天上序幕》。第二部也包括25场，分成6幕。全剧没有首尾连贯的故事情节，而是以浮士德的思想发展为贯穿线索。

《天上序幕》是情节的开端。它和收尾一场前后呼应，集中地表现了诗剧的基本思想。《天上序幕》以宇宙为背景，展开一场天帝和魔鬼靡非斯特之间关于人的争论，并由此引起在浮士德身上下的赌注，从而确立了诗剧的基本主题。

天帝和靡非斯特所争论的，是人能否实现和怎样实现人生理想的问题。按照歌德的观点，这个问题既包括人自身的矛盾，也包括人的理想和现实之间的矛盾。歌德赋予浮士德的使命就是解决这两个矛盾，来揭示改造社会、实现理想的方案和途径。

诗剧围绕这两个矛盾的解决，安排了浮士德的生活经历，大体可分成5个阶段。

第一阶段，包括6场戏，主要描写老学究浮士德的新生。在这六场戏里，通过浮士德从精神到肉体的复活，深刻而细致地揭示了浮士德的精神和性格特征。

浮士德是以中世纪"饱学多闻"的"博士"和"导师"的面目出场的。这时，他觉悟到自己的学识无助于救世济民，书斋生活也形同坐牢，违反自然。他虽自信有承担下界苦乐的意志，有和暴风搏斗的勇气，但未能真正了解人世。这使他的精神陷入绝境。他的学生瓦格纳的食古不化，更使他的精神濒于崩溃。他想自杀，希望自己能从苦痛和烦恼中得到解脱。歌德在这里批判了中世纪经院哲学和封建意识形态，生动地反映了这个时期开始觉醒的知识分子的追求与苦闷。

复活节的钟声和歌声唤回了浮士德生的欲望。浮士德在瓦格纳陪同下，来到城门外。他被春光明媚、人群欢乐的景象打动，决心"以净朗的精神，重把新生开始"。浮士德从城郊回到书斋，"爱念"陡起，并且参悟到其中的关键是"行动"，因此他在翻译《圣经》时把"太初有道"一句，改译为"太初有为"。这时魔鬼出现。浮士德满怀信心地和靡非斯特赌定：靡非斯特必须使他欲望满足，但只要他说出"你真美呀，请停留一下"，他就死去。这时的浮士德心潮澎湃，热情似火，急于投身到时代中去。

浮士德和靡非斯特赌定之后，靡非斯特便把浮士德带到"魔女之厨"，借魔女的药汤恢复了浮士德的青春。从此，浮士德摆脱了中世纪经院哲学的束缚，抱着强烈的入世思想，开始新的人生追求。

第二阶段，包括从"街头"到"监狱"，共19场，描写浮士德的爱情生活。

浮士德和玛甘泪的爱情是一场悲剧。悲剧的冲突是个性自由要求和封建势力之间的矛盾。悲剧以宗法制的小城镇为背景。小市民家庭出身的少女玛甘泪，是歌德精心塑造的一个要求个性解放的柔弱的牺牲者的形象。她在基督教教义的熏陶和封建伦理的教导下长大。她所要求的只是一种纯洁的爱情生活，却遭到舆论的讥讽和宗教意识的折磨。后来，她的哥哥同浮士德决斗受伤致死，母亲误服过量安眠药而暴亡。在万般无奈的情况下，她溺死了自己的孩子。这些在她虽“只是无心的迷妄”，却不为宗教和法律所容。玛甘泪成了罪人。在寺院中，她遭到代表宗教教义的恶魔的严厉谴责，窒息昏倒；她被关押入狱，判处了死刑。她自身的软弱性又使她无力抵抗层层的威压，尤其无力抵抗“上帝”的判决而引颈受戮。玛甘泪之死是对封建势力的强烈控诉。

浮士德与玛甘泪是两种不同的性格。浮士德不断地追求，玛甘泪却随遇而安；浮士德内心充满着矛盾，玛甘泪则单纯而朴实；浮士德否定上帝的绝对权威，玛甘泪却笃信宗教……浮士德感觉到自己与玛甘泪之间存在着差异，然而经不起靡非斯特的引诱，陷入迷离的爱欲之中。封建势力的强大和他本人的利己主义情欲，造成了玛甘泪的悲剧。此事使浮士德的精神受到一次沉重的打击。不过，他没有消沉，经过一场理智与爱欲的斗争之后，他从个人情欲中解脱出来，开始由“小宇宙”进入“大宇宙”，即由个人的私生活扩展到对社会生活的探求。

第三阶段，包括第二部第一幕，描写浮士德的政治生活。

这一幕所写的政治生活，无疑包含着歌德在魏玛宫廷的现实体验。通过这幕戏，歌德展示了整个德国封建王朝（神圣罗马帝国）的腐朽和资本主义世界金钱势力的泛滥。

“紫禁城”一场，通过朝臣们的口，揭露了封建王朝腐败的朝政和穷奢极侈的生活。这个国家“非法的行为穿戴上合法的伪装，一个邪恶世界居然正正堂堂”：教会掠夺人民，法官枉法贪赃；作奸犯科的受到宽容，良民反而“有罪”；政府克扣军饷，士兵到处抢劫；各邦不纳贡赋，皇帝的权力都已让光，国家财源枯竭，只能搜刮私藏；宫廷浪费无度，弄得寅吃卯粮。“像这样，世界只好离析分崩，闹到是非颠倒，公道沦亡”——老百姓已经毫无出路，统治者的江山自然也不能久长。在这样的情况下，当政者又只依靠两大门阀——骑士和教士，因而造成百姓们公然反抗。在这里，歌德深刻地揭示了封建专制王朝灭亡的必然性。

为阻止这个封建王朝的覆灭，浮士德向皇帝倡议发行纸币，解决了财政危机。“上林苑”一场，歌德揭露和讽刺了新兴的资本主义世界里金钱的魔力。纸钞造成一片繁荣的假象，钱庄银号营业繁忙，酒店、成衣店异常兴旺，美人献媚，牧师藏私，弄臣“在梦中做了大老板”，寄生虫无不喜笑颜开。

浮士德在政治生活上的探求，不是起而反抗，而是迁就退避。他在封建宫廷中看到了王朝的腐败，仍然尽心竭力地为这个腐朽的王朝服务，想方设法维持它的统治。这恰好反映了德国资产阶级对现实的妥协和迁就，也是歌德自己在魏玛十年宫廷生活的真实体验。可贵的是，歌德在这里总结了许多启蒙主义者和他自己的经验，否定了这种幻想，让浮士德又开始了新的探索。

第四阶段，包括第二部第二、第三两幕，描写浮士德对美的追求。

浮士德回到书斋。他的学生瓦格纳已非书蠹式的人物，而是“严肃的现实哲学家”，他否定了“造化的至圣至神”，“敢用理智来问津”。他调和几百种元素，在玻璃瓶里造出“人造人”——小人何蒙古鲁士（在歌德笔下这个小人后来被希腊唯物主义哲学家泰勒斯扔到海底，回到生命的本源）。

何蒙古鲁士带领浮士德游历了古希腊神话世界。在象征智慧和正义的希隆指引下，在同情人类的曼多鼓励下，浮士德找到海伦，并且和她结了婚。海伦被视为永恒的“美”的化身。在这种“美”的面前，“一切的一切都成为虚伪”。“美”简直能化育一切。浮士德热诚地爱着海伦。他俩生了个儿子叫欧福良。这个孩子渴望战斗，渴望胜利。他看到海上两军正在激战，不甘心旁观，飞去参战，不幸坠地跌死。歌德通过这个形象悼念了英国浪漫主义诗人拜伦。

欧福良死后，海伦深感"幸福与美不能长久地璧合珠联"，也痛苦地离开浮士德，空留下衣服和面纱在浮士德的怀抱。海伦的消逝表明，古代的"美"无法复活于现代。浮士德对"美"的追求和结合，虽是探求改革社会的一种理想，但由于它脱离社会现实，因此不会有什么结果。浮士德对"美"的追求也宣告幻灭。歌德在这里否定了自己的古典主义的幻想，也否定了当时思想界那种认为美育可以改造人、改造社会的错误观点。

第五阶段，包括第二部第四、第五两幕，描写浮士德改造大自然的行动。

海伦的飞逝打破了浮士德对"美"的信念，但他又有了新的追求——征服大自然。他帮助皇帝平定了一场战乱，获得皇帝赏赐的一块海边封地。浮士德便招募了千百万人民填海造陆，开辟了万亩良田，建起了一座座村庄。为了开凿运河，他命令靡非斯特劝说两个老人迁居。靡非斯特一把火烧掉了房舍和教堂。浮士德搞海外贸易，靡非斯特竟杀人劫船，实行海上强权政策。这些都喻指资本主义原始积累时期的罪恶。但是，浮士德没有看到这一面，只感到自己是在创造新天地。

当浮士德已是百岁老人，而且对自己努力创建的海边王国感到满意的时候，"忧愁"之灵来到，吹瞎了他的眼睛。死灵也来为他掘墓。他听到挖地的声音，还以为是群众在劳动，高兴地说出了他自己的理想：

> 我为几百万人开拓出疆土；
> 虽然还不安全，但也可以自由勤苦，
> …………
> 是的，我完全献身于这种意趣，
> 这无疑是智慧的最后的定案：
> 要每天每日去开拓生活和自由，
> 然后才能够作自由与生活的享受。

随即他喊出："你真美呀，请停留一下！"按照誓约，浮士德倒地逝去。但是，他的灵魂并没有归魔鬼所有，而是被天使接到了天上。

浮士德是一个理想的探求者，他一生经历了漫长而复杂的道路。这个过程实际上包括了文艺复兴、宗教改革以来，一直到19世纪初期的300多年间欧洲和德国的进步知识分子精神探索的道路。浮士德从中世纪的精神束缚中解放出来，摆脱了低级的官能享乐和迷离的情欲，否定了为封建王朝服务的妥协道路，也否定了向古代艺术美去寻求出路的幻想，然后追求更高的理想——以自由劳动开拓人人幸福的乐园。歌德在近60年的创作过程中，不断接受时代先进思想的影响，从新的思想高度对这300年的思想发展史，主要是对启蒙运动的历史经验进行了回顾和总结，又把这一切体现在浮士德的形象之中。因此，浮士德的形象成了对这一时期进步知识分子的艺术概括。

浮士德思想的核心是人道主义。他不满封建社会的现实，以毕生之力探求人生意义和社会理想，这种探索的起点和归宿是所谓"永恒的爱"和"崇高的灵的境界"。浮士德最后认定的"为几百万人开拓出疆土"、"在自由的土地上住着自由的国民"的结论，就是这种"爱"和"灵的境界"的具体体现，也就是人道主义理想的概括。歌德在作品中对资本主义的掠夺行为，对资产阶级金钱的魔影也都有所揭露。浮士德在失明以后所道出的理想，已经接近于空想社会主义思想。

浮士德形象的魅力在于他那不断追求、勇于实践、自强不息的精神，即所谓“浮士德精神”。从他在书斋中领悟到“太初有为”，到他终生探求的最后结论“要每天每日去开拓生活和自由”，都体现了这种精神。在《天上序幕》中，天帝曾指出，“一个善人只要他努力向上就不会迷失正途”；到全诗的结尾部分，一位天使把浮士德接上天堂时又说，“凡是自强不息者，到头我辈均能救”：前后呼应，有意突出浮士德积极进取的精神。

浮士德的性格充满矛盾，他前进的道路上贯穿着辩证的精神。浮士德曾经解剖自己的内心说：

有两种精神居住在我的心胸，
一个要想同别一个分离！
一个沉溺在迷离的爱欲之中，
执拗地固执著这个尘世，
别一个猛烈地要离去凡尘，
向那崇高的灵的境界飞驰。

歌德认为浮士德只有在克服自身与客观现实的矛盾的同时，也克服掉这种精神上的两重性，使自己“精神净朗”、“人性完善”，然后才能实现“宏愿大业”，而在他克服自身弱点，不断探索的时候，魔鬼靡非斯特正好起了推动作用。这一点，歌德在《天上序幕》中早就有了交代。天帝一方面对人的努力抱有坚定的信念，另一方面，天帝又认为人们的精神总易松弛，贪爱绝对的安静，所以他才造出恶魔，“以激发人们努力为能”。在浮士德探索的道路上，靡非斯特总是企图把他引向堕落，而实际上恰好帮助他在实践的过程中，不断地克服自身的弱点，不断地前进。浮士德的一生就这样贯穿着他与靡非斯特之间的矛盾。他内心的两重性决定他既容易接受魔鬼的引诱，又能不断战胜恶魔的诱惑，在歧途和错误中克服自身的矛盾而达到至善。整个诗篇贯穿着这种辩证的乐观精神，鼓励人们在与反动、落后势力的斗争中，在与自己的错误的斗争中，不断去追求理想，实现理想。这是《浮士德》中难能可贵的思想精华。

魔鬼靡非斯特本是传说中的人物。在诗剧里，歌德把他塑造为浮士德的对立物，即美与恶、成与毁、勤与惰这些矛盾对立面的一个方面。在《天上序幕》中，天帝就已指出：靡非斯特是“否定的精灵”。魔鬼也自称是“否定的精神”，并且解释说，“犯罪、毁灭、更简单一个字‘恶’，这便是我的本质”。他不相信历史，不相信未来，不相信有什么崇高的事物，对一切都抱着轻蔑嘲讽的态度。他也看不起人，把人看做“长足的蝗虫”，讥笑人的努力，否定人的理性，否定人类历史的进步。当靡非斯特的否定精神针对现实中一些不合理的东西的时候，他能够清醒地看到事物的本质，而且具有尖锐的批判精神。在诗剧中，歌德正是通过他的嘴批判了中世纪的烦琐哲学，讥讽了《圣经》，讽刺了封建王朝。靡非斯特敏锐的观察力和对封建势力冷嘲热讽的态度表现得极为突出。但是，靡非斯特的否定精神对于浮士德这样一个不断追求的人来讲，客观上起着推动的作用。他把浮士德从书斋引入尘世，希望浮士德满足于现世，堕落下去，实际上却帮助浮士德走出阴暗的书斋，投身到现实世界和实际行动之中。他一再地引诱浮士德作恶，实际上却使浮士德从错误中接受教训，不断向更高的境界追求，促成了浮士德向善。所以，歌德笔下的靡非斯特正如黑格尔观念中的恶一样，“是历史发展的动力借以表现出来的形式”，靡非斯特自己也说，他是“作恶造善的力之一体”。

在艺术上，《浮士德》是现实主义和浪漫主义相结合的杰作。它既是当时德国现实生活的概括，同时又是资产阶级理想的颂歌。《浮士德》中的人物、事件、环境，充满了浪漫主义的想象和夸张，以及神话故事的色彩，却又都有其现实主义的基础。这二者有机地结合，造成诗剧壮阔的背景，寓意的形象，反映了复杂的社会现实，表达出作者的理想。

《浮士德》塑造人物形象的一个重要艺术手法是矛盾和对比。浮士德的形象是通过他性格上的两重性，以及在他所追求的理想和社会现实之间的矛盾的解决过程中，逐渐深化和丰富起来的。与此同时，歌德把靡非斯特和浮士德作为一反一正的人物，从对比中，以靡非斯特的否定人生、蔑视理智、仇恨人类的精神，烘托浮士德的入世、进取、热爱人生、追求理想的精神，从而深刻地表达出作品的思想意义。

《浮士德》中浓厚的抒情色彩和辛辣的讽刺，也是诗剧明显的艺术特色。比如，浮士德登场时的独白，强烈地抒写了浮士德的矛盾和不安的心情，深刻地揭出了浮士德的精神危机。"紫禁城"中朝臣的诉苦，尖锐地讽刺了封建王朝的朝政。剧中这类抒情和讽刺比比皆是，它们不仅使人物形象鲜明，而且使主题深化。

最后，《浮士德》具有丰富多变的诗歌艺术表现手段。歌德总是根据内容的需要选择最恰当的诗体和韵律作为其表现手段。由于全诗内容的复杂性和丰富性，其表现手段也是极其多样的，民歌体、古典诗歌体、悲剧诗体等等，几乎无所不包。

《浮士德》不仅是德国文学史上一个空前伟大的成就，而且与荷马的史诗、但丁的《神曲》等齐名，被视为世界文学史上的伟大史诗之一。

【本章思考题】

1. 请说明作为启蒙运动组成部分的启蒙文学的特点及其历史意义。
2. 请说明菲尔丁等作家的现实主义小说对19世纪文学的影响。
3. 请说明伏尔泰和狄德罗哲理小说的特点。
4. 为什么说卢梭是浪漫主义文学的先驱？
5. 论述"狂飙突进"运动在德国文学史上的重要意义。
6. 论述歌德的求索与"浮士德精神"。

忏悔录

不管末日审判的号角什么时候吹响，我都敢拿着这本书走到至高无上的审判者面前，果敢地大声说："请看！这就是我所做过的，这就是我所想过的，我当时就是那样的人。不论善和恶，我都同样坦率地写了出来。我既没有隐瞒丝毫坏事，也没有增添任何好事；假如在某些地方作了一些无关紧要的修饰，那也只是用来填补我记性不好而留下的空白。其中可能把自己以为是真的东西当真的说了，但绝没有把明知是假的硬说成是真的。当时我是什么样的人，我就写成什么样的人：当时我是卑鄙龌龊的，就写我的卑鄙龌龊；当时我是善良忠厚和道德高尚的，就写我的善良忠厚和道德高尚。万能的上帝啊！我的内心完全暴露出来了，和你亲自看到的完全一样，请你把那无数的众生叫到我跟前来！让他们听听我的忏悔，让他们为我的种种堕落而叹息，让他们为我的种种恶行而羞愧。然后，让他们每一个人在您的宝座前面，同样真诚地披露自己的心灵，看看有谁敢于对您说：‘我比这个人好！’”

——节选自卢梭：《忏悔录》（黎星译，见《忏悔录》第一部第一章，北京，人民文学出版社，1982）

浮士德

浮士德　……我为几百人开辟了空地，虽说不上安居，倒也行动自由，生活写意。田野葱绿而丰腴！人畜两旺，在这片新地上过得舒舒服服，立即定居在那山丘之旁，那可是勤劳勇敢的民夫挖的土方！堤内是一片乐土，堤外则是海浪向边缘猛冲……我真想看见这样一群人，在自由的土地上和自由的人民站成一堆！那时，我才可以对正在逝去的瞬间说：“逗留一下吧，你是那样美！”我的浮生的痕迹才不致在永劫中消退。——预感到这样崇高的幸会，我现在正把绝妙瞬间品味。

〔浮士德向后倾倒。鬼怪们扶住他，把他平放在地上。〕

梅菲斯特　任何喜悦，任何幸运都不能使他满足，他把变幻无常的形象一味追求；这最后的、糟糕的、空虚的瞬间，可怜人也想把它抓到手。他如此顽强地同我对抗，时间变成了主人，老人倒在这里沙滩上。时钟停止了——

合唱队　停止了！像午夜一样沉默了。指针垂下了——

梅菲斯特　垂下了！成了。

合唱队　过去了。

梅菲斯特　过去了！一句蠢话。为什么说过去了？过去了和纯粹的无：全然是二而一！永恒的创造对我们有何意义？无非把被创造物抢过去，重新化为乌有！“它过去了！”这句话从中又有什么可读？无异于说它从不曾有过，即使有过，也不过是兜圈子，聊胜于无。我为此反倒喜爱永远的空虚。

——节选自歌德：《歌德文集·浮士德》第二部第五幕“宫中宽广的前厅”（绿原译，见《歌德文集·浮士德》，北京，人民文学出版社，1999）。本节选与正文叙述中引用话语非出自同一翻译版本，故有出入。

中 编

19 世纪文学

绪 语

19世纪，光彩夺目、凝重厚实的文学世纪，遍地开花、普遍繁荣的文学世纪。

世纪开篇，是激情洋溢的浪漫主义。诗人辈出，诗情勃发，或激昂高歌，或浅吟低唱，但无论是"激越"的，还是"感伤"的，都以强烈的感情力量冲击着人们的心灵。这是对启蒙运动和动荡欧洲的反响，是对200年来统治文坛的古典主义的反叛。浪漫主义文学冲破疆界，从西欧到东欧，从欧洲到美洲，完成了跨越式传播，增强了各国文学的相互影响和渗透。

19世纪三四十年代，严峻的社会现实击碎了"理性王国"的幻影，迫使文学直面现实，以更冷峻的目光观察和反映错综复杂的社会矛盾。现实主义文学开始不动声色地登上舞台，默默地用一部部厚重的作品记录着时代风云，揭示着历史进程。群星璀璨，佳作迭出，逐渐汇成澎湃壮阔的潮流。"百科全书"式的长篇小说，是现实主义最杰出的成果；栩栩如生的典型形象，构成丰富多彩的画廊，具有历久不衰的艺术生命力。批判现实主义文学是欧美文学史上极重要的一页。

世纪末——19世纪最后30年，是文学发展的拐弯处。主潮式的发展模式开始受到冲击，代之而起的是多元格局的滥觞。现实主义文学仍保持着强势，而其"继承者"自然主义却以绝对"冷静"和"客观"为标准，竭力把写实的风格推向极致；巴黎公社文学以革命功利主义为特色，激情燃烧地介入社会生活；而唯美主义、象征主义等流派，则以超然态度弃绝功利目的，将艺术送进了"为艺术而艺术"的象牙塔。这一结构性的变化，开启了文学多元化新纪元的大门。

第六章 19世纪初期浪漫主义文学

第一节 概　述

一　浪漫主义文学产生的历史背景及其主要特征

浪漫主义是18世纪末19世纪初欧洲普遍流行的一种文艺思潮。它是法国大革命、欧洲民主运动和民族解放运动高涨时期的产物。

1789年发生了轰动全欧的法国资产阶级革命。这次革命沉重打击了法国封建专制政权，摧毁了封建经济基础，建立了资产阶级共和国（1792）。它不仅为法国资本主义发展扫清了道路，而且撼动了欧洲封建统治，推动了欧洲民族独立运动，开辟了资本主义在欧洲广泛发展和取得胜利的新阶段。法国资产阶级革命的胜利，遭到了国内外封建反动势力的疯狂反扑。革命后的法国经历了一场革命与反革命、复辟与反复辟、侵略与反侵略的长期斗争。

拿破仑统治时期，为了巩固资本主义制度，保证资本主义自由发展，采取了一系列军事、政治、经济、宗教和法律措施。对内坚决镇压了王党分子的复辟活动，强化了中央集权；对外多次粉碎了欧洲封建君主国的反法联盟，从而巩固了法国资产阶级革命的成果。但拿破仑所进行的对外战争，代表的是法国大资产阶级的利益，具有扩张和掠夺的性质。

拿破仑失败后，波旁王朝在法国复辟。1815年，俄、普、奥三国在维也纳会议上缔结了反动的“神圣同盟”，充当欧洲的宪兵，专门镇压法国革命后蓬勃兴起的人民革命运动和民族解放运动。但是，“神圣同盟”扑灭不了革命的烈火，反而加深了欧洲的民族矛盾和社会矛盾，促使各国普遍爆发了资产阶级民主革命运动和民族解放运动。随着反封建、反民族压迫的解放运动的高涨，在一些先进的资本主义国家（如英国）里，工人自发性的罢工运动也轰轰烈烈地开展。欧洲浪漫主义思潮就是在这种如火如荼的阶级斗争和民族解放斗争的革命风暴中产生并发展起来的。

这一时期流行的德国古典哲学和空想社会主义思潮，与浪漫主义文艺思潮的兴起也有密切的联系。德国古典哲学本身就是哲学领域里的浪漫主义运动，康德、费希特和黑格尔等哲学家强调天才、灵感和主观能动性，把自我提到高于一切的地位，因而对浪漫主义文学强调主观精神和个人主义倾向产生过深远的影响。空想社会主义代表人物如法国的圣西门和傅立叶以及英国的欧文等，尖锐地批判资本主义制度，幻想消灭阶级对立，并对未来社会的发展作过一些预测，在历史上起过进步作用。但他们从历史唯心主义出发，企图以调和矛盾的空想计划代替社会阶级斗争，以实现全人类的解放。这种空想社会主义思想对浪漫主义文学也有不小的影响。

浪漫主义文学是对法国革命和启蒙思想的反响。法国大革命摧毁了封建统治，在历史上是一个伟大的进步。但革命进程的过激行为产生了一定的负面影响，而它所建立起来的“理性王国”不过是资产阶级的“理想化的王国”。18 世纪资产阶级启蒙思想家们所提出的“自由、平等、博爱”的理想并未真正实现。恩格斯在《反杜林论》中指出：“同启蒙学者的华美诺言比起来，由‘理性的胜利’建立起来的社会制度和政治制度竟是一幅令人极度失望的讽刺画。”① 因此，对革命胜利的激情、对革命后现实的失望以及对过度暴力的恐惧等各个侧面，在浪漫主义文学中都有所体现。

浪漫主义是对统治文坛 200 年之久的古典主义的反拨。古典主义的理性原则日渐成为束缚创作的教条。新一代作家们开启情感的闸门，展开想象的翅膀，向古典主义传统发起了有力的冲击。浓重的感情色彩，自由的理想抒发，强烈的个性张扬，便成为浪漫主义的一个最突出、最基本的特征。在思想上，浪漫主义作家是启蒙运动的继承者。就文学的传承关系而言，英国的墓园派诗歌、哥特式小说和感伤主义文学，德国的“狂飙突进”运动，法国卢梭“回归自然”的追求，都直接影响了浪漫主义文学许多特点的形成。

浪漫主义文学的另一个重要特征是对大自然的歌颂。由于对资本主义物质文明的厌恶，对庸俗丑恶现实的反感，雄伟瑰丽的大自然和远方奇异的情景，便成为浪漫主义作家寄托自由理想之所在。在他们的笔下，大自然的美和崇高往往同城市生活的丑恶鄙俗形成强烈的对比，一些非凡的人物往往出没在大自然中间或奇异的、具有异国情调的环境里。

浪漫主义作家重视中世纪的民间文学。在德国和英国，浪漫主义的活动就是从搜集中世纪民间文学开始的，为此还提出了“回到中世纪”的口号。这是因为中世纪是欧洲各民族和民族语言、文化的形成时期，它为 19 世纪初各民族独立意识的增长和强化提供了丰富的养料，其时的民间文学尚未受到各种清规戒律的束缚，想象丰富，情感淳朴，表达自由，语言通俗——这更促进了浪漫主义文学风格的形成。

浪漫主义文学的成就主要体现在最适于感情抒发的诗歌方面，但小说和戏剧创作方面也有相当的成绩。浪漫主义小说和戏剧同样带有浓厚的抒情色彩。因此，大胆地发挥作家的主观想象力，使用夸张手法，多以大自然为背景，情景交融地描写奇异的情节和情感化的人物，便成为浪漫主义文学创作的主要特点。其中，有的形象自我陶醉、消极厌世，传达出世纪末的颓唐情绪；有的则意志坚强、激情洋溢，显现出亢奋的叛逆精神。

浪漫主义者常常使用华丽的词语，作品中充满生动的比喻，夸张、对比的手法更为他们所喜用，这些都给读者留下强烈的印象。

① 《马克思恩格斯选集》，2 版，第 3 卷，723 页。

二　浪漫主义文学的兴起和发展

18 世纪末 19 世纪初，欧洲各国政治、经济发展不平衡，社会生活和文化传统也不一样，因而，浪漫主义文学在各国发展的情况就不完全相同。

◎　18 世纪末 19 世纪初的德国仍然是封建国家，全国分裂为许多封建诸侯小邦，政治、经济都很落后。资产阶级软弱无力，民主运动屡受压制，封建公侯的专制权威压倒一切，费希特、谢林的唯心主义哲学盛行。在重新发现中世纪的研究热潮中，德国最先创建了浪漫主义的理论，兴起了浪漫主义文学的探索。如以奥古斯特·施莱格尔（1767—1845）、弗利德里希·施莱格尔（1772—1828）、诺瓦利斯（1772—1801）、蒂克（1773—1853）为代表的“耶拿派”就是以缅怀过去、歌颂中世纪为其理论和创作的出发点，后两人的作品还带有较重的宗教神秘色彩。霍夫曼（1776—1822）是一个深受浪漫主义影响的作家，他主要是通过奇异和荒诞的故事来反映现实，对现实中的黑暗现象进行讽刺，代表作是《小查克斯》（1819）。沙米椟（1781—1838）是一位抒情诗人兼小说家。他是德国 19 世纪前 20 年浪漫主义作家中进步倾向较明显的一个。他的代表作《彼得·史雷米尔奇异的故事》（1814）是德国 19 世纪最流行的小说之一，小说具有明显的反资本主义倾向。

德国最富批判性的浪漫主义诗人是海涅。亨利希·海涅（1797—1856）是德国 19 世纪著名的革命民主主义诗人和政论家。他的早期诗作《歌集》（1827，包括《青春的苦恼》、《抒情插曲》、《还乡集》、《北海集》等组诗）多以个人遭遇与爱情苦恼为主题，反映了封建专制下个性所受到的压抑以及找不到出路的苦闷。它们表现出鲜明的浪漫主义风格。1824 年至 1828 年间，海涅游历了国内外许多地方，广泛接触社会，加深了对现实社会的理解，并写有四部旅行札记，包括《哈尔茨山游记》（1826）等意大利游记和《英国断片》（1831）。这四部旅行札记的创作表明，海涅在思想上已成长为一个革命民主主义者，创作上开始走向现实主义道路。

海涅的革命倾向，使他受到德国统治者愈来愈烈的迫害。他不得不于 1831 年 5 月移居巴黎。在巴黎，他结交了雨果、乔治·桑等作家，受到了空想社会主义思想的影响。他致力于研究法、德两国的社会政治与文学，写了大量的政治与文学论文，这些论文带有前所未有的战斗激情和革命锋芒。其中《论浪漫派》（1833）一文集中体现了海涅的文学观点：主张文学与现实密切结合，热情地歌颂歌德与莱辛。1843 年 12 月，海涅在巴黎认识了马克思，二人结下了深厚的友谊。在马克思的影响下，海涅的思想大大地前进了一步，引起创作思想与创作方法的显著变化，使他的创作在 19 世纪 40 年代进入了一个新的时期。

在这一时期，海涅写出了他一生最成熟的作品——长诗《德国——一个冬天的童话》和《新诗集》（1844）中的大部分诗作。《西里西亚纺织工人》（1844）是诗人为声援西里西亚纺织工人起义而作的一首著名短诗，语言朴素，节奏铿锵，深受工人群众欢迎。政治抒情长诗《德国——一个冬天的童话》（1844），是 1843 年 10 月海涅在法国流亡 12 年多之后第一次返回德国的产物。相隔 12 年多，海涅回到日夜眷念的祖国，但他看到的却是一切如旧。对此，海涅极为愤懑。在长诗中，诗人用一切生机都已死灭的萧条冬天来象征德国社会的昏睡与停滞，所以在“童话”之前冠以形容词“冬天的”。现实与幻想相交织，构成了长诗十分独特的风格。在长诗里，诗人写了那么多的梦境与幻想，但这些梦境和幻想却是植根于现实基础上的，从梦境与幻想中可以看到德国的现实与诗人的思想。讽刺的运用，更大大加强了长诗鞭挞、批判封建反动制度的力量，增强了长诗的战斗作用。

1848 年革命的失败，使海涅资产阶级民主派的理想破灭，加之病情恶化，瘫痪在床，从此他脱离了现实的革命斗争，陷入了深沉的苦闷。这时期的抒情诗集《罗曼采罗》（1851）就反映了他在革命失败后不知所向的彷徨心境。但他的革命精神并未被完全摧毁："我的心摧毁了，武器没有摧毁，我倒下了，并没有失败。"在他晚年的诗作中，依然保持了对封建反动势力和资产阶级的讽刺与谴责。

◎ 英国的浪漫主义文学取得了令世人瞩目的辉煌成就。最早出现的浪漫主义作家是以华兹华斯（1770—1850）、柯勒律治（1772—1834）和骚塞（1774—1843）为代表的"湖畔派"。他们对资本主义文明及人与人之间的金钱关系极为不满，长期寓居西北部湖边，忘情于山水之间，因而得名。华兹华斯和柯勒律治联手，以一本《抒情歌谣集》（1798）宣告了英国浪漫主义文学的诞生。华兹华斯先后为诗集写的两篇序言，奠定了浪漫主义诗学的理论基础。他们的诗作，一反古典主义的刻板僵化，以朴素的口语，尽写大自然的秀美，描摹普通人的日常生活和纯真情感，开创了新一代的诗风，对浪漫主义诗歌的发展产生了积极的作用。继"湖畔派"诗人而起的是诗人拜伦（详见本章第二节）和雪莱。他们是在英国国内工人斗争和欧洲民族解放运动高涨时期成长起来的，他们的创作在"神圣同盟"时期达到了高峰，鲜明地反映出进步的民主倾向。他们始终同情法国革命，同情民族解放运动和工人运动，与"湖畔派"形成了迥异的激越风格。他们的诗歌对群众很有影响。恩格斯曾指出："雪莱，天才的预言家雪莱和满腔热情的、辛辣地讽刺现社会的拜伦，他们的读者大多数也是工人。"①

波西·比希·雪莱（1792—1822）出身于贵族家庭，从小进入贵族学校学习，但他对教会控制的蒙昧主义教育深感不满。他于 1810 年入牛津大学学习，这时对自然科学和哲学产生极大的兴趣，广泛阅读了启蒙作家的作品和唯物主义的哲学著作。葛德文的《政治正义性的研究》和卢梭的《论人类不平等的起源和基础》对他产生了深刻影响。1811 年雪莱发表了第一篇论文《无神论的必然性》，后因此被学校开除。他保守的父亲也同他断绝了经济关系。

1812 年，雪莱带着自己写的小册子《告爱尔兰人民书》到了爱尔兰，为的是鼓动当地人民起来反对英国的统治和奴役，结果没有成功。他回到英国从事写作，以诗歌为武器和反动派进行斗争。1813 年他完成了第一首著名的长诗《麦布女王》。长诗反映了作者对现实的态度和他最基本的政治、哲学、美学观点，对理解雪莱的世界观有重要的意义。诗人在诗中不仅批判了封建的专横，谴责了资本主义的种种剥削形式，而且还提出了通过宣传教育以建立美好的自由社会的幻想。这首长诗的出版以及他于 1811 年至 1813 年所发表的政论，引起了英国统治阶级对他的极端仇恨。他们以种种借口，造谣中伤，迫使雪莱不得不于 1818 年永远离开了英国。

在意大利定居初期，雪莱完成了抒情诗剧《解放了的普罗米修斯》（1819），这是他创作的高峰，是他浪漫主义诗歌的杰作。它描写被困的普罗米修斯拒绝天神朱比特的威胁利诱，坚持了长期不懈的斗争，最终取得了胜利。诗人在剧中不仅描写了被压迫人民的苦难——饥饿、贫困、奴役，而且指出一切暴君的必然下场，预示革命一定会到来，一定会胜利；同时还详细地描写出胜利以后的美好景象——没有阶级、没有压迫，完全由"正义"、"理性"和"爱"统治的社会。最后一幕是整个宇宙欢呼新生和春天再来的颂歌。

---

① 《马克思恩格斯全集》，中文1版，第2卷，528页，北京，人民出版社，1957。

1819 年英国反动统治者残杀曼彻斯特工人群众的“彼得广场事件”，对雪莱革命思想的发展具有特别重大的意义。这一事件不仅加深了他对英国统治集团的仇恨，并且使他相信仅靠文字宣传或打动压迫者的理性是不能改变现有秩序的。正是在这一时期他创作了一系列优秀的、充满战斗号召力的政治诗歌。其中最著名的有《给英国人民的歌》、《1819 年的英国》、《“虐政”的假面游行》、《写于卡斯尔累执政时期》等。在这些诗歌里，诗人揭露了社会上一切压迫与剥削的形式，揭露统治者的罪恶、法律的不公道、非正义战争的残酷，最后号召被压迫、被剥削者为争取自由而起来斗争。此外，雪莱写的许多抒情短诗在他的创作中也占一个很重要的地位。他把自然景物的描写和革命热情紧紧地结合在一起，如《西风歌》（1819）、《云雀》（1820）等都是著名的作品。

1822 年 7 月 8 日雪莱于渡海途中不幸遇难。在他短促的一生中，他的革命思想和对未来的坚强信念始终如一。他通过诗歌，向被压迫人民和被压迫民族传播了革命的火种。恩格斯称他是“天才的预言家”。马克思也认为，凡是了解雪莱的人都惋惜他在 29 岁时就夭折，“因为他是一个真正的革命家”，而且如果不死，他会是一个“社会主义的急先锋”。①

英国浪漫主义文学的重要人物还有诗人济慈（1795—1821）和历史小说家、诗人司各特（1771—1832）等。司各特创作的《艾凡赫》（1819）等 30 部历史小说，不仅在英国极负盛名，而且影响波及欧洲各国，司汤达、巴尔扎克、托尔斯泰等许多现实主义大家都曾借鉴他的丰富经验。代表着从浪漫主义向现实主义过渡的是英国 19 世纪第一位著名的女作家简·奥斯丁（1775—1817）。她的《傲慢与偏见》（1813），在庸俗的日常生活背景下，以细微的心理刻画，突出了个体的价值和尊严，深受读者欢迎，并在 20 世纪引起了特别的关注。

◎ 法国浪漫主义文学早期的代表作家是夏多布里昂和斯达尔夫人。夏多布里昂（1768—1848）政治上比较保守，但对法国浪漫主义文学的产生和发展影响巨大。《基督教真谛》（1802）一书集中反映了他对中世纪的怀恋和以基督教精神来拯救世界的意愿。其中所包含的两个中篇小说《阿达拉》（1801）和《勒内》（1802），无论是对异国风光的描写，还是对“世纪病”形象的塑造，都具有开创性的意义。斯达尔夫人（1766—1817）以其鲜明的自由主义精神闻名。她的论著《论文学》（1800）和《论德意志》（1810），小说《苔尔芬》（1802）和《柯丽娜》（1807），都是法国早期浪漫主义文学的重要成果。在他们之后，维尼（1797—1863）和拉马丁（1790—1869）思想偏于保守，均以恬静、忧郁的抒情诗著称。法国最杰出的浪漫主义作家是维克多·雨果（详见本章第三节）。19 世纪三四十年代，女作家乔治·桑（1804—1876）和大仲马（1802—1870）分别以其独具风格的多产创作，丰富了浪漫主义的画廊。乔治·桑深受空想社会主义的影响。她那些用以“抚慰人心”的小说，如《安吉堡的磨工》（1845）、《魔沼》（1846）等优秀作品，传达了她对完美人格和平等社会的美好理想。大仲马以过人的想象力创作出充满传奇色彩的历史小说，深受读者欢迎。他最著名的作品是《基度山伯爵》（1844—1845）和《三个火枪手》（1844）。缪塞（1810—1857）则以一部《一个世纪儿的忏悔》（1836），尽写一代青年的孤独苦闷感。

◎ 在西欧浪漫主义思潮的影响和推动下，俄国浪漫主义文学也在 19 世纪初发展起来。此前，俄国文学在 18 世纪曾先后经历了古典主义和感伤主义时期。第一个浪漫主义作家茹科夫斯基（1783—1852）的创作对浪漫主义文学的形成产生过重要的影响，他思想保守，主张顺

① 《马克思恩格斯论浪漫主义》，36 页，北京，人民文学出版社，1958。

从天命，其诗歌创作充满了神秘主义色彩。俄国浪漫主义的代表是以雷列耶夫（1795—1826）为首的十二月党人诗人和普希金。普希金是俄国杰出的民族诗人。他既是俄国浪漫主义文学的主要代表，又是俄国批判现实主义文学的奠基人（详见本章第四节）。从浪漫主义开始，俄国一跃成为文学大国，其整个世纪的辉煌成就，令世界瞩目。

◎ 跨洋越海，欧洲的浪漫主义也登陆到北美洲。经过长达八年的独立战争（1775—1783）之后，美国于1789年成立第一届联邦政府，国力得到迅速发展。最初的美国文学深受英国及欧洲文学的影响，稍后才逐渐增强了建立民族文学的意识。早期浪漫主义作家华盛顿·欧文（1783—1859）和詹姆斯·费尼奥·库柏（1789—1851），为美国民族文学的创立作出了重要贡献。纳撒尼尔·霍桑（1804—1864）是著名的浪漫主义小说家，作品具有浓郁的神秘色彩和宗教意识。其代表作《红字》（1850）在国内外引起强烈反响。“偷情”者海丝特坦然面对宗教和法律的羞辱性惩罚，显示了向世俗抗争的巨大精神力量，十分震撼人心。赫尔曼·麦尔维尔（1819—1891）与霍桑齐名。他的著名作品《白鲸》（1851）写一位船长与一条巨大的白鲸殊死搏斗的故事，是一部惨烈的英雄主义悲剧。专事强调“刺激”和“效果”的诗人、小说家埃德加·爱伦·坡（1809—1849）被视为现代主义的先驱。真正热情讴歌“美国精神”的是诗人惠特曼（详见本章第五节）。

第二节 拜 伦

一 生平与创作

乔治·戈登·拜伦（1788—1824）是英国杰出的浪漫主义诗人，19世纪欧洲浪漫主义文学的重要代表。他的创作在英国和世界许多国家都产生过较大的影响。

拜伦生于伦敦一个古老但已没落了的贵族家庭。10岁时继承了伯祖父的爵位和一些领地，跟随母亲移居诺丁翰郡。青年时期，拜伦在剑桥大学读书时接受了法国的启蒙思想。

大学二年级，拜伦出版了第一部诗集《懒散的时刻》（1807），表达出他对现实的不满和对上流社会的鄙视。诗集受到反动评论家的恶意抨击，诗人创作《英格兰诗人和苏格兰评论家》（1809）一诗进行猛烈反击。

拜伦于1809年大学毕业后，在上议院获得了世袭的议员席位。同年6月间，拜伦去欧洲大陆旅行，游历了南欧各国，使他有机会广泛地认识社会，接触各阶层的人们。他于1811年回国，1812年发表了《恰尔德·哈洛尔德游记》第一章和第二章，受到社会的巨大欢迎，从而一举成名。这部以旅途经历为题材的长诗，是拜伦的代表作之一。

拜伦归国以后，正值国内“卢德运动”高涨时期。国会也正在讨论实施对破坏机器的工人处以死刑的法案。拜伦在国会中发表第一次演说，竭力反对以暴力政策对付工人。上议院不顾拜伦的抗议，通过了该血腥法案。但诗人并没有沉默，演说后的第三天，他就在报上发表了一首著名的诗篇《〈制压破坏机器法案〉制定者颂》(1812)，愤怒地揭露英国国会反人民的本质，指出立法机关、法院、警察、军队怎样顺从地保卫着大资产阶级利益，同时用鲜明的对照方法，简洁而有力地描绘出立法者的凶残面貌。在诗的结尾，诗人对血腥法案的制定者提出直接的警告：如果英国统治者继续镇压工人，"那些蠢材们自己的颈项一定先被打断"。

距第一次国会演说不到两个月，拜伦在国会中又发表了第二次演说，猛烈地抨击了英国政府对爱尔兰的奴役政策。两次演说，使诗人和英国统治集团之间结下了不解的仇恨。欧洲反动势力的猖獗，法国波旁王朝的复辟，引起拜伦强烈的不满和反抗，同时也陷入了悲观和失望。诗人越来越深刻地感到自己的孤独，感到自己的努力并无效果。在非常苦闷的情况下，便写了一组"东方"题材的富有浪漫主义色彩的传奇诗，这就是《东方叙事诗》，包括《异教徒》(1813)、《阿比道斯的新娘》(1813)、《海盗》(1814)、《莱拉》(1814) 和《柯林斯的围攻》(1815) 等。在这些诗篇中，拜伦塑造了一些孤傲的、反抗一切社会制度的叛逆者的形象，即文学史上有名的"拜伦式英雄"。

拜伦的政治态度以及诗歌中的反抗精神，引起了英国统治阶级的仇恨。1816年反动势力以诗人妻子离开诗人一事为借口，对他进行了疯狂的诽谤，迫使他永远离开了英国。他在瑞士遇到了雪莱，结为挚友。在雪莱的影响下，他写了一些反映革命斗争的著名诗篇，如《锡隆的囚徒》(1816)、《普罗米修斯》(1816) 和《卢德分子之歌》(1816) 等，后一首诗是英国诗歌史上第一首号召工人斗争的诗歌。与此同时，拜伦还写出了著名诗剧《曼弗雷德》(1816—1817) 和《恰尔德·哈洛尔德游记》的第三章。

1816年拜伦迁居意大利，参与了秘密组织烧炭党人的革命活动。由于他在意大利期间进一步靠近人民大众，密切注意国际形势的变化，这就把他的创作推入了一个更富有成果的新阶段。除完成《恰尔德·哈洛尔德游记》第四章外，他还写了许多优秀作品。如诗剧《马利诺·法利哀洛》(1820) 和《该隐》(1821)，讽刺诗《别波》(1818)、《审判的幻景》(1822) 和《青铜时代》(1822) 以及长篇叙事诗《唐璜》(1818—1823) 等。在《青铜时代》中，拜伦评议了拿破仑，谈到各地的革命运动，抨击了复辟后的法国，特别有力地揭发了1822年秋在维也纳召开的"神圣同盟"反革命会议，辛辣地讽刺了最反动、最活跃的俄皇亚历山大一世。

意大利烧炭党起义失败以后，拜伦于1823年7月离开意大利，到希腊参加希腊人民反对土耳其压迫的解放斗争，并成为希腊民族独立斗争的领袖之一。不幸的是，他患了寒热病，医治无效，于1824年4月9日逝世。拜伦说："我的一生就是一场斗争。"事实正是如此。

对专制势力的反叛，是拜伦诗作的基调。在《东方叙事诗》的那些传奇色彩极浓的诗篇里，拜伦对暴君即封建强权统治的抗议甚为激烈。诗中出现的一系列人物，都是一些异常孤独、脱离群众的反叛者的形象。他们与罪恶社会势不两立，并且也敢于进行毫不妥协的斗争。他们的共同特征是：顽强、高傲、勇敢和坚定。像《海盗》的主人公康拉特就是一个典型。他有能力做出一番事业，可是罪恶的社会不允许他发挥自己的才能，于是康拉特当了海盗的领袖。他单枪匹马闯入专制魔王的皇宫，顿时使皇宫变成了"流血的海岸和火烧的浪涛"。虽然最后被捕，武装被解除，但他并不示弱，态度严厉而镇定，他的气势使敌人为之慑服。

这种带有无政府主义色彩和个人英雄主义色彩的人物，就是所谓的"拜伦式英雄"。这种个人反抗，在哲学诗剧《曼弗雷德》中得到了更充分的表现。剧中主人公曼弗雷德是一个不顾任何危险，不受任何诱惑，始终不肯放弃自己的尊严、自由，意志独立的反抗者。《东方叙事诗》和《曼弗雷德》中这种高傲不驯的人物，在反动气焰甚嚣尘上的19世纪初的欧洲，曾产生过强烈的影响。

拜伦诗歌中最有力的因素，就是辛辣的社会讽刺。他的创作对欧洲的封建专制和贵族资产阶级强权统治给予了有力的揭露。这种揭露和讽刺，在《唐璜》中表现得最为突出。《唐璜》是一部长篇诗体小说，长诗通过主人公唐璜在西班牙、希腊、土耳其、俄国和英国等不同国家的生活经历，从多方面展现了欧洲的社会历史生活。拜伦通过插叙，把18世纪末叶的欧洲历史状况和19世纪初欧洲的现实生活交错起来。这样，不但丰富了长诗的思想内容，而且可以使诗人突破历史题材的局限，漫谈当代的真人真事。在《唐璜》中，拜伦的讽刺矛头主要指向"神圣同盟"和欧洲的反动势力。诗中强烈地表达了同反动势力的不调和态度。他宣布要同"暴君和谄媚奉承的人"作战，尽管无法预见谁会战胜，也"无碍于我对每个国家中的每种专制政治所抱的这个明白、坚决、彻底的憎恶"；还表示决不向"皇帝的宝座跪拜"，"如果可能，我要教会顽石也要起来反抗人世的暴君"。

拜伦的诗歌创作还热情地表达了诗人热爱自由、渴望自由的思想。拜伦在短诗《耶夫萨的女儿》中刻画了一个为祖国自由而甘愿牺牲的姑娘的形象；在《你的生命完了》一诗中歌颂了一个为人民的自由而献身的英雄；在长诗《恰尔德·哈洛尔德游记》和《唐璜》中，诗人对当时各国的卫国战争和欧洲风起云涌的民族解放运动都给以热情的歌颂和支持。

总之，拜伦诗歌的思想意义是深刻的，既表达了对封建专制的痛恨，又揭露了资本主义的罪恶，同时还抒发了对自由的热爱，这在当时都是难能可贵的。他在叙事诗中创造了一系列具有叛逆性格的人物，然而这些人物，正如鲁迅所说："或以不平而厌世，远离人群，宁与天地为侪偶，如哈洛尔特；或厌世至极，乃希灭亡，如曼弗列特；或被人天之楚毒，至于刻骨，乃咸希破坏，以复仇雠，如康拉德与卢希飞勒；或弃斥德义，蹇视淫游，以嘲弄社会，聊快其意，如堂祥。"① 在这些以自我为中心孤军作战的人物身上，我们总可以不时地看到诗人拜伦的影子。

二 《恰尔德·哈洛尔德游记》

《恰尔德·哈洛尔德游记》（以下简称《游记》）是拜伦的代表作之一。这篇4 700多行的长诗，主要写的是南欧一些国家民族的命运，也穿插着对法国大革命和拿破仑历史功过的评价；它既是一篇生动热情的旅途抒情日记，也是一首评论当时重大历史事件的长诗。

《游记》共四章，是拜伦两次游历欧洲大陆时的诗体记录。第一、第二两章的内容是诗人在第一次出国漫游葡萄牙、西班牙、希腊、阿尔巴尼亚等地的所见所闻；第三、第四章的内容是诗人在滑铁卢战役以后，被迫永远离开英国，旅居比利时、瑞士、意大利等地的见闻和感想，这两章分别发表于1816年和1818年。

《游记》有两个主要人物：主人公哈洛尔德和抒情主人公。前者代表了诗人思想的消极方面；后者反映了诗人的民主倾向和革命热情。哈洛尔德游历的路线把长诗连成一个有机的整

① 《鲁迅全集》，第1卷，79页，北京，人民文学出版社，1981。

体；抒情主人公的议论和抒情插叙丰富了长诗的内容，增强了感染力。

哈洛尔德是一个英国贵族青年，对本阶级十分反感，持强烈的批判态度。他既不想对上层统治者逢迎拍马，也不愿与人民群众来往，终日陷于痛苦的深渊中。其痛苦的根源，照他自己的话说，“既不是爱情，也不是恨，更非卑微的野心难以实现”，“而是经历、目睹和耳闻所引起的”。

哈洛尔德是一个忧郁、孤独、悲观失望的漂泊者。他厌倦上流社会“酒醉饭饱”、“狂欢无度”的生活，也痛恨英国冷酷的“文明”和腐败的习俗，因为这些都是跟他的自由思想矛盾的。他不愿与丑恶的社会为伍，于是，“他孤独地怀着忧郁的思想，终于下定决心离开他的祖国，而去浪游海外炎热的地方”。

在最初两章里，我们看见这位忧郁的主人公到了葡萄牙、西班牙、阿尔巴尼亚和希腊。可是他对这些国度里的风土人情、美丽的大自然以及各民族对外国侵略者的斗争都采取旁观的态度，看到英国掠夺希腊古迹也不介意，经过好多古今战场，他无动于衷，“心是冰冷的”，“眼是漠然的”。哈洛尔德这个形象具有典型意义，他概括了当时英国以及欧洲其他国家许多资产阶级民主知识分子既不满现实，又找不到新的道路的典型特征。

在《游记》中，抒情主人公却在精神面貌上和哈洛尔德不同，他是一位感情炽烈、精力充沛的观察家和评论家，他对一切面临的问题都作出积极的评论。他拥护什么，反对什么，态度十分明确。

《游记》具有明确的政治倾向性：憎恨反动统治，反对侵略，渴望自由，歌颂民族解放斗争，这些构成了长诗的主导思想。

《游记》通过哈洛尔德的游历和抒情主人公的评论，反映了19世纪初期欧洲一些重大历史事件，描绘了南欧各国人民反抗民族压迫、争取自由解放的斗争；既对各种形式的暴政和压迫表示了愤怒，也对争取独立、争取自由的人民给予了赞扬。

对西班牙人民反侵略战争的描写是长诗中最动人的部分。1809年7月拜伦到了西班牙，当时全西班牙都笼罩在战争的气氛中。诗人亲眼看到了西班牙人民顽强抵抗法国侵略者的英勇斗争。拜伦在诗中再现了斗争中的英雄形象，描写了人民爱国运动的高涨，特别是农民，他们一个个为国家大难临头而感到痛苦，他们忍住了眼泪，英勇地袭击敌军。诗人以生动鲜明的诗句塑造了一个英勇不屈的西班牙姑娘奥古斯丁娜的形象，那是一个参加了萨拉哥撒保卫战①的举世闻名的人民女英雄，并且获得了“萨拉哥撒少女”称号的女游击队员。诗人热情地歌颂了这位女英雄顽强不屈的战斗精神——坚强，沉着，所向无敌：

> 爱人战死后，她没有流无用的眼泪，
> 首领牺牲了，她站上他危险的岗位，
> 伙伴逃奔了，她阻止这卑贱的行动，
> 敌人退了，她率领人马去追踪。

在赴希腊的途中，路经阿尔巴尼亚，哈洛尔德参观了独裁者阿里·帕夏的城堡，“他马上厌恶这穷奢极侈的地方”。对于手上沾满鲜血、凶狠好战的暴君阿里更是厌恶之极。在他那里，“没有法律，只有他独断的命令”。他干过许多“伤天害理的罪行”。拜伦预言，这个靠“流血

① 萨拉哥撒是西班牙北部要镇，此地居民曾与拿破仑侵略军进行过英勇的战斗。

起家的人，到头来须在更惨的血泊里终其一生”。但对阿尔巴尼亚人民，拜伦却是赞美不迭。他说“阿尔巴尼亚人是凶猛的，却不缺乏各种道德，也许比一般更加崇高”，赞美他们“对敌人是多么决绝，对朋友仁义，为了恩义或荣誉，可以把头颅抛掉”。对于勇猛好客的山民苏里人，诗人同样是倍加称赞。

对于在土耳其统治者奴役下的希腊的悲惨命运，诗人特别关切。他在《游记》的第二章中以敬仰的心情回忆了希腊英勇的过去，同时又以愤慨的心情抒写了它屈辱的现在，二者形成鲜明的对照。

当恰尔德·哈洛尔德来到希腊的时候，那里的人们正在土耳其的统治下过着悲惨的生活。诗人目睹此景，不禁非常愤慨。上古建筑的雄伟遗迹，希波战争时代置强敌于死地的英雄以及把守关隘要道全体壮烈牺牲的不朽战士，所有这一切在长诗中都鲜明地再现了出来。可是眼下的希腊人民还在土耳其的奴役下，没有起来为争取自由而斗争。

拜伦对希腊人祈求外国援助以求得民族解放的行为，感到失望和痛苦。他劝告希腊人民，放弃幼稚的幻想，呼吁希腊人民起来反抗，用自己的力量争取民族解放：

世世代代做奴隶的人们！你们知否，
谁要获得解放，就必须自己动手，
必须举起自己的右手，才能战胜！
高卢人或莫斯科人岂会对你们公正？

对于意大利争取独立、自由的斗争，诗人也很关心。他在第四章里进行了生动的描绘。诗人从历史的叙述开始。他缅怀意大利古时的光荣和成就，记起但丁、彼特拉克、薄伽丘、阿里奥斯托、塔索等作家，米开朗基罗和伽利略等艺术家、思想家、学者的名字，提起意大利历史上的许多功绩。另外，诗人也谈到了意大利在奥地利统治下受压迫的痛苦。诗人还在许多诗段里表现了强烈的热爱自由、坚信自由不会被扼杀的思想：

但自由啊，你的旗帜虽破而仍飘扬天空，
招展着，就像雷雨似的迎接狂风；
你的号角虽然中断，余音渐渐低沉，
依然是暴风雨后最嘹亮的声音。

诗人描绘、赞扬和声援南欧各国人民争取自由和独立的斗争，是和他反对各种形式的暴政的思想一致的。他反对拿破仑的侵略野心，也斥责“神圣同盟”充当国际宪兵的勾当，更不满英国政府对欧洲民族独立运动的干涉。拜伦在日内瓦湖边缅怀启蒙运动者伏尔泰和卢梭。他说法国思想家卢梭“把整个世界投入熊熊的火焰，直到所有的王国化为灰烬”。可是19世纪的历史证明，卢梭、伏尔泰的理想成了泡影，因为在法国革命以后，欧洲还是“恢复了跟先前无异的地牢和宫廷”。诗人认为，总有一天人们会继续革命以推翻暴政。

《游记》具有独特的艺术风格。它的一个最基本的特征就是与社会对立的个人在诗中十分突出，即诗人的主观抒情在诗中占据着突出的位置。《游记》的情节只在表面上与那位站在作品中心的主人公形象（哈洛尔德）发生联系，实质上《游记》情节的全部结构都是为诗人的主观抒情所决定的。诗人的奔放感情和自由思想，海阔天空地任意飞翔，一会儿葡萄牙、西班牙，一会儿阿尔巴尼亚和希腊，一会儿又是瑞士和意大利；时而是上古，时而是近代，时而是当代；时而是波浪起伏的大海，时而又是峭然的群山峻岭；时而是瀑布喧嚣，时而又是暴风雨轰鸣。在这一切叙述中，诗人不断介身其中，时时刻刻表明自己的态度：他有时欢欣鼓舞，有时愤怒，有时悲伤，有时抗议，有时发出号召，总是不断地打断情节的进程，经常使情节的叙述停留下来。这种主观抒情，也是浪漫主义的一个最基本的特征，是浪漫主义和现实主义在创作方法上最大的不同之处。

在《游记》中诗人拜伦从不消极，从不让人俯首听命于当时的罪恶社会，他一直号召人们向罪恶斗争。诗人从主观幻想出发去描写一些理想的、与周围日常生活现象迥然不同的世界，并以此与他那无法容忍的资本主义现实相对比。这样就决定了这篇《游记》的另一个显著的艺术特点，那就是鲜明的对比方法。拜伦之所以运用对比的描写方法，其目的就是突出表现他所要强调的内容。例如：自然与社会的对比、各民族英雄的过去与屈辱的当代的对比、各被压迫民族的痛苦遭遇与贵族资产阶级英国的所作所为的对比、人民与统治者的对比等。此外，《游记》中有许多对主人公所到之处的自然风景的精彩描写。例如，对勒芒湖（即日内瓦湖）上的波光水影的描写，对阿尔卑斯山的断崖峭壁、冰河、瀑布、暴风和雪崩的描写，以及对阿尔巴尼亚的峻峭山岭和希腊的古国风光等等的描写。诗人之所以热衷于对大自然的描写，是为了用大自然的壮美凸显社会现实的丑恶与贫困，表现诗人对现实的鄙视和不满。《游记》的语言也具有特色，不仅丰富、有力，而且生动、简洁、流畅、自然。

第三节 雨 果

一 生平与创作

维克多·雨果（1802—1885）是法国浪漫主义文学最杰出的代表。他经历了漫长的生活道路，几乎占了19世纪六分之五的时间。他从复辟王朝时期走上文坛，中间经过七月王朝、第二共和国和第二帝国，在第三共和国时期逝世。他的创作反映了这一历史时期法国的重大历史事件和下层群众的疾苦。人道主义是雨果创作的最突出特点。这个特点鲜明地反映了资产阶级民主思想强的一面和弱的一面。

雨果经历了复杂的思想过程。他的政治观点几度改变，反映了他思想上的矛盾，这也是这一时期法国历史的急剧变化和阶级斗争的复杂情况在他身上留下的烙印。

雨果生于贝桑松城。父亲是拿破仑军队的将军，但母亲拥护波旁王室，是一个虔诚的天主教徒。雨果从小就处在两种对立的政治观点的冲突中。由于童年时期主要由母亲负责教养，所以在少年时期的雨果思想中，同情保皇党的母亲的影响占了优势。他在那时所写的抒情诗和长诗赞美君主政体、天主教，崇拜夏多布里昂，对资产阶级革命抱敌视态度。

20年代中期，在资产阶级知识分子中间，广泛地展开了自由主义运动，出现了批判政府的报纸杂志。希腊、西班牙、意大利以及俄国等国境内的人民解放运动日益高涨，对法国人民的斗争情绪起了很大的鼓舞作用。在文艺方面，贝朗瑞的诗歌无情地揭露了贵族和教会僧侣的罪恶，猛烈地抨击了波旁王室的反动统治。这些都教育了雨果，使他和保皇主义逐渐疏远乃至断绝关系：这位共和主义军官的儿子终于站到了进步阵营方面。

雨果为社会进步而斗争，首先是从文学斗争开始的。当时古典主义在法国的影响仍十分巨大。而雨果在文艺上奋起挑战古典主义，就意味着在政治上对君主专制制度展开斗争。1827年他发表了剧本《克伦威尔》，并写了《〈克伦威尔〉序言》。后者是一篇重要文献，被认为是法国浪漫主义运动的宣言。在这篇序言里，雨果指出，每个时代都有自己的艺术形式，历史上没有永恒不变的艺术，因此，盲目模仿古代是非常荒谬的。雨果主张，新时代的艺术必须冲破古典主义的桎梏。在语言方面，雨果主张使用丰富多彩的人民语言。他认为古典主义者使用文雅、精巧的贵族沙龙语言，使语言变得僵化。

《〈克伦威尔〉序言》发表后，雨果成了浪漫主义的领袖。在与古典主义的斗争中，雨果的思想有了发展，渐渐地离开了保皇主义立场。从20年代末起，许多绚丽多彩的浪漫主义戏剧、诗歌和小说，像潮水一般从他的笔下涌出，显示出作家惊人的创作力。鞭挞封建统治者的罪恶，揭露社会的不平，对受压迫者和贫苦人的同情，是这些作品的基本内容。在1829年发表的短篇小说《死囚的末日》里，作家呼吁废除死刑，突出地表现了他的人道主义精神。1829年作家还发表了抒情诗集《东方集》和剧本《马里红·德·洛尔姆》、《欧那尼》。《东方集》表达了作者对20年代希腊人民反抗土耳其统治、争取自由独立斗争的同情，富有东方异国情调。《马里红·德·洛尔姆》由于把路易十三描写成一个低能的国王而被禁演。1830年《欧那尼》的上演，产生了巨大的影响，引起浪漫主义和古典主义的决战，结果古典主义者遭到彻底的失败。

剧本写的是16世纪西班牙一个贵族出身的强盗欧那尼反抗国王的故事。雨果赞美这个贵族强盗的侠义和高尚。剧本完全打破了古典主义戏剧的惯例，地点任意转换，根本不遵守时间的整一律，并把悲剧因素和喜剧因素糅合在一起。特别是绿林大盗竟敢教训国王，在古典主义者看来更是不成体统。剧本的演出获得巨大成功，是因为它表达了1830年革命前夕各民主阶层反封建压迫的思想情绪，也因为它具有激情洋溢的传奇风格。

雨果热情欢迎1830年的七月革命。在诗篇《致年轻的法兰西》里，他歌颂革命的参加者。在《赞美诗》里，他为那些在巷战中牺牲的英雄痛哭哀悼。

1831年，雨果发表了第一部长篇小说《巴黎圣母院》。小说极富浪漫主义色彩，情节紧张，变幻莫测，戏剧性很强。事件发生在15世纪的巴黎。巴黎圣母院副主教克洛德·弗罗洛平时道貌岸然，但在看到美丽的吉卜赛女郎爱斯美拉尔达后，便撕下伪装，企图不择手段地占有她。在罪恶的情欲支配下，他的追逐变成了迫害。巴黎圣母院的敲钟人卡西莫多相貌奇丑，但他对少女的爱却是高尚的，具有人道和自我牺牲的特点，与弗罗洛的罪恶情欲形成鲜明对比。弗罗洛在罪恶企图不能达到时，便卑鄙地采用嫁祸于人的办法，把爱斯美拉尔达送上绞架。一贯对弗罗洛百般忠实的卡西莫多，被他主人的残暴和无耻激怒，把弗罗洛从教堂的高塔上推了下来。作者在小说中揭露中世纪教会和贵族统治阶级的罪恶，并不限于个别贵族和教士，而是直指代表整个中世纪宗教的巴黎圣母院和代表政治反动势力的国王路易十一。借古喻今，雨果通过《巴黎圣母院》所要表达的，正是19世纪20年代人民群众反封建、反教会的强烈要求。巴黎的流浪汉和乞丐们对圣母院的攻打，象征着人民群众对教会和国王权力的反抗。

19 世纪 30 年代，雨果在诗歌上的成就也很显著。《秋叶集》（1831）和《暮歌集》（1835）写于革命运动高涨时期，带有鲜明的时代烙印。诗中除关于人的命运的哲理思考外，还有关于诗歌的社会使命以及歌颂人民、鞭挞暴君的主题。在以后发表的《心声集》（1837）和《光与影》（1840）中，虽然也有些社会性较强的诗，但更多的是抒发个人感情、描写家庭的欢乐和自然之美。1838 年发表的剧本《吕依・布拉斯》，是一部揭露性较强的作品。30 年代前期的几次工人起义和共和党人起义，因政府的镇压而遭到失败，革命运动转入低潮，统治者又不断对雨果进行拉拢——1841 年他被选入法兰西学士院，1845 年路易・菲力普封他为法兰西贵族世卿，他还当上了贵族院议员。所有这一切导致他与七月王朝一度妥协。1843 年写的剧本《卫戍官》充满神秘主义，反映了作家这一时期的思想状态。剧本上演遭到失败。此后雨果沉默了将近十年，直到 1848 年革命，特别是 1851 年路易・波拿巴政变后，雨果的创作才又恢复了活力。

1848 年的革命粉碎了雨果对君主立宪的幻想，对他的思想和创作的转变起了决定性作用。最初雨果对二月革命不理解，对六月工人起义更缺乏认识。但他也意识到人民的行动是“呼吁自己权利的劳动者的神圣愤怒”。当大多数资产阶级民主派站到了反革命方面，反动派阴谋消灭共和国时，雨果却成了一个坚定的共和主义者。1851 年 12 月，共和国总统路易・波拿巴发动政变，将共和改为帝制，雨果参加了共和党人组织的反政变起义。拿破仑三世实行恐怖统治，对反抗者无情镇压，雨果也遭到迫害，不得不流亡国外，为时达 19 年之久。

流亡期间，雨果一直坚持对窃国者拿破仑三世的斗争。1852 年他发表了揭露拿破仑三世的小册子《小拿破仑》，并写了《一桩罪恶史》（1877 年才发表），对篡国者进行了猛烈的抨击和辛辣的讽刺。1853 年，雨果发表了诗集《惩罚集》。这是一部卓越的政治讽刺诗集。诗集的中心内容是揭露和讽刺拿破仑三世及其集团。雨果称他们是强盗和刽子手，说天主教教士是“人民的屠伯和人肉贩子”，对那些唯利是图的资产阶级暴发户、“搜刮穷人的股票经纪人”、“脑满肠肥的骗子手和财主”以及欧洲各国的反动统治者（他称俄国沙皇是“嗜血成性的暴君”），都进行了痛快淋漓的揭露。

1856 年雨果完成了诗集《静观集》，1862 年出版了长篇小说《悲惨世界》。这两部作品的主要部分都是在流亡前写就的。除《悲惨世界》外，流亡期间雨果还写了长篇小说《海上劳工》（1866）、《笑面人》（1869）。前者描写了诺曼底渔民的悲惨生活，歌颂了劳动人民对大自然的顽强斗争；后者描写了 17 世纪与 18 世纪之交英国贵族的残暴和腐化。

1870 年普法战争法国惨败。在第二帝国倾覆后，雨果回到了别离多年的祖国。他怀着激愤的心情奔赴国难，大力呼吁法国人民起来保卫祖国，反对德国的野蛮侵略，并用他写的著作和朗诵诗歌所得的报酬买了两尊大炮，表现了崇高的爱国精神。

巴黎公社起义时，雨果未能正确理解这次革命的伟大意义，错误地认为不应在国难当头的时刻发动起义。但是当公社失败后，凡尔赛分子疯狂镇压公社社员时，雨果又愤怒谴责反动派的暴行，他呼吁赦免公社社员，并在报纸上宣布把自己在比利时首都布鲁塞尔的住宅提供给流亡的社员做避难所。为此，他的住宅遭到反动暴徒的袭击，他险些丧命。比利时政府又把他驱逐出境，但他一直坚持为巴黎公社社员辩护，多次要求赦免公社社员。

1872 年雨果发表诗集《凶年集》，反映了他在普法战争和巴黎公社时期的思想感情，其中最好的部分，是谴责侵略者、揭露敌人暴行以及保卫巴黎公社社员的那些诗篇。《凶年集》出版后两年，雨果又发表了长篇小说《九三年》。小说描写的是 1793 年共和国军队镇压旺岱反革命叛乱的故事。革命军年轻而有才能的司令官郭文把反革命头子朗特纳克侯爵从监狱中放走，因为后者是在已经逃走的情况下又重新回来，从大火中救出三个孩子时被捕的。郭文认为，处死这个人不能给革命带来荣誉，所以放走了他。为此，郭文触犯了革命法律，被送上断头台。雨果在暴力和人性的尖锐冲突中进行了痛苦的思考。他热情讴歌革命，认为革命的最高目标应是人道原则的实现，因而在小说中提出了"在绝对正确的革命之上，还有一个绝对正确的人道主义"的观点——这可以被视为雨果毕生精神求索的思想结晶，也是引起人们长期争议的现代难题。

雨果的创作力历久不衰，1883 年又发表了史诗《历代传说》（1859—1883）。作品被认为是法国诗歌和世界文学中最丰富最完美的抒情史诗之一。

雨果一生为民主、人道、正义而斗争，是正义事业的捍卫者和中国人民的朋友。他严词谴责 1860 年英法联军入侵中国，烧毁北京圆明园的罪行。他说，圆明园之于东方，等于金字塔之于埃及，竞技场之于罗马，巴特农之于希腊，圣母院之于巴黎，是至高无上化境的体现，是欧洲文明天际外寰宇之旷世伟构。英法联军是野蛮蒙昧之族类，毁坏旷世伟构之罪行，青史昭然，罪无可遁。他更呼吁法兰西应洗涤盗匪秽名，湔雪奇耻，将法军携回法国的圆明园的稀世珍宝悉数归还中国。

雨果死于 1885 年，送葬者有百万之众。巴黎公社的参加者在报纸上发表宣言，号召公社社员参加伟大作家的葬礼。法国人民为自己伟大的诗人举行国葬。雨果遗体被送到专门安葬伟人的先贤祠。

雨果是法国最伟大的诗人和小说家之一。他的诗不但数量丰富，而且主题多样，形式完美，表现手法细致多样。他的小说精彩动人，雄浑有力，以五光十色、气势雄伟的画面见长，为浪漫主义小说开辟了广阔的天地。雨果的创作对后来的作家产生了巨大的影响。

二 《悲惨世界》

《悲惨世界》（1862）是雨果的代表作，是法国文学中最著名的小说之一。雨果从 19 世纪 40 年代写起，于 1862 年发表，前后达 20 年之久。小说中所描写的事件始于 1815 年，而结束时已经是七月王朝时期了。但是雨果不断回溯到人物的过去，即 1815 年以前的生活，回顾了大革命时期和拿破仑战争时期的历史事件。所以，小说实际上反映了整个 19 世纪前半期法国的社会生活。《悲惨世界》集中地表现了雨果以前作品中已经多次出现的以博爱为核心的人道主义思想。他的人道主义在《巴黎圣母院》中表现为对天主教黑暗势力和封建统治者的揭露，而在《悲惨世界》中，他的人道主义已经发展为对现代资产阶级社会的道德和法律的批判了。在这部小说里，雨果描绘了广阔的生活画面，反映了被压迫群众所遭受的痛苦和凌辱。在叙述过程中，作家同时穿插了各种不同的社会政治事件。受压迫人民的苦难，资产阶级的日常生活，直至拿破仑战争和人民群众的革命起义，一幅幅五光十色的动人画面在读者面前展现。

小说的基本情节是冉阿让的悲惨生活史。他原是一个贫农出身的工人，因收入不够家人糊口，有一次偷了面包，被捕入狱，度过了 19 年牢狱和苦役生活。刑满后又有过偷窃行为，但受仁慈的主教米里哀的感化，转变成一个舍己为人的人。冉阿让化名马德兰，当了企业家，并被推为市长。但不久又因暴露了过去的身份而被捕下狱。逃出后，从一个坏蛋手中救出已故女工芳汀的孤女珂赛特前往巴黎。后来又不断遭到警探的追缉。冉阿让的整个一生充满着坐牢、苦役和颠沛流离的痛苦，这是小说的主要线索。同时作家在小说的第四部和第五部中用许多笔墨描写了1832年共和党人在巴黎举行的革命起义。小说内容十分丰富，但作家注意的中心是那些不幸者的“悲惨世界”。

在小说的作者序里，雨果曾提出当代社会的三个迫切问题——“贫穷使男子潦倒，饥饿使妇女堕落，黑暗使儿童羸弱”。这是理解小说主题的钥匙。对下层人民痛苦命运的描写，在小说中占主要地位。小说名字的原意是“受苦的人们”。冉阿让、芳汀、珂赛特以及街头流浪儿格夫罗舍，都属于这些不幸的人。他们受尽痛苦，遭遇到无情迫害，为社会所唾弃。雨果在描写他们痛苦的命运时，揭露了资本主义社会的尖锐矛盾和贫富悬殊的鸿沟，以及资产阶级法律的实质。一个淳朴的工人，为了饥饿的孩子偷了一块面包，竟服了19年苦役。女工芳汀被人诱骗后沦落到社会的底层，伪善残忍的资产阶级道德和法律剥夺了她工作和生存的权利，最后被迫出卖肉体，致使她在贫病交加中丧生。她的孤女小珂赛特落到了坏蛋德纳第夫妇手中，被迫从事力所不及的沉重劳动，备受摧残，完全失去了童年的快乐。

但是，雨果在揭露贫苦人民所遭受的巨大苦难的同时，又常把一个尖锐的阶级矛盾问题看成是道德问题。他认为，世间存在着两种法律，一种是高级的，一种是低级的。前者的代表是米里哀主教，后者的代表是警察沙威。在米里哀看来，罪恶不能靠惩罚解决，而是应该饶恕。这样，人从灵魂深处得到认识，才能从根本上解决社会罪恶问题。这才是最完善的法律。现行的法律，单靠刑罚惩治罪行，并不能消灭犯罪，反而使犯罪加深。雨果以冉阿让为例，企图说明世俗法律之无用。统治者以刑罚惩治他，他反而变得凶狠，更加容易犯罪。可是当米里哀主教用仁慈感化他时，他就变成了一个真正的人，一个充满博爱精神的人。从这里我们看到，人道主义是雨果揭露社会罪恶的出发点。在描写冉阿让对待自己的死敌沙威的问题上，同样体现着作家的道德感化思想。沙威是统治阶级的忠实奴才和冷酷残忍的爪牙。这个铁石心肠的宪警机关的鹰犬，不断地迫害那些贫苦饥饿、无家可归的人。他残酷迫害冉阿让多年，就像影子一样追踪着冉阿让。他也是造成芳汀悲惨死亡的直接罪人。在巷战中他被起义战士俘虏，但冉阿让在执行枪决时却把他放走了。这使他的“人性”复活，痛苦地跳河自尽。在雨果看来，他的自杀，就是善对恶的胜利。其实这只是作家虚拟的道德理想的胜利。

小说的感染力还在于它对共和主义英雄们反抗菲力普王朝斗争的生动描写。描写巴黎人民起义的几章，仿佛是一首首庄严的颂歌，是《悲惨世界》中激动人心的篇章。那些衣衫褴褛、被资产阶级视为贱民的人，现在都像巨人一样参加战斗。他们忠于共和主义理想，憎恨专制制度，一心为解放人民而斗争，最后在街垒战斗中英勇地牺牲。

总之，雨果在《悲惨世界》里，以极大的艺术力量揭露了资本主义社会中的下层人民受苦受难的悲惨遭遇以及资产阶级法律与人民为敌的本质。但作家又把“仁慈”、“博爱”当做一种医治社会弊端的灵丹妙药，这充分表明了雨果人道主义的内在矛盾。

《悲惨世界》具有现实主义和浪漫主义相结合的特点，但占优势的还是浪漫主义成分。小说的很多章节，闪烁着现实主义的光辉，如冉阿让被迫害的经历、芳汀的悲惨命运以及1832年巴黎的街垒战等，都写得比较真实。而小说对一些人物，如对冉阿让、沙威和德纳第的描写，虽然不乏现实主义因素，但同时又都被写成不寻常的人物。如冉阿让超人的体力和惊人的自我牺牲精神，以及德纳第的许多恶行，都体现着这种特点。这些都是浪漫主义夸张手法的反映。作者的浪漫主义手法，在小说的情节安排上也比较明显。作家力图使情节戏剧化，因此写了不少“非凡的”事件，如冉阿让攀上阿利雍号战舰的极高的横杠去救一个水手而自己落入海中，冉阿让在抱着珂赛特被警察追捕得走投无路的情况下，居然能爬高墙进入修道院，而碰到的人恰恰是受过他恩惠的割风爷爷。又如冉阿让躺在棺材里被抬出修道院；他从街垒上救出马里于斯，在巴黎下水道中碰到的人恰恰是德纳第。这些情节都是离奇的。跌宕的情节，紧张的气氛，极度的夸张，大量的巧合，都是为了突出人物形象和作品主题。从整体上看，这是一个非凡的苦役犯一生的奇异故事。

《悲惨世界》在风格上的另一特点，是它的政论性。雨果力图把自己的作品变成社会讲坛，因此不断亲自出来表达对一些问题的看法，力图在感情上影响读者，使之接受自己的观点。

小说的语言也很有特色：高昂、激动和热情，经常运用多义词，富有隐喻性，有的句子类似于成语格言。这些特点使这部小说的叙述具有一种崇高的史诗般的风格。

《悲惨世界》不仅在法国，而且在国外，都受到极高的评价。托尔斯泰认为它是法国当时最优秀的作品。高尔基赞美雨果像暴风一样轰响在世界上，唤醒人心灵中一切美好的事物。

第四节 普希金

一 生平与创作

亚历山大·谢尔盖耶维奇·普希金（1799—1837）是19世纪俄罗斯伟大的民族诗人、俄国浪漫主义文学的主要代表和俄国批判现实主义文学的奠基人。高尔基赞誉普希金是“俄国文学之始祖”，是“伟大的俄国人民诗人”①。

普希金出生在莫斯科的一个古老的贵族家庭。他小时候被交给农奴出身的奶妈照料，经常听奶妈讲民间故事和传说，从小就受到民间口头创作的熏陶。1811年，他进入贵族子弟学校皇村学校学习，受法国启蒙思想影响，并和十二月党人接近。

普希金从学生时代开始写诗，一生写了800多首抒情诗，内容丰富，形式多样。

在青年时代，他为反拿破仑战争的爱国激情所鼓舞，并受十二月党人的思想影响，写了不少反对专制暴政、歌颂自由的政治抒情诗。如《自由颂》（1817）、《童话》（1818）、《致恰达耶夫》（1818）、《致普柳斯科娃》（1818）、《乡村》（1819）等，都具有积极浪漫主义精神，反映了十二月党人的革命理想和决心。在《致普柳斯科娃》一诗中，作者这样写道：

我只愿意歌颂自由，
只向自由奉献诗篇；

① ［苏］高尔基：《俄国文学史》，177页，上海，上海文艺出版社，1959。

我诞生到世上，并不是为了
用羞怯的竖琴讨取帝王的欢心。

在《自由颂》中，诗人则以极大的仇恨谴责暴君：

你专制独裁的暴君，
我憎恨你，憎恨你的宝座！
我以严峻和欢乐的眼光，
看待你的覆灭，你儿孙的死亡。

普希金的政治诗在进步的贵族青年中间广泛流传，对解放运动起了促进作用，引起了沙皇的惊恐。亚历山大一世曾愤恨地说："应该把普希金流放到西伯利亚去。他弄得俄国到处都是煽动性的诗，所有青年都在背诵这些诗。"由于皇村学校一些教师的说情，诗人才免于流放西伯利亚，而被放逐到南俄。从1820年起，他在那里度过了四年放逐的生活。

在南俄期间，他同十二月党人的联系更加密切，结识了"南社"的领导人彼斯杰尔，参加了他们的秘密集会，并写出号召反对农奴制、杀死暴君的著名诗篇《短剑》(1821)。此外，他还写了不少浪漫主义的抒情诗，如《囚徒》(1822)、《致大海》(1824) 等，以及一组叙事长诗：《高加索俘虏》(1821)、《强盗兄弟》(1822)、《巴赫奇萨拉伊的泪泉》(1823)、《茨冈》(1824)。这些诗篇表达了诗人渴望自由的思想感情，反映了进步贵族青年寻求社会出路的情绪，充满对上流社会的愤懑和对淳朴的山民、茨冈人的同情。

长诗《茨冈》是诗人过渡到现实主义创作以前的最后一部浪漫主义叙事诗。它写的是贵族青年阿乐哥同城市"文明"社会发生冲突，因"衙门里要捉他"而出走；到了茨冈游牧人群中间，和他们一起流浪，并同茨冈姑娘真妃儿结为夫妻。但两年以后，却发生了阿乐哥和茨冈人的新冲突。他发现真妃儿另有新欢，于是怀着报复心理杀害了真妃儿和她的情人。阿乐哥由于这种凶残的行径，遭到茨冈人的唾弃，孤零零地留在草原上。长诗大量描写了茨冈人的生活，表现的却是俄国贵族青年寻找出路的主题。诗的前半部写阿乐哥对城市社会的厌恶，"回到自然"，在茨冈游牧群中自由自在地过日子。诗人以浪漫主义的情调把茨冈人的生活理想化，用以对照城市文明的虚伪，增强对当时社会的批判力量，这是浪漫主义文学惯用的方法。但诗人也揭示，一个贵族阶级的知识分子想脱离本阶级，摆脱本阶级的传统影响，是很困难的。诗的后半部暴露了阿乐哥由于贵族阶级的思想习惯所养成的个人主义劣根性。诗人用老茨冈纯朴的原始民族的美德同阿乐哥的利己主义相对照，深刻地揭露了阿乐哥私有欲的贵族阶级本性。长诗展示了阿乐哥性格的复杂和矛盾，他作为19世纪初俄国贵族青年的形象是具有一定的典型意义的。

1824年诗人因和南俄总督发生冲突，被放逐到父亲的领地米哈依洛夫斯克村，过了两年幽禁的生活。这时他钻研俄国历史，搜集民歌、故事和童话，深入接触民间创作，从而大大丰富了创作的内容和民族特点，这对于他现实主义创作方法的形成有极大的帮助。1825年，现实主义的历史剧《鲍利斯·戈都诺夫》问世。

《鲍利斯·戈都诺夫》取材于16世纪末17世纪初俄国的历史事件。大贵族鲍利斯·戈都诺夫杀害了幼小的皇子季米特里，并于1598年登基称皇。这个阴谋事件被一个年轻的僧侣葛里戈里得知，葛里戈里遂僭用季米特里之名投奔波兰，在波兰贵族地主支持下，于1604年起兵进攻莫斯科，推翻了鲍利斯，自立为王。戏剧冲突是在鲍利斯和假皇子之间展开的。鲍利斯厉行苛政，丧失了民心，因得不到人民支持而倒台。假皇子正是利用了人民对鲍利斯的不满情绪而取胜，但他怀着个人野心，引波兰军队入侵，为私欲而背叛祖国，终于被人民看穿，最后人民也不再支持他。当假皇子登基时，人民不是高呼"万岁"而是"沉默着"。这里作者通过历史故事，揭示了沙皇专制制度的反人民本质，指出"人民的公意"才是改朝换代的决定因素。这是作者民主主义观点的鲜明表现。剧本具有明显的现实主义特征，全剧分 23 场，地点不断变更，时间达 7 年之久，出场人物众多，这些都打破了古典主义的格式。剧中有很大的群众场面，这在俄国戏剧里还是第一次出现。普希金写作《鲍利斯·戈都诺夫》的时候正是十二月党起义失败的年代，剧本肯定了人民是决定历史命运的力量，这正是剧本重要意义之所在；而这一点却是十二月党人所缺乏了解的。剧本因为有鲜明的政治倾向而遭到沙皇政府的禁演，一直到诗人死后很久，在 1870 年才得以首次搬上舞台。

诗人于 1826 年 9 月回到莫斯科。那是在 1825 年 12 月 14 日十二月党起义失败以后，刚即位的新皇尼古拉一世为了收买人心而把普希金召回。沙皇曾问普希金，假如起义时他在彼得堡，他将会做什么，诗人明确回答，他会在起义者的行列里。

在莫斯科时期，普希金曾一度对沙皇抱有幻想，希望沙皇对十二月党能采取宽大政策。后来他还是抛弃了幻想，写出《阿里昂》（1827）和《致西伯利亚的囚徒》（1827）等著名诗篇。他在后一首诗中写道：

在西伯利亚矿坑的深处，
望你们坚持着高傲的忍耐的榜样，
你们悲壮的工作和思想的崇高意向，
决不会就那样徒然消亡。

沉重的枷锁会掉下，
阴暗的牢狱会覆亡，
自由会在门口欢快地迎接你们，
弟兄们会把利剑送交你们手上。

这首诗托一个十二月党人的妻子带到流放地去，在十二月党人中广为传诵，起了很大的鼓舞作用。在流放中的十二月党人奥陀耶夫斯基立即写了一首诗应和，诗中说道："我们悲惨的工作不会就这样消亡，/请看星星之火即将燃成熊熊的烈焰。"①

1830 年 9 月普希金到波尔金诺村住了几个月，这是他创作上有重大收获的季节。在这里他完成了被称为俄国批判现实主义文学奠基作的诗体小说《叶甫盖尼·奥涅金》，还写了《别尔金小说集》、4 个小悲剧（《石客》、《吝啬的骑士》、《莫扎特和沙莱里》、《瘟疫流行日的宴会》）和近 30 首抒情诗等。

《别尔金小说集》（1830）因作者以伊凡·彼得罗维奇·别尔金为笔名发表而得名，包括五个短篇小说，即《驿站长》、《风雪》、《射击》、《棺材匠》、《村姑小姐》。其中影响最大的是《驿站长》，它讲述了一个忠厚善良的小人物维林辛酸悲惨的一生。他终日辛劳，为旅客服务，遭到往来官吏的欺凌，在这不宁静的生活中只有单纯美丽的女儿是他唯一的安慰。可是，女儿

① 这句诗后来被列宁用作《火星报》的刊头题词，《火星报》的名称也是从这句诗脱胎而来。

被军官明斯基拐走，之后，他怅然若失，想尽办法来到彼得堡，期望找回“迷途的羔羊”——他的女儿杜妮娅。可是狠心的明斯基却将他拒之门外。维林孤苦无靠，回去之后不久就悲愤而死。小说鲜明地表现出作者的民主主义思想。作者以同情和尊敬的心情描写了小职员的命运，开了俄国文学描写“小人物”的先河。

19 世纪 30 年代普希金继续创作了许多作品，如抒情诗《我又重新造访》(1835)、优美的童话诗《渔夫和金鱼的故事》(1833)、短篇小说《黑桃皇后》(1834) 等。此外，他还写了一些文学论文。他在 1833 年写的叙事长诗《青铜骑士》，则与长诗《波尔塔瓦》(1828) 等合成一组歌颂彼得大帝的作品。他还在 1836 年创办了文学杂志《现代人》，该刊后来成了传播进步思想的阵地。

19 世纪 30 年代的黑暗统治使普希金更加注意现实问题，并且通过创作加以反映。除了有反映现实生活的《别尔金小说集》外，还有通过历史题材反映农民问题的小说，如《杜布洛夫斯基》(1835) 和《上尉的女儿》(1837)。

长篇小说《上尉的女儿》取材于 18 世纪普加乔夫起义。小说以主人公格利涅夫的个人遭遇为线索，通过他的叙述再现了普加乔夫暴动的历史。小说的意义在于塑造了农民起义领袖普加乔夫的形象。它不像贵族社会那样把普加乔夫描绘成杀人放火的强盗，而是把他写成热爱自由、宁死不屈的英雄。小说描写他英勇机智、坚定乐观、很有气量，到处受到人民的拥戴。

1831 年 2 月 18 日，普希金和莫斯科一位 19 岁的少女娜·尼·冈察罗娃结婚，随后迁居彼得堡，重入外交部任职。但家庭生活对他的创作有着不良的影响，诗人去世前几年的生活很不愉快。政府对他的迫害加剧了，后来怂恿法国公使馆流氓丹特士调戏诗人的妻子而引发了一场不可避免的冲突。普希金于 1837 年 2 月 8 日和丹特士决斗，因负重伤而于当月 10 日逝世。

关于诗人一生的创作，他逝世前一年写的《纪念碑》一诗，好像是预先总结了自己的一生。诗中说：

> 我所以永远能为人民敬爱
> 是因为我曾用诗歌，
> 唤起人们善良的感情，
> 在这残酷的世纪，
> 我歌颂过自由，
> 并且还为那些倒下去了的人们，
> 祈求过宽恕同情。

所以诗人自豪地宣称：

> 我为自己建立了一座非人工所能造的纪念碑……
> 我的名声将传遍整个伟大的俄罗斯，
> 它现存的一切语言，都会讲着我的名字。

二 《叶甫盖尼·奥涅金》

从 1823 年 4 月到 1830 年，普希金写成了他的代表作《叶甫盖尼·奥涅金》，并于 1833 年出版。小说是用诗体写成的，这是一个重大的创新。作者很重视这个特点，他在 1823 年 4 月 11 日写给维雅赛姆斯基的信中说："目前我正在写的并不是一部小说，而是一部诗体小说——这两者的差别多么大啊。"它是作者对俄国社会长期观察分析的产物，广泛地反映了从首都到外省的社会生活，塑造了 19 世纪初叶俄国社会典型环境中的典型人物。它的发表是俄国批判现实主义文学确立的标志，别林斯基对它给予高度的评价，认为"《叶甫盖尼·奥涅金》可以称为俄国生活的百科全书和最富有人民性的作品"。

这部诗体小说的主人公是彼得堡贵族青年叶甫盖尼·奥涅金，他感到贵族社会的社交生活空虚无聊，为继承叔父的财产来到乡下。他与当地女地主拉林娜的女儿达吉亚娜认识，来往一段时间后，达吉亚娜对他表示了热烈诚挚的爱情，却遭到他的拒绝。后又因他恶作剧故意追求达吉亚娜的妹妹奥丽加，导致他同奥丽加的未婚夫连斯基决斗，并杀死了连斯基。连斯基是他的好朋友，在发生了这样的惨剧之后，他只好离开这个地主庄园。他过了一段漂泊的生活后回到彼得堡，又遇见达吉亚娜。这时她已嫁给一个年老的将军，成了社交界的贵妇。奥涅金对她的感情反而热烈起来，不断地追求她。她迫不得已终于当面答复说，她虽然爱他，但不能属于他，理由是"我嫁了别人，我要永远对他忠实"。

奥涅金是在俄国贵族阶级的典型环境中长大的，他过的是花花公子的浪荡生活，整天周旋于酒宴、舞会和剧场，恋爱占去了他全部的时间。这样的生活，平庸的贵族青年也许会感到满足，但奥涅金并不满足。作者指出他的特点：

> 我喜欢他的性格
> 和爱幻想的天性，
> 与众不同的怪癖，
> 辛辣而冷淡的才气。

后来，他对上流社会的花花世界感到厌倦，终日郁郁寡欢，陷入"忧郁病"的状态中。他曾读过英国资产阶级政治经济学家亚当·斯密的经济学，受到过法国启蒙主义者卢梭的著作的影响。他不满现实，对周围世界十分冷淡。他怀疑一切，在精神上高出于一般贵族庸人。他也不满意自己，感到缺乏合理的工作和高尚的思想，痛苦地寻求出路。他曾读书、创作，也在自己庄园里实行自由主义的改革，"用较轻的地租代替古老的徭役的重担"。这些都可以看做是当时进步贵族青年的表现。

但是奥涅金和一般贵族又没有本质的区别，贵族教育使他毫无实际工作能力，缺乏毅力和恒心。"辛勤的劳动使他厌恶，他的笔没有写出一点东西"；读书也没有系统，不久便"丢下了书籍"；至于在庄园的农事改革，他并不是想对社会做什么有益的贡献，而"只是为了消磨时光"。他干什么都是半途而废。他也无力摆脱贵族思想和习俗的影响，以玩世不恭的态度拒绝了达吉亚娜的诚挚爱情。他后来狂热地追求达吉亚娜，是因为达吉亚娜已经不是当年那个没有经验的外省小姐，而是京城上流社会的一个"女神"。他的追求无疑出自一种虚荣心。奥涅金迸发出的"热情"并不说明他的冷漠和怀疑主义的生活态度有了改变。奥涅金的爱情遭到拒绝，给他的个人生活以沉重的打击。他注定要继续过那种空虚无益的生活。他虽对现实有一定的批判态度，但他没有从事有意义的活动的毅力。奥涅金的形象反映了俄国 19 世纪 20 年代部分贵族青年的彷徨苦闷和无力从事社会斗争的缺点。

总之，奥涅金是俄国封建农奴制社会贵族青年的一种典型，他虽然受过资产阶级思想的启蒙，不满于贵族社会的庸碌无为，自视清高，和周围的人格格不入，但贵族生活方式又使他灵魂空虚，毫无能力，无所作为。这种人正如赫尔岑所说的，“永远不会站在政府方面”，同时也“永远不能够站到人民方面”，只能做一个社会的“多余人”。这样，奥涅金就成为俄国文学中第一个“多余人”的形象。普希金在这里提出了俄国解放运动的一个重要社会问题，即贵族知识分子脱离人民的问题。

小说女主人公达吉亚娜是普希金心目中理想的贵族妇女形象。她温柔敦厚，感情丰富而纯真。她不满于外省地主的平庸生活，沉湎于大自然的景色之中，生活在俄国民间传说和童话的幻想世界里。她读理查生和卢梭的著作，受启蒙主义思想的熏染，要求解放个性。她把奥涅金看做贵族青年中的佼佼者，大胆地向他表露爱情，不同于上流社会小姐们的扭捏作态。所有这些都是她的出众之处。但她也未能完全摆脱贵族阶级的传统观念。

这部诗体小说具有现实主义的鲜明特点。它忠实地描写了19世纪20年代俄国地主贵族的社会生活，简洁地描绘了俄罗斯的民族习俗，成功地刻画了主要人物，多方面地展示他们的性格。小说塑造了20年代贵族青年的典型，同时还勾画了各种类型的城乡贵族和地主的形象，使作品在揭露、批判贵族社会的腐败和丑恶方面具有相当的力量。它被誉为俄国批判现实主义的奠基作品，对俄国民族文学的发展有着很大的影响。

第五节
惠特曼

一　生平与创作

瓦尔特·惠特曼（1819—1892）是美国19世纪最杰出的浪漫主义诗人，是美国资本主义上升时期自由、平等和民主精神的伟大歌手。

从17世纪中期开始，惠特曼家族在纽约长岛的汉汀顿定居。1819年惠特曼生于长岛，他是荷兰人和美国北方人的混血，他的父亲是一位木匠。1823年，惠特曼一家迁居布鲁克林镇，惠特曼在那里上了几年文法学校，1830年因家庭生活拮据而辍学，做了一名印刷学徒。以后又当过律师事务所职员、木匠和乡村教师。他曾在生活回忆录《典型的日子》中说：“沿着岛屿和海岸，我度过了许多春、夏、秋、冬，有时骑马，有时乘船，但一般是徒步；我从田野和海岸，从一次次的航海和海港工人、农民、水手等人物中汲取了养料。”与此同时，惠特曼还阅读了大量文学经典，如《圣经》、《荷马史诗》、希腊神话、北欧传说、莎士比亚和但丁的作品，以及古代印度的诗歌。按超验主义的代表作家爱默生的话说，惠特曼所使用的词汇，是《薄伽梵歌》（古代印度史诗）与《纽约先驱报》的奇妙结合。

惠特曼十分推崇超验主义的创作理论并深受其影响。爱默生在阐述超验主义观点的重要作品《论自然》(1836) 中指出：“我们的先辈正视神和自然界，而我们却要通过他们的眼睛看世界。我们为什么不能跟宇宙建立一种更直接的联系呢？为什么不能有一种直觉而不是依靠传统的诗歌与哲学？……我们何必要在故纸堆中搜寻？……这里有新的土地、新的人、新的思想。我们要求有我们自己的工作、自己的法条和自己的宗教。”① 而此后，惠特曼的创作与生活正是对这种自然观与人生观的成功实践。从他的诗歌作品中，人们随处可以感受到一种充满感情的“直觉”。

1841 年到 1845 年，惠特曼当了新闻记者，1846 年到 1848 年 1 月在《布鲁克林鹰报》担任编辑。作为记者和编辑，惠特曼坚决反对蓄奴制，热烈赞成自由土地运动。1848 年他辞去报社编辑职位，并与当时已堕落为代表南部奴隶主利益的民主党决裂，加入了当时的第三党——代表农民与城市劳动者的自由土地派，负责编辑该党的报纸《自由人报》。

1848 年，惠特曼去新奥尔良旅行，回来后便离开新闻界去从事体力劳动。1851 到 1854 年，他来往于布鲁克林和纽约之间，继续当一名木匠。在他的旅行笔记中，惠特曼写道：“在教授和资本家中间，我没有感觉到生活；我卷起裤脚，挽起袖管，走向马车夫，走向那些以捕鱼和种地为生的人们。我知道，他们是伟大的。”

1855 年，惠特曼将他 1838 年至 1853 年间创作的诗歌结集出版，自称“其中汲取了千百万个人和 15 年的生活”，题为《草叶集》。第一版收入了《自我之歌》、《大路之歌》、《斧头之歌》等美国南北战争前的一些代表作品共 12 首。刚出版时没有受到重视，而且遭到一些评论家的诋毁，但却受到了爱默生等人的高度赞扬。1856 年《草叶集》再版，1860 年三版，到 1892 年出了第九版，也是最后一版，共收入 383 首诗。每一次再版，作者都对其中的内容作了修改和增删，诗集的篇幅不断扩充，并在全美国逐渐传播开来。

1862 年，惠特曼离开布鲁克林，去纽约寻找在弗莱德瑞克堡战役中失踪的兄弟乔治·惠特曼。这位兄弟后来成了南方军队的俘虏。1863 年到 1865 年间，惠特曼在华盛顿任公务员，同时利用业余时间去华盛顿的军队医院看护伤兵，他们都是在为解放黑奴的战斗中负伤的北方军士兵。他总共去了近 600 次医院，经他看护的伤兵有 10 000 多人。这一时期由于过度劳累，他的健康受到了损害，但这段经历对他的生活和创作产生了重大的影响。医院里伤兵的惨状使他受到强烈的震惊，战士们英勇不屈的牺牲精神给了他巨大的鼓舞，同时更增强了他推翻黑暗的蓄奴制、争取民主和自由的斗志。1867 年，《草叶集》第四版收入了他充满战斗性的诗篇《桴鼓集》和《林肯总统纪念集》。从这些诗集中可以明显地看出南北战争对诗人的深刻影响。

1871 年，惠特曼出版了散文《民主远景》，总结了他的文艺观点和政治观点，对资产阶级的政治腐败和道德堕落进行了揭露批判。1873 年由于积劳成疾，他半身瘫痪，但直到 1879 年还去美国西部和中西部旅行。1882 年出版了自传体笔记《典型的日子》。1888 年出版诗歌散文集《十一月的枝桠》。惠特曼的最后岁月在新泽西的坎登度过，他终身未婚，1892 年 3 月去世，埋葬在哈莱公墓。

① 转引自董衡巽：《美国文学简史》，上册，66 页，北京，人民文学出版社，1986。

二 《草叶集》

正如惠特曼是19世纪美国最杰出的浪漫主义诗人，《草叶集》是美国19世纪最有影响的一部诗集。它不仅倡导了一种清新、质朴、自由奔放的诗风，将美国文学中的浪漫主义诗歌推上了顶峰，同时真实地记录了处于资本主义上升时期新兴的美利坚前进的历史步伐，热情地歌颂了自由、平等和民主精神，赞美了大自然和辛勤劳动、开拓进取的伟大人民。整部诗集包含的内容单纯而又丰富。

在《草叶集》的序言中，诗人谈到这样几个问题。

永恒与信心。惠特曼认为，美国需要这样的诗人："他的思想是赞美事物的颂歌。与他不在同一水平上的东西，什么灵魂、永恒和上帝，他闭口不谈……他在男人与女人中看到永恒……信心是灵魂的防腐剂——它渗透了普通的人民。"惠特曼意识到信心对人的灵魂及未来社会产生的深远影响，他把永恒与土地，自然与劳动、生活中的人民联系在一起。这是诗人创作与生活的立足点，也是他灵感的源泉。

自然与人。"大地和海洋、走兽、鱼鸟、天空和天体、森林、山川都不是小的主题——可是人们希望诗人表现的，不只是这些不能说话的实物所固有的优美和庄严——他们希望他揭示出沟通现实与他们的灵魂的道路。"这与爱默生所说的"每一种自然现象都是某种精神现象的象征物"[①] 存在着默契。当诗人将自己的精神融于自然，或从自然之中发现自身的灵魂，这时自然已不再是原先"不能说话的实物"，灵魂也不再是抽象与空虚的，这两者因美好的诗歌而融为一体，彼此赋予了清新的生命。

人与诗。"一个人虽然不是伟大的艺术家，但可以与伟大的艺术家同样神圣和完美……打猎的人、伐木的人、早起的人、栽培花园和果园的人及种田的人所表现的热烈的意志，健康的女人对男人形体、航海者、骑马者的喜爱，对光明和户外空气的热爱，这一切，历来都是多样地标志着无穷无尽的美感和户外劳动的人们所蕴藏的诗意。"在惠特曼看来，诗意不在文辞的华丽，也不在于"美的有韵律的创造"，过分的典雅、奇异反而是隔开"我和别人的帘幕"；人本身就是诗，就是艺术，"诗的实质是以上这些以及更多的别的事物的生命"。

诗与善。诗不仅依附于人与自然，而且依附于善。在谈到诗与善的关系时，惠特曼甚至给诗人行善规定了具体的内容："这是你应该做的：爱大地、太阳、动物，藐视财富，救济每一个求你的人，替笨人和弱者说话，把你的收入和劳动献给旁人。憎恨暴君，不去争论关于上帝的事……"

《草叶集》的序言体现了惠特曼的文学观。而《草叶集》的成功更在于《草叶集》中的每一片草叶都注入了鲜活的时代精神，正如诗人的心灵，时时随着时代的脉搏而跳动。而19世纪中后期的美国正处于一个自由、平等和民主精神像草叶一样传遍天下的时期，这不仅对当时的美国意义非凡，而且对整个人类冲破封建观念和专制压迫的双重枷锁，走向民主、自由的光明未来，都有着深远的意义。

《草叶集》，首先是一曲"自我"之歌。

---

① 转引自董衡巽：《美国文学简史》，上册，66页。

我歌唱带电的肉体，
我所喜爱的人们围绕着我，我也围绕着他们，
他们不让我离开，直到我与他们同去，响应了他们。
不让他腐朽，并把他们满满地装上了灵魂。
…………
男人或女人的肉体的美是难以形容的，肉体本身是难以形容的，
男性的肉体是完美的，女性的肉体也是完美的。

——《我歌唱带电的肉体》

这个既有肉体也有灵魂的完美的人，是生活在 19 世纪后半期的美国的“我”，一个诗人，也是一个具有普遍意义的“个人”，“我”随着《草叶集》的展开而将人们带入生活在自然之中的劳动的人群中，体现其中每一个个体充满活力与创造性的生命；“我”是一个人，也是一群人，是一群人中的每一个。最终，这个“自我”就是自由、平等与民主精神的化身，代表了当时的美国精神。

再者，《草叶集》也是劳动之歌与自然之歌。

形状美观的裸露的、青白的武器，
从地母的内脏中伸出头来，
木质的肉，金属的骨，只有一个肢体，只有一片嘴唇，
它有从高热生出的青灰色的叶，
…………

欢迎大地上一切的土地，一一各从其类，
欢迎松树与橡树的土地，
欢迎柠檬与无花果的土地，
欢迎黄金的土地，
欢迎小麦与玉蜀黍的土地，欢迎葡萄藤的土地，
欢迎糖与米的土地……

——《斧头之歌》

在这里，劳动本身便充满了诗意，并将人与自然结合在一起。在自然之中奋力开拓的劳动者，也从自然中享受着自由自在、无穷无尽的乐趣。

《草叶集》中既有欢乐的颂歌，也有深情的哀歌。在《大路之歌》中，诗人唱道：“我轻松愉快地走上大路……从此我不再希求幸福，我自己便是幸福……”对于现实和未来，诗人从来都充满着强大的信心与美好的希望，然而也正因为如此，当幸福的阳光下突然出现了死亡的阴影，诗人是何等的哀伤——当领导美国人民冲破艰难险阻，解放了黑奴、赢得了辉煌胜利的林肯总统突然遭到刺客暗杀之际，惠特曼挥泪写下《啊，船长，我的船长哟！》：

啊，船长，我的船长哟！我们可怕的航程已经终了，
我们的船渡过了每一个难关，我们追求的锦标已经得到，
港口就在眼前，我已听见钟声，听见了人们的欢呼，
千万只眼睛在望着我们的船，它坚定威严而勇敢，

只是，啊，心哟！心哟！心哟！
啊！鲜红的血滴，
　　就在那甲板上，我的船长躺下了，
　　他已浑身冰凉，停止了呼吸。

在另一首《当紫丁香最近在庭园中开放的时候》中，诗人又将林肯总统之死比作巨星陨落；诗人对林肯总统的深深哀悼，与他的其他哀歌一样，既是哀歌，更是对南北战争这段悲壮历史的神圣礼赞。在惠特曼笔下，林肯的精神是永垂不朽的，就像每年开放的紫丁香一样。

在《草叶集》中，最感人、最壮美的诗篇或许是这样一首哀歌：《父亲，赶快从田地里上来》。诗中首先描述了丰收田野的美好情景，在果实累累、一片兴旺的农庄上，一家人正过着祥和、宁静的幸福生活，可突然传来了前线的儿子彼德的消息："胸前受枪弹"、"骑兵散兵战"、"运动医院"、"目下人很虚弱"、"但不久就会好转"。而这些零碎的语句又不是彼德的笔迹，却有着他的署名——母亲一下便理解了其中可怕的含义："可怜的孩子，他永不会好转了……"

但母亲却需要能好转，
她瘦弱的身体很快穿上了黑衣，
白天不吃饭，晚上睡不安宁，常常惊醒，
夜半醒着，低泣着，她只有一个渴切的愿望——
啊，她愿能静悄悄地从人世引退，静静地跳开生命自行引退，
去追随，去寻觅，亲爱的已死的儿子，去和他在一起。

在这首诗里，俄亥俄州丰收的田野、成熟的果实和雨后宁静的天空与隐去的前线战士的残酷战斗与可怕的死亡，形成了鲜明的对照；母亲的思念与儿子的死亡，形成了强烈的冲突，这种反差与冲突揭示的不仅仅是一个家庭的不幸，也是一个民族的哀伤——美利坚的土地和人民都在为他们牺牲的儿子而哀恸、呻吟。

从惠特曼的诗歌中，我们可以明显地看出其浪漫主义的艺术特征："强烈情感的自然流露"。而诞生于美国的浪漫主义同时具有美利坚民族的个性特征：单纯、自然、质朴，甚至有些天真。它的确不如同时代的欧洲浪漫主义诗歌那样成熟，但却更加乐观、年轻，更富于土地、森林和劳动的气息。也正因为如此，《草叶集》在艺术上存在着明显的不足：过多抽象的感慨和议论；文辞不够凝练，甚至过于冗长。然而，人们最终又会发现，它的缺点反而衬托出它自由奔放的艺术特征。因为它不是在为自己而是在为整个人类说话，于是全世界都听见了它的声音——"我相信一片草叶不亚于星球的运转"、"哪里有土，哪里有水，哪里就长草"、"在宽广和狭窄的地方一样发芽，在黑人和白人中间一样生长"。草叶如此，惠特曼的诗也是如此。

【本章思考题】

1. 怎么理解浪漫主义是"对法国大革命的反响"和"对古典主义的反拨"？
2. 分析"拜伦式英雄"。
3. 雨果如何以"想象和人道主义"描绘了世纪的风云？
4. 为什么说普希金是"俄国文学的始祖"？
5. 从奥涅金和后来的罗亭等人物分析"多余人"形象。
6. 请分析《草叶集》中的"美国精神"。

西风颂

像你以森林演奏，请也以我为琴，
哪怕我的叶片也像森林的一样凋谢！
你那非凡和谐的慷慨激越之情，

定能从森林和我同奏出深沉的秋乐，
悲怆却又甘洌。但愿你勇猛的精灵
竟是我的魂魄，我能成为剽悍的你！

请把我枯萎的思绪播送宇宙，
就像你驱遣落叶催促新的生命，
请凭借我这韵文写就的符咒，

就像从未灭的余烬扬出炉灰和火星，
把我的话语传遍天地间万户千家，
通过我的嘴唇，向沉睡未醒的人境，

让预言的号角奏鸣！哦，风啊，
如果冬天来了，春天还会远吗？

——选自雪莱：《西风颂》（江枫译，见《雪莱诗选》，北京，中央编译出版社，2004）

致大海

再见吧，自由的元素！
最后一次了，在我眼前
你的蓝色的浪头翻滚起伏，
你的骄傲的美闪烁壮观。

仿佛友人的忧郁的絮语，
仿佛他别离一刻的招呼，
最后一次了，我听着你的
喧声呼唤，你的沉郁的吐诉。

我全心渴望的国度呀，大海！
多么常常的，在你的岸上
我静静地，迷惘地徘徊，
苦思着我那珍爱的愿望。

啊，我多么爱听你的回声，
那喑哑的声音，那深渊之歌，
我爱听你黄昏时分的幽静，
和你任性的脾气的发作！

——选自普希金：《致大海》（查良铮译，见《普希金诗选》，南京，译林出版社，2000）

第七章 19世纪中期批判现实主义文学

第一节 概述

一 批判现实主义文学产生的历史背景及其主要特征

19世纪30年代，在法国、英国等先进的资本主义国家里，出现了一股新的文学潮流——批判现实主义。随后，它迅速发展成为全欧性的“19世纪一个主要的，而且是最壮阔、最有益的”① 文学潮流。

西欧批判现实主义是资本主义确立、发展时期的产物，是这一时期激荡复杂的社会历史的艺术记录。

从19世纪30年代开始，英、法两国的资本主义势力取得了决定性的胜利，资产阶级政权日益巩固和发展。1830年法国爆发七月革命，推翻波旁复辟王朝，建立了代表大金融资产阶级利益的七月王朝。英国的资产阶级革命，开始时具有明显的妥协性。19世纪三四十年代在完成产业革命后，资本主义经济发展很快。1832年的英国国会改革法案，使工业资产阶级更多地进入政权机构，进一步加强了资产阶级的统治地位。但是，无论是在英国还是法国，资产阶级和封建贵族的斗争并没有完全结束；同时，大资产阶级和中小资产阶级的矛盾日益加剧。资本主义残酷的经济剥削和政治压迫，则使无产阶级反对资产阶级的斗争更趋激化，他们之间的阶级矛盾逐渐上升为社会的主要矛盾。

1831年和1834年，在法国纺织工业中心里昂，先后爆发了两次大规模的工人起义，标志

① ［苏］高尔基：《论文学》，333～334页，北京，人民文学出版社，1978。

着无产阶级已经成为法国历史舞台上一支独立的政治力量，工人运动已经开始从资产阶级民主运动中分离出来。1848年巴黎工人的六月起义，被马克思誉为现代社会中两大对立阶级间的第一次伟大战斗。在英国，从30年代开始、在40年代形成高潮的宪章运动，是“世界上第一次广泛的、真正群众性的、政治上已经成型的无产阶级革命运动”①。这些工人阶级的英勇斗争，虽然由于自身的不成熟和敌我力量的悬殊而失败了，但却沉重地打击了资本主义世界，并为以后的无产阶级革命提供了宝贵的历史经验。正如恩格斯所指出的：“从1830年起，在这两个国家里，工人阶级即无产阶级，已被承认是为争夺统治而斗争的第三个战士。……这三大阶级的斗争和它们的利益冲突是现代历史的动力，至少是这两个最先进国家的现代历史的动力。”②

在工人阶级斗争实践的基础上，马克思、恩格斯批判地吸取了法国空想社会主义、德国古典哲学和英国古典政治经济学的精华，创立了科学的社会主义理论。1848年，伟大的无产阶级革命文献《共产党宣言》的发表，在人类历史上具有划时代的意义。

18世纪末至19世纪三四十年代西欧的哲学、社会科学空前繁荣，唯物主义和辩证法都有了很大的发展。德国古典哲学和法国空想社会主义成为强大的社会思潮，其影响波及一切思想领域。以圣西门、傅立叶和欧文为代表的空想社会主义者批判了资本主义社会，揭露了贫富悬殊的矛盾，抨击现存社会的全部基础，并提出了通过和平途径改造社会的乌托邦理想。这种理想中包含着不少积极的主张，但是，由于阶级和历史条件的限制，他们没能看到无产阶级的历史地位和历史使命，因此他们的一切主张都只具有空想的性质。而随着无产阶级与资产阶级斗争的尖锐化，主张改良的空想社会主义逐步显示出消极的一面。辩证法、唯物论、空想社会主义乃至自然科学的新成就，都对批判现实主义文学的出现产生了不同程度的影响。

这一时期，随着工人阶级登上政治舞台，在西欧开始出现了无产阶级文学的萌芽，如法国的工人诗歌、英国的宪章派文学和德国的革命诗歌等。同时，浪漫主义作家还在继续创作，并有许多优秀的成果问世。但成为这一时期文学主潮并不断发展的，则是批判现实主义文学。

西欧批判现实主义文学正是这一特定历史时期的产物。三大阶级的矛盾日趋尖锐，资产阶级内部出现分化，特别是无产阶级的奋起反抗猛烈地冲击着资本主义社会，使资本主义制度固有的矛盾不可避免地暴露出来。“理性王国”幻影的消失，社会矛盾的深刻化和明朗化，使得“人们终于不得不用冷静的眼光来看他们的生活地位、他们的相互关系”③。浪漫主义的激情已日渐式微，浪漫主义文学对社会的抽象抗议和对未来理想的空洞呼唤已远不能满足时代的要求。代之而起的是表现现实生活、再现社会风貌、深入解剖和努力揭示种种社会矛盾的现实主义文学。这股文学潮流，由于它对现存秩序的鲜明、强烈的揭露和批判而被后人称为批判现实主义。

批判现实主义是在继承和发展文艺复兴，特别是启蒙运动文学的现实主义传统的基础上形成的。在艺术与生活的关系上，它基本上采取唯物主义态度，主张艺术要真实地反映社会生活。19世纪上半叶自然科学的发展和唯物主义在哲学斗争中的进一步胜利，对现实主义创作方法的进一步发展产生了积极的影响。空想社会主义的传播更加强了批判现实主义的批判力

---

① 《列宁全集》，中文2版，36卷，292页，北京，人民出版社，1985。

② 《马克思恩格斯选集》，2版，第4卷，250页。

③ 同上书，275页。

量，也为一些作品增添了乌托邦的色彩。

较之过去的文艺，批判现实主义一个突出的特点是比较广阔、比较真实地展示了社会生活的各个方面，对现实矛盾的揭示具有相当的深度。马克思、恩格斯赞扬这些杰出的批判现实主义作家对现实关系的深刻理解，并高度评价巴尔扎克、狄更斯等人反映社会生活的丰富性和深刻性，认为他们在作品中提供的历史材料比历史学家、经济学家、统计学家等合起来所提供的还要多。革命导师的这些论述，十分精辟地指明了批判现实主义文学的积极意义和历史价值。许多批判现实主义作家都力图把自己的作品写成时代的记录，从他们为自己的作品所起的若干总题、书名或副题中，便不难看出他们的执著追求：《人间喜剧》（巴尔扎克）、《卢贡—马卡尔家族——第二帝国时代一个家族的自然史和社会史》（左拉）、《红与黑》（司汤达）、《艰难时世》（狄更斯）等。如巴尔扎克所说，"我企图写出整个社会的历史"。因此，从他们的笔下，我们可以看到封建社会的崩溃、资本主义的兴起，也可以看到农奴制的暴虐、资本剥削的残酷。特别是他们对资本主义制度的揭露和批判，更是广泛地涉及各个领域，尖锐地提出了许多重大问题，勾勒出一幅幅触目惊心的悲惨图画，引起人们对现存秩序的深刻怀疑和不满，因而具有巨大的社会意义。但是，19世纪又是欧洲无产阶级崛起、壮大的年代，这些立志要书写历史的作家们，恰恰很少把真正的历史主人的典型写进他们的"社会史"。虽然有些作品也接触到了劳资矛盾，但它们对这一矛盾的表现和揭示却远不够充分和深刻，甚至时有歪曲。

批判现实主义作家在反映社会时，着力于揭露社会的黑暗，批判现实的罪恶。他们大多是启蒙学说的信仰者，但资本主义社会的严峻现实，使他们感到窒息、愤懑，因而他们能对腐败的制度和利己主义泛滥的社会风尚进行无情的揭露。这些作家敢于正视社会现实，勇于探索罪恶的根由，大胆揭露丑恶的社会现象，为人们认识资本主义社会提供了形象的材料，打破了人们对资本主义的乐观情绪。但是，他们的愤世嫉俗，大多根源于其受压抑遭排斥的地位，他们"批判现存制度的根本动机是出自对各种社会经济原因的意义的深刻而正确的了解的，则更为少见"[①]。这就或多或少地局限了他们批判的深度。他们为人们提供了一系列否定的印象，但少有肯定的答案。苦于没有结论的探索，使许多批判现实主义作家的作品不同程度地杂有宿命论和悲观主义的色彩，越到后期，这种悲观主义就越明显，越深沉。

在新的历史条件下，由于阶级关系的变化，人道主义也有了新的特点。"自由、平等、博爱"的口号，其锋芒所向已经不仅仅局限于封建贵族，而且还针对当权的大资产阶级。封建关系中门第的高低，固然束缚着中小资产阶级个性的解放，资本主义社会里贫富的悬殊，同样阻碍着他们抱负的充分施展。这样，批判现实主义作家们就在猛烈抨击封建等级观念的同时，以更为集中的火力对准了资本主义制度下人与人之间唯钱是视的交易关系。在他们看来，由于金钱关系所造成的种种悲剧、丑剧，是违背"人道"精神的；在金钱的支配下所造成的畸形的灵魂，以及道德的沦丧、风气的败坏，都不符合"人性"的自然发展。博爱思想，是这时期资产阶级人道主义的突出特征。因此，弱肉强食、尔虞我诈、唯利是图等等恶行败德，都受到了他们的批判；遭迫害、受欺凌的小人物，则得到了他们的同情。由于这些作家与劳动群众同样被排斥在政权之外，又眼见社会道德的堕落，他们有时也能眼睛向下，看到人民的痛苦，甚至看到劳动人民的某些优秀品质，进而表现出对劳动群众疾苦的同情和改变群众贫困境遇的善良愿望，并在一定程度上反映出劳动人民的愤懑不平和反抗斗争。这样的作品虽然为数不多，但却

---

① ［苏］高尔基：《论文学》，124页。

是批判现实主义文学中值得重视的部分。然而，他们对“爱的呓语”、宗教魅力和道德感化的过分崇尚，又往往显示出他们在社会改造方面的困惑。

“除细节的真实外，还要真实地再现典型环境中的典型人物。”① 这是恩格斯对现实主义的经典概括。批判现实主义在继承以往文艺的现实主义传统的基础上，把现实主义的创作方法推向一个新的高度，为现实主义的文学创作积累了丰富的经验。这些作家注意观察生活、分析社会，选择典型的事件，通过集中的情节展示广阔的社会生活。他们在真实反映现实关系和时代特征的同时，还以严肃的态度力求精确地表现细节的艺术真实。很多作家都亲自到所描写的地方进行实地考察，巴尔扎克、果戈理、福楼拜在这方面的成就尤其突出。以典型的社会画面为背景，批判现实主义作家成功地塑造了一系列封建贵族、地主和资产阶级的典型形象，以及一大批与社会格格不入的、具有不同程度的叛逆精神的中小资产者形象。这些形象是生活的集中概括，他们的性格、行动和心理无不带着他们阶级的烙印。批判现实主义文学中成功的形象大都是共性与个性结合的典型，他们在各种环境中，在矛盾冲突中，显示出多方面的性格特征，并随着环境的发展变化而发展变化。典型环境中的典型性格的塑造，是批判现实主义文学的重要贡献，在文学发展史上具有重要意义。

在批判现实主义作家的笔下，长篇小说的创作出现了空前的繁荣。他们使这种文学体裁发展到了成熟的阶段，从而成为文学中一种十分重要的样式。批判现实主义的长篇小说，继承了文艺复兴时期小说的传统，特别是接受了英国历史小说和现实主义小说的影响，将丰富多彩的生活画面和多种多样的人物形象，熔铸在完整有机的情节结构中，表现了深刻丰富的社会内容，在思想和艺术两方面，都达到了前所未有的高度。有些优秀作品，甚至被人们称作社会生活的“百科全书”。在戏剧和中短篇小说等方面，批判现实主义作家们也作了可贵的探索，丰富了艺术表现手段，增加了思想深度。在一些具体的表现方法方面，如景物描写，肖像刻画，心理分析，性格化的语言、动作、表情，抒情或哲理的插白等方面，批判现实主义文学也都积累了非常宝贵的经验。

二　批判现实主义文学的兴起和发展

欧洲各国批判现实主义的发展是不平衡的。就全欧而言，19 世纪批判现实主义的发展，以 1848 年为界，可以大体分为前后两期。前期从 30 年代始，其发源地为法、英等西欧先进资本主义国家，逐步向东欧、俄国等国扩展。

◎ 法国批判现实主义的诞生，是对浪漫主义的反拨，却并非对浪漫主义的彻底否定，从某种意义上讲是对它的继承和发展。许多批判现实主义作家，都曾经历过浪漫主义创作时期，一些浪漫主义作家，后期也都写出了具有明显现实主义倾向的作品。标志着浪漫主义取得决定性胜利的雨果的剧本《欧那尼》的上演，第一部批判现实主义杰作司汤达的《红与黑》的出版，同是发生在 1830 年。法国批判现实主义文学，一开始就显示出锋利的批判威力，特别是以其反映社会生活的广度和深度使浪漫主义作品相形见绌。

法国批判现实主义是在复辟王朝时期酝酿，在七月王朝时期产生的。因此，早期批判现实

① 《马克思恩格斯选集》，2 版，第 4 卷，683 页。

主义作家，如司汤达（详见本章第二节）、巴尔扎克（详见本章第三节）、梅里美等，几乎都把批判的锋芒同时指向封建贵族和大资产阶级。封建统治必将让位于资本主义的历史规律，在他们的笔下得到形象的表现；资本主义社会的丑恶现实，也在他们的作品中得到有力的揭露。广阔的社会画面，丰满的艺术典型，深刻的批判力量，构成19世纪30年代至40年代法国批判现实主义文学的基本特色。

普罗斯培尔·梅里美（1803—1870）是一位风格独特的作家。他从浪漫主义盛行的19世纪20年代开始创作，以中世纪为题材的历史剧《雅克团》（1828）和长篇历史小说《查理九世时代轶事》（1829），表现了他强烈的反封建意识。但真正代表其艺术成就的是他的中短篇小说。早期的如《马蒂奥·法尔戈纳》（1829）、《塔曼果》（1830），后期的如《高龙巴》（1840）、《嘉尔曼》（1845）等，都以其强烈的叛逆精神、浓郁的异国情调、鲜明的人物形象和新颖的艺术构思著称于文坛。

◎ 英国资本主义经济形态发展比较成熟，贫富悬殊已成为众人瞩目的社会问题，加之宪章运动的规模宏大，影响广泛，这样，英国的小说家们就最先接触到劳资矛盾，并把它反映在自己的创作中。尽管这种反映还有着许多局限和不足，但英国批判现实主义开拓了这样重要的题材领域，提出了这样重大的现实问题，是具有重要意义的。如狄更斯（详见本章第四节）的《艰难时世》、夏洛蒂·勃朗特（1816—1855）的《谢利》（1849）、盖斯凯尔夫人（1810—1865）的《玛丽·巴顿》，都是在不同程度上反映了尖锐的劳资矛盾的优秀之作。

夏洛蒂·勃朗特是一位富有艺术个性的女作家。她的代表作《简·爱》（1847）以独特的视角，描写了出身贫寒的女主人公坎坷的生活道路和曲折的情感历程，着力刻画了简·爱对独立人格的执著追求，其艺术魅力感人至深，出版后即不胫而走，后世更受到女权主义批评者们的特别关注。夏洛蒂的两个妹妹也是颇有成就的作家。艾米莉·勃朗特（1818—1848）以一本《呼啸山庄》（1847）饮誉全球。小说讲述了一个由“极爱”而至“极恨”的复仇故事，气氛恐怖而神秘，但其寓意却远远超出了“复仇”的狭小框架，寓言般的内涵成为现代批评家多方探索的谜。安妮·勃朗特（1820—1849）的风格比较温和，主要作品有《艾格尼斯·格雷》（1847）和《怀尔德菲尔府的房客》（1848）。

威廉·梅克皮斯·萨克雷（1811—1863）是一位以尖刻的讽刺见长的作家。在成名作《势利者集》（1846—1847）中，他刻画了社会各阶层形形色色的势利者。他们的特点是对上谄媚、对下欺压。他的批判锋芒既指向资产阶级，也指向贵族。萨克雷认为贵族社会的存在是培养“势利”的肥沃土壤，英国宪法是这种势利社会的支柱。《名利场》（1848）是萨克雷最主要的作品。在这部小说里，他进一步揭露资本主义社会金钱的权威和势利者的丑恶面目，尖锐地嘲笑英国贵族、资产阶级社会中人们的肮脏的精神世界。蓓基·夏泼是个出身贫寒的孤女，她从小就遭受社会与学校的歧视，形成极端自私而又冷酷的性格。她不惜采取一切卑鄙手段，包括用自己的美貌挤进上流社会。她深深懂得在资本主义社会里财产和势力决定一切。她把自己的朋友、儿子、丈夫都看成自己向上爬的阶梯，对有钱有势的人就奉承，对没钱没势的就漠不关心。这是一个小资产阶级野心家的典型。作者谴责蓓基的恶行，更谴责那些把她排斥在上流社会之外的贵族和资产阶级。小说的副标题是“没有主人公的小说”。作者认为在资本主义社会里不可能有正面主人公。在那里，真正的主人公只有一个，就是金钱。

马克思盛赞这批英国出色的小说家的成就，认为他们揭示了丰富的政治的和社会的真理。

◎ 俄国批判现实主义文学，是在反对农奴制的斗争中，在西欧资产阶级革命思想的影响下产生的。19世纪上半叶的俄国，仍是一个封建专制统治下的农奴制国家。废除农奴制，进而推翻封建专制统治，成为当时社会的主要任务，也构成了俄国批判现实主义文学的独特主题。

19世纪30年代，俄国批判现实主义文学开始形成，并迅速走向繁荣。其发轫虽受西欧启蒙思想和现实文学的影响，但促使其深入发展的根本性因素却是俄国反农奴制斗争的日益尖锐和深化。

继普希金之后，果戈理（详见本章第五节）以其讽刺性极强的作品确定了俄国文学的批判倾向，但也遭到了反动文人的抨击，称他的作品只写黑暗不写光明，轻蔑地贬之为“自然派”。文艺批评家维萨里昂·格里哥里也维奇·别林斯基（1811—1848）以其《论俄国中篇小说和果戈理君的中篇小说》（1835）等一系列重要论文，支持“自然派”的创作，阐释其特点及重要意义，为俄国批判现实主义文学的发展奠定了理论基础，有力地促进了这派文学的健康发展。

深受普希金影响的米哈依尔·尤里耶维奇·莱蒙托夫（1814—1841）是这个时期的一位重要诗人。他的小说《当代英雄》（1840）中的主人公毕乔林，是继奥涅金之后的又一个“多余人”的典型。

19世纪40年代，俄国批判现实主义在理论和创作上都取得了巨大的胜利，形成强劲的发展势头，逐渐涌现出一批卓有成就的作家，引起世人的瞩目。陀思妥耶夫斯基（详见本章第六节）是其中杰出的代表之一。

◎ 18世纪末19世纪初东欧许多国家和民族仍处于外族的统治之下。波兰于1772年、1793年和1795年先后三次被俄国、普鲁士和奥地利瓜分。捷克、斯洛伐克、匈牙利、罗马尼亚等国从十六七世纪起也先后被奥地利帝国占领。保加利亚和巴尔干半岛许多国家远从十三四世纪起就受到土耳其的入侵和统治。这些国家的人民不断反抗，人民起义从未中断。

因此，反对异族奴役和封建专制，争取自由和独立，成为这一时期东欧各国文学的共同主题。从19世纪初开始，浪漫主义在东欧各国兴起，并出现了一些著名的浪漫主义诗人。波兰的爱国诗人密茨凯维奇不仅是浪漫主义的杰出代表，也为波兰的现实主义文学开辟了道路。

亚当·密茨凯维奇（1798—1855）是为波兰人民争取自由解放的热情歌手和战士。反对异族侵略和压迫，争取祖国解放，是贯穿诗人创作的主题思想。早期作品抒情诗《青春颂》（1820）歌颂青春的活力，表现了诗人对自由的渴望和对光明的必胜信念。这首诗在1830年华沙起义时曾起到很大的鼓舞作用。他的代表作是诗剧《先人祭》第三部（1832）和叙事诗《塔杜施先生》（1834）。《先人祭》第三部是诗人流亡德国期间完成的，它虽然是1823年写的《先人祭》前两部的续篇，但较之前两部在思想上有很大飞跃，主题思想也完全不同。在这部诗剧中，当时波兰社会的主要矛盾——波兰民族与沙俄侵略者之间的矛盾被提到首位。主人公康拉德已和前两部《先人祭》中的古斯塔夫迥然不同，他不再是沉溺于失恋痛苦中的“个性解放”、“个人幸福”的追求者，而是把个人命运和祖国命运联结在一起、积极投身于民族解放斗争的爱国志士。诗剧通过爱国青年被监禁、被流放、遭鞭笞、遭枪杀等悲惨遭遇，愤怒控诉沙皇俄国蹂躏波兰民族、迫害波兰爱国者的暴行，深刻揭露沙俄侵略者凶残、狠毒和伪善的面目，痛斥波兰豪门贵族屈膝投降、卖国求荣的卑鄙行径，表达了诗人对国内外敌人的切齿仇恨，洋溢着诗人炽热的爱国主义情感。

第二节
司汤达

一　生平与创作

司汤达（1783—1842）是法国批判现实主义文学的奠基者之一。高尔基曾精辟地指出："司汤达是在资产阶级胜利之后，立即就开始敏锐而明确地表现它的特征的第一个文学家，他揭示出资产阶级社会内部腐化的不可避免和它的愚蠢的短见。"①

司汤达原名亨利·贝尔，出生于法国东南部格勒诺布的一个小资产阶级家庭。他生活的时代，是法国由腐朽的封建专制国家转变为资产阶级国家的大动荡时代。他经历了资产阶级大革命、拿破仑政变、波旁王朝复辟及七月革命等重大的、急遽的历史变革。

司汤达早年丧母，父亲是个律师，笃信宗教，思想保守。他是由信奉伏尔泰的外祖父教养成人的；少时兴趣广泛，酷爱数学，雅各宾党人数学老师格罗经常向他讲述法国大革命的历史，指导他学习洛克等哲学家的唯物主义学说。这些为他世界观的形成奠定了基础。1799 年，他以优异的成绩从当地的中心学校毕业，后到巴黎谋职。1800 年，投奔拿破仑军队，参加了著名的马仑哥战役，并先后在米兰兵站、骑兵部队任过军曹、少尉和副官。两年后去职至巴黎，专心致志地阅读爱尔维修、孔狄亚克、卡巴尼斯、卢梭等启蒙思想家，以及法国人文主义者蒙田、拉伯雷的著作，同时学习古希腊文和英语。1806 年重回军队，在德国不伦瑞克做了三年王室领地总管。1812 年随军远征俄罗斯，亲眼看到莫斯科大火和法国军队的惨败。拿破仑的失败结束了司汤达的军人生涯。

波旁王朝复辟后，司汤达侨居意大利。在"神圣同盟"统治欧洲的反动年代里，意大利重新沦为奥地利的附庸。司汤达和拜伦一道热情赞助意大利爱国志士所从事的民族解放运动。在此期间，他开始用笔名发表了《海顿、莫扎特和梅达斯泰斯的生平》、《意大利绘画史》、《罗马、那不勒斯和佛罗伦萨》等著作。奥地利当局借口这些著作涉及政治问题而将他驱逐出境。

司汤达 1821 年回到巴黎，依旧是波旁王朝的激烈反对者。在浪漫主义与古典主义的论战中，发表反对古典主义美学、提倡现实主义的文艺论著《拉辛与莎士比亚》（1823—1825）。在这部法国最早的现实主义美学论著里，他反对那些在这两位伟大的诗人死去百年后"惯于去模仿他们，而不去睁开眼睛观察和模拟自然"的古典主义者，认为艺术地反映当代生活是新文学的任务。他提倡不同于古典主义的浪漫主义创作方法，认为浪漫主义作品"表现人民的习惯和信仰的现实状况"，因此，"可能给人民以最大的愉快"②。司汤达主张认真观察、研究、反映

① 《高尔基文集》，俄文版，第 26 卷，221 页。

② 转引自伍蠡甫主编：《西方文论选》（下），147 页，上海，上海译文出版社，1988。

现实生活，他所主张的浪漫主义，就有现实主义创作方法的许多因素。这部重要理论著作对法国批判现实主义文学的发展有重大影响。1827 年第一部政论小说《阿尔芒斯》问世。1829 年发表的短篇小说《法尼娜·法尼尼》，通过革命与爱情的尖锐冲突，歌颂意大利烧炭党人献身祖国的高尚情操，揭露贵族阶级自私的本质。小说艺术性很高，是脍炙人口的名篇。1830 年《红与黑》出版，这部作品确立了司汤达在文学史上的重要地位。

七月革命后，司汤达仍然郁郁不得志，在教皇管辖下意大利的一个海滨小城当领事。他陆续创作了反映七月王朝统治时期社会生活的长篇小说《吕西安·娄凡》（未完成）以及《一个旅行者的回忆录》（1838）、《巴马修道院》（1839），中短篇小说集《意大利遗事》（1837—1839）等作品。《巴马修道院》是继《红与黑》之后另一部批判现实主义杰作。小说以意大利的巴马公国为背景，以贵族青年法布里斯富有浪漫色彩的爱情故事为线索，通过法布里斯的社会理想和个人野心的幻灭过程，反映了 19 世纪初“神圣同盟”统治时期宫廷的阴谋与斗争，抨击了专制统治的残暴，揭露和批判了意大利社会的黑暗和腐朽。

司汤达一生文名寂寞。巴尔扎克在 1840 年不无遗憾地写道：“贝尔先生是当代高人之一。这位第一流的观察家、这位卓越的外交家，无论是文字，还是谈话，曾经多方证明他的见解高超，他的实际知识广博，结局只是奇微塔味歧阿的领事，的确令人难以解释。”但是，司汤达的创作却越来越受到后人的重视。高尔基把他和巴尔扎克相提并论，称他为真正的天才艺术家、形式的巨匠。

1842 年 3 月 23 日，司汤达在巴黎中风死去。

二　《红与黑》

《红与黑》原题为《于连》，在校排时才被作家改为具有象征意义的《红与黑》。小说的副题是“一八三〇年纪事”。

主人公于连是维立叶小城一家锯木工场小业主的儿子。他是一个精力充沛、意志坚强、聪明能干而又喜欢读书的青年。他阅读启蒙思想家卢梭等人的作品，接受他们的自由平等观念和无神论思想。他崇拜拿破仑，羡慕拿破仑时代年轻人能凭自己的才干青云直上。他在家受到父兄的压制和苛待，在复辟时期的社会上又受到统治阶级的歧视和排挤。所以他很早就有强烈的平民反抗意识和要求改变现状的愿望。倘是在大革命时期，他一定会穿上红色的军服走从军的道路，但是在王政复辟时期，这条道路已经被堵塞了。当他看到神父能拿到三倍于拿破仑手下大将的收入，便决定穿上黑袍，走教会的门路（人们也常以此两条道路的选择来解释书题的象征寓意）。于是他背熟一部拉丁文的《新约全书》和墨士德的《教皇传》，为走这条路做好准备。他能审时度势，很快学会以虚伪来适应社会，并混迹于贵族沙龙。他常常口是心非，言不由衷，把自己的真实感情深藏起来。他崇拜拿破仑，却在人前痛诋拿破仑；他不信神，却装出一副虔敬天主的样子。

在市长家里当家庭教师，是他踏进社会的第一步。他对市长把他看成仆人感到愤怒，但也敢怒不敢言，只能存心伺机进行报复。正是出于这种心理，他向市长夫人发起了“进攻”。德·瑞那夫人是个 30 岁的少妇，端庄秀美，心地纯洁。她的丈夫是个粗鲁鄙俗、麻木不仁的贵族官僚，对妻子没有真正的感情，只会对她颐指气使，而从来不关心她。德·瑞那夫人在家庭生活中是不幸的，从某种意义上说也是一个受压迫的女性。于连的出现不但唤醒了她心中沉睡的爱情，也激发了她对丈夫的嫌恶。受压抑的相似命运，把她和于连联系在一起，他们在相互了解、相互同情的基础上，逐渐产生了真正的爱情。他们的关系败露后，于连不得不离开市长家，被迫进入阴森可怖的贝尚松神学院学习。神学院内部教派斗争激烈，特务多如牛毛。于连事事提防，处处小心谨慎，精神上极度紧张、苦闷，但是教派斗争还是把他卷了进去。他随去职的彼拉院长到了巴黎，当了德·拉·木尔侯爵的私人秘书。由于才干出众，又能审时度势，迎合主子，他得到了侯爵的赏识和重用。侯爵的女儿玛特儿小姐不满平庸的贵族生活和周围的纨绔子弟，叹息当今是“一个退化而烦厌的世纪”，缅怀富于浪漫气息的中古时代。意志坚强而又有才能、有个性的于连的出现，对她来说无疑是“黑暗王国中的一线光明”。她开始纠缠于连，木尔侯爵对这门婚事起初暴跳如雷，但对已怀身孕的女儿也无可奈何，只得承认既成事实。于连因此获得德·拉·伟业骑士的称号、20 600 法郎年收入的庄园和法兰西陆军中尉的军衔，初步实现了他的个人愿望和野心。但正当他踌躇满志时，贵族阶级和教会狼狈为奸，罗织阴谋，通过教会特务威逼市长夫人写了揭发于连的告密信，木尔侯爵因此取消他和玛特儿的婚约，毁了他的前程。他在激愤之下赶到维立叶，向正在教堂祈祷的市长夫人开枪，市长夫人受伤，他被判处死刑。如于连所认识到的，统治阶级惩罚他，目的是要惩戒那些敢于混迹高等社会的平民少年。

于连是王政复辟时期受压抑的小资产阶级青年的典型形象。他一生的遭遇，他的希望、追求、奋斗、失败，都反映了这一时期小资产阶级的命运。他既有反抗的一面，又有妥协的一面。他的反抗性产生于社会对他的压制，基于个人向上爬的野心。他之所以追念大革命时代，是因为那时像他这样有才干的青年有数不清的机会可以在公共事务的广大场合大显身手，可是在扼杀一切生机的王政复辟时代，他却只能扮演“一个叛逆平民的悲惨角色”，成了“一个跟整个社会作战的不幸的人”。他蔑视贵族阶级“合法的权威”，憎恶教会的虚伪卑鄙，鄙夷资产阶级的“污秽财富”。他对社会进行了绝望的反抗，在一定程度上反映了当时法国人民对复辟社会的抗议情绪。

个人反抗的性质（个人主义）不但决定了反抗必然失败，而且在反抗者受到统治阶级笼络时，就会转化为与统治者的妥协。于连正是这样。他领受了骑士称号和中尉军衔时，就已经幻想日后擢升司令，怎样更忠实地为主子服务了——他的反抗意识已明显衰退。作家在小说中写出了于连性格的发展，揭示了社会环境在形成于连矛盾性格和双重人格中的作用。同时，通过描写于连的矛盾性格和悲剧命运，揭示了小资产阶级的反抗性以及在反抗中表现出来的妥协性和动摇性。

小说围绕于连的生活经历展示了当时的阶级矛盾和阶级斗争的紧张气氛，在广阔的社会背景中勾勒出一幅复辟时期法国社会的生动画面，使作品具有鲜明的政治色彩和时代色彩。

作家在小说中深刻揭露了复辟的贵族阶级的飞扬跋扈和故态复萌。经历了大革命，他们“什么也没有忘记，什么教训也没有记取”。他们以十倍的疯狂和百倍的仇恨力图恢复一切旧制度和旧秩序。流亡国外的反动贵族首领木尔侯爵回到巴黎，成为“法兰西大臣”，就忙于结党营私，策划阴谋，里通外国，妄图对革命进行彻底的反攻倒算。他的权势炙手可热，各省都有他的田产。他的府第灯火辉煌，舞会通宵达旦。一切都和革命前一样。大革命时期残留国内的外省贵族德·瑞那，因反革命有功，复辟后出任市长，趾高气扬，气焰十分嚣张。他坦白地告诉妻子：“要保持我们的地位和权威，所有在你家生活的人，只要他不是贵族，他接受了工钱的，都是你的奴仆。”政府钳制言论自由，镇压反对派，对人民进行残酷盘剥，弄得民不聊生，苦不堪言。农民“在冬季的黄昏，从田野回到自己的茅屋时，在家里找不到一片面包”。贵族阶级更与教会沆瀣一气，狼狈为奸。教会特务组织密布全国，监视人民，成为教皇手中惩治人民的“一根棍子”。人民的一切权利都被剥夺殆尽，这就是王政复辟带来的后果。人民再度奋起抗争，是情理中的必然。

小说没有正面描写人民的反抗斗争，但是十分巧妙地从两个方面反映了当时紧张的形势。一方面，小说描写了人民普遍追念大革命时代，对拿破仑充满怀念和崇拜，深刻反映出人民对复辟王朝充满敌意的社会情绪，这是革命行动的基础。另一方面，小说又从反动阵营的惶惶不可终日，对复辟政权岌岌可危的不祥预感，烘托出另一场革命行将来临的紧张气氛。木尔侯爵主持召开的政治密谋黑会，透露出“山雨欲来风满楼”的革命信息。在日常谈话中，他们也总是离不开政治话题，害怕“在每一段篱笆后面都有一个罗伯斯庇尔和他驾来的囚车”。市长夫人与于连第一次告别时，言语中充满托孤寄子的悲凉情绪。甚至尚处豆蔻年华的玛特儿考虑她的婚事，也想到将来革命到来时，于连将是她的保护者。她的哥哥告诫她时就说得更明确：“若是再有一次革命，他（于连）会把我们送上断头台。”小说中的这些细节描写，都生动地反映了七月革命前夕法国的政治气氛和社会形势。

小说也写出了复辟时期资产阶级力量已然壮大，金钱势力已然增长的时代新特点。经过大革命时期改造过的社会基础，毕竟已是今非昔比。政治统治权虽操纵在贵族和僧侣手里，但在小说中可以看到，政权不能不建立在与大资产阶级妥协的基础之上。司汤达在《红与黑》这部小说里，对这一时期的社会历史特点作了出色的描绘。在小说里我们看到，“满身铜臭”的暴发户哇列诺对贵族阶级的“最后残余”德·瑞那等怎样展开“日甚一日的”、咄咄逼人的“冲击”而使自己日益得势；想“尽力重新恢复旧日法国生活标准”的贵族如木尔侯爵等，又怎样在做投机交易，大发横财而逐步资产阶级化。资本主义金钱至上和等价交换的原则，这时更是充斥于社会生活的各个方面和各个领域，成为调节社会生活的重要杠杆和准则。于连的父子关系，德·瑞那的夫妇关系，以及一般的朋友关系、主仆关系、同僚关系，都体现了这一原则。司汤达在小说中写出了社会阶级关系和社会生活准则的这一变动和变化，使作品具有丰富的社会内容和较高的历史认识价值。

《红与黑》以其鲜明的艺术特色，开了批判现实主义的先河，在文学史上占据重要地位。

首先它塑造了典型环境中的典型性格。司汤达是自觉的现实主义作家，其创作活动以明确的现实主义理论为指导。对复辟时期法国社会的深入观察和研究，又使他能比较准确地把握时代的本质特征。小说里所描写的唯利是图的维立叶城、阴森可怖的神学院、“阴谋与伪善的中心”巴黎，是揭示作品主题、表现人物性格的典型环境，富有时代特征和时代气息。作家善于使人物性格的发展和形成，与人物活动的环境紧密相连，使典型环境为人物性格的发展与形成提供合理的依据。因而，小说中于连的形象、木尔侯爵的形象、哇列诺的形象以至玛特儿的形象，都具有相当高的典型性。塑造典型环境中的典型性格，是批判现实主义文学的一个重要特征，也是这一派作家自觉的使命。

再者是细致入微的心理分析和心理描写。司汤达刻画人物擅长运用心理分析的方法，细致地描摹人物在特定情景下的心理状态，分析激动他们灵魂的欲望和感情的细微变化，揭示人物充满矛盾的内心世界。像于连在与玛特儿的爱情纠葛中，他的自尊与自卑、欢乐与痛苦、热情与冷静，思绪起伏，瞬息即变。20世纪评论家称之为“第一人称”视角的强化，在小说中已有相当的表现。由于司汤达把心理活动视做性格与环境撞击而产生的火花，因此，通过心理刻画，既描绘了人物性格，又使读者看到了激起人物内心波澜的时代环境。这种心理分析的方法，为塑造丰满的人物形象、反映生活真实，提供了有益的经验。尤为可贵的是，在司汤达的作品中，没有游离于故事情节和特定情境之外的心理分析和心理描写。“向内转”的趋势，探索“内宇宙”，是 20 世纪文学发展的新特点，在《红与黑》中已初露端倪。

第三节 巴尔扎克

一 生平与创作

奥诺雷·德·巴尔扎克（1799—1850）是法国 19 世纪批判现实主义文学的杰出代表。马克思非常推崇巴尔扎克，认为他对现实关系具有深刻理解；恩格斯赞誉他作品中有着了不起的革命辩证法，并在《致玛·哈克奈斯》的信中（1888 年 4 月）对巴尔扎克的创作作了精辟的论述。

1799 年 5 月 20 日，巴尔扎克诞生在图尔市一个中等资产阶级家庭里。他的父亲是在大革命后开始发迹的。1814 年，他随父亲来到巴黎。1816 年至 1819 年，遵父命学习法律，并在一家律师事务所当文书，毕业前后，曾当过律师助手。混迹法律界，本是违反巴尔扎克意愿的。但在这三年中，透过律师事务所的窗口，他却初次看到了巴黎社会的黑暗腐败，看到了“很多为法律治不了的万恶的事”；同时，他也看到了在“平等”、“公道”的帷幕后面，司法界是怎样进行卑鄙勾当的。这些对他日后的创作十分有益。

1819 年至 1829 年是巴尔扎克练习写作的十年，也是他在启蒙思想影响下，进一步认识生活、分析社会的十年。1819 年，他刚从学校毕业不久就毅然离开了司法界，决心投身于文学事业。他一面大量阅读各种书籍，一面卖文为生。后来他又投笔从商，先后经营出版、印刷等业，甚至还想冒险去开采废银矿，但却一事无成。这些投机活动非但没有使他获得大量金钱，以保证他的生活和写作，反而使他债台高筑，以至拖累终生。在巴黎各界的奔波碰撞，和巴黎各种人物的接触交往，使他认识了巴黎社会形形色色的丑恶面孔，更使他亲身领略了资本主义社会中金钱的万能和万恶的力量，以及人与人之间赤裸裸的利己主义关系。这些成为他成功创作《人间喜剧》的重要资源。

1829 年，巴尔扎克发表了《舒昂党人》，迈开了走向现实主义的第一步。以后的二十余年中，他夜以继日地创作出一部又一部的作品，直至 1850 年 8 月 18 日病逝于巴黎。

巴尔扎克的世界观是充满矛盾的。他是一个中小资产阶级作家，但又有浓厚的贵族意识和封建道德观念，并力图挤进贵族的行列。他的世界观的复杂性、矛盾性，正是他所生活的那个动荡不安、斗争激烈的时代的反映，也是他所处的阶级地位和所经历的生活道路的反映。那时的法国，资产阶级的胜利、发展，封建势力的反扑、复辟，工人阶级的兴起、斗争，使社会形势急剧变化，政治体制迅速更迭；资产阶级与封建贵族又斗争又妥协，使阶级关系和力量对比经常出现不稳定的局面。同时，他的思想又受到当时各种社会思潮的影响。他曾是启蒙思想家的信徒，也羡慕拿破仑的业绩；他接受过空想社会主义的影响，也接受过宗教的教义；他基本上是唯物主义者，但也没能完全摒弃反科学的神秘主义。凡此种种，构成了巴尔扎克世界观的矛盾和复杂性。

1830 年的七月革命及其结果，对巴尔扎克世界观的形成具有深刻的影响；七月王朝时代也正是他思想和创作的成熟时期。巴尔扎克欢迎这次革命，革命唤起了他的希望。革命后的现实又使他很快坠入了失望，七月王朝没有给中小资产阶级带来实利。巴尔扎克反对七月王朝金融贵族的统治，正是根源于他作为中小资产者在现实中的不得志。混迹贵族群，参加保王党，并没有使他真正获得贵族的地位；作家的显赫名声，一天 16 小时乃至 18 小时的写作，也没能改变他那窘迫的经济状况。因此他能比较清醒地看出七月王朝的黑暗腐败，从而对丑恶的现实提出严正的批判。巴尔扎克没有停留在一般的不满情绪上，而是努力寻找问题的症结，探索社会的出路。在这种探索的努力中，他对社会现实有了进一步的认识和理解，甚至触及私有制和极端利己主义这个祸根。这就使他对资本主义的批判广泛而深刻，尖锐而有力。

巴尔扎克是位雄心勃勃而又十分多产的作家，仅收入《人间喜剧》的长、中、短篇小说就有 90 多部。巴尔扎克把《人间喜剧》分为三大类："风俗研究"、"哲学研究"和"分析研究"。其中"风俗研究"又分为"私人生活场景"、"外省生活场景"、"巴黎生活场景"、"政治生活场景"、"军旅生活场景"和"乡村生活场景"六个部分。从他的分类中，就不难看出作家要写出一部艺术的历史的立意。他声称要"完成一部描写 19 世纪法国的作品"，要把"作品联系起来，构成一部包罗万象的历史，其中每一章都是一篇小说，每一部小说都标志着一个时代"。要用小说来进行社会研究，要以社会为舞台，让读者看到一幕幕惊心动魄的"人间戏剧"。他多处谈到文学的使命是描写社会，他的名言是："法国社会将成为历史家，我只应该充当他的秘书。"① 恩格斯称赞他是"伟大的现实主义大师"。当我们走进这由 2 000 多人物组成的《人间喜剧》的画廊时，就可以看到一部生动、形象的"法国'社会'，特别是巴黎'上流社会'的卓越的现实主义历史"。巴尔扎克"用编年史的方式几乎逐年地把上升的资产阶级在 1816—1848 年这一时期对贵族社会日甚一日的冲击描写出来，这一贵族社会是在 1815 年以后又重整旗鼓的，并尽力重新恢复旧日法国生活方式的标准"②。

《人间喜剧》中包含着一部封建贵族的没落衰亡史和一部资产阶级的罪恶发迹史，二者是有机地联系、紧密地结合在一起的。这部规模宏大的现实主义形象史，是巴尔扎克矛盾的世界观的产物，也是他在现实生活中不断对历史规律进行再认识的结果。恩格斯指出："这样，巴尔扎克就不得不违反自己的阶级同情和政治偏见而行动；他看到了他心爱的贵族们灭亡的必然性，从而把他们描写成不配有更好命运的人；他在当时唯一能找到未来的真正的人的地方看到了这样的人，——这一切我认为是现实主义的最伟大胜利之一，是老巴尔扎克最重大的特点

---

① 《巴尔扎克全集》，第 1 卷，8 页，北京，人民文学出版社，1984。

② 《马克思恩格斯选集》，2 版，第 4 卷，683～684 页。

之一。”①

复辟王朝时期，大批流亡国外的封建贵族卷土重来，重新夺回他们在大革命中失去的土地和财产，妄图恢复他们业已失去的天堂。但是资产阶级对封建贵族的冲击却一刻也没有停止过。巴尔扎克的创作牢牢把握住了这一时代特征，广泛地描绘了各个领域中这两个阶级的角逐。在他的笔下，上升的资产阶级势力无孔不入地充斥于整个法国社会，从乡村到城市，从外省到巴黎，从银行到政府，从报社到法庭……他们利欲熏心，飞扬跋扈，干尽了伤天害理的勾当。封建贵族在资产阶级的逼攻之下节节败退，日趋没落，面临着“夕阳西下”的绝境。他在《古物陈列室》(1838) 中安排的情节是寓意深远的。小说展示了两个势不两立的沙龙集团。一个是旧贵族集团，另一个是资产者集团。这两个沙龙互相仇视，明争暗斗，前者以其“高贵”的身世蔑视后者，后者则以其实力决心打垮前者。显然，这不是两个沙龙的争斗，也不是出于个人的恩怨，而是两个阶级激烈斗争的缩影。巴尔扎克清楚地看到，无论什么力量也阻挡不了资产阶级进攻的决心和勇气，无论什么力量也阻挡不了贵族的失败和灭亡。尽管他竭力强调侯爵一家的“高尚”、“正直”，古瓦西埃的阴险刁钻，但他还是真实地写出了德·爱斯格里翁家族的不可挽回的衰败命运。

在巴黎上流社会司空见惯的情场逸事，到了对现实生活洞察入微的巴尔扎克笔下也同样染上了“时代的色彩”。名门贵妇鲍赛昂夫人的盛衰史也是与贵族阶级的盛衰史紧密相连的。她在《高老头》中被迫离开巴黎，是贵族厄运的写真。《被遗弃的女人》(1832) 是《高老头》中鲍赛昂夫人故事的继续。卡斯顿男爵来到鲍赛昂夫人隐居的下诺曼底，因慕其盛名姿色而热恋鲍赛昂夫人，他们一起度过了9年，但是卡斯顿经不起4万法郎年租的诱惑，终于抛弃了她而娶了他并不喜欢的罗地埃尔小姐。“财产安慰一切”，贵妇人再一次受到社会的弃绝，败在资产者的手中。就是这样，资产阶级的妇女击败了贵族妇女并代替她们活跃在上流社会。

与封建贵族没落的画面相对应又相交织的是资产阶级暴发户的发迹图。巴尔扎克给贵族形象涂抹上“可笑”和“可怜”的色调，而在资产者的脸谱上却着力勾勒了“可憎”和“可怕”的线条。从高利贷者高布赛克到投机商葛朗台，从贵族的管家高贝丹(《农民》)到银行家纽沁根，一个个都是贪婪无耻的恶棍。高布赛克自称是巴黎“无人知晓的国王”，“命运的主宰”，他以金钱的力量征服了巴黎，统驭着巴黎，很多贵族男女不得不拜倒在他脚下。葛朗台“是只老虎，是条巨蟒”，人人对他都是“又钦佩，又敬重，又害怕”，因为“都给他钢铁般的利爪干净利落地抓过一下”。高贝丹是“最凶险的坏蛋”，他有权“可以任意根据共和国法律”使人倾家荡产。银行家纽沁根的心狠手辣是不露声色的，他能把整个巴黎玩弄于股掌之上，他能在一夜之间让许多人家破人亡。

更为难能可贵的是，由于巴尔扎克曾对各色各样的贪婪做了透彻的研究，所以他能通过这一系列本质相同而形象各异的资产阶级人物真实地再现资本主义剥削方式的发展史。高布赛克是早期资产阶级的代表，他以单纯的高利贷方式获取利润，而不懂得商品的流通和资本的周转。他的货仓里堆满了从腐烂的馅饼到“精致的古董”等各色杂物，金银被埋在灰烬之下，自己却过着极其寒碜的生活。葛朗台虽然和他一样贪婪吝啬，但他在发财致富方面却要比高布赛克“高明”得多。商业投机和高利贷盘剥是他的主要手段，他还参加证券交易，他已懂得在流通中求得资本的增值。银行家纽沁根则是金融资产阶级的典型。这是资本主义迅速发展的时

① 《马克思恩格斯选集》，2版，第4卷，684页。

期，他的发家史有鲜明的时代特征。他不仅用资金的不断周转来获取巨额利润，而且还制造假象，散布谣言，在股票的涨落中投机取巧，牟取暴利。“投机得来的财富自然要寻求满足”，他过的是穷奢极欲、荒淫无耻的豪华生活。巴尔扎克揭示出这是一批具有更大寄生性、更大破坏性的剥削者。

恩格斯把巴尔扎克对资产阶级进攻和贵族阶级衰亡的描绘称为《人间喜剧》的“中心图画”：“他描写了这个在他看来是模范社会的最后残余怎样在庸俗的、满身铜臭的暴发户的逼攻之下逐渐屈服，或者被这种暴发户所肢解；他描写了贵妇人（她们在婚姻上的不忠只不过是维护自己的一种方式，这和她们嫁人的方式是完全相适应的）怎样让位给为了金钱或衣着而给自己丈夫戴绿帽子的资产阶级妇女。围绕着这幅中心图画，他汇集了法国社会的全部历史。”①

资本主义社会是一个追逐金钱的世界，在资产阶级那里，几乎每一桩婚姻都是一次交易，每一次外遇都是一笔买卖。只有没有爱情的婚姻，而难以找到没有金钱的恋爱。葛朗台绝不让女儿去爱一个破了产的查理（《欧也妮·葛朗台》，1833）；赛西儿在婚事中感兴趣的只是对方的财产（《邦斯舅舅》，1847）；但斐纳为了金钱嫁给了纽沁根，拉斯蒂涅为了金钱去追求但斐纳（《高老头》，1834）；为了谋取更多的财产，拉斯蒂涅又转而追求埃斯巴夫人（《禁治产》，1836）……资产阶级妇女在追逐金钱，而她们自己也成了金钱的牺牲品。在资产阶级眼里，“生活不是一部由金钱开动的机器么？”（《高利贷者》）——一切都散发着铜臭味，甚至“天气”都不能幸免：“黄金一般的好天气”、“天上落金子下来了”（《欧也妮·葛朗台》）。“不管人家把上流社会说得怎样坏，你总相信就是！没有一个讽刺作家，能写尽金银珠宝底下的丑恶。”（《高老头》）这就是巴尔扎克的结论。

透过对形形色色人物丑恶表演的细致刻画和对他们内心世界的深入挖掘，巴尔扎克愤怒地控诉了资本主义世界道德的堕落。在《夏倍上校》（1832）里，律师但尔维的道白概括地表达了《人间喜剧》中这方面的内容：“我们当诉讼代理人的，只看见同样的卑鄙心理翻来覆去地重演，什么都不能使他们洗心革面……我亲眼看到一个父亲给了两个女儿每年四万法郎进款，结果自己死在一个阁楼上，不名一文，那些女儿理都没理他！我也看到烧毁遗嘱，看到做母亲的剥削儿女，做丈夫的偷盗妻子，做老婆的利用丈夫对她的爱情来杀死丈夫，使他们发疯或者变成白痴，为的是要跟情人消消停停过一辈子。我也看到一些女人有心教儿子吃喝嫖赌，促短寿命，好让她的私生子多得一份家私。我看到的简直说不尽，因为我看到很多为法律治不了的万恶的事情。总而言之，凡是小说家自以为凭空造出来的丑史，和事实相比之下真是差得太远了。”巴尔扎克不仅详尽地编制了这份“恶习的清单”，令人信服地表现了资本主义社会中人与人之间的“现金交易”关系，描写出这种关系已发展到了何等疯狂、何等残酷的程度，而且还尖锐地指出，痼疾难除，这些卑鄙心理的重演是无法改变的，这些万恶的丑行是法律也根治不了的。这样，在客观上就使人们看到了这些矛盾的深刻性和顽固性。

职业的商品化和人与人之间关系的金钱化一样，同是私有制的必然产物，是资本主义关系渗透到一切精神领域的恶劣后果。巴尔扎克在《幻灭》三部曲（1835—1843）里，详尽地描述了这一资本主义化的过程，形象地表现了在金钱的魔术棒下，文学、新闻这些“神圣殿堂”是如何变成污秽肮脏的“真正地狱”的。

外省青年吕西安来到巴黎，希望以其诗才获得诗人的光荣，但是他的幻想破灭了。他遇到

① 《马克思恩格斯选集》，2版，第4卷，684页。

的是一个“出卖一切，制造一切，甚至制造成功”的社会，“黄金是这世界的人要顶礼膜拜的唯一力量”，在这样的社会里，文学的声誉，无异于娼妓的地位。“报界是一个地狱”，“艺术和荣誉”已经不复存在，“样样要靠金钱决定”，出版社、书店与交易所无异，戏院的喝彩声决定于用钱雇来的“一队队发臭的捧场人”，报馆里麇集着一批寡廉鲜耻的“杀害思想与名誉的人”……资产者对财富的贪得无厌的追逐，精神生产的不断商品化，法律对有产者的保护，在巴尔扎克的作品中都遭到了无情的揭露。政界同样卑鄙龌龊，“不要以为政界比文坛干净，这两个世界都贿赂盛行”。作家的笔锋，几乎扫遍了资本主义社会的整个上层建筑领域。

对黑暗现实不满的巴尔扎克，经常在探索着出路，寻找能够代表历史发展方向的正面人物。尽管他的阶级偏见使他无法真正找到，但他还是在现实斗争中，在反对七月王朝的行列里，看到了当时“的确是代表人民群众”的共和主义者的形象；尽管他并不同意他们的政治主张，也不完全理解他们的思想实质，但他看到了他们是反对派中真正有行动能力和高尚品德的人物，所以他能在作品中以毫不掩饰的口吻对他们大加赞赏。《幻灭》中的克雷斯吉安，《农民》中的尼雪龙，作为艺术典型虽不算生动丰满，却显示出“正直无私”的品质，具有“自我牺牲精神”。巴尔扎克形容尼雪龙老爹像“铁一般坚硬、像黄金一样纯净”，他受到农民的爱戴，农民们说他“不喜欢有钱人，他是咱们的人”。在《幻灭》里，巴尔扎克称共和党英雄克雷斯吉安“是一个会改变世界面目的大政治家”、“法兰西最高尚的一个人物”。巴尔扎克又说：“在古代的英雄中，我没见过比他更卓绝的人物。”（《卡迪央王妃的秘密》）恩格斯特别注意到巴尔扎克笔下这几个形象的出现绝非偶然，因为他们曾一度代表过人民群众，因为他们的出现为巴尔扎克的作品增添了新的光彩。

对日趋衰退的贵族阶级的同情，使巴尔扎克的创作充满了矛盾。恩格斯说：“巴尔扎克在政治上是一个正统派；他的伟大作品是对上流社会无可阻挡的崩溃的一曲无尽的挽歌；他对注定要灭亡的那个阶级寄予了全部的同情。但是，尽管如此，当他让他所深切同情的那些贵族男女行动的时候，恰恰是这个时候，他的嘲笑空前尖刻，他的讽刺空前辛辣。”① 恩格斯在这里既高度评价了巴尔扎克对封建贵族的无情揭露，也一针见血地指出了巴尔扎克落后的贵族意识。正是这种以“全部同情”谱写的“无尽的挽歌”的情调，给巴尔扎克的创作投下了浓重的阴影。仅以《农民》为例，艾格庄上的斗争是激烈而寓意深刻的，封建贵族、资产阶级和农民三者之间的矛盾斗争得到了真实的写照。资产阶级的阴谋诡计和农民群众的被迫反抗，迫使贵族不得不退出了这个“敌众我寡”的战场。但是，整部小说始终流露出“无可奈何”的情调，而且贵族越临近失败，这种情调就越浓烈。这种眷恋过去的情感，在巴尔扎克的许多作品中都可以读到。

二　《高老头》

1834年发表的《高老头》是巴尔扎克的优秀作品之一。这部小说在展示社会生活的广度和深度方面，在反映作家世界观的进步性与局限性方面，在体现《人间喜剧》的艺术成就和不足之处方面，都具有代表意义。

---

①《马克思恩格斯选集》，2版，第4卷，684页。

小说以1819年年底和1820年年初为时代背景，以伏盖公寓和鲍赛昂夫人的沙龙为舞台，以高老头和拉斯蒂涅两个人物的平行而又交叉的故事为主要情节，真实地勾画出波旁复辟王朝时期法国社会的一幅剪影。

作品对这一时期封建贵族权势的得而复失、盛而复衰的历史趋势，作了细致而深入的描写。鲍赛昂夫人是“贵族社会的一个领袖”，她的府邸是贵族住区“最有意思的地方”，能在这“金碧辉煌的客厅里露面，就等于一纸阀阅世家的证书”，“就可以到处通行无阻”。初出茅庐的拉斯蒂涅，一被人提到“跟鲍赛昂太太是亲戚”，立即就身价百倍。资产阶级妇女以能挤进这个贵族沙龙为最大光荣。但是，表面的荣华富贵，遮掩不住内心的失望颓唐；排场上的阔绰，掩饰不了政治上的败局。巴尔扎克在描绘这花团锦簇的繁华盛世时，也同时指出了潜藏着的危机，预示了隐伏着的灾难。拉斯蒂涅被引进鲍府的时候，鲍赛昂夫人已到了“被遗弃的关头”，她骚动在心中的不安已经溢于言表，“上流社会最可怕的祸事”已经临头。

极有讽刺意味的是，虽则鲍赛昂夫人自视清高，对资产阶级妇女不屑一顾，但她对拉斯蒂涅的“开导”却完全是资产阶级式的：“你越没有心肝，就越高升得快，你毫不留情地打击人家，人家就怕你。只能把男男女女当做驿马，把它们骑得筋疲力尽，到了站上丢下来，这样你就能达到欲望的最高峰。”个人的阅历和遭遇使她懂得了贵族的一套已经不时兴了，资产阶级的金钱力量才是真正的统治者。她自己就是金钱的手下败将。洛希斐特是新起的暴发户，鲍赛昂夫人的情夫阿瞿达也并不十分喜欢洛希斐特小姐，但他却毅然决然抛弃了名媛贵妇鲍赛昂夫人，决定和资产阶级暴发户联姻，因为可以得到“20万法郎利息的陪嫁”。

鲍赛昂夫人告别巴黎的盛大舞会，是巴尔扎克着力刻画的“上流社会必然崩溃的一曲无尽的挽歌”。富丽堂皇的外景与鲍赛昂夫人凄凉的心境形成强烈的对比，“在女后心目中，这座灿烂的宫殿只是一片荒凉而已”。这次五光十色的舞会，恰似贵族社会的回光返照。人们蜂拥到这里来，是为了“争着要瞧这个女英雄怎样下台”。鲍赛昂夫人泪眼婆娑地到乡下隐居去了，而被她百般奚落的但斐纳，却在贵族的哀乐声中终于挤进了这个“她一心要高攀”的社会，实现了她的夙愿。当鲍赛昂夫人强颜为欢的时候，但斐纳却在“得意自己在大众面前的锋芒”，连鲍赛昂夫人也不得不承认“纽沁根太太今晚漂亮得很”。两相对照，前后比较，一荣一枯，一起一落，两个阶级的命运一清二楚。

《高老头》一书着重揭露批判的是资本主义世界中人与人之间赤裸裸的金钱关系。

高老头的两个女儿，一个高攀贵族，跳进了上流社会，成了新贵雷斯多伯爵太太；一个喜欢金钱，嫁给了银行家，成为纽沁根夫人。这是一对典型的资产阶级荡妇。她们出嫁的时候，每人得到80万法郎的陪嫁，所以对高老头极尽奉承体贴之能事。但是，不久高老头就被撵出了女儿家的大门，在伏盖公寓里过着穷酸的生活。高老头之死是这幕家庭丑剧的高潮。高老头死前想见女儿，哭天喊地，但也枉然，这才使他悟出了资本主义社会的残酷的真理：“钱可以买到一切，买到女儿。”“父亲轴心”无情地被“金钱轴心”代替了。女儿们“为了参加跳舞会，即使踩着父亲的身体走过去也在所不惜”。一个囊空如洗的父亲无异于一个被榨干的柠檬，对于骄奢淫逸的女儿还有什么意义呢？

《高老头》还多方面地触及资本主义社会的累累罪恶。资本主义社会就是一个培养肮脏灵魂的大温床。无论在“上流社会”还是在下层公寓，极端利己主义的冰水淹没了一切道德原则，金钱像一只巨掌，牵着无数木偶，在社会舞台上各尽其能地进行着丑恶的表演。因觊觎高里奥的财产，伏盖太太竟乔装打扮，媚态百出；由于贪图3 000法郎收入，米旭诺和波阿莱成了官方的密探，对伏脱冷暗下毒手；为了获得20万法郎，伏脱冷巧设陷阱，杀害了泰伊番的独子；纽沁根大要无赖手段，鲸吞妻子的全部钱财；拉斯蒂涅则以他眼前的“英雄”们为榜样，亦步亦趋，在社会这个大泥坑里越陷越深，明知“入了地狱”，还决心要“耽下去”，“拼一拼”。《高老头》里百丑献技，群魔乱舞，演出了触目惊心的场面，散发着令人窒息的铜臭味。

伏脱冷这个人物在《人间喜剧》中占据着特殊的地位。他在不同作品中以不同身份出现，但却起着同样的引诱青年堕落的作用。这是个具有象征性的恶魔，又是活生生的典型。资产阶级的本质特点在他身上得到了集中概括的体现。这一个人物具有极其鲜明的时代特征。他的地位是被警察特务追捕着的苦役犯，但他的思想和行动，却与上流社会体面的资产者、银行家们没有什么本质不同。

伏脱冷梦寐以求的是“把日子过得像小皇帝一样”，他设计的发财途径是用20万法郎购买200个黑人，“有了这笔黑资本，十年之内我可以挣到三四百万”。为了达到目的，他动了杀人的念头，勾引拉斯蒂涅做他的同谋，企图猎取银行家泰伊番的财产。我们可以看到，他的这一套计划与大资产者的发迹史毫无二致。“我要成功了，就没有人盘问我的出身。我就是四百万先生，合众国公民。”的确，哪一个资产者的发家史不是一部血迹斑斑的罪恶史呢?！他们的差别至多是杀人“见血不见血”而已。巴尔扎克笔下的资产者与盗匪无异，正是通过这样巧妙的构思，作品对社会罪恶与资产阶级的批判更加深入一层。伏脱冷老于世故，深知黑暗社会的实情，他用最赤裸裸的语言，把资产阶级极端利己主义的道德原则在拉斯蒂涅面前和盘托出，嬉笑怒骂，冷嘲热讽。拉斯蒂涅受多方面的影响走上了野心家的道路，而伏脱冷的“道德教育”却具有提纲挈领的性质。

鲍赛昂夫人是在暴发户的逼攻下走向灭亡的贵族的典型，拉斯蒂涅则是为暴发户所腐化的贵族子弟的典型。他的堕落过程是贯穿全书的主线。他来往于“上流社会”与伏盖公寓之间，在两处受教育，方式不同，内容却是一样的：金钱便是力量。为了爬上去，必须有钱；为了有钱，必须涂黑良心，“清白诚实是一无用处的”。通过拉斯蒂涅所走过的道路和他的心理变化，作家细致地揭示了资本主义社会中金钱对人们灵魂的巨大腐蚀作用。

拉斯蒂涅在外省是破落贵族子弟，到巴黎是穷困窘迫的大学生。花花世界的巴黎与家道中落的故乡的对比，强烈地刺激了他向上爬的欲望。于是他遍寻家谱，找到了远亲鲍赛昂夫人作为高攀“上流社会”的引进人。然而，世道变了，高贵的门第只能帮助他进入“上流社会”，却不能帮助他在“上流社会”扎根。他的经历，他的见闻，不断印证了伏脱冷的邪恶说教。大量的罪恶事实，特别是伏脱冷的被捕和鲍赛昂夫人的被逐，对他震动尤大。高老头之死，是拉斯蒂涅上的最后一课。自始至终目击了这场戏的演进，拉斯蒂涅再也压抑不住心中炎炎的欲火，纵身跳进了巴黎“上流社会”这个罪恶的深渊。在埋葬高老头的同时，“埋葬了他青年人的最后一滴眼泪”，决心和巴黎上流社会“拼一拼”。外省的贵族子弟就这样被腐化成了资产阶级野心家。这样，我们在看到拉斯蒂涅步步堕落的同时，也看到了社会的重重罪恶。

对现实作细致观察和精确描写，是巴尔扎克艺术的最大特色，这是与他反映社会生活的深度和广度相适应的。

巴尔扎克非常重视详细而逼真的环境描绘，一方面是为了再现生活，更重要的是为了刻画人物性格。他总是力图为他的人物提供真实、具体的活动背景，从而使人物获得真实感、典型性。他笔下的环境是个性化的，是为活动于其中的人物服务的。《高老头》一开始对伏盖公寓内外景的描写，确使人有身临其境之感。先写外景：街道、建筑、阴沟、墙脚，显出“一派毫无诗意的贫穷”，读起来就像生活在其中的人一样，会“无端端地不快活”。然后写内景：院子、客厅、地板、陈设，无一不散发着“公寓味道”，就像那股“闭塞的、霉烂的、酸腐的气味”也会向读者迎面扑来一样。在这样的背景下，再给我们介绍那一张张奇形怪状的面孔，就显得十分自然，十分贴切了。但是巴尔扎克的写景也时常失之于烦琐冗长。

客观环境的逼真描写，只是构成“典型环境”的一个组成部分。恩格斯所说的“典型环境”，主要是要求作家真实地再现当时历史条件下的阶级关系，要在正确的社会关系中来塑造各种典型人物。《高老头》中展示的贫穷的伏盖公寓，是巴黎下层社会的缩影，“整个社会的分子，在这样一个集团内当然是应有尽有”。对这伙失意落魄人物的描述，重点在于境遇的变迁所造成的性格变异，一些准确的经济数字告诉我们，他们来自哪个阶级，现在的经济地位又是如何。这里弥漫着市侩习气，充斥着尔虞我诈的关系，也流露出对上层社会的妒羡和不满。正是在这样的环境里，我们认识了伏脱冷这个典型。而在富丽堂皇、珠光宝气的鲍赛昂夫人的沙龙里，集结的是一群“出名放肆的男人”和“最风雅的妇女”，他们寻欢作乐，放荡不羁，作者着力描写其辉煌掩盖下的精神空虚，虚伪遮饰下的钩心斗角。正是在这里，我们目睹了鲍赛昂夫人的荣辱。这两个交替出现的场景，或者说，整个万头攒动、互相倾轧的巴黎社会的典型环境，为野心家拉斯蒂涅的成长发展提供了真实可信的依据。他以伏盖公寓为基地，向“上流社会”猛冲过去，上下两个熔炉，合铸了这个典型性格。紧扣着环境表现人物，环境的变化促使人物发展，典型人物又使环境具有典型特征，二者相辅相成，辩证统一。这样，巴尔扎克的创作就较好地体现了“典型环境中的典型人物”这一现实主义的根本原则。

巴尔扎克基本上遵循现实主义集中概括的典型化原则塑造人物。他的“杂取种种人，合成一个”的做法，使作家笔下的人物从肖像到性格都具有鲜明、突出的特点，能给人留下深刻的印象。巴尔扎克像出色的素描画家一样，只需寥寥数笔，就能把人物的外形特征勾画得惟妙惟肖，而且与其内在性格相得益彰。在《高老头》中，重要人物如伏脱冷，次要人物如伏盖太太，都是这方面成功的例子。在性格描写上，巴尔扎克特别渲染他笔下每一个典型最基本、最富于特征、最能表现其性格本质的东西，如高布赛克的贪婪、葛朗台的吝啬、于洛的好色、腓力普的凶残等。为了达到最充分地揭示形象的目的，他把这类主导特征又加以扩大、提炼和夸张，乃至用近于漫画的手法，刻画得淋漓尽致。但有时把“情欲”过分绝对化，就会导致人物的失真。

《人间喜剧》中的人物数以千计，但主要人物——有的尽管类型相同——大都做到了面目各异。如同是爱钱如命的高布赛克和葛朗台，同是野心勃勃的拉斯蒂涅和吕西安，都未给人以雷同之感。就是许多次要人物，虽然着墨不多，但也栩栩如生，各具特色。这是因为巴尔扎克不但牢牢把握了人物的本质，也赋予了人物鲜明的个性。高里奥的两个女儿就是既有共同点，又绝不会被混淆的人物。

巴尔扎克还善于用“人物再现”的方法，即以前作品中的人物在以后作品中再次出场的方法，把《人间喜剧》的许多典型人物贯穿起来。如拉斯蒂涅在《高老头》中还是一个涉世不深、“天良”未泯的大学生，但到了《纽沁根银行》里，他已是银行家投机生意的得力助手了。以后他还得到伯爵封号，当上了部长。这样，不仅作品中的主要人物得到了符合其性格特征的充分发展，而且把各个独立的单篇也连成一个互相关联的艺术上的“有机整体”。

此外，《高老头》在结构安排、语言个性化、心理描写等方面，都达到了很高的成就。

第四节 狄更斯

一 生平与创作

查理·狄更斯（1812—1870）是英国杰出的现实主义作家。他出生于贫苦的小资产阶级家庭，父亲是英国海军军需处的小职员。狄更斯12岁时，父亲因债务缠身，被关进负债人监狱，母亲和他的兄弟姐妹跟父亲同住在监狱内。狄更斯在一家皮鞋油公司当学徒，被当成“活广告”，他的工作是在橱窗内洗玻璃瓶和粘贴标签。童年时代这一段艰苦而屈辱的生活成为他终生辛酸的回忆。

由于家境贫困，狄更斯很早就中断了学业，15岁时到一家律师事务所当小职员。他出入监狱和法院，接触各种人物，了解各种各样的诉讼案件，亲眼看到无休无止的诉讼使人们倾家荡产。律师事务所的工作使狄更斯增长了见识，成为他日后创作素材的一个重要来源。

在律师事务所工作的时候，狄更斯就学习速记，1831年他进入报界，不久就成为当时出色的记录员和新闻记者。他的任务主要是记录议会对国内外重大事件的辩论。记者工作使他有机会奔走于城乡之间，广泛熟悉英国社会各方面的生活，这也为他日后创作提供了有利条件。

狄更斯在做新闻记者的同时，开始了文学创作。他最初写的是一些杂记，以幽默的笔法描写伦敦的风尚，报道伦敦中下层阶级的生活。这些杂记用笔名博慈发表，后来收录为《博慈杂记》（1836—1837）。1837年狄更斯出版《匹克威克外传》。这部小说使他一举成名，从此他摆脱贫困生活，专门从事文学创作。

1842年狄更斯访问美国。此前，他对新兴的合众国充满幻想。但美国的现实使他大为失望。回国后他发表了《游美札记》（1842）和《马丁·朱述尔维特》（1843—1844），对美国的假民主、竞选丑剧、监狱制度和黑奴制度进行猛烈抨击。

从1844年起，狄更斯长期侨居瑞士、法国和意大利。除了紧张的文学创作外，1849年起他还主办报纸。他在报上宣扬他的政治观点，呼吁改善工人生活和提高工人的文化水平。他还在报上积极培养和扶植青年作家。此外，狄更斯热爱戏剧，曾组织业余剧团。他晚年时，还经常在公众面前朗读他的作品，用所得款项资助慈善事业。1870年患脑溢血去世。

狄更斯在30多年中创作了14部长篇小说和许多中短篇小说。他的作品广泛而生动地反映了19世纪英国资本主义社会，描绘了维多利亚时代的精神面貌。从创作的发展过程来说，他的创作大致可以分为三个时期。

第一时期的创作包括19世纪30年代至40年代初的作品。这是资产阶级进行议会改革的年代，也是宪章运动活跃的年代。这一时期的长篇小说包括《匹克威克外传》（1836—1837）、《奥利佛·特维斯特》（1838）、《尼古拉斯·尼克尔贝》（1838—1839）、《老古玩店》（1841）和

《巴纳比·拉奇》(1841)。

狄更斯的初期创作已经触及当代一些重大的社会问题。但此时，狄更斯对社会丑恶现象的揭露还只停留在对个别议员、个别高利贷者和个别社会机构的揭露上。他的讽刺还比较温和，常常和幽默掺和在一起（如《匹克威克外传》），还洋溢着充满幻想的乐观情绪（如《奥利佛·特维斯特》和《尼克拉斯·尼克尔贝》的结局）。小说中受苦难的“小人物”最终大多赢得了“仁爱”的资产者的庇护，找到了幸福生活。狄更斯初期作品一般采用流浪汉小说的形式，通过主人公个人的流浪生活，展示出广阔的社会画面；在艺术手法上则擅长用夸张和重复来达到讽刺的效果。

第二时期是19世纪40年代中期至50年代初期的作品。这一时期的代表作有《马丁·朱述尔维特》和《董贝父子》(1846—1848)。狄更斯在《马丁·朱述尔维特》中，通过资产者安东尼和鸠纳斯·朱述尔维特父子之间钩心斗角的关系，揭示了资本主义社会中人与人之间赤裸裸的金钱关系，通过小马丁·朱述尔维特在美国投资遭到破产和险些丧命的故事揭穿美国社会的假民主，批判美国新闻界、舆论界的虚伪性和美国的投机事业。《董贝父子》写的是从事海外贸易的老板董贝先生的故事。董贝先生的生活原则也是利润和金钱，由于女儿不能继承他的事业，董贝先生对她冷酷无情。儿子保罗由于得不到家庭的温暖，早年夭折。最后，董贝先生丧失了财产，终于为女儿的温情所感化，重新得到了幸福。这部小说所描写的董贝父子公司和主人公董贝先生都具有鲜明的时代特征。董贝先生是40年代经营海外贸易的英国商业资本家的典型形象。

19世纪40年代中期值得注意的另一类作品是中篇小说《圣诞欢歌》(1843)和《钟声》(1844)。这两篇故事都是寓意性的。它们反映了作者的正面理想。《圣诞欢歌》宣传有产者必须改变他的冷酷心肠，“仁爱”地对待弱小者。在《钟声》中作者批评马尔萨斯学说、曼彻斯特学派的自由贸易原则和边沁的功利主义学说。小说企图以梦幻和钟声来启发年老而贫困的信差托比·费克，使他明白穷人之贫困并不像曼彻斯特学派所说的那样是穷人自己的罪过，而应当归罪于唯利是图的有产阶级。

狄更斯在创作的第二阶段显然已经经历了一些思想变化。社会中的阴影已多于光明，失望多于希望。早期创作中“仁爱”的资产者不见了，作者对他们的乐观幻想已经基本破除。他强调为富不仁者必须经过破产或其他折磨，接受感情的教育，才能真正懂得“仁爱”与“谅解”。年轻的马丁·朱述尔维特必须经历贫困才能改变自私的性格，继承他祖父的遗产；董贝先生必须经过破产和他女儿的感情教育才能享受正常的家庭幸福。《圣诞欢歌》中的史古鲁奇必须首先洗心革面方能重享人间的温暖与同情。狄更斯对资产阶级的认识比较现实和深刻些了；但是他仍然认为感情教育可以改造资产者，也可以改造社会。

狄更斯这一时期的艺术风格也更深刻而丰富了，这是和他对社会认识的加深相互联系的。流浪汉小说的形式已被基本抛弃。小说的情节集中描写一个或几个矛盾的发展，描写的社会面广泛，人物众多，层次分明。

狄更斯第三时期的创作包括19世纪五六十年代的作品，这是他创作的高峰。狄更斯在后期作品中深刻而生动地描绘了19世纪五六十年代英国寄生的资产阶级的精神面貌以及英国日益腐化的社会风尚，描绘了极度不稳定的经济生活和笼罩在资本主义社会表面繁荣下的阴影。狄更斯后期作品的题材范围达到了前所未有的广度。他塑造了一系列控制社会经济和政治命脉的资产阶级者形象，也把批判矛头指向形形色色的官僚机构。在狄更斯看来，资本主义社会已病入膏肓，社会问题犹如大山一样压抑着人们。狄更斯广泛揭示了英国的社会面貌：议会政治、平衡法院、庞大的统治机构、资产阶级的自满和昏聩、监狱、投机事业、金钱的统治力量、寄生阶级的腐朽生活、人民大众普遍贫困的现象等等。

《大卫·科波菲尔》(1850) 是狄更斯在这一时期写的一部近似自传体的小说。科波菲尔自幼丧父，母亲改嫁以后因受丈夫的虐待而死去。大卫被送到寄宿学校住读，备受摧残，后来又被送到工厂当学徒。因为不堪忍受屈辱的地位，他离开工厂到姨婆家，由姨婆抚养，学习法律，以后成了作家，和他心爱的女友结婚。通过大卫的辛酸苦难的经历，狄更斯再次描写了他所熟悉的题材：英国社会中孤儿的悲惨命运、寄宿学校虐待儿童的制度、童工的境遇、负债人监狱以及社会上的骗子等。小说描写了两种人，一种是以摩德斯通为代表的资产阶级制度的捍卫者，一种是以密考伯先生和辟果提一家为代表的乐于助人的下层人民。

这一时期的代表作有《荒凉山庄》(1852—1853)、《小杜丽》(1855—1857) 和《我们共同的朋友》(1864—1865)。这三部是狄更斯创作中批判性最强的作品。

《荒凉山庄》主要反映了英国的司法制度和议会政治。小说的第一章描写伦敦被覆盖在沉沉的浓雾中。这种伦敦常见的浓雾在最高法院所在地集结最浓，浓雾象征最高法院的昏聩和污浊气氛。最高法院是整个英国社会的缩影。在最高法院里堆积着数代未决的悬案，多少案中人流落在伦敦街头终生潦倒。小说主要描写的是庄迪斯遗产案。这一悬案经历数代，多少人因妄想继承遗产而破产，主人公卡斯东也成了这个悬案的牺牲品。小说描写了靠悬案过日子的律师，探听隐私、进行敲诈勒索的家庭法律顾问等。在这里，狄更斯所抨击的已不只是一个资产者，一个法院院长，而是整个司法体系。小说也揭示了议会政治两党制的昏聩无能和议会竞选中普遍流行的行贿风气。

《小杜丽》以伦敦的负债人监狱马夏西监狱为背景。女主人公小杜丽的父亲因破产长期被关在狱中，被戏称为“马夏西之父”。小杜丽在狱中诞生、成长，被称为“马夏西的孩子”。小杜丽心地善良，没有受到资产阶级社会金钱势力的腐蚀，保持着纯洁和崇高的心灵。她温顺地侍候父亲，靠缝纫得来的微薄报酬资助她的姐姐和哥哥离开马夏西监狱。在亚瑟·克仑南姆等人的帮助下，杜丽一家被证明是一笔巨额财产的继承者，全家终于脱离了马夏西监狱。亚瑟与人合资开办了一个车间，因为投资受骗而破产，也被关进马夏西监狱。小杜丽闻讯后赶到狱中悉心照顾他，最后，两人结婚。

《小杜丽》的成就在于通过主要情节和主要人物展现了英国社会的广阔画面。狄更斯在小说中成功地杜撰了一个“繁文缛节局”，它的工作原则是“想法子不干事”，它是英国官僚政治机构的缩影，多少人被它拖垮而破产。“繁文缛节局”作为一条线索把小说的主要情节串联起来。狄更斯通过“繁文缛节局”还进一步揭穿英国民主制度的虚伪性。每届新政府、每个新首相都向选民许诺“为大众谋福利”；他们一旦上台，就千方百计“想法子不干事”。英国整个官僚机构为少数豪门所控制，它们像蚂蟥一样吮吸着国内外劳动人民的血汗。“繁文缛节局”由一个叫“巴纳克尔”（词义与“蚂蟥”相近）的家族控制，地球上哪里有“繁文缛节局”的踪影，哪里就有巴纳克尔家族的代表。

《我们共同的朋友》是狄更斯最后一部完整的长篇小说。这部小说自始至终笼罩着富有寓意的“垃圾堆”形象。老哈蒙留下一座垃圾山是工业发展的产物。英国资本主义社会也像一座垃圾山，庞然大物中藏垢纳污，肮脏龌龊。

狄更斯的创作后期还有三部情节比较集中的主要作品。《艰难时世》(1854) 描写了产业工人悲惨的生活状况和萌芽状态的工会斗争，以其正面反映尖锐的劳资矛盾而在文学史上占据重要地位；《双城记》（1859）以法国大革命为背景；《远大前程》（1861）的主题是揭露金钱的腐朽作用：金钱使一个天真的青年变成势利者，贫困使他恢复了失去的淳朴天性。

总的说来，狄更斯从资产阶级人道主义出发，同情资本主义社会中受迫害、受剥削的广大中下层人民，他对资本主义社会的揭露是多方面的。从人与人之间赤裸裸的金钱关系，到政治、经济、法律、道德、伦理、教育诸方面，他无一不予以深刻的揭露和批判。

二 《双城记》

《双城记》写的是发生在巴黎和伦敦两个城市的故事。法国革命前，外科医生马奈特因为向政府揭发贵族厄弗里蒙兄弟将农村的一对兄妹无端迫害致死的罪行，被持有贵族特权的厄弗里蒙兄弟陷害，无辜地被投入巴士底狱，在狱中关禁了整整18年。后来，厄弗里蒙侯爵失去恩宠，马奈特医生才获释出狱。马奈特医生在狱中曾设法记录了自己受迫害的过程，立誓要向厄弗里蒙家族复仇。出狱后，他和女儿路茜同在英国伦敦居住。路茜邂逅一位法国青年查尔斯·代尔那，她不知道代尔那就是把马奈特送进监狱的厄弗里蒙侯爵的侄儿。马奈特为了女儿的幸福，同意路茜和代尔那结婚。1789年法国革命爆发，替代尔那在法国管理事务的盖白勒被革命法庭逮捕，代尔那为了营救盖白勒出狱，冒险来到巴黎。当年被害兄妹的姐姐得伐石太太认出了代尔那是厄弗里蒙侯爵的后裔，决心要把他送上断头台。马奈特和路茜闻讯后，立即赶到巴黎，多方营救，但在法庭审判的关键时刻，得伐石先生和太太出示了马奈特隐藏在巴士底狱牢房内的控诉书，于是代尔那被判死刑。临刑前夜，热恋着路茜的英国律师卡尔登由于和代尔那面貌酷似，混入狱中，换出了代尔那。当驿车载着代尔那夫妇和马奈特远离巴黎的时候，卡尔登从容地走上了断头台，为他心爱的女子献出了自己的生命。

小说的故事虽然发生在1757年到1793年之间，地点又主要在法国，但是，狄更斯在全书的第一章就明确指出革命前后的法国情况不仅和同期的英国情况相似，甚至和狄更斯创作此书时的英国情况也惊人地相似。

小说描写了法国革命前夜法国贵族和平民、佃农之间尖锐的对立。城里爵爷穷奢极侈的生活与巴黎贫民窟圣安东尼区的贫民生活形成了鲜明对照。城里爵爷的马厩里养着30匹马，厢房里有24个家丁。他的座右铭是“地球和地球上所有的一切都归我所有”。贵族们还凭借他们的特权肆意践踏人权。小说描写厄弗里蒙侯爵的马车横冲直撞，轧死了一个平民的儿子。侯爵不但毫无怜悯的表示，反而责怪平民在路上碍事，从马车里抛出一个金币了事。封建贵族对于触犯他们的平民施以酷刑。一个青年因为没有对离他五六十码远的修道士下跪致敬，就被斩断双手，被用钳子拔掉舌头，然后被活活地烧死。法律和监狱是统治阶级用来镇压人民、维护反动统治的主要手段。监狱的阴影笼罩一切主持正义的人们。马奈特医生由于伸张正义，被投进监狱。查尔斯·代尔那放弃贵族特权，把产业分给佃农，往返于英法两国之间，引起了英国政府的猜疑，被控犯有通敌罪，几乎被处死刑。

小说以较多的篇幅写了城乡平民和佃农所受的压迫以及他们的反抗。圣安东尼区曲曲弯弯而狭窄的街道充满恶臭。那里疾病蔓延，饥饿的人们像被猎捕的野兽一样，随时会冲出樊笼来咬人。几世纪以来淤积的愤怒爆发出来了，统治阶级对人民犯下的一笔笔血债都写在人民的记录簿上。得伐石太太不停地编织图案，把贵族的罪行记录下来。

狄更斯在《双城记》中借古喻今，用法国革命这一“不可避免的必然性”来暗示如果英国情况不发生根本的转变，法国的历史定将在英国重演。他在《双城记》中一方面对被压迫的贫民充满同情，另一方面又对积蓄起来的革命力量的爆发感到恐惧。在狄更斯看来，一旦革命爆发，群众的怒火就将一发不可收，必然会将国家投入无政府、无秩序的深渊；互相杀戮不仅会毁灭人类固有的本性，最终还将导致自我的毁灭。

狄更斯在《双城记》中进一步发展了他在前期作品中所宣扬的以仁慈为核心的圣诞精神。他要人们“勿以暴抗恶”，用仁爱、宽恕的精神来对待敌对的阶级。凡是“以暴抗暴”、违反基督教仁慈精神的人，必然会自食其果。小说描写马奈特在巴士底狱中立誓向厄弗里蒙的后裔报仇，结果是厄弗里蒙的侄儿代尔那被革命法庭宣判死刑，马奈特替代尔那求情的时候，得伐石先生当众宣读马奈特藏在狱中牢房里的那份控诉书，马奈特便成了把代尔那送上断头台的起诉人。小说还描写贫民起来用暴力推翻压迫他们的封建贵族，但是暴力使他们丧失理性，变成了疯狂的野兽。他们摧毁了巴士底狱，却建立了新的监狱，在拉逢斯监狱中关押着未经审判就遭逮捕的贵族和平民。尤其是得伐石太太的形象，是复仇女神的化身。革命爆发时，她率领妇女们攻打巴士底狱。在恐怖统治时期，她根据编织的图案记录，疯狂地向贵族阶级复仇。她复仇心切，要把厄弗里蒙一家斩草除根，甚至连马奈特和路茜也不放过。最后，她终于在和路茜的女仆普洛斯摔打时，被自己的手枪击毙。

和这种丧失理性的疯狂复仇行为形成强烈对照的是体现在马奈特医生、路茜、代尔那和卡尔登身上的基督教仁爱精神。在狄更斯笔下，这种仁爱精神不仅能使敌对的阶级、敌对的人们互相谅解，而且可以改变人们被扭曲了的心灵，使人们在精神上获得新生。小说的第一部的标题是“复活”，描写马奈特被关在巴士底狱中18年丧失了理智，是他的女儿路茜用爱的力量使他恢复了常态。后来，马奈特在路茜结婚前夕，知道未来的女婿就是他立誓报仇的厄弗里蒙的后裔，但是为了路茜的幸福，他不念个人旧仇，同意了这门婚事。这种仁爱精神产生了无穷的威力，使他在法国能够经受得住精神上的沉重打击，千方百计地营救代尔那出狱。同样，代尔那也体现了这种仁爱精神。在法国革命爆发以前，他同情佃农的不幸遭遇，主动放弃了贵族财产和称号。为了让管家出狱，他自己被关进了禁闭死囚的监狱。

最能体现作家这种基督教仁爱精神的是英国律师卡尔登的形象。卡尔登生活颓废，酗酒成性。他自称是一个“失望的人”。他不关心世上任何人，世上任何人也不关心他。但他热恋着路茜，为了路茜的幸福，他伪装成代尔那，为代尔那上了断头台。他虽然死了，但是他的灵魂却得到了升华，像耶稣替世人受难似的获得了永生。“主说：复活在我，生命在我；信我的人，虽然死了，也必须复活；凡活着信我的人，必永远不死。”卡尔登临死前的容貌犹如先知一般。狄更斯援引了《圣经》里的词句来讴歌卡尔登高尚的品格。

宣扬圣诞精神，倡导用爱消灭恨，用仁爱、宽恕、和解来替代阶级对抗，乃是狄更斯创作《双城记》的意图所在。

狄更斯在小说的情节安排上，采用了他在许多作品中惯用的悬念手法。小说开篇描写英法两国动荡不安的局势，接着是关于“活埋”和“复生”的对话，一开始就渲染了一种神秘和紧张的气氛。这种气氛随着故事情节的展开而越发加强。马奈特出狱后奇怪的缝鞋活动，代尔那婚前和马奈特的神秘对话，卡尔登和代尔那面貌酷似，这种种疑团增加了小说的魅力，使它的结构犹如巴士底监狱通道那样迂回曲折，直到最后才把散见于全书的各条线索串联起来，创造出豁然开朗的艺术效果。

《双城记》以情节结构取胜。书中的人物形象基本上可分为两大类：一类是仁爱的化身，如马奈特医生、路茜、代尔那和卡尔登；另一类是复仇的化身，如得伐石夫妇、甲克，以及法国革命中“疯狂”的群众。两相对立，壁垒分明，在尖锐的矛盾冲突中展示其鲜明的性格特征。狄更斯喜用的漫画化手法，在这部小说中得到了充分的体现。

《双城记》在狄更斯的思想发展过程中占着一个独特的地位。尖锐的阶级对立在小说中以更为极端的形式出现。旧秩序、旧制度的崩溃已经不再像《荒凉山庄》中废品收购商克鲁克那样“自我燃烧”，也不会像《小杜丽》中克仑南姆夫人宅邸那样自动坍塌。在英国，像法国革命那样的一场“不可避免的必然性”正迫在眉睫。《双城记》是狄更斯对英国统治阶级发出的一个强烈警告。

第五节 果戈理

一 生平与创作

尼古拉·华西里耶维奇·果戈理（1809—1852）是俄国批判现实主义文学——“自然派”的奠基人。他秉持着忠于生活的现实主义精神，以鲜明生动的典型形象和“含泪的笑”的讽刺手段，无情地揭露了沙皇专制农奴制的丑恶和黑暗，为19世纪俄国文学建立了“持久地贯彻讽刺——所谓批判倾向的功勋”①。

1809年3月19日，果戈理生于乌克兰的一个地主家庭。12岁上中学，19岁到彼得堡独立谋生。起初当小公务员，后来从事文学创作，并以之为终身职业。

早在中学时代，果戈理就受到启蒙思想的影响。到彼得堡后，穷困潦倒的个人遭遇，卑微艰辛的小公务员生活，使他对现实不满；特别是普希金、别林斯基的帮助和影响，使他进一步向往自由，憎恨专制，并很快就成为对现实关系具有深刻理解的现实主义作家。

他的成名作《狄康卡近乡夜话》（1831—1832），无论在描绘乌克兰绚丽多姿的自然景物、淳朴欢快的社会风习，还是在塑造勇敢机智的人物性格等方面，都充满浓烈的诗意和传奇的成分。给果戈理带来“文坛盟主”声誉的中篇小说集《密尔格拉得》（1835）和《彼得堡故事》（1835—1842），标志着他的创作迈向现实主义发展的新阶段。

《密尔格拉得》虽然仍是乌克兰题材，但主要叙写的已不是浪漫主义的理想形象或民间传说中的虚幻故事，而是现实主义的人物性格和历史具体的生活真实。在《塔拉斯·布尔巴》

① 《车尔尼雪夫斯基论文学》，上卷，26页，上海，上海译文出版社，1978。

中，果戈理以“高扬到了抒情境界”[①] 的豪放笔调，歌颂古代乌克兰人民的英雄性格。而在《旧式地主》和《伊万·伊万诺维奇和伊万·尼基弗洛维奇争吵的故事》中，他却含着眼泪，描写了当代地主那种“动物性的、丑恶的、谑画的生活的全部庸俗和卑污”[②]。

《彼得堡故事》把讽刺矛头从乌克兰转向了盛行官爵崇拜和金钱崇拜的彼得堡。小说继普希金之后通过对小官吏、小职员不幸遭遇的刻画，发展了俄国批判现实主义文学描写“小人物”悲惨命运的主题。

剧本《钦差大臣》(1836)，标志着果戈理现实主义讽刺艺术的成熟。如果说在《彼得堡故事》中，果戈理对官僚社会的揭露还仅限于某部门或某官僚的恶德败行的话，那么在剧本《钦差大臣》中，作家就决意把一切俄国的坏东西收集在一起，一下子把这一切嘲笑个够。

一个偏远的外省城市。统治者是那个自称“做官做了三十年……曾经骗过三个省长”的市长及其“自己人”——用“越近乎自然越妙”的方法对待病人的慈善医院院长，弄不清“哪一张是真的，哪一张是假的”状子的法官，千方百计地陷害进步教师的督学，整天胡思乱想、私拆信件的邮政局长，主要职责是组织警察“随便用拳头揍人”的警察署长……他们听说钦差大臣要来了，正在逐个检点自己的“罪行”和急忙设法进行掩饰。在他们看来，“没有一点罪恶的人连一个也没有”。随着市长一干人把从彼得堡路过这里的一名分文不值的十二等文官赫列斯塔柯夫错当成钦差大臣，剧本的揭露和讽刺更加辛辣、深刻。

赫列斯塔柯夫空虚庸俗、胆怯心虚，却又爱摆架子，吹牛撒谎。但市长、官员们都惯于欺骗伪装，从而把赫列斯塔柯夫的表现，看做是上司故意作态诈唬、勒索贿赂的一种手段。于是，他们一个个装作诚惶诚恐的样子，急忙送上贿赂。市长在提供最好的食宿的同时，还献上自己的妻女。赫列斯塔柯夫则乐得假戏真唱，大捞特捞，并厚颜无耻地同时向市长的夫人和女儿求“爱”。这幕丑剧，在人民群众涌来向“钦差大臣”告状时发展到了高潮。人民群众的可怕遭遇，进一步暴露了官僚们的种种罪恶行径，彻底揭开了这个城市的暗无天日，深刻揭露了整个俄国农奴制专制制度的黑暗。

《钦差大臣》是俄国现实主义戏剧发展史上的重要里程碑。它一反当时俄国舞台上毫无思想内容的庸俗笑剧和传奇剧的做法，在继承俄国现实主义戏剧传统的基础上，创造了以社会主要矛盾——官僚集团与人民大众的矛盾为基本社会冲突的社会喜剧，并以其典型生动的形象、紧凑的情节和深刻犀利的讽刺，跃居当时世界剧坛的前列。剧本题词“自己脸丑，莫怨镜子”——形象地阐明了文学创作是现实生活的一面镜子的现实主义创作原则。市长的台词“你们笑什么？笑你们自己!”则直接体现了果戈理现实主义喜剧的社会作用。

《钦差大臣》演出后，果戈理不堪反对派的攻击诽谤，决定出国，避居罗马。早在写作《钦差大臣》之前，果戈理就已经着手写作长篇小说《死魂灵》。迁居国外后，又经过5年的紧张劳动，终于在1841年完成了《死魂灵》的第一部，并于1842年出版。

《死魂灵》的出版引起了激烈的斗争，反动阵营诬蔑它是“污秽的”、“愚蠢的漫画”，叫嚷果戈理是“俄国的敌人”，“应当把他戴上镣铐送到西伯利亚去”。但以别林斯基为代表的民主阵营，却高度评价它是俄国“文坛上划时代的巨著”[③]，是一部“高出于俄国过去以及现在一

---

① 《别林斯基选集》，第1卷，246页，上海，上海译文出版社，1979。

② 同上书，233页。

③ 《别林斯基选集》，第2卷，67页，上海，上海译文出版社，1979。

切作品之上的”，“既是民族的，同时又是高度艺术的作品”①，它“巩固了新学派的胜利，断然解决了我们时代的文学问题”②。

围绕《死魂灵》第一部的斗争，实质是维护还是揭露专制农奴制的大问题。尽管果戈理在小说第七章中，已经预见到了反动阵营的“那伪善的麻木的判决”，但他在这场斗争中，却表现出动摇、退让，在《〈死魂灵〉第一部第二版序文》(1846) 中，他自我否定地说作品“有许多不确之处”，“混入许多错误和妄断，致使这书的每一页上，无不应加若干修改”，并预告“好的人物和性格，是要到第二部里这才提出的”。在《与友人书简选》(1847) 中，他更进一步否定自己，把宗教感情、道德修养和封建复古当做解决问题的重要手段。为此，别林斯基写了著名的《给果戈理的一封信》(1847)，严肃而痛心地对果戈理的错误进行了批评。

果戈理晚年思想之所以会趋向落后和妥协当然不是偶然的。还在彼得堡时期，果戈理的思想和作品就存在着一定的矛盾。一方面，他与普希金、别林斯基接近，歌颂自由民主的生活，揭露专制农奴制度；另一方面，他又一直与斯拉夫派关系密切，反对别林斯基对世界进行革命改造的主张，并在作品中表现出一定的悲观宿命思想（《圣约翰的前夜》）、宗教神秘主义（《肖像》）、对家长制的美化（《旧式的地主》）和道德惩罚观念（《钦差大臣》）。果戈理从 1836 年避居国外以后，由于长期远离进步阵营和祖国现实，又对欧洲资产阶级革命和俄国的农民暴动持否定态度，因而思想中的消极因素便迅速上升，宗教道德观念和社会改良主张日益加重。《死魂灵》第一部出版后，在反动阵营的污蔑、围攻和斯拉夫派的包围影响下，他思想趋向妥协更是不可避免的了。果戈理晚年思想的趋向妥协，虽然有其思想根源和多方面的原因，但主要原因则是俄国专制制度对他的影响和迫害。如卢那察尔斯基所说，果戈理“被专制制度的铁棍打得折成了两半”，“差不多在每个俄罗斯作家的面前……我们都可以对旧俄国宣布最严厉的、革命的诅咒，因为他们不是被它杀害，便是被它引上了错误的道路”。

1842 年至 1852 年，果戈理全力写作《死魂灵》第二部。他力图在地主官吏群中，创造道德高尚、热爱劳动、“有神明一般的特长和德性”的理想人物；但是总感到写出的东西不真实，形象苍白无力。因而，一再否定、重写。1852 年果戈理在病中十分痛苦地烧毁了已完成的《死魂灵》第二部手稿，不久，他与世长辞。

二 《死魂灵》

《死魂灵》(第一部)（1835—1841）是俄国批判现实主义文学中第一部具有高度思想艺术水平的长篇小说。

主人公乞乞科夫来到某省省会，廉价收买“死魂灵”③ 到民事法庭去办理买卖契约和注册登记，企图把死人当做活人拿到救济局去抵押，以骗取大笔钱财。当他在省城办完手续，被官吏们当做有大批农奴的地主和百万富翁时，一个冒失卖主突然揭发了他买死魂灵的秘密。但官吏们对此都不理解，反而疑神疑鬼，胡乱猜测，闹得满城风雨，人人自危。乞乞科夫也只好偷

① 《别林斯基选集》，第 2 卷，270 页。

② 同上书，280 页。

③ “死魂灵”即死人。在旧俄国，农奴死了，如尚未从户口里注销，在法律上仍算是活人。

偷溜掉。

乞乞科夫出身于没落贵族。早在学生时代，就从父亲那里秉承了“最要紧的是博得你上司的欢心”和“省钱、积钱”的“智慧教训”，表现出钻营牟利的“创业精神”。他走向社会后，为了闯过仕途上的“最大难关”，“显示了未曾前闻的克己的忍耐”，又巴结魔鬼似的上司和追求上司的麻脸女儿。等到上司帮他把科长职位弄到手，他便立即把上司和“未婚妻”一脚踢开。为了捞大钱，他钻进税关办事，并用“火一般的热心”和“出乎自然而上”的“正直和廉洁”骗得检查指挥长的要职。然后，利用职权与奸商勾结，合伙走私，发了40万卢布的横财。虽然事败遭撤职抄家，但和以前当建筑委员会委员遭到失败时一样，他不但毫不消沉，反把这叫做“为真理而受苦”，决心要“不屈不挠地”开始“新的尝试”。后来，当他在法院做代书人，承办农奴抵押业务时，便“闪出一个人所能想到的最天才的思想来了”。“唉，我这老实人！……趁新的人口还没调查好之前，我去买了所有死掉的人们来；一下子弄它一千个，于是到救济局里去抵押；那么，每个魂灵我就有二百卢布，目前足可以弄到二十万卢布了！”于是，这个“精练的恶棍”，便出发到各处去从事购买死魂灵的勾当去了！到某省省会没两天，他就以周到的应酬、优雅的举止和“惊人的谦虚”，博得了所有官吏地主的好评。在遍访地主，购买死魂灵的过程中，他的伪善、圆滑和奸诈，得到了充分的表现。在梦想家玛尼罗夫面前，他几乎变成了玛尼罗夫。在愚蠢多疑的科罗皤契加面前，他先用开导口气，接着又愤愤地“诅咒她遭到恶鬼”。和胡闹汉罗士特来夫打交道时，他在谈“正经事”之前，就再三声明“你得预先约定可以原谅我”。跟精明的生意人梭巴开维支打交道，他先是迂回试探，然后就硬对硬地和他讨价还价，从一百卢布对几十戈比，争到最后以两个半卢布买一个成交。在吝啬鬼泼留希金那儿，他一下子变成了一个“十足的书呆子”，说他情愿负担死农奴的人头税，不怕“吃亏”。

乞乞科夫是俄国资本积累时期，从地主贵族过渡到新兴资产者的典型。作为一个新的剥削阶级的代表，他既有地主贵族的剥削、寄生、欺压人民的阶级本性，又有资产阶级的投机钻营、圆滑狡诈、唯利是图的特征。在资本主义发展迟缓的俄国，他和地主官吏们虽也不无矛盾，但更多的是依赖他们以求发展，并和他们狼狈为奸，无耻地掠夺国家和人民的财富，这正是俄国资产阶级历史特点的具体体现。

小说还刻画了一连串具有鲜明个性的地主典型。

玛尼罗夫自诩“高雅”，侈谈礼仪，实则庸俗无聊，懒惰空虚。他从不过问田产、家政之类的“俗务”，整天坐在“静观堂”上不着边际地幻想；不管人世艰险，现实残酷，而把一切都涂上美好可爱的色彩。他不但把城市官员都说成是“非常可敬非常可爱”的人物，对乞乞科夫的“品格”“佩服得了不得”，而且把死魂灵也当做礼品，笑盈盈地赠给乞乞科夫。玛尼罗夫是专制农奴制度孵育出来的寄生虫，一个废物。和玛尼罗夫不管田产，耽于幻想不同，女地主科罗皤契加严格监督农奴劳动，精心管理田庄果园，积极兜售各种物品，不贿赂税务官和经理人。她一面小心翼翼地把金钱一个一个地放进柜子中的钱包里，一面又永远为收成不好或遭受损失而叫苦叹息。当乞乞科夫向她购买死魂灵时，她高兴死人可以免税卖钱，但又害怕上当受骗，想等等别的买主，到市场上问问价钱再说。科罗皤契加是努力适应资本主义关系的贪财多疑的小地主典型。

“恶少式”地主罗士特来夫，毫不掩饰地表现出胡闹、浪荡、不讲信义和毫无道德。他到处凑热闹、赶市集，寻事斗殴，浪荡挥霍，毫无意义地把看中的一切都买下来，又毫不犹豫地把它们连同自己的怀表、马车一起拿去赌博输掉。他几乎一张口就不由自主地吹牛撒谎，一照面就要无缘无故地侮辱和诽谤别人。他的书房只有刀剑、瑶琴，他的庄园精华全在马舍、狼舍、狗舍。罗士特来夫是专制农奴制培养出来的充满兽性本能的恶霸地主的典型。小说在描写罗士特来夫带领客人参观他最引以为豪的狗舍时，极有深意地写道："他们一走进去就看见一大群收罗着的狗……罗士特来夫在它们那里，完全好像是在自己的家族之间的父亲。"

如果说罗士特来夫各方面都像一条狗的话，那么梭巴开维支从里到外都"像一匹中等大小的熊"。他既有像熊那样壮实的体格，更有像熊那样残暴的心理。跟玛尼罗夫把省城的官吏都看做"非常可敬非常可爱"的人物相反，他认为省城的官吏都是"真正的骗贼"、"犹大、卑鄙的奸细"。跟玛尼罗夫不重视吃喝相反，他生活的第一要义便是全猪全鹅地大吃特吃，"连骨头也嚼一通"，直到"饱透了"，"只是哼"，还要同时大骂"节食法"和"文明"。跟玛尼罗夫把死魂灵当做礼物送给乞乞科夫完全相反，他刚听完乞乞科夫请他转让"不在的农奴"的提议，便立即要价"每个一百卢布"，还偷偷地在名单中混进一个女的。在讨论对待农奴的态度上，他既不同于玛尼罗夫、罗士特来夫的不闻不问，也不同于科罗蟠契加的严格监视，而是更进一步认为，农奴简直是"苍蝇，不是人"，以致使许多农奴死亡、逃走。梭巴开维支是凶狠的农奴主和狡猾的生意人的综合典型，他是当时俄国专制农奴制的有力支柱，也是农奴制改革后俄国的"生活主人"。

吝啬鬼泼留希金拥有上千个农奴，但却过着乞丐般的生活。他残酷榨取农奴血汗，甚至偷捡路旁井畔什物，但却让它在仓库里发霉腐烂。一条马路只要他走过，就不用再打扫了。他穿着破烂不堪的女人长衫，吃着两口稀饭加一碗菜汤的粗劣饮食，住在积尘盈寸、形如地窖的屋子里，从不拜访别人，也拒绝别人（包括亲生女儿）造访。当乞乞科夫愿意出钱购买他的死魂灵，并付给他 20 卢布的价钱时，他竟把乞乞科夫称为"救命恩人"，颤抖的双手抓住钞票，"仿佛手里捧着一种液体，每一瞬间都怕它流出一样"。

小说在同情农奴们的悲惨命运的同时，也歌颂了他们的勇敢、智慧，肯定他们渴望自由的精神，甚至描写他们的自发的反抗。在感叹祖国的"贫瘠散漫、不愉快"的同时，又赞美祖国的"光耀的、稀奇的、未知的广远"，并把俄国比作像闪电般飞驰的"三驾马车"。

《死魂灵》显著的艺术特点是含泪的讽刺。鲁迅先生把果戈理的讽刺称做"含泪的微笑"，指出其意义在于"以不可见之泪痕悲色，振其邦人"。在《死魂灵》中，果戈理明确指出他写作的美学原则是，"由分明的笑和谁也不知道的不分明的泪，来历览一切壮大活动的人生"。为了构成分明的笑，《死魂灵》紧紧扣住人物特有的那种高尚正经的外表与卑鄙荒谬的内心的尖锐矛盾，通过多种艺术手段，如人物自白、幽默笔调、典型细节、肖像描写等，鲜明地表现了人物的圆滑虚伪、懒惰空虚和贪婪吝啬。与此同时，小说又从寄希望于理想地主的社会主张出发，对他们的无聊和堕落，表示同情和哀婉；对他们的丑恶存在，饱含着"谁也不知道的不分明的泪"。因此，鲁迅先生说《死魂灵》一共写了五个地主的典型，讽刺固多，实则除一个老太婆和吝啬鬼泼留希金外，都各有可爱之处。又说："健康的笑，在被笑的一方面是悲哀的，所以果戈理的'含泪的微笑'，倘传到了和作者地位不同的读者的脸上，也就成为健康：这是《死魂灵》的伟大处，也正是作者的悲哀处。"[①]

---

① 《鲁迅全集》，第 6 卷，371～372 页，北京，人民文学出版社，1981。

第六节 陀思妥耶夫斯基

一　生平与创作

费奥多尔·米哈伊洛维奇·陀思妥耶夫斯基（1821—1881）是俄国 19 世纪的著名作家。其创作不但内容丰富，而且题材和体裁多样。由于艺术方法的繁复和多样，有的译论者尊他为批判现实主义大师，有的称之为现代主义鼻祖。到 20 世纪，由于其作品越来越受重视，世界上几度出现“陀思妥耶夫斯基热”。

陀思妥耶夫斯基出生在莫斯科一个平民医生的家庭。其父虽然后来获得贵族称号，但经济并不宽裕。作家从小住在父亲工作的玛丽亚贫民医院的宿舍，看到的是周围贫病相交的现实，他自己也与贫和病结下了不解之缘。

作家自幼喜爱文学，1834 年至 1837 年在莫斯科一所寄宿学校上学期间，读过许多俄国和西欧的当代作品。1837 年来到彼得堡，不久进入公费的彼得堡军事工程学校，四年的课程他学了六年才结束，不是因为无才，而是由于偏爱文学，不热心于功课。他读了俄国的普希金、莱蒙托夫、果戈理、别林斯基和西欧的莎士比亚、莱辛、席勒、霍夫曼、雨果、乔治·桑、巴尔扎克等人的作品。1843 年毕业，到彼得堡工程兵团工程局绘图处工作了一年，便匆忙退职，决心从事文学创作。

陀思妥耶夫斯基的创作大体可以分为前后两个时期。前期从 1844 年到 1859 年，代表作品是中篇小说《穷人》（1845）。后期从 1859 年到 1881 年，代表作品为长篇小说《罪与罚》和《卡拉马佐夫兄弟》。

《穷人》叙写一位上了年纪的穷公务员杰符什金和一个住在同一座贫民公寓里的卖淫姑娘瓦尔瓦拉·陀勃罗谢洛娃从互相关怀到互相爱怜，最后又分离的故事。贫穷使他们互相亲近，但贫穷又注定他们必须分开。瓦尔瓦拉无以为生，嫁给了地主贝科夫而离开杰符什金，后者只好发出悲惨的“绝叫”。

小说继承了普希金和果戈理开创的传统——写“小人物”，同时又有所创新。以往作家写“小人物”，大多从同情和怜悯的角度出发，写出他们的悲惨境遇和辛酸的身世；陀思妥耶夫斯基则进了一步，写出他们的思想感情，表达他们内心深处的愤懑与不平。因而作家被誉为“穷人”的代言人。

小说采用书信体，在一定程度上也有出新的意义。以往书信体的作品，大多数用于主人公之间的谈情说爱，而陀氏则用来表露书中人物对社会、人生以及自身现实地位的看法和种种内心感受，深入细腻。这一表述方式十分适用于胆小怕事的主人公的性格。

作家在 19 世纪 40 年代还写有《双重人格》（又译《同貌人》，1846）、《女房东》（1847）、

《白夜》（1848）、《涅朵奇卡·涅兹万诺娃》（1849）等中短篇小说。他在这些作品里继续发挥他的心理描写特点，但在塑造人物性格上过分渲染人的病态心理、性格分裂，尤其是“双重人格”，因而引起评论界的非议，导致同别林斯基等人的分裂。不过，此时陀氏在社会理想上仍醉心于空想社会主义，赞成俄国解放农奴，改革不合理的社会制度，并参加进步学生团体彼特拉舍夫斯基小组的活动。

1849 年 4 月 23 日，他在参加集会时与该小组成员一起被捕，关入彼得保罗要塞。他被作为主要分子判处死刑，罪名是在会上宣读别林斯基致果戈理的信，企图反对宗教和政府。直到 12 月 22 日在刑场临刑前，才改判为服四年苦役，刑满后还得再罚为边防士兵服役。这样，作家于 1850 年被流放到西伯利亚的鄂木斯克服苦役，1854 年期满又到边防军当兵，1859 年才获准迁回俄国欧洲中部的特维尔居住，旋即回归彼得堡。为此，他的创作活动中断了整整十年。

判处死刑和流放对陀氏打击极大，动摇了他的社会信仰，使他的思想发生陡变。他承认自己在当时的政治活动是“盲从”，“相信于理论和空想”，尤其因在西伯利亚狱中看到囚犯之间互相不信任，贵族政治犯普遍处于孤立状态，不被平民理解和同情；而所谓“平民”囚犯，不过是一些杀人越货的强盗，或者愚顽不化的可怜虫。因而他渐渐形成一种观念：贵族和平民无法沟通，平民缺乏接受革命的基础，也没有革命的“土壤”。加上狱中唯一可读的书籍是一本《圣经》，他便更加笃信宗教，视基督的博爱为调解人间矛盾的至上法则。这种思想变化不能不反映在他后期的创作中。

陀思妥耶夫斯基流放归来即奋笔疾书，加快创作进程，仿佛为了夺回中断十年的损失。19 世纪 50 年代末和 60 年代初发表的作品，重要的有《舅舅的梦》（1859）、《斯捷潘契科沃及其居民们》（1859，又译《伪君子及其他人》）、《被欺凌与被侮辱的》（1861）、《死屋手记》（1861—1862）等中长篇小说。作家因塑造“被侮辱与被损害的”人物形象而在文坛独树一帜，受到普遍的赞誉。

但影响更大的是从 19 世纪 60 年代中期开始陆续发表的几部长篇小说：《地下室手记》（1864）、《罪与罚》（1866）、《白痴》（1868）、《群魔》（1871—1872）、《卡拉马佐夫兄弟》（1879—1880）。它们把作家逐步推向创作的峰巅。他晚年还发表《作家日记》（1873—1881）和一些短篇小说。

《白痴》的中心人物是娜斯塔西娅。这位贵族的孤女受到托茨基的收养，长成美丽又有丰富内心世界的女郎，却被托茨基占有，心灵受到极大的创伤。她憎恨以托茨基为代表的贵族社会，耻于受蹂躏的地位，深感自己的“堕落”，于是要向社会报复。富商之子罗果静、一位退休将军的儿子伊沃尔金和本书的男主人公梅什金都在热烈地追求她。尤其是前两位男子，为了获得她而同托茨基进行肮脏的交易。她则反过来从心灵上折磨这些人，暴露他们的卑劣。当他们拿出购买她的十万卢布时，她毫不怜惜地将它们扔到火里，以示抗议。梅什金则是作者心目中的理想人物。他也不满于社会的腐败，又对人们充满“博爱”，想帮助娜斯塔西娅，也想帮助罗果静和伊沃尔金，以为忍让和博爱等基督教教义可以帮助实现人们之间的和解，结果是白费力气。这位梅什金因脱离实际的行动而显得是一个“白痴”，连作者也感到自己的理想和现实确实有距离。

《群魔》以无政府主义者的地下组织杀害有离心倾向的一位成员为线索展开情节，对革命者形象进行了歪曲的描写，表现出作家对 70 年代初俄国革命运动的错误认识，从而受到进步评论界的批评。

陀思妥耶夫斯基流放回来之后，有一个时期曾积极参与社会思潮的斗争。当时他与哥哥先后共同创办了《时报》(1861—1863) 和《时代》(1864—1865) 两家杂志，宣扬“土壤派”的理论，以同车尔尼雪夫斯基的理论相抗衡。可以说，陀思妥耶夫斯基从创作活动到评论活动都有与革命民主主义相对立的成分，因而遭到民主派的批评。他晚年曾为不能得到涅克拉索夫等民主派的原谅而深感遗憾。

最后一部作品《卡拉马佐夫兄弟》虽然按原计划尚未最后完成，但写成的部分已是一部巨著。小说写了一个“偶合家庭”卡拉马佐夫家的兴衰史，反映了 19 世纪 70 年代末期俄国的现实。社会生活图景、社会政治思潮、哲学与道德问题，以及俄国的命运与发展问题，尤其是人们之间尔虞我诈的紧张斗争和复杂关系，在作品中都有所反映。这部小说曾被誉为具有史诗性质的作品。

老卡拉马佐夫从一个不引人注意的丑角逐步上升、发迹，成为巨富。其人生道路是肮脏卑劣的。他为谋取财富而两次结婚，千方百计满足私欲。他淫欲无度，直至奸污疯女。为了发财他背信弃义，六亲不认，弃年幼子女于不顾，结果导致家庭分崩离析，父子之间为争夺财富和美女而搏斗，从精神和肉体上互相折磨，以致酿成弑父的悲剧。老卡拉马佐夫贪婪、淫乱、暴戾、狠毒，具有虐待狂倾向，正是“卡拉马佐夫气质”的代表。而他的儿子们，几乎都各自在某个方面承袭了这种气质。综观全书，作家从描述家庭出发，考察和探讨社会，涉及现实政治斗争、哲学思潮、宗教信仰以及人性的善恶诸方面。作品也展示了作家本人思想上的矛盾和世界观上的斗争，因而独具特色。

二　《罪与罚》

《罪与罚》的主要情节是法科大学生拉斯柯尼科夫为贫困所迫，决定铤而走险，去杀死一个放高利贷的老太婆，抢她的钱财。作案时恰巧女仆回来了，于是一并加以杀害。事后他饱受良心的折磨和拷问。尤其是看到醉汉马美拉多夫一家的极度穷困，但并未犯罪，而是靠其女儿索尼娅卖淫以维持生活后，拉斯柯尼科夫受其精神的感召，经过反复的思想斗争和索尼娅的帮助终于去自首。其间穿插着他和负责侦察破案的预审员之间侦察与反侦察的斗争。

小说既反映了真实的生活图景，又进行了深入的犯罪心理探究，达到了二者的相互结合。这几乎是陀思妥耶夫斯基一切长篇小说的特点，不过在《罪与罚》中表现得更为集中和突出。

小说对于彼得堡下层人民生活困境的描写，已经成为典范，有“陀思妥耶夫斯基笔下的彼得堡”之称。男主人公所住的大学生贫民公寓的小房间有如“棺材”，小酒馆的桌椅都油腻得发黏，醉汉一家所住的贫民窟连空气都散发着肺痨病菌的气味，肮脏凌乱的贫民街区，衣衫褴褛、被好色男人追逐的少女，刚刚从涅瓦河捞上来的走投无路而自溺的女尸，这些场景，无不令人触目惊心。

对于犯罪根源，初看起来似乎是男主人公迫于贫穷，进一步分析却发现有多方面的因素。他是在小酒馆听到一群大学生议论某老太婆为富不仁恨不得夺富济贫受到启发，从而萌生杀死她的念头的，所以可以说是受当时社会思潮的影响。拉斯柯尼科夫杀人动机也有好的一面：为穷人。从平时的言行看，男主人公确有善良的一面，如周济困难的同学；杀人之后并未独吞钱财，而是藏起来拟留待穷人之需；还把家里刚刚寄来的生活费全部贡献给被马车轧死的醉汉的家属，以帮助她们渡过难关，等等。因而小说令人感到这个杀人不手软的凶犯并非面目可憎，而是将善与恶奇异地结合于一身。这是陀氏独具的手法。再者，拉斯柯尼科夫不是寻常的杀人犯，而是有一套杀人理论、"有头脑"的法科学生。在他看来人分成"凡人"和"超人"。"凡人"是有如"畜生"的芸芸众生，而少数"超人"则是成就功名的材料，是生活的主宰。"超人"为了出人头地，可以为所欲为，甚至"蹚过血泊"去夺取功名，所以拿破仑"在巴黎进行大屠杀，把一支军队遗忘在埃及，远征莫斯科糟蹋掉五十万条人命"等等，非但不算犯罪，反而使他成了青年崇拜的对象。于是主人公也要当拿破仑，成为"超人"。相反，如若不去杀人，他自己便成了"凡人"和"畜生"了，他绝不甘心。"超人"哲学以及社会思潮中的"拿破仑崇拜"，成为他犯罪的更为深刻的思想根源。所谓"心理真实"和答案的"多解"，便是陀氏长篇小说探索社会与人生的一个特点。

解决问题的答案的矛盾性是陀氏探索人生的另一个特点。醉汉一家的遭遇是当年受苦人的典型，其妻卡杰林娜忍辱负重，孤苦无告，总想获得上帝的庇护，但终不可得，最后发出不平之鸣：上帝"是慈悲的，可是对我们却不！"——死前对上帝作了否定。但同样是这一家的成员，其女儿索尼娅，却被作者当做上帝精神的体现者和理想的化身，认为她身上体现了博爱与宽恕，肩负了人类的苦难，以至于令男主人公感佩得五体投地，匍匐下去吻她的脚，说"我是向人类的一切痛苦膜拜"。索尼娅与卡杰林娜相反，以卖淫来维持一家的生计，没有怨恨，只有忍让与受难，竟被作者奉为解决社会弊病的药方，作者在两个女性人物身上提供了两种相反的、矛盾的解决社会问题的方案。

不但对于犯罪的根源，而且对于处罚的理解，书中也是给予多方面的解释。表面上看，主人公是被判处遣往西伯利亚服苦役刑。但这仅仅是肉体上的处罚。其实主人公还要经历更深刻的精神折磨，也即精神处罚。杀人之后，拉斯柯尼科夫的第一个感觉并不是成了"超人"，而是自绝于人群，似乎为人群所唾弃。因为他为了躲避侦查，便得提防一切人，包括对亲属好友都不能以诚相见。这令他最为痛苦，心理矛盾发展到无法解脱的地步。作者借此对主人公的极端个人主义给予无情的批判，即从社会道义上给他深刻的惩罚。但对那种灭绝人性的杀人理论的实质，书中却只把它归为对上帝的背离。因而，主人公必须再经受基督教教义的启发，进行良心上的自我拷问，即向索尼娅忍辱受难的精神拜伏，仿效她甘愿以受苦受难来赎罪，洗涤灵魂，皈依上帝。在小说中，"罚"也有多义性。

陀思妥耶夫斯基的小说，常常让各种人物汇合在一起，对同一个问题发表各自的见解和主张。这些观点必然千差万别，互不相同，甚至互相对立。但作者只作客观的描述，不加评论，造成作者与人物、人物与人物之间"平等对话"的关系。它很好地表现了客观世界以及人的内心之复杂和多样。俄国学者誉之为"多声部"，视之为陀氏独创的手法和独特的艺术风格。①由于作者"不干预"书中的人物，让他们自在地活动、表达内心意见，作者和人物便仿佛各有自己的音调，互不干扰地存在着。这一艺术特点在《罪与罚》中体现得特别明显。

使作者备受赞扬但也时常遭到责难的"多义性"或"矛盾性"，固然是作家世界观上存在的矛盾的反映，也是由其创作方法和社会处境所决定的。陀思妥耶夫斯基在评论界的心目中历来有"作家和思想家"之称。他不但写作，而且发议论。他的作品大多数属于长篇巨著，那是由于他要对社会问题和人类心理进行探究。他要提出问题和解答问题，但他又不像托尔斯泰那

① 参见［苏］米·巴赫金：《陀思妥耶夫斯基创作问题》，俄文版，1929。

样以“最清醒的现实主义”，大声疾呼直指社会弊病的祸根。加上一生贫病交加，得靠写作来养家糊口，本人又长期处于当局的监督之下，即使流放归来之后，仍然长时间未被解除秘密监视。如此种种情况促使他偏好对所提出的社会问题作出多种解答，既不惹恼当局检查机构，让编辑出版者顺利通过；又要评论界可以接受，使各方面、不同阵营的评论者能各取所需地加以理解。因此陀氏的作品，尤其长篇小说往往不是一下子就能让人看懂其含义，而是需要反复思考，即是所谓“耐咀嚼”的作品。

《罪与罚》的特点还在于开创了“意识流”的描写手法。特别是小说的后半部，即写“罚”的部分，“意识流”手法的运用更为集中。作者让主人公处于高度紧张、心情恍惚的心理状态之中：一方面为掩盖罪行而挖空心思，千方百计地粉饰自己，有时仿佛天衣无缝，有时又觉得弄巧成拙、自相矛盾；另一方面，又在进行内心的自我谴责，无穷无尽地忏悔。主人公终日处于无法解脱的矛盾之中，其思想情绪的变化已经脱离了常轨，失去了控制，时常出现下意识活动。

【本章思考题】

1. 请比较批判现实主义与浪漫主义的异同。
2. 请说明《红与黑》在文学史上的地位。
3. 从《高老头》看《人间喜剧》的总体特征。
4. 从《双城记》谈狄更斯的人道主义。
5. 请说明《名利场》、《简·爱》、《呼啸山庄》的风格特点。
6. 分析《死魂灵》的讽刺艺术。
7. 分析《罪与罚》中“罪”与“罚”的内涵。
8. 陀思妥耶夫斯基何以被看做现代主义的先驱？

高老头

这间屋子有股说不出的味道，应当叫做公寓味道。那是一种闭塞的，霉烂的，酸腐的气味，叫人发冷，吸在鼻子潮腻腻的，直往衣服里钻；那是刚吃过饭的饭厅的气味，酒菜和碗盏的气味，救济院的气味……

饭厅全部装着护壁，漆的颜色已经无从分辨，只有一块块油迹画出奇奇怪怪的形状。几口黏手的食器柜上摆着暗淡无光的破裂的水瓶，刻花的金属垫子，好几堆图尔内窑的蓝边厚瓷盆。屋角有口小橱，分成许多标着号码的格子，存放寄膳客人满是污迹和酒痕的饭巾。在此有的是销毁不了的家具，没处安插而扔在这儿，跟那些文明的残骸留在痼疾救济院里一样。……总之，这儿是一派毫无诗意的贫穷，那种锱铢必较的，浓缩的，百孔千疮的贫穷；即使还没有泥浆，却已有了污迹；即使还没有破洞，还不会褴褛，却快要崩溃腐朽，变成垃圾。

……不久寡妇出现了，网纱做的便帽下面，露出一圈歪歪斜斜的假头发，懒洋洋的趿着愁眉苦脸的软鞋。她的憔悴而多肉的脸，中央耸起一个鹦鹉嘴般的鼻子，滚圆的小手，像教堂的耗子一般胖胖的身材，膨亨饱满而颠颠耸耸的乳房，一切都跟这寒酸气十足而暗里蹲着冒险家的饭厅调和。她闻着室内暖烘烘的臭味，一点不觉得难受，她的面貌像秋季初霜一样新鲜，眼睛四周布满皱纹，表情可以从舞女那样的满面笑容，一变而为债主那样的竖起眉毛，板起面孔。总之她整个的人品足以说明公寓的内容，正如公寓可以暗示她的人品。

——节选自巴尔扎克：《高老头》（傅雷译，见《高老头》，6～7页，北京，人民文学出版社，1989）

第八章 19世纪后期批判现实主义文学

第一节 概述

一 后期批判现实主义文学形成的历史背景

1848年至1870年，可视为批判现实主义文学的第二阶段（后期），其发展一直延续到世纪末。

1848年，是欧洲历史上的一个重要年份。法国的二月革命，特别是六月革命，无产阶级在与资产阶级的直接对抗中显示出自觉的阶级意识；1847年、1848年，英国宪章运动的新高潮，充分体现了工人阶级的强大力量。就在1848年，马克思、恩格斯发表了伟大的纲领性文件《共产党宣言》。

在西欧革命浪潮和俄国革命民主主义思想的影响下，东欧各国的民族解放运动掀起了更大的高潮。在波兰，1830年、1846年和1848年相继爆发了反抗奥地利和沙皇俄国的起义。在捷克，1848年掀起了反对奥地利统治的斗争。在匈牙利，1848年革命风暴席卷全国，并发展成为反对奥地利哈布斯堡王朝统治的民族独立战争。在奥地利和土耳其统治下的罗马尼亚等几个公国，也都开展了争取民族解放的革命斗争。这些革命斗争沉重地打击了国内外反动势力，促进了民族的觉醒。

19世纪四五十年代，北欧各国的资本主义经济在造船、航海、伐木和农业方面有了显著的发展。随着资本主义经济的发展，各国资产阶级也先后参加了政权。在欧洲革命形势的影响下，北欧各国农民运动不断高涨。与此同时，挪威的民族独立运动也逐渐高涨。挪威从14世纪末到19世纪初一直是丹麦的附庸国，1814年宣布独立，但不久又被迫与瑞典结成“联盟”。

挪威人民长期受异族的统治和压迫，从19世纪50年代开始，不断起来斗争，到1905年终于获得独立。

在俄国，从19世纪50年代开始，一批革命民主主义者逐渐活跃在政治舞台上，成为解放运动和思想界、进步文学的领导力量。俄国1853年到1856年间克里米亚战争的失败，充分暴露出农奴制的腐朽。50年代末期，农民运动又高涨起来，资本主义的发展也加速了。舆论界几乎都在抗议农奴制的专制残酷，谴责它所造成的经济落后状况。沙皇慑于革命形势，不得不于1861年宣布"自上而下"地实行农奴制改革。这是由农奴主实行的资产阶级改革，是俄国向资产阶级君主制转变道路上前进的第一步。它为发展资本主义提供了条件，却仍保留大量的封建残余，使农民遭受资本主义和封建残余的双重剥削。因此，如何对待农奴制改革就成了各派政治力量斗争的焦点。资产阶级自由派和革命民主主义派是这个时期"两种历史力量的代表"。自由派赞美改革，掩饰改革后更为尖锐的阶级矛盾，他们力争与农奴主合伙瓜分政权。革命民主主义者则揭露改革的骗局，"宣传农民革命的思想"，因此，他们遭到沙皇政府的残酷镇压，60年代初的革命形势很快就被扼杀了。

北美独立战争（1775—1783）的胜利，结束了英国在北美大陆的殖民统治。1789年，美利坚合众国正式成立，建立了资本家和种植园奴隶主的联合政权。美国独立后，北部的工业资本主义得到迅速发展，但在南方仍然存在着阻碍资本主义发展的蓄奴制。资本主义和奴隶制这两种不同社会制度的并存引起美国社会内部的深刻矛盾。19世纪中期，爆发了南北战争（1861—1865）。战争以北部的胜利告终。这次战争是美国历史上的第二次资产阶级革命，其意义十分重大。内战粉碎了蓄奴主势力，使工业资产阶级取得了统治地位，为资本主义的发展开辟了广阔的道路。在这个时期，美国资本主义经济得到了迅速发展，资本和财富不断集中，以至形成了垄断资本，出现了金融财团（寡头）。这些财团操纵着全国的经济命脉，控制着国家的政权，决定政府内外政策，形成寡头政治。1889年爆发的美西战争，是美国进入帝国主义阶段的标志，是它进行大规模对外侵略的开端。

随着资本主义的发展，无产阶级队伍也迅速发展和扩大，出现了波澜壮阔的工人运动，马克思主义在美国也得到了广泛传播。1886年5月1日，几个大城市发生了几十万工人的大罢工，工人争取八小时工作日的斗争取得胜利，这就是"五一"国际劳动节的来源。

二　后期批判现实主义文学在各国的发展

19世纪中后期，在日渐激化和深化的社会矛盾的催动下，欧美各国文学都有长足发展，出现了全面的繁荣，并显示出与前期不尽相同的特点。法、英等国的文学在持续发展，题材扩大，形式精巧，但批判的锋芒已不如前。挪威和美国，都是在摆脱殖民状态后寻求独立的文化意识，其文学都十分贴近本民族面对的重大社会问题，并表现出特有的锐气。俄罗斯文学则在深入反对农奴制的斗争中大放异彩，进入辉煌时期。

◎ 在法国，在司汤达和巴尔扎克积极从事创作的三四十年代，"现实主义"的概念并未流行；在他们相继辞世后的19世纪50年代初，人们仍在贬义上使用这一概念，责难库尔贝和米勒等写实派画家。1856年，以小说家杜朗蒂（1833—1880）为首的三位年轻人，创办了一份题名为《现实主义》的杂志，竭力鼓吹这一创作方法；1857年，小说家、评论家尚佛勒里

(1821—1889) 又出版了论文集《现实主义》，提供了更系统的理论阐释。至此，现实主义创作方法才得到真正的“正名”。

19 世纪 50 年代走上文坛的福楼拜（详见本章第二节）是承前启后的一位杰出作家。而阿纳托尔·法朗士（1844—1924）则是法国世纪之交的重要作家。他的《现代史话》四部曲，包括《场边榆树》(1896)、《人体服装模型》(1897)、《红宝石戒指》(1899) 和《贝日莱先生在巴黎》(1901) 四部长篇小说，反映了第三共和国时期广阔的社会政治生活。20 世纪初，他又写出了《企鹅岛》(1908)、《诸神渴了》(1912) 和《天使的反叛》(1914) 等作品。1921 年，他加入了刚刚成立的法国共产党。同年，获诺贝尔文学奖。

◎ 在英国，19 世纪五六十年代，狄更斯的创作进入高峰期。他的创作，仍然代表着英国现实主义文学的最高成就。但随着资本主义制度的巩固和发展，随着海外殖民扩张的“胜利”，英国社会经济一度出现繁荣，也使曼彻斯特政治经济学派的自由竞争学说和边沁的功利主义哲学得以流行。这都对英国文学产生了影响，使英国作家们在从各个角度批判资本主义的同时，也更明显地透示出改良主义色彩。

伊丽莎白·克莱格洪·盖斯凯尔夫人 (1810—1865) 是反映劳资矛盾的一位有代表性的作家。她长期生活在工业城市曼彻斯特，并经常随她当牧师的丈夫深入工人住区，因而熟悉贫困群众的疾苦。以宪章运动为背景的《玛丽·巴顿》(1848) 是她的代表作。作品通过巴顿父女两代工人的命运，描写了失业者的悲惨境况，表现了他们的奋起抗争，但又以劳资双方的妥协为结局，从而宣扬了改良主义思想。她的《北与南》(1855) 则强调以兴办福利来调和劳资矛盾的观点。盖斯凯尔夫人的其他作品还有《克兰福》(1853)、《露斯》(1853) 和《妻子和女儿》(1856) 等。

19 世纪 70 年代以后，英国现实主义文学的重要作家有梅瑞狄斯 (1828—1909) 和哈代（详见本章第三节）等。梅瑞狄斯的代表作是《利己主义者》(1879)。

◎ 19 世纪下半叶，是俄国批判现实主义文学的黄金时期。它所取得的巨大成就，使俄国一跃成为世界上的文学大国。

1861 年，沙皇迫于形势，实行“自上而下”的农奴制改革，围绕这次改革，资产阶级自由派和革命民主主义者展开了激烈的斗争。政治斗争和意识形态的分歧，为文学提供了丰富的内容，或直接或间接地促进了现实主义文学的发展。以车尔尼雪夫斯基和杜勃罗留波夫 (1836—1861) 为代表的革命民主主义批评家，发表了大量的论著，主张文学应成为“生活的教科书”和具有“人民性”，成为现实主义文学繁荣的理论基础。

这一时期的文学与前期相比，突出的变化是作品中主人公的“多余人”形象被“新人”形象取代。这种变化生动地说明：贵族知识分子已经逐渐丧失其进步意义，平民知识分子登上了政治舞台，人民群众已开始觉醒。“多余人”形象经历了一个演变过程。普希金的奥涅金、莱蒙托夫的毕乔林在 19 世纪二三十年代曾是贵族社会里的佼佼者，屠格涅夫的罗亭（小说《罗亭》里的主人公）能言善辩，热情宣传资产阶级启蒙思想，在 19 世纪 40 年代黑暗统治时，起过进步作用。但到 50 年代需要行动的时候，“多余人”这类语言多于行动的人，已经担负不起改革现实的任务了。冈察洛夫 (1812—1891) 笔下的奥勃洛摩夫（小说《奥勃洛摩夫》里的主人公），虽“有黄金般的心灵”，也有过种种关于“改革”的幻想，但却懒惰成性，一生大部分时间都躺在床上度过，连做梦也梦见睡觉。这种“奥勃洛摩夫性格”是停滞的农奴制生活方式的产物，也象征性地结束了“多余人”的画廊。

最先反映这种变化的作家是伊凡·谢尔盖耶维奇·屠格涅夫（1818—1883）。他在19世纪50年代写了表现“多余人”的小说《罗亭》（1856）和《贵族之家》（1859）后，60年代转向描写“新人”，于1860年和1862年接连写出长篇小说《前夜》和《父与子》。《前夜》通过俄国贵族少女叶琳娜爱上保加利亚爱国青年英沙罗夫并同赴保加利亚投身民族解放斗争的故事，塑造了一对既有理想，又勇于行动，甚至不惜自我牺牲的青年男女的形象，成为“新人”的先声。《父与子》中的医科大学生巴扎洛夫，则是在与以巴威尔为代表的保守贵族的对立中，显示其崇尚科学、埋头实干、性格坚强、思想激进等“新人”的特征。但在作品中，英沙罗夫和巴扎洛夫的结局都被安排为英年早逝，这表明作家尚难以更充分地展现这代新人的风采。屠格涅夫的重要作品还有短篇集《猎人笔记》（1847—1852）等。

出色地完成塑造“新人”形象任务的是平民知识分子作家尼古拉·加夫里洛维奇·车尔尼雪夫斯基（1828—1889）。他是一位革命家，同时在哲学、美学、文学评论和小说创作等诸多领域均有所建树。《艺术与现实的审美关系》（1855）是他的美学代表作，“美即生活”命题的提出，具有很强的现实意义，产生过较大的影响。车尔尼雪夫斯基在小说《怎么办》（1863）中，塑造了罗普霍夫、吉尔沙诺夫和薇拉等一批“新人”形象，其中的领袖人物拉赫美托夫更是俄国文学中突出的正面典型，也是世界文学中罕见的职业革命家的形象。作家通过对这些“新人”的塑造，回答了反对专制农奴制应当“怎么办”的问题。

诗人尼古拉·阿列克塞耶维奇·涅克拉索夫（1821—1878）在长诗《谁在俄罗斯能过好日子?》中，描写改革后的农民除受地主压迫外，还要受资本家、商人、富农的新剥削，揭露农奴制改革的欺骗性，表现农民的觉醒，告诉人们只有做格里沙那样为人民幸福而斗争的战士才是快乐的。此外，剧作家奥斯特罗夫斯基还把小商人、演员、教师、店员、侍役等城镇里的中下层人物搬上了舞台，扩大了俄国文学表现生活的范围。亚历山大·尼古拉耶维奇·奥斯特罗夫斯基（1823—1886）的著名剧作《大雷雨》，描写一个商人的儿媳卡杰琳娜受尽婆婆的虐待，也得不到软弱的丈夫的照顾，最终忍无可忍，投河自尽的故事。这个愚昧、闭塞、停滞的小镇正是专制俄国的缩影。杜勃罗留波夫在《黑暗王国的一线光明》这篇评论中指出：卡杰琳娜的死是对俄国这个“黑暗王国”的反抗，她代表了人民对自由和生活权利的要求，是“黑暗王国”里的一线光明。

改革以后，批判现实主义作家面对尖锐的社会矛盾，在农民和城市平民的反抗情绪影响下，对贵族地主阶级的统治发出更为强烈的抗议，并且开始了对资本主义罪恶的揭露；对城乡劳动人民的苦难作了更深更广的反映；他们的艺术技巧也更为成熟了。这时期长篇小说继续繁荣，列夫·托尔斯泰（详见本章第四节）写出了反映俄国社会大变动本质的小说《安娜·卡列尼娜》和否定地主阶级专政的国家及资本主义制度的小说《复活》，达到了俄国批判现实主义文学的高峰。米哈伊尔·叶符格拉福维奇·萨尔蒂柯夫-谢德林（1826—1889）继承民主主义传统，写了展示地主阶级腐朽堕落和必然灭亡的小说《戈罗夫略夫老爷们》等。这一时期短篇小说也有新的发展，除契诃夫外，柯罗连科和一批民粹派作家也创作了许多描写农村贫困、富农剥削农民群众的短篇作品。

19世纪俄国批判现实主义最后一个杰出的作家是契诃夫（详见本章第五节），他写了大量的中短篇小说和一些剧本，广泛地反映了当时的俄国现实。

19世纪后半期，在东欧各国虽然封建残余还大量存在，但资本主义得到迅速发展，阶级分化加剧，劳动人民更加贫困；浪漫主义文学逐渐衰落，批判现实主义文学继之而起。反侵略、反压迫，暴露异族侵略者的残暴和本国封建统治阶级的腐朽，反映劳动人民的疾苦，鼓舞人民起来为争取民族解放而斗争，是这一时期东欧批判现实主义文学的主要内容。东欧各国涌现出一批著名作家，产生了许多优秀作品，一向不为世人所注意的东欧弱小国家的文学蓬勃发展，成为欧洲文学的一个重要组成部分。

◎　亨利克·显克微支（1846—1916）是这一时期波兰批判现实主义作家的代表。他的早期作品赞扬了资产阶级的进取精神，表现了对资本主义的乐观态度。1876年至1879年，他去美国旅行访问，写了《旅美书简》和一组短篇小说，如《为了面包》、《奥尔索》、《灯塔看守人》、《酋长》等，戳穿了美国"天堂"的神话，描写了波兰移民在美国的悲惨遭遇，揭露了美国政府种族歧视政策的野蛮和残暴。80年代，显克微奇的创作转向历史题材，写出了反映17世纪波兰人民反抗外来侵略的历史小说三部曲《火与剑》、《洪流》和《伏沃迪约夫斯基先生》。晚年他又发表了两部长篇历史小说《你往何处去》（1896）和《十字军骑士》（1900）。前者描写了古罗马暴君尼禄时期的社会生活和基督教徒受迫害的情景，由于这部小说，显克微支获得1905年诺贝尔文学奖；后者通过对15世纪波兰人民反抗条顿骑士团的侵略，并在格隆瓦尔德战役中取得最后胜利的这段光辉历史的描写，揭露了十字军骑士团践踏、欺压波兰民族的罪行，歌颂了波兰人民保卫祖国、反对侵略的正义斗争，表达了他们的爱国主义热情。

◎　赫里斯多·保特夫（1849—1876）是保加利亚民族解放运动的领袖之一，同时又是优秀的革命诗人。1876年他在和土耳其人的战斗中英勇牺牲，把短暂的一生献给了保加利亚的解放事业，留下了20多首充满革命激情的诗篇。保特夫的代表作是《哈吉·季米特尔》和《瓦西里·列夫斯基的绞架》，这是他为纪念在民族解放斗争中牺牲的这两位保加利亚革命领袖而写的。继保特夫而起的另一位作家和诗人是伊凡·伐佐夫（1850—1921）。他积极投身革命斗争，写了许多号召人民起来反抗民族压迫者的战斗诗歌。著名的诗篇《战时》，后来成了1876年4月起义的战斗进行曲。1876年至1878年伐佐夫在流亡罗马尼亚期间出版了三本诗集——《旗与琴》、《保加利亚的悲哀》和《解放》。这些作品描写了保加利亚人民在土耳其统治下的痛苦生活，表现了人民对自由的渴望和为摆脱奴役而奋斗的决心。伐佐夫还创作了许多小说，其中最著名的是《轭下》（1887—1889）。这部长篇小说以1876年4月保加利亚人民起义为题材，集中塑造了以奥格涅诺夫为中心的一群爱国志士的形象，表现了保加利亚人民的爱国热忱和英雄气概。这部小说具有重要的社会意义，艺术上也有很高的成就。

◎　裴多菲·山陀尔（1823—1849）是19世纪匈牙利最伟大的民族诗人，1848年匈牙利革命领导人之一。他不仅以诗歌为斗争武器，还积极投身于民族解放事业，1849年在与俄奥联军的浴血奋战中，献出了年轻的生命。诗人一生创作了800多首抒情诗和8篇叙事诗。他的诗歌在全世界，特别是在被压迫被侵略的民族国家里广为流传。他也是我国读者所熟悉的外国诗人之一。

他的政治抒情诗语言犀利，感召力强，较完整地反映了匈牙利资产阶级革命从萌芽、发展到失败的全过程。早期政治诗主要是反对异族压迫，反对封建专制统治。《贵族》、《反对国王》、《爱国者之歌》等表达了诗人对封建统治者的极度憎恨，对人民的苦难的深沉悲哀以及为祖国解放事业献身的决心。在匈牙利革命蓬勃发展时期发表的《大海沸腾了》、《一八四八年》等诗中，诗人热情赞颂了人民革命的磅礴气势。《自由颂》、《共和国》等则表达了革命志士为了神圣的自由誓与敌人血战到底，同时抒发了诗人对共和国的向往。革命后期，诗人面对集结起来的全欧反动势力和策应奥皇的沙俄的几十万大军，写了《把国王吊上绞架》、《给民族》、

《战歌》、《老旗手》和《投入神圣战争》等，既表达了诗人对民族敌人的切齿痛恨，又鼓舞匈牙利人民将革命进行到底。这些记录匈牙利革命历程的不朽名篇对匈牙利解放运动产生了直接影响。他的爱情抒情诗，感情纯真深挚，优美动人，有不少蕴含着强烈的政治内容。《我梦见流血的日子》、《自由与爱情》、《我愿是一条激流》、《九月的最后一天》等诗篇都是诗人个人抒情与民族精神的高度融合，诗人把爱情的幸福同民族独立与自由融会在一起，表达了为创造新世界而斗争的激情。《自由与爱情》自从殷夫译介后，在我国已是家喻户晓。

长篇叙事诗《使徒》（1848）是诗人创作高峰期的代表作。主人公锡尔维斯特是一个敢于向旧世界挑战的英雄。这个被遗弃的孤儿，饱经生活的磨难，深知人民的疾苦，决心拯救人民于水火之中。他到人民中从事革命活动，秘密出版进步书刊，因而被捕，过了十年的囚徒生活，出狱后，因刺杀国王被判死刑。锡尔维斯特是一个追求人权、平等、自由并受法国空想社会主义影响的激进的革命者。他的理想未能实现。这部长诗反映了匈牙利人民的苦难，表达了对专制暴政的仇恨，歌颂了革命者为理想而献身的精神。

裴多菲是匈牙利诗歌的革新者。他的抒情诗多采用民歌体，带有浓厚的民间格调。他运用经过提炼的人民语言和民歌形式把匈牙利的自然风光与真挚感情融合为一。他以匈牙利民族诗歌的节奏、韵律代替上层文艺界惯用的拉丁诗的节奏、韵律。他在创造和完善匈牙利民族诗歌的形式、韵律和语言方面，为匈牙利诗歌的发展作出了重大贡献。

匈牙利小说家米克沙特·卡尔曼（1847—1910），捷克作家阿洛伊斯·伊拉塞克（1851—1930），阿尔巴尼亚诗人安东·萨科-恰佑比（1866—1936）等，也是这一时期各国现实主义文学的代表作家。

随着农民民主运动和民族解放运动的高涨，北欧的自由资产阶级转向反动，与封建贵族相勾结，引起了一批激进的知识分子的不满。他们在作品中揭露、批判资产阶级政客们的丑恶灵魂和伪善面目，开始形成北欧的批判现实主义文学。

这一时期，北欧文学的重要作家有丹麦的童话作家安徒生、文艺评论家勃兰兑斯，瑞典的戏剧家兼小说家斯特林堡，挪威的戏剧家易卜生（详见本章第二节）和比昂松等。

◎ 汉斯·克利斯田·安徒生（1805—1875）是19世纪丹麦文学的代表作家。他写过诗歌、戏剧和小说，但最有成就的是童话。

安徒生是一个来自社会下层的作家，父亲是鞋匠，母亲是洗衣工。他从童年起就过着贫困的生活，家里穷得连张床都没有。贫困的童年生活使安徒生对丹麦人民的痛苦有了深切的体会，并为他后来的创作提供了素材。安徒生在父亲病故、母亲改嫁以后，为了谋生来到京城哥本哈根。他幻想从事艺术活动，后来得到别人的帮助，进入哥本哈根大学。在那里他刻苦学习，博览古典名著，为他的文学创作打下了基础，不久便开始文学创作活动。1835年，他发表第一个童话集《讲给孩子们听的故事》，此后，几乎每年发表一个集子，都是作为“新年礼物”送给孩子们的。安徒生一共发表了156篇童话和故事，是19世纪第一个赢得世界声誉的北欧作家。

安徒生的童话创作不仅是为了教育孩子，也是为了教育成年人。他曾说过：“我用我的一切感情和思想来写童话，但是同时我也没有忘记成年人。当我为孩子们写一篇故事的时候，我永远记住他们的父亲和母亲也会在旁边听。因此我也得给他们写一点东西，让他们想想。”安徒生的童话具有明显的倾向性和生活的真实感，故事新颖、优美，并富有幻想和抒情色彩。

安徒生童话的基本主题之一是揭示贫富悬殊的社会现实。在《卖火柴的小女孩》中，读者看到一边是富人在欢度圣诞节，一边是穷人的孩子冻死在街头。在《她是一个废物》中，作者以深切同情的笔调描写了一个可怜的洗衣女工，她受尽贫困的凌辱和折磨，在劳动中挣扎，在劳动中死亡。

安徒生的童话具有深刻的民主精神，对上层统治阶级进行无情的鞭挞和揭露，指出他们的愚蠢无知，如《夜莺》、《园丁和主人》等。其中最著名的是《皇帝的新装》。故事中的皇帝每天都要换一套衣服，结果被两个骗子捉弄，穿上实际上并不存在的"新衣"——赤身裸体参加游行典礼，出尽了洋相。

安徒生的童话中，穷人都是勤劳、智慧和品德高尚的人，但他们的遭遇都很不幸。如《海的女儿》、《野天鹅》、《丑小鸭》、《光荣的荆棘路》、《老头子做的事总是对的》和《园丁和主人》等童话中劳动人民的不幸遭遇都引起人们深切的同情。

安徒生的童话优美动人，色彩斑斓，立意新颖，寓意深邃，具有永久的艺术魅力。

◎ 瑞典文学在19世纪后期也得到了发展，比较重要的作家是斯特林堡。

奥古斯特·斯特林堡（1849—1912）是瑞典著名的戏剧家。他出身于一个破产的商人家庭，当过小学教师、图书管理员和化学实验员，他在贫困中度过一生。他是一位多产作家，写了50多部多幕剧、独幕剧和60多部小说、诗歌、散文集。他的创作，不仅涉足各种体裁，而且锐意求新，从现实主义、自然主义到象征主义、表现主义等各种创作方法，都有所建树。小说《红房子》（1879）和《新国家》（1882）等，深刻地批判了资本主义社会人与人之间的关系。斯特林堡的主要成就在戏剧方面，其代表作是《父亲》（1887）、《朱丽小姐》（1888）和《死亡的舞蹈》（1901）等剧本。这些剧本以当代的现实为题材，对资本主义社会现实作了一定程度的揭露，表现出资本主义制度对人们精神的摧残。斯特林堡经常从变态心理出发，展示扭曲的人性，将人生解释为本能和欲望的冲突。他的剧本《梦的戏剧》（1902）和《鬼魂奏鸣曲》（1908）等，被视为欧洲表现主义戏剧的先声。

◎ 比昂斯藤·马丁纽斯·比昂松（1832—1910）是与易卜生齐名的挪威作家。他出生在一个农村牧师家庭，受1848年法国革命的影响，具有民主主义思想。他上大学时就开始写作，后来当了新闻记者。19世纪60年代以后，挪威反对瑞典贵族统治、争取民族独立的斗争日益尖锐。比昂松积极参加斗争，他不但以笔作为武器，并且投身于运动进行宣传鼓动工作，成为一位争取民族独立的战士。同时他还为保卫和发展民族文化而积极战斗。他主张发展挪威民族文化，使之摆脱丹麦文化的束缚和影响；他和易卜生等一道，坚决不用丹麦文而用挪威语写作，并在写作中吸取挪威民间传说和诗歌作为题材。比昂松为挪威民族独立和发展民族文化作出了重大贡献。

比昂松是诗人、小说家和剧作家，而以戏剧创作为主。19世纪70年代至90年代，是比昂松戏剧创作最有成就的时期。在这一时期，他写成了《新婚的一对》（1865）、《报纸主笔》（1874）、《破产》（1875）、《挑战的手套》（1883）等一系列著名的社会问题剧。这些剧本由于抨击挪威资产阶级的丑恶行为而震动社会，引起了人们的注意，并很快在欧洲其他国家上演，引起热烈的反响。

剧本《破产》是比昂松的代表作之一，它深入地揭露了资产阶级金融家的种种罪恶行径。剧中主要人物悌尔德是一个典型的投机家，他为了追求巨利，骗取农民的储蓄进行不正当交易，使他们流离失所。投机买卖失败后，悌尔德用尽欺骗、瞒哄、哀求、恫吓等一切手段，仍想挽救面临的破产局面。最后，在不得不承认破产之后，他又打算带着工人们的全部工资潜逃。剧本把资产阶级金融家的丑恶和自私揭露得淋漓尽致，是一部批判现实主义的杰作。《破产》一剧也宣扬了社会罪恶可以通过人们的道德自我完善而得到消除的观点。

◎ 美国独立以后，随着民族经济的发展，民族文化也得到了发展。19 世纪中叶，浪漫主义文学主宰文坛，现实主义文学开始萌芽。当时废除蓄奴制的斗争蓬勃发展，南北战争即将爆发，现实主义倾向的文学，就是在这一新形势下产生的。哈里叶特·比彻·斯托夫人（1811—1896）站在废奴派立场上，对残酷的蓄奴制进行了尖锐的揭露和批判，1852 年出版了揭露黑人奴隶的非人生活和蓄奴制的残暴的小说《汤姆叔叔的小屋》（旧译《黑奴吁天录》）。小说描写了忠厚老实的黑奴汤姆，几经易主，受尽残酷的剥削，最终死在主人的皮鞭下的悲惨命运；同时描写了性格倔犟的黑人女奴伊莱扎，敢于反抗，历经千辛万苦，终于在白人兄弟的帮助下获得自由的故事。作品广泛地揭露了南方蓄奴制的罪恶，深刻批判了蓄奴制的反动性和野蛮性，宣扬了以斗争求解放的积极思想。《汤姆叔叔的小屋》以生动、逼真的描写，饱满、激昂的政治热情，引起国内外的广泛反响。它是美国第一部具有鲜明民主倾向的现实主义作品，对当时反对蓄奴制的政治斗争起了很大的推动作用。

理查·希尔德烈斯（1807—1865）的长篇小说《白奴》（1836），通过一个混血的奴隶阿尔琪·摩尔的自述，真实地描写了黑奴的悲惨生活和蓄奴主的贪婪、残暴，揭露了蓄奴制的种种罪行，也是一部具有民主倾向的现实主义作品。

南北战争以后，美国浪漫主义文学逐渐衰退，现实主义文学进一步发展。19 世纪 70 年代开始，马克·吐温（详见本章第七节）继承了斯托夫人等的现实主义文学传统，在更加广阔的社会背景下描写了美国黑暗的现实。继马克·吐温之后，又出现了欧·亨利等现实主义作家。

欧·亨利（1862—1910）是优秀的短篇小说家。他的作品大多取材于小市民的生活，描写他们朝不保夕、捉襟见肘的可怜处境（《麦琪的礼物》）；也表现他们互相关心、互助友爱的高贵品质，但是仍然逃不出厄运的魔掌（《最后一片藤叶》）；有的作品还揭露了大资产阶级的强盗本性（《我们选择的道路》）。欧·亨利的短篇构思巧妙，结局出人意料，耐人寻味。他在表现小人物悲苦命运的时候，又常常在幽默中含有辛酸的泪水。但总的来看，他的题材范围较窄，深度稍逊。

美国黑人文学是美国文学的重要组成部分。早在北美大陆独立之前，在广大黑人奴隶中间就流传着自己的歌谣、传说。在南北战争期间，黑人奴隶为了自己的解放，拿起笔来进行战斗，写出第一批黑人文学作品。著名的有道格拉斯（1817—1895）的两部《自传》，生动地记述了南北战争前后美国政治、经济、文化、宗教各个方面的状况。南北战争以后，虽然废除了蓄奴制，但是美国黑人并没有得到真正的解放，仍然遭受种族歧视的迫害，生命和财产都得不到保证。这一时期的黑人文学继承过去的战斗传统，在更加广泛的社会生活中，表现黑人被奴役、被迫害的处境和为自己解放而勇于斗争的精神。作品增加了现实主义因素，成为美国现实主义文学的一支重要力量。邓巴（1872—1906）是一位有才华的黑人诗人，在一些诗篇里，他愤怒地揭露种族主义者对黑人的残害，像《闹鬼的橡树》借老橡树之口，描述种族主义者三 K 党徒在橡树下活活烧死无辜黑人的暴行。杰出的黑人小说家契斯纳特（1858—1932）是一位批判现实主义精神较强的作家，被尊为美国黑人文学的现实主义的开创者。他的代表作《一脉相承》（1901）有力地揭露了社会保守势力利用种族歧视对黑人进行屠杀、迫害的种种罪行。

第二节
福楼拜

一　生平与创作

居斯塔夫·福楼拜（1821—1880）是 19 世纪中叶法国最重要的现实主义作家，他承前启后，对自然主义的形成产生过直接的影响。

1821 年 12 月 12 日，福楼拜出生在卢昂一个著名的外科医生家庭。父亲去世后，福楼拜的哥哥子承父业，也以外科医生的身份出任医院的院长。家庭环境以及 19 世纪自然科学的发展，都对福楼拜文学思想和创作风格的形成产生了重要的影响。他的经历是简单平凡的：18 岁时，遵父命到巴黎攻读法律，但他并无兴趣，不久便因病回到了家乡，开始了他少年时代就向往的文学创作。从此，他就一直住在卢昂郊区塞纳河旁一座僻静的庭院里，以潜心创作终其一生。他离开住地，只是为了作短期的旅行，其中最长的一次有 18 个月，福楼拜和友人一道漫游了埃及、土耳其、希腊、意大利等地。这样一份简单的履历表，决定了作家的创作无法以描写广阔的社会生活画面为特长，而是以精细的观察和精确的描写著称于世。

福楼拜像同时代的许多作家一样，早期创作都深受浪漫主义的影响。《狂人之忆》（1838）和《斯玛尔，古老的秘密》（1839），均属此列。19 世纪 40 年代，福楼拜创作倾向有所转变，并开始酝酿长篇《情感教育》。真正为他赢得巨大声誉、标志其文学成就的，是 1856 年出版的《包法利夫人》。

《包法利夫人》为作家带来了声誉，也带来了厄运。第二帝国政府检察官的一纸诉状，以败坏道德、诽谤宗教等罪名把福楼拜送上了法庭。尽管诉讼最终以免于处罚结束，但对本来神经就比较脆弱的作者却是相当沉重的精神打击，使他陷入更深的悲观主义。于是，他从当代生活转向古代题材，从法国现实转向非洲历史，从现实主义转向浪漫主义，写出了以公元前 3 世纪迦太基雇佣军起义为题材的浪漫故事——《萨朗波》（1862）。

稍后，福楼拜重写了他在 19 世纪 40 年代就开始动笔的《情感教育》。这部发表于 1869 年的长篇小说，是继《包法利夫人》之后的又一部现实主义力作，而且政治性更加鲜明，时代感更加具体。

小说副题是“一个青年的故事”，主人公莫罗是法国 19 世纪现实主义小说画廊中又一个纨绔子弟的形象。他抱着种种不切实际的梦想从外省来到巴黎，时间是 1840 年，由此而展开了 19 世纪 40 年代法国社会生活的多彩画卷。莫罗开始追逐画商的妻子阿尔努夫人，后与交际花萝莎妮生活在一起，为跻身上流社会，又转而追求银行家唐布罗士的妻子。屡屡碰壁后，他返回故乡，想与曾钟情于他的路易丝修好，但无奈路易丝已经出嫁。作品通过这一桩桩艳事，表现了莫罗想入非非而又行动无能的软弱性格，也由此引出了巴黎与外省、上层与下层的社会画面。如1848年的二月革命和六月革命，在书中都是和莫罗与情人的约会相联系的。

与以往漠视政治的态度不同，福楼拜在《情感教育》中，表现出很强的政治历史意识。小说从一开始就弥漫着不满情绪，群众集会、街谈巷议；篇末则是两个失败者，“责怪机缘、环境以及自己出生的时代”。其中，对1848年两次革命的酝酿过程与斗争场面的正面描述尤其引人注目。这也是这部小说突出的政治性所在。但是，这并不表明福楼拜热衷于政治。这只是他严格忠实于现实的客观精神的胜利。

1871年，巴黎公社革命爆发，显示了无产阶级的伟大力量，福楼拜对此采取了敌视的态度。

19世纪70年代，福楼拜的主要创作是短篇小说集《三故事》(1877)，其中的《一颗简单的心》最为脍炙人口。它讲述了一个普通劳动妇女的平凡一生。她对她所呵护的一切，从主人的孩子到一只鹦鹉，都充满了爱心，尽心尽力地服务，体现出崇高而平实的情操，感人至深。作家在作品中也将他精微细腻的写实技巧，发挥得淋漓尽致。

尽管福楼拜对人们称他为现实主义的“大祭司”深恶痛绝，但许多文学史家仍将他视为最典型的现实主义作家。因为，他十分重视调查研究，十分重视精细的观察和摹写。他相信“世界上没有两粒相同的沙子”，只有通过认真的观察，才能发现别人没有发现，或者虽看到了而没有写出来的特点。这才是一个作家的本领所在，也即一个作家不会雷同于他人的秘密所在。福楼拜以此观点培养青年莫泊桑练习写作，为他日后成为名家奠定了坚实的基础。另则，福楼拜竭力主张的“作家退出作品”的冷静客观的创作风格，不仅标志着现实主义文学的新阶段，而且深深地影响着后世文学的发展。他曾言：“说到我对于艺术的理想，我以为就不该暴露自己，艺术家不该在他的作品里面露面，就像上帝不该在自然里面露面一样。”① “至于泄露我本人对我所创造的人物的意见：不，不，一千个不！我不承认我有这种权力。一本书应当具有品德，假如读者看不出来的话，若非读者愚蠢，便是从精确的观点看来，这本书是错误的。因为一件东西只要真，就是好的。”② 隐匿作家的主观判断性倾向，让读者从最逼真的现实画面中去寻求真实和意义，是福楼拜文学观念和创作风格的独到之处，为19世纪末自然主义的形成和发展提供了理论依据和创作范例，也为后来的20世纪现代主义诸流派提供了宝贵的启示。

福楼拜以创作态度严谨著称。他虽一生笔耕不辍，但留下的作品为数并不多。他未完成的遗作《布瓦尔和佩居歇》，出版于他辞世后的第二年——1881年。这部小说被视为《情感教育》的姊妹篇，主要反映了1848年革命前后法国的政治事件在外省引起的波澜，与前一部小说相得益彰，构成这一时期法国社会的全景图。

福楼拜病逝于1880年5月8日。

二 《包法利夫人》

《包法利夫人》是福楼拜花费了四年多时间写成的代表性作品，历来文学史家都认为它具有标志性的意义。

① ［法］福楼拜：《致乔治·桑的信》，见伍蠡甫主编：《西方文论选》(下)，210页。
② 同上书，216页。

小说的副题是"外省风俗"，地名是虚构的，但作品中处处弥漫着的氛围却让人感觉异常真实。在灰暗的外省乡镇背景下，展开了农家纯真少女爱玛一步步走向灭亡的人生悲剧。

爱玛出生在乡村，接受的却是贵族化的修道院教育。宗教环境与对浪漫主义作品的阅读，使她脱离现实生活，脑子里装满了不切实际的幻想。不妨说，幻想与现实的巨大反差，是爱玛悲剧的起点。

婚姻是浪漫少女的梦。少女梦的破灭，昭示着一生前景的黯淡。爱玛嫁给了医生包法利，包法利虽深爱着她，但他平庸的才能和人格，却唤不起爱玛所期待的激情。"欢愉、热情和迷恋这些字眼儿，从前在书上读到，她觉得那样美，到底在人生上，有什么正确意义，爱玛极想知道。"对婚姻的失望，并未就此断绝她昔日的幻想。虚幻的梦，把她引向一个个男性；而一个个男性，却把她一步步推向了苦痛的深渊。

侯爵家的奢华舞会，代表着一种诱惑。和沉闷乏味的乡镇生活相比，那是另一片天地。但它来得快，去得也快，就像那场回旋舞，把包法利夫人跳得天旋地转，如痴如醉，末了却只留下一个风度翩翩的"子爵"的幻影。"子爵"的幻影几乎跟了她一辈子，成了她早年幻想的载体，但依然是那么虚无缥缈。奢华的一日，如闪电般照亮了她的心扉，过后的黑暗却更令人窒息。

现实中的"子爵"却不那么美好。无论是风月老手罗道耳弗，还是初出茅庐的练习生赖昂，虽满足了她一时的感情需求，但却并无带她脱离平庸的真诚。相反，偷情的欢娱，更助长了她爱慕虚荣的欲念。借债挥霍，使高利贷商人勒乐有机可乘，直逼得她不得不以家产抵债。她向旧情人求援，罗道耳弗听见个"钱"字便转身离去；向律师居那曼告贷，律师竟乘人之危而求欢。忍受不了的种种屈辱，给包法利夫人只留下了一条服毒自尽的路。

沉迷中的包法利夫人听到了一个盲人的歌唱，她忽地坐了起来，大喊一声"瞎子"便辞世而去。"瞎子"，女主人公跌跌撞撞地走完了她的人生路，盲目地追求，盲目地行动，她临终前对着镜子照了很久，仿佛是想最后再认识一下自己；"瞎子"，包法利夫人更未能看清的是包围着她的现实，虚假的面孔，腐化的风气，金钱的力量……正是这一切，酿造了她的悲剧人生。福楼拜似乎以不经意的一笔，给读者提供了想象的空间。

"毫无疑问，此时此刻，我可怜的包法利夫人正在法国的二十个村庄里一同在受苦，在哭泣。"[①] 作家此语，说明这一形象的典型性、概括性。作家又言："包法利夫人就是我。"[②] 其意表明，作家已将自己的生命倾注于这一形象。包法利夫人正是作家外向观察与内在体验结合的产物，体现出一股厚重的控诉力量。

爱玛的悲剧是情感悲剧，更是社会悲剧。活跃在永镇这个不大的舞台上的各色人物，组成了外省丑恶腐败的风俗画面。罗道耳弗是"体面"人物的代表，他见过世面，老于世故，欲擒故纵地把不谙世事的爱玛玩弄得神魂颠倒；而当爱玛陷入绝境时，他却见死不救，扬长而去。前后对照，活画出一颗卑劣自私的灵魂。勒乐的形象更具时代特征，他貌似谦恭地做着他的小本生意，但却善于窥探隐私、寻找缝隙、把握时机、放债索利，一旦到了讨债的关键时刻，则一反常态，绝不手软，直逼得对方走投无路，显示了奸商兼高利贷者的圆滑与凶狠。与爱玛命运相对照的，是郝麦的"成功"。这是个不学无术、不知廉耻的角色。他不仅作为药剂师招摇

① 转引自［法］布隆贝尔：《福楼拜》，52页，巴黎，色伊出版社，1971。

② 同上书，51页。

撞骗，获利颇丰；而且一心跻身政坛，也能平步青云。他的发迹，更使人感到社会的堕落。

《包法利夫人》是福楼拜"艺术理想"的一个范本。在小说中，作家对现实作客观、冷静、精确的描写，将善恶、美丑的判断，寄寓于场景的临摹与人物的言行之中，使读者从逼真的现实中去领悟、思考。脍炙人口的"农业展览会"堪称这类笔法的典范。在熙熙攘攘的热闹背景下，平行地叙述官员在集会上的慷慨陈词和罗道耳弗对爱玛的甜言蜜语。前者是政治、经济上的欺骗，后者是生活、情感上的欺骗，相得益彰地构成了一幅典型的虚伪的社会图景，但作家却未对这一切着一判词。作者的隐匿，更增强了现实主义的魅力。

第三节 哈代

一 生平与创作

托玛斯·哈代（1840—1928）是19世纪末英国杰出的批判现实主义作家。伍尔芙称他是"英国小说家中的最伟大的悲剧大师"，韦伯称他为"英国小说中的莎士比亚"。其作品反映了资本主义侵入英国农村后社会经济、政治、道德、风俗等方面的变化和破产农民的悲惨命运，对人类命运进行了悲剧性的探索，具有浓重的悲剧意识。

哈代于1840年6月2日生于英国西南部的多塞特郡。父亲是石匠，后来当了小包工头。母亲很注意对哈代的教育，很早就鼓励他研习古典文学。哈代8岁开始在村里上学，一年后转入郡城学校学习拉丁文和拉丁文学。1856年离开学校，给一名建筑师当学徒。1862年前往伦敦学习建筑，同时去大学听课，从事文学、神学和近代语言的研究。其时唯意志论和实证主义成为具有广泛影响的现代西方两大哲学思潮，哈代亦受其影响。1867年哈代重返故乡，当了几年建筑师，后来致力于文学创作。他一生基本上在家乡度过，因而对英国农村十分熟悉。

哈代以诗歌开始他的文学创作，后转而从事小说创作，晚年又转而从事诗歌创作。他一生创作长篇小说14部，短篇小说集4部，诗集8部，史诗剧《列王》3部。

哈代主要是一位小说家。他把自己的小说分为三类："传奇和幻想作品"、"机巧和实验小说"、"性格和环境小说"。他的全部重要小说都属于最后一类。他的大部分小说以西南部农村（古称威塞克斯地区）为背景，因而他又称其小说为"威塞克斯小说"。

长篇小说《绿阴下》（1872）开始描绘西南部农村的生活，揭开了一系列"性格和环境小说"的序幕。《绿阴下》分为《冬》、《春》、《夏》、《秋》四部，一条线索写梅里斯托克乐队的历史和命运，一条线索写一位青年农民和一位女教师的爱情故事。小说表现了传统农民恬静愉悦、风俗淳美、人情淳朴的日常生活，把宗法社会理想化。这是一部富有牧歌情调和田园色彩的小说，它的副标题是"一幅荷兰派的乡村写生画"。但是，小说通过描写牧师打算把风琴引进教堂以取代体现传统社会和古老秩序的梅里斯托克乐队这一冲突，以及男女主人公恋爱过程中出现的挫折，表现了宗法社会受到外部世界的冲击以及威塞克斯社会面临的潜在危险。在创作《绿阴下》的年代，威塞克斯农村社会传统秩序已遭到破坏，田园理想已失掉了现实基础，只不过作家有意地回避，因而小说的基调还是乐观明朗的。

《远离尘嚣》(1874) 是哈代第一部得到普遍赞扬的长篇小说。在这部小说里，田园诗的气氛已经消失，远离尘嚣的穷乡僻壤也和人烟稠密的喧闹城市一样，在演出人生的悲剧。女主人公芭丝谢芭是一个农场主，美丽聪慧，但爱慕虚荣。她先后为三个男子所追求，但选择了一个金玉其外、败絮其中的青年军官特罗伊。婚后特罗伊对她粗暴无礼，生活毫无幸福可言。特罗伊还勾引过淳朴的农村姑娘范妮·罗宾，始乱终弃，使范妮怀孕后流落街头，最后死在贫民院中。特罗伊是闯入"远离尘嚣"世界的资本主义生活方式和利己原则的体现者。他最终为疯狂地爱着芭丝谢芭的博尔德伍德所杀，后者也因此被终身监禁。最后芭丝谢芭与对她忠心耿耿的最初求婚者——雇农加布里埃尔结婚，建立起美满和谐的生活。加布里埃尔作为传统而完美的威塞克斯人形象，所体现的是哈代的田园理想，他们的美满婚姻生活所表达的也正是作者对芭丝谢芭试图放弃传统理想的回归愿望。小说虽在芭丝谢芭与加布里埃尔的圆满爱情中结束，但全书中悲剧气氛多于喜剧气氛，已透露出作者创作中的悲剧性主题。

《还乡》(1878) 进一步展开悲剧性主题，同时标志着哈代小说创作的一个新起点。它是哈代小说作为威塞克斯悲剧编年史的真正开端。这部小说说明作者已从田园诗式的幻想中解脱出来，对现实矛盾和宗法制社会的前景有了较为清醒的认识和反映。小说写一个在巴黎经营珠宝的商人克林·姚伯，因厌倦城市生活和"献媚于贵妇人的职业"而具有空想社会主义思想，想"在死以前，做点有价值的事"，因而回到家乡，想为家乡的教育事业贡献力量，并从此宁静度日。他的新婚妻子游苔莎·斐伊则热情奔放，耽于空想。她之所以结婚，就是希望这个风度翩翩的巴黎归客能带她离开穷乡僻壤，摆脱荒原上沉闷无聊的生活，但因两人在感情、理想、人生观上存在着巨大的差距，她终究未能如愿。游苔莎失望之余，和丈夫的表妹夫苇荻在黑夜私奔，希望到巴黎享受"城市快乐的余沥残滓"，但在途中双双落水丧生。克林的社会理想也因得不到农民的理解和支持而破灭，他最终做了传教士以求得精神上的寄托。他哀叹命运不济，结论异常悲观："我们不能打算怎样在人生里光荣前进，而只得打算怎样不丢脸地退出人生。"这是一部描写威塞克斯人在外部世界的影响下不安于环境和命运的悲剧，哈代早期创作中的那种欢快气氛在小说中已完全消散。可以说，作品的整个艺术构思都表达了作者的消极悲观思想。

《还乡》中景物描写占有突出地位，对埃顿荒原的描绘是英国小说中为数不多的散文佳作。作者让自己的哲学思想渗透其中，埃顿荒原成为一种永恒精神的象征，板着千年不变、万古如斯的面孔，冷漠地注视着变幻无常的人生。它实际上是威塞克斯社会的传统和秩序的象征。小说的意义在于，它表明了以埃顿荒原为代表的威塞克斯宗法制社会，在资本主义冲击下，已成为禁锢人们思想和生活的枷锁。

另一部重要小说《卡斯特桥市长》(1886) 也强调了命运对人的冷酷无情的嘲弄。小说通过"一个有性格的人"——迈克尔·亨察尔悲剧的一生，形象地反映了威塞克斯两个时代、两种制度、两种思想之间的尖锐冲突，以及农村宗法制社会怎样在资本主义的进攻和打击下逐步走向灭亡的悲剧性过程。作品着力要表现的是"性格即命运"的主题。小说中亨察尔遭受的每一次命运的打击，都可以从他的性格缺点中找到直接的起因。潦倒的打草工人亨察尔一次酒后在集市上把妻女卖给过路水手纽逊，酒醒后悔恨不已，发誓从此滴酒不沾。此后18年他勤奋努力，终于发财致富，并当选为卡斯特桥市长。这时他的前妻以为纽逊已葬身海底，携女归来。可是在他们一家人团聚之际，命运又一次捉弄他们，灾难接踵而至。由于亨察尔生性倔犟，骄横偏执，他与合伙人伐尔伏雷闹翻，并在竞争中陷于破产。当年出卖妻女的丑闻也终于暴露，以致身败名裂。妻子死后，女儿成了他唯一的安慰，可是纽逊又突然出现，认领生女而去。亨察尔众叛亲离，一生贫困，最后孤独地死在埃顿荒原的一所草棚中。亨察尔尽管为年轻时铸下的大错努力赎罪改过，但是他仍然无法逃脱厄运。这部小说中的宿命论色彩比前几部小说更为浓厚。

如果说《还乡》和《卡斯特桥市长》反映的是宗法制农村走向毁灭的过程，那么《德伯家的苔丝》（1891）和《无名的裘德》（1895）则表现了被资本主义占领而失去了生存的社会基础的威塞克斯破产农民的悲剧性命运。在这两部作品中，哈代加强了对造成主人公悲剧的社会根源的探索和批判，从而将个人悲剧扩展为社会悲剧，使悲剧意识有了深层次的内涵。

《无名的裘德》控诉了资产阶级不合理的教育制度和婚姻制度。裘德是威塞克斯农村的一个孤儿，自幼聪明好学，成绩出众。他一心向往基督寺大学（影射牛津大学）。他终于向基督寺进发，途中由于感情脆弱和无知，与屠夫的女儿艾拉白拉结婚，不久离异。到基督寺后，他四处奔走，却始终被拒于高等学府大门之外。他终于认识到，他是“让那些百万富翁们的儿子给挤到大门外”的，以基督寺为代表的资产阶级教育制度“是给那些有大钱的人预备的”。为了谋生，他又当了石匠。一次偶然的机会，他与表妹淑·布莱德赫相遇，两人情投意合，终于同居，生有子女。他们由于不结婚而同居，为礼法所不容，为习俗所不许，因而处处遭到歧视，不但工作上被辞退，而且连住处也找不到，只能到处流浪。孩子们渐渐长大，觉得自已拖累双亲，在旅馆里大孩子将弟弟吊死后，自己也上吊自尽了。淑·布莱德赫受此打击，精神完全崩溃，终于回到原来的丈夫身边，心如槁木。她觉得这是神明对她的惩罚。裘德自淑离去后，也回到艾拉白拉身边，绝望潦倒。他在临终前极度悲凉地说：“让我出生的那个日子毁灭吧，让宣告一个男孩投入娘胎的那个黑夜毁灭吧。”裘德的悲惨命运说明在不合理的社会制度下，即使像他这样有才华而又勤奋好学的青年农民，也只能是“壮志不遂”，无法实现其理想。而作家通过他们的爱情悲剧更指出了不合理的婚姻制度和社会道德是如何扼杀人们的自由意志和合理愿望的。

哈代的“性格和环境小说”表现出作者对造成威塞克斯社会和威塞克斯人悲剧命运的探讨，经历了“命运悲剧—性格悲剧—社会悲剧”的发展过程，反映了哈代对当时社会的全面批判，体现了其悲剧意识巨大的现实意义。

哈代晚年放弃小说写作，又重新致力于诗歌创作。他一生共写诗918首，辑为8集。早年诗歌有一部分收入他的《威塞克斯诗集》（1898）和《过去与现在诗集》（1901）中，但许多诗篇没有保存下来。此外有《时光与笑柄》（1907）、《即事讽刺诗集》（1914）、《幻象的瞬间》（1917）、《晚期和早期抒情诗集》（1914）、《人生小景》（1925）等。最后一本诗集《冬话》（1928）是在他去世后出版的。哈代的诗的内容，多是日常经验和回忆，探讨悲趣互糅的人生，写得轻妙而含义隽永。在哈代的诗歌里，像他的小说里一样，鸣响着终古的疑问：人生究竟是什么？我们为什么而活着？我们最宝贵、最珍惜、最向往的为何不得实现？于是他悲叹人生之多艰，感慨命途之多蹇，描画人类意志之脆弱，嘲讽生命之本体，歌咏“时光的笑柄”，揭破虚荣和幻想。第一次世界大战时，他的一部分诗篇写的是反战主题，号召大家起来预防“新的中世纪”。他的诗，音律比较简单，但多诗节变化。他以诗里的节奏与声调，状拟诗里所表现的情感与神态，取得显著成功。哈代从小喜欢民歌民乐，这影响了他的诗歌创作。

史诗剧《列王》(1904—1908)共三部，用史诗和抒情诗的形式描写1805年至1815年以英国为首的欧洲联军对拿破仑的战争。全剧19幕，133场，场面极为广阔，包括天上和人间两个舞台，出场人物众多，除天神、天使以及许许多多政治活动家和统帅外，还有大批的军人和百姓。作者在剧中笔锋纵横，更明确、更系统地发挥了他在小说中反复阐明的思想，即人世间的一切活动全凭宇宙主宰的摆布，即使是驱使千军万马驰骋疆场的帝王将相如拿破仑，都不过是这个宇宙主宰的傀儡。诗剧对罪恶战争表示抗议，对“列王”的残酷无道进行谴责，对人民寄予同情，对人类未来寄予希望。作品里交织着戏剧的、史诗的、抒情的、哲理的等因素，集中了作者对人类社会发展问题多年思索的成果，可视为对他全部创作的一个艺术总结。

二 《德伯家的苔丝》

《德伯家的苔丝》是哈代的代表作，也是欧洲批判现实主义文学的优秀作品之一。它描写贫穷农家女子苔丝短促而不幸的一生。苔丝是一位美丽、纯洁、善良而勤劳的姑娘。她在少女时期就开始挑起家庭生活的重担。她到地主庄园做工，遭到地主少爷亚雷的玷污，怀了身孕，回到家乡，从此拉开了其一生悲剧的序幕。孩子病死后，她到一家牛奶场做女工，认识了牧师的儿子安矶·克莱，两人产生爱情。在成婚之夜，她出于对克莱的忠诚与热爱，向他坦白了往事，但不为丈夫所原谅。两人分居，苔丝实则遭到遗弃。克莱一人去了巴西，苔丝只好重返娘家，在一家农场干着与男人同等繁重的劳动。一次偶然的机会，她又遇到亚雷，后者对她仍是百般纠缠，但遭到了苔丝的痛斥。她写信哀恳克莱保护她，希望他早日返回，但信件被克莱的父母耽误，杳无回音。她觉得自己已被克莱永远抛弃，陷入绝望。后来父亲在贫病交加中去世，母亲患病，弟妹们失学，一家沦落街头。苔丝怀着绝望和自我牺牲的精神，接受了亚雷的保护，与他同居。克莱因在巴西经营事业失败，突然归来。苔丝悔恨交集，近于疯狂，将亚雷刺死。她和克莱逃进森林里过了五天幸福生活，第六天早晨被捕，被法庭判处绞刑。

小说通过苔丝一家的遭遇，具体生动地描写了19世纪末资本主义侵入英国农村后小农经济解体以及个体农民走向贫困与破产的痛苦过程。苔丝在资本主义生产方式的农场里干着超体力的繁重劳动，精疲力竭地和机器竞赛，有时晕倒在地。苔丝不但受到了农业资本家的残酷剥削，而且受到了亚雷和克莱的压迫。亚雷对她的压迫更多地表现为人身迫害，而克莱的压迫则更多地体现了道德和精神上的折磨。亚雷是新兴资产阶级的代表，他代表着资产阶级社会的权力、财富和罪恶。克莱是自由资产阶级的代表，作者对他的态度不同，因而克莱与苔丝的关系显得更复杂。一方面，作者出于对资产阶级虚伪道德的痛恨，批判了克莱；另一方面，出于资产阶级人道主义和改良主义思想，又美化了克莱。克莱的行为表明，他是资产阶级道德偏见的可怜的奴隶。他唤起了苔丝对新生活的憧憬，而后又无情地将她抛弃，这种精神上的打击和迫害，对苔丝来说是更致命的。她没有屈服于金钱势力和暴力的压迫，却最终被这种精神上的打击和迫害摧垮。正是这种精神压迫使她失掉对生活的信心，使她绝望地、痛苦地再次投入亚雷的怀抱，成为资产阶级的玩偶和罪恶社会的牺牲品。可见，亚雷和克莱对苔丝的压迫、摧残，在本质上是没有什么区别的。所以，苔丝的悲剧是社会的悲剧。小说通过一个无辜少女备受迫害的故事，对资产阶级社会及其法律、道德和虚伪的宗教作了有力的揭露，提出了强烈的控诉。这反映出哈代的现实主义和悲剧意识达到了空前的深度和广度。

小说的副题“一个纯洁的女人”，鲜明地表达了作者同情女主人公的人道主义立场，同时也是对资产阶级道德的大胆挑战。哈代还引用了莎士比亚的一句话作为本书的题词：“可怜你这受了伤的名字！我的胸膛就是一张床，要给你将养。”苔丝是作者处处加以维护并塑造得十分成功的艺术形象。他赋予苔丝以劳动妇女的一切美好品质：坚强、勤劳而富于反抗性。自食其力的尊严感和意志，使她在磨难面前表现得无比坚强，多次“绝处逢生”。她对资产阶级社会及其虚伪的道德充满憎恶，并不断与它作斗争。她不慕虚荣，从不稀罕贵族出身的祖先，坚持要用农民的姓。她爱克莱，主要是认为他思想开明、心地善良，可以倾心相与。她对克莱的爱是真诚的、高洁的。苔丝对宗教的反抗也表现得大胆而坚决。从她对摇身一变而为牧师的亚雷尖酸刻薄的态度上，可以看出她对宗教的极端憎厌。

这部小说发表后，遭到了与《无名的裘德》同样的命运，受到资产阶级卫道士的猛烈攻击，被斥为“不道德”，“这个作家想要借这些书揭起反抗一切社会礼法的旗帜，掀起推翻一切神圣道德的风潮”。哈代正是因为“揭起反抗一切社会礼法的旗帜”，才确立了他在英国文学史上的重要地位。然而，由于他远离时代的斗争，并受到叔本华哲学思想的影响，因而宿命论悲观思想较为浓厚。在《德伯家的苔丝》中，哈代在解释苔丝的磨难时，有时也流露出因果报应的思想。

哈代的艺术方法基本上是现实主义的。他的作品真实地描绘了英国农村生活的面貌。他笔下的人物性格鲜明生动，尤其是妇女形象如游苔莎、苔丝、淑·布莱德赫等，都各具鲜明的个性。哈代的写景技巧异常出色，他对于景物的运用往往具有象征意义，如《林地居民》（1887）中弯曲畸形的矮树暗示人生中“未获完成的意志”，《还乡》中埃顿荒原象征一种使人类屈服的永恒精神和秩序等。哈代的作品结构精密，且含有诗意。哈代的创作在英国文学史上留下了光辉的一页。

第四节
托尔斯泰

一　生平与创作

列夫·尼古拉耶维奇·托尔斯泰（1828—1910）是19世纪俄国批判现实主义文学的杰出代表，他的作品在世界文学史上占据重要地位。

托尔斯泰诞生在土拉省雅斯纳雅·波良纳的一个古老的贵族家庭。因父母早亡，他在姑母和家庭教师的教养下长大。他一生的大半时间是在自己的庄园中度过的。1844 年入喀山大学的东方语文系学习，次年转入法学系，受卢梭和伏尔泰的启蒙思想的影响，开始对农奴制社会和学校教育不满，于 1847 年退学回家，从事农奴生活的改革。失败后，于 1851 年至 1854 年自愿到高加索服兵役，为后来写作《战争与和平》打下了基础。

19 世纪 50 年代的农奴制危机和社会动荡促使托尔斯泰去探索解决贵族与农民矛盾的途径。

托尔斯泰的自传体小说《幼年》(1852)、《少年》(1854)、《青年》(1857) 三部曲，通过贵族青年尼古林卡性格的形成过程，揭露了贵族生活方式对人的恶劣影响，同时又宣扬用道德上的"自我修养"来克服外界影响。三部曲细腻地描写了人物性格发展的各个阶段，表现出作者深刻的心理分析的才能。

《塞瓦斯托波尔故事》(1855—1856) 是根据作者参加的塞瓦斯托波尔战役写成的。小说把贵族军官和普通士兵加以对照，揭露贵族军官的贪婪、虚荣和追求名利，歌颂下级军官和士兵们作战的英勇，体现了作者的民主主义的思想倾向。

《一个地主的早晨》(1856) 写的是青年地主聂赫留朵夫在自己的领地上进行改革及失败的故事。小说的积极意义在于描绘农民贫困的真实图景，揭示地主与农民之间的尖锐对立。

《哥萨克》(1852—1862) 的主人公奥列宁厌倦了贵族生活方式，到高加索山民中去追求淳朴自由的生活，最后又回到了贵族社会。小说把哥萨克人的淳朴生活与贵族的享乐生活加以对照，首次提出贵族阶级"平民化"的问题。

1857 年，托尔斯泰出国旅行，访问了法、德、意、瑞士诸国。根据在瑞士的见闻，写成短篇小说《琉森》(1857)，揭露资产阶级所标榜的"文明"、"自由"、"平等"的虚伪，谴责资产阶级金钱至上的自私与无耻。《琉森》是托尔斯泰批判资本主义的最早的作品。

上述早期创作，反映作者站在自由派贵族立场上对贵族命运的思考和解决社会矛盾的探索。他把解决社会矛盾的希望寄托在贵族地主身上，幻想他们改恶从善，进行自上而下的改革，并把原始的宗法制道德理想化。

1860 年至 1861 年，托尔斯泰为考察欧洲教育再度出国。回国后，他担任地主与农民纠纷的和平调解人。由于他经常偏袒农民，加之他办的农民子弟学校受到地主的反对，1862 年夏，宪兵搜查了他的庄园和学校。他写信给沙皇表示抗议。

1861 年的农奴制"改革"给农民带来的是地主和资产阶级的双重压迫。力求解决国家和人民的问题成了托尔斯泰创作的主旨，他企图从历史和道德的研究中找到解决社会问题的答案。

最初，他准备写一部关于十二月党人的小说。后来以 1812 年的卫国战争为中心，以 1805 年至 1820 年的历史事件为背景，写成了表现人民历史作用的长篇小说，这就是《战争与和平》(1863—1869)。

《战争与和平》是一部宏伟巨著。它以战争问题为中心，以库拉金、保尔康斯基、罗斯托夫、别竺豪夫四家贵族的生活为线索，展示了 19 世纪最初 15 年的俄国历史，描绘了各个阶级的生活，提出了许多重大问题。小说肯定了 1812 年俄国人民反拿破仑入侵战争的正义性质和人民抗战的英雄气概。他们在保卫莫斯科和鲍罗金诺战役中士气昂扬，民团穿上洁白的衬衫，准备为祖国捐躯。在斯摩棱斯克，商人、农民宁可把东西烧掉，也不留给敌人。敌后游击战争广泛展开，农民齐杭·谢尔巴逊村长的妻子华西里莎都以勇敢杀敌而威名远扬。小说为人民建立了历史丰碑。小说把俄军统帅库图索夫同拿破仑的形象相对立。拿破仑把人民作为满足个人野心的工具，而库图索夫则热爱人民，接近士兵，善于观察士气。他的观察力和军事才能，在鲍罗金诺战役中得到了突出的体现。作者认为任何杰出人物在历史进程中都应该服从人民的意愿。

对待卫国战争的态度和接近人民的程度是作者评价人物的尺度。作者对于远离人民、不关心祖国命运的宫廷贵族进行了无情的揭露。他们在祖国危急的关头，仍然举办宴会和舞会，过着荒淫无耻的生活；仍然钩心斗角，争权夺利，制造阴谋，进行党派之争。他们公开称赞拿破仑，嘲笑人民的爱国热情，他们以讲法语为荣，对祖国毫无感情。库拉金家是贵族道德沦丧、精神堕落的典型。家长瓦西里公爵为争夺别竺豪夫伯爵的遗产，明争暗斗，设置圈套。女儿爱仑是个没有灵魂的"美丽的动物"，儿子阿那托尔卑鄙无耻。

作者批判官僚贵族，但并没有否定整个贵族阶级。罗斯托夫和保尔康斯基两个家族就是理想化庄园贵族的代表。老罗斯托夫为人忠厚，善良好客；他的两个儿子积极参加卫国战争，幼子彼恰英勇牺牲；女儿娜达莎在莫斯科撤退时迫使双亲放弃财产，腾出车辆去运送伤兵。老保尔康斯基在战时毅然组织民团抗敌，叮嘱参军的儿子安德烈要注意爱护荣誉，他自己因国难忧伤而死。女儿玛丽亚是家族中爱国传统的继承人。在解决国家和民族的命运时，托尔斯泰歌颂人民，美化庄园贵族，谴责宫廷显贵和上流社会。

小说突出描写了三个中心人物——安德烈·保尔康斯基、彼尔·别竺豪夫和娜达莎·罗斯托娃，通过他们探索俄国贵族的命运和前途。

安德烈出身于名门望族，但对贵族社会感到厌倦，经常思索生活的意义并进行自我分析。他准备为建立功勋而献身，在战场上认识到真正的英雄是坚守阵地、英勇战斗的普通士兵，理解到生活的意义在于接近和同情人民，他最后在鲍罗金诺战役中负伤而死，死前接受了《福音书》的教义。托尔斯泰以博爱主义作为他探索的最后归宿。彼尔是莫斯科一个显贵的私生子，大宗遗产的继承人。妻子爱仑的堕落，上流社会的腐朽，使他悲观失望。他探索生活的出路，醉心于博爱主义的"共济会"。他办过慈善事业，从事过农事改革，但这些都使他厌倦。卫国战争的火焰使他精神再生，与普通士兵的接触，对他产生了强烈的影响。莫斯科大火后，他企图行刺拿破仑。在被俘期间，他接受了农民士兵卡拉达耶夫的宿命论思想：顺从天命，净化道德，爱一切人。最后，他虽参加了十二月党人早期的秘密团体，却主张用道德来革新社会。娜达莎是《战争与和平》中最动人的妇女形象。她天真活泼、感情真挚、热爱生活、接近人民，富有青春活力和民族感情。娜达莎的形象与宫廷贵族妇女的对照，表现了作者把外省贵族完全理想化的贵族立场。在小说的尾声部分，过着婚后生活的娜达莎成了作者理想化的贤妻良母。

《战争与和平》以恢弘的构思和卓越的艺术描写震惊世界文坛，成为举世公认的世界文学名著和人类宝贵的精神财富。

19世纪70年代是俄国社会急剧变化的年代。历史变动的特点在长篇小说《安娜·卡列尼娜》(1873—1877) 中得到了精确而深刻的反映："现在在我们这里，一切都翻了一个身，一切都刚刚开始安排。"那"翻了一个身"的是农奴制及其旧秩序，那"刚刚开始安排的"则是资本主义制度。

《安娜·卡列尼娜》通过安娜追求爱情自由和列文探索社会出路两条平行发展的情节线索，形象地反映了俄国社会的变动，同时也暴露了托尔斯泰世界观的矛盾。

小说首先在经济生活方面展现了俄国社会的历史变动。在资本主义势力的冲击下，封建的经济基础日趋崩溃，“贵族之家”迅速破产。那些自由派地主，积极采取资本主义经营方式。而出身微贱的商人廖宾宁、银行家波里加诺夫之流，则取代了贵族地主，成了“生活的新主人”。资本主义的雇佣劳动到处生根；大批农民日益贫困，被迫流入城市；农事不振，土地荒废。总之，不论是城市还是农村，不论是贵族地主还是农民，“一切都混乱了”，都感到金钱的压力和对未来不可知的恐惧。

小说还无情地揭露了贵族上流社会思想道德的堕落：官场腐败，贿赂风行，结党营私，钩心斗角。赫赫有名的卡列宁部长、天潢贵胄的奥布浪斯基公爵都是利欲熏心的家伙。而彼得堡上流社会的三个社交集团，更是贵族资产阶级灵魂腐朽、道德败坏的集中体现：以卡列宁为首的政府官吏集团，是一些尔虞我诈、冷酷自私、钻营牟利的“官僚机器”；以伊万诺夫娜伯爵夫人为首的接近宫廷的老年贵族集团，是一伙假仁假义、两面三刀的伪君子；以特维尔斯卡雅公爵夫人为中心的青年贵族集团，则是一群荒淫无耻的高等嫖客和娼妓。作者借安娜死前的话对这个上流社会进行了有力的揭露与谴责：“这全是虚伪的，全是谎话，全是欺骗，全是罪恶!”

安娜·卡列尼娜是一个具有资产阶级个性解放思想的贵族妇女。她不满于封建婚姻，追求真挚自由的爱情。当她不顾丈夫的威胁，公然与青年军官渥伦斯基结合在一起时，整个上流社会就一起向她施加种种可怕的侮辱和非难。但花花公子渥伦斯基又背叛了她。安娜付出了失去家庭、儿子和社会地位的高昂代价，不仅没找到真挚自由的爱情，而且陷入难堪的处境，她再也无法生活下去，于是以自杀的方式向这个社会提出了最严正的抗议。

作为贵族社会思想道德的叛逆者，安娜追求的虽然只是个人的爱情自由，采用的也只是个人反抗的方式，但她勇于面对整个上流社会，誓死不做虚伪的社会道德的俘虏：在冲破封建束缚、反抗社会压迫方面，她做到了处在她那个地位和环境中所可能做到的一切。这对当时的贵族资产阶级社会，具有深刻的批判揭露意义。托尔斯泰出于世界观的矛盾，在同情安娜不幸遭遇的同时，又从宗教伦理观念出发，谴责安娜缺乏忍让的宗教感情，没尽到做妻子和母亲的责任；并为此塑造了在爱情问题上能够迷途知返的吉提和忍辱求全的杜丽的理想形象来和安娜进行对照，用列文和吉提的理想化的幸福家庭来与安娜的不幸福的家庭相比较，从而在一定程度上削弱了安娜及其悲剧的批判力量。

列文是一个力图保持宗法制经济关系的庄园地主。他对资本主义侵袭下俄国“旧基础”的迅速崩溃感到十分不安，但缺乏正确理解。他孜孜以求地寻找振兴农业、抵制这场新的社会灾难的办法。但他努力进行的却只是“道德”上的“自我修养”：参加劳动，力图走一条“对于我自己对于劳动者都有利”的“独特”道路——地主和农民“同样以股东资格参加农业经营”。“以人人富裕和满足来代替贫穷，以利害的调和一致来代替互相敌视。一句话，是不流血的革命。”改革失败后，他“濒于自杀”，坠入虚无主义、悲观主义的深渊。最后，他从宗法农民弗克尼奇身上领悟到了生活的意义：“为上帝、为灵魂活着”，要“爱人如己”，感到“上帝”就在自己心中。列文及其道路，在很大程度上是托尔斯泰本人这时期的思想和生活的体现。作为一个“天才的艺术家”①，托尔斯泰非常清晰地表现了19世纪后半期的社会变动。但“作为一个发明救世新术的先知”②，却“暴露了他不理解产生俄国所面临的危机的原因和摆脱这个危

① 《列宁全集》，中文2版，第17卷，182页，北京，人民出版社，1988。

② 同上书，185页。

机的方法”[①]，表现了他的“悲观主义、不抵抗主义、向‘精神’呼吁”[②]。

《安娜·卡列尼娜》在托尔斯泰创作的发展过程中，具有承前启后的作用。小说对贵族资产阶级的批判比过去加深了，但还没有达到后期作品那样的深度；阶级调和论、宿命论和“不抵抗主义”的说教比以前加重了，但还没有达到《复活》那样的严重程度。列文既是以前的聂赫留朵夫公爵的继续，又是后来《复活》中的聂赫留朵夫公爵的前身。理想化的宗法制农民弗克尼奇，既是《战争与和平》中的卡拉达耶夫的发展，又是《复活》中的渡船上的“老人”的前奏。以前的作品（特别是《战争与和平》）中表现出来的精深的、多样的心理描写技巧，鲜明的对比手法和辛辣的讽刺笔调，在《安娜·卡列尼娜》中有着鲜明的表现，在晚期作品《复活》中更是发展到高峰。

资本主义对俄国“旧基础”的急剧破坏，俄土战争，特别是19世纪80年代初俄国连年的大灾荒，使阶级矛盾和农民的反抗斗争日益激烈。在1879年至1881年俄国第二次民主运动高涨的革命形势影响下，托尔斯泰加强了对周围事物的关注：“1881年这个时期，对我来说乃是从内心上改变我的整个人生观的一段最为紧张热烈的时期。”这一时期他积极参加救济灾民、法庭审判和人口调查活动，走访贫民窟、监狱、法庭和教堂。对底层的深入了解，加深了他对沙皇暴力机构及其精神支柱——官方教会的认识，促使他的世界观发生激变。他由原来力图调和地主与农民矛盾的立场转向宗法制农民的立场，并形成了以“不以暴力抗恶”和“道德上的自我修养”为核心内容的“救世新术”，即“托尔斯泰主义”。他在日记、政论和《忏悔录》中强烈地谴责自己所属的贵族阶级的生活，甚至对自己的妻女也严加指责，骂她们“游手好闲”。他放弃了“伯爵”的头衔，拒绝当陪审官，自己按照农民的方式生活，穿起粗布衣、树皮鞋，每天早起，担水劈柴，努力从事体力劳动。他还帮助孤苦无助的农妇耕地。列宁指出：“乡村俄国一切‘旧基础’的这种急剧地被摧毁，使他对周围所发生的事情加强了注意，加深了兴趣，从而使他的整个世界观发生了变化。就出身和所受的教育来说，托尔斯泰属于俄国上层地主贵族，但是他抛弃了这个阶层的一切传统观点。”[③]

世界观转变后的创作，如剧本《黑暗的势力》（1886）、《教育的果实》（1890），中篇小说《伊凡·伊里奇之死》（1886）、《克莱采尔奏鸣曲》（1887—1889）、《哈吉·穆拉特》（1896—1904），特别是长篇小说《复活》鲜明地反映了转变后他的宗法制农民观点本身的矛盾：“托尔斯泰的学说反映了直到最底层都在掀起汹涌波涛的伟大的人民海洋，既反映了它的一切弱点，也反映了它的一切长处。”[④]

托尔斯泰晚年陷入极端苦闷之中，他的平民化思想与贵族家庭的生活经常发生冲突。1910年，82岁的托尔斯泰为了摆脱贵族生活而弃家出走，不幸中途得病，于11月7日在阿斯达普沃火车站逝世。

二 《复活》

《复活》（1889—1899）是托尔斯泰的代表作之一。

① 《列宁全集》，中文2版，第20卷，23页，北京，人民出版社，1989。
② 同上书，102页。
③ 同上书，40页。
④ 同上书，71页。

《复活》对地主资产阶级社会进行了全面的无情的批判，对国家、教会、土地私有制和资本主义以及法律、法庭、监狱、官吏和整个国家机器的反人民本质作了广泛而又深刻的揭露。

托尔斯泰第一次在作品中以被压迫的下层妇女（玛丝洛娃）为主人公，并多角度深入地描写了其不幸遭遇，这同革命风暴的临近以及作家世界观的转变是分不开的。玛丝洛娃是农奴的私生女，从小寄人篱下，成了地主的“半养女、半家奴”。在被聂赫留朵夫践踏遗弃后，她到处漂泊，受尽蹂躏，最后沦为娼妓。这种生活使她认识到“所有关于上帝和正直的话全是骗人的话”。当聂赫留朵夫向她表示赎罪时，她喊道：“走开，我是犯人，你是公爵……你在这个世界里拿我玩乐还不算，又要拿我来救你的灵魂，好让你能上天堂！”这是被侮辱者长期积累的发自内心的对统治阶级的仇恨和反抗！

作者用辛辣的讽刺手法描写法庭审判。参加审判的人员是一些淫棍、酒鬼、骗子手。副检察官在玛丝洛娃所在的妓院里寻欢作乐了一夜，以致在开审前还不知案情。庭长明知案子判错，但为了提前去会情妇，根本无心纠正。法官愁眉苦脸，想着自己的心事，无心审判。他们竟把无辜的玛丝洛娃判处四年苦役。

作者又通过聂赫留朵夫为玛丝洛娃四处奔走、上诉，冤案却始终得不到解决的情节，说明残忍冷酷、昏聩腐败绝不是个别官吏，而是从地方到中央整个官僚集团所共有的反动本质。前国务大臣查尔斯基，副省长马斯列尼柯夫，大法官渥尔夫，彼得堡要塞司令克里格斯冒特，全是卖身求荣、贪赃枉法、专横跋扈的无耻之徒。

作者还指出，问题不仅在于“执法者”，而且在于法律本身的反人民本质：“法律？他先抢劫每一个人，窃取所有的土地，凡属于别人的财产统统强占过来，供自己享用；他杀死所有反对他的人，然后他订出法律来禁止抢劫和杀人。”他一针见血地指出：“法律只不过是一种工具，用来维持那对我们的阶级有利的现行社会制度罢了。”但是，托尔斯泰否定反动暴力的同时也否定革命暴力，他批判沙皇专制制度，又反对用暴力推翻它。小说通过农民出身的革命者纳巴托夫表达他改良主义和反对暴力革命的主张。托尔斯泰对沙皇专制制度的批判及其局限，反映了第一次俄国革命准备时期千百万宗法制农民的强烈仇恨和政治素养的缺乏。

《复活》对沙皇专制制度的精神支柱——官方教会的伪善、欺骗和诡诈发出愤怒的谴责，揭露了宗教仪式的欺骗性、神甫和教堂执事的利己主义、宗教议长的罪恶。托尔斯泰撕下了神圣宗教的外衣，指出宗教是少数人发财和愚弄人民的工具。小说写道：“关于正义、法律、宗教、上帝等等一切话都是空话，用来掩盖最粗暴的贪欲和残忍！”托尔斯泰对官方教会的揭露，引起沙皇的惶恐和不满。小说中“监狱祈祷”一章遭到沙皇书报检查机关的斧削，只剩下五个字：“礼拜开始了。”托尔斯泰也因此被以“邪教徒”的罪名开除教籍。但是，托尔斯泰一方面反对官办的教会，另一方面却鼓吹净化了的新宗教。这种新宗教在渡船上碰到后来又在监狱中两次出现的“古怪老人”身上体现出来。他指责各种不同的教派“全跟瞎眼的巴儿狗似的爬来爬去”，全都不能相信，“应当相信我们自己身子里的灵魂才对”。他这个“心灵中的上帝”就是基督教的“博爱”思想。

小说揭示了地主与农民间的矛盾。玛尔华的丈夫砍倒东家两棵树，就被投进监狱。寡妇阿尼霞过着乞讨的生活，她怀中的婴儿没有血色，干瘦的小腿像毛毛虫那么细。小说描绘了农奴制度废除后农民生活的困境：“老百姓正在死亡”；“儿童大量夭折，妇女过度的劳动，人们营养不良，特别是老年人”；到处是饥饿，“四处讨饭”。托尔斯泰不仅看到农民贫困的现象，而且还指出了农民赤贫的真正原因：“那就是，唯一能够养活他们的土地，却给地主从他们的手里夺去了。”他认为应该把土地交给农民。托尔斯泰代表千百万农民发出了呼吁：“土地不能成为任何人的财产，它跟水、空气、阳光一样，不能买卖。”但同时又主张“把土地租给农民，再把他们所缴纳的租金算作他们的财产存储起来作为一份基金，让他们用来缴付税款，拨作公共事业的经费”。这种在原封不动地保留旧的社会生产方式的基础上否定土地私有制的主张，只是改良主义的空想。托尔斯泰反映了宗法制农民对土地的强烈要求，也反映了他们历史的局限性。托尔斯泰从农民生活的旧基础、旧宗法关系和道德规范被破坏的角度对资本主义进行了批判，表达了农民对破产和丧失土地的抗议，也表现了宗法制农民对俄国土地上出现的这个“吓人的怪物”不理解而产生的恐惧。

《复活》是一面反映俄国农民在革命中的各种矛盾状况的镜子。

在《复活》中作家塑造了两个丰满而又复杂的形象——聂赫留朵夫与玛丝洛娃。他们的命运和生活道路，体现了19世纪末俄国社会生活的某些本质方面。

大学时期的聂赫留朵夫原是个正直的、有着美好道德追求的善良青年，曾把自家的部分土地分给农民。但后来贵族社会地位和生活环境使他变成了“堕落的典型的自私自利者”。他诱奸了玛丝洛娃，随后丢下100卢布就把她抛弃了。8年后他在法庭上再一次见到玛丝洛娃，她已是被指控犯有杀人罪的妓女，无辜地被判处有罪。玛丝洛娃的哭叫声使聂赫留朵夫的良心受到巨大的震动。他开始思考自己的丑恶行为产生的严重后果，认识到自己就是她苦难的祸首。他决心赎罪，到监狱去向她认罪，并设法改变她的厄运。他多次探监，了解到被囚禁者多数是无辜的人民。为了上诉他到处奔走，走访了各级官员，从地方监狱的狱长直到中央的大臣。他发现，所有这些人都是冷酷、残忍和敌视人民的，这使他进一步看清了本阶级的罪恶。聂赫留朵夫上诉没有取得结果，便跟随玛丝洛娃到西伯利亚服刑地去了。他最后在《福音书》中找到了“真理”，完成了自己的“复活”。聂赫留朵夫作为“忏悔的贵族”的形象，在托尔斯泰创造的人物画廊中是一个特殊的典型。同以前几部长篇中探索人生意义和社会出路的贵族主人公不同，他对统治阶级及其国家机器的专横和残暴，对人民的苦难和不幸的社会根源有着清醒的认识。他意识到本阶级罪恶的深重，不时地忏悔，并力图与本阶级决裂。他认识到正是贵族霸占大量土地造成了农民的极度贫困，并将一个田庄交给了农民。虽然他每前进一步都充满矛盾，但触目惊心的现实迫使他不停地思索，推动他在矛盾中向前走去。在莫斯科、彼得堡官场的奔走，使他感到那些担任要职的官员是制造“罪犯”的罪犯。在前往西伯利亚的道上，他目睹政治犯遭受的欺凌虐待和死亡，加深了对生活的理解，进一步认识了贵族阶级的罪行。他还为无辜的囚犯奔走求救。他的思想情绪与贵族社会越来越格格不入，姐姐和他争吵，姐夫和他辩论，姨母对他冷淡，上流社会对他非难。

聂赫留朵夫逐步背离贵族阶级，成为本阶级的叛徒。他痛恨社会及自己周围的诸种罪恶，但看不到改造社会的积极有效的方法；他努力改变自己的生活方式，但仅致力于道德的自我修养和行善；他从《福音书》中发现的真理，实际上并不能真正消除社会罪恶，而只不过是个人道德完善的一纸“药方”罢了。

聂赫留朵夫这个形象在那个时代是具有典型意义的。因为“在阶级斗争接近决战的时期，统治阶级内部的、整个旧社会内部的瓦解过程，就达到非常强烈、非常尖锐的程度，甚至使得统治阶级中的一小部分人脱离统治阶级而归附于革命的阶级，即掌握着未来的阶级”①。当然，

① 《马克思恩格斯选集》，2版，第1卷，282页。

聂赫留朵夫远没有“归附于革命的阶级”，但是他从贵族阶级中游离出来，愿意与本阶级决裂，这在俄国1905年革命前夕动荡的年代里无疑是个有本质意义的社会现象。它表明贵族阶级内部出现分裂，沙皇专制制度已经动摇，革命风暴已经临近。

女主人公玛丝洛娃是被侮辱、被压迫妇女的典型。少女时代，她是个天真、纯洁、乐观、憧憬美好生活的姑娘。但是，严酷的现实粉碎了她的美好幻想。聂赫留朵夫对她的玷污和遗弃是她悲剧命运的开端。凄风苦雨的黑夜，她淋在雨里等候聂赫留朵夫乘坐的列车，两种处境鲜明的对照，使她开始意识到自己同他之间隔着一道鸿沟。她了解到剥削阶级社会“人人都只是为了自己，只是为了自己的快乐而生活着”。被侮辱和被遗弃的痛苦，使她绝望，以致“她想卧轨自杀”。被地主婆赶出庄园后，她流离失所，屡遭凌辱。她走投无路，堕入青楼，成为社会的牺牲品，只能借抽烟饮酒来排解愁闷。妓院伤害了她的心灵，造成她精神的麻木。她的种种恶习、她的病态心理与本来清白纯洁的卡秋莎形成鲜明的对比。被妓院淫荡生活摧残的玛丝洛娃，这时的形象变了样，性格也变得轻佻而又孱弱。

托尔斯泰塑造普通人的悲剧的形象，目的在于揭露悲剧的社会根源，同时也在于揭示那为普通人所特有的不可摧毁的精神气质。因此，作者满怀同情地叙述了她的“堕落”之后，又精心地描绘了她的“复活”。在监狱中和难友们患难与共，使她逐渐恢复了正常的生活信念。目睹穷人受迫害，政治犯受虐待，法律的不公正，看守的野蛮……她开始把自身不幸的遭遇和底层劳苦群众的命运联系起来。于是，她的爱憎荣辱观念也变得和被压迫的底层人民相同。她戒除烟酒，厌弃同男人的调情。她同情狱友们的遭际，帮助狱中同伴，为犯人求情。她的新生来自革命者的影响和底层人民的不可摧毁的坚强意志。革命者为解除人们的苦难而自己甘受痛苦甚至牺牲的精神，深深地感动了她，她迅速地向新生的道路上迈进。

此外，《复活》中还描写了革命者的形象。托尔斯泰对革命者的态度是矛盾的：他肯定革命者对沙皇制度的仇恨、社会平等的思想、自我献身精神和他们的优秀品质，否定革命者暴力革命的手段和革命行动，力图将革命者写成接近自己学说的理想人物，即托尔斯泰式的人道主义者、改良主义者。

《复活》在艺术上有很高的成就。托尔斯泰采用二重组合的性格系统，在双向逆反的发展中，生动地刻画了聂赫留朵夫的性格。人性与兽性、精神与物质、理想与现实不断地冲突，构成了聂赫留朵夫性格的两级特征和生动的性格形态。例如男女主人公在法庭上惊人的巧遇，他怕玛丝洛娃认出自己来，弄得他当众出丑，判了她四年苦役，他如释重负；她悲伤的哭声，震动了他的心灵；他不顾自己举动被别人注意，决心为她上诉，想跟她结婚，帮助她摆脱灾难。他在这种情境中的情感，交错着各种复杂的内容，很难用自私、冷酷和虚伪或者真诚、质朴和善良来概括。这里有朦胧的忏悔，也有淡淡的思情；有真实的良心自我谴责，又有虚假的道德自我完善；有以个人为本位，又有以他人为本位；似乎在吞食苦果，又似乎在吐出苦果。正是他性格深层结构中两极内容的拼搏和争斗，才使这个形象充满艺术魅力，给读者留下回味无穷的审美空间。

《复活》描写人物和安排结构的基本原则，是鲜明的对比。小说中运用对比的手法是多种多样的，其中有场面与场面的对比，有形象与形象的对比，有大自然与社会的对比，等等。不同人物不同生活，不同阶级不同命运，深刻地揭示了阶级的对立和矛盾，增强了作品的揭露与批判力量。

大量采用讽刺手法是这部小说的另一个特色。同时，讽刺手法的运用也是多种多样的。有直接进行的讽刺和嘲笑，有被讽刺对象对事物的看法中表达出的无意识的自我讽刺，有一个人物讽刺另一个人物，有带有某种特征的肖像的讽刺，有通过生动的细节进行讽刺，有用针砭的比喻作讽刺。此外，还用形式与内容的矛盾造成讽刺的效果，体现作者鲜明的批判态度。

《复活》采用的是单一的情节结构。但托尔斯泰的革新之处在于，他打破了欧洲传统小说首尾完整的封闭结构的固定模式。小说中戏剧性的高潮和结局消失了，作品的内容和男女主人公的命运像生活一样流动无尽。这种开放型的结构，给 20 世纪的小说形式革新提供了启示。在单一情节的作品中，很难有像《复活》这部小说具有的社会容量。作家通过男主人公为玛丝洛娃上诉奔走和处理田庄，人物接力棒式地出现，把上层社会与下层人民的生活、城市与农村的生活、外省与首都的生活都呈现在读者的面前，描绘了“无与伦比的俄国社会生活的图画”。

此外，作家还用哲理思考和大声疾呼的道德说教来表达批判的火热激情，使小说具有格外的力度。

第五节 契诃夫

安东·巴甫洛维奇·契诃夫（1860—1904）是俄国 19 世纪批判现实主义最后一位杰出的作家。他以擅长写短篇小说著称，与莫泊桑、欧·亨利并列为“世界三大短篇小说家”。他的戏剧创作也很有成就。

契诃夫出生在亚速海沿岸塔干罗格城的一个小商人家庭。童年生活困苦，中学时代不得不一面求学，一面当家庭教师以维持生计。这使他很早就接触社会，从小养成注意观察周围生活和独立思考的习惯。他于 1879 年中学毕业，1880 年进入莫斯科大学医学系，同年以安托沙·契洪特的笔名在幽默杂志《蜻蜓》上发表了最早的两篇作品，从此开始了他的文学创作活动。1884 年大学毕业后，他一面行医，一面继续在各种幽默杂志上发表小说。在 19 世纪 80 年代，他曾先后汇集出版过三本短篇小说集，即《梅尔波美娜的故事》（1884）、《杂色的故事》（1886）和《在昏暗中》（1887）。

当时，为了赚钱养家和供自己上大学，他的创作不得不追求速成。在 1888 年以前，他创作的题材之多和数量之大，确实惊人。在 1883 年至 1885 年，他每年都要写小说 100 篇以上，1885 年最高达到 129 篇。他一生创作了 470 多篇小说，大部分（约 400 篇）写于这个时期，而且多是短篇。

19 世纪 80 年代正是沙皇政府镇压民粹派，为防范革命活动而公开实行高压政策的时候。进步杂志被迫停刊，能合法出版的刊物都是“为笑而笑”的庸俗材料。契诃夫为了迎合刊物的胃口，逗人发笑，某些作品不免流于粗俗。后来他在出版文集时，毫不犹豫地舍弃了这些作品。他早期的作品中有相当一部分具有深刻的社会意义，这些作品可分为两类：一类是表面上写俄国社会日常生活中的笑话，实际上却无情地嘲笑和揭露专制警察制度和小市民的奴性心理，如《小公务员之死》(1883)、《变色龙》(1884)、《普里希别叶夫中士》(1885) 等；另一类是反映劳动人民的贫困和痛苦生活的，如《哀伤》(1885)、《苦恼》(1886)、《万卡》(1886) 等。

《小公务员之死》写一个小公务员在看戏时打了个喷嚏，把唾沫星溅在前座的一位将军的秃头上，他虽三番五次向将军道歉，但唯恐将军大人不肯原谅而对他施加惩罚，从此心惊胆战，惶惶不可终日，不久就一命呜呼。这个故事说明在黑暗的社会里，大官们的暴虐和飞扬跋扈造成了卑微的小人物的畏惧和奴性心理，使读者感到那种社会制度是多么不合理，多么不可容忍！《变色龙》描写警官奥楚蔑洛夫在广场上处理一桩人被狗咬伤手指头的案件。开头他摆出架势，扬言要给狗的主人一点颜色看看。突然有人说，这是某将军家的狗，话虽然还不肯定，但是已足以使他担惊受怕了。他急得浑身发热，连大衣都穿不住了，马上改换腔调，袒护起狗来，并且反过来责备被狗咬的人："把手放下来！……怪你自己不好！"可是这时又有人说不是将军家的狗，他又改变了面孔。中间反复改变了几次。后来将军家的厨师走来，肯定说将军家没有这样的狗，警官的态度顿时改变，断然宣布："这是条野狗！用不着白费工夫说空话了……弄死它算了。"哪知道厨师的话并没有说完，接着又说，狗不是将军家的，却是将军哥哥的。于是，他马上又换了一副面孔，对那条狗赞不绝口，夸它机灵，能一口就咬破人的手指头。他还训斥那被咬的人道："我早晚要收拾你！"通过奥楚蔑洛夫态度的几次反复，作品生动地勾画出一个欺压百姓、阿谀权贵的奴才的嘴脸。在《普里希别叶夫中士》里刻画的则是一个自愿为统治阶级效劳的走狗的形象。普里希别叶夫虽然已经退伍，却还以卫道士的面貌出现。他不许人们聚集街头，不许人们唱歌，不许晚上点灯；他盯女人的梢，察看她们有没有不规矩的行为，甚至记下"违法者"的名单，准备向当局报告。由此可见专制制度下俄国社会的黑暗和人民生活的痛苦。

在反映城市劳动人民生活的作品中，作者通过对生活琐事的描写，对下层人民的悲愁给予深切的同情。这类作品多带有浓重的阴郁和伤感的情调。如《苦恼》写一个孤苦伶仃的老马车夫，在儿子死后整整一个星期，几次想找人倾吐一下他内心的痛苦，但是谁也不理睬他，他只好向他的老马去倾诉。作者通过这个故事控诉了社会的冷漠无情，描述了劳动人民孤苦无告的悲惨遭遇。又如《万卡》里九岁的小徒工万卡，被力不胜任的工作折磨得筋疲力尽，还要受店主的打骂和凌辱，但同样无处申诉，只好趁夜深人静时在小油灯下给爷爷写信诉说。然而这也只是小万卡的幻想，穷苦的爷爷是不可能接到他的信的，因为他连爷爷的地址都不知道怎样写。

中篇小说《草原》(1888) 是契诃夫19世纪80年代的重要作品。它不是通过描写个别人物的遭遇来反映社会，而是通过主人公——九岁的叶果鲁希卡从乡村到城市的一次旅行，广泛地描写了大自然的景色和人们的生活。作品充满了作者对俄国命运的关心和对幸福前途的憧憬。它告诉读者，草原是美好的，人民也很有智慧，但是在草原上奔驰的没有人民的英雄，只有贵族、商人和神甫等同广阔的草原不相称的人。作者通过叶果鲁希卡的幻想，表示期望未来的俄国大地应当由人民来主宰。

80年代末，由于反动压迫的加强，知识分子的情绪普遍低沉，这引起契诃夫的忧虑。为了摆脱思想危机，寻求社会出路的答案，他于1890年不顾旅途的艰苦，千里迢迢带病前往库页岛考察流刑犯和当地居民的生活。他在库页岛停留了三个月，访问了近一万名犯人和移民，了解到大量丰富的现实材料。然后乘船绕道印度、新加坡、锡兰（斯里兰卡），以及塞得港、君士坦丁堡、敖得萨回国。库页岛之行对他起了良好的影响，使他亲眼看到俄国政治犯的悲惨生活和斗争精神，也使他对黑暗现实有了进一步的认识。他回来之后克服了不问政治的倾向，果断地和反动报刊断绝联系。契诃夫思想有了明显的变化，创作也有了相应的发展。作品的题材更为广泛，思想内容更加深刻，艺术技巧也更为成熟。由于表现的内容更为深广，他写出了不少中篇小说。

这样，90年代就成了契诃夫创作的繁荣和成熟时期，他写的许多优秀名篇都产生于这个时期。其中揭露社会黑暗和抨击托尔斯泰主义等错误思想的作品占相当大的比例，如《第六病室》(1892)、《挂在脖子上的安娜》(1895)、《带阁楼的房子——艺术家的故事》(1896)、《醋栗》(1898)、《套中人》(1898) 等。

《第六病室》是契诃夫库页岛之行的产物。它描写了一个发生在外省小城医院里的故事。这所医院里的第六病室是专住"精神病患者"的。病室阴暗潮湿、臭气熏天、拥挤混乱不堪，看门人像狱吏一样肆意殴打病人，克扣病人的食品。"患者"到了这里不是得到治疗，而是遭到非人的虐待。医生拉京曾经对这种状况不满，但他信奉的是托尔斯泰"不以暴力抗恶"的理论，一点儿也不进行斗争，只是采取不闻不问的态度。一次，他值班巡视病室，结识了因反抗专制压迫而被关进来的"病人"格罗莫夫，两人谈得很投机。此后不久，拉京也被诬告为"精神病人"关进了第六病室，照例遭到看门人的毒打。这时拉京才醒悟过来，认识到"不抗恶"是错误的，但是为时已晚。他被打后，第二天就死了。这间专横野蛮、阴森恐怖的第六病室活像一座牢狱，仿佛就是专制俄国的缩影。小说比作者以往的任何作品都更为深刻地揭露了沙皇俄国的黑暗。主人公格罗莫夫不是一个寻常的"精神病人"，人们认为他疯，只因为他老是说有人要逮捕他，而这种心理状态却是由反动当局日夜滥捕人所造成的，是社会逼出来的。实际上他是一个清醒的人，不但感到社会像是"野兽一般的生活"，而且能在同拉京的争论中历数"不以暴力抗恶"的谬误："我们关在铁格子里面，长期幽禁，受尽折磨；可是这很好，很合理，因为病室跟温暖舒适的书房根本没有什么区别。好方便的哲学：不用做事，良心却清清白白，而且觉得自己是大圣大贤。"格罗莫夫接着痛斥道："不行！先生，这不是哲学，不是思想，也不是眼界开阔，而是懒惰，托钵僧精神，浑浑噩噩的麻木。"作品写这样一个很有思想的人竟遭到如此残酷的迫害，更显出了统治阶级的罪恶。医生拉京是个软弱的知识分子，他能看清社会的黑暗和不公正，但没有勇气起来斗争，只能逃避现实，苟且偷安，甚至还宣传说："痛苦是一种生动的观念，运用意志力量改变这个观念，丢开它，不诉苦，痛苦就会消灭。"可是现实是无情的，反动势力的迫害终于落到了他的头上。他的死宣告了托尔斯泰主义的破产。小说的描写触目惊心，发人深省，激励人们起来和反动势力作斗争。小说发表后立即引起轰动。

契诃夫能写出《第六病室》，是同他世界观的明显转变分不开的。他曾经承认，他受托尔斯泰哲学及其不抵抗主义支配了六七年，到了90年代初期，他坚决弃绝了托尔斯泰主义。小说的诞生正是他这种变化的标志。

《带阁楼的房子——艺术家的故事》的主题是批判错误的社会思潮"小事论"的。地主庄园的小姐莉达年轻有为，精力充沛，有为社会办事的一腔热忱，但是只热衷于"小事"的改革，整天只是搞什么图书馆、医疗所或者募捐救济、办教育等等，对严重的社会问题却不感兴趣。这种"小事论"在19世纪八九十年代的俄国曾风行一时，它在革命形势日益临近的年代显然是很不够的。在作者看来，要紧的是从根本上解决“好几百年”以来不断“重演的那套旧故事”，即“千千万万人生活得比动物还糟——只为了有一口饭吃就得经常担惊受怕”的问题。然而，作者在小说中还不能指出解决问题的正确道路。

《套中人》是一篇脍炙人口的小说。它塑造了一个旧制度的卫道者、新事物的反对者的典型形象。别里科夫是个普通中学教员，“他所以出名，是因为他即使在顶晴朗的天气也穿上雨鞋，带着雨伞，而且一定穿着暖和的棉大衣。他的雨伞总是用套子包好，表也总是用一个灰色的鹿皮套子包好……他的脸也好像蒙着一个套子，因为他老是把脸藏在竖起的衣领里”。透过“套子”，人们看到的是一个顽固的保守势力的代表，他把“思想也极力藏在一个套子里。只有政府的告示和报纸上的文章，其中写着禁止什么事情，他才觉得一清二楚”。为了扼杀一切新事物，他甚至用盯梢、告密等等卑鄙手段，搞得全城都怕他，人们“不敢大声说话，不敢写信，不敢交朋友，不敢看书，不敢赈济穷人，不敢教人念书写字……”他长期危害这个小城人们的自由，小城的生活因而变得死气沉沉。在专制制度腐朽没落的年代，作者拿出别里科夫这个典型来加以鞭挞，正是要激发人们起来改变这种窒息创造精神的社会。他借小说中的猎人之口说道：“不成，不能再照这样生活下去啦！”

这时期，契诃夫在揭露黑暗社会和错误思潮的同时，也对知识分子的空虚无为和小市民的庸俗丑恶进行了有力的抨击。这表现在《跳来跳去的女人》(1892)、《文学教师》(1894)、《姚尼奇》(1898) 等作品中。

短篇小说《姚尼奇》描写一个年轻的医生姚尼奇到外省某城行医，和当地的知识分子屠尔金一家结交。这一家要算是城里“顶有修养、顶有才气的”人家了。实际上主客都是故作风雅，掩盖不住内心的空虚；而整个省城，生活也同这一家一样俗不可耐。庸俗琐屑的生活环境把他的热情和思想逐渐消磨掉。四年之后，姚尼奇已经从一个有朝气的知识分子堕落为毫无理想、对平庸生活心满意足的资产阶级俗物了。契诃夫认为，小市民空虚庸俗的生活也是社会前进的障碍，所以他对庸俗习气极为憎恶，写了许多小说来反对庸俗习气。《文学教师》通篇的思想都是反对庸俗的“幸福”，他甚至通过主人公尼基丁之口喊道：“天哪，我是在什么地方啊？我给庸俗，庸俗，团团围住了。……再也没有比庸俗更可怕、更使人屈辱、更使人愁闷的东西了。我得从这儿逃掉，我今天就得逃，要不然我就要发疯啦！”

在19世纪90年代契诃夫的创作中，另一个重要的主题是农民问题。他对农民问题很关心，特别是1892年他迁居离莫斯科不远的田庄梅里霍沃之后，由于行医、办学以及担任地方自治委员等活动，同农民有了更多的接触，对他们有了更深的了解，从而创作了一组描写俄国农村和农民的作品。在《农民》(1897) 中，作者反映了农奴制改革后俄国农民的贫困生活。在《峡谷里》(1900) 则描写了19世纪90年代资本主义在俄国农村发展的情景。作者用生动的生活现实说明，资本主义已经在农村发展，农民在沙皇专制制度和资本主义的双重压榨下已经濒临破产，从而驳斥了民粹派认为俄国可以避免资本主义的错误理论。他深切同情农民贫困不堪的处境，期望农民有光明的生活前景；但是他笔下的农民大都很软弱，缺乏反抗精神。

契诃夫小说描写的多是阴暗灰色的生活，并且明显流露出抑郁哀伤的调子，但这并不表明作者是悲观主义者。他对丑恶生活的暴露，对人们身上消极面的揭露，是为了向人们说明除旧布新的必要。他1898年认识高尔基以后，在高尔基的影响下，非常重视政治事件。在19世纪末20世纪初革命形势的感染下，契诃夫的思想更朝着积极方向转变。他晚年的作品有着显著的乐观主义情调。在他 1903 年写的最后一部小说《新娘》中已经充满了对新生活即将来临的预感。作者热情歌颂摆脱了庸俗停滞生活的新人。他们为了创建“人人都知道自己为什么活着”的新社会，已经走上了斗争的道路。他让主人公娜嘉想象光明的未来，“在她的面前出现一种宽广辽阔的新生活”。

契诃夫短篇小说的创作经验有很多地方值得借鉴。在选材方面，他善于从日常生活中习见的人和事取材，甚至能通过一些平凡小事说明大道理；在结构方面，简括精练，作品中人物不多，情节简单；另外，叙述简洁，用语明确，没有冗长的描写，不作啰唆的对话，往往是通过人物的言行表现人物的内心世界或作品的主题思想，不用作者发议论。这些都已体现出现实主义的新发展。

契诃夫还写过不少剧本。在 19 世纪 80 年代，他写过一些独幕剧，较著名的有《蠢货》(1888)、《求婚》(1889) 等。这些剧本带有闹剧的特点，都很幽默，但反映的生活面不广，主要是通过日常生活中喜剧性的情节嘲笑小市民的庸俗和地主的卑劣。

他在创作的后期开始写多幕剧，一共写了五部。剧中的主角大多是外省的知识分子。《伊凡诺夫》(1887) 写一个从热情奋发转变为苦闷颓唐的知识分子。《海鸥》(1896) 描写两个想创一番事业的演员和作家的不同结局。《万尼亚舅舅》(1897) 写一个对“名教授”偶像的盲目崇拜者的绝望和一个想造福后代的乡村医生幻想的破灭。《三姊妹》(1901) 描写憧憬美好生活的三个姐妹，都只有美丽的幻想而没有实际的行动。剧本写的这些人物大多是不关心政治的小资产阶级知识分子，反映了他们在革命前的黑暗年代里的苦闷、彷徨、挣扎和追求，表现了他们正直、敏感和富于幻想的特点。作者同情他们的抱负不能实现的命运，但没有指出他们脱离实际、脱离人民的弱点，因而也不能给他们指明出路。

契诃夫最著名的剧本是《樱桃园》(1903)，描写 19 世纪末 20 世纪初俄国资本主义迅速发展、贵族庄园彻底崩溃的情景。朗涅夫斯卡娅和戛耶夫这些旧式的贵族，尚空谈而不务实际，好幻想而无实践能力，他们整天悠闲自在地消磨时光，可是灭亡的命运已在等待着他们。他们对新形势毫无适应能力，结果这些寄生虫坐吃山空，荡光了家产，卖掉了樱桃园。“贵族之家”终于经济破产，道德堕落，彻底崩溃。代之而起的樱桃园新主人是商人和企业主陆伯兴。他精明强干，头脑清醒，拥有资本。他不顾什么“美”感，完全从经济利益出发，刚买下樱桃园，旧主人未走，就已经动手砍伐樱桃树了。他是“一个看见什么就吞什么的吃肉猛兽”。正是这个新起的资产阶级“猛兽”，“吞吃”了贵族的庄园。作者在剧中塑造了平民知识分子特罗菲莫夫和安尼雅这些新一代的正面形象，虽然不够丰满，但作为未来社会主人的特罗菲莫夫喊出了“新生活万岁”却是激动人心的，使剧本显出乐观的调子。

契诃夫是具有资产阶级民主主义思想的作家。他痛恨沙皇专制制度，反对黑暗反动势力。他曾在 1900 年当选为科学院名誉院士。可是到 1902 年，当沙皇政府下令取消高尔基的名誉院士资格的时候，他立即和俄国著名作家柯罗连科一同发表声明，放弃院士学位以示抗议。契诃夫对中国人民怀有美好的感情，关心中国义和团的反帝斗争。他曾约高尔基一同访问中国，但终因长期患病，医治无效而未遂愿。他于 1904 年 7 月 15 日因肺病恶化而去世。

契诃夫的作品在我国早就很有影响。新中国成立前，我国人民遭受反动派的统治，对无情揭露俄国黑暗现实、热烈追求新生活的契诃夫特别喜爱。正如巴金所说的：“中国的读者热爱契诃夫，因为他们曾经感觉到契诃夫的作品好像就是为他们写的，而且描写他们中间发生的事情。”[①] 鲁迅曾经翻译和推荐过契诃夫的作品。

第六节 易卜生

一　生平与创作

亨利克·易卜生（1828—1906）是挪威杰出的戏剧家，被誉为“现代戏剧之父”。他的“社会问题剧”对戏剧艺术的革新作出了重大贡献，具有世界性的影响。当今，他的心理剧也受到了重视。

易卜生出生于小城希恩的一个木材商人家庭，早年生活富裕，8岁时家业破产，受到社会歧视。从小“他把拥有独立精神的家庭所牢固形成的传统，寓于个人孤傲和极度的自尊心之中”[②]。他不喜爱社交，也远离政治；他具有挪威人沉默寡言的性格，但内里却隐藏着一颗爱人之心。他“是冰又是火”[③]。直到16岁他都在拉丁语学校上学，16岁那年他外出独立谋生，在一家小药店当学徒。工作之余，他夜读不辍，往往至天色垂曙。他自学希腊文和拉丁文，进而接触古代希腊罗马文学和历史著作，是一位“自修的大学生”。工作、学习之余，他也不时提笔写诗，抒发胸中郁闷，这些诗中约三分之一后来辑为《杂诗》（1871）出版。1848年革命的浪潮席卷欧洲，激起了他对祖国命运的深切关怀，他激动地写了十四行诗《醒醒吧，斯堪的纳维亚人》等诗篇，并且根据古代传说写出了第一个剧本《凯替来恩》（1848—1849），歌颂一位具有高尚理想的英雄人物，但未能上演。1850年又根据英雄传说写成独幕剧《诺尔曼人》（1850），当年秋天在奥斯陆剧院上演。是年，易卜生辞去药店工作，去奥斯陆报考大学，由于希腊文和数学成绩欠佳，未被录取。在奥斯陆，他结交了一些思想进步的朋友，并参加过学生的示威游行和工人的进步运动，担任过学生刊物的编辑。从1851年到1857年，易卜生在卑尔根剧院任编剧和舞台主任，每年必须写出一部剧本在奠基节（6月2日）上演，五年间写了《圣约翰之夜》（1853）、《勇士坟》（1854，由《诺尔曼人》修改而来）、《英格夫人》（1855）、《苏尔豪格的宴会》（1856）、《渥拉夫·利列克朗》（1857）。这期间他受剧院派遣曾去丹麦皇家剧院学习戏剧艺术，并到德国德累斯顿访问。29岁的易卜生，可以说已崭露头角。1857年至1862年，他在“挪威剧院”任经理。剧院破产后他向奥斯陆大学申请研究经费得到批准，曾北上到各州旅行，深入民间搜集民歌民谣、英雄传说。为了生计，他还当过一段时间的海关职

① 巴金：《谈契诃夫》，载《解放日报》，1955-01-29。

② ［苏］卢那察尔斯基：《亨利克·易卜生》，见高国甫主编：《易卜生评论集》，258页，北京，外语教学与研究出版社，1982。

③ ［英］F.L. 卢卡斯：《易卜生的性格》，见高国甫主编：《易卜生评论集》，345页。

员。1863 年 3 月，丹麦部分领土突遭普奥联军强占，斯堪的纳维亚统一论的拥护者易卜生，目睹挪威、瑞典政府隔岸观火，坐视不救，义愤填膺地写下《患难兄弟》一诗，痛斥斯堪的纳维亚人的爱国主义空话，并愤然弃国，侨居意大利和德国达 27 年之久，直至 1891 年才回国定居，于 1906 年 5 月 23 日去世。挪威为他举行了隆重的国葬。

戏剧家易卜生在近 50 年的创作生涯中共写了 50 部剧本，按其思想和艺术的发展，大致可分为三个时期：

早期创作（1850—1868 年），大都采用挪威古代英雄传奇、民歌民谣、神话传说等作为素材，加以改编为中古历史剧，借古喻今，题材多样，想象丰富，而且多为诗体剧。其中《英格夫人》（1855）、《觊觎王位的人》（1863），通过塑造古代英雄形象，宣传爱国意识，歌颂民族团结统一，批判个人野心家；《苏尔豪格的宴会》（1856）、《恋爱喜剧》（1862）描述古代爱情与婚姻的矛盾，触及资产阶级社会中婚姻的现金交易和金钱关系，并认为爱情是诗，婚姻是散文，宣扬恋爱与婚姻截然对立的二元论思想；《布朗德》（1866）、《培尔·金特》（1867）是两部互相对照的浪漫主义哲理诗剧，作者本人称之为幻想剧，表达了作者愤世嫉俗，与陈腐的社会秩序对抗，谴责小市民庸碌无为、随遇而安的精神状态。

《布朗德》写虔诚信仰上帝的牧师布朗德，坚持信仰终生不渝，而且身体力行，“毁家纾难”带着妻子来到北方海湾边的一个小村庄专心致志地为教民服务。他的母亲不听他提出的将财产全部献给国家的劝告，他就拒绝为她做临终忏悔仪式。儿子患重病，医生劝告亟须到南方温暖地区居住调养，他也不从，坚守在北方，结果儿子死了。他甚至也不让妻子看望儿子的坟墓，更不允许把儿子的衣物留作纪念，说失去人间的东西越多，道德的胜利就越大。他立身处世的格言是“全有或俱无”（“或是得到一切，或是一无所有”）。妻儿死后，他孑然一身，信念弥坚。他用母亲的遗产在北方峡湾盖起一座新教堂，向教民宣扬要有高尚的生活目标，应像英雄那样生活，不要信从世间所宣扬的宗教教条和神学组织。教民为他的事迹和布道精神所感动，听从他的召唤跟着他往高处走，说这样可以更接近“创世者”而走向新生。但到后来群众都离开了他，而他一人连头都不回，仍往高处走，最后被雪崩压死在山上。他的一生也就按照“全有或俱无”的格言结束了。

布朗德是易卜生笔下第一个反对小资产阶级的中庸之道和市侩的言行不一的极端理想主义者的形象，也是第一个高扬“人的精神反叛”旗帜的英雄，这一形象在后来创作的“社会问题剧”中得到了进一步的发展。易卜生显然是把他自己的奋斗、选择、理想和失望，全都融入布朗德的形象中了。但应该指出，易卜生的这种“人的精神反叛”，由于缺乏明确的目标和内容，只在纯抒情领域才是崇高的，注定只能“在抽象的荒野里作没有出路的流浪”①。更有甚者，无政府主义式的反对一切现存的事物②，事实上是什么也没有反对，所以有的评论者尖刻地指出，激进的易卜生事实上是保守的。

《培尔·金特》写的是一个浪子回头的故事，剧情与《布朗德》截然不同，但在主题思想的内在联系上却十分密切，都是描写人的意志，所以作者本人说，《培尔·金特》是写完《布朗德》后自然而然的产物。它们可以说是一对戏。培尔是一个普通人，一个农夫，精神轻松，活泼可爱，但意志薄弱，不讲原则，随机应变，随波逐流，灵魂空空如也，恰与布朗德形成鲜

① ［俄］普列汉诺夫：《亨利克·易卜生》，见高国甫主编：《易卜生评论集》，176 页。

② 易卜生深受无政府主义者克鲁泡特金的影响，认为“国家是个人的祸害”。

明对照。但这是一部很复杂的剧作，充满了各种各样的幻想、象征和寓意，有如歌德的《浮士德》，主人公的性格也复杂多变。他有时是随遇而安的犬儒主义者，有时又是妄想当国王的梦想家，很难用“善”或“恶”简单地加以归类和概括。值得注意的是，易卜生在此剧中通过苏尔维格的形象表达了后期作品中强烈表露的一个观点：男人会通过女人得到解救。

中期创作（1869—1890），是易卜生以创作现实主义“社会问题剧”为主的一个重要时期，在艺术形式上也从早期的诗体剧转向散文体的创作。[①] 易卜生在这一时期共写了9部以社会和家庭问题为内容的剧本：《青年同盟》（1869）、《社会支柱》（1877）、《玩偶之家》（1879）、《群鬼》（1881）、《人民公敌》（1882）、《野鸭》（1884）、《罗斯莫庄》（1886）、《海上夫人》（1888）和《海达·高布乐》（1890）。9部“社会问题剧”奠定了易卜生在欧洲乃至全世界作为杰出剧作家的不可动摇的地位，并使挪威文学在欧洲文学中跃居显赫地位。恩格斯对此曾给予高度的评价，认为“在这一时期除了俄国以外没有一个国家能与之媲美”[②]。

易卜生的社会问题剧的主要特点是：以日常生活为题材，从多方面剖析社会问题，使矛盾尖锐突出，启发观众思考和引起“论争”，从而引导人们起而改革社会弊端。

《青年同盟》、《社会支柱》、《人民公敌》可谓一组集中揭露资产阶级政治黑幕的戏。《青年同盟》的主人公史丹斯戈律师是个不择手段的政治投机家，他组织了一个青年同盟党，在成立大会上猛烈抨击保守党，骗取了青年人对他的信任，当上了头头。可是会下，他又与保守派人士拉拉扯扯，狼狈为奸。他还卑鄙地利用裙带关系往上爬，订婚、退婚、结婚、离婚对他来说都是一种交易，是一种往上爬的阶梯。最后他终于当上了国会议员和政府部长。《社会支柱》的主人公博尼克是一个新兴的年轻资本家，一家造船厂的老板。他靠“棺材船”（一种油漆破船以充新船）起家和发财致富，完全不顾他人的死活。在私人道德上，他也是损人利己，不择手段。他与海斯尔小姐订婚，后来见海斯尔的姐姐得到了姑母的一笔遗产，就毁约而与她的姐姐结了婚。婚后他又与一女演员私通，生了一个私生女，就用贪污的公款收买了女演员的丈夫，还唆使内弟出来做替罪羊，然后用“棺材船”把内弟送往美国，希望他葬身大海，再也回不来。就是这样一个欺世盗名、良心泯灭的社会蛀虫，惯用两面手法和略施小恩小惠，就博得了“慈善家”、“家庭生活模范”和“社会支柱”的美名，群众甚至还到他家门口山呼万岁！这真是一个人妖颠倒的社会，易卜生揭露和讽刺的笔锋何等犀利！但是剧末博尼克的“良心发现”，实是剧中的一处败笔。

《人民公敌》的主人公斯多克芒是一个小城温泉浴场的专职医生，他的哥哥是这座小城的市长。斯多克芒发现浴池里有斑疹伤寒等危险的传染病菌，主张关闭浴场进行改建。但他的合理建议遭到了上自市长下至新闻界、房产主和市民的坚决反对，因为他们都怕这会影响收益和生计。斯多克芒不顾威胁利诱，要尽公民义务，就自筹一个宣讲会，向市民说明真相并且晓以大义，希望取得群众的支持。但是市长和社会上层人士早已做了布置，操纵了会场，在会上进行煽动，于是通过“民主表决”，最终宣布斯多克芒为“人民公敌”，将他一家驱逐出市。斯多克芒虽感到好像“肺上扎了一大针”，但在精神上感到自己取得了胜利，并且悟出一个道理：“世界上最有力量的人是最孤立的人！”斯多克芒的形象显然是布朗德形象的延伸和发展。在他

---

① 易卜生指出：“诗体剧的形式给戏剧艺术造成了极其严重的损害。……随着一个时代的结束，某些艺术形式也会消亡。”

② 《马克思恩格斯选集》，2版，第4卷，688页。

们身上可以明显地看出作者所受尼采“超人”哲学的影响。他们都带有极端理想主义和极端个人主义（不是利己主义）的明显局限，不相信群众，孤军奋战，因而都只能以实际的失败和精神上的胜利而告终，所以易卜生的失望、失败和晚年堕入悲观主义就不足为怪，也必不可免。

《玩偶之家》、《海上夫人》①、《群鬼》又可谓一组讨论妇女解放问题的戏。《玩偶之家》和《海上夫人》的主人公娜拉和艾黎达，都要求人格独立，渴望自由、平等、平权，可以说是那个时代初步觉醒和觉悟了的新女性。所以剧本一发表，就遭到了保守势力的猛烈抨击，易卜生于是又写了《群鬼》作为回答。

《群鬼》主人公海伦·阿尔文太太的性格与娜拉和艾黎达迥异。她是一个忍辱负重、性格懦弱的妇女典型。她年轻时由母亲和两位姑母做主，嫁给又有钱又漂亮的阿尔文上尉。婚后发现丈夫是一个酒色之徒，她精神上不堪折磨，就想弃家出走，来找旧日的情人曼德牧师商量离开阿尔文的办法。岂料曼德牧师却向她讲了一番似是而非的大道理，告诉她女人的义务就是“紧靠上帝叫她紧靠的那个男人”。儿子7岁时，她怕儿子知道家中丑事，就把他送往巴黎学艺术。她还想方设法不让孩子回家探亲，并违心地不断写信称赞他的父亲，把阿尔文伪饰成一个德高望重的公民，家庭中的模范丈夫和父亲。阿尔文死后，她还为他沽名钓誉，用他的遗产建立了一所“阿尔文孤儿院”。儿子欧士华学成回国，正逢孤儿院落成开幕。海伦自以为含辛茹苦几十年，该有个好结局了。不料灾难又接踵而至：儿子在家看中了同父异母妹妹——私生女吕嘉纳，而他又“从胎里遗传了花柳病”，发作时胡言乱语，病情十分险恶。海伦和儿子都成了旧礼教的牺牲品。严酷的现实迫使海伦不得不思考，对国家法律、秩序、宗教、道德提出种种疑问。她对曼德牧师说：“那时候我就开始检查你讲的那些大道理。我本来只想解开一个疙瘩，谁知道一个疙瘩解开了，整块儿东西就全部松开了。”剧名“群鬼”既指海伦家两代人闹鬼，也指旧礼教、旧道德观念、旧制度是无形的鬼。剧本异常巧妙和辛辣地从另一角度提出了妇女解放的问题，回答了那些反对娜拉出走的持论者，让他们看看忍气吞声的妇女会有什么样的结果。易卜生对以男子为中心的资产阶级社会抱着明确的批判态度。

晚期创作（1891—1906），主要是他回国后所写的四部心理剧：《建筑师》（1892）、《小艾友夫》（1894）、《博克曼》（1896）和《我们死人醒来的时候》（1899）。晚期创作对社会政治问题的讨论已转为对知识分子心理活动的描写，悲观主义色彩增浓，象征主义手法加强，并且已然见不到中期创作的那种横眉冷对、除恶务尽的气概，但在艺术上有新的探索。有论者将这时期的创作概括为“超越现实”的象征主义时期。

《建筑师》和《我们死人醒来的时候》都是追溯过去，带有一定的自传性质。两部剧作的主题都涉及事业成就与美满爱情两者不可兼得的矛盾，与作者本人的人生际遇颇有相似之处。当然它们的意义不止于此。

《建筑师》的主人公索尔尼斯少年得志，平步青云，很快就压倒了别的老建筑师。但过了中年，他却时常惴惴不安，精神苦闷，生怕年轻一代会“撞开门，冲进来”，夺取他的地位。于是他施展种种不正当的手段把年轻人永远踩在他脚下。他还有另一层痛苦，就是对妻子艾林的负疚心理。艾林继承了一座巨大的祖传老宅，索尔尼斯希望老宅失火，以便在废墟上盖起舒适、光明的公寓，告别他早年盖教堂带来的种种不快。结果他的潜在愿望果然应验，老宅失火

① 莫里斯·格拉维耶在《易卜生的戏剧和叙事谣曲》一文中认为思想剧《海上夫人》从某种程度上看是《玩偶之家》的补足和续篇。

了，使他如愿以偿。但他的妻子和双生子，虽然从大火中逃脱，不久却都离开了人世。易卜生要借此说明，创造“一切美丽、舒适、愉快的东西”都要付出代价，这代价就是个人的幸福。建筑师的第三层精神痛苦，是他理想的破灭。他在 10 年前曾经随意答应过一位 12 岁的少女希尔达，将来给她盖个国王城堡。10 年后她果真前来践约，向他索取城堡。建筑师受到美丽姑娘的感染，焕发了艺术青春，在四面都无遮拦的高地上盖起了一个“空中楼阁”，并亲自爬上新楼塔顶，把一个花环挂在高高的风向标上。此时空中传来竖琴的声音，他一阵昏眩，从塔楼上摔了下来，当场死了。剧本中象征意象在所多有，仁者见仁，智者见智，但有一象征，评论者对它无歧见，那就是建筑师一生所盖的三种建筑物，象征着作家本人的三类剧本和三种时间：教堂象征着中古历史剧和过去，公寓象征着社会问题剧和现在，空中楼阁象征着令人捉摸不定的心理剧和未来。

《我们死人醒来的时候》写的是一个唯美主义艺术家的悲剧，也是要“描写（作者）脑髓中的一小团痛苦”①。鲁贝克教授年轻时根据他称为艺术源泉的模特儿爱吕尼的美丽风姿，打造了一座世界上最崇高、最纯洁、最理想的女人觉醒状态的大理石雕像，名“复活日”，赢得了盖世的名誉，也赢得了爱吕尼圣洁的爱。但后者发现前者的人生第一目的是艺术创作，不可能与她共同生活，于是悄悄走了，带走了艺术家的创作灵感，却在“复活日”上留下了自己年轻的灵魂。多年后他们在海滨浴场邂逅，仿佛从坟墓里站起来复活了，彼此都后悔过去轻易放过了美好的生活，痛悔“醒来的时候”到来太迟。

《小艾友夫》刻画女主人公吕达·沃尔茂的变态嫉妒心理更加深刻入微，而《博克曼》对一个利己主义野心家事业失败后精神狂乱的心理描写，亦栩栩如生。

四部剧本都在深入探讨“个人精神问题”，对理想与现实的脱节进行了哲理性的思考，对人物复杂心理的开掘达到了相当的深度，在更深层次上表达了剧作家一以贯之的对精神解放的追求。易卜生后期的“思想剧”，可视为欧美“象征主义戏剧”、“心理戏剧”的滥觞。

二　《玩偶之家》

《玩偶之家》是作家根据真实素材创作的，主人公娜拉的原型是一个叫劳拉的女子，她是易卜生的崇拜者和知交。

幕启时，娜拉作为一个幸福的妻子和母亲，在欢乐的气氛中正准备着过圣诞节。丈夫海尔茂新年后就要上任银行经理，可以拿到高薪。他踌躇满志，对妻子“小鸟儿”、“小宝贝”地叫个不停，还多次向她表白：“我常常盼望有桩危险事情威胁你，好让我拼着命，牺牲一切去救你。”但是婚后 8 年的一件往事撕开了温情脉脉的面纱，暴露了海尔茂的真面目，引起了使这个家庭迅速解体的风波。

剧本采用倒叙手法展开剧情。原来娜拉隐瞒丈夫干过一件“大事”：他们婚后一年，丈夫积劳成疾，医生劝他去南方疗养，否则性命难保。但是当时丈夫收入尚低，无法遂愿，娜拉急得没法，就伪造了父亲的签名向银行职员柯洛克斯泰借了一笔钱，从而使一家得以到意大利疗养，治好了丈夫的病。回到家里，娜拉为了还债，省吃俭用，熬夜工作拼命挣钱。她很高兴自

① ［英］约坚生：《亨利·易卜生》，转引自茅于美：《易卜生和他的戏剧》，121 页，北京，北京出版社，1981。

己分担了家庭的责任，救了丈夫一命。

但并不知情的海尔茂在当上经理后，却把柯洛克斯泰解雇了。柯洛克斯泰恳求娜拉让丈夫留用他，娜拉认为自己没有这个力量，难于应命。柯洛克斯泰就把娜拉违法借款的事写信给她丈夫告发。海尔茂接信后暴跳如雷，辱骂娜拉是“伪君子”、“撒谎者”、“下贱女人”，继承了父亲的一切坏德性，还气急败坏地悲鸣：“你把我的一生幸福都葬送了。”他还宣布娜拉没有资格教养孩子，悍然剥夺了她对孩子的教养监护权。海尔茂的虚伪、自私、卑劣的市侩面目暴露无遗，娜拉一下子被抛进了一个阴森的黑洞中。这终于使她明白了自己在家庭中的地位：小时她是父亲的玩偶，婚后是丈夫的玩偶。这也使她看清了，宗教、法律、家庭伦理道德都是骗人的把戏，它们维系的是表面的体面和虚假的尊严，却无情地摧毁了娜拉心中对爱情、真诚和牺牲等价值观念的纯真理想。“国家的法律跟我心里想的不一样，可是我不信那些法律是正确的。”她不能再在这龌龊的世界里继续生活下去，曾如此深爱过的丈夫已成陌路，曾如此温馨的家庭已令她心寒，她选择了出走；于是在浓黑的夜幕中，她毅然打开大门，砰的一声关上了——尽管，她不知道要去向何方。

剧本通过娜拉在家庭中前后地位的巨大变化，不仅尖锐地提出了妇女的社会地位问题，而且深刻地揭露了一个充斥着谎言的虚伪世界如何摧残着人们的精神，窒息着人们的灵魂。娜拉的出走，无疑是对社会的公开挑战。难怪剧本发表后遭到了各国保守势力的激烈反对而被禁演，甚至连大作家托尔斯泰也谴责娜拉放弃为妻为母的神圣职责是不道德的行为。然而谁都无法否认，这是一部振聋发聩的剧本，对社会现实的深刻批判和对精神解放的执著追求，以及艺术上的精湛圆熟，使其成为世界戏剧舞台上常演不衰的精品。

易卜生的创作，是人类的宝贵精神遗产。它体现了近代的真诚，蔑视虚伪的生活和思想，毫不留情地拷问了资产阶级社会中一切不合理的现象，严厉地评断了个人的责任，引起了人们不少有益的思考。易卜生的“社会问题剧”以其丰富的社会内容和高度的艺术技巧，排斥了当时充斥于西欧舞台的内容空洞的“巧凑剧”，引起了一场戏剧革命；这些社会问题剧虽然只是提出问题而无答案（易卜生承认，“发问是我的事，答案我却没有”），但根据它的暗示和提问的方式，观众从中都能各有所得，甚至比有答案更有所得。易卜生的戏剧，主题鲜明，重视人物刻画，具有复杂微妙的艺术结构和精练的语言，在戏剧艺术的各方面都启发了后代人的创作。

第七节 马克·吐温

马克·吐温（1835—1910）是19世纪末美国现实主义文学的杰出作家。他以幽默、讽刺的手法，揭露美国资本主义虚伪的民主和自由，揭发美国种族主义对黑人的迫害和美帝国主义对外的侵略和扩张。

马克·吐温原名塞缪尔·朗赫恩·克莱门斯，出生在密苏里州的佛罗里达，父亲是个地方法官，收入微薄，很难维持家庭生计。12岁时，父亲去世，马克·吐温不得不出外谋生。他先后当过印刷所的学徒、排字工人、内华达银矿工人、密西西比河的领航员和报社的新闻记者。他来自中下层社会，体验过各种各样的生活，接触过各式各样的人物，对密西西比河流域的民间传说也非常熟悉，这是他以后创作的生活基础。他第一部出名的短篇小说集《卡拉韦拉斯县驰名的跳蛙》在1867年问世，从此就以马克·吐温①作笔名步入文坛。

马克·吐温一生创作了许多长篇小说、中短篇小说、政论、杂文、游记等。他将近50年的创作生活，大体可以分为三个时期：早期（19世纪60年代）、中期（19世纪70年代到90年代）、晚期（19世纪90年代末到20世纪初）。

早期创作从南北战争期间开始，他的资产阶级民主主义世界观也在这个时期初步形成。当时，马克·吐温对整个资本主义制度还充满着幻想，这个时期所写的幽默、诙谐的作品充满着轻松而欢乐的调子。虽然他对当时投机取巧的风气、迷信落后的习俗、小市民的庸俗习气都作了嘲笑和批判，但是挖掘不深，在很大程度上还只是一种轻淡的嘲讽。

《竞选州长》(1870)是马克·吐温早期的一篇优秀短篇小说。作品主人公作为独立党的候选人参加了纽约州州长的竞选，自信"声望很好"。但是，参加竞选的共和党和民主党利用报纸以选民的名义接二连三地给他扣上"伪证犯"、"小偷"、"盗窃犯"、"舞弊分子"等等莫须有的罪名，并在公开场合对他进行了人身攻击，搞得他声名狼藉，迫使他不得不声明退出竞选。作者紧紧抓住资产阶级报纸专事造谣、诬陷这一特征，有力地揭露素称"最民主"的美国"民主"选举的虚伪，指出它不过是对人民的欺骗与愚弄。作品篇幅短小，但是写得泼辣有力，用夸张、讽刺的笔法烘托出喜剧的气氛，突出讽刺的主题，为"美国的民主"描绘了一幅绝妙的讽刺画。

1870年他还发表了另一篇短篇佳作《哥尔斯密的朋友再度出洋》。美国在南北战争之后，为了开发本土，大力发展资本主义，从各方面招募工人。几万名华工也被招募到美国，从事开疆修路的繁重劳动。这篇作品是由一个天真老实的华工艾颂喜的几封信组成的。他听信了美国是"人间天堂"，"人人平等、人人自由"的谎言，背井离乡，远渡重洋，应募来到美国寻找幸福。他刚到美国的港口，就遭到了警察的棒打、脚踢，行李也被没收。踏上美国的陆地后，不但遭到狗咬，还被送进监狱。艾颂喜的种种不幸，使人们认识到"民主美国"的真相，艾颂喜的遭遇就是当时华工在美国的典型遭遇。

19世纪70年代到90年代是马克·吐温创作最旺盛的时期。他在这一时期加深了对美国社会的认识，以更加辛辣有力的笔锋，多方面抨击了黑暗的现实。

1873年发表的《镀金时代》(与华纳合著)是他第一部长篇作品，也是一部思想性较强的现实主义小说。当时的美国，经济发展迅速，但表面的繁荣掩盖不了内里的污秽败坏。社会上主宰一切的是金钱，作品紧紧扣住这一时代特点，勾画了风行各地的投机活动，谋求横财暴利的社会风尚，以及政界、司法界、新闻界的贪污盗窃和贿赂诈骗等丑行。小说情节围绕着兴建城市、铺设铁路、开辟航道等等投机发财的事件展开。塞拉斯上校是依靠投机取巧发财致富的暴发户的典型形象。在他眼里，处处都是发财的机遇，事事都可以用来为他当上富翁效劳。他

① 马克·吐温（Mark Twain）即两浔，领航员术语，意即水深两浔，航船可以顺利通过。

是个拜金狂："要抓紧时机——天啊！整个空气都是钱。"参议员狄尔沃绥是一个官僚的代表，他表面上假仁假义，骨子里钱迷心窍，贪污受贿、投机诈取无所不为。作家通过这一政客，揭露了美国政界的腐败。《镀金时代》的书名本身就恰当地反映了19世纪70年代美国资本主义竞争的特征。后来的历史学家常常沿用这个名称来概括这一历史时期。

1876年《汤姆·索亚历险记》的出版，标志着马克·吐温的现实主义创作进一步发展。小说描写少年汤姆与哈利的生活经历和他们的冒险故事。书中对美国虚伪庸俗的社会风气、迷信落后的宗教和陈腐呆板的学校教育制度，都进行无情的揭露和讽刺。

19世纪80年代，他的创作更加成熟，反对种族歧视是这一时期创作的重要主题之一。《哈克贝利·费恩历险记》(1884) 中描绘了一个叫吉姆的黑奴，因不甘于自己被奴役的地位，从主人家外逃，以求摆脱蓄奴主的压迫、剥削。马克·吐温以同情的笔调写出处在奴隶地位的黑人的悲惨生活，谴责蓄奴主的暴虐和种族歧视。他在吉姆身上突出许多优秀品质：勤劳朴实、热情诚实、舍己为人。吉姆渴望自由以及为了获得自由不惧艰难的性格更是引人注目。小说的另一位主人公哈克，不是汤姆式的只追求冒险的顽童，而是个有头脑、质朴、善良、勇敢的少年。他为了摆脱家庭的束缚，求得自由生活，逃亡在密西西比河上，与吉姆相遇后，二人成为挚友。最后，经过激烈的斗争，哈克机智地把吉姆救出险境，使吉姆得到自由。在哈克的身上，体现出作者所追求的没有种族歧视的人人平等的民主社会的理想，同时也体现了人类返璞归真、抗拒异化、融入自然的"健全的心灵"。作家本人曾经说过，"健全的心灵与畸形的意识发生了冲突，畸形的意识吃了败仗"，是这部小说所要表现的思想。哈克的生存方式，是对西方传统价值观和追名逐利的人生观的一种挑战，其意义不可低估。《哈克贝利·费恩历险记》中吉姆和哈克的性格鲜明突出，形象栩栩如生。全篇的现实主义描绘和浪漫主义抒情交相辉映，尖锐深刻的揭露、幽默辛辣的讽刺以及浪漫传奇的描写浑然一体，形成了马克·吐温独具的艺术风格。作者还运用许多生动的方言俚语，使作品增添了情趣。作品出版以后，受到社会的广泛欢迎，同时也遭到反动政界、宗教界、教育界的迫害，被列为"禁书"。这说明这部作品对美国现实的揭露和批判是深刻有力的。比这部作品稍晚的《傻瓜威尔逊》(1893)，表现了同一主题。女黑奴罗克森娜害怕自己刚出生的儿子被主人家卖掉，便把自己的儿子和主人的儿子调换。结果假少爷在白人圈里长大，沾染了不少恶习，最后成为社会的罪人；而真少爷却在黑人群里成长，养成了和顺善良的性格。作者以这个离奇的情节，证明种族歧视的荒谬。

19世纪80年代是美国工人运动开始高涨的年代，革命形势的发展促进马克·吐温思想的发展。1883年出版的《密西西比河上》是作者对早年领航员生活的回忆，其中记述了领航员组织工会与雇主进行斗争以及取得的增加工资和改善工作条件的胜利。这是对作者早年亲身经历的斗争生活的概括，同时也从侧面反映了当时业已高涨的工人运动。1886年他发表演说《劳动骑士团——新的朝代》，热情称赞工人运动和它的组织"劳动骑士团"。

1889年的《在亚瑟王朝里的康涅狄克州美国人》是体现马克·吐温思想倾向的重要小说。它以童话的形式，表达出强烈的社会讽刺。小说通过一个19世纪会做各种机械的美国铁匠梦游6世纪封建骑士时代的英国的荒诞故事，暴露君主制的腐朽、暴虐，天主教会的贪婪、残酷，并对封建阶级的代表亚瑟王和他的圆桌骑士的冥顽残暴进行嘲讽。小说的用意是借古喻今，它的讽刺矛头指向当时欧洲君主制的国家，也指向当时的美国：投机商人的囤积居奇、报刊的拙劣庸俗、科学发明专为资本家牟利、滥发债券从中取利等等。作品在批判的同时，也让这个“美国人”为落后的封建王朝创建一个理想、幸福的国土，一个人人平等、自由的共和国。

19世纪90年代后期，随着美国进入帝国主义阶段，马克·吐温的创作转入第三个时期。当时美国殖民主义者的魔爪伸向世界各地，各帝国主义之间争夺殖民地的战争和帝国主义掠夺、屠杀殖民地人民的战争接连发生。马克·吐温强烈谴责帝国主义的殖民政策，积极支持广大殖民地人民的反帝反殖斗争，成为当时一位杰出的反帝反殖战士。在创作上，他也开辟了一个新的园地，创作了大量的游记、杂文和政论，它们像匕首一样刺向帝国主义的殖民政策。马克·吐温从1895年到1896年，到世界各地演说，目睹帝国主义殖民者对殖民地人民的残害。1897年发表的《赤道环游记》就是他在澳大利亚、新西兰、非洲、印度等英属殖民地的见闻实录，深刻揭露英国帝国主义殖民政策的罪恶。1901年他用对话形式写成的讽刺杂文《托钵僧和傲慢无礼的陌生人》，谴责了美帝国主义侵略菲律宾的罪恶行径。第二年发表的《为芬斯顿将军辩护》，揭露了美国殖民主义者芬斯顿制造骗局，诱捕菲律宾起义领袖，屠杀起义人民的罪恶行径，进一步表现作者对美帝国主义侵略菲律宾罪行的极大愤慨。马克·吐温甚至把美国国旗绘成“骷髅和两根交叉的白骨之下的黑白星条”，成为屠杀、掠夺人民的海盗旗帜（参见《十九世纪对二十世纪的欢迎词》）。他自己宣称：“我是反对帝国主义的，我反对鹰爪蹂躏别国领土。”他在《给坐在黑暗里的人》这篇杂文中，讽刺地指出，殖民者给殖民地人民带来的“文明”礼物，就是“锁链、机关枪、祈祷书”，殖民地人民为了这份“礼物”，要付出“眼泪、鲜血、土地和自由的代价”。他死后才发表的短篇小说《战争祈祷》（1905）进一步揭露了帝国主义为了扩大侵略的阴谋，利用教堂传播“献身祖国之道”，煽动士兵充当血洗殖民地的刽子手。

进入帝国主义阶段的美国，社会矛盾激化，垄断财团的势力更加强大，寡头政权更加反动，这些都深深地触动了马克·吐温，一方面使他感到美国已病入膏肓，无可救药；另一方面，又大大动摇了他的民主幻想，使他感到悲观失望，怀疑人类的前途。他后期创作笔锋犀利，嘲讽辛辣，揭露深刻，但是悲凉哀婉的情调也很浓重。1899年写的《败坏了赫德莱堡的人》，是他晚年的杰出的中篇小说，描写一个异方人巧妙地利用一袋假金币作诱饵，“败坏”了有三代“诚实”、“清高”传统的赫德莱堡的好名声。作者利用这个市镇的居民自命清高和他们拜金的矛盾心理，深刻揭露他们伪善的面目。镇上十几位公认“诚实”、“廉洁”的首要人物，为了得到这份不义之财，展开了一场激烈的明争暗斗，在众人面前演了一出丑剧。最后，作品揭开他们“诚实”、“廉洁”的假面，彻底暴露了他们贪婪卑鄙的本性。作品构思巧妙，情节紧凑，形象鲜明，寓意深刻。作者通过资本主义社会的一个侧面，揭露了整个资本主义世界的道德虚伪和人性卑劣。悲观主义的情绪到马克·吐温的晚年日益严重。他死前所写的杂文《什么叫做人?》表现了他的绝望情绪。他写道：“在一切生物中，人是唯一的、独一无二的、具有恶意的东西。……人是在世界上唯一能够制造痛苦的生物……只有他才具有卑鄙下流的才智。”他死后发表的中篇小说《神秘的陌生人》更为突出地表现了这种倾向。作品假托在16世纪的奥地利，一个自称天使的撒旦来到人间，大显神通，尽情嘲弄人间的丑恶，撒旦对人们说，“生命本身就是一个幻梦”，并且咒骂“人连畜生都不如”，对人类前途表示了极大的失望，最后悄然离去。作品对资本家的重利剥削，统治者欺凌弱小国家的种种恶行劣德，给以淋漓尽致的嘲骂。然而，在嬉笑怒骂的背后，隐藏着作者的绝望情绪。正像鲁迅所说，他由一个“讲笑话的好手”变成一个“很深的厌世思想的怀抱者了”①。但是，他并未停止对社会丑恶进行猛烈的抨击。

1907年以后，马克·吐温撰写自传。1910年病逝于美国。

鲁迅指出，马克·吐温“成了幽默家，是为了生活，而在幽默中又含着哀怨，含着讽刺，则是不甘于这样的生活的缘故了”②。马克·吐温的幽默、讽刺，他的独具一格的艺术创作，在美国近代文学史上占有一席光辉的地位，是美国民族文学的瑰宝。

【本章思考题】

1. 为什么说安徒生童话不仅是“儿童的童话”，也是“成人的童话”？
2. 从《包法利夫人》看福楼拜现实主义的新特点。
3. 如何评价哈代的宿命论和悲剧观？
4. 何谓“托尔斯泰主义”？
5. 为什么说《复活》是“最清醒的现实主义”之作？
6. 请说明契诃夫短篇小说的艺术特色。
7. 从《玩偶之家》看“社会问题剧”的特点。
8. 马克·吐温如何刺破了“美国梦”？

复活

玛丝洛娃从庭长开口讲话起，就一眼也不放松地瞅着他，仿佛生怕听漏每一个字似的，所以聂赫留朵夫不必担心遇到她的目光，尽可以目不转睛地瞧着她。他心里正在发生一种常有的现象：起初，一个自己爱过的人的多年不见的脸，由于分别期间所发生的外部变化而使人暗暗吃惊；随后，那张脸渐渐变得跟许多年前完全一样，一切已经发生的变化统统不见了，于是在自己的精神的眼睛前面出现了那个独一无二的、与众不同的、精神的人的主要神情。

聂赫留朵夫的心里就在发生这样的变化。

不错，尽管她穿着囚大衣，尽管她的身材整个放宽，胸脯高耸起来，尽管她的下半张脸展宽，尽管她的额头和鬓角上现出细的纹路，尽管她的眼睛略微浮肿，可是毫无疑问，这个人就是卡秋莎；正是她，在基督复活节的星期日早晨，那么纯洁地抬起眼睛来瞧着他，瞧着她所爱的人，同时她那对满含着爱慕的眼睛由于心境快乐和生活充实而带着笑意。

“居然有这么惊人的巧遇！真想不到，偏巧这个案子在我陪审的时候开审！偏巧我有十年没在任何地方遇见过她，今天却在这儿，在被告席上遇见她！这件事会怎样结束呢？快一点吧，唉，只求快一点审完才好！”

---

① 《鲁迅全集》，第4卷，332页。
② 同上书，333页。

他仍旧不肯顺从刚开始在他心里抬头的忏悔心情。这件事依他看来无非是一种巧合，马上就会过去，不会干扰他的生活。他感到他的处境好比一只在房间里做了坏事的小狗，主人揪住它的颈圈，把它的鼻子按在它做出丑事的地方。小狗尖声叫着，往后倒退，想躲开它的行动的后果越远越好，想忘掉它，可是铁面无情的主人不肯放开它。聂赫留朵夫也正是像这样感觉到了他以前所做的那件事的全部丑恶，也感觉到了主人的强有力的手，然而他仍旧没有领会他以前所做的那件事的意义，不承认有一个主人。

——节选自托尔斯泰：《复活》（汝龙译，见《复活》第一部第二十二节，北京，人民文学出版社，1979）

第九章
19 世纪后期非主潮文学

第一节 概述

一 世纪末历史概况与哲学思潮

从 19 世纪 70 年代到 20 世纪初的 30 年间，欧美一些发达国家经历了由自由资本主义向垄断资本主义即帝国主义阶段的过渡。垄断经济的发展，不仅加剧了国内的阶级矛盾，更激化了国际市场的争夺。宗主国与殖民地之间、各帝国主义国家之间的利益冲突日趋尖锐，西方世界在表面的平静中隐伏着巨大的危机。

1871 年法国的巴黎公社革命，是无产阶级以武装斗争推翻资产阶级专政、第一次建立政权的尝试，具有划时代的伟大意义。尽管公社政权只存在了 72 天，但它沉重地打击了资本主义制度，给全世界无产者树立了光辉的榜样，也带来了无限的希望。在公社斗争的感召下，随着马克思主义的进一步传播，欧美各国工人阶级相继建立起自己的政党，标志着工人运动进入了一个新的历史阶段。但是，在各种社会势力的影响下，工人运动内部的路线斗争十分激烈。为粉碎工联主义等机会主义派别篡夺国际工人运动领导权的阴谋，在恩格斯的直接指导下，马克思主义者于 1889 年 7 月召开巴黎大会，正式成立第二国际，成为国际工人运动的新核心。马克思主义在与无政府主义、机会主义和修正主义的斗争中得到不断的发展。

历史的激变、自然科学的发展和社会矛盾的复杂化，使 19 世纪末成为各种资产阶级社会哲学思潮十分活跃的时期。实证主义、唯意志论、直觉主义等流派的盛行，对文学理论和创作都产生了深远的影响。

在自然科学影响下产生的实证主义，主张以“实证精神”改造一切科学，以自然科学的方法去分析社会，强调“一切从属于观察”，通过观察和论证去认识实际的法则，从而建立起一个“观察科学体系”。在 19 世纪 60 年代声名鹊起的法国哲学家、文艺学家泰纳（1828—1893）

将实证哲学和达尔文的学说运用于文艺理论的研究，提出"种族、环境、时代"是文化发展三个决定性因素的著名论断，为自然主义文学奠定了理论基础。

宣扬意志是世界万物本源的唯意志论，是现代人本主义和非理性主义最早的也是影响最大的代表性流派。其后期代表人物德国哲学家尼采（1844—1900）一反叔本华的悲观主义，对基督教文化采取了进攻性批判的态度。他认为生命的本质不仅在于"生存意志"，而更在于"权力意志"，即"征服"、"占有"的欲望。他以权力意志的强弱作为人的质量和道德（善恶）的标准，进而积极鼓吹"超人"哲学，旨在力图摆脱基督教传统和现代工业文明对人自身发展的有形无形的禁锢和束缚。与此相联系，尼采竭力倡导古希腊的酒神精神，以为在毫无顾忌的放纵和沉迷中，才能真正体现个体的人生价值，从而为以非理性主义反对理性文明所制造的个性压抑铺垫了基石。尼采摧毁旧文明的努力是可贵的，"上帝死了"的判词确实产生了振聋发聩的效应，但脱离社会阶级关系的探索，却使他的理论更强化了人的等级差异，甚至为后来的法西斯主义所利用，这是他始料不及的。非理性主义的注入，使文学艺术创作获得了新的创造力，但对理性的绝对排斥，却使现代文学仿佛成了一叶名副其实的"醉舟"，自由飘荡而航向不明。

法国哲学家柏格森（1859—1941）创立的"生命哲学"，继承了叔本华、尼采的体系，认为世界的本源在于生命的流动，是"生命的冲动"驱使生命不断变化发展，超时空的无限绵延就是生命的基本特性，而对这一神秘的"生命之流"的把握，只能靠本能的直觉，理性是无济于事的。理性所能认识的只是物质，物质却正是绵延的中断和停滞。柏格森的直觉主义将非理性主义又推进了一步，成为象征主义等文学流派的哲学基础，并对20世纪的哲学思想、美学理论和文学思潮产生了广泛的影响。

二 世纪末非主潮文学的形成和发展

19世纪最后30年，是欧美文学史一个重要的转折时期。

主潮式的文学发展模式受到冲击，多元格局初步形成，是这时期文坛的显著特点。作为19世纪中期主潮的批判现实主义文学仍在继续发展，并拥有一批重要的作家作品，俄国、挪威等国的成就尤其令人瞩目，但其"一统天下"的地位已开始动摇。在各种政治、社会、思想力量的影响下，无产阶级文学、自然主义、唯美主义、象征主义等流派带着各自的风采汇入历史的长河，它们或相互补充、交融渗透，或相互排斥、竞争发展，与批判现实主义分庭抗礼，构成多足鼎立之势。

◎ 巴黎公社文学是巴黎公社革命的直接产物，也是早期无产阶级文学的继续和发展。随着无产阶级登上历史舞台及其独立斗争的展开，19世纪三四十年代，在西欧一些工业发达的国家相继出现了萌芽状态的无产阶级文学，如法国工人诗歌、英国宪章派文学和德国的革命诗歌等。法国工人诗群中最有影响的是以杜邦（1821—1870）为首的"七星诗人"，他们的诗作反映了工人的痛苦和对阶级压迫的不满。英国宪章派文学是声势浩大的宪章运动的一个组成部分。伦敦工人以《人民宪章》为旗帜开展的群众性斗争一浪高过一浪，先后在1838—1839年、1842年和1848年掀起三次高潮。在持续十年之久的运动中，涌现出一批以艾内斯特·琼斯（1819—1869）和威廉·林顿（1812—1897）为代表的优秀诗人，他们用自己的诗作宣传群众、鼓舞斗志，密切为宪章运动服务，形象地传达了工人群众的阶级要求。格奥尔格·维尔特（1822—1856）是德国早期无产阶级文学的杰出代表，他在马克思、恩格斯的直接教育下走上革命道路，并协助马克思创办了无产阶级的第一份报纸《新莱茵报》。维尔特的创作以诗歌和小品文为主，其风格或激情洋溢，或尖锐泼辣，或幽默谐谑，颇具个性特色。恩格斯称他为“德国无产阶级第一个和最重要的诗人”①。

巴黎公社文学主要包括公社斗争前后约20年（19世纪七八十年代）间公社战士们的大量文学创作，其基本题材多取自巴黎公社革命事业。巴黎公社文学大体可分为三个阶段，即公社诞生前的普法战争时期、公社斗争的72天以及公社失败后的近20年间。1870年普法战争时期，是公社革命的酝酿时期，也是公社文学的草创时期。诗人们一方面抨击第二帝国的投降卖国政策（如爱弥尔·德勒的《一块牛排就交出巴黎》等），一方面呼吁人民积极投入保卫巴黎、保卫祖国的战斗（如鲍狄埃的《自卫吧，巴黎》等），直至号召群众举行起义，为建立革命政权而斗争。鲍狄埃在《一八七〇年十月三十一日》一诗中热情呼唤：“快成立起红色的公社，像一轮红日升入天空!”这些诗作为巴黎公社起义作了有力的舆论准备。公社起义的胜利，为文艺发展注入了新的活力。在建立和保卫公社的72天里，在十分艰难困苦的条件下，与革命事业紧密相连的群众性文艺创作空前活跃，诗歌、漫画、歌曲、戏剧等多种形式的创作直接为斗争服务，具有鲜明的时代感。公社失败后近20年，是公社文学的主要创作期。失败和挫折并未使公社英雄们消沉气馁，他们以笔代枪，继续战斗，创作出一大批体裁多样、思想深刻、艺术更趋成熟的优秀之作。他们在作品中控诉凡尔赛分子的血腥罪行，缅怀在斗争中牺牲的战友，总结公社的经验教训，讴歌公社的光辉业绩，激励人们投入新的战斗。

诗歌是公社文学最重要的组成部分。其中欧仁·鲍狄埃（1816—1887）、让·巴蒂斯特·克莱芒（1836—1903）和路易丝·米歇尔（1830—1905）是公社诗人的杰出代表。克莱芒于19世纪60年代开始创作，不久即成为颇有名气的蒙马特尔诗人。公社期间，他当选为公社委员会委员，担任过教育委员等职位，并经常为《公报》和《人民呼声报》撰稿；公社失败后流亡国外，大赦回国后即加入法国工人党，曾负责宣传工作。克莱芒具有明确的阶级意识，自觉以诗歌为工人斗争服务，1885年出版的《歌集》收辑了《浴血的一周》、《“滚到墙根去”上尉》等主要作品。在编辑《歌集》时，克莱芒为《樱桃时节》写下一段题词“献给1871年5月28日（星期天）在封丹奥鲁瓦街垒勇敢战斗的女护士路易丝公民”，从而使这首精美的抒情诗成为纪念公社的传世之作，流传甚广。“女护士路易丝公民”，指的就是女诗人路易丝·米歇尔（1830—1905），她是巴黎公社的女英雄，也是出色的女作家，被公社战士们誉为“蒙马特尔的红色姑娘”。她少年时代的习作曾受到雨果的鼓励，19世纪五六十年代，她积极撰文写诗，反对第二帝国的反动统治。普法战争时，她组织妇女群众投入保卫祖国的斗争，在公社存在的日子里，她更是出生入死，表现了非凡的英雄主义精神。公社失败后，她被长期监禁、流放，但仍坚持创作，写下了许多优秀的诗篇。米歇尔一生坎坷，多次入狱，但却著述甚丰。她出版过诗集《生活的历程》、《故事与传说》和小说《人类细菌》，还先后写出了两部回忆录：《回忆录》和《公社》，为后人留下了珍贵的史料。她的创作热情洋溢，充满乐观主义精神。

欧仁·鲍狄埃（1816—1887）是最负盛名的诗人。他在1830年以歌颂七月革命的《自由万岁》一诗开始了作为工人诗人的战斗一生。他以300多首诗歌，记录了从19世纪30年代到

① 《马克思恩格斯全集》，中文1版，第21卷，6页。

80年代法国工人运动从自发到自觉、从高潮到低谷的艰难历程。在普法战争中，他就写诗呼唤公社的诞生；在公社的日子里，他是公社委员，并任艺术家委员会的领导；浴血一周，他身先士卒，积极投入公社最后的保卫战。公社被镇压后的6月初，他在白色恐怖笼罩下的巴黎郊区，写下了雄壮宏伟的《国际歌》。这首格调高昂的政治抒情诗，经工人作曲家彼尔·狄盖特(1848—1932)于1888年谱曲，在各国工人群众中广泛传唱，成了"全世界无产阶级的歌"。"这是最后的斗争，/团结起来到明天！/英特纳雄耐尔/就一定要实现！"激越的旋律，更强化了诗句的感染力、号召力。此后，他流亡英国、美国，1880年大赦后，他才回到法国。公社后的近20年里，鲍狄埃始终以饱满的激情缅怀公社事业、总结斗争的经验教训、呼吁人们为实现公社的理想继续战斗。他大量的抒情诗感情真挚动人，诗风朴素多样；《美国工人致法国工人》(1876)、《巴黎公社》(1876)等长诗，内容丰富，思想深刻，气势恢宏。正如拉法格等人所预言的，"去世后的鲍狄埃将比在世时的鲍狄埃名声更大"。

儒勒·瓦莱斯(1832—1885)是著名的新闻工作者，巴黎公社最杰出的作家之一。他思想敏锐，笔锋犀利，在政论、散文、戏剧、小说等多方面都有所建树。瓦莱斯从中学时代就投身革命活动，19世纪50年代开始从事创作，在多种报刊上发表散文和杂文，60年代又先后创办了多种报刊。他创办主编的《人民呼声报》成为公社时期最主要的报刊之一。作为公社委员，他始终战斗在第一线，直至最后时刻。瓦莱斯辑有文集《街道》、《巴黎即景》、《伦敦街头》等多部，其中尤以《人民呼声》中收录的公社时期的政论散文最为引人注目。1872年，他在流亡瑞士时完成了五幕十一场的大型剧本《巴黎公社》，构思博大，人物众多，史诗般地再现了刚刚过去的这场震撼世界的革命，被认为是"人民戏剧"流派的代表作之一。其后，他又创作了自传性很强的长篇三部曲《雅克·万特拉》，即《孩子》、《中学毕业生》和《起义者》，艺术地反映了从19世纪30年代到70年代初法国社会的历史变迁，特别是《起义者》，更是公社斗争的生动记录。

深深植根于革命斗争现实的巴黎公社文学，以其鲜明的政治倾向、丰富的思想内涵、昂扬的格调和理想的光彩，谱写了无产阶级文学光辉的第一章。

◎ 自然主义是对批判现实主义的继承、变异和发展。受科学技术进步的触动，在实证哲学和进化论、遗传学、生理学等学科成果的直接影响和启发下，自然主义文学思潮于19世纪中叶的法国开始萌动，主张"客观"、"冷漠"的福楼拜的创作，可谓自然主义的先声。19世纪60年代初，龚古尔兄弟登上文坛，他们相继发表的理论和作品，标志着自然主义的诞生。60年代后期，特别是80年代初，左拉（详见本章第三节）撰写了一系列重要的论文，对自然主义文学理论作了全面的总结和深入的阐述。与此同时，他创作了系列小说《卢贡—马卡尔家族》20部，使其成为自然主义文学的最杰出代表。70年代末，左拉周围聚集了一群年轻作家，深受他文学观点的影响，其中著名的有莫泊桑和若利-卡勒·于斯曼(1848—1907)等。他们曾共同发表短篇小说集《梅塘夜话》(1880)，被视为自然主义的盛举。80年代，"梅塘集团"解体后，法国自然主义开始衰落，而影响却逐渐蔓延全欧，尤以在德国的声势最大。

"科学"和"真实"，是自然主义追求的目标。唯其科学，才能达到真正的真实，这是自然主义者的逻辑。

现实主义和自然主义，都主张忠实地再现客观现实，认为艺术的生命力只寓于真实之中。但是，自然主义对现实主义文学未能全面、客观地反映现实生活表示不满。他们认为，现实主义作家仍过多地将自己的视野停留在上层社会，而"下层人民"有权进入文学的时代已经到来。因此，自然主义作家们有意眼睛向下，向社会底层开掘创作题材，从而进一步拓展了文学表现的领域，丰富了人物形象的画廊。这是自然主义在文学发展史上的重大贡献。同时，自然主义认为，科学家的任务就是忠实地记录实验结果，文学家的任务同样只应是记录自己的所见所闻，政治的、历史的、道德的结论，无须由文学家来完成。文学家在创作时应持客观、公允、冷漠的态度，才能使作品达到绝对的真实。遵循这一观点，自然主义作家们普遍重视观察、调查，重视精确细致的描绘，使作品大大增强了真实感和揭露性。但对作家倾向性的彻底否定，对现实表象的过分痴迷，常常阻碍作家去深入探讨事物内在的本质联系，致使作品缺乏深厚的艺术概括力。

自然主义把人类社会等同于自然界，把人等同于任何一种生物，因而常以生物学、生理学、遗传学的理论来解释社会现象和人的行为，忽视甚至无视人的社会属性，引发出许多谬误的结论，也使许多作家有意无意地描写了许多酗酒、淫荡、神经质等畸形病态的现象。但是，以自然科学的新成果审视人的行为和心理，体现了自然主义要科学、准确地剖析人的努力，是有益于丰富人对自身复杂性的认识的。

与自然主义文学追求客观真实的目标相适应，作家们创造了一种平和、冷静、无动于衷的叙述文体。无论是人或事，景或物，都被不动声色地呈示出来，作者在作品中竭力隐去，少有品头论足的议论。这种文风，为20世纪诸多流派所吸取。

除左拉外，法国重要的自然主义作家是龚古尔兄弟，即埃德蒙·龚古尔（1822—1896）和茹尔·龚古尔（1830—1870）。他们从19世纪50年代开始共同从事文学创作和历史研究，60年代在文坛显露头角，合作创作了《夏尔·德马依》（1860）、《勒内·莫普兰》（1864）和《玛耐特·萨洛蒙》（1867）等小说。1865年的《日尔米尼·拉赛尔特》是一部具有代表性的自然主义作品。小说通过一个农村孤女到巴黎谋生，受尽欺凌污辱，直至早逝的悲惨故事，揭露了第二帝国时期社会风气的腐化堕落和人与人之间关系的恶劣。小说对下层社会生活的展示，对小人物苦难命运的关注，文献式忠实的风格，以及对人物行为所作的病理的和生理的解释，都体现了自然主义的特色，深受左拉的重视。1870年茹尔病逝后，埃德蒙曾一度辍笔，后又相继创作了小说《少女艾尔莎》（1877）和剧本《祖国在危难中》（1873）等。龚古尔兄弟22卷的《日记》，是珍贵的实录，具有较高的史料价值。

居伊·德·莫泊桑（详见本章第四节）是法国最负盛名的中短篇小说作家。他从发表成名作《羊脂球》的1880年起，在短短十年间，以惊人的速度创作了300多篇中短篇小说和六部长篇小说，其中以短篇小说最为出色，被评论界誉为世界三大短篇小说家之一，与契诃夫、欧·亨利齐名。

◎ 与自然主义和现实主义的反映论相对立、具有强烈叛逆色彩和创新意识的文学流派，是发源于法国的唯美主义和象征主义。由于它们产生于共同的时代背景，具有相近的情感特征——苦闷、彷徨、愤懑……又都以否定传统为己任，既反对现存的社会秩序，也反对现有的艺术法则，因而也被人统称为“颓废主义”。这是“世纪末”一股引人注目的潮流，其基本队伍是一群神经敏感的年轻才子。

唯美主义发端于19世纪30年代的法国。诗人、小说家戈蒂耶最早抛出了“为艺术而艺术”的主张，成为唯美主义的纲领性口号。他在《〈阿贝杜斯〉序言》（1832）和《〈莫班小姐〉序言》（1834）中，明确地提出了艺术的非功利属性；他精心构思的小说《莫班小姐》，是唯美主义的代表作之一。60年代，帕尔纳斯派在诗歌创作中精雕细刻，追求格律的工整和形式的完美，形成一次唯美主义的高潮。

英国唯美主义的兴起稍晚于法国，但却形成了相当的规模，其理论更加完备，创作更加丰富，影响也更加广泛。四五十年代出现的先拉斐尔派是唯美主义的先声。佩特（1839—1894）最早在《文艺复兴》（1873）一书中主张“为艺术而艺术”，并在后来的多部论著中阐述艺术的任务在于培养美感、寻求美的享受的美学观点。19世纪八九十年代，英国唯美主义形成高潮，涌现了以王尔德、佩特为首的一批作家和批评家。1894年和1895年先后创刊的《黄皮杂志》和《萨伏依》，成为这一运动的重要阵地。王尔德以其在这一时期的大量论述和创作，被公认为唯美主义的集大成者。90年代末，他退出文坛后，英国的唯美主义思潮即进入尾声。

唯美主义产生于对激烈的阶级斗争的恐惧和厌恶，也产生于对功利主义和虚伪道德的愤慨。剧烈变化的政治风云，使这批敏感而脆弱的才子们因无所适从而退避三舍，企望在超政治、超现实的艺术象牙塔里寻求安慰和满足。他们既反对艺术服务于政治，也反对艺术受制于金钱；既反对文学的政治功能，也反对文学的道德教化。于是，绝对的、至高无上的美，便成了艺术追求的唯一目标。美，必然是也只能是“无用”的；而“有用”的、功利的事和物，都只能归属于“丑”类。

唯美主义不仅割裂了“美”与“善”的联系，还进一步将“美”与“真”剥离。对龌龊鄙俗现实的深恶痛绝，使他们认为艺术的任务不应是“反映”现实，而应是以艺术的“美”去“遮盖”现实的“丑”，使人们在美的艺术中获得愉悦的享受，从而摆脱现实带来的痛苦。他们甚至进而主张，不是艺术反映生活，而是生活模仿艺术；不是艺术应当人生化，而是人生应当艺术化。

基于对艺术“非功利性”和“非现实性”的追求，唯美主义者强调美应是纯粹的、绝对的、奇特的、形式的，而创作则是自由的、想象的、虚构的、“撒谎的”。因而，他们的作品大多精巧考究，空灵飘逸，“华而不实”，新颖雕琢有余，思想深度不足。唯美主义在一定意义上肯定了艺术的独立价值，提高了艺术的地位；但对功利性与现实性的彻底否定，又在实际上贬抑了艺术在社会文化中的地位和作用。

泰奥菲尔·戈蒂耶（1811—1872）是法国唯美主义的发起者。他早年习画，后转而为文，是位很有特色的诗人、散文家、小说家。他曾特地穿上红背心参加雨果的戏剧《欧那尼》的首演式，以助浪漫主义的声威。19世纪30年代，他明确提出“为艺术而艺术”的口号，并以丰富的创作实践这一理论主张。他作诗如作画，着重于可感的形式。他不记录时代的风云，也不抒发奔腾的激情，而是选取精美的景或物，以语言的笔触、韵律和色彩，轻涂慢抹，精雕细镂，创设出一种独特的情趣。《珐琅与雕玉》（1852）正是这一风格的代表。其他重要诗集还有《阿贝杜斯》（1832）、《死亡的喜剧》（1838）等。小说《莫班小姐》（1836）通过美丽的主人公女扮男装引起一对情人共同迷恋的故事，表达了形式美至高无上的观念。对美的崇尚，统率全篇。

奥斯卡·王尔德（1854—1900）是英国唯美主义的代表作家、理论家。早期创作有诗歌和童话，最著名的是《诗集》（1881）和童话集《快乐王子》（1888），其中已透露出唯美主义的神韵。八九十年代，王尔德发表了《英国的文艺复兴》（1882）、《谎言的衰朽》（1889）、《作为艺术家的批评家》（1890）、《〈道连·格雷的画像〉自序》等一系列论文，充分阐明了他的唯美主义文艺观，引起社会的普遍重视。90年代，创作转向戏剧，写有《少奶奶的扇子》（1892）、《无足轻重的女人》（1893）、《莎乐美》（1893）、《理想丈夫》（1895）和《认真的重要》（1895）

等。他的剧作大多结构精巧，对话机智幽默，且有一定的道德寓意。其中风格最奇特的是用法文写成的独幕剧《莎乐美》。《道连·格雷的画像》（1891）是王尔德最重要的一部小说，它以独特的构思反映了作家的唯美主义观点，也体现了作家理论和创作之间的矛盾。王尔德一方面通过画像"丑"而复"美"的童话般的情节，肯定了艺术美的永恒；一方面又以谴责的笔调描述了主人公受诱惑而堕落的过程。

◎ 19世纪70年代崛起于法国的象征主义，与唯美主义有着因缘关系，但其成就、声势、影响，都要大于后者。夏尔·波德莱尔（详见本章第二节），在19世纪中叶孤傲地独步文坛，是一位兼容并蓄而又标新立异的"奇才"。他以一部惊世骇俗的诗集《恶之花》和数十篇见解独特的文艺批评，赢得了巨大的声誉，并吸引了后来者，使他成为后来诸多文学流派的共同先驱。

70年代，一批对巴黎公社失败后的社会现实极度不满又苦于找不到精神支点的年轻人，组成了许多文学团体，出版了许多文艺刊物，在文学创作中寻找情绪的宣泄口。他们愤世嫉俗，玩世不恭，情感纤细，才思敏捷，但他们并不以诗针砭时弊，而是向内在的世界寻求真实，在内外的统一中寻求平衡，从而形成他们愠而不怒的作品风格。1886年9月18日，莫雷亚斯发表了《象征主义宣言》，使这一新起的浪潮得以定名。

象征主义，反对浪漫主义的浮夸热情，不满于帕尔纳斯派的雕琢空泛，更对现实主义和自然主义的忠实模仿不屑一顾。他们力图重新把握文学的特征，努力探求主客观之间的新契合点。因而，波德莱尔的"通感"论便成了象征主义的理论基石。他们认为，在可感的客观世界深处，隐藏着一个更为真实、真正永恒的世界，这就是韩波所谓的"未知"，人们只有凭本能的直觉才能领悟，而艺术地传达出这种秘密便是诗人的最高任务。真正的诗人，具有不同于常人的感知力，能够深入把握光怪陆离的自然和人生，达到物我相通的境界，创造出神韵独特的艺术。

朦胧美和神秘色彩，是象征主义作品的显著特色。他们的诗句大多流畅自然，富于乐感。但其中多有象征、暗示、隐喻，"模糊与精确相连"（魏尔伦语），从而使诗意飘忽，半明半暗，留下了更多想象、品味的余地。象征主义诗人对音乐性的追求，意在使诗歌能与音乐一样对观念世界作出暗示。内在韵律的丰富，更增添了诗歌梦幻般的诗意和多义的魅力。

保尔·魏尔伦（1844—1896），法国著名的象征派诗人，早年曾当过小职员。19世纪60年代开始写诗，深受帕尔纳斯派影响。1866年的第一部诗集《感伤集》，便显示了他以暗示手法表达复杂感情的才华。其后发表过《戏装游乐图》（1869）、《美好的歌》（1870）等诗集。巴黎公社期间，他曾为公社服务。1871年9月，结识诗人韩波，并于次年一同前往伦敦、布鲁塞尔等地，其间创作的《无言罗曼司》（1874）是他最成熟的作品，音乐性、暗示性都得到了充分的展示。1874年，他写出《诗艺》一诗，艺术地表达了他的诗学观点，被人们称为"诗的宣言"。他的另一篇重要文章是《厄运诗人》（1884—1885），主要内容是评介马拉美、兰波等象征派诗人的创作。魏尔伦的诗集还有《今昔集》（1884）、《平行集》（1889）、《爱情集》（1891）、《悲歌》（1893）和《死亡》（1895）等。魏尔伦的诗作情绪忧郁，韵律讲究，于朴实流畅的诗句下面，隐含着人生的苦痛与悲凉。

阿尔多尔·兰波（1854—1891）是最具反叛精神的一位象征派诗人。他的创作期只有短短五年（从16岁到20岁），留下的作品也只有140多首诗歌和两部散文诗：《地狱的一季》（1873）和《彩画集》（1886），但他在象征诗歌史上的地位却无可替代。他与马拉美、魏尔伦并驾齐驱，被称为象征主义运动的“三剑客”，这一方面是由于他对诗歌创作有独特的见解，另一方面则是由于他诗作的奇丽色彩。兰波关于诗人应当是一个“通灵者”，其任务是通过感觉的“错位”去探求神秘的“未知”等观点，为人们认识象征主义的创作特点提供了启示。他的《元音》、《文学的炼金术》等诗，形象地发展了波德莱尔的“通感”论。而他的一些优秀诗作，如《醉舟》、《黎明》等均以瑰丽的想象、“通感”的巧妙而脍炙人口。遗憾的是，这位才情横溢的年轻诗人过早地离开了诗坛，为谋生计，他浪迹天涯，再也没提笔作诗。

斯蒂芬·马拉美（1842—1898）是位学者型的诗人，象征派的泰斗。他潜心研究诗论，写有《音乐与文学》等论著。他是“纯诗”论者，诗歌形式极其严谨，十分强调音乐性，认为诗人的任务在于以奇异的手法去揭示平凡事物背后的“绝对世界”。他的诗作不多，但都构思精细、思想深邃，而又晦涩难解、扑朔迷离，充满梦幻色彩，著名的有《牧神的午后》（1876）等。诗人在1897年发表的未完成作品《骰子一掷绝不会破坏偶然》，以大小不等的字号错落布局，模仿乐谱的形式排列，并留下大片空白，充分体现了他对诗歌音乐性的执著追求。马拉美被公认为象征派领袖，还有一个原因是他在巴黎罗马街5号寓所里，持续十年之久地举行“周二聚会”，形成了一个颇有影响的中心。这里的座上客有拉弗格、雷尼耶、古尔蒙、科恩、纪德、瓦雷里、克洛代尔等，不时还有外国才子光临，如英国的王尔德、比利时的维尔哈伦、德国的格奥尔格等。他们或是当时已小有名气，或是日后成为文坛的巨匠。人们认为，这一聚会在19世纪90年代中的解体，标志着象征主义运动的实际衰亡。

19世纪末兴起的各种文学流派，都不同程度地影响了下一个世纪文学的发展。

第二节
波德莱尔

一　生平与创作

夏尔·波德莱尔（1821—1867）是法国19世纪中期最有影响的诗人，他承前启后，吸取了浪漫主义的精华，开启了象征主义的先河，被公认为现代主义文学的先驱。

1821年4月，波德莱尔出生在巴黎。父亲曾给过他最初的艺术熏陶，但在他6岁时即不幸去世，为他留下了最初的精神伤痕。母亲改嫁，敏感的波德莱尔与刻板的军人继父间的矛盾，对他一生都有着深刻的影响。波德莱尔中学毕业后，违背家庭要他谋职外交界的意愿，一心想当作家。为此，他一方面大量阅读古往今来的文学经典，丰富自身的学识；一方面浪迹花都，与一批文人才子过着灯红酒绿的生活。由此，他开始了以病态的眼光对病态的巴黎的观察。

1841年6月，波德莱尔在家庭的安排下出海远游，目的地是印度的加尔各答，计划时间为

18个月之久。继父的意图是通过这次航行，改变他浪荡公子的生活方式。但是，行程至半，波德莱尔已无法忍受旅途的寂寞，从毛里求斯岛折返回国，于1842年2月抵达波尔多。

回到巴黎后的波德莱尔，与家庭的矛盾更加尖锐。他毅然带着父亲留给他的遗产，离家出走，开始过起了纨绔子弟的浪荡生活。他把奇装异服、放浪形骸，甚至酗酒吸毒，都看做是对庸俗现实的挑战和对实用功利原则的鄙视。这种标新立异的生活方式，反映了这一代颓废的浪荡公子对社会现状的不满，也渗透到他们的文艺思想和创作的各个方面，成为19世纪下半叶巴黎文坛的独特现象。

波德莱尔首先是作为独具慧眼的艺术评论家引起公众注意的。40年代中期，他相继发表了《1845年的沙龙》和《1846年的沙龙》两篇画评，从而开始奠定了他在文坛的地位。此后，他一直以敏锐的眼光，关注着当时法国文学艺术的状况，对许多著名的或尚未出名的作家、美术家的创作，发表独到的见解，并由此阐发自己的理论观点。他把雨果比作“一尊走动的为沉思建造的塑像”；他认为巴尔扎克主要不是“观察者”，而是“一位充满激情的洞观者”；他推崇戈蒂耶是“一位完美的文人”，认为在戈蒂耶的创作中可以看到“应和及万有象征的天生的巨大智力”；他最早翻译了美国诗人爱伦·坡的作品，并指出爱伦·坡的创作证明了“奇特性是美的组成部分之一”……波德莱尔对不同流派作家的创作都有独特的发现，但他又绝不甘于盲目步人之后，而是取各家之长，走自己的路，成一家之言。他的评论文章，后收入文集《浪漫主义艺术》和《美学珍玩》。

1848年2月，巴黎爆发的革命，结束了七月王朝的统治，建立了资产阶级的第二共和国。波德莱尔热情地投身街垒战，把他对旧秩序的满腔愤怒化作了出膛的子弹。此间，他还和与他一样的热血青年尚佛勒里等一起编辑出版了激进的《公安报》。这些举动，似乎与他的生活态度大相径庭。实际上，这正是这批“浪子”叛逆性的双重表现，对反叛的偏爱使他们热衷于一切可能出现的反叛形式。

波德莱尔少年时代就开始写诗，第一次公开发表是在1845年。1855年，他首次以《恶之花》为总题在《两世界评论》上发表了18首诗，引起很大的反响。

诗集《恶之花》第一版，于1857年6月问世，收入诗作整整100首，诗人在卷首另写了一首《致读者》。

诗集的出版当即激起了轩然大波。《费加罗报》、《立宪主义者报》等相继撰文，猛烈抨击诗集“有伤风化”，并像对待《包法利夫人》一样，竟然也提出了起诉。提起公诉的检察官，与此前起诉福楼拜的是同一人。诉讼结果是判罚诗人300法郎，并责令删除6首所谓“淫诗”。这是第二帝国时代反动审查制度的又一桩丑行。近一个世纪后，即到了1949年5月，法国最高法院为此案平反，宣告该判决无效。

波德莱尔尽管在这次诉讼中心灵受到了极大的伤害，但他并未因此而辍笔罢诗。1861年，《恶之花》第二版，除删去6首诗外，又增加了30首。在诗人去世后出版的第三版，共收入诗歌151首。

1860年，发表了散文诗集《人造的天堂》；在他去世后的1869年，遗作《小散文诗——巴黎的忧郁》出版。波德莱尔的散文诗仍然继续着《恶之花》的主题，他以忧郁病态的目光，扫视着忧郁病态的巴黎。

1867年8月31日，诗人在贫病交加中逝世，被安葬在巴黎市中心的蒙巴那斯公墓。生前死后，波德莱尔都与巴黎这座充满矛盾的城市融为一体，密不可分。

二 《恶之花》

《恶之花》的题名，已显出其标新立异的特点。其中的“恶”字，在法文中是多义词，有罪恶、丑恶之意，也有病痛、苦痛之解。诗人在此是多义并取，既喻其诗为“病态之花”、“苦难之花”，又含着“从恶中发掘美”的意味，内涵丰富而蕴藉。

由 100 多首诗歌组成的《恶之花》，并非像常见的诗集那样按写作或发表的年代顺序排列，而是由诗人精心安排为六个有机组成部分，有序地展开诗人的精神探索。

波德莱尔在开篇的《致读者》中，为全诗定下了基调。他认为在“罪恶的污秽的动物园里”，“有一只更丑、更凶、更脏的野兽”，它虽然不事声张，却能“一口吞下全球”。这就是“无聊”（或译作郁闷、厌倦、烦恼等）。总之，诗人以为，这种“世纪病”正笼罩着人类。

诗集的第一部分“忧郁与理想”，写忧郁，也写理想，忧郁是沉重的，理想是虚渺的。穿行在沉重的忧郁中，寻找着难寻的希望。“当天空像盖子般沉重而低垂，/ 压在久已厌倦的呻吟的心上，/ 当它把整个地平线全部包围，/ 泻下比夜更惨的黑暗的昼光；//当大地变成一座潮湿的牢房，/ 在那里，‘希望’就像是一只蝙蝠，/ 用怯懦的翅膀不断拍打牢墙，/又向朽烂的天花板一头撞去……”（《忧郁》）诗句概括的不仅是这一部分的题旨，也在相当大的程度上体现了整部诗集的精神。

第二部分“巴黎风光”，写的是诗人眼中的巴黎，或者说是心中的巴黎。这不是美丽的城市，不是繁华的“花都”，而是“熙熙攘攘的都市，充满梦影的都市，/ 幽灵在大白天里拉行人的衣袖！”（《七个老头子》）“在古老都城的弯弯曲曲的皱褶里，/ 在一切、连恐怖都变为魅力之处，/ 我受制于我那改变不了的脾气，/ 窥伺那些衰老、奇妙、可爱的人物。”（《小老太婆》）肮脏、丑陋、贫穷、淫秽……共同组成一道令人窒息的灰色风景。波德莱尔将诗歌的视野从浪漫主义的大自然拉到光怪陆离的现代大都市，让人看到的却是一幅幅畸形、变态的图画。

第三部分以“酒”为题，写出诗人“以酒浇愁”、“以酒为乐”的无奈与悲凉。“我们以酒为马来骑上，/ 驰往神圣仙境的穹苍！……驾着旋风灵活的翅膀，/ 摇摇晃晃，轻轻地摆动，/ 就在同样的谵妄之中……”（《情侣的酒》）“酒”，只是个象征。对酒的迷恋，和对毒品的迷恋、对浪荡生活的迷恋一样，是对现实生活的逃避与扬弃，是自我麻醉、自我沉沦。

第四部分“恶之花”，诗人从醉酒的幻景转向直面罪恶的“花朵”。“恶魔老是在我身旁不断地蠢动，/ 像摸不到的空气，在我四周漂荡，/ 我把他吞了下去，觉得肺部灼痛，/充满了一种永远的犯罪的欲望。”（《破坏》）与《致读者》相呼应，“无聊”这恶魔吞噬着人们的灵魂。正是在这“无聊”的灵魂深处，滋生出种种罪恶的花朵；也是为这恶魔所左右，诗人在邪恶中撷取诗的花朵。

第五部分“叛逆”，是针对上帝的。在这里，该隐和撒旦都受到了赞美，因为他们是受迫害者、叛逆者。诗人所希望的，是自己的灵魂能傍着撒旦“休息”。

这就自然引出了最后的第六部分：“死亡”。在历经苦难之后，在阅尽丑恶之后，死亡，是唯一的归宿、唯一的慰藉。死亡是一切的终结，但也是新的开始。整部诗集以一首题为《旅行》的长诗作结，概括了诗人一生的求索。结尾处，诗人这样写道：

啊，死亡，啊，老船长，时间到了！快起锚！
我们已倦于此邦，啊，死亡！开船航行！
管他天和海黑得像墨汁，你也知道，
在我们内心中却是充满了光明！
请你给我们倒出毒酒，给我们鼓舞！
趁我们头脑发热，我们要不顾一切，
跳进深渊的深处，管他天堂和地狱，
跳进未知之国的深部去猎获新奇！

这就是波德莱尔。一颗孤傲的灵魂，穿行在地狱般的花都巴黎，目击种种不堪入目的丑恶，经历种种难以承受的精神磨砺，采撷下一朵朵凝聚着血和泪、散发出“奇香”和“异味”的恶之花。在这里，人们可以看到病态的社会，也可以看到诗人的心路历程。诗人不是坚强的斗士，但却并不缺乏执著的追求。他在苦痛中走向死亡，在通向死亡的道路上仍不忘探索。把希望寄寓于“未知”的彼岸，到“未知”中去寻求“新奇”的诗意——波德莱尔为后人开启了象征主义诗国的大门。

在诗歌发展史上，从浪漫主义、帕尔纳斯诗派向象征主义的演变，波德莱尔是公认的转折点。他的一首《感应》（或译“通感”、“应和”），被称为“象征派的宪章”。

自然是一座神殿，那里有活的柱子
不时发出一些含糊不清的语音；
行人经过该处，穿过象征的森林，
森林露出亲切的眼光对人注视。

仿佛远远传来一些悠长的回音，
互相混成幽昧而深邃的统一体，
像黑夜又像光明一样茫无边际，
芳香、色彩、音响全在互相感应。

大自然是一个神秘的、有生命的整体。万物之间、人与自然之间以及人的各种感觉之间，都有着某种难以明言的联系，都能够产生某种特殊的感应。诗人就是要捕捉这种感应，或者说通过这种感应去把握表象背后的未知，去开掘精神化的内在美。对诗歌本质的这一理解，使世纪末的象征派诗人们将波德莱尔奉为开山鼻祖。

以诗歌表现现代都市的丑恶、现代文明的虚伪以及现代人精神世界的贫乏空虚，是《恶之花》对诗坛的独特贡献，也是波德莱尔给日后的现代主义提供的有益启示。诗人以罕见的胆识，陈列出种种丑行与败德，也倾诉了深藏于内心的郁闷与苦恼。这是对现存秩序的控诉和挑战，因而激起了卫道士们的愤慨。但是，正如高尔基所言：“波德莱尔，‘生活在恶之中，爱的却是善’，最后，他给法国留下了一些流露出冷酷的绝望气息的阴暗狠毒的诗而死去了。为了这些诗，人们在他生前称他做疯子，在他死后称他为诗人。”[①] 他的后继者魏尔伦认为，波德莱尔“深刻的独创性”在于对“现代人”的表现，并指出：“依我之见，未来研究我们这个时

① ［苏］高尔基：《论文学》（续集），7页。

代的历史学家，为了不挂一漏万，必须认真而虔诚地阅读这本书（指《恶之花》），因为这是本世纪的精华，本世纪一切的集中反映。”①

第三节
左　拉

一　生平与创作

爱弥尔·左拉（1840—1902）是法国著名的自然主义小说家和理论家，他的创作继巴尔扎克的小说之后成为 19 世纪后半叶社会历史的艺术记录。

左拉生于巴黎。父亲是威尼斯人，是一位有才华的工程师。左拉的童年是在南方度过的。左拉 7 岁时父亲去世，母子二人陷入困境。1858 年，迁居巴黎。中学毕业后，为了糊口经常做些抄写工作，有时流浪街头，饱尝了贫穷的滋味。后来在阿晒特书局充当打包工，白天工作，晚上练习写诗。他还为报纸写新闻报道和评论文章。不久，书局老板看到他会写诗而将他提升为广告部主任。他和文学界人士的联系日益广泛，从此走上文学创作的道路。

左拉在中学时期就崇拜拉马丁、雨果、缪塞等浪漫主义诗人。他的早期作品如中短篇小说集《给尼侬的故事》（1864）和长篇小说《克劳德的忏悔》（1865），都带有浪漫主义色彩。《克劳德的忏悔》写的是一个女人的堕落和忏悔。官方认为该书“有伤风化”。警方还调查出左拉在为政府反对派报纸撰稿，并与进步人士有联系，使书局老板甚是恐慌。左拉为此提出辞职，以后专门从事写作。

左拉对浪漫主义诗人的崇拜，只是充满幻想的少年时代的短期沉迷。左拉不是一个墨守成规的作家，他思想深处抱有创新文学的大志，这早在他 1860 年给友人霸依的信中就谈到了。他说：“我不愿走任何人走过的道路……我想寻找一条还没有人走过的小路。”他明确地感受到自己的时代是一个崇尚科学的时代，认为新的诗不应再讲什么日神和月神，新的文学应符合时代的特点。60 年代中期，左拉对巴尔扎克和福楼拜等现实主义大师十分推崇。后来他曾把巴尔扎克称为“自然主义小说之父”，把福楼拜的《包法利夫人》称为“自然主义小说的典型代表”。但对他的理论思想影响最大的是文艺哲学家泰纳，被他承认的最符合时代精神和科学方法的作品是龚古尔兄弟的小说《日尔米尼·拉赛尔特》。左拉曾潜心钻研生理学、心理学和遗传学的理论，对泰纳的理论十分信服。泰纳认为世界观和创作是不受社会与经济因素制约的，而是由种族、环境和时代这三个因素所决定的，谓之“决定论”。左拉完全接受了泰纳的理论。他说：“我是在 25 岁的时候才读泰纳的，读着他的理论，我作为理论家、实证主义者才有了发

① ［法］魏尔伦：《艺术》，见《波德莱尔作品全集》，37 页，巴黎，色伊出版社，1968。

展，我在我的书里面运用他的关于遗传和环境的理论，我把这个理论应用到小说里来了。”其时，生理学家克洛德·贝尔纳的《实验医学研究导论》（1865）极力主张在生物学和医学研究上应用科学实验方法。在这些学者和作家的影响下，左拉形成了自己的自然主义理论体系。他的理论观点在小说《黛莱丝·拉甘》和其他小说的序言中被充分说明，后来又在80年代初发表的三篇重要理论文章（《实验小说》，1880；《戏剧中的自然主义》，1881；《自然主义小说家》，1881）中作了系统的阐述。左拉认为，过去的文艺观，无论是古代希腊的命运观，还是世纪初的浪漫主义以幻想代替现实的描写方法，都已陈旧过时。现在人们已经发现了一个严格的科学的方法，即对人的行为进行生理和病理分析的方法。作家应该像实验室里的化学家那样进行实验。作家应该研究和阐述人怎样受生物学和生理学规律的影响而产生某种行动和后果。左拉的自然主义理论忽视了人受社会制约这一基本事实，而把人的心理从属于生理学，把性格的分析从属于气质的分析。他认为，既然小说家也是在完成科学家的使命，那么他就应该只观察研究和记录事实，而不作社会政治的、道德与美学的评价。

左拉在建立自己自然主义理论的同时，也在创作上进行了实验。在《黛莱丝·拉甘》（1867）和《玛德兰·费拉》（1868）这两部小说里，可以明显看出左拉把他的理论用于创作实践的努力。这两部小说都表现了“生理主义”的观点。《黛莱丝·拉甘》描写一个女人和她的情夫在肉欲的驱使下合谋杀死了女人的丈夫，后来又感到懊悔，并发展成为彼此仇恨，以致精神失常，最后自杀。左拉在作品序中写道：“在《黛莱丝·拉甘》里面……我所选择的人物，他们整个地被他们的神经和血液控制住了……他们生命中的每一个行动都被他们的肉体所注定了。……人们会看到每一章都是对生理学一种病况的有趣的研究。”长篇小说《玛德兰·费拉》里也充满着病态的爱情心理分析。《黛莱丝·拉甘》和《玛德兰·费拉》这两部小说，是左拉所创作的自然主义成分最明显的作品。

左拉具有实践自己理论和抱负的巨大决心。从1868年起，他着手准备写一部多卷集的、《人间喜剧》式的庞大作品——《卢贡—马卡尔家族》。按照左拉的构想，这部庞大作品将是“第二帝国时代一个家族的自然史和社会史”。他在给他的出版家的计划中，对这部巨著的生理学和社会方面的目的作了这样的说明：“第一，研究一个家族的血统和环境的问题……以生理学新的发现为线索，用一种科学方法，到那里面去发掘。……第二，研究整个的第二帝国时代，自‘政变’起，到今日为止。……通过各种事实和情感，并且在千万种风俗和发生的事件的细节中，来描写这个社会时期。”

起初，他的计划是写10部小说，后来由于构思规模宏伟，而大大扩充了预定的计划。他从1869年写《卢贡家族的家运》起到1893年完成《巴斯卡尔医生》止，前后经过25年辛勤的劳动，终于完成了包括20部长篇小说的社会史诗《卢贡—马卡尔家族》。左拉的20部小说所反映的生活内容十分广泛，涉及政治（《卢贡家族的家运》、《卢贡大人》、《普拉桑的征服》）、军事（《崩溃》）、宗教（《莫雷教士的过失》）、不动产投机（《贪欲》）、商业和金融（《妇女乐园》、《金钱》）、工人生活（《小酒店》、《萌芽》、《人兽》）、农民（《土地》）、科学（《巴斯卡尔医生》）、艺术（《作品》）、妓女（《娜娜》），几乎包括了第二帝国社会生活的各个方面，有来自各阶层的人物1 000余个。这部巨著堪称第二帝国时期的百科全书。

从《卢贡—马卡尔家族》的第一部小说《卢贡家族的家运》开始，左拉就展开了他关于病理研究的创作构思。法国南方小城普拉桑一个富农的有精神病的女儿阿黛拉伊德·福格嫁给了园丁卢贡，生了一个儿子皮埃尔。卢贡死后，阿黛拉伊德和神经有毛病的酒鬼、私货贩子马卡尔姘居，生一男一女：昂多安纳和玉尔絮勒。皮埃尔·卢贡是个正常的人，但昂多安纳·马卡尔同其父一样，是个酒精中毒者，而玉尔絮勒是个痨病患者。这一切都和上一代的遗传有关。以后，左拉还写了卢贡—马卡尔家族的第三代、第四代和第五代。在不到一个世纪里，这个家族，在它的嫡系和私生子里面，都受到了遗传的损害。

以这个复杂而有些病态的家族为框架，向四面八方衍生辐射，构筑起整个社会，从而将自然史向社会史拓展，逐渐容纳越来越丰富的社会问题。如《卢贡家族的家运》，作者原来的构思只是写家族遗传，但在创作过程中却不断融进了路易·波拿巴政变时南方小城普拉桑利里共和派同波拿巴分子的斗争，表现了反动势力的政治投机活动。在1871年写成的《贪欲》中，左拉描写了第二帝国初期暴发户疯狂投机、猎取财富的丑恶行径。皮埃尔·卢贡的儿子阿里斯提德这时成了一个著名的房地产投机家。《妇女乐园》（1883）、《金钱》（1891）反映的是第二帝国时期垄断资本经济的活动情况。《妇女乐园》反映了商业资本开始集中和大公司出现的新趋势。在《金钱》中，左拉描写了法国金融资本的发展和竞争。在房地产投机中遭到失败的萨卡尔（即阿里斯提德）在本书中再度出现。他同一些投机家组成财团，开办了一个巨大的“世界银行”，利用银行的资金在交易所大搞买空卖空的投机活动，发了大财，但最后还是被对手击败，成为破产者，锒铛入狱。后来他又逃往外国，再次搞起投机冒险的勾当。萨卡尔疯狂地追逐金钱，既贪婪，又腐化，体现了帝国主义时代大资产阶级的特征。

左拉对工人阶级的生活十分关心。在《卢贡—马卡尔家族》中，描写工人生活的小说《小酒店》（1882）和《萌芽》是十分著名的，属于他的优秀作品之列。《小酒店》着力描写工人们的贫困生活和悲惨遭遇。他在这本书的草稿上曾写道：“在巴黎，酗酒、家庭的混乱、殴打、各种耻辱和各种贫困的承受，像这一切，就是因为工人的生活条件、辛苦的劳动、男女混杂、放任等等所造成的……不要奉承工人，可是也不要污蔑他。这是一种绝对真切的现实。”对客观真实的追求，使《小酒店》过多地描写了工人生活中的畸形方面，未能深刻揭示产生贫困的阶级根源和表现出工人阶级为争取自己的权利所进行的斗争。这方面的内容，是由八年以后发表的《萌芽》来完成的。

从作品内容的时间顺序来看，长篇小说《崩溃》（1892）应算是社会史诗《卢贡—马卡尔家族》的最后一部。左拉在这部小说里描写了普法战争和第二帝国的崩溃，揭露了资产阶级的卖国政策和当权者的腐败无能。

《卢贡—马卡尔家族》书写了第二帝国兴亡的整整20年历史，反映了法国政治、军事、经济、宗教和工农生活等各方面的状况，确是一幅丰富多彩的社会画面。在很多场合，左拉对他所描写的对象并不是完全无动于衷的。他同情劳动人民的痛苦，颂扬爱国士兵抵御外侮的勇敢精神；而对第二帝国的统治者、资产阶级暴发户、外国侵略者，则给予无情的鞭挞。《卢贡—马卡尔家族》表现了左拉开阔的文学视野，各个阶级各个行业，从巴黎到外省，他都能挥笔自如地加以描写。他在创作之前，往往对自己要写的对象进行细致的调查，经常去进行亲身体验，所以他描写的环境和各阶层人物的日常生活，都是非常精确的。虽然自然主义的某些偏激观点给作品带来了一些损害，但这部巨作仍不愧为19世纪下半叶的恢弘史诗。

左拉的三部曲《三城市》，包括《鲁尔德》（1894）、《罗马》（1896）、《巴黎》（1898）三部小说，基本内容是揭露宗教的欺骗和提倡通过科学改造社会。其后，左拉又创作了《四福音书》：《繁殖》（1899）、《劳动》（1901）、《真理》（1903），第四部《正义》没有完成。《四福音书》是表现左拉社会理想的作品，他幻想通过阶级合作达到理想社会。总的倾向是一种空想的社会主义。《四福音书》内容比较抽象，艺术成就也大不如前。

1894年，法国发生了“德雷弗斯案件”。犹太血统的法国军官德雷弗斯被诬告为德国间谍而被判了罪。左拉研究了案件材料后，确信被告无辜，于是怀着很大的热情投入了为德雷弗斯申冤的斗争，由此招来反动当局的迫害。左拉作为一个为社会正义而斗争的民主战士，受到了人民的尊敬。

1902年9月29日，左拉因煤气中毒逝世。法朗士在左拉墓前演说中，对其人格和文学成就，都给予了很高的评价。

二 《萌芽》

《萌芽》(1885) 是《卢贡—马卡尔家族》的第13部小说，是一部描写煤矿工人为了反抗资本家剥削而奋起斗争的作品。小说定名为《萌芽》，是因为左拉想到法国大革命时期共和三年芽月12日巴黎饥饿的群众要求面包的情景和1793年的宪法斗争。书名是说工人阶级的觉悟和斗争就像萌芽的种子一样，将在土地上成长和结果。它象征着生机、前途和希望。《萌芽》的问世标志着左拉思想和创作的重大发展。小说视无产阶级为一个整体，以宏伟的气势反映出他们惊心动魄的反抗斗争，与巴黎公社文学相呼应，构成法国文学史上重要的一页。

为了创作《萌芽》，左拉做了大量的准备工作，阅读了大量有关工人生活和社会主义的书籍，并且还亲自访问矿场，下过矿井，体验工人艰苦的劳动生活。持续不断的罢工浪潮引起了左拉的注意。深入的调查研究，使他认识到这一问题的严重性，坚定了他要触一触这一问题的决心。他在小说草稿本中写道：“我的小说描写工资劳动者的起义，这是对社会的冲击，使它为之震动；一句话，描写资本和劳动的斗争。小说的重要性就在这里：我希望它预告未来，它提出的问题将是20世纪最重要的问题。”

《萌芽》中的故事主要是发生在法国蒙苏煤矿公司的沃勒矿场，也写到附近的其他矿村。时间是第二帝国时期。当时法国面临严重的经济危机，资本家决定用压低每车煤的工价和增加罚金的方式，把经济危机造成的损失转嫁到工人身上。沃勒矿场的工人早已贫困不堪，公司的决定等于把他们推向饥饿与死亡的深渊。工人们被迫罢工。罢工工人得到“第一国际”政治上和经济上的支援。资本家不愿满足工人的要求，罢工工人的处境越来越困难，但仍坚持斗争。罢工的队伍从一个矿村走向另一个矿村，怒吼着“面包！面包”、“社会革命万岁”、“打倒资产阶级”。罢工工人宁愿挨饿也不复工，斗争导致暴力冲突，遭到军警镇压，造成许多工人、妇女和儿童伤亡。枪杀工人事件激起了全地区群众的愤怒。公司使用阴谋手段，答应工人如果复工，就将考虑他们的要求。很多工人又重新下井了。但无政府主义者苏瓦林不服，破坏了矿井排水设备，造成矿井倒塌，许多矿工葬身井下。罢工失败了，但小说最后展示了光辉的远景。

左拉真实地描写了煤矿工人所遭受的剥削和压迫。工人们在极其恶劣的条件下从事非人的劳动。资本家只顾追逐利润，设备年久失修，随时有倒塌的危险，而且随时都有瓦斯爆炸的可能。矿工们被当成奴隶使用，他们的肺叶已经被矽土腐蚀，他们的身体被毁坏了，也影响到他们的子女，很多孩子发育不良，甚至长成畸形。矿工马赫一家九口有四个人劳动，所得仍不够糊口。马赫祖上数代，很多人死在矿井下面，有的累死，有的被压死。矿工们的居住条件十分恶劣，拥挤不堪。资本家以各种名目克扣工人工资。整个矿村被贫困和死亡的阴影笼罩着。

《萌芽》和《小酒店》不同，左拉不再认为工人的贫困是由于他们嗜酒、不知节俭，而认为是由资本主义剥削造成的。公司经理格雷古瓦一个人所得抵得上50个矿工家庭的血汗收入，左拉真实地刻画了贫富间的鸿沟。工人们为了争取生存的权利，勇敢地起来斗争。他们的罢工是有了阶级觉悟的工人集体行动，带有一定的政治斗争性质。罢工领导人艾蒂安向他们讲述了资产阶级剥削工人以及革命必然胜利的道理，提高了工人们的觉悟，坚定了他们斗争的信心。工人们的愤怒浪潮席卷了整个矿区，使资产阶级心惊肉跳。作家在小说里真实地表现了罢工工人们的团结、相互信任和为了共同的事业而献身的精神。"共同的痛苦、共同的贫困、共同的危险，把矿工们团结在一起了。"在最艰苦的日子，一天吃不到一勺菜汤，但没有一个人投降。大家同仇敌忾，发誓要一致坚持。矿井大规模崩塌之后，全村居民变成了一个集体英雄，只要还有一个同伴被压在底下，他们就不离开，为了拯救遭难的同伴，他们都可以牺牲自己的生命。作家艺术地展现了无产阶级愤怒的力量和团结战斗的精神。这场斗争最后以失败告终，但人们对未来仍充满信心。作家以象征的手法写道："人们一天一天壮大，黑色的复仇大军正在田野里慢慢地生长，要使未来的世纪获得丰收。这支队伍的萌芽就要冲破大地活跃于世界之上了。"左拉相信工人阶级的正义事业将来一定会结出美好的果实。

在《萌芽》中，除工人集体形象外，左拉还突出地刻画了几个先进工人的形象。工人马赫是千千万万靠诚实的劳动来糊口的工人之一。是资本家的残酷使他睁开眼睛，逐渐有了反叛的觉悟。在罢工中他率领工人去请愿，为阶级的事业献出了生命。小说中马赫嫂也是一个逐渐觉悟的普通工人的形象。她原是一个推煤的女工，结婚后，沉重的家务劳动损害了她的健康。起初，她曾领孩子去求资本家给予施舍，也曾反对丈夫参加斗争。但是严酷的阶级斗争现实使她觉醒了，她自己也参加了斗争，并且成了一个坚定的斗士。罢工时，她的一点儿家当全部卖光，但没有屈服，还鼓励丈夫和其他矿工坚持下去。罢工失败后，当艾蒂安劝工人屈服时，她愤怒地斥责了他。她还对丈夫说："你听明白这个，如果我的男人回到矿坑里去，我将在大道上等着他，啐他的脸，认为他是个卑鄙的懦夫！"丈夫牺牲了，儿女相继葬身矿井，公公发了疯，幼小的孩子面临饿死的威胁，在这样的大难面前，马赫嫂表现了坚强的意志。她顶替了丈夫的工作，干起那每天十小时的奴隶劳动来。残酷的阶级斗争使马赫嫂更加清醒了。她相信，事情终有一天会改变的，工人阶级复仇的日子一定会到来。马赫嫂的形象是一个非常成功的典型。在她身上体现了工人阶级的勤劳、淳朴、坚强和勇于自我牺牲的精神。

罢工领导人艾蒂安原是工厂的机器工人，在经济危机中被解雇。他到处寻找工作，恰巧沃勒矿场一推车女工死了，他顶了缺。艾蒂安聪明能干，很快就学会了井下的活儿，同时也体会到了矿工们的艰辛。他是国际工人联合会的会员，对资产阶级的剥削有清楚的认识。他对资产阶级是不妥协的，对社会主义怀着坚定的信心。他刻苦钻研社会主义的理论，向工人发表演说，用先进的思想鼓动工人。他说："为了正义……我将牺牲一切……只有一件事温暖我的心，这就是我们将去扫荡布尔乔亚！"在罢工斗争中，他英勇无畏，肯于献身。但他身上也存在着一些弱点。他对马克思主义学说理解不深，也受到了非无产阶级思想的影响。由于思想比较混乱，所以在罢工高潮时刻群众走向盲动时，他便显得无力领导群众了。艾蒂安身上固然反映出早期工人运动某些领导人不够成熟的特点，但他身上的缺点也反映出左拉本人对工人运动领袖的了解还不够深刻。

《萌芽》在艺术上有很高的成就。作者对工人生活条件、井下劳动和罢工斗争的描写是十分真实的。作家把粗犷和细致有机地结合在一起，既有雄浑豪放的气势，又有细致入微的描绘。在描写矿工困苦的生活时，作家把他们那种无以果腹、饥饿贫困到了极点的惨状，描摹得真实而具体。在描写矿工的非人劳动时，左拉真实地写出了他们在矿井底下蹚着泥水，跪着、爬着、仰面躺着干活的那种摧残生命的可怕图景。在描写工人悲惨生活的具体性和准确性方面，没有一个现实主义作家能够同左拉相比。

在描写工人们的罢工时，左拉真实地反映出他们在陷于绝境的情况下被迫掀起反抗斗争的壮阔场面，使小说具有一种粗犷和雄浑的美。数千名由于饥饿而愤怒的工人，眼睛里冒着火，从一个矿村走到另一个矿村，形成一股巨大的洪流，滚滚向前冲去，摧毁一切，扫荡一切。小说在结构上的严密布局和节奏上的沉稳有力，加以描写上的雄浑气势，都使《萌芽》具有一种古代史诗的特点。

小说中对比手法的运用也十分明显。工人家庭的贫苦同资产阶级的优裕生活形成了尖锐的对照。马赫一家不到四时就得起床，带上一小块面包前去上工，而资本家格雷古瓦家睡到九时才起床，起床后的第一件事就是为小姐的奶油蛋糕和巧克力而忙碌。马赫两个“面色蜡黄、头发枯槁、身材瘦小、发育不良、受着贫血症折磨”的孩子同格雷古瓦胖胖的女儿赛西儿形成了鲜明的对照。那两个“显出一副行将饿死的人那种难看的丑样”，而这一个由于吃得过胖，圆圆的脸上的鼻子几乎被两颊埋没了。

《萌芽》作为世界文学史上一部成功地描写了工人阶级和资本家你死我活的斗争的杰作而流传于世。

第四节
莫泊桑

吉·德·莫泊桑（1850—1893）是19世纪后期法国小说家，他的创作时间并不长，但是成绩斐然，尤其在中短篇小说方面，不论其数量还是质量都取得了巨大的成就，因而有“短篇小说巨匠”的美称。他的创作基本属于现实主义范畴，但也深受自然主义影响。

莫泊桑出生在法国西北部诺曼底省一个没落贵族家庭。父母离异后，他与母亲一起生活。诺曼底的田园生活使他受到了大自然的熏陶，熟悉了当地的风土人情。1869年，莫泊桑在鲁昂中学毕业，到巴黎学习法律。次年，普法战争爆发，他应征入伍，参加过游击活动。战争结束，他先后在海军部和教育部任职。公务员的生活枯燥无聊，却也使他体验到现实社会中的人情世故。这三段生活让他体会到不同的人生，也为他日后的创作提供了丰富的素材。

1874年，莫泊桑结识了左拉，而且与几个标榜自然主义的文学青年一起，经常在左拉的“梅塘”寓所聚会，人们因此而把这伙人称为“梅塘集团”。1879年夏天的一个晚上，他们兴致勃勃地谈起了普法战争，还商定以这次战争为题材，每人写一篇作品，合集出版。第二年4月，这部作品集以《梅塘之夜》为名出版。它一问世就受到好评，然而评价最高的却是当时文坛上默默无闻的莫泊桑的作品《羊脂球》。莫泊桑由此而一举成名。不久，作家便辞去公务员的职务而专心写作，到1890年完成最后一篇作品，共写了300多篇中短篇小说，6部长篇小说，3部游记，还有一些戏剧、诗歌和评论作品。

莫泊桑说，他"像流星一样进入文坛"。表面看来，他的创作成就似乎也确实像流星一样来得突然，光芒耀眼。其实，他的成功是建立在严师的多年培养和他自己辛勤苦练的基础之上的。莫泊桑的母亲喜爱文学，自小注意培养莫泊桑的文学素养和写作能力，可以说是作家的第一个文学导师。直到作家成名之后，这位母亲仍然是他忠实的读者和严格的批评者。莫泊桑上中学的时候，监护人是当时小有名气的诗人路易·布耶，莫泊桑舅舅的朋友。他成了莫泊桑的第二个导师。路易·布耶告诉莫泊桑，一个艺术家的作品最重要的东西是他的独创性，并且指导他在文学道路上进行探索。莫泊桑的第三位导师，也即最重要的一位导师，是福楼拜。莫泊桑是通过母亲和舅舅认识福楼拜的。1873年，福楼拜正式收他为弟子，要求他下工夫练习基本功而不急于发表作品，而且告诉他，一个作家最可贵的是他的独创性，而要获得独创性，必须进行持久的观察和练习。他对莫泊桑说："才能就是持久的耐性。对你所要表现的东西，要长时间很注意去观察它，以便能发现别人没有发现和没有写过的特点。……最细微的事物里也会有一点点未被认识过的东西，让我们去发掘它。"① 从此，莫泊桑在这位严师的指导下，埋头练习写作达七年之久。可以说，在《羊脂球》发表之前，莫泊桑已经在创作理念、生活观察、写作技巧等各方面都做了相当充分的准备了。他的一举成名绝非偶然。

莫泊桑的主要成就是中短篇小说。他的300篇作品按其题材和内容大致可以分为三大类。第一类写普法战争，第二类写小职员生活，第三类写诺曼底生活。这三个方面都与作家一生的主要经历有关。

莫泊桑参加过普法战争，亲眼目睹了法国人民抗敌救国的义举，也亲眼看到了侵略者的暴行和法军的大溃败。这一切使他的感受颇为深刻，写出一篇又一篇优秀的作品，如《羊脂球》、《菲菲小姐》、《女疯子》、《两个朋友》、《瓦尔特·施那夫斯的奇遇》、《米隆老爹》、《一场决斗》、《索瓦热老婆婆》、《俘虏》等。在所有的法国作家中，他是描写这次战争最多的一个。作为短篇小说巨匠的莫泊桑，在短小的篇幅中，不可能具体描写大的战争场面和战争的具体过程，他总是截取战争过程中发生的一些小插曲，揭露侵略者的罪恶，谴责法国统治者的怯懦无能，同时赞扬法国人民的爱国精神。这些作品中的主人公大多是普普通通的法国老百姓，他们的反侵略行动是自发的个人行为，也没有什么惊天动地的事迹，然而，唯其如此，更显示出法国人民发自内心的对侵略者的恨和对祖国的爱。

《羊脂球》无疑是这类作品中最好的一篇。小说描写战争期间，鲁昂已被普军占领，有10个人共坐一辆马车逃离该地。这10个人中，有9个人是社会上的体面人物，另有一个外号为"羊脂球"的妓女。途经小镇时，一个普鲁士军官强令羊脂球陪他过夜，否则不予放行。羊脂球坚决不从，同车的那9个体面人物却为自己能通行而施展各种伎俩，把羊脂球推入虎口。等到马车再次上路的时候，他们又拿出上等人的假正经，冷落她，侮辱她。小说以小见大提出了一个严肃的问题：面对侵略者的无理要求，什么人才真正具有民族气节？谁是民族败类，谁是爱国者？那9个体面人物中，有贵族、资本家、暴发户3对夫妇，有天主教修女2人，还有自

① ［法］莫泊桑：《小说》，见伍蠡甫等主编：《西方文艺理论名著选编》，中卷，273页，北京，北京大学出版社，1998。

命“革命党”的政客1人，实际上包括了当时社会上层的各个方面。这些人在民族敌人面前贪生怕死，卑躬屈节。他们的表现虽因其身份的差异而各不相同，但都是为了私利而不惜陷害同胞。他们有的“劝说”，有的哄骗，软硬兼施，互相配合，迫使羊脂球就范。这就把战争期间上层社会人物那种自私、虚伪、怯懦、卑劣，丧失民族气节的丑恶面目刻画得入木三分。实际上，也就指明了民族悲剧的根源。法国资产阶级在反对封建制度的大革命时期，曾经发挥过历史的进步作用。但是，到了19世纪后期，它已经丧失其革命性而走向它的反面。这种情况在普法战争时期表现得尤其明显。面对普军的侵略，腐败政府毫无招架之力，拿破仑第三投降，第二帝国垮台，随后出现的由一群政客组成的所谓国防政府，叛国投敌，把国土拱手相让，造成法国历史上可耻的一页。莫泊桑小说中描写的那群可耻的上等人可以说就是这类民族败类的化身。与之对比的是羊脂球。她身为烟花女子，但不失善良的本质和反抗的精神，只有她才表现出真正的民族尊严。对待同胞她是善良的，在众人皆无食物准备的情况时，她倾其所有献出自己的储粮。然而，那些上层人物正是利用了她的善良而陷害了她。小说的结尾，描写羊脂球一声没能忍住的悲啼，其中寄寓着作家对羊脂球的同情和尊敬，也表现了他对上层社会的谴责和愤慨。这篇小说在材料取舍、构思谋篇、性格刻画、语言运用等方面，都显示了作家圆熟的技巧和高超的才能。它以强烈对比的手法，通过一个小故事全面而深刻地反映出普法战争期间整个法国社会的动态，难怪人们称赞它“一辆马车装下了一个社会”，是一部传之后世的杰作。

莫泊桑做过10年小公务员，非常熟悉小市民、小人物的生活状况，尤其了解他们的精神面貌。他充分理解他们地位的低下和生活的艰辛，洞察他们的心理和他们改变自己状况的欲望；同时，也鄙弃他们的平庸、卑俗、虚荣、琐屑、自私。因此，在他的作品中，往往抱着同情怜悯与鄙视厌恶交织在一起的复杂心情，用讥讽的笔法来描写他们；同时，也通过他们，写出了第二帝国时期法国社会那种淫靡虚荣、道德败坏的社会风气，揭示了这个社会的种种弊病。《项链》就是这样的一篇脍炙人口的佳作。玛蒂尔特羡慕上流社会的奢华，得意了一夜，却以自己的全部青春为代价。更令人深思的，是那一串代表着富有和奢华的项链竟是赝品。这是多么大的讽刺！那一夜豪华的舞会上，太太小姐个个珠光宝气，争娇斗妍，可是，谁知道那里有几多真实，几多虚假。玛蒂尔特羡慕的上流社会就是这样一个虚假的名利场。《珠宝》可以说是《项链》的姊妹篇。身为小公务员的丈夫无力满足妻子对珠宝的渴望，妻子便以贞操为代价换来价值20万法郎的首饰。妻子死后，丈夫发现自己早已戴上了绿帽子，但是妻子留下的珠宝却成了他炫耀的本钱。在金钱至上的社会里，人人都面临金钱与道德的抉择。小说中的丈夫与妻子的选择是相同的，为了钱财而放弃了道德。这就是那个社会里人们的精神面貌：荣誉观念敌不过钱财的诱惑。这两篇小说，写了一真一假两种首饰，却都能用来撕破社会上道德廉耻的假面具。莫泊桑的另一个名篇《我的叔叔于勒》则让我们看到亲属家庭内冷酷的金钱关系。挥霍成性的于勒成了兄嫂的“恐怖”，他在美洲发财的消息使他成了全家的希望。偶然发现他落魄而归，人人都像遇到瘟疫一样唯恐躲之不及。人们对待于勒的看法时褒时贬，对待他的感情时亲时疏，其间的变化，关键就在金钱一事。那真是世态炎凉，人心不古啊！在莫泊桑的中短篇小说里，这类作品数量最多，除了上面提到的几篇以外，《一个巴黎市民的星期天》、《一家人》、《骑马》、《一百万》、《伞》、《勋章到手了》、《遗产》、《散步》、《保护人》等都是这方面的佳品。这些作品单独来看，是一个个的小故事，然而就其整体来看，却涉及社会的方方面面，相当广泛而深刻地写出了当时法国资产阶级社会的面貌。

诺曼底是莫泊桑的故乡，他在那里度过了自己的青少年时代，熟悉那里的自然风光、世态人情和风俗习惯。这些当然也成为他创作的重要题材。他写出这里优美的景色，写出一幅幅生动的风俗画，也写出了人间的不平。他描写了各种各样的人物，有凄凉的女雇工、失业的木匠、乞讨为生的残疾人、冻死在冰雪中的盲孩子，也有在田野里嬉戏的妓女、幽默而狡黠的老头等等。值得注意的是，在这个多彩的世界里，出现了莫泊桑作品里少有的亮色：在冷酷、自私的社会中，仍然有人保持着一颗淳朴而善良的心，例如《西蒙的爸爸》中的工人菲力普。他从爱护被羞辱的私生子西蒙开始，一步步地走进西蒙和其母亲的家庭，他以自己的真诚和耐心赢得了这一家人的信任，终于成为他们的保护人。西蒙以自己有了这样的爸爸而自豪，读者也从莫泊桑作品中的这个人物看到了作家心中所向往的亮点。

莫泊桑的中短篇小说具有以小见大、借斑窥豹的特点。他能从平淡无奇的日常生活中发掘出具有重大意义的内涵，原因在于作家追求的是表现生活的本质，而不是生活的表面。他说："一个现实主义者，如果他是个艺术家的话，就不会把生活的平凡的照相表现给我们，而会把比现实更完全、更动人、更确切的图景表现给我们。……写真实就是根据事物的普遍逻辑给人们关于'真实'的完整的意象，而不是把层出不穷的混杂的事实拘泥地照写下来。"① 他之所以能做到这点，关键又在于他能由大见小。他所选取的题材虽然是凡人小事，然而他并不是孤立地看待这些小题材，而是把它们放在大的时代背景和社会环境中，开掘出它们所能蕴含的不平凡的意义。这就是说，题材虽小，立意却很高。莫泊桑小说的另一个特点是构思精巧，这也是显而易见的。人们常常称赞莫泊桑小说的开端和结尾，尤其是结尾的出奇制胜，令人拍案叫绝。但是，莫泊桑在谈到自己的经验时说：布局的巧妙不在开端和结尾，"而在于那些表现作品明确意义的可信的小事的巧妙结合"②。

毋庸讳言，莫泊桑受世纪末思潮的影响，思想上存在着悲观主义，再加上疾病缠身，他的头脑中时常出现幻觉，恐惧焦虑的心情不时袭击他的心灵。作家把这些东西也写进了他的作品，这就是莫泊桑某些怪诞的带有神秘色彩的作品的来源，如《怯懦者》、《疯子》、《谁知道》、《奥尔拉》等。在作家看来，有一种超自然的力量是人类的理性无法认识、无法解释的。在《项链》一类作品中，生活和命运捉弄人，使人落入可笑又可悲的困境。这种思想也许正是他对客观世界采取置身事外的超然态度的原因。另外，在作家有关男女贪爱的描写中，有时突出人的肉体本能欲望，流露出自然主义的影响。

1883年，莫泊桑发表了他的第一部长篇小说《一生》。1885年后，也就是在他创作的最后几年，他把主要精力用来写作长篇小说，共完成五部，即《漂亮朋友》（1885）、《温泉》（1886）、《彼埃尔和若望》（1887）、《胜过死亡》（1889）、《我们的心》（1890）。

《一生》是莫泊桑的力作，从构思到创作，时断时续，为时长达6年之久。小说的主人公约娜出身贵族家庭，在修道院里养成自己对未来生活的美好幻想，但是，现实生活把她的梦想一个接一个地粉碎。结婚后，发现丈夫是一个无耻之徒；她把希望寄托在儿子身上，儿子却放荡挥霍，致使她倾家荡产。最后，约娜只得在昔日女仆的帮助下过着凄苦的日子。小说通过约娜悲剧的一生，写出了法国社会在资本主义势力的冲击下，世风日下、道德败坏的现实。约娜那种充满着浪漫诗意的贵族式的田园生活的幻想，早已过时，必然破灭。作家以抒情的笔调描写这无情的现实，以前后呼应的场景描写主人公辛酸的回忆，处处流露出无可奈何的惋惜的心

① ［法］莫泊桑：《小说》，见伍蠡甫等主编：《西方文艺理论名著选编》，中卷，267～268页。
② 同上书，266页。

情。小说中唯一的亮色是女仆罗莎莉的善良和乐观，她对约娜说"生活既不像我们想象的那么美好，也不像我们想象的那么糟糕"——这仿佛是作家有意在作品的结尾留给读者一点安慰。

《漂亮朋友》是莫泊桑的一部杰作，是他长篇小说中揭露性最强、社会批判意义最深刻的一部作品。小说的主人公杜洛华是一个资产阶级冒险家，他来自农村，曾在法国驻阿尔及利亚的军队里待了两年，干了一些欺凌殖民地人民的勾当。回到巴黎后，他不择手段地往上爬，不管是金钱还是地位，他都想占有，而且越是得志，野心越大，其欲望无尽无止。在穷困潦倒的情况下，他偶然有机会进了报纸编辑部，但是，报纸对他来讲，就像"小偷利用梯子一样"，成了向上爬的工具。他不学无术，本没有写作能力，却善于揣摩老板的意图，见机行事，制造骗局，赢得主子的宠信。他更发现自己漂亮的外表对女性极有诱惑力，于是，他施展诡计，诱惑女人，用这种手段一步步地往上爬。政治部主编去世，他娶了主编之妻，还利用她的社会关系和写作才能，爬上了主编的位置，成为新闻界和政界的要人。不久，他发现老板的女儿是更大的猎物，又施计甩掉妻子，迫使老板把女儿嫁给他。面对这样卑鄙无耻的人，老奸巨猾的金融家兼报社老板华尔特不得不承认："他是个有前程的人，将来定会当上议员和大臣。"小说以杜洛华的豪华的婚礼为结尾。人们仰望他，艳羡他。主教称他是"最受尊敬的人"，他听得如痴如醉，仿佛自己正在成为"大地的一位主宰"。

莫泊桑在小说中非常注意描写养成这种冒险家的社会环境。小说围绕着杜洛华的经历，展示了法兰西第三共和国时期法国社会的方方面面，这里有政界的争权夺位、钩心斗角，有金融财阀利用媒体制造骗局牟取暴利，有报界的无耻造假欺骗公众，有资产阶级的糜烂生活。小说也间接地写到了法国军队在殖民地的恶行。其间出现的人物，有报社编辑、金融财阀、国会议员、政府部长，还有上流社会的太太小姐、巴黎酒吧里的妓女等。在这个社会里，金融寡头成为真正的统治者。小说中写到华尔特左右政界、金融界、新闻界，搞了一个摩洛哥战争的骗局，因此大发横财一事，突出地说明了现实的这个特征。整个社会黑暗腐败、道德堕落，一切都可以出卖，从街头的妓女到沙龙里的太太，从警察总监到教堂主教，从报社编辑到部长大人，都在为一己私利而出卖自己，而真正的收购者是以华尔特为代表的银行家和投机家。正是这样的社会，需要杜洛华一类的冒险家，也滋生这样的冒险家，于是杜洛华之类的人物随处可见，正如莫泊桑所说："这种冒险家我们在巴黎每天都能肘碰肘地遇到，都能在现有的各种职业中碰到。"① 小说的结尾更预示着杜洛华未来将进入更高统治层，成为这个时代的宠儿。

《温泉》继续保持着作家对资本主义现实的批判态度，把资产阶级积累财富的恶劣手段，以及他们在经营中钩心斗角、尔虞我诈的关系揭露得相当深刻，但是作品的批判力度显然不如以前。后来写的几部作品（《彼埃尔和若望》、《胜过死亡》等）逐渐转向人物心理，甚至是病态心理的描写。

莫泊桑患有家族遗传的神经分裂症，放荡的生活也摧残了他的健康，因此后期莫泊桑一直受病魔折磨，十分痛苦。最后，他在精神病院里结束了自己的一生，那时他才43岁。人们都为这位天才作家的英年早逝而惋惜。左拉说："莫泊桑在15年中发表了近20卷作品，如果他活着，毫无疑问，他还可以把这个数字扩大3倍。"

---

① ［法］莫泊桑：《答〈漂亮的朋友〉的批评者》，见《古典文艺理论译丛》，第8期，北京，人民文学出版社，1964。

【本章思考题】

1. 如何理解“世纪末”是欧美文学史的一个重要转折期?
2. 请说明巴黎公社文学的开创性意义。
3. 从左拉的创作看自然主义的贡献。
4. 评析唯美主义和象征主义。
5. 从《恶之花》看波德莱尔的现代性。
6. 从《羊脂球》看莫泊桑创作的特点。

给一位交臂而过的妇女

大街在我的周围震耳欲聋地喧嚷,
走过一位穿重孝、显出严峻的哀愁、
瘦长苗条的妇女,用一只美丽的手
摇摇地撩起她那饰着花边的裙裳;

轻捷而高贵,露出宛如雕像的小腿。
从她那像孕育着风暴的铅色天空
一样的眼中,我像狂妄者浑身颤动,
畅饮销魂的欢乐和那迷人的优美。

电光一闪……随后是黑夜!——用你的一瞥
突然使我如获重生的、消逝的丽人,
难道除了在来世,就不能再见到你?

去了!远了!太迟了!也许永远不可能!
因为,今后的我们,彼此都行踪不明,
尽管你已经知道我曾经对你钟情!

——选自波德莱尔:《恶之花》(钱春绮译,见《恶之花 巴黎的忧郁》,215页,北京,人民文学出版社,1991)

下编

20 世纪文学

绪 语

20世纪，斑斓绚丽、色彩炫目的文学世纪，千变万化、亦真亦幻的文学世纪。

世纪之初，文坛就与政局相仿，显示出不平静的态势。非理性主义统领下的各个流派异常活跃，竞相举起反传统的大旗，竞相发出标新立异的呼唤：未来主义、超现实主义、后期象征主义、表现主义、意识流小说纷至沓来，争奇斗艳，汇成了声势浩大的现代主义大潮。其共同特点，是对传统的反叛，是对原有秩序的挑战，是对创新意识的执著。

传统深厚的现实主义，为适应时代需求，不断以自我更新谋求发展。一批跨世纪作家的创作，已体现出开放和包容的特点；一些鸿篇巨制，在继续书写社会历史的同时，更着力于揭示人物的精神世界。社会主义革命的胜利，产生了富于理想色彩的苏俄文学。作为新社会形态的代表，它曾吸引了全球的目光；它的曲折道路，也引发了众多争议和质疑。

第二次世界大战后以存在主义哲学为思想基础，在西方国家出现了一些新的文学流派：存在主义文学、荒诞派戏剧、新小说、黑色幽默等。荒诞的存在与存在的荒诞感，成为这时期文学的基调。对现实更彻底的否定和对形式更热切的追求，使部分流派作品的特征更趋极端。

现实主义与现代主义的碰撞、冲突、交融、渗透，在下半世纪更加明显。现实主义作家们都以更为开放的心态，借鉴多种手法丰富自己的创作。苏俄文学的变化，引人注目。他们还原一个真实的苏联的努力，受到赞许。魔幻现实主义等拉美文学，则在广泛吸收西方现代主义精髓的同时，以更强烈的责任感和历史感，表现本民族、本大陆的沧海桑田。

一个多元的文学世纪。

第十章
20世纪前期现实主义文学

第一节 概 述

一 历史与文学概况

19世纪末20世纪初，世界资本主义的发展进入帝国主义阶段。20世纪的前半个世纪之内，人类就遭受了两次世界大战的浩劫。1914年至1918年的第一次世界大战，是帝国主义国家统治集团为了克服国内政治经济危机和对外进行财富掠夺而发动的一次帝国主义战争。这场战争的主战场在欧洲，绝大多数欧洲国家都被卷入其中，交战双方都遭受了惨重的损失，致使各国政治经济危机进一步加剧。但战争也在一方面催生了革命。1917年，俄国爆发十月革命，第一个社会主义国家苏联在大战期间诞生，这是20世纪初叶的重大历史性事件，其深远影响贯穿整个世纪。另一方面，以专制集权、国家至上和军事独裁等为特征的法西斯主义在意大利、德国、西班牙、日本等国相继得势，为世界性的灾难埋下了祸根。二三十年代，第一次世界大战的创伤尚未痊愈，世界又面临新的战争威胁。与此同时，各国也掀起了反对法西斯主义的斗争和保卫世界和平的人民运动。1939年，第二次世界大战全面爆发。轴心国（德意日）和同盟国（英美法中苏）两大阵营在欧亚非等地区展开了殊死搏斗，直至1945年才以同盟国一方的胜利宣告战争结束。

20世纪的风云变幻和社会历史的飞速发展，使各种社会哲学思潮异常活跃，文学上也呈现出令人眼花缭乱的多元化格局。对西方来说，自从尼采宣布“上帝死了”以来，世界就不再是完整有序、不言自明的了，单一的社会思潮和单因决定论也已不复存在。叔本华的唯意志论、尼采的“超人”哲学、斯宾塞的社会达尔文主义（优生学）、柏格森的直觉主义、弗洛伊德的精神分析学，以及以德国哲学家海德格尔与法国哲学家、作家萨特为代表的存在主义哲学，都对20世纪的文学和文化影响巨大。与此同时，马克思主义也在20世纪得到广泛深入的传播。唯意志论、“超人”哲学、优生学等理论被帝国主义利用为侵略扩张的“理论依据”，直觉主义、精神分析学和存在主义成了许多现代派思潮的理论基础，而马克思主义则成为一切被压迫人民反对法西斯主义和追求平等自由理想的思想武器。

20世纪诡异多变、扑朔迷离的现实，使作家产生了许多怀疑、困顿乃至迷惘，也使当代读者的审美意识和思想情感方式发生巨大的变化。当代读者不再是被动的接受者，他们要求能动的探索，不喜欢作家为他们提供现成的答案，使他们产生“必然如此”的阅读期待。19世纪读者与作品之间的那种和睦信任关系已被打破。当代读者迫切需要从不同角度、用不同方式认识和鉴赏当代人无限丰富的生活和无比复杂的处境和命运，因而只有多元化的现实主义文学和文学的多元化才能满足他们多方面的认识需求和审美需求，探索新的方法来表现这个世界就成了当代作家包括现实主义作家的共同课题，各种文艺思潮、流派的出现和更迭也就是一种历史必然了。

现实主义和现代主义是20世纪文学发展中的两大潮流。现实主义作为源远流长的文学史上普遍的艺术倾向，每个时代都有自己的新模式。它不是一种固定不变的绝对理念，而是一种历史地发展着的认识方法。20世纪现实主义在19世纪批判现实主义高度发展的基础上，不断得到充实、丰富和提高，获得新的内涵和意蕴，向着更高的多元化境界发展，表现出兼容并蓄的开放性和不拘成规的艺术活力。这是20世纪人类主体意识进一步成熟和深化的表现。

20世纪现实主义文学主要的一个变化特点是“向内转”：从外在描写走向内在描写，从描绘形成人物性格、行为的客观世界走向描绘人物“内宇宙”的主观精神世界；思辨倾向越来越加强，见证意识日趋淡薄；世界不再是与“我”无关的独立存在，而是“我”感受到和体验到的东西。20世纪现实主义的这一新发展，必然与现代主义文学有着难分难舍的联系，二者互相渗透、互相交融，你中有我，我中有你。

20世纪现实主义文学出现了一批长河小说，作家们以更开阔的视野和更广泛的题材书写当代社会，铺就了前所罕见的鸿篇巨制。总体而论，这个时期的作品还具有下层人民得到较多反映、劳资矛盾更多触及、战争题材作品空前增多、自传成分增强、象征手法和幽默幻想手法得到综合运用、情节日趋淡化、典型人物的塑造不再是艺术追求的中心等特点。

社会主义苏联的出现，使俄国现实主义文学发生了巨变。新的生活形态，培育了新的文学精神和创作方法。革命的作家群，以饱满的热情讴歌新时代，塑造新人物，作品中闪耀着英雄主义和理想主义的光辉，也掺杂着伪浪漫主义的激情。独树一帜的苏联文学吸引了全球的目光，它的成就与它的曲折，都对西方乃至世界的思想界和文学界产生过或直接或间接、或正面或负面的影响。

二　现实主义文学在各国的发展

现实主义文学在20世纪上半叶仍保持着强劲的发展势头，欧美各国都涌现出一批又一批坚持并发展现实主义传统的作家，其中不少都获得了世界性的声誉，苏联新文学的崛起，更为现实主义文学增添了新的色彩。20世纪30年代，在世界性的反法西斯主义浪潮中，以反战和反压迫为主要内容的现实主义文学形成了一次高潮，史称“红色三十年代”。

◎ 法国文学有着深厚的现实主义传统，又具有强烈的创新意识。因此，整个文坛生机勃勃，在多方面均领风气之先。

跨世纪的大作家罗曼·罗兰相继完成《约翰·克利斯朵夫》和《欣悦的灵魂》两部长河小说，反映了1880年到第一次世界大战期间法国和欧洲的社会现实。罗曼·罗兰（详见本章第二节）与巴比塞等一道参加了反对法西斯战争和侵略战争的国际性群众运动，在世界上享有很高的声誉。亨利·巴比塞（1873—1935）是反对帝国主义战争的坚强斗士，不但主动奔赴前线抗击德国军国主义，多次立功受奖，而且根据战斗的经历写了长篇小说《炮火》（1916，又译《火线》）和《光明》（1919）。《炮火》描写一个步兵班在战争中经受的苦难和牺牲，再现了第一次世界大战的残酷景象，揭露了帝国主义战争的本质，同时也写出了来自下层人民的士兵群众的革命觉醒。1919年，巴比塞发起组织国际进步文学艺术家反帝团体"光明社"，包括高尔基在内的世界许多进步作家都参加了这一团体。1923年，又和罗曼·罗兰一道，组织召开第一次反法西斯大会和国际反战同盟大会，为维护世界和平与进步事业作出了贡献。

马丁·杜·伽尔（1881—1958）在第一次世界大战期间应征入伍，他根据战争期间的社会见闻写了八卷本长篇小说《蒂博一家》（1922—1940），获1937年诺贝尔文学奖。这部小说通过蒂博和丰塔南两个家庭的变迁，反映了第一次世界大战期间法国社会的矛盾和知识分子的心理状态，站在人道主义立场来反对战争。这部长河式的小说从不同角度以不同方式描绘社会生活，并且采用了意识流手法来刻画人物，足见现实主义兼容并蓄的开放性。意识流手法在同时代的弗朗索瓦·莫里亚克（1885—1970）的创作中也得到了广泛的应用。莫里亚克一生发表过20多部小说，以《和麻风病人接吻》（1922）、《黛累丝》（1927）和《蝮蛇结》（1932）为其代表。这些作品集中暴露了灵魂空虚的富裕资产阶级，反映了一个阶级的没落。莫里亚克的小说揭示出人们灵魂深处的复杂情感，从而开拓了描写人们灵魂的新领域。

安德烈·纪德（1869—1951）是20世纪上半叶影响很大的作家，在小说创作领域，他承前启后，代表着从传统到现代的转折。他反对脱离现实、单纯追求形式的倾向，但又不囿于写实叙事的窠臼。世纪之初的《背德者》（1902）、《窄门》（1909）等奠定了他在文坛的地位。《伪币制造者》（1926）是他的代表作，反映了当代青年的不安与苦闷，流露出对现实社会的怀疑。小说无开端也无结局，人物众多，情节复杂，几个故事平行发展，彼此没有联系。"伪币制造者"既实指那些制造假银币的人，又影射那些虚有其名的作家。纪德除文学创作外，还发表过不少文学评论，对当代文学、美学、道德、文化等问题发表了不少独特的见解。他主持的杂志《新法兰西评论》，在20世纪上半叶的法国文坛发挥了重要作用。他于1947年获诺贝尔文学奖。

◎ 德语小说和戏剧在这一时期均得到了长足的发展。德国在两次大战中都扮演了不光彩的角色，由于作家们的这一特殊处境，反战和反法西斯成了他们特别关注的主题。

著名作家亨利希·曼（1871—1950）一生共创作19部长篇小说，55部中短篇小说，11部剧本和大量政论、散文。1911年至1914年完成的长篇小说《臣仆》是德国现实主义的一部代表作品，塑造了赫斯林这一德意志帝国忠顺臣仆的典型形象，对资产阶级社会进行了无情的揭露和批判。这部作品因讽刺帝国而遭禁，1918年才得以出版。《臣仆》是《帝国三部曲》的第一部，另两部——《穷人》（1917）和《首脑》（1925），写劳资矛盾和帝国当权派与资本家的勾结。长篇历史小说《亨利四世》（1935—1938），以法王亨利四世顺应人民愿望统一法国的业绩，与当时不可一世的希特勒形成鲜明的对照，在反法西斯斗争中产生了很大的影响。1933年希特勒上台后，亨利希·曼不得不逃亡至国外，成为流亡国外的德国反法西斯作家的领袖。

托马斯·曼（详见本章第三节）是亨利希·曼的弟弟，他的创作十分丰富多彩。他在20世纪初发表了代表作《布登勃洛克一家》（1901），一举成名。长篇小说《魔山》（1924）则是作家对一战后人的生存状态的哲理性思考。布莱希特（详见本章第七节）是德国著名剧作家、诗人，从他的创作题材和忠于现实生活的创作原则看，他应归于现实主义作家阵营。虽然他的艺术方法与传统的现实主义大异其趣，但未尝不可以把这视为现实主义多元化的一元。

黑尔曼·海塞（1877—1962）的长篇小说《在轮下》（1906），对德国不人道的教育制度提出猛烈的攻击和抗议。1932年，在希特勒上台前夕，他指斥纳粹统治只能导向战争。在第二次世界大战期间，他写了人道主义的著名长篇小说《玻璃珠游戏》（1943），对于未来世界作了乌托邦式的幻想和预测，书中多处引述《易经》、《吕氏春秋》和老庄哲学，可见他对东方文化的热爱。海塞的作品侧重从精神和心理领域来描写分析资产阶级社会，在世界上产生了很大的影响，是20世纪上半叶国际文坛上为人瞩目的作家之一。

埃里希·保尔·雷马克（1898—1970）根据自身参加战争的经历和观察写了反战小说《西线无战事》（1927），对炮火连天、尸横遍野、毒气杀人、士兵肉搏等恐怖的战争场面以及战壕中士兵的恐惧心理和求生本能，作了细致的描绘和刻画。《西线无战事》控诉了战争的残忍，反战倾向十分明显。雷马克的其他作品有《凯旋门》（1946）、《生死存亡的年代》（1954）和《黑色方尖碑》（1956）等。

奥地利的施蒂芬·茨威格（1881—1942）是一位深受弗洛伊德影响、擅长从心理分析入手表现人物命运的极富特色的作家。他以中短篇小说闻名，发表的集子有《最初的经历》（1911）、《杀人狂》（1922）、《恐惧》（1925）、《感觉的混乱》（1927）、《人的命运转折点》（1927）和《象棋的故事》（1941）等。其中《一个女人一生中的二十四小时》（1940）和《象棋的故事》（1941）等均为广泛流传、深得好评的名篇。他先后为巴尔扎克、狄更斯、陀思妥耶夫斯基、罗曼·罗兰、托尔斯泰等十多位大作家和文化名人作传，均取得很高的历史和文学价值，也显示了他竭力开掘传主心理特征的特点。疯狂的第二次世界大战，彻底破灭了他对人类的希望。1942年2月，他在巴西结束了自己的生命。

◎ 这一时期，英国现实主义文学取得了突出的成就，其批判社会的广度与深度都有明显的加强，艺术手法也更趋多样。

萧伯纳（1856—1950），是跨世纪最杰出的现实主义剧作家，自称“社会主义者”、“共产主义者”。萧伯纳的文学活动始于19世纪80年代，写出了一些优秀的剧本，如《鳏夫的房产》（1892）、《华伦夫人的职业》（1894）等。批判资本主义是他一切创作的基本主题。他或揭露资产阶级议会制度，或反对军国主义，或针砭资产阶级社会的时弊，或揭发资产阶级的虚伪，笔锋纵横，挥洒自如，且皆以幽默、俏皮、似是而非的特有艺术风格出之，给读者留下深刻的印象，并能引发思考。萧伯纳是一位擅长舞台对话（剧中主人公尤多似是而非的反论）的巨匠。他在20世纪写出了《巴巴拉少校》（1905）、《伤心之家》（1919）、《苹果车》（1929）等优秀剧本。

约翰·高尔斯华绥（1869—1933）也是跨世纪的一位杰出的现实主义作家。他的主要创作是三套三部曲：《福赛蒂世家》（1922），包括《有产者》（1906）、《进退两难》（1920）、《出让》（1921）；《现代喜剧》（1928），包括《白猿》（1924）、《银匙》（1926）、《天鹅曲》（1928）；《尾声》（1934），包括《女侍》（1931）、《开花的荒野》（1932）、《河那边》（1933）。《福赛蒂世家》和《现代喜剧》是两组情节连贯的三部曲，而且福赛蒂家族的历史贯穿在高尔斯华绥创作的绝大部分作品中。作家通过写福赛蒂家族为19世纪后期至20世纪初期英国社会生活的整个时代创造了艺术的纪事史，它同时也是一部英国资产阶级的盛衰史。高尔斯华绥以其技巧的丰富性和多样性创造了栩栩如生的福赛蒂家族群像。他师法福楼拜，语言简练、准确而富于形象性。高尔斯华绥“因为其描述的卓越艺术——这种艺术在《福赛蒂世家》中达到高峰”而获得1932年度诺贝尔文学奖。

萨尔默特·毛姆（1874—1965）是英国小说家、剧作家。他当过医生和情报人员，阅历甚广。1897年根据行医的见闻写了第一部长篇小说《兰贝斯的丽莎》。毛姆的代表作是长篇小说《人生的枷锁》(1915)，写青年卡莱受到不合理的教育制度和宗教思想的束缚，人的发展遭到禁锢，展示出资本主义社会令人窒息的生活画面。小说带有自传成分。毛姆根据第一次世界大战期间作为间谍和出使俄国的经历写了间谍小说《艾兴顿》(1928)。1920年他到中国，之后写了游记《在中国的屏风上》(1922) 和以中国为背景的长篇小说《彩巾》(1925)。他的足迹遍及远东、南太平洋、拉丁美洲诸国，所以不少作品具有浓郁的异国情调。他师法莫泊桑，创作了100多篇短篇小说，以刻画在海外的英国人的真实形象而出名。他的短篇小说故事性强，情节曲折多变，但又不落窠臼。

赫伯特·劳伦斯（1885—1930）以对现代工业文明持否定态度著称。他认为现代工业文明是畸形的，戕害人的天性。劳伦斯一生共发表10部长篇小说。成名作《儿子和情人》(1913) 写矿工沃特·毛瑞尔一家的痛苦与不幸，带有自传性质。《虹》是劳伦斯的代表作，通过布兰文的三代家史，反映了19世纪中叶以来英国社会的历史进程，描绘了小农经济解体过程中农民内心的矛盾，着重描绘了第三代的厄秀拉·布兰文不满现存制度的叛逆性格。《恋爱中的女人》(1921) 是《虹》的姊妹篇，进一步探索现代工业文明社会中建立人与人之间和谐关系的可能性。《恰特里夫人的情人》(1928，又译《查泰莱夫人的情人》) 写爵爷恰特里从前线归来，丧失了性能力，要妻子康妮“同别的男人生个孩子”以继承家业，结果康妮与雇工梅勒斯相恋而出走。小说反映了现代工业社会对人的自然天性的摧残，赞扬了和谐的两性关系。劳伦斯的小说情节已趋“淡化”，心理探索加强，象征手法屡见不鲜，具有现代主义倾向。小说中的性描写具有局限性，但他以其艺术才华拓展了小说创作中的新领域和新天地。

◎　美国现实主义文学在20世纪上半叶获得了丰收。属于这一行列的杰出作家有德莱塞、杰克·伦敦、辛克莱、斯坦贝克等。

德莱塞（详见本章第四节）的创作在美国文学史上突破了长期禁锢文坛的“胆小与高雅传统”，为美国现实主义文学发展开拓了一个新的天地。

杰克·伦敦（1876—1916）共创作19部长篇小说，150多篇短篇小说。1900年至1902年发表《狼的儿子》等三部短篇小说集，通称为“北方故事”，表现了淘金者和猎人在严酷的环境中的顽强意志和斗争精神。《荒野的呼唤》(1903) 和《白牙》(1906) 以两只动物的幻变来说明弱肉强食、适者生存的丛林法则。《铁蹄》(1908) 是一部长篇政治小说，控诉资本家对工人的剥削和压迫，揭发新闻、文艺和教会、法庭等机构是统治阶级的工具，描写人民群众为推翻资产阶级专政（“铁蹄”）举行的武装起义。自传体小说《马丁·伊登》(1909) 是杰克·伦敦的代表作，它描写一个出身于劳动人民的作家在资本主义社会里的命运。他忍受了巨大的痛苦，克服了重重障碍，终于获得成功，得到了声誉、爱情和财富。他成名以后更看清了上流社会的各种人物全是势利之徒，他所爱的罗丝也不例外。他感到理想的破灭，精神极度空虚，终于自杀。杰克·伦敦作品中的人物个性鲜明，故事情节紧凑，文字精练生动。

尤普顿·辛克莱（1878—1968）以创作“揭露黑幕”小说而闻名，有《屠场》（1906）、《煤炭大王》（1917）、《石油》（1927）、《波士顿》（1928）等传世。从1940年开始，他以《世界的终点》为总题写了11部长篇小说，描述两次世界大战之间美国和欧洲各国的社会情况，他的代表作《屠场》，是20世纪初期美国文艺界掀起“揭露黑幕”运动的第一部小说，它揭发了芝加哥屠宰场恶劣的劳动条件和丧尽天良的老板的唯利是图，描写移民约吉斯·路德库一家在美国定居后的悲惨遭遇。辛克莱的作品文字流畅，但人物描写缺乏艺术特色。

约翰·斯坦贝克（1902—1968）的代表作《愤怒的葡萄》（1939）描写20世纪30年代大萧条恐慌时期美国果园工人的深重灾难和罢工斗争，这部作品在美国人民中间引起了很大的反响。第二次世界大战期间，斯坦贝克到欧洲出任战地记者，在报纸上发表有关战争的特写和报道66篇，并写了反映挪威人民反抗纳粹侵略者的中篇小说《月落》（1942）。1947年发表中篇小说《珍珠》，写一个墨西哥渔民采到一颗“稀世宝珠”招来了一场大祸，最后把宝珠扔回大海，是一篇寓意深远的优秀作品。后期的主要作品有长篇小说《伊甸园以东》（1952）、“虚拟小说”《丕平四世的短命王朝》（1957）、《我们不满的冬天》（1961）等。斯坦贝克于1962年获诺贝尔文学奖。

◎ 世纪之交，俄国社会开始剧烈动荡，先后发生1905年革命、1917年二月革命和十月革命三次大的运动。十月革命的胜利，创建了世界上第一个社会主义国家——苏联。

俄国文坛在19世纪末至20世纪初已是派别林立、文艺思潮蜂起，文学创作五光十色，有现实主义、现代主义，以及两者相结合的诸多流派。

现实主义文学又可以分成三种倾向。

○ 批判现实主义文学。19世纪初最有影响的文学仍是批判现实主义，老作家托尔斯泰、契诃夫、柯罗连科继续在创作。新起的作家也遵循俄国古典文学的传统，恪守现实主义原则，突出的有参加高尔基主持的文学团体“星期三”和知识出版社活动的如下几位作家：库普林、布宁、绥拉菲莫维奇等。

亚·库普林（1870—1938）于1896年发表中篇小说《摩洛赫》而成名。1905年革命之前他发表的《决斗》，成为20世纪初俄国最优秀的长篇之一。小说以主人公罗马绍夫少尉在边境军队里的一段生活经历为线索，揭露了沙俄军队内部的腐败和黑暗。而长篇小说《火坑》（1909—1915，又译《亚玛》）则是描写妓女生活的名作，库普林对这些受害妇女给予深切的同情。

伊凡·布宁（又译蒲宁，1870—1953）出生于俄国贵族世家，在20世纪初的16年内接连发表一系列佳作，成为其创作的极盛时期。由于家道中落，他对昔日的荣华不胜怀念，所以前期的小说常有挽歌的情调。但他对于农民的困苦同样给予深挚的同情，这以中篇小说《乡村》（1910）最为突出。书中展现的是俄国从1861年农奴制改革至1905年革命之间农村的变化，在地主和新兴资本双重盘剥下，农村一片衰败，不堪入目。布宁以出色的中短篇小说独树一帜，并且由于他严谨的艺术才能使俄国古典传统在散文中得到继承而于1933年荣获诺贝尔文学奖。

布宁在十月革命后于1920年流亡国外，侨居西欧33年，大部分时间住在法国。1939年曾萌生回国的念头，因第二次世界大战爆发而未果，战时曾营救过犹太学者，痛恨德国法西斯。二战后热情接待过多批苏联作家，倾诉思念祖国之情。

绥拉菲莫维奇（1863—1949）从19世纪八九十年代起陆续发表短篇小说，其优秀作品有

《沙原》(1908)和《草原上的城市》(1912)。前者为短篇小说，后一部为长篇小说，用草原上的一个城市如何出现，来形象地说明资本主义在俄国的发展，以及它内在的矛盾和弊病。

◯ 现实主义和现代主义相结合的文学。北欧的表现主义戏剧对俄国艺术有着直接的影响。俄国文学中的象征派也已成气候，现实主义作家开始有意识地从现代主义吸收一些新的表现手段，试图找到一条介乎二者之间的道路，或把二者结合起来。成就最大的是安德烈耶夫(1871—1919)。他的作品反映出现实主义、象征主义、表现主义的多重艺术特征，成为一种独特的文学现象。

安德烈耶夫早期是现实主义的作家，写了许多优秀短篇。1905年左右，他转向对现实主义以外的艺术方法的探索，引起了轰动。这起始于中篇小说《红笑》(1904)。它采用表现主义的手法揭露日俄战争的残酷，以夸张的形象、浓烈的色彩来刺激感官，用一连串梦魇般的怪诞场面来表现战争的恐怖，以期震撼读者的心灵，达到反战的目的。剧作《人的一生》(1906)用的是另一种手法。剧中“穿灰衣服的人”秉烛开讲故事。蜡烛点燃，发出亮光，燃烧到昏暗，最后熄灭。整个过程是从黑暗开始，到黑暗结束，象征一个人从出生到死亡。剧本的结构也预设出人生的几个阶段：出生、贫困、富裕、荣耀、厄运、死亡。这里人物已失去个性特征，其心理感情已被抽象化而带有象征意义了。中篇《七个绞刑犯的故事》(1908)更是融各种艺术方法为一体。有现实主义的场面，有浪漫主义的激情，也使用了表现主义、象征性的手法。这是他后期创作的一个特点。

◯ 肯定的现实主义文学。十月革命后，苏联社会一直处于大动荡中，至50年代初期，先后经历了内战、社会主义改造、卫国战争和战后重建几个重要历史阶段。其间文学的进展由纷乱走向统一，由多样走向单一：社会主义现实主义文学成为主潮，几乎一统天下。在1991年苏联解体后，主潮文学“社会主义现实主义”的名称被学术界改为“社会肯定的现实主义”，或“肯定的现实主义”。① 这股主潮文学长期占有主导地位。

十月革命后至20世纪20年代初，苏联文学界存在着各种文艺思想的激烈斗争。文艺团体和派别丛生，其中以无产阶级文化协会的影响最为广泛。协会创建初期，在推动苏维埃文化事业的发展上起过一定的作用。但后来它的一些理论家提出创造所谓“纯无产阶级文化”，以“实验室”方法培植“纯”无产阶级作家的主张，粗暴否定古典文化遗产。列宁曾著文批评无产阶级文化协会的这种思想，指出“只有确切地了解人类全部发展过程所创造的文化，只有对这种文化加以改造，才能建设无产阶级文化”，从而明确了革命文化与传统文化的辩证关系。内战后成立的“俄罗斯无产阶级作家协会”(简称“拉普”)，受“左”派幼稚病的侵蚀，犯了一系列错误。例如把文学艺术与政治相等同，以“左”的棍棒政策打击知识分子出身的“同路人”作家，从而制造了作家队伍的分裂等。俄共(布)中央在1925年和1932年两次作出决议，严厉批判了他们的错误，解散了“拉普”。这两次“拨乱反正”的斗争，促进了苏联文学的健康发展。

高尔基(详见本章第五节)是苏联新文学的奠基人。革命胜利后，他成为苏联文学界的领袖，做了大量组织领导工作，为社会主义文化建设作出了重大贡献。20年代，他还最后修订了《母亲》，相继完成了《我的大学》等多部重要的长篇小说。此期，肖洛霍夫(详见本章第

① 参见莫斯科大学：《二十世纪俄罗斯文学史(1890—1990)课程大纲》(1994年)，转引自《俄罗斯20世纪非主潮文学》，11～12页，太原，北岳文艺出版社，1998。

六节）的《静静的顿河》等几部以国内战争为题材的作品是文坛的重要收获。绥拉菲莫维奇的长篇小说《铁流》（1924）描述了一批由各种职业的劳动者结成的乌合之众，如何在行军途中经受了战火的洗礼，懂得了要为苏维埃政权而战的道理，终于锻炼成一支钢铁般的队伍。作品中人民群众集体形象的塑造富有独创性，气势宏大，格调庄严。富尔曼诺夫（1891—1926）的长篇小说《恰巴耶夫》（1923）通过对主人公恰巴耶夫从一个贫苦的牧童成长为使敌人闻风丧胆的红军师长的过程的生动描述，揭示了无产阶级革命对人的改造作用。作品中的红军政委克雷契柯夫属于苏联文学中最早出现的成功的共产党员形象，影响深远。1927年法捷耶夫在长篇小说《毁灭》中继而塑造了有血有肉的共产党员形象莱奋生，为20年代如何在文学中塑造正面人物的问题提供了新经验。

20年代最杰出的诗人是符拉基米尔·符拉基米罗维奇·马雅可夫斯基（1893—1930）。他曾是未来派的代表诗人，未来派激进的大胆诗风，在他后来的风格中仍留下了印迹。《穿裤子的云》（1915）是他早期的代表作。他的诗作题材多样，感情炽热，构思独特，诗句铿锵，尤以社会讽刺诗和政治抒情诗见长。他的政治抒情长诗《列宁》（1925）、《好!》（1924）和《放声歌唱》（1930），堪称苏联诗歌史上的丰碑。他独创的阶梯诗形式，增强了诗歌的节奏感，丰富了诗歌的表现力。他的人生起伏，以及自杀的悲剧，也折射出苏联政治文化生活的复杂。勃洛克（1880—1921）和叶赛宁（1895—1925）也以其独具一格的诗风，创作了不少优秀的诗篇。

20世纪30年代，出现了一批反映工业化成就和农业集体化进程的优秀作品，而更引人注目的是阿列克赛·托尔斯泰（1882—1945）完成的具有史诗性质的三部曲《苦难的历程》的最后一部《阴暗的早晨》（头两部是《两姊妹》和《一九一八年》）。三部曲以十月革命前夕到国内战争这一时期的历史事件为背景，描写了俄国知识分子走过的艰苦的革命历程。30年代的作家中还应提及的是尼古拉·奥斯特洛夫斯基。他作为苏联第一代共青团员的代表、一位坚强的布尔什维克战士，无论在战场还是在劳动工地都为革命建立了功勋。他在全身瘫痪、双目失明的情况下创作的具有一定自传性的小说《钢铁是怎样炼成的》（1934）是苏联共青团员、布尔什维克从内战年代到经济恢复时期奋战不息的生动画卷。作品中青年英雄典型保尔·柯察金，深深激励着一代又一代革命青年。30年代有成就的诗人当数伊萨科夫斯基和特瓦尔多夫斯基。抒情诗人伊萨科夫斯基（1900—1973）的诗以真挚浓烈的感情，歌颂了和平、幸福和爱情。他的诗题材丰富，格调高雅，诙谐幽默而又委婉亲切。如《红莓花儿开了》、《有谁知道他》、《卡秋莎》等深使读者陶醉，配上曲谱后更广为流传。特瓦尔多夫斯基（1910—1971）的《春草国》（1936），以长诗的形式赞美了农业集体化运动，揭示了农民新意识的觉醒，也为诗坛所赞赏。

1934年8月，在高尔基的主持下召开的第一次作家代表大会，通过了作家协会章程草案，提出了社会主义现实主义为苏联文学创作和文学批评的基本方法，指出社会主义现实主义“要求艺术家从现实的革命发展中真实地、历史具体地去描写现实；同时，艺术描写的真实性和历史具体性必须与用社会主义精神从思想上改造和教育劳动人民的任务结合起来”。“社会主义现实主义保证艺术创作有特殊的可能性去发挥创造的主动性，去选择各种各样的形式、风格和体裁。”并且还指出革命浪漫主义应该成为社会主义现实主义的一个组成部分。这一草案的精神在当年对苏联文学的发展曾起了指导作用。但在卫国战争胜利后，“社会主义现实主义”则成了苏联文学界长期争论的问题。

卫国战争年代，大批苏联作家奔赴前线，亲身参加战斗。其中不少作家在与德寇的浴血战斗中英勇牺牲。奔赴前线的作家们一边战斗，一边认真观察和体验战争生活，写出了大量的作品。战争初期，苏联作家选择了能最迅速地反映现实的体裁，如抒情诗、短篇小说、政论文章和特写等来表达苏联人民对祖国的热爱和向德寇讨还血债的坚强意志。在长诗中最负盛名的是特瓦尔多夫斯基的《瓦西里·焦尔金》（1941—1945）。诗人成功地塑造了普通一兵的典型，揭示了苏联人民必将战胜德寇的力量源泉。全诗诗意浓郁清新，意境深远。在小说创作方面，优秀作品有西蒙诺夫（1915—1979）的《日日夜夜》（1943—1944）、戈尔巴托夫（1908—1954）的《不屈的人们》（1943）等。这些作品既真实地揭露了这场浩劫的极端残酷性，反映了卫国战争的空前规模和悲壮，又深刻地揭示了苏联人民爱国主义、革命英雄主义和集体主义的品质。在戏剧创作方面，柯涅楚克（1905—1972）的剧本《前线》（1942）以立意高、构思巧、戏剧冲突尖锐生动、人物性格鲜明和讽刺性强著称。

1945 年卫国战争胜利以后，联共（布）中央作了《关于〈星〉与〈列宁格勒〉两杂志》（1946）等几项决议。这些决议强调了党性原则对文学创作的意义，但方式简单致使一些作家艺术家受到伤害；此后文艺创作中的公式化、概念化倾向和“无冲突论”的滋生、泛滥都与之有一定的关系。到 50 年代，苏共宣布撤销这几项决议。

二战后的苏联文学，小说创作中反映刚刚结束的卫国战争的作品占有重要地位。法捷耶夫以顿巴斯矿区从事地下工作的青年英雄集体的动人事迹为素材创作了长篇小说《青年近卫军》（1943—1945），获得巨大成功。此外，波列伏依（1908—1981）的《真正的人》（1946）、布宾诺夫（1909—1982）的《白桦》（1952）、卡扎凯维奇（1913—1962）的《星》（1947）等长篇小说也受到广大读者的欢迎。取材于战时和战后年代劳动生活题材的作品，同样引人注目，如巴甫连科（1899—1951）的《幸福》（1947）、阿扎耶夫（1915—1968）的《远离莫斯科的地方》（1948）、尼古拉耶娃（1911—1963）的《收获》（1950）、柯切托夫（1912—1973）的《茹尔宾一家》（1952）等长篇小说。此外还有不少作品取材于革命历史，如革拉特科夫（1883—1958）的自传三部曲《童年的故事》（1949）、《自由人》（1950）和《荒乱的年代》（1954），通过主人公的生活历程，揭示了俄国劳动人民在 19 世纪末叶的艰难困苦和觉醒的过程。费定（1892—1977）的《初欢》（1945，又译《早年的欢乐》）、《不平凡的夏天》（1947—1948）描写了布尔什维克和知识分子在十月革命前后的经历，反映了社会的巨大变革。

第二节　罗曼·罗兰

一　生平与创作

罗曼·罗兰（1866—1944）是 20 世纪法国著名的现实主义作家和世界闻名的反战主义者。

罗兰出生于克拉美西城的一个中产者家庭，父亲是公证人，母亲是旧教教徒，爱好音乐。罗兰五六岁时，就从家庭方面受到音乐的熏陶，认识到贝多芬的伟大，这对于他日后思想的形成与才能的发展，有很大的影响。1882年全家移居巴黎，是年罗兰考入大路易中学，于1886年入巴黎高等师范学校，先学文学，后攻历史。罗兰在青年时代曾受到18世纪启蒙思想的影响，向往法国资产阶级革命；他对巴黎公社表示出崇敬的感情。他还接受了法国民主主义文化的优秀传统，对社会的丑恶现实深恶痛绝。22岁时，罗兰在彷徨和动摇的苦痛中给列夫·托尔斯泰写了一封长信，诉说自己内心的矛盾。后来得到了一封长达几十页的回信，对他提出的问题予以诚恳剀切的解答。托尔斯泰鼓励他为人类崇高的理想而奋斗，指出"一切使人们团结的，是善与美；一切使人们分裂的，是恶与丑"。但托尔斯泰使他过分重视道德精神的力量。托尔斯泰在信中还申述了民众艺术的概念，指出"艺术不应为某一特殊阶级之所有物。……艺术而不转向民众，则绝无生存之理"。这对罗兰艺术观的形成有一定的影响。1889年8月，罗兰毕业于高等师范学校，11月被学校派往罗马考察，并采集历史资料。在罗马，他结识了72岁的德国理想主义思想家玛尔维达·冯·梅森柏女士，他们长期通信，探讨问题，罗兰的思想受她影响极大。1895年罗兰完成他的学位论文《现代歌剧之起源》，获得博士学位，并受到法兰西学士院的褒奖。1903年至1910年，罗兰在巴黎大学讲授艺术史。

19世纪末，资本主义向帝国主义阶段过渡，颓废文学在西欧泛滥开来，这使罗兰感到极大的不安。对社会的责任感，促使罗兰踏上了创作的道路。轰动整个法国的德雷弗斯冤案，促使他拿起笔来。1898年，他用"圣正义"的笔名发表了为德雷弗斯辩护的剧本《群狼》。1900年，罗兰与友人贝吉合办《双周杂志》，旨在"吹起冲锋的号角，向政治的谎言和文明的罪恶进攻"。

罗兰开始文学创作，即以改革法国戏剧自命。他认为戏剧是直接影响群众的最好手段，既可以针砭时弊，又可以鼓励行动。他渴望"为新的社会创造一种新的艺术"，曾与当时法国文化界的进步人士一起，酝酿创立"人民戏剧"。按照他的设想，这种戏剧必须"用真正而强有力的、能反映出伟大的集体——人民的生活和能使民族复兴的艺术来对抗巴黎的那些寻求娱乐的富人"。他还认为真正的艺术不能没有英雄和伟大的事物。罗兰在戏剧理论方面的论文，后来汇成了《人民戏剧》一书。

罗兰计划创作一套以法国大革命为题材的12部曲，结果写出了《群狼》(1898)、《丹东》(1900)、《七月十四日》(1902)三种（称"革命戏剧"），《圣路易》(1896)、《艾尔特》(1898)、《理性的胜利》(1899)三种（称"信仰悲剧"），和其他一些剧本。但罗曼·罗兰的"人民戏剧"未能获得成功。这使他终于放弃了创立"人民戏剧"的计划而转入小说创作。

20世纪初，罗兰有感于世风日趋颓靡，把变革现实的希望寄托于那些历经坎坷与不幸的伟大人物的精神力量，为此他先后撰写了《贝多芬传》(1903)、《米开朗基罗传》(1906)、《托尔斯泰传》(1911)、《甘地传》(1926)等名人传记。在这些传记里，作者歌颂他们敢于正视黑暗现实、鞭挞腐朽社会、渴望自由、主持正义的精神，赞美他们以造福人类为己任，为坚持真理和信仰，追求"真正的艺术"而受苦受难的钢铁般的意志。他还把托尔斯泰的博爱主义和甘地的不抵抗主义看做是挽救世道人心和救治社会的最佳良方。

在创作剧本和撰写名人传记的同时，罗兰埋头于长篇小说《约翰·克利斯朵夫》(1904—1912)的创作。从1890年开始酝酿、构思，到1912年完成最后一卷，作家创作这部小说共花费了二十多年时间。这部被高尔基称为"长篇叙事诗"的十卷巨著，叙写了音乐家克利斯朵夫的一生，描绘了广阔的社会图景，提出了社会生活中许多重大的问题，是20世纪初世界文学创作中重大的收获之一。这部小说曾获1913年度法兰西学士院文学奖，并使作者获1915年度诺贝尔文学奖。

继《约翰·克利斯朵夫》之后，罗兰为了与20世纪初“垂死的文明”相对照，与克利斯朵夫最终的悲观绝望情绪相对立，写了中篇小说《哥拉·布勒尼翁》(1913)。这部用拉伯雷式诙谐而轻松的笔调写成的小说，描写了法国文艺复兴末期一个木刻工匠一年中的生活故事，表现了高卢民族健康、乐观、愉快的性格。作家用赞美文艺复兴时代法兰西文化的方式，再次向资产阶级颓废堕落的文化艺术提出批评和挑战。

第一次世界大战爆发后，罗兰痛感人类自相残杀之荒谬与各国当局欺骗人民之可耻，站在反战的立场发表了一系列文章，抨击交战双方，揭露“保卫祖国”的沙文主义口号之虚伪，成为世界闻名的反战主义者。他这时期写的论文，后来收入《在混战之上》(1915)和《先驱者》(1919)两部论文集里。由于反战，罗兰被诬为助敌的无耻之徒而不得不侨居瑞士15年。在这期间，他经常阅读列宁的文章，会见过卢那察尔斯基，“同情这些伟大英雄和他们为自己制定的崇高目标”。

对于伟大十月革命的胜利，罗兰在《向俄国革命致敬》和《1917》等文章中，表示他的敬意。但他又担心“革命产生仇恨，加深仇恨”，害怕社会主义制度妨碍个人的“精神独立”。1919年，他发表了《精神独立宣言》，签名者有各国知识界领袖和学者百余人。1920年罗兰重返巴黎后发表的小说《格莱昂波》，可以说是对《精神独立宣言》的形象化说明。正直的学者格莱昂波就是坚持“精神独立”的一位“精神思想的传道者和殉难者”。1921年，罗兰为了无产阶级专政和革命纪律等问题，与巴比塞展开论战。1922年至1930年，罗兰经历了一场痛苦的思想危机，为了寻找出路，曾一度转向甘地的不抵抗主义，但现实粉碎了他的幻想。法西斯主义势力急速抬头，新的帝国主义战争迫在眉睫，使他认识到“精神独立”之不可能实现。就在这战争和革命的岁月里，罗兰的思想大大提高了一步。1931年，他发表了自己称为“忏悔录”的著名文章《向过去告别》，毅然同过去的错误思想决裂。从此，他团结在法国共产党的周围，积极勇敢地参加反对法西斯和保卫和平的政治活动，成为反法西斯运动中杰出的活动家之一。1935年，罗兰访问苏联，与高尔基结下了深厚的友谊。他认为高尔基在思想上给了他很大的帮助。为这次访问，他写下了《我和妻子的苏联之行》和一篇《附记》，但郑重声明书稿“50年内不得发表”。书稿于1989年在苏联以《莫斯科日记》为书名发表。这部日记，真实地记录了作家在访问中的所见所闻所思所想，对苏联当时的状况，包括对斯大林和高尔基的评价，有褒有贬，有热情的歌颂，也有深刻的忧虑，充分显示了这位自由知识分子的敏感和正直。这本封存五十余年的日记的公开出版，正值苏联解体的前夕，更引起了世界舆论的极大关注。在整个战前紧张的年代里，罗兰始终站在正义的人民一边，积极地参与每一桩历史事件。在西班牙内战中，他呼吁世界人民起来捍卫西班牙共和国，并要求法兰西共和国援助为自由而战的西班牙人民；在日本帝国主义侵略中国时，他和爱因斯坦等人联合发表宣言声援中国；在德国吞并捷克时，又发表了声援捷克的文章。

在两次世界大战之间，他完成了第二部长篇小说《欣悦的灵魂》(1922—1933，又译《母与子》)，发表了论文集《战斗十五年》和《以革命手段取得和平》(1935)，并以正确估价人民力量的历史剧《罗伯斯庇尔》(1939)作为他对一生文学创作的总结。

《欣悦的灵魂》共四卷：《安乃德和西尔薇》(1922)、《夏天》(1924)、《母与子》(1927)、

《女预言者》(1933)。小说的情节以女主人公安乃德的一生经历为主线。安乃德是一个正直的法国知识分子，渴求人格上的独立和精神上的自由。她原来希望在恋爱和婚姻生活中实现自己的理想，结果失败了。她坚强地承受生活的各种打击，全力抚养儿子玛克。玛克长大后，具有和母亲同样的理想和精神。第一次世界大战爆发了，母子二人成为激烈的反战者。同时，他们也不赞成俄国革命。在重重矛盾中，他们倍感痛苦与无力。这与约翰·克利斯朵夫进行过的个人反抗社会的斗争有某些类似之处。作品第四部《女预言者》是作者思想转变后写成的。作者描绘了当代生活的广阔画面，并在这背景上描写女主人公十月革命后的生活与斗争。安乃德开始接近劳动群众，逐渐克服反抗只停留在思想上而不见于行动，或思想高于行动的资产阶级知识分子的特点。同时小说还着力描写她的儿子玛克的思想发展过程。起初玛克虽然也痛恨资本主义世界，但他却坚持所谓精神独立，不愿参加政治斗争。后来，受到俄国妻子阿西娅的影响，他决心和正在准备发动侵略战争的战争贩子们作斗争。斗争实践使玛克认识到个人反抗是毫无力量的，“如果缺乏有组织的劳动阶级的力量，什么都不能实现”。他最终积极投入了反对法西斯和保卫苏联的群众斗争。在实际斗争中，玛克得到了锻炼，他的许多思想矛盾也在斗争过程中逐步地得到解决。不久，他在意大利被法西斯匪徒杀害。安乃德勇敢而坚强地承受这一打击，并以极大的热情投入反法西斯运动。她向群众作公开演说，以儿子牺牲的事实去教育、唤醒青年一代。作者塑造了一个坚强的妇女形象，并描绘了她和儿子精神解放和革命意识产生的全部心理过程。各国进步评论界一致肯定这部小说是20世纪二三十年代西方文学中最重要的作品之一。高尔基给以这部作品极高的评价，认为它宣告旧世界的死亡，预示新社会的诞生。

罗曼·罗兰的一生和他的创作道路是艰苦而复杂的。他一生为争取人类的自由、民主与光明的前途进行了不屈不挠的斗争，为人类进步文化的发展作出了巨大的贡献。他从一个资产阶级民主主义知识分子，经过艰苦的探索和“苦难的历程”，转向无产阶级，转向社会主义。他在《战斗十五年》的序文里，表示自己最后的决心和态度：“跟随马克思，雄壮地将真实的人从抽象的生命中解放出来。”罗兰走的道路体现了西方正直的知识分子宝贵的探索精神。罗兰的丰富创作，尤其是他的两部鸿篇巨制，视野开阔，思想深刻，形象鲜明，激情的诗意、哲理的探求和对现实的反映交织在一起，构成丰富多彩的历史画卷，成为20世纪上半叶世界文学史上的重要篇章。

二 《约翰·克利斯朵夫》

《约翰·克利斯朵夫》以第一次世界大战前二三十年间的欧洲生活为背景，通过音乐家克利斯朵夫一生奋斗的经历，反映了世纪之交一代知识分子的精神探索，表现出作家反对现存秩序的进步立场和坚持人类进步文化的艺术观点。

主人公约翰·克利斯朵夫是德国人，生在莱茵河畔一个小城市的穷音乐师家庭里。这个小城市是一个亲王驻跸的地方。克利斯朵夫的祖父和父亲都是公爵的御用乐师；母亲是一个厨娘，舅父是一个走街串巷的小贩。祖父有强烈的个人英雄主义思想，不断向孙子灌输英雄创造世界的观念。克利斯朵夫在父亲的严厉管教下学习音乐，从小表现出相当的音乐才能。他6岁时就决定要当作曲家，幻想有朝一日名满天下，扬眉吐气。舅父给他的教育则相反，教他安贫乐道，真诚谦虚。祖父和舅父两种对立的思想影响，同时渗透在克利斯朵夫的意识里，既矛盾又统一。在祖父的张罗下，11岁的克利斯朵夫到宫廷演奏，并崭露头角，受到统治者的赏识；但他从小就萌发了反抗意识，对封建贵族的虚伪、肤浅而又专横的态度，极为反感和不满。他和卑躬屈节的祖父不同，鄙视豪门，反抗贵族，攻击市侩，因而受到统治集团的排斥，终至生计也成了问题。他被革职，他的作品不能出版，已出版的作品没有销路。他对专制制度下的德国社会给他施加的压力和迫害极为愤慨。在这种思想情绪的支配下，他有一次为搭救被大兵欺侮的农民，挥拳相助，造成了命案，以致被迫逃亡法国。他原以为经历大革命风暴的法国是一个自由、幸福的乐园，但到了巴黎以后，见到法国社会和德国一样腐败，金钱可以左右一切，使他的幻想很快成了泡影。他横冲直撞地进行反抗，抨击法国资产阶级腐朽的文化和艺术，因而受到法国上流社会的敌视。他到处碰壁，得不到任何人的理解和支持，始终是个孤独的反抗者。他的好友奥里维在精神上同样是孤独的，他虽与克利斯朵夫朝夕相处，亲如手足，但他并不能给克利斯朵夫真正的支持和力量。在精神探索中，克利斯朵夫的视线转向中、下层人民，对他们受压迫的社会地位深表同情，并对他们的困难给予尽可能的帮助。但顽强的个人英雄主义意识和对艺术偏执的信仰，使他过分相信个人的精神力量和艺术的力量，而不相信人民群众的力量。克利斯朵夫从面包工人罗赛一家的惨死，看到了“社会的灾难”，认为工人阶级中间存在一种“原动力”。但另一方面，又认为工人阶级是一群无所作为、受人操纵的“群氓”。他不赞成政治斗争，认为“打呀、杀呀”的呼喊无济于事，“乱打乱杀一阵就能帮助不幸的人吗?”在他看来，消除不公正、不合理的社会现象的主要手段是“爱”和充满人类之爱的“艺术”。他认为艺术是最崇高的东西，是改造社会和促进民族和谐的最有力的手段。在一次“五一”节示威游行中，他和奥里维被卷进工人的游行队伍，结果在混战中奥里维死于军警的乱刀之下，克利斯朵夫出于自卫与警察搏斗，打死警察，最终不得不逃亡瑞士。奥里维的死，对克利斯朵夫的精神造成了十分沉重的打击，他从此万念俱灰，躲避斗争，向现实妥协。当他从瑞士的隐居生活重新回到法国社会生活中时，早期那种狂飙似的反抗精神已经完全消失，他不仅和原来的敌人和解了，而且反过来讥笑像他青年时代一样进行反抗的新一代。晚年，他避居意大利，专心致志于宗教音乐的创作，不问世事，完全变成了一个世故老人，进入了所谓“清明高远的境界”。反抗—失败—妥协，这就是克利斯朵夫一生的三部曲。

克利斯朵夫的性格是矛盾而复杂的，然而又是典型的。小资产阶级的阶级地位使他对现实不满、反抗，同时又对统治阶级抱有一定幻想；日趋破产的社会经济地位使他接近和同情人民，而个人英雄主义意识又使他不相信人民群众的力量并远离人民；进步的艺术观使他主张艺术接近生活、接近人民、造福人类，而对艺术的信仰又使他主张“不能拿艺术去替一个党派服务”；受排斥的地位使他性格坚强，而个人主义偏见和因袭的思想又束缚着他，使他软弱无力；小资产阶级的正义感使他与社会对立，而小资产阶级的动摇性又使他与现实妥协。总之，小资产阶级的阶级性决定了克利斯朵夫性格的矛盾性和复杂性。克利斯朵夫的形象代表、反映了世纪之交一代具有民主思想的知识分子的思想状态和精神面貌，具有很典型的意义。

克利斯朵夫这一形象的魅力，在于他有一颗“伟大的心”。作家在作品的《序言》和《回忆录》中均提到，他要在这部小说中塑造一颗“伟大的心”。他说：“真正的英雄之所以伟大，由于他有伟大的心。”可见，“伟大的心”是这部小说的指导思想和灵魂，也是瑞典学院在颁奖词中“高度的理想主义”的核心内容。从作品中可以看到，这颗“伟大的心”具有十分丰富的内涵：希望各国人民友好相处，形成和睦的人类大家庭，永远不要战争；对被压迫的劳苦大众怀有深刻的同情；对爱情的坚贞，对友谊的挚爱，对鄙俗的社会现实的反抗，对困难和磨难的不屈不挠的奋斗精神，对真理的热烈追求和执著等等。正是这些内容，吸引了20世纪初的读者，也吸引着今天的读者。

《约翰·克利斯朵夫》具有独特的艺术风格。作者细致地描绘了人物的心理和思想感情，他们对大自然景物的深切感受，使作品具有浓厚的抒情色彩。作者又以大自然的美来反衬现实的黑暗，使作品生动地表现出资本主义社会令人窒息的气氛，从而加强了作品的揭露和批判力量。同时，作品的心理描写和自然景物描写，处处与作者的议论和思想发挥相映衬，抒情因素和哲理、政论因素互相交织，构成作品"长篇叙事诗"的独特格调。作者笔锋纵横地描绘了第一次世界大战前二三十年欧洲生活的广阔社会图景，提出了社会生活中众多的重大问题，使作品成为反映当时欧洲生活和思想文化的一部具有史诗规模的社会性长篇小说。

另一艺术特色是，它是一部"音乐小说"。作家在给友人的信中和定本序中均提到"《约翰·克利斯朵夫》是一部音乐小说"，并称"四册小说相当于交响乐的四个乐章"。小说主人公克利斯朵夫，尤其是他的青少年时代，多以贝多芬为蓝本，从性格、思想感情、人生遭遇看，都是贝多芬的一个影子。甚至贝多芬的名言——"音乐应该从刚毅的心灵中打出火花来"，我们也可以在作品中听到清楚的回声。贝多芬与命运抗争的伟大品格，无疑也是这部小说的感性源泉和美学基础。罗曼·罗兰对天地万物具有音乐家的敏感，所以作品中对大自然环境的描写处处充满音乐感。如《黎明》中初生婴儿的呱呱啼哭声、雨点敲击玻璃窗上清脆的点击声，和莱茵河水暴涨的轰鸣交织在一起，简直是一首生动的三重奏。而主人公一生的遭遇，喜怒哀乐、成败得失、祸福恩仇、悲欢离合，互相冲突又互相交融，形成有序的节奏和多彩的华章，最终达到最高的和谐与统一。四册小说犹如交响乐的四个乐章，表现出多样的、变化复杂的思想，宏伟的意境与磅礴的气概，使读者读完这部著作有一种听完一部滔滔奔涌、气势浩荡的交响乐的感受。作者在《音乐在通史上的地位》一文中指出："各种艺术之间并非像许多理论家所声称的那样壁垒森严；相反，经常有一种艺术在向另一种艺术开放门户。各种艺术都会蔓延，在别的艺术中得到高超的造诣。"① 他本人可谓是这方面的一个成功开拓者，他突破了传统小说的叙事模式，不以故事为程序而以感情为程序，不以逻辑的、外在的因素为先后，而以艺术的、内在的因素为先后，以气氛与调性来做结合作品的原则。他创作的这部交响乐式的长篇小说，文学性与音乐性达到了完美的结合。

第三节 托马斯·曼

托马斯·曼（1875—1955）是20世纪德国最伟大的作家，1929年诺贝尔文学奖的得主。

① 《罗曼·罗兰文抄》，451～452页，上海，上海译文出版社，1985。

“他的名字在任何关于现代小说的讨论中都和普鲁斯特与乔伊斯的名字并驾齐驱。”①

一　生平与创作

托马斯·曼1875年6月6日在德国北部城市吕贝克出生。他父亲是富有的谷物商人和市政议员，家境很好。他母亲有一半的南美洲葡萄牙人后裔血统，托马斯·曼喜欢将他自己的“市民”道德和艺术家气质之间的冲突归因于他母亲的影响。他们一家在吕贝克市的社会生活中身份显赫。托马斯·曼是这个家庭的第二个儿子，他的哥哥亨利希·曼也是德国著名作家。他父亲于1891年去世，这对这个家庭打击非常大。托马斯·曼一家只能遵照遗嘱，将商号和房子变卖，迁往慕尼黑居住。托马斯·曼因为当时还在上中学，就在读完中学以后才去慕尼黑和家庭会合，在慕尼黑的一家火灾保险公司短暂地当过一段见习生。在这期间，他写了短篇小说《堕落》(1894)，登在先锋派自然主义月刊《社会》上，得到好评。不久，他放弃了见习生的工作，在慕尼黑大学和慕尼黑工业大学旁听文学、艺术史、历史、经济学等课程。1896年他去意大利，和哥哥亨利希一起在罗马以东几十公里处的帕莱斯特里纳镇租了一套房子。托马斯·曼在这里创作了几个中篇小说，其中包括《矮个子先生弗里德曼》(1898)，还开始了长篇小说《布登勃洛克一家》(1901)的写作。1898年，托马斯·曼回到慕尼黑，为讽刺刊物《西木卜齐西木斯》做了一年的编辑。1901年因发表《布登勃洛克一家》而一举成名。以后陆续发表中篇小说《托尼奥·克勒格尔》(1903)、《在威尼斯之死》(1912)、《无秩序和早先的痛苦》(1926)，长篇小说《王爷殿下》(1909)、《魔山》(1924)等作品。1929年因《布登勃洛克一家》而获诺贝尔文学奖。

其间，在1905年，托马斯·曼娶了慕尼黑一个银行家与学者的女儿卡嘉·普林斯海姆为妻，建立起一个后来有三个女儿、三个儿子的家庭。1912年，卡嘉被医生怀疑患有肺结核，到瑞士的结核病疗养院疗养，托马斯·曼到疗养院去看她，听到了关于疗养院内情况的描述，再加上他自己的观察和体会，这就为他创作《魔山》提供了最初的灵感。

1914年，第一次世界大战刚爆发不久，托马斯·曼就写了两篇支持战争的文章，尤其为德国袭击中立的比利时辩护。他的哥哥亨利希·曼对此作出了强烈反应，不指名地讽刺了弟弟。弟弟则在他的论战性著作《一个不问政治者的思考》(1918)中旁敲侧击地对哥哥的反战立场进行清算。此时的托马斯·曼在强烈的民族主义情绪影响之下，听不进和平主义的声音。但是，他在20年代逐渐改变了自己的立场，在1922年发表了演讲《德意志共和国》，支持共和政体和民主政治，并沿着这条道路坚定地走下去。同时，他和哥哥也取得了和解。

20世纪30年代以后，纳粹势力的增长使托马斯·曼深感不安。1930年10月17日，他在柏林贝多芬大厅发出了“对理性的呼唤”，呼吁人们理性地看待德国当时的形势，提防纳粹在德国的发展。尽管当时也有一些纳粹分子在场进行捣乱，但是他的演讲博得了大多数听众的赞同。只是他的声音在当时的德国还很微弱。在这一年，他还发表了中篇小说《马里奥

① ［美］弗莱希曼主编：《二十世纪世界文学百科全书》(英文版)，第2卷，337页，纽约，温加罗出版公司，1969。

和魔术师》，具有反法西斯的意味。1933年2月10日，托马斯·曼在慕尼黑发表了纪念音乐家瓦格纳逝世50周年的演讲，第二天就和妻子一起离开德国到荷兰、比利时、法国作同样的演讲。他这次离开德国，一走就是16年。他在国外流亡，不久全家在苏黎世附近定居下来。1935年，美国哈佛大学授予他名誉博士头衔。1936年2月3日，《新苏黎世报》发表了他的一封公开信，在信中他抨击了纳粹政权。不久，他和家人便被剥夺了德国国籍，波恩大学还取消了1919年授予他的名誉博士称号。这不但没有让他屈服，反而更加坚定了他同纳粹斗争的决心。

1938年，托马斯·曼举家迁居美国，并在1944年加入美国国籍。他们先在普林斯顿住了两年半，托马斯·曼在大学讲授人文课程，同时继续从事文学创作，并于1939年发表长篇小说《绿蒂在魏玛》。1941年，他们移居南加州，加入到包括他的哥哥亨利希·曼在内的当地一批德国、奥地利流亡人士中。在加州的最初两年，他努力完成自1926年就开始写的四部曲《约瑟和他的兄弟们》。其中的前三部《雅各的故事》(1933)、《约瑟的青年时代》(1934)、《约瑟在埃及》(1936)，他在瑞士期间已经完成。最后一部《赡养者约瑟》于1943年完成。同时，他积极参加反法西斯的宣传，对德国听众发表了55篇广播演讲，为反法西斯斗争做出了贡献。1943年至1946年间，托马斯·曼致力于创作一部十分复杂而难懂的小说《浮士德博士》，其中凝聚了他关于德国、哲学、音乐等问题的思考。小说发表以后，他频繁地回到欧洲去，最终于1952年来到苏黎世湖畔定居。虽然此时已近80高龄，但他在生命的最后几年仍笔耕不辍，在50年代以后陆续发表长篇小说《被选中者》(1951)、中篇小说《受骗的女人》(1953)、未完成的长篇小说《骗子菲利克斯·克鲁尔的自白，回忆录第一部分》(1954)，以及《试论席勒》(1955) 的演讲稿。在人们为他庆祝80大寿之后不久，他便于1955年8月12日逝世于苏黎世附近的基尔希贝格。

托马斯·曼的创作很丰富，创作风格也有很大差异，有人说他是德国20世纪现实主义的代表，但实际上，他的创作融合了现实主义和现代主义的很多长处。他在1929年因《布登勃洛克一家》而获诺贝尔文学奖，但是他自己并不认为这部早期的作品就能代表他的创作。所以，单独选出任何一部作品来分析，都难以把握他的创作风格和特色。

托马斯·曼的中短篇小说创作代表了他小说艺术成就的重要方面之一。处女作《堕落》描述一个单纯的小伙子来到德国南方读大学，爱上了一个美丽善良的女演员，最终却发现她与一个老头之间有着金钱的关系。作品表达了作者对金钱与艺术、金钱与爱情问题的关注。早期中篇小说《矮个子先生弗里德曼》中的主人公弗里德曼因小时候遭遇意外，长成了畸形的矮个子，同时养成了孤僻的性格，在音乐、文学和封闭的自我中生活，如此度过了30载平静的人生，但是新来的邻居家迷人的林林根夫人打破了他的平静。在一次聚会上，当他单独和林林根夫人在一起的时候，他控制不住自己的激情，向她表白了爱慕之心，没想到林林根夫人连一句安慰他的话也没说便舍他而去，他在羞辱中投河自尽。作品中的环境反映出作者对故乡吕贝克的记忆，弗里德曼对感情的压抑以及他最后的激情迸发，说明作者同情像主人公一样因身体残疾而不得不压抑情感的人，试图唤起人们对残疾人内心世界的关注。早期中篇小说《托尼奥·克勒格尔》讲述一个幻灭的作家重新发现人性之爱的故事。主人公托尼奥·克勒格尔是德国北方的一个商人和一个意大利女艺术家的儿子，他继承了父母各自的特点，徘徊于艺术家的生活和资产者的生活之间，由于内心对资产者奢侈生活的厌恶，他曾试图逃避到唯美主义中去，但他发现自己是一个“迷失于艺术的资产者”。最终他在去丹麦的生活体验中感受到对真实生活的爱。托马斯·曼在作品中提出了艺术与生活间的矛盾问题，也提出了什么才是真正的生活的问题。作品被认为反映了作者自传式的思考。中期中篇小说《在威尼斯之死》被认为是一部同性恋作品。主人公古斯塔夫·冯·阿申巴赫是一个50岁开外的有名作家，早年丧妻，过着禁欲主义的生活。一天他忽然决定要去威尼斯旅行。他在宾馆用餐时注意到邻桌的一家波兰贵族，尤其对这个家庭中的一位美如希腊雕像的少年发生了兴趣。他本来因为身体的原因计划要离开这个城市，但是临行时却因为行李被搞错而留了下来。他暗中庆幸自己找到了一个继续待在美少年身边的理由。他从待在远处注视，发展到四处跟踪美少年。为了让自己更有吸引力，他竟然也像自己所厌恶的那样染了头发、化了妆。少年最多只看了他两眼，他却认为这是相互的默契。在跟踪美少年的过程中，他因为天气炎热而吃了过熟的草莓，染上了城里正在蔓延的霍乱。就在美少年一家要离开威尼斯的那一天，他感觉似乎美少年在向他打招呼，但是他却随即倒地身亡了。这部小说有很多作者的自传成分。托马斯·曼自己到威尼斯去的时候，曾遇见过这样的一个波兰家庭和美少年。分析家认为，作品比较明显地反映了尼采和弗洛伊德的影响。尼采所说的日神和酒神因素集中体现为古斯塔夫的理性与非理性的冲突，古斯塔夫对美少年的迷恋和陶醉，说明主人公被理性压抑多年的性冲动一下子以同性恋的方式释放出来。酒神因素所代表的醉与美感驱使他盲目地追逐美少年。作品的象征意义在于表现性压抑对正常理性的摧毁。中期中篇小说《马里奥和魔术师》由叙事者讲述一次难忘的意大利旅行中的亲历：魔术师奇博拉在观众面前表演魔法，促使年轻英俊的小伙子马里奥主动地亲吻外形丑陋的魔术师。当观众们向魔术师的精湛表演致以热烈掌声之时，清醒过来的马里奥掏出一把手枪打死了魔术师。一般读者都把这解读为意味深长的政治小说，魔术师象征当时意大利的法西斯政治家。特别值得关注的是叙事者对马里奥的愤怒和反抗的欣赏。愤怒惯常都是非理性的产物，却在作品叙事框架里获得了合理性。一如史诗《伊利亚特》开篇歌唱愤怒是“神圣的愤怒”，这部作品赞美了愤怒的神圣维度。后期中篇小说《受骗的女人》中主人公罗莎莉是一个50多岁的寡妇，和18岁的女儿、6岁的儿子生活在一起。她爱上了儿子的英语教师，一个20来岁的美国青年。子女无法理解她，而她却觉得爱使她变得年轻，甚至在停经后又来了月经，但实际上不过是严重子宫癌造成的子宫出血。她的“受骗”原因，不是比她年轻得多的“负心郎”，而是她自己的激情。这部作品在探讨男女爱情的问题上不局限于一般的社会学观点，而是从心理学、生理学的视角进行探讨。

托马斯·曼创作了不少长篇小说。《布登勃洛克一家》是其中很重要的一部，它既是作者的第一部长篇小说，又是诺贝尔文学奖获奖作品。它描写了作者故乡吕贝克的一家富商经历了四代人的衰败过程。从表面上看，作品像其他描写家族兴衰史的小说一样，反映了1835至1877年这一历史时期一个家族在社会变迁影响下由盛而衰的过程。作为第一部具有世界意义的德语社会小说，作品确实在客观上反映了一个家庭的变迁与社会矛盾不可分割的联系，然而，作品更关注的是通过这样的盛衰变化，进行哲学上的思考，尤其是关于叔本华悲观主义哲学和尼采生命理念的思考。作品中的第三代掌门人托马斯·布登勃洛克是作品中的最主要人物之一，他曾试图通过自己的努力，阻止家族的衰败，但是无果而终，临死前他从叔本华那里找到了一种启示：死亡可以把他从意志、从个体的“监牢”中解放出来，活在所有人身上。这便是尼采所说的“个体化原理的瓦解”，尼采认为这是进入音乐情绪的必由之路。但是托马斯不懂音乐，不满意小汉诺沉湎于音乐，而小汉诺试图通过审美来挑战意志支配的努力，也因为他缺乏强大的生命力而夭折了。他的死一方面意味着这个家族所代表的传统价值因缺乏继承人而寿终正寝，另一方面也为小汉诺缺乏生命活力而留下一些遗憾：他无法担当音乐作为意志的写照所赋予的重任去挑战传统价值。作品最后人们对全家人重逢的期待，也许只能在艺术的音乐情绪中实现了。作品的一个明显的艺术特色是作者对瓦格纳歌剧中主导旋律的文学运用，大大增加了作品中人物、事件令人难忘的程度。有些形象重复多次，不仅和作品中的一些人物有关，而且具有很深刻的象征意义。

此外，早期的《王爷殿下》通过一个虚构公国中王爷殿下与一个富有的平民少女联姻的故事，表明封建贵族体制正在衰亡，封建君主不得不依靠资产阶级大量资金的注入，贵族身份和金钱的结合被看成是新的门当户对。中后期的《绿蒂在魏玛》用新颖的方法来写歌德的古老故事。绿蒂是当年使歌德坠入无望爱河的一个已订有婚约的女子，她后来成为歌德《少年维特之烦恼》中女主人公绿蒂的原型。现在托马斯·曼让她在和歌德分开40多年后到魏玛来见歌德。作品富于现代艺术特色，将历史、现实和幻觉融合成一体。先后在10多年时间内完成的四部曲《约瑟和他的兄弟们》改写了《圣经》中“创世记”后半部分的内容，从雅各讲到约瑟，而且将时代背景放在公元前14世纪埃及的阿玛尔纳时代。托马斯·曼自认为这是他最伟大的作品。他显然是想使《圣经》故事更具历史感，更能启发对现实的思考。后期的《浮士德博士》讲述了年轻人阿德里安将灵魂出卖给魔鬼，以换取24年的音乐创作天才的故事。其中主人公染上梅毒、创作才华达到巅峰时突然精神失常，10年后死去等情节都和既是哲学家又是音乐家的尼采的经历相一致。作品也暗示德国人把灵魂出卖给了希特勒。作品带有多重象征，含义丰富。哲学家和音乐批评家阿多诺担任托马斯·曼的顾问，鼓励他重新改写作品的若干部分，对作品在音乐理论和哲学方面的深入思考起了很好的作用。后期的《被选中者》根据中世纪一位宫廷抒情诗人的史诗《格里高里乌斯》改写，讲了一个两代人乱伦的故事。托马斯·曼在其中探讨了罪与赎罪的问题，让人联想到希腊悲剧《俄狄浦斯王》。后期作品《骗子菲利克斯·克鲁尔的自白，回忆录第一部分》通过主人公菲利克斯·克鲁尔的回忆，写出了他的骗子生涯，他的得逞说明社会需要这样的骗子。作者使用18世纪流浪汉小说的方法来写这个骗子，表明资本原始积累时期的诸多社会弊病仍应受到当代社会的注意。小说因为作者的逝世而未完成。

二 《魔山》

《魔山》一方面继续发扬了《布登勃洛克一家》的许多优点，另一方面又奠定了作者中后期创作的风格，堪称他的代表作之一。

作品描写大学毕业生汉斯·卡斯托普到瑞士境内阿尔卑斯山中的一所肺结核疗养院看望他的表兄。他原计划在山上住三周，结果因为第三周时得了感冒，便留了下来，没想到在那里一住就是七年。他在疗养院里认识了许多人，其中对他有重大影响的有：人道主义者塞特姆布里尼，他代表启蒙理想积极进取的精神，他把自己比作盗火种给人类的普罗米修斯，总是试图表明积极的人生观，在某种意义上代表了作者自己的声音；代表黑暗势力的极端主义分子纳夫塔，他带有法西斯主义和无政府主义的倾向，他不断和塞特姆布里尼发生争论；代表色欲诱惑的俄国女人克拉芙吉娅，主要是由于对她的迷恋，汉斯才在疗养院长期流连忘返，但是她并没有接受汉斯的爱，而是选择了离开，当她再次来到山上的时候，已成为病人皮伯科恩的情人；来自荷兰的咖啡种植园主皮伯科恩，他虽然有病，却充满活力，他在山上组织各种活动，给疗养院带来了生气，也赢得了汉斯对他的尊重，但是他却因为生理问题自杀身亡。汉斯在山上熟悉的人死的死，走的走。最后汉斯也下山走入了第一次世界大战的战场。

作者自己认为这部作品是和歌德《威廉·麦斯特》一样的教育小说。主人公汉斯作为一个涉世未深的工科大学毕业生，在魔山上接受了人文和人生的教育，尤其是接受了疾病和死亡的教育，“克服了天生的对死亡的好奇心，达到了普通人所不能达到的高度”①。作品中的疾病主要是指肺结核，山上人们想的、说的、做的都围绕这个疾病。它像一个魔鬼一样，似乎无处不在，和它伴随在一起的就是关于死亡的念头。当时肺结核仍很难治愈，疗养院里很多人等于已被宣判了死刑，不过是在延长缓期执行的时间。但是，疗养院里的每个人却像着了魔似的，仍然在高谈阔论，在享受生活，甚至恋爱。汉斯虽然没有染上肺结核，但是他也像着了魔似的，竟然在魔山上一住就是七年。疗养院就像是人类生存状态的缩影，人类生活不过是放大了的疗养院。实际上，人一生下来就不得不面对死亡的问题，只不过缓期执行的时间有长有短，而在魔山上，死亡跟每个人的距离一下子拉近了，令人不得不思考这个问题。但是思考又怎么样呢？只要死神一天不降临，人还得活下去，所以山上的人们似乎活得还不错。作品中塞特姆布里尼和纳夫塔的争论可以永远争下去，但是在只注重当下生活追求的皮伯科恩面前却显得黯淡无光。汉斯也被他吸引过去。这是他的教育达到了尼采所说的日神世界的境界：当下的人生哪怕是场梦，也要把它做下去。而尼采所说的“个体化原则的瓦解”，无论在艺术中还是在现实中都意味着个体的毁灭。作品最后汉斯周围的人一个个死去，这些个体的毁灭对他完成了最后的教育，他提高到了选择面对死亡而超越死亡的“天才之路”的高度。作品最后关于他在战场上一瘸一拐地前行、嘴里还唱着歌的描写正是他超越死亡的写照。

作品中探讨的另一个重要问题是时间，特别是时间的主观性。第七章一开头就问：人类可以讲述时间吗？讲述那一维的、不可追溯的时间吗？接下来作者马上给出了回答：毫无疑问，这是一件愚蠢的事情。在时间的长河中，一天和七天，一年和七年，似乎没有太大的区别。正如汉斯自己所说：时间你觉得它长，它就长，你觉得它短，它就短。正因为强调其主观性，所以作品中的时间长短跟主人公的思想和主观意识有密切关系。当他刚到疗养院，对魔山上的一切感觉好奇，对知识和爱情的渴望推动他去不断追求的时候，他感觉时间是有一定长度的，当他已经习惯了山上的生活，开始像山上的人一样生活的时候，时间就显得很短了。整部作品的结构也是按照这种主观性来安排的，作者花了大半部的篇幅来写汉斯在魔山上的第一年，而对他后来的六年经历却越写越快，只用了小半部或者一章多的篇幅。这说明主人公心理上发生的巨大变化。作者对时间问题的关心也跟当时海德格尔等哲学家对时间的探讨有关。

这部作品正是以以上这些哲学思考，以及对这些思考的精湛艺术表现，赢得了世界各国读者的浓厚兴趣，在美国尤为畅销。托马斯·曼自己也很喜欢这部作品，而且非同寻常地建议读者应该把作品潜心读上两遍。

① ［德］托马斯·曼：《〈魔山〉之创作历程及其他》，见《魔山》，839页，武汉，长江文艺出版社，2009。

第四节 德莱塞

一 生平与创作

西奥图·德莱塞（1871—1945）是美国杰出的现实主义小说家。他生于美国印第安纳州一个破产的小业主家庭（德国移民）。因家境困难，中学毕业后便自谋生计，两年后考入州立大学。在大学里，他阅读了达尔文、赫胥黎、斯宾塞的著作，思想上受到生物社会学观点的影响，认为人只能不断进化，无力改变自己的地位，人的意志战胜不了诱惑。他勉强读了一年书又不得不退学。他先后做过饭店洗碗伙计、洗衣房工人、火车站验票员、家具店伙计等工作。这段经历为他后来的创作提供了许多素材。

从1892年他一直从事记者工作，直到他后来成为职业作家。这工作为他接触群众、了解社会提供了有利的条件。

德莱塞的创作可分前后两个时期，俄国十月革命是他思想和创作的转折点。他的创作基本上是现实主义的，但也存在自然主义倾向。

1900年德莱塞发表第一篇长篇小说《嘉丽妹妹》。女主人公嘉丽从乡下来到芝加哥谋生，但资本主义社会没有给劳动妇女提供一条正直的道路。她为了糊口，被迫同一个推销员同居，后来又成了酒店经理的情妇。后来她到了纽约，进入社交界，接受了上层社会的生活方式和思想影响。一个偶然的机会，她当上了演员，出了名，有了金钱和地位，但她感到生活十分空虚。作者在广阔的社会背景上，描写嘉丽对幸福生活追求的幻灭，指出在美国靠诚实劳动找不到出路，只有靠出卖自己，才能得到金钱地位，在这样的社会里不可能有真正的幸福。

《珍妮姑娘》（1911）是德莱塞第二部长篇小说，作者又选择了一个来自民间的穷姑娘作为主人公，描写她在资本主义社会中一生的悲惨遭遇。这部小说和《嘉丽妹妹》一样，深刻地揭露了美国社会中贫富悬殊的现实。珍妮一家大大小小四处奔波，衣食无着；雷斯脱一家不劳而获，却过着奢华的生活。这样的社会是富人的天堂，穷人的地狱；正直诚实的人没有出路，掠夺者为所欲为。

《金融家》（1912）、《巨人》（1914）和《斯多葛》（1945）组成他的现实主义巨著《欲望三部曲》。三部曲的中心人物是金融巨头柯帕乌。《金融家》描写了他从南北战争时期开始，从一个普通的经纪人发迹成为一个百万富翁的过程；《巨人》写他70至90年代在芝加哥建立铁路垄断企业的活动；《斯多葛》写的是19世纪末20世纪初他输出资本到伦敦建筑地铁的活动，直到他的死亡。作品从19世纪中叶写到20世纪初，从美国费城、芝加哥、纽约写到英国伦敦、法国巴黎以及印度等地，在广阔的画面上生动而深刻地描绘了走向帝国主义阶段的美国的历史面貌。作者通过柯帕乌的一生真实地反映了金融资产阶级丑恶的发家史。作者还通过对他以勾结政客、收买议员、操纵报刊等各种手法，合法和非法地侵占公有财产、掠夺劳动人民等罪恶活动的描写，愤怒地对他进行了谴责。柯帕乌的死暗示金融资产阶级走向灭亡的必然趋势。

作品的突出特点是揭露帝国主义时代的美国“文明”和美国“民主”的真面目。《欲望三部曲》较之前两部作品，不论在题材的重要性上还是在思想的深刻性上，都大大地前进一步。作品揭露了美国的金融资产阶级如何控制美国政权机构的真相。美国的议员和官员在金融寡头的控制下，成了他们得心应手的工具。作品中描写的芝加哥的竞选活动是具有典型意义的情节。在选举中，无论是共和党还是民主党的候选人，都是金融寡头所看中的政客。寡头们出竞选费、拉票、投票，当选者完全听命于后台老板。有的官员本人就是资本家或资本家的代理人，如费城的市长、财政局长。他们虽不出面搞投机，却利用发行公债的机会和代理人达成协议，按成分红，坐收其利。在这样的政权下，标榜“民主”、“公正”的法庭和监狱也都为金融寡头所左右。作品还揭露金融资产阶级之间的内部关系。他们尔虞我诈，钩心斗角，见面握手言欢，转脸互相拆台。作者用许多笔墨生动地描绘他们为了成为更大的掠夺者使用的行贿、收买、强占、诈骗、陷害等卑鄙伎俩，深刻地揭露了金融资产阶级的丑恶行径。在他们之间毫无道德准则可言，父子、夫妻、朋友等等关系都被赤裸裸的利己主义和金钱关系代替。在三部曲中，作者还细致地描写了帝国主义阶段美国社会的种种经济现象。大的如竞争、垄断、兼并、金融危机、资本输出等，小的如交易所的抛售和抢购、空头股票的出笼、公债的贴息和兑现等，都写得十分具体、真实。

1915年德莱塞发表长篇小说《“天才”》，探讨艺术在金元帝国的地位问题。主人公尤金·威特拉是一个有才能的画家，开始曾画过一些反映人民生活的写生画，尽管作品真实而有才气，但它得不到资产阶级社会的承认。他生活无着，被迫去投合资产阶级趣味，画商品广告和现代派的东西，这才获得了“成功”，有了地位和财富。尤金·威特拉堕落成一个庸俗的贩卖艺术的市侩，他的“天才”也就毁灭了。通过尤金的悲剧，作者令人信服地指出：在美国，艺术变成商品，在金钱统治下，艺术得不到任何发展，甚至受到摧残。小说中也流露出悲观主义情绪，德莱塞提出了问题，但看不到出路。

1917年，俄国十月革命给美国先进人士很大鼓舞。德莱塞写道：“我怀着深切的兴趣注视着苏维埃社会主义共和国联盟的诞生和成长，我认为一个人不能目睹这种情形还漠然无动于衷，还不被伟大的人类理想的逐渐熏陶所激动。”他热烈地欢迎十月革命，愤怒地谴责帝国主义的武装干涉。他的世界观和创作都发生了显著变化。在十月革命后出版的《十二个》(1919)、《敲吧，鼓儿》(1920) 等文集中，他对帝国主义金融寡头的抨击更加有力。

长篇小说《美国的悲剧》(1925) 的发表，标志着德莱塞的现实主义创作取得新的成就，作品出版后，引起了巨大的反响，德莱塞的声誉超越了国界。

1927年德莱塞访问苏联，回国后在《德莱塞访苏印象记》一书中，满腔热情地肯定苏联的成就。

1929年发表短篇小说集《妇女群像》，其中的《艾尼达》是他访问苏联的积极成果之一，是小说集中最优秀的一篇。作者在《艾尼达》中塑造了一个为世界劳动人民的幸福而斗争的美国女共产党员的形象。这是德莱塞创作中第一次出现的正面人物形象。艾尼达从童年起就“幻想完成某种不平凡的事业”，但是她生活在资本主义的美国，“她的美好的生活的幻想却在枯燥无味和不体面的工作压迫下消失了”。俄国十月革命给她带来了希望。她同大批同情苏维埃政权的美国人一起到了俄国，参加了建设新社会的工作。在艰苦而又富有创造性的劳动中，她逐渐成长为一个新人。作者在描写艾尼达时并没有把她理想化，而是真实地展示她逐步成长的艰苦道路。她不仅要和周围环境作斗争，还得和自己头脑中的旧思想作斗争。作者在讲述这个掌握自己命运走向新生活的妇女时，对美国人民即将到来的觉醒充满信心。

20 世纪 30 年代初德莱塞发表了优秀的政论集《悲剧的美国》。这是他多年来和工人群众紧密结合的结果，是他创作的一大成就。

《悲剧的美国》涉及美国政治、经济、外交、文化各个部门，它不仅真实地叙述了美国金元帝国许多骇人听闻的事件，而且对这些事件进行了深刻的分析，从中得出革命的结论。在作品中德莱塞鲜明地描写了两个美国——人民的美国和华尔街老板的美国的存在，这一点可以说是整部作品立论的前提。德莱塞通过对美国资本主义社会各个方面的分析，得出结论：资本主义走向灭亡是不可避免的。作品的另一方面是对人民的生活和斗争的叙述。作者用大量数字表明美国人民在垄断集团掠夺下正处于痛苦的境况，并以赞扬的口吻叙述美国劳动人民斗争的事例，用它来证明资本主义制度迟早会在工人群众斗争的烈火中化为灰烬。“谁是国家的主人？”作者自己回答说：“就是人民自己。”由此可见，在《悲剧的美国》中鲜明对比的画面和深刻的分析显示出作者的思想和创作在十月革命以后大大地向前发展了。

十月革命后，德莱塞生活和创作道路上的一个重要特点，就是他对工人运动的密切注意与关怀。30 年代经济危机时期，美国出现了广泛的罢工运动，德莱塞对工人罢工给以密切的关心和热情的支持。1931 年，当哈尔兰煤矿工人起来罢工时，60 岁高龄的德莱塞亲身来到哈尔兰，深入工人群众进行调查访问，并向社会发出支持工人斗争的呼吁。1932 年发表的《哈尔兰矿工的话》就是这次调查的成果。1941 年他发表了政论集《美国值得拯救》，又一次揭露垄断组织是如何把美国引到崩溃的边缘，并指出“只有人民群众才能把美国从灾难中拯救出来”。

长篇小说《堡垒》和《斯多葛》是他逝世前写成、逝世后才发表的两部小说，这两部作品对我们了解作家思想创作的发展是很有价值的。在《堡垒》中，作者通过苏伦·巴恩斯一家的衰败，揭示金融资产阶级必然灭亡的历史命运。《斯多葛》是《欲望三部曲》的最后一部，小说里写的不再是柯帕乌的发迹史，而是他的崩溃史。作者写了他的死和他死后遗产被瓜分的丑剧。他的死不仅是肉体上的消失，也预示他的事业、理想的崩溃。小说的最后部分把读者带到印度。印度人民生活的贫困达到骇人听闻的程度。这是对帝国主义殖民主义的有力控诉。

1945 年，74 岁高龄的德莱塞参加了福斯特为首的美国共产党。1945 年 12 月 28 日德莱塞逝世。

德莱塞对美国文学的影响主要在于突破了美国文学中的“高雅”传统，他的创作道路表明了现实主义在美国的成熟。

二 《美国的悲剧》

作品描写一个普通的美国青年为追求“美国生活方式”而堕落成杀人犯的故事。克莱德·格里菲斯是一个穷教士的儿子，小时候对“传奇式的奇迹特别有幻想”。受到资产阶级社会的腐蚀后，他拼命追求财富和享受。他一个富有的伯父提拔他当工厂某一部门的主任，他的虚荣心得到初步的满足。就在这时，他诱骗了女工洛蓓特。不久，他发觉自己得到阔小姐桑特拉的垂青，为了摆脱洛蓓特，在游湖时，他故意弄翻船让她淹死。事情暴露后，他被判死刑。这时他才22岁。

作家在作品中成功地塑造了典型环境中的典型人物，作品主人公克莱德可谓是被“美国生活方式”毁掉的普通美国青年的典型。他与作者前几部小说的主人公不同，他没有嘉丽那样充沛的精力，也不像柯帕乌那样狡猾能干，更不具备尤金那样的艺术才能，因此在某种意义上说，他的悲剧更带有普遍意义，他的悲剧是千千万万美国普通青年的悲剧。

作品细致地描写了克莱德短促的一生，通过他利己主义世界观的形成和发展，他的苦闷、挣扎、堕落和毁灭，对资本主义社会提出了强烈而沉痛的控诉。小说令人信服地揭示出资本主义的社会制度及其生活方式是造成克莱德悲剧的根源。他是这种制度的产物，又是这种制度的牺牲品。

对于克莱德短促的一生来说，在豪华的戴维逊旅馆当茶房和在工厂里当工头，是两个重要的生活阶段。戴维逊旅馆可以说是资本主义社会的一个缩影。在这里栖息的有过往的富商，也有依附于他们而生存的形形色色的人物，可谓三教九流，无所不包；而金钱，则是这里的绝对权威，是维系他们之间关系的唯一纽带。以吃喝玩乐为中心内容的资产阶级生活方式，以损人利己为准则的资产阶级处世哲学，以尔虞我诈为手段的生财之道，在这里都表现得淋漓尽致，给了克莱德极深的印象和影响。他在同伴们的怂恿和引导下，开始上戏院、下酒馆、逛妓院、交女友。为了满足个人的享受，他开始对父母说谎，隐瞒自己的收入；出于同样的原因，他见到遭遗弃处于极度困难中的姊姊而不顾。资产阶级利己主义思想已侵入他的灵魂深处，剥尽了他童年时代一切纯真美好的感情。艾斯塔被遗弃而无处申诉的反面教育，汽车肇事后逃出堪萨斯城混世糊口三年中所体会到的世态炎凉，都使他深刻懂得在资本主义社会里尔虞我诈、损人利己是人们行动的信条，而他要想发迹也得不择手段。当上工头后，随着地位的上升和生活条件的改善，他的利己主义思想变本加厉地发展，终于到了灭绝人性的地步。小说描写了克莱德在形成利己主义世界观过程中的激烈的思想矛盾。在自私、邪恶的思想占领每一个阵地之前，几乎都遇到了基督教原始教义的抵抗和良心的抵抗。小说同时又写出，一切淳朴的教义和人类善良的天性，都敌不过资产阶级社会生活本身的逻辑，抵抗不了金钱的腐蚀作用。克莱德为了桑特拉而牺牲洛蓓塔，归根结底是因为桑特拉代表财产、地位和享受，她在他心目中不过是一个物化了的人。这是金钱毁灭人性的多么触目惊心的悲剧！

作品的深刻之处在于，它写出了克莱德悲剧的双重性。克莱德的堕落和毁灭是个人悲剧，更是社会悲剧。他是有罪的，因为他杀害了一个无辜的少女；而他本人又是一个受害者，是那个罪恶的社会毁坏了他。克莱德的悲剧揭示的是一个严重的社会问题，深刻地暴露出资本主义社会制度的腐朽和精神道德上的危机。作者借梅逊之口，意味深长地说：“在我们这个世界，这类事情已经发生了千千万万次，在将来，也会发生千千万万次。这不是什么新鲜的，也永远不会是古老的。”作者又在《忆往事》的尾声中再次出现小说开头的街头布道场面，只不过其中的小孩已由克莱德换成了他的外甥，这暗示出通过一代又一代的人，悲剧在重复，从而说明了克莱德悲剧的严重性和深刻性。它实实在在是“美国的悲剧”。

小说后半部通过对克莱德审判全过程的详尽描写，深刻地暴露了美国的假民主以及美国司法机构的黑暗和腐败。负责克莱德案件的检察官梅逊，是一个典型的官僚政客，饱食终日而无所用心。直到选举年到来，想起自己毫无政绩可以向选民交代，难免要丢官失位，他才焦躁不安。于是他一反常态，抓住克莱德案件不放，大做文章，以捞取政治资本。共和、民主两党围绕克莱德案件所进行的明争暗斗，其实就是一场争名夺利、争取选票的闹剧。共和党人梅逊出于私心，开始审理案件时，就已经打定主意要判克莱德死刑。为此目的，他不惜制造伪证和扩大事态，大肆渲染案情的离奇、曲折和残忍，并利用新闻界将案情公布全国，使举国上下群情激愤，形成"国人皆曰可杀"的局面。这就使陪审团不可能客观地听取被告的申诉和作出正确的判断。而且，组成陪审团的成员名单，也要由梅逊来挑选、认定。这就不难看出，所谓"侦查"、"审讯"、"辩护"、"作证"、"审议"等等，都不过是骗人的把戏。在这种司法制度下，无所谓公正、民主的审讯与判决。民主党人为被告辩护，并且为被告编造情节、掩盖事实、开脱罪责、撰写伪供，其目的也同样不是为了维护法律的尊严，而是为了讨好被告的伯父、大工厂主缪塞尔·格里菲斯和击败政敌梅逊。而与本案密切相关的关键人物桑特拉，就因为有钱有势，双方对她都讳莫如深，甚至连她的姓名都没有提及。这一切，充分暴露了美国司法制度的虚伪内幕，使人们看到了在公开的法律程序背后，隐藏了数不尽的交易、阴谋、花招和把戏。德莱塞在他的政论集《悲剧的美国》里哀叹的"宪法是一张废纸！"在这部小说里得到生动的印证。

克莱德的堕落和对克莱德的审判，都是典型的"美国式"的。正如作者所言："这本书整个来讲是对（美国）社会的一个控诉——小说之所以成功，并非因为'它是悲剧'，而是因为它是美国的悲剧。"

这部小说在美国文学史上的意义在于它突破了"胆小与高雅的传统"，揭穿了盛行于20年代美国文坛的粉饰现实的谎言，取得了现实主义的胜利。德莱塞的现实主义特色，表现为对所描写的事实具有新闻报道式的忠实，同时注重典型环境与典型性格的描绘，人物具有个性化的语言，故事情节简单而意境纯一。这在《美国的悲剧》中表现尤为突出。

第五节 高尔基

一 生平与创作

马克西姆·高尔基（1868—1936）是伟大的无产阶级作家。列宁称他是无产阶级艺术最杰出的代表。

高尔基原名阿列克赛·马克西莫维奇·彼什科夫，1868年3月28日出生在俄国中部城市尼日尼·诺夫戈罗德的一个细木工家里。高尔基四岁丧父，后寄居外祖父家。这是一个典型的小市民家庭。高尔基从小就受到苦难生活的折磨，他只读过两年小学，10岁走入"人间"。在社会的底层，他当过学徒，捡过废品，做过跑堂的、看门人、搬运工人和面包师。1884年他来到喀山，想进大学，但贫民窟成了他的"社会大学"。底层的生活使他亲身体会到人民的痛苦，看到社会的丑恶。

19 世纪 80 年代末 90 年代初，高尔基两次在俄国南部流浪。最后到梯弗里斯，进入铁路修配厂做工。1892 年，在《高加索报》上用高尔基的笔名发表了第一篇短篇小说《马卡尔·楚德拉》，从此走上文学创作的道路。

高尔基早期的创作反映了劳动人民反抗沙皇专制统治、渴望自由解放的革命激情。其中，浪漫主义创作占重要地位。1895 年写的《伊则吉尔老婆子》和《鹰之歌》是出色的作品。在《伊则吉尔老婆子》这个短篇中，作家塑造了腊拉和丹柯两个对立的形象。腊拉是个极端个人主义者，他的生活哲学是“保持一个完整的自己，不愿意拿一点给别人”。和腊拉相对立，高尔基热情地歌颂“为人民烧掉自己的心死去，并不要一点报酬”的丹柯。这是高尔基创作中最初出现的英雄形象，他充分体现了 19 世纪末俄国革命者为人民奋不顾身，英勇战斗的伟大精神。在《鹰之歌》中，作者再一次塑造了两个对立的形象——鹰和蛇。鹰在战斗中身受重伤，眼看就要死去。但它自豪，因为它在战斗中度过自己的一生。它也感到痛苦，因为它再也不能在天空翱翔，再也不能投入战斗。可是死也要死得英勇，于是鹰展开翅膀，在天空中度过了生命的最后一刻。这一切对蛇来说，却是无法理解的。“天空是什么东西？——一个空空的地方。”它认为，生活在散布着腐朽气味的阴暗的峡谷里，“又暖和、又潮湿”，它感到心满意足。从鹰的身上，我们看到了当时的俄国革命者积极向往行动，渴望改变现实的英雄气概，而蛇的形象则暴露了市侩们苟且偷安、自私保守的丑恶嘴脸。

在早期创作中，还有不少现实主义的作品揭露了资产阶级和小市民的自私和无耻，也反映了被压迫人民生活的苦难和他们的不满情绪。短篇小说《因为烦闷无聊》（1897）是有代表性的。在一个偏僻的小火车站，站长家里雇用的厨娘是个逆来顺受、听人摆布的女人。站长、职员们因为烦闷无聊，恶作剧地嘲弄了这个可怜的女人。她在受辱之后，感到悲痛绝望，最后被迫自杀。这篇作品有力地揭露市侩们卑劣的灵魂。《二十六男和一女》（1899）反映被剥削人民的痛苦生活以及他们对光明和幸福的追求。

19 世纪末 20 世纪初，由于俄国农村破产，工厂倒闭，大批失业人员沦落为流浪汉。高尔基长期生活在他们当中，发现流浪汉身上有不少好的品质，远远高出于因循守旧、只追求庸俗生活的小市民。因此，他的不少现实主义作品写的都是关于流浪汉的题材。《切尔卡什》（1895）描写了流浪汉切尔卡什和进城打零工的青年农民加弗里拉一道行窃和分赃的故事。切尔卡什爱好自由、机智勇敢、蔑视资本主义社会的秩序。小私有者加弗里拉自私、贪婪、迷恋金钱。作家通过这两个对立的形象，肯定了流浪汉身上那种热爱自由、蔑视一切的可贵品格；同时又指出，他们的反抗带有浓厚的无政府主义色彩，他们只是“临时英雄”。

1899 年高尔基发表中篇小说《福玛·高尔杰耶夫》。这是作家第一部力图用“广阔和内容丰富的画面”反映俄国资产阶级生活的作品。19 世纪末正值俄国资本主义蓬勃发展的时期，资产阶级在经济上已经成为“生活的主人”。小说通过不同类型的商人的活动，反映这个时期俄国资本主义的发展过程，揭露资产阶级残酷掠夺的本性。在书中作家着意刻画一个资产阶级“浪子”的形象，暗示资产阶级在它上升时期就已开始从内部瓦解。

19 世纪末，高尔基开始接触到马克思主义，并积极投身到革命群众斗争当中。因此，他早期的创作反映了当时人民的革命情绪，表达了他们对美好生活的向往，并号召人们起来迎接革命风暴。高尔基早期的创作表现了新的、革命的思想内容，在社会上具有广泛的影响。

20 世纪初，在欧洲爆发的经济危机的冲击下，俄国几千家工厂倒闭，成千上万的工人流落街头。在列宁领导下，工人运动、农民运动、学生运动蓬勃开展，轰轰烈烈的革命风暴日益迫近。这时，高尔基和革命运动的联系更加密切，他的创作也日趋成熟。1901 年高尔基在彼得堡积极参加群众的革命活动。目睹沙皇政府的种种暴行，作家感到无比愤慨，在彼得堡文艺工作者反对沙皇的抗议书上签了名，支持工农群众的革命斗争。当时高尔基已经预感到革命风暴即将来到，于是他为《生活》杂志写了充满革命激情的短篇《春的旋律》。但由于沙皇书报检察机关的阻挠，《生活》杂志只刊出了短篇的结尾部分《海燕》。

《海燕》生动地反映了革命高潮到来的前夕，革命人民和反动势力进行激烈搏斗的壮丽图景。为了避开沙皇政府的书报检查，《海燕》采用了寓言形式和象征手法。暴风雨到来之前，在苍茫的大海上，风在狂吼，雷在轰鸣，闪电像火蛇在游窜。风、云、雷、电，这是反动力量的象征。大海激怒了，掀起了滚滚巨浪。这汹涌澎湃的大海正是广大革命群众日益高涨的革命力量的象征。在乌云和大海之间，英勇无畏的海燕在高傲地飞翔，勇敢地叫喊。它在战斗中感到欢乐，因此高呼："让暴风雨来得更猛烈些吧！"海燕，这是无产阶级革命者的化身。高尔基在以满腔热情歌颂海燕的同时，还以鄙夷的笔调写了其他一些海鸟——海鸥、海鸭、企鹅。在这一群水鸟身上，我们看到了革命风暴前惶恐不安、悲观失望、企图向敌人妥协投降的资产阶级政客和小市民的丑恶灵魂。

20 世纪初，高尔基开始创作剧本。1901 年写的《小市民》抨击了敌视革命和劳动人民的小市民别斯谢苗诺夫父子。在剧中最引人注目的是火车司机尼尔的形象。尼尔是别斯谢苗诺夫的养子，他对弥漫着市侩气息的小市民生活十分憎恶，是一个乐观、自信、热爱劳动、朝气蓬勃的人。他对"诚实的人被猪猡、傻瓜、小偷指挥着"的社会制度提出了抗议，并相信"不变的行车时刻是没有的"，因此他决心要改造生活。尼尔这一形象的出现说明作家开始意识到工人阶级是变革现实的革命力量。但尼尔这个人物还缺乏明确的奋斗目标，他改造生活的思想与工人阶级整个斗争还缺少有机的联系。

在高尔基的早期戏剧创作中，《底层》（1902）是最有影响的一部。它是作家 20 年来对流浪汉生活观察的总结。《底层》描写了沙皇时代沦落到生活底层的一群流浪者。这里有手工业工人、码头搬运工，还有小偷、逃犯、妓女、游方僧、落魄的贵族、潦倒的知识分子。他们都挤在柯斯蒂略夫开设的夜店——一个阴暗、潮湿的地下室里，过着非人的生活。他们在这牢狱般的夜店里，找不到出路，看不见光明。剧本反映了当时俄国的一个严重的社会问题：经济危机使成千上万的劳动者失业，他们被迫流离失所，无家可归。高尔基通过对流浪汉悲惨遭遇的描写，控诉了资本主义社会。罪恶的社会制度摧残了无数的人，把他们抛到生活的底层和痛苦的深渊。高尔基在《底层》一剧中，还探讨了"怎么办"的问题。作者通过流浪汉沙金的嘴，否定鲁卡的安慰哲学。剧本用"人就是真理"的思想来唤醒他们对自己的力量和创造才能的信心，启发他们不但为了"喂饱肚子"，而且应当为着更高的人生目的去奋斗。这实际上是在向底层人们发出变革现实的号召。

高尔基参加了 1905 年革命。在"流血星期日"，他亲眼见到沙皇政府血腥镇压群众。随后，他写了《告全国公民及欧洲各地舆论界书》和特写《一月九日》，愤怒声讨和揭露沙皇政府的罪行。1905 年秋，高尔基第一次见到列宁。当时他已参加了列宁领导的党的第一个合法刊物《新生活报》的工作。在 12 月莫斯科工人武装起义的日子里，高尔基为起义者筹措金钱，提供武器。他的住宅成了起义者的重要据点。高尔基不仅作为作家，更作为革命战士，积极投入革命斗争的洪流中。

1906年，布尔什维克党派高尔基出国，宣传俄国革命并筹集资金。1906年高尔基在美国完成了剧本《敌人》和著名长篇小说《母亲》。《敌人》描写工人对资产阶级的斗争。在布尔什维克党的影响下，工人中已形成了一个有统一斗争目标的战斗集体。工人斗争已不是盲目的运动，而是在布尔什维克党领导下进行的。剧本还揭露各种类型的资本家的丑恶嘴脸。

1907年5月，高尔基出席在伦敦召开的第五次党代表大会，再次见到列宁。见面时，列宁十分称赞长篇小说《母亲》。从此列宁和高尔基建立了密切的联系和深厚的友谊。

1905年革命失败后，俄国进入斯托雷平反动时期，无数革命者遭到残酷虐待、流放、杀害，全国布满绞架。在反动派血腥镇压下，资产阶级知识分子中大批人开始消沉、颓废、变节。根据当时的形势，列宁提出了同颓废消沉作斗争的路线，并出版了坚持不懈地执行这条路线的《无产者报》。列宁和高尔基旅居国外期间经常通信。在列宁的影响下，高尔基积极参加了反对颓废消沉现象的斗争。

反动时期，在党内出现了"取消派"和"召回派"。孟什维克被白色恐怖吓倒，成了"取消派"。他们不相信革命有重新高涨的可能，要求放弃党的纲领，取消秘密的社会民主工党。而在布尔什维克内部波格丹诺夫等人组成了小集团，要求党放弃利用公开合法的机会，主张召回参加议会的工人代表，因此，被称为"召回派"。以波格丹诺夫为首的小集团不仅在政治上提出了召回主义，在哲学上还宣传马赫主义，并提出要寻求和创造一种新宗教，使马克思主义与宗教合流，对马克思主义进行肆意歪曲。列宁为了维护马克思主义的纯洁性，对这些修正主义分子进行了揭露与批判，写下了光辉的著作《唯物主义和经验批判主义》。这时这个小集团正在意大利卡普里岛上活动。高尔基遭到沙皇政府的迫害，无法回国，也寄居在卡普里岛，并和他们很接近。当时高尔基在思想上接受了波格丹诺夫等人的影响，同情召回主义，并赞成用"宗教无神论"创造出一种新的社会主义神来。高尔基的造神论思想明显地表现在中篇小说《忏悔》(1908)及一些论文中。《忏悔》描写一个从小在屈辱和苦难中长大的弃儿马提微，为了找寻上帝和真理而饱尝人间的苦辣辛酸，最后终于领悟到，上帝是找不到的，而人民必须创造出一个新的公正和博爱的神来。在《再论卡拉马佐夫性格》一文中，作者又说："你们那里并没有神，你们还没有把它创造出来，不要寻找神，要创造神，不要虚构生活，要创造生活。"

列宁曾给高尔基很大的帮助。一方面，列宁肯定高尔基对无产阶级运动所做的巨大贡献，并驳斥资产阶级报刊对他的诬蔑；另一方面，列宁又对高尔基作了耐心的解释和严正的批评。高尔基在卡普里寄居时，列宁经常给他写信，几乎每封信都跟他谈到和修正主义的斗争，给他指出修正主义的实质和危害性，以及这场斗争的必要性。列宁谆谆告诫高尔基，不能离开无产阶级观点去迁就一般民主的观点，否则会犯错误。高尔基终于摆脱了波格丹诺夫等人的影响，改正了思想上的错误。

在1905年革命失败后的反动年代里，高尔基也创作了不少好的或较好的作品，如1909年创作的《夏天》就是一部反映农村革命斗争的小说。小说歌颂农民的革命斗争，揭露沙皇专制制度对劳动人民的剥削和压迫。

高尔基侨居意大利期间，创作了《意大利童话》，共27篇，其中7篇曾在布尔什维克的《明星报》上发表。《意大利童话》取材于现实生活，但却具有革命浪漫主义精神。作家用抒情的笔调生动地反映劳动人民的英勇斗争和革命理想。

1913年高尔基在列宁的建议下回到俄国，开展文化组织工作，主编杂志《编年史》，出版了《无产阶级作家文集》。第一次世界大战时期，高尔基写过不少政论，揭露帝国主义的掠夺战争和大国沙文主义。在这个时期他还完成了自传体三部曲的前两部《童年》(1913) 和《在人间》(1916)。

十月革命初期，高尔基在苏维埃政权的领导下，积极从事文化组织工作，如动员专家、学者为苏维埃政权服务，组织文物保管委员会，创办世界文学出版社等。在 1917 年至 1918 年间，高尔基一方面欢迎二月革命推翻沙皇政权的伟大胜利，另一方面对十月革命后的现实和政策不甚理解和赞同。他在《新生活报》上发表系列文章，表达了这种矛盾和情绪，后收编成集，题为《不合时宜的思想》。为此，列宁在 1919 年 7 月给高尔基的一封信中，对他进行了批评，分析了产生这种矛盾的原因，并提出了改正的意见。但从历史的眼光来看，高尔基的观点未必没有可取之处；而他明知自己的见解在当时"不合时宜"，仍能坦率地发表出来，足见其人品的正直和胆识的卓越。

十月革命后，高尔基完成了自传体三部曲的最后一部《我的大学》(1923)。三部曲描写了阿辽沙的成长过程。《童年》写阿辽沙在外祖父家的生活，《在人间》描绘他走向社会后受尽压迫的生活，《我的大学》写他在喀山时期的活动和成长。三部曲再现了 19 世纪七八十年代俄罗斯的生活图景，揭露剥削阶级的残暴，小市民习气的恶劣，描述劳动人民的苦难，刻画了阿辽沙不屈从黑暗势力、追求光明、刻苦自学、探索革命真理的真实形象。

在苏维埃时代，高尔基创作了一系列揭露资产阶级及其知识分子的作品。如长篇小说《阿尔达莫诺夫家的事业》(1925)、《克里姆·萨姆金的一生》(1925—1936)、剧本《耶戈尔·布雷乔夫及其他的人们》(1931) 等。在这些作品中，高尔基深刻地揭露资产阶级的丑恶本质，指出它必然灭亡的历史趋势。《阿尔达莫诺夫家的事业》通过麻纺织厂厂主阿尔达莫诺夫一家三代的盛衰史，描述俄国农奴制改革后到十月革命间资产阶级兴起、发展和衰败的过程。伊里亚·阿尔达莫诺夫是家族事业的开创人，新兴资产阶级的代表。他开创工厂，扩展企业，使"事业"不断兴旺起来。他具有旺盛的精力和强烈的事业心，同时在他身上也表现出新兴资产者贪婪的掠夺本质。第二代的主要代表伊里亚之长子彼得，是一个毫无作为的人。他对"事业"没有任何热情，"事业"成了他的负担。"事业"使他苦恼，于是他走上了堕落的道路：酗酒、放荡。第三代的代表亚科甫，是个懦弱无能、贪图享受、生活腐化的寄生虫。他已经堕落到无可救药的地步，十分害怕工人群众起来造反，只好求助于宪兵和特务来维持自己在工厂里的地位。十月革命前夕，他害怕工人暴动，离家外逃时在路上被人打死。老伊里亚所开创的"事业"的另一支继承人外甥阿历克赛和他的儿子米伦，是欧化的自由资产阶级的代表人物。他们渴望参与政事，提出资产阶级在政治上的要求，但终究无法抗拒无产阶级革命的洪流。在阿尔达莫诺夫家族中，只有第三代的代表，即彼得的长子小伊里亚走上另一条道路——背叛自己的阶级，参加布尔什维克党。小伊里亚参加革命说明资产阶级走向衰落，它的内部正不断分化。

《阿尔达莫诺夫家的事业》也写到工人阶级的成长。在老伊里亚时代，工人们的阶级意识尚未觉醒，他们还没有识破工厂主在宗法式关系掩盖下的掠夺者的嘴脸。彼得掌管"事业"时，工人们对"事业"已经逐渐产生不满情绪。到了第三代，工厂里的气氛完全变了，1905 年的风暴给工厂带来了革命的气息。一些先进工人已经在无产阶级政党领导下组织起来，他们聚会、学习、开展革命活动。最后，他们领导工人接管了阿尔达莫诺夫家的"事业"。

《克里姆·萨姆金的一生》是高尔基花了十年时间写成的一部具有史诗性质的长篇巨著。从 19 世纪 70 年代末到 1917 年间俄国发生的重大历史事件，如民粹派的破产、马克思主义的传播以及它与形形色色敌对思潮的斗争、1905年革命、第一次世界大战、二月革命等，在书中都得到生动的反映。小说着重写了这个时期俄国社会的思想斗争。在这样的历史背景上，高尔基刻画了克里姆·萨姆金这个资产阶级知识分子的典型形象。萨姆金是一个自私自利、灵魂空虚的个人主义者。在革命过程中，他伪装革命，但又惧怕革命，仇恨革命。最后，在群众示威游行时，被人们踩死。通过这个形象，高尔基深刻地揭露资产阶级知识分子个人主义的反动性。作家还塑造了和萨姆金对立的形象——库图佐夫，在他身上体现了布尔什维克党的思想。

在20世纪20至30年代，高尔基根据自己的创作实践和苏联文学的经验，写了一系列文学论文，对马克思主义文艺理论的发展作出了贡献。他还开展了大量的文学组织活动，创办了许多杂志，出版了一系列丛书，是苏联文学界杰出的组织者和领导者。1934年，高尔基主持第一次苏联作家代表大会，作了题为《苏联的文学》的报告，并当选为苏联作家协会主席。

1936年6月18日，高尔基与世长辞。

高尔基的一生经历了从无产阶级革命运动蓬勃兴起直到建立社会主义国家的整个伟大的历史时代。高尔基不仅是杰出的无产阶级作家，还是积极的革命战士。他以他的革命活动和文学创作与俄国和世界工人运动紧密地联系在一起，他对无产阶级革命事业作出了重大的贡献。

二　《母亲》

长篇小说《母亲》是高尔基最著名的作品之一。他早在1902年就开始构思这部小说，1906年写成并发表，以后又一再修订，直到1922年才定下最后的版本。列宁给《母亲》以极高的评价。

20世纪初，在作家的故乡诺夫戈罗德附近的工人区索尔莫沃，工人运动高涨。1902年“五一”节，在社会民主工党的领导下，工人举行了政治性的示威游行。当时高尔基和地下党组织有密切联系，并熟悉工人运动中的积极分子彼得·扎洛莫夫和他的母亲安娜·扎洛莫娃。《母亲》就是以索尔莫沃的工人运动为背景，以扎洛莫夫母子的英雄事迹为素材写成的。但作者并没有局限于真人真事，而是概括地反映了20世纪初俄国的革命运动，塑造了无产阶级的英雄典型。

巴威尔是作家着意刻画的无产阶级革命英雄。他体现了俄国工人阶级从自发斗争到自觉斗争的成长过程。《母亲》一开始，描写了沙皇专制统治下工人的痛苦生活。在工厂主残酷的剥削下，一代又一代工人度过了悲惨的一生。巴威尔的父亲符拉索夫的一生就是这样度过的。巴威尔本来也会走上父辈的老路。可是时代不同了，马克思主义已经在俄国传播，无产阶级的政党已经成立，在党的领导下，工人运动蓬勃发展。这时，巴威尔接受了党的教育，开始如饥似渴地攻读“禁书”，用革命理论武装自己。他开始意识到资产阶级对工人的剥削与压迫是工人痛苦生活的根源。巴威尔团结了一批先进的青年工人，组成学习小组。巴威尔和工人小组的成员宣传群众，教育群众，也和群众一起成长。在“沼地戈比”事件中，工人们自发地起来反对厂主克扣工资。当时工人运动尚处在自发斗争阶段，作为斗争组织者的巴威尔也缺乏经验，斗争归于失败。巴威尔被捕入狱。

随着革命的发展，狱中斗争的磨炼，巴威尔逐步掌握了斗争的艺术，出狱后，他继续领导革命斗争。在巴威尔等人的组织下，广大群众涌向街头举行“五一”节示威游行。此时巴威尔已经获得广大工人的拥护，成为工人运动的领导者，他们宣传的革命真理已为群众所掌握。巴威尔再度被捕。在敌人审判时，他把法庭当做揭露敌人、宣传革命的讲坛，发表了义正词严的演说，揭露了剥削阶级的罪恶，宣判了剥削阶级和专制制度的死刑。这时，他已成为一个有着高度政治觉悟和理论水平的成熟的革命者。高尔基刻画巴威尔这一形象时，着重凸显了无产阶级英雄人物高度的阶级觉悟和革命的英雄主义气概。巴威尔是无产阶级文学中最早出现的高大的工人革命家形象，高尔基通过这一形象成功地概括了20世纪初俄国革命者的成长过程和无产阶级的优秀品质。

巴威尔的母亲彼拉盖雅·尼洛夫娜是作品中的主要人物，作品中的重要人物和重大事件都是通过她的感受表现出来的。高尔基生动地描写了尼洛夫娜这个普通工人的妻子和母亲的觉醒过程。像千百万俄国的劳动妇女一样，她在旧社会过着极其悲惨的生活，身受政权、夫权和神权的束缚。最初，我们在书中见到的母亲，是一个胆小怕事、逆来顺受的妇女："母亲个子很高、有点驼背，她那被长年的劳累和丈夫的毒打折磨坏了的身体，走动起来没有一点响声，而且有点侧着，好像生怕撞上什么。……她整个人都显得柔弱、忧郁和温顺……"母亲这种性格的形成是反动统治阶级对劳动人民进行压迫和精神奴役的结果。但是，在儿子和他的同志们的影响下，母亲渐渐懂得了革命的道理，逐步克服胆小怕事的奴性心理。当母亲第一次听儿子说，他在看"禁书"，要弄懂生活的真理时，她感到十分恐惧。儿子用她亲身经历的生活痛苦来帮助她认识生活的真理。工人小组在她家里聚会，他们的革命的言行也不断启发她的觉悟。在发生"沼地戈比"事件时，她冒着危险，高兴地替儿子送稿子给党的地下印刷所，她还要求和儿子一起去工厂参加群众集会。儿子被捕后，她主动代替儿子去工厂散发传单。通过革命斗争的锻炼，母亲的思想境界不断提高。"五一"节，母亲和革命工人一起走上街头。游行示威时，她不畏沙皇军警，勇敢地走在队伍最前列，和敌人进行搏斗。在游行中儿子被捕后，她又代替儿子宣传革命道理。"五一"示威游行的斗争使母亲的阶级觉悟进一步提高了。儿子再次被捕后，母亲更积极地参加革命斗争，成为党领导下的地下工作者。她经常冒着生命危险，把报纸、"禁书"送到农村、工厂去。她广泛接触群众，更多地了解到千千万万劳动人民的痛苦，更深刻地认识到革命的意义。她原来是个笃信上帝的教徒，后来做祷告的次数不知不觉地日益减少，并且对上帝的存在也表示怀疑了。敌人在法庭上丑恶的表演，使尼洛夫娜进一步看清了沙皇专制制度的反动和虚伪，而儿子的演说则加强了她对革命胜利的信心。最后，母亲在车站被捕时，表现出临危不惧的大无畏精神。在宪兵已经抓住她的衣领时，她也不放过向群众宣传的机会："大家要齐心协力，团结一致呵！""真理是用血的海洋也扑不灭的……"这时昂然屹立在我们面前的尼洛夫娜已是一位坚贞不屈、勇于牺牲、坚信共产主义事业必胜的无产阶级战士了。母亲从一个胆小怕事、温顺柔弱的妇女成长为无产阶级革命战士，这是她自觉接受党的教育和积极参加革命实践的结果。母亲的成长过程显示了马克思主义学说和无产阶级政党在教育改造人方面的巨大威力，同时也反映了20世纪初广大劳动人民革命意识的普遍觉醒。

在长篇小说中，除了巴威尔和尼洛夫娜这对革命母子的无产阶级英雄形象外，农民雷宾的形象也具有重要意义。这个中年农民对反动统治阶级怀着深仇大恨，但他身上又带有狭隘的农民意识，他只相信农民"自己的智慧"。后来在巴威尔等先进工人的教育、帮助下，通过实际斗争的锻炼，终于改变了看法。他到农村开展革命宣传活动后，主动要求巴威尔给他提供革命书籍、报纸。在无产阶级领导下，雷宾的革命活动得到农民的支持，广大农民开始觉醒。雷宾的形象反映了农民在工人运动影响下的觉醒，同时也说明农民运动只有在工人阶级政党的领导下才能走上正确的道路。作家通过雷宾的活动反映了工农联盟的思想。

在《母亲》中还刻画了不少革命知识分子的形象。如尼古拉·伊凡诺维奇、沙馨卡、索菲亚等人。他们在工农群众中传播马克思主义，同时又不断向工农学习。这些知识分子多半出身于剥削阶级或小资产阶级家庭，但他们背叛了自己的阶级，走上了和工农相结合的道路，通过革命斗争的磨炼，成为坚强的革命者，对无产阶级事业作出了贡献。

《母亲》通过一系列无产阶级革命者形象的描绘，特别是工人阶级形象的塑造，再现了20世纪初俄国革命人民的觉醒、马克思主义和工人运动相结合的过程。高尔基坚持了辩证唯物主义的观点，从革命的发展来描写现实。《母亲》写的是俄国1905年革命前夕无产阶级的斗争，却深刻地表现了俄国革命向社会主义发展的现实。巴威尔、尼洛夫娜这样的革命者在当时并不很普遍，但代表着具有无限生命力的社会新兴力量，代表着社会的发展方向。愈来愈多的群众同情并参加了巴威尔所献身的革命事业。作品有力地展示了历史发展的总的趋势。

《母亲》还充满革命浪漫主义—革命理想主义的精神。作家在这里充分表现了工人阶级的英雄气概和伟大理想，指明走向胜利的道路——和沙皇专制及资本主义进行顽强的斗争，并展示了美好的明天和壮丽的远景。这就对工人阶级能起到巨大的鼓舞作用。作品中虽然写到了革命者艰苦的斗争，暂时的失败，但他们在伟大理想的光辉照耀下，却充满了革命乐观主义精神。在作品最后，巴威尔和尼洛夫娜都先后被捕了，但从巴威尔在法庭的演说中，从尼洛夫娜在车站的宣传中，读者深深意识到：伟大的社会主义事业必胜，资本主义统治必亡。

第六节 肖洛霍夫

一 生平与创作

米哈依尔·亚历山大罗维奇·肖洛霍夫（1905—1984）是苏联时代的俄国著名作家。他的创作活动延续了60年之久，他独树一帜，在苏联文学史上占有重要的地位。

肖洛霍夫出生于顿河地区维辛斯卡亚镇。母亲出嫁前一直给地主家当女仆；生父是个哥萨克下级军官；继父是平民知识分子“外乡人”，年轻时当雇工，后来做过商店店员和磨坊经理，十月革命后担任苏维埃政权下粮食部门的职员。十月革命前，肖洛霍夫在故乡读小学、中学。国内战争时期参加苏维埃政权的征粮队，任粮食采购员、检查员和机枪手，在草原上和白匪军作战。1922年到莫斯科，当过装卸工人、泥水匠和房管部门的会计员、办事员。顿河大草原的气息，哥萨克的独特生活风貌，青少年时代丰富的社会经历，为他以后的创作打下了良好的生活基础。

肖洛霍夫于1923年开始创作。1924年加入俄罗斯无产阶级作家协会（“拉普”），成为专业作家。

肖洛霍夫的早期创作（1923—1926）大部分收在1926年出版的《顿河的故事》和《浅蓝色的草原》这两部短篇小说集里。这些作品都是描写国内战争的，反映了内战时期特殊的顿河地区哥萨克内部阶级斗争的尖锐性、复杂性和悲剧性。《看瓜田的人》写一个当白匪警卫队队长的哥萨克，残忍地打死同情红军俘虏的妻子，他的小儿子为了从父亲手里救出已受伤的当红军的哥哥，又杀死了父亲。《漩涡》写老贫农哥萨克和他的两个儿子，为保卫苏维埃政权，参加了红军，不幸被白匪捉住；担任白匪军官的小儿子，竟亲手将自己的父兄统统枪毙了。《胎记》描写一个红军骑兵连长奉命参加剿匪，被凶恶的白匪头目打死了；这个白匪头目跑过去脱下死者的皮靴，从左脚的"胎记"上认出正是自己的儿子，他感到万分震惊，悲痛欲绝，遂饮弹自尽。在这些富有时代特色和生活气息的短篇里，作者表现了新生的苏维埃政权的生命力和革命哥萨克的优秀品质，揭露了反动哥萨克对革命的疯狂、仇恨和血腥罪行，展示了哥萨克劳动群众的觉醒过程和走向新生活的艰难道路。在这些作品中戏剧性的情节安排，严谨的故事结构，鲜明而多方面的性格刻画，对大自然细腻而动人的描绘，以及富有感情色彩的哥萨克语言风格等都表现出作者比较丰厚的生活知识、敏锐的洞察力和杰出的艺术才华。老作家绥拉菲莫维奇特意为《顿河的故事》作序，赞赏它是"草原上的一朵鲜花"。

20年代后半期至30年代，肖洛霍夫创作了两部长篇小说：《静静的顿河》（1928、1929、1933、1940）和《被开垦的处女地》第一部（1932）。这两部作品为作家赢得了国际声誉，使肖洛霍夫当之无愧地跨进了20世纪世界杰出作家的行列。

肖洛霍夫于1932年加入共产党，同年写出了《被开垦的处女地》第一部。1930年，工人共产党员达维多夫奉党的派遣，来到顿河哥萨克地区的格内米雅其村，和村党支部书记拉古尔诺夫、村苏维埃主席拉兹米特洛夫一起，领导农民群众清算了富农，战胜了暗藏的反革命分子的破坏捣乱，克服了私有者自发势力的干扰，成功地建立了集体农庄。作者在表现集体化时期顿河地区的社会生活时，善于揭示社会主义改造这场斗争的全部复杂性、尖锐性和紧张性，敢于大胆触及变革过程中"右"的和"左"的错误倾向，没有回避哥萨克走上社会主义集体化道路的艰难曲折。小说中的主角达维多夫，表现了共产党人性格的典型特征，体现了党对集体化的正确领导。小说形象地揭露了反动漏网富农奥斯特罗夫诺夫和白匪残余波罗夫采夫等人互相勾结，对社会主义改造的拼死抵抗和破坏活动；深入细腻地描绘出中农梅谭尼科夫走上社会主义道路的过程中犹豫矛盾的复杂心理。作品在形象塑造上，通过复杂紧张的阶级斗争、生产劳动和爱情家庭等多方面的艺术描写，使主要人物的性格鲜明而又富有典型意义。小说采用一明一暗的两条线索平行发展，故事的开展自然而紧张，结构布局严密而紧凑。小说的语言丰富、幽默、动作性强，悲剧因素、喜剧因素和抒情因素互相结合，具有惊心动魄的戏剧性和浓烈的生活气息。

卫国战争时期（1941—1945），肖洛霍夫以军事记者身份奔赴前线，写了不少短篇小说、通讯特写和政论杂文，揭露德国法西斯的野蛮侵略罪行，歌颂苏联军民的爱国热忱和英雄功绩，如《学会仇恨》（1942）等。

二战后的近十年里，作家比较沉默，发表作品不多。1953年以后，在苏联社会、政治、文艺的一系列变动的影响下，作家创作日趋活跃，先后发表了短篇《人的命运》（又译《一个人的遭遇》）、长篇小说《被开垦的处女地》（第二部）和《他们为祖国而战》的部分章节。《被开垦的处女地》第二部，从1955年开始在报刊发表，于1960年完成全书。它继续第一部的情节发展，描写哥萨克格内米雅其村集体农庄的巩固过程。第二部不像第一部那样着眼于揭示集体化运动事件的社会意义，而是偏重于日常生活描写，着力发掘主人公达维多夫等人丰富复杂的个性特征和内心世界，肯定他们的优秀品质和道德情操。作者让达维多夫与党支书拉古尔诺夫一起，最后和潜伏的阶级敌人同归于尽，虽然表现了阶级斗争的残酷，但悲剧性的结局过于偶然，以阴郁、感伤的情调结束全书，调子显得低沉。

长篇小说《他们为祖国而战》，作者于1942年开始构思，1943年起陆续发表，但全书一直没有写完。

《人的命运》是作者酝酿达十年之久的一篇短篇小说，写成于1956年年底，问世于1956年和1957年之交。小说在国内外引起巨大反响。作品以主人公自述的方式，叙述了索科洛夫一生四十多年的生活经历，中心是描写他在卫国战争中的遭遇和命运。小说的主人公索科洛夫是一个工人，战前建立了一个美满幸福的家庭。卫国战争爆发后的第三天，他就告别妻子儿女应征入伍。在战争中，他负伤被俘，在德国集中营里受了两年的非人折磨，多次死里逃生，1944年才设法回到祖国。然而，他朝夕思念的妻子和两个女儿早在1942年就被敌机炸死，唯一的儿子也在战争胜利的那天早晨壮烈牺牲于柏林前线。二战后，他复员回来当了汽车司机，收养了一个在战争中失去父母的孤儿，组成新的家庭，重新去争取新的幸福生活。索科洛夫的悲惨遭遇，真实地表现了千百万苏联人民在战争中亲身经历的生活，概括了整整一代人的命运，有着深刻的典型意义。这篇小说强烈谴责了德国法西斯侵略战争的残暴罪行及其带给苏联人民的沉重灾难，反映了苏联人民为战胜德国法西斯而进行的艰苦斗争及所付出的巨大代价，表现了苏联人民在战争中的崇高的爱国热忱和不屈不挠的斗争意志。

《人的命运》着重表现战争和人的悲剧冲突。这篇小说不同于40年代至50年代初期描写卫国战争的作品，它没有描述主人公在战争中的丰功伟绩，而是另辟蹊径，表现战争如何影响普通人的生活及命运。小说成功地创造了索科洛夫这个社会主义时代普通劳动者的形象。他身世平凡，经历平常，十分珍视自己建立起来的家庭幸福，然而一旦祖国面临危难，他就能抛弃小家庭的温暖，割断妻子儿女之情的纠缠，毅然走上反法西斯前线。在战争中，他虽然没有建立功勋，却用自己平凡的行动，表现了普通人不显眼的英雄主义：在战场上，他冒着炮火，勇敢地执行战斗任务；受伤被俘时，面对敌人的枪口，他没有低头求饶；在集中营里，他掐死了企图出卖同胞的叛徒，两次冒险越狱逃跑，最后活捉了一名德国少校逃归祖国。战争虽然毁灭了他的家庭和幸福，夺去了他的一切，给他的精神和肉体留下了巨大的创伤，他却没有被命运的打击摧毁，没有被无边的哀痛压垮，而是以深沉的阶级感情收养了孤儿万尼亚，重新组成新的家庭，去迎接新生活的严峻考验。索科洛夫的身上，表现了普通人平凡中的伟大，淳朴中的崇高，揭示出千千万万普通人在夺取战争胜利的进程中发挥的巨大历史作用。

肖洛霍夫于1939年被选为苏联科学院院士。1941年《静静的顿河》获斯大林文学奖金一等奖，1960年小说《被开垦的处女地》和电影《一个人的遭遇》同时获得列宁奖金。1965年他被授予诺贝尔文学奖。

二 《静静的顿河》

《静静的顿河》共四部八卷，是肖洛霍夫的代表作品。这部“史诗性的巨著”，以1912年至1922年10年间两次革命（二月革命、十月革命）和两次战争（第一次世界大战、国内战争）中的重大历史事件为背景，描绘了顿河两岸500万哥萨克在战争与革命时期的巨大变动。

哥萨克是俄国历史上的一个特殊社会阶层。远从15世纪开始，大批不堪忍受农奴制压迫的农奴、仆役、流犯和市民，纷纷从俄国内地逃亡到边远的顿河、库班河大草原成为"自由民"，逐步建立起具有自治性质的哥萨克组织。哥萨克酷爱自由，英勇善战，性格粗犷强悍。后来沙皇对哥萨克采取怀柔和镇压相结合的政策，授予一定"特权"、"荣誉"，灌输"忠君爱国"的毒素，使之效忠沙皇。哥萨克一面务农，一面习武，严守着一种传统的近乎中世纪宗法制的生活方式。由于长期生活在闭塞的环境里，远离俄国的民主运动，加上沙皇的欺骗收买，哥萨克逐渐变得愚昧粗野，狭隘偏执，充当起沙皇镇压革命的刽子手和国际宪兵的角色；顿河也从自由的根据地变成反动的堡垒。但是，在革命前，哥萨克内部已开始阶级分化，正如《静静的顿河》中所描写的鞑靼村那样，既有李斯特尼茨基、珂尔叔诺夫、莫霍夫等几户地主、富农和商人，也有珂晒伏依、柯特里亚洛夫等一贫如洗的贫雇农和备受歧视的"外乡人"，还有施托克曼这样的布尔什维克来到村里组织秘密小组，宣传革命真理。哥萨克中的阶级对立已尖锐到了一触即发的程度。十月革命爆发后，被推翻的各种反动势力纷纷逃亡到顿河流域，妄图把顿河变成他们颠覆年轻苏维埃政权的反革命根据地。"静静的顿河"开始"波浪翻滚"，哥萨克面临着革命与叛乱、真理与偏见、红军与白军的根本抉择：上层哥萨克如叶甫盖尼·李斯特尼茨基、米琪喀·珂尔叔诺夫等像亡命徒一样死心塌地地公开投入反革命叛乱，大部分哥萨克中农和落后农民被他们欺骗利用，盲目地卷入了和红军的野蛮厮杀，只有贫苦哥萨克和"外乡人"，如珂晒伏依、柯特里亚洛夫等人才坚定地拥护革命，投靠红军和布尔什维克。经过反复的较量、艰苦的搏斗和痛苦的考验，哥萨克白匪的叛乱才被平息。大部分哥萨克群众转到了革命一边，苏维埃政权终于在顿河地区彻底胜利了。《静静的顿河》和当时出现的描写十月革命和国内战争题材的其他作品迥然不同。它的精湛独特，在于它以广阔的艺术视野、可贵的政治胆略，广泛而真实地再现了历史上这一巨大变动艰难曲折的全过程。它深刻揭示出转折过程中哥萨克阶级斗争的复杂、尖锐、残酷及其悲剧意义，从而反映出旧制度的没落灭亡和新制度的诞生巩固都是不可避免的，哥萨克转到苏维埃政权方面来乃是历史的必然。

这部长篇小说以中农哥萨克麦列霍夫一家的兴衰为主要线索，以逐渐走向毁灭的悲剧人物葛利高里为贯穿全书的"中心主人公"。葛利高里从小接受了古老的哥萨克传统生活方式的熏陶，青年时代应征入伍，参加了帝国主义战争。亲身的经历，现实的教育，同共产党人和革命哥萨克的接触，使他开始有所觉悟。十月革命后内战一开始，他参加了红军赤卫队，英勇地同白匪作战。1918年春，形势突然逆转，白匪利用红军执行政策上的过"左"错误，煽动顿河哥萨克暴动。葛利高里不能容忍所在部队不经审判就处决了全部白军俘虏，在白匪的"哥萨克自治论"的影响下，他脱离了红军，和哥哥彼得罗一块参加了反革命暴乱。在白军中，他不断和白匪军官们发生冲突。1918年底，当白匪溃败时，他怀疑自己的道路走错了，便退出白军回到村里，想从此解甲务农。但红军和村苏维埃政权仍然对哥萨克实行过火政策，胡乱捕人杀人，葛利高里也被列入了被捕人员名单，他闻讯后逃跑了。1919年3月，顿河哥萨克再次暴动。葛利高里的哥哥在搏斗中被红军杀死。葛利高里怀着复仇的心理再次参加叛军，并爬到白军师长的高位，成了统率三千人马同苏维埃作战的叛军骨干。同年10月，红军很快打垮了南线白军，葛利高里带着情妇婀克西妮娅想随白军逃到海外去，但未成功。在对白军失望的情况下，他再次参加了红军，在布琼尼骑兵队任连长、副团长，为赎罪奋不顾身地同乌克兰和波兰的白匪英勇作战。然而，他终究得不到红军的信任，1921年内战刚结束，他便被复员回村。这时，他的妻子娜塔莉娅死于小产，嫂嫂妲丽亚自溺于顿河，父母也先后病故，只有妹妹杜妮娅已和村苏维埃主席珂晒伏依结了婚。葛利高里回村后想同妹夫珂晒伏依和平共处，但后者不信任他，声言要将他逮捕；他又听信了残余叛匪头目佛明的谣言，害怕受到苏维埃政权的惩罚，于是投入了佛明匪帮。1922年春，佛明的叛乱彻底垮台，他潜回村中带上婀克西妮娅想远走他乡。潜逃时，婀克西妮娅半途中弹身亡，葛利高里心碎肝裂，独自一人在草原上走了三天三夜，然后把武器抛入开始解冻的顿河，孤身一个回到了村里。在家门口的石阶上看到唯一的儿子米沙特。"这就是在他的生活上所残留的全部东西"，"这就是使他暂时还能和大地……相联系着的东西"。

葛利高里在历史转折关头，不自觉地卷入历史事件的强大旋涡之中，一直动摇在两个敌对阵营之间，这是有着深刻的社会历史根源和个人的主观原因的。葛利高里出身于殷实的哥萨克中农家庭，既是劳动者，又是私有者。作为劳动者，他淳朴善良，热爱自由劳动，热爱土地家乡。劳动者的品性，使他向往真理和正义，追求社会主义新事物，所以他两次投身革命，与白匪英勇作战。但是，作为一个私有者和哥萨克下级军官，葛利高里在政治上具有小资产阶级左右摇摆的全部劣根性；他对真理、正义的苦苦探索，带有不切实际的幻想和严重的个人奋斗性质；尤其是对几个世纪遗留下来的保守落后的哥萨克传统观念和偏见，以及哥萨克军官的特权思想，他一直顽固地坚持，不愿舍弃。这些又使他"倾向资产阶级"，因而三次投入反革命叛乱，他身上的优秀品质和感情也逐渐丧失殆尽，变成一只凶残冷酷的"老灰狼"。他的反复无常，他疯狂时的嗜杀成性，使老布尔什维克施托克曼和村苏维埃主席珂晒伏依，把他看成苏维埃政权的"敌人"。葛利高里在独特环境中形成的哥萨克彪悍性格，他那刚愎自信、桀骜不驯的野马般个性，使他在面对革命队伍中一些他无法理解的偏激情绪和过火行为时，动辄感情用事，任性胡为，不断地与各种社会力量的代表人物发生尖锐的冲突。他投身白匪一开始就意识到叛乱"必遭灭亡"，即使在叛乱的高潮中，他也怀疑自己的"生活道路不对头"。在白匪那里，他被看做是"一只白老鸹"，"一个粗野的哥萨克"，他既没有找到"真理"，也没有找到"正义"。在红军中，他既不了解人民所进行的阶级斗争的正义性，也不理解当时发生的各种历史事变的意义，更不能正确对待革命队伍中的过火行为和"左"的错误所造成的悲剧性后果，而是把十月革命和国内战争看成是毫无意义的兄弟仇杀，因而分不清阶级斗争中的是非善恶，错误地认为白军和红军、"米琪喀和珂晒伏依"，"价钱都是一个样子"。他"站在两种原则的斗争的中间，对这两方面他都不肯承认"；他在冰炭不容的敌对阵营之间动摇徘徊，在白军与红军中三进两出，竭力寻找一条超越革命与反革命的"哥萨克中间道路"——"第三条道路"。然而，哥萨克中农是没有独立的政治路线的。葛利高里顽固坚持"第三条道路"的结果，只能是越来越背离人民，最后以自己的彻底毁灭而告终。葛利高里悲剧的实质，是在阶级搏斗尖锐化的革命年代，企图追求和探索实际上不存在的"第三条道路"的"理想"遭到彻底破灭的悲剧；是在艰难困苦的动荡时期，既要顽强地表现自己，又找不到自身真正地位和道路的人的悲剧。

《静静的顿河》结构庞大复杂，但大而严谨，杂而不乱。社会生活和私人生活，两条线索交织进行。由点到面，逐渐扩展，规模宏大，画面广阔，既有变幻莫测的重大政治风云，又有刀光剑影的战场厮杀，还有诗情画意的哥萨克人的劳动场面以及独具色彩的爱情瓜葛。上自将军统帅，下至一般群众，许多形象都塑造得鲜明丰满，有血有肉。对中心主人公葛利高里挖掘深刻，发人深省。正面英雄人物写得个性突出，如施托克曼的沉着干练，珂晒伏依的倔犟开朗而又鲁莽偏激，彭楚克的对革命满腔热血和忠心耿耿，都令人掩卷难忘。书中的哥萨克女性各具特色，如婀克西妮娅的热情放荡和对爱情的执著追求，娜塔莉娅的庄重善良，杜妮娅的单纯可爱，读来都栩栩如生，耐人寻味。小说中历史真人与虚构形象交融结合，辉映相衬。对历史人物，写得简捷明畅，大刀阔斧（如白军头子科尔尼洛夫、亚克夫、佛明）；对虚构人物，尤其是男女主人公（葛利高里和婀克西妮娅、娜塔莉娅），着墨细腻，色彩浓烈。作品语言丰富生动，独特的幽默风趣的哥萨克口语的运用和大量民歌民谣的引用，使小说独具风味；奇异的顿河大草原壮丽风光的描绘，洋溢着浓郁的抒情气氛。总之，《静静的顿河》在艺术上具有强烈的感染力。

第七节
布莱希特

贝托尔特·布莱希特（1898—1956）是德国当代杰出的诗人，也是一位对西方戏剧产生重大影响的剧作家、戏剧理论家。他于1898年出生在德国南部的奥格斯堡。父亲是造纸厂厂长，家族经济富裕。布莱希特是在家乡上的中学。1917年赴慕尼黑上大学，先学哲学，后改学医学。1924年在柏林任话剧院艺术顾问。纳粹的上台迫使他于1933年流亡国外，先后去过瑞士、丹麦、瑞典等国，后经莫斯科到美国。1948年回东柏林。在柏林和他的夫人魏格尔共同创建了“柏林剧团”。1956年8月14日去世。

布莱希特由于创建的叙事式戏剧理论而影响了当代西方的戏剧。他的一生留下了将近四十部剧本、大量的戏剧理论和诗歌，另外还有散文和短篇小说。

布莱希特的叙事式戏剧理论不同于传统的戏剧理论。布莱希特把后者称为亚里士多德式戏剧。这类戏剧在结构上一般都遵循这样的原则：酝酿冲突、展开事件、发展冲突、戏剧高潮，最后是矛盾的解决。这类戏分幕分场，情节集中或互相牵制。演出时要求演员深入角色，尽力逼真。这类戏剧往往不仅能打动观众，而且使观众卷入戏剧的情节之中。观众往往会对戏的结局抱有极大的兴趣。在布莱希特看来，这种传统戏剧产生的效果是使观众进入一种幻觉状态，其后果是压制了观众的思考能力，不能对舞台上所发生的事件作出理智的判断。为排除这种幻觉，布莱希特提出了“陌生化效果”的论点。“陌生化效果”是布莱希特独创的一个戏剧术语，是他的叙事式戏剧理论的核心内容。原文 Verfremdungseffekt（简称 V-Effekt），在我国有多种译法，有的译为“间离效果”，有的译“间情法”、“间情作用”等，但按照词义译得最多、也较恰当的是“陌生化效果”。所谓“陌生化效果”就是在舞台上要把人们所熟悉的、习以为常的事件以另一种样式展示给观众，以引起人们的惊奇，从而诱发观众去思考。为达到这目的，布莱希特从编剧、导演、表演，甚至舞台美术及音乐各个方面都提出了不同于传统戏剧的主张。布莱希特认为随着20世纪科技的发展，舞台有可能把叙述的因素纳入戏剧表演的范畴。他写的戏剧往往不分幕只分场，每场可以独立存在，只是在结局和人物上与整体有关系。在表演方面，布莱希特主张演员和角色之间应该保持一定的距离，不能把自己融入角色，演员应该把自己理解的角色表现给观众看，因为只有这样才能使观众保持清醒的头脑。如果演员演得逼真，就会引起观众的共鸣，致使观众随着剧情发展及剧中人物体验的各种情感，和台上的人物一起哭，一起笑。这样就会使观众丧失理性的思考能力而处于一种幻觉状态。在舞台美术方面，布莱希特主张摒除一切与剧情无关的道具。但对一些能说明时代和人物特点的服饰和生活小用品等道具却要求细微、真实。至于舞台布景，布莱希特要求"景为戏用"，布景要说明剧本的内容，甚至可以采用象征的手法，因为布景太真实就会分散观众的注意力。为提醒观众他们是在看戏，他主张演员可以戴假面具，也可当着观众的面换衣服。对于灯光的应用，他要求用白色的光以突出人物，并使之具有层次感、雕塑感。他认为若用半明半暗的灯光制造气氛，往往会使观众昏昏欲睡而失去理智批判力。在音乐方面，他也同样不求优美动听，免得观众因陶醉而神思恍惚。为使观众保持清醒的头脑，布莱希特还发明了半截幕，在每场开演前把即将演出的场次、标题、内容等事先映在幕上告诉观众。在剧本演出时常常配有解说员，甚至演员可以和观众当场对话。凡此种种，其目的就是要阻止观众产生幻觉，激动感情。布莱希特极力用各种手法要观众成为一个"审视者"，对舞台上发生的一切进行评论和判断。

布莱希特的叙事式戏剧理论是逐渐形成和成熟起来的。所谓"陌生化效果"也并非他的突发奇想。他从上自古希腊戏剧、下至当代工人戏剧的西方戏剧，乃至中国京剧中吸取了他所需要的营养，例如面具、吟唱、独白、象征、寓意、叙述、歌唱等等。

1919年至1927年是布莱希特创作的第一阶段。布莱希特在1919年完成了他的第一部剧本《巴尔》，主人公是个流浪诗人，他玩世不恭，嘲笑道德法律，追求享受和幸福的欲望强烈。在他身上有着青年布莱希特的影子，也反映出第一次世界大战后德国青年一代的某种精神状态。1922年首次上演的《夜半鼓声》，使布莱希特一举成名。剧中主人公从战场回来，正是社会动荡不安时期，他见到未婚妻正在跟一富商订婚，失望之下投身革命，但未婚妻又回心转意，于是在革命和未婚妻之间要作出选择，结果他选择了后者。主人公在革命前的动摇和退却映射出当时一部分青年的实际情况。1923年《在城市密林中》上演，这是布莱希特作品中最难被人理解的，有人称它是部荒诞派戏剧。全剧写的是一位木材商人购买一位图书管理员对一本书的观点而展开的一场怪诞的你死我活的斗争，其唯一的目的只是为了证明谁是强者。这部剧本实际上是个隐喻，它提出了人类工业发展与人类堕落犯罪之间的关系问题，显示出了人类异化力量的强大。从上述三部早期作品看，布莱希特已经开始采用若干叙事剧的形式。《巴尔》和《在城市密林中》的时间地点变化大，剧本内在的联系是主要事件及主要人物。《巴尔》一开场就由合唱队道出巴尔的一生和剧本的主题思想。在《夜半鼓声》中幕外音和招待员间的对话不仅可以引起观众思考，也打破了传统剧所追求的共鸣效果。

1928年到1933年是布莱希特创作的第二阶段。当时的柏林是欧洲戏剧的中心之一，各种艺术流派盛行，布莱希特在此时又学习了辩证唯物主义，更加自觉地强调戏剧的社会教育功能。在这阶段他写了许多教育剧。这些剧主题鲜明，短小精悍，往往把生活中的某些现象上升到哲理高度。它们的布局往往不平常，事件看来似乎不真实，但却能激起观众的思索。这类剧本有《例外与常规》(1930)、《措施》(1930)等。这时期的重要剧作是《人就是人》(1928)，该剧以荒唐的情节向观众展示了一个唯唯诺诺、任人揉捏、失去个性的人，对这个夸张的主人公的塑造是布莱希特使剧本中的人物"陌生化"的尝试，收到了极好的效果。《三分钱的歌剧》(1928）借用英国18世纪作家约翰·盖依的乞丐歌剧的形式把强盗、乞丐头子、警察头目写成是三位一体，指出社会是制造罪恶的渊薮。此外他还写了《马哈哥尼城的兴衰》(1927)、《屠宰场的圣约翰娜》(1931）等作品。这时期布莱希特经常和当时的戏剧革新派合作，把现代科学技术的成就如灯光、字幕、照片等应用到戏剧里，同时又采用了古老戏剧中的序幕、合唱、尾声等多种手段，以丰富舞台的表现力。

1933年以后，是布莱希特创作的第三阶段。德国法西斯上台，布莱希特开始流亡生活。这是他一生中最不安定的时期，生活颠沛流离，经济拮据，在美国还遭到"非美活动调查委员会"的审讯；但这也是他接触广泛、丰富经验、思想活跃并日趋成熟的阶段，是他创作的高峰期。他的叙事剧理论过去只在实践中零星地贯彻，现在开始在理论上进行全面的总结，趋于完善。

在此时期，他写了许多历史剧、寓意剧和大量的戏剧论文。布莱希特认为用历史题材阐明当代的社会问题可以引起一种距离感，产生陌生化效果，更能使观众冷静地思考。而寓意剧可以施展充分自由的想象，不受真实环境及人物的束缚，可使抽象思想具体化，寓意往往能抓住本质，反映具有普遍意义的生活哲理，使平凡的事件变得不平凡，引起观众的强烈兴趣。

布莱希特的重要历史剧有《伽利略传》(1938)，内容涉及科学家与政治的关系，也刻画了伽利略身上的灵与肉的冲突。剧中的伽利略具有多层次的复杂性格，该剧被誉为20世纪的"哈姆雷特式"的剧作。另一重要历史剧是1939年完成的《大胆妈妈和她的孩子们》，剧本的背景是德国17世纪的30年宗教战争。主人公是一个外号"大胆妈妈"的随军女商贩。她和两个儿子、一个哑巴女儿拉着一辆满载货物的篷车随部队到处奔波，做小买卖糊口。她是战争的信徒。因为在这宗教混乱的年代里，战争本身就是生活。她认为有战争就有买卖，战争是她的生活来源，她不得不"大胆"地在炮火的旋涡里奔波冒险。但就是在战争中，她失去了所有的孩子。大儿子四肢发达，头脑简单，轻信招募员的甜言蜜语，离开母亲当了兵。他为让士兵吃肉而抢劫农民的牲口，以此受到将军的夸奖，但在和平期间却因同样的"英雄行为"而失去了生命。二儿子老实呆板，他为军营保管钱箱，战争局势改变后，他仍不肯交出它，一味愚忠，为此他被枪决。哑巴女心地善良，连小动物都不忍伤害，但为拯救新教城里的孩子避免受到皇家军队的夜间偷袭，她爬上屋顶猛力击鼓以引起城里注意，结果被射杀。随着她的最后一声鼓响，城里的炮声结束了，她用生命终于成功地传递了消息。但至此大胆妈妈依然不醒悟，她急急忙忙又追随军队做买卖了。布莱希特企图通过主人公的遭遇告诫人们：战争是宗大买卖，它不是小人物所能从事的。作者的反战立场鲜明，通过人物间的对话，对战争的本质剖析得清晰而深刻。这对即将发生的世界大战是个及时的警报。而台上大胆妈妈虽不觉醒，却反而会使观众更好地思考，从而得出正确的判断。

这时期重要的寓言剧有《潘蒂拉老爷和他的男仆马狄》(1940)。主人公潘蒂拉是个地主，凶狠而不讲理，他一旦酒醉便变得温柔而多情。这双重人格不断在他身上交替出现。布莱希特从人及阶级代表的不同角度探索了人性。《四川好人》(1942）一剧更涉及人性善恶的问题。妓女沈黛是神仙下凡找到的唯一好人，但在现实社会里，她必须以又善又恶的面貌出现才能保持自己，作者在这里把人的善恶与社会制度联系一起。《高加索灰阑记》(1945）写真假两个母亲抢夺一个孩子，最后由民间的法官把孩子判给了假母亲，因她救了孩子，养育了他，而真母亲只为继承财产才要他。作者在这里提出了"一切属于善待它的人"的原则，以无私的母爱代替了血缘关系。

布莱希特也写过一些当代戏剧，如《卡拉尔大娘的枪》(1937)、《第三帝国的恐惧和贫困》(1938) 等，都以反法西斯为主题。

布莱希特一边实践一边有系统地总结他的戏剧理论，如《娱乐剧还是教育剧》(1936)、《戏剧小工具篇》(1948) 和《舞台上的辩证法》(1951) 等论著，分别探讨了科学与艺术、生活与戏剧、教育与娱乐、理智与情感等各种关系。其中，突出强调的是演员、角色与观众之间的辩证关系。

布莱希特也是一位诗人。其诗作风格简洁、诙谐、幽默，富有哲理。他的重要诗集有《家族格言》(1927)、《歌曲、诗篇、合唱曲》(1934)、《诗一百首》(1951) 等。此外他还写过一些小说。

布莱希特20世纪50年代被介绍到中国。中国先后上演过他的《大胆妈妈和她的孩子们》、《伽利略传》、《高加索灰阑记》、《四川好人》等剧作。布莱希特对中国哲学和文化传统很有兴趣。他看过梅兰芳的演出，大为震惊，认为他在东方传统艺术中看到了自己所追求的艺术目标，为此他写了有关中国戏曲的陌生化效果及第四道墙等问题的文章。布莱希特的戏剧理论与苏联导演斯坦尼斯拉夫斯基的“体验艺术”全然不同，因而他的主张被称为“表现艺术”。近年来，在中国出现了“三大戏剧观”的说法，即除了上述的两种戏剧外，再加上中国京剧以梅兰芳为代表的戏剧观。它们之间的区别用著名导演黄佐临的话说就是：斯坦尼斯拉夫斯基相信第四堵墙，布莱希特则要推翻这堵墙，而对于梅兰芳，这堵墙根本就不存在，用不着推翻。他们三人都是当代杰出的戏剧大师，正如布莱希特所言，通往真理的道路不止一条。他认为评说文学形式好坏时，不应去问美学，也不应问现实主义，而必须去问现实生活。既然人们能采用多种形式掩盖真理，那么同样也能采用多种形式说出真理。

【本章思考题】

1. 世界大战和社会主义革命给欧美文学带来了什么新变化？
2. 约翰·克利斯朵夫如何反映了世纪之交知识分子的苦闷与求索？
3. 从《魔山》看托马斯·曼的现实主义创作对现代主义方法的吸取。
4. 为什么说《美国的悲剧》的成功是因为它是一部真正的“美国的悲剧”？
5. 简述高尔基在俄苏文学史上的重要地位。
6. 《母亲》给文学史带来了什么新意？
7. 如何理解葛利高里在“红”与“白”之间的反复动摇？
8. 简述布莱希特“陌生化效果”论的要义。

静静的顿河

十二月里的一个星期日，在老教堂对面的广场上，由各市镇来的、约有五百来个青年哥萨克，黑压压聚成一群。教堂里的祷告快做完了，正在敲唱“赞美诗”的锺。中士——一个英勇的老哥萨克，戴着超兵役期的袖章——下命令“站队”。喧闹的人群分开了，排成了两条长而不整齐的行列。几个下士顺着队伍跑去，把波浪一样弯弯曲曲的行列排排整齐。

…………

葛利高里·麦列霍夫和珂尔叔诺夫·米琪喀站在一排，小声地说话：

"靴子夹脚，简直受不了啦，"米琪喀说道。

"忍着点，你就能做大官。"

…………

葛利高里站着，没有仔细听神甫所念的誓词。他打量着米琪喀的脸，米琪喀痛得直皱眉头，跺着两只被靴子箍紧的脚。葛利高里的一只向上的手酸痛起来了，脑子里的杂乱的思想乱七八糟地翻腾着。他走到十字架跟前，一面亲着被许多嘴的唾沫沾湿的银片，一面想着阿克西妮亚，想着妻子。一段简短的回忆像闪电一样曲曲折折地穿过了杂乱的思想：树林子，褐色的树枝子，好像戴了一头白色的豪华的首饰，蒙着一条漂亮的银色面纱；阿克西妮亚的黑眼睛在毛织的头巾下面闪着潮湿的热情的光亮……

——节选自肖洛霍夫：《静静的顿河》第一部卷一第十章（金人译，见《静静的顿河》，205～206页，北京，人民文学出版社，1980）

第十一章 20世纪前期现代主义文学

第一节 概 述

一 西方文学

战争和革命，构成西方现代主义文学形成和发展的独特背景。世界大战的阴霾和俄国革命的酝酿，使20世纪一开始就显得气氛异常，仿佛预示着这将是一个动荡不安、充满矛盾的时代。两次仅仅相隔二十余年的世界大战，是人类历史上规模空前的大灾难，它在摧毁物质文明的同时，也摧毁了人们的精神世界，摧毁了原有的价值体系，从而大大加深了西方人的危机意识，形成了一个充满迷惘的"怀疑的时代"。苏联十月革命的胜利曾为西方社会带来了欣喜和希望，马克思主义得到了更大范围和更加深入的传播；而社会主义革命和建设中出现的失误和曲折，又使敏感的西方知识分子陷入了更深的困惑。

生产力的迅猛发展、科学技术的飞速进步、科学研究的理论发现，改变了人们的生存状况，扩大了人们的观察视野，深化了人们的认识能力，丰富了人们的思维方式。大工业文明增加了社会的财富，也加速了财富的集中；加快了生活的节奏，也加快了人的异化。物质的丰富，提高了社会的生活水准，却加剧了贫富的反差和阶级的对抗，催动着拜金主义和拜物主义的泛滥，使人进一步沦为物的奴隶。无数科技发明，充分显示了人的聪明才智；当它们被运用到战场上和集中营里时，又充分表现出人的残酷本性可能疯狂到什么程度。相对论、量子论、测不准原理等等各种现代学说的创立，标志着人类对客观世界的认识的一次飞跃，但却是以动摇和破坏千百年来形成的秩序、规律、观念为代价的：一切都不是绝对的，真理和意义只存在于一定的时空关系之中。凡此种种，都迫使人们不得不重新审视人类自身，审视原有的存在方式和价值体系。

严酷的社会现实，粉碎了西方知识分子对理性王国的最后希望，人们转而求助于形形色色的非理性主义哲学。19世纪许多哲人的理论，再次引起普遍的兴趣。叔本华充满悲观色彩的“唯意志论”，尼采宣扬“自我扩张”的“超人”哲学，以及柏格森略带神秘意味的“生命哲学”，都不同程度地影响着现代主义文学的产生和发展。弗洛伊德（1865—1936）的精神分析学，则从一个新的视角，深化着对人的认识。弗洛伊德将人的意识分为“本我”、“自我”和“超我”三个层次。“本我”属潜意识，遵循的是“快感原则”，追求人的本能欲望的满足，其中的核心是性欲（“里比多”）。“自我”遵循“现实原则”，从保护个人出发对“自我”适当控制；“超我”遵循“道德原则”，从保护社会出发抑制“本我”的本能冲动：后二者属意识领域。“本我”与“超我”的冲突是激烈的，“自我”在两个极端之间起平衡作用，人的健康心理和社会的正常生活，都有赖于这种平衡。弗洛伊德的学说，开拓了潜意识领域，有助于人们进一步认识自身的矛盾性和复杂性，丰富了文学对人的精神世界的探索。但其泛性欲主义，及对潜意识和梦呓作用的夸大，都有失之偏颇之处。

现代主义是个泛概念，是20世纪诸多文学流派的总称。这些流派，主张不同，风格各异，它们同时并存或频繁更迭，相互影响渗透或相互排斥刺激，本身就构成了一个令人眼花缭乱的多元化的艺术世界。它们共同举起了“反传统”的旗帜，锐意求新，大胆探索，表现了强烈的挑战意识和先锋精神。它们的探索成败得失不一，在文学史上的地位也不尽相同，但总体而论，是扩大了文学的视野，丰富了文学的观念，拓展了文学把握世界和表现世界的能力。

现代主义文学的革新和变异，源于对客观世界和人类自身认识的变化。现代历史风云的诡谲多变迫使人们作出新的抉择；非理性主义思潮和现代精神分析学，为人们提供了多层次、多角度认识的可能；而与活跃的现代审美要求相适应，文学艺术家们强烈的创新意识和多变的手法，将这种可能性转化为多姿多态的艺术品。

从20世纪初至第二次世界大战间，现代主义文学的主要流派有未来主义、超现实主义、后期象征主义、表现主义、“意识流”等。

◎ 未来主义是20世纪出现最早、反叛精神最强烈的一个文艺流派。其创始人是意大利诗人、剧作家、理论家托马佐·马里内蒂（1876—1944），他在1909年2月20日法国的《费加罗报》上发表惊世骇俗的《未来主义的创立和宣言》，宣告了这一运动的诞生。其后，“政治宣言”、“画家宣言”、“音乐宣言”、“雕塑宣言”、“建筑宣言”、“戏剧宣言”、“电影宣言”、“舞蹈宣言”等纷至沓来，在短短的十年里，掀起了一个颇见声势的高潮。但高潮过后，即是尾声，20年代初已成强弩之末。这是一次来去匆匆的运动。

未来主义以“否定一切”为其基本特征。未来主义者一开始就把抨击的矛头直指王权、教权及资产阶级的国家机器，强烈要求变革社会制度，寄希望于一个高度发达、充分自由的“未来”王国。在他们的政治主张中，包含着明显的无政府主义倾向。而在文化上，他们则是彻底的虚无主义者，主张“摧毁一切博物馆、图书馆和科学院”，抛弃已有的一切文明成果，以创造全新的属于“未来”的艺术。

未来主义热情讴歌19世纪创造的物质成果，飞机、火车、汽车，车站、码头、工地，被认为是最能体现现代精神的事物，并由此而产生出以追求力量美和速度美为目标的美学原则。他们认为，人类历史进入了“机器文明”时代，速度和竞争构成了时代的主要特征。因此，着眼于“未来”的艺术，不仅不需要回忆往事，也不应刻板地描述现在，而要以表现“运动”为核心，在高速运动中展示物质世界的多色彩、多声部、多形态，“宏伟的世界获得了一种新的美——速度之美，从而显得丰富多姿”（《未来主义的创立和宣言》）。他们还认为，飞速运转的机器，光怪陆离的现实，科技发明与理论发现，都大大动摇了被旧有时空观念框定的"真实"，"时间和空间已于昨天死亡"，因此，无论是对运动着的客体的把握，还是对神秘未知的探求，都不能依赖凝固刻板的理性，而只能凭借直觉和潜意识，凭借排除理性的体验和想象。这就使他们的作品成为速度的展示、力量的集合，充满火药味的冲击力。而无规则的联想、不规范的语句、无意义的拟声，更制造出奇异的效果。

未来主义的成就主要在诗歌方面。除主将马里内蒂外，重要的诗人还有意大利的帕拉采斯基（1885—1974）、卢齐尼（1867—1914）、帕皮尼（1881—1956），法国的阿波里奈尔（1880—1918），俄国的马雅可夫斯基等。未来主义运动虽存在时间不长，且主张过于偏激，但影响遍及全欧，并对现代主义文学的形成和发展具有一定的奠基意义。

◎ 超现实主义是源于法国的又一个具有鲜明先锋精神的文学流派。1916年的达达运动，以其"破坏一切"、"清除一切"的叛逆精神给超现实主义以有力的启示；1919年，小说《磁场》的发表和《文学》杂志的创刊，是运动的先声；1924年，超现实主义团体的建立和《超现实主义宣言》的发表，标志着运动的正式发端。其后，超现实主义二三十年代在法国形成高潮，四五十年代拓展为世界性现象，影响波及欧、美、非、亚几大洲。直到1969年，《第四章》的发表，宣告超现实主义团体正式解散，才为这个几度辉煌的文学运动画上一个句号。

超现实主义团体是以布勒东、阿拉贡、菲利普·苏波（1897—1990）和保罗·艾吕雅（1895—1952）等为首的一批激进文学青年组成的，在运动发展过程中又不断分化组合。他们曾接受过马克思主义"改造社会"的观点，积极投身政治斗争，反对资本主义制度，但总体而论，他们更向往绝对的思想自由和行动自由，政治思想属无政府主义体系。

超现实主义深受弗洛伊德学说影响，执意追求的是现实与梦幻的结合，是不受任何理性干预的"纯粹的精神学自发现象"。他们认为，理性和外部世界一样已受到资本主义的毒化，只有意识深处才蕴藏着美，只有潜意识才是未受干扰的纯粹精神，才是奇妙独特且具有真正价值的"真实"，在梦幻中才能找到对现实的超越和绝对真实的"超现实"。他们提倡"自动写作法"，提倡写梦和"白日梦"，以此谋求最大限度地展示自我的内在真实，展示纯粹精神的神奇魅力。这种竭诚向内在世界探秘的努力，使超现实主义者把艺术画面涂抹得光怪陆离，把"梦幻人生"记叙得有声有色，彻底冲破了文学固有的樊篱，裸露出一颗颗骚动不安的灵魂，引导读者步入一个几乎是完全陌生、难以辨析，而在他们看来却是极其丰富多彩的天地。直觉的创作只有靠直觉去体味，超现实主义的挑战是史无前例的。

安德列·布勒东（1896—1966）是超现实主义的创始人，为超现实主义运动贡献了毕生的精力。他曾参加达达运动，1919年，与苏波合作写出了第一部"自动写作法"的小说《磁场》，并与阿拉贡、苏波共同创办《文学》杂志，为超现实主义提供了舆论阵地。从1924年起草第一次《超现实主义宣言》开始，布勒东写下了包括第二次、第三次宣言在内的大量理论文章，使其成为超现实主义运动最有权威的理论家。他的创作除著名小说《娜嘉》（1928）外，主要成就在诗歌和散文方面，如《疯狂的爱情》（1937）、《诗抄》（1948），与艾吕雅合作的《无瑕的观念》（1930）等诗集，以及散文集《失却的足迹》。他的诗歌想象奇异，意象怪诞，具有梦魇的魅力，又常失之晦涩难解。他的回忆性散文，落笔自如，行文洒脱，在叙述中暗含着哲理的思考。

路易·阿拉贡（1897—1983）是超现实主义的主将之一，也是法国20世纪文学史上一位重要的作家。他早年和布勒东等一起投身达达运动，又一起发起了超现实主义运动，诗集《节日之火》(1919)、《永动集》(1926) 和小说《阿尼塞》(1921) 等，都是超现实主义的最初成果。长篇散文《巴黎的土包子》(1926) 以丰富的联想、潇洒的基调，描写了一个“土包子”眼中光怪陆离的巴黎，成为超现实主义成功的范例之一。1927 年，阿拉贡加入法国共产党，并终生作为一个党员作家从事创作。30 年代初，他曾两度访苏，并接受了社会主义现实主义的创作方法。第二次世界大战期间，他参加了地下抗敌斗争，并写下《断肠集》(1941)、《爱尔莎的眼睛》(1942)、《法兰西晨号》(1945) 等多部优秀诗集。二战后，发表了长篇小说《共产党员》(1947—1951)，反映战争期间共产党员的革命活动。1958 年，出版长篇历史小说《受难周》。1964 年，他在为加洛蒂的论文集《论无边的现实主义》作的序中，正式表示放弃社会主义现实主义的创作原则。他的后期小说《假假真真》(1964)、《处死》(1965) 等属“新小说”之列。阿拉贡漫长的一生中留下的丰富创作和理论，不仅记录了政治斗争的历史，也反映了近一个世纪来法国文坛的风风雨雨。

◎ 后期象征主义，是 19 世纪末象征主义的继续和发展。1898 年，被称为“象征中的象征”的马拉美去世后，象征主义的影响渐渐由法国向全欧扩散。20 世纪 20 年代，象征主义掀起了又一次高潮，一般称为“后期象征主义”。主要代表作家有法国的瓦雷里、奥地利的里尔克、英国的艾略特（详见本章第三节）、爱尔兰的叶芝 (1865—1939)、俄国的勃洛克等。并有以美国的庞德为代表的“意象派”诗歌汇入，形成现代诗歌的大潮。

后期象征主义依然坚持着凭借直觉把握内在真实的创作方法，主张寻找思想的“客观对应物”，以可感的形式去体现抽象的理念，在象征、意象中隐含人生的哲理。不同的是，后期象征派诗人大都主张超越狭窄的生活圈和纯粹个人情感的局限，力图深刻地反映整个现代社会的精神面貌。他们认为，诗歌创作中起作用的不仅是个人的情感和经历，还应包括整个文学传统和时代意识。因此，后期象征派诗歌视野更加开阔，思考更加深沉，增强了作品的气势和时代感。

保罗·瓦雷里 (1871—1945)，法国著名学者型诗人。早年写诗，深受马拉美影响，其诗论也是对马拉美纯诗理论的发展。世纪之交，他放弃创作，专心从事学术研究。1912 年重新提笔，用五年时间写成长诗《年轻的命运女神》。《海滨墓园》(1926) 是诗人最负盛名的杰作。诗人身处墓地，面对太阳照耀的大海，对静与动、生与死的矛盾进行哲理的思考，完成了绝对永恒与人生变易的总题旨，肯定了投入现实、面向未来的积极思想。全诗意象丰富，思想深邃，格律严谨，是以古典风格传达现代意识的名篇。他的后期短诗多收入 1922 年出版的《幻美集》。

马里亚·里尔克 (1875—1926)，奥地利诗人。他热爱雕塑艺术，曾任罗丹的秘书，其妻也是一位雕塑家。他在诗歌创作中注重冷静观察，精确描绘，着意于雕塑美。他的早期诗歌收入《新诗集》(1907) 和《新诗续集》(1908)，其中《豹》一诗最为著名。他在长期酝酿后写成的《杜伊诺哀歌》十首，对生与死等人生哲理进行了深刻的思索。长篇日记体小说《马尔特·劳利得·布里格随笔》(1910)，以一个丹麦敏感青年的回忆和自白，传达了一代年轻人的苦闷。

艾兹拉·庞德 (1885—1973) 是美国著名的诗人、评论家。他长期旅居国外，先是在伦敦发起意象派运动，推动了现代英美诗歌的发展；后又前往法国，最后定居意大利。1909 年，出版了《狂喜》和《人物》两部诗集，1915 年，还出版了英译中国古诗集《中国》，他的意象派理论，深受中国古典诗歌的影响。《休·赛尔温·毛伯利》(1920) 是他的重要作品，对英国文化现状进行了嘲讽。从1917年至1959年分批发表的长诗《诗章》，纵论世界文化，气势恢弘，艰深难解。他的诗学理论，以及他对乔伊斯和艾略特等的扶植，都使他在20世纪英美文学发展史上占据一个特殊的地位。

◎ 表现主义在20世纪初起源于德国的绘画，后扩展至音乐、文学等领域。表现主义反对客观再现，强调主观表现，认为艺术创作的任务在于表现主观的真实、内在的本质和永恒的品格。为此，他们可以摒弃外在的“形似”、细节的真实和暂时的现象，而以夸张、扭曲、变形、荒诞的手法，突出主观的感受，追求强烈的艺术效果。19世纪末，瑞典作家斯特林堡的戏剧，被认为是表现主义文学的先声。20世纪最杰出的代表是卡夫卡（详见本章第二节）和捷克的科幻作家恰佩克（1890—1938）等。而美国的奥尼尔（详见本章第五节），既写出过一些出色的表现主义作品，也创作了不少现实主义的戏剧。

◎ 意识流小说和表现主义相似，难以算作严格意义上的文学流派，只是由于一批具有创新意识的作家，在第一次世界大战前后，不约而同地（自然其中不乏相互影响）以与传统迥然相异的方法创作出一些颇具特色的小说，使小说创作继诗歌之后进入了一个新时期。然而，这并不意味着这是一个偶发现象，也不意味着它只是一种艺术技巧。意识流小说代表着一种新的文学观念。

“意识流”原为心理学术语。美国心理学家威廉·詹姆斯（1842—1910）认为人的意识是一片无法切割的“川”或“流”，可称之为“意识流”或“主观生命流”。柏格森的“生命哲学”认为“真实”存在于“意识的不可分割的波动之中”。弗洛伊德的潜意识说，也从理论上对此给予了支持。19世纪末，法国作家埃杜阿·迪雅丹（1861—1949）的《月桂树已被砍尽》（1887）是意识流小说的先声。20世纪20年代至30年代，法国的普鲁斯特、英国的伍尔芙（1882—1941）、爱尔兰的乔伊斯（详见本章第四节）、美国的福克纳（详见本章第六节）等相继出版了他们的力作，他们的创作被后人归入同一股潮流。

在意识流作家看来，客观世界既是一个不清晰的“光晕”，又是表面、单一的；只有内在世界才是真实的、丰富的、复杂的。人既非崇高的英雄，亦非无耻的小人，而是自相矛盾的生物；人的内心世界里既有天堂，也有地狱。人在空间中是有限的，在时间中是无限的；客观时间是有限的，心理时间是无限的。正是由于这些观念的变化，他们在创作中努力开掘人物的内心世界，让人物的意识和潜意识得以充分自由地呈现；他们淡化了情节因素，因为结构严谨的情节，只能是作家臆造的赝品，而意识的自然流动才是唯一的真实；他们扬弃了全知型的叙述角度，让小说家退出小说，代之以叙述者角度，以求得逼真的效果。由此可见，意识流小说种种技法的采用，无不来源于对文学真实的一种现代理解。

马塞尔·普鲁斯特（1871—1922），法国著名作家。他出身于上层社会，天资聪慧敏感，终身为病所累。青年时代出入社交界，交游甚广。1896年，他将发表过的随笔、纪事等汇集为《优游卒岁录》。1906年，哮喘病不时发作，迫使他不得不闭门写作，开始构思长篇巨作《追忆逝水年华》（又译《寻找失去的时间》）。这部小说融进了作者一生的体验和感悟。全书共分七部。1913年，发表第一部《在斯万家那边》，开始反应冷淡，后逐渐引起注意。第二部《在少女们身旁》（1919）获龚古尔文学奖。1920年至1921年，发表第三部《盖尔芒特家那边》；1921年至1922年，第四部《索多姆和戈摩尔》。其后的三部，都是作者去世后发表的：《女囚》（1923）、《女逃亡者》（1925）、《重现的时光》（1927）。小说的主线是叙述者“我”的追忆和联想，但又不限于个人的单线回忆，而是枝杈横生，主题交错，形成交响乐的结构。整部作品是对一种现实的逐渐发现，这种现实只存在于记忆之中——“真正的天堂，是失去的天堂”。凡是感受到的、体验过的、在艺术中得以再现的人、事和物，就经历了时间的考验，就会产生出意义、焕发出光彩。正是在这个意义上，有人把小说的主题概括为“时间”和“回忆”。

二 俄苏文学

◎ 现代主义文学。

19 世纪末 20 世纪初的俄国文坛也同欧美文学潮流相呼应，兴起了各种现代主义的文学流派：象征派、印象派、阿克梅派、意象派、未来派和先锋派等。它们都以反对传统方法即反现实主义为标榜，在写作手法和技巧上刻意求新，不惜流于怪诞。其中最活跃的有三派。

○ 影响最大的是象征派，它又分为“年长的一代”：梅列日科夫斯基（1866—1941）、吉皮乌斯（1869—1945）、索洛古勃（1863—1927）、勃留索夫（1873—1924）、巴尔蒙特（1867—1942）等，还有“年轻的一代”：勃洛克（1880—1921）、别雷（1880—1934）、维·伊万诺夫（1866—1964）等。

1893 年，梅列日科夫斯基发表《论现代俄国文学衰落的原因及新流派》一文，提出将“神秘的内容、象征、艺术感染力的扩大”作为“新艺术的三大要素”。该文是俄国象征主义的文学宣言。勃留索夫从 1894 年起至 1895 年连续编辑出版的三部《俄国象征主义者》诗文集，是象征派在俄国成为独立诗派的标志。他们还创立出版社和刊物。该派已成为俄国文坛一支劲旅。

象征派接受康德哲学两个世界的学说，认为现实世界丑恶和充满矛盾，而彼岸世界才是美好、和谐的。艺术家的使命在于创造象征意境，以唤起人们对彼岸世界神秘的幻想。他们的诗工于语言和技巧，讲究节奏和韵律，语言富有音乐感，善于表现主观感情。

勃留索夫编的《俄国象征主义者》诗文集中，大部分是他的诗作。他的诗表达了“表现自我”的美学要求，他的《致青年诗人》中说“对别人无须同情挂念，但对自己要格外钟爱珍惜”，表露了以自我为中心的个人主义思想。不过，20 世纪初的社会动荡、矛盾剧烈也引得诗人们关注社会问题。原来极度注重自我的象征主义者也有些后来转向对贫富悬殊的社会现实和人生的关注。这点在勃洛克的长诗《十二个》（1918）中体现得最为明显，这是一篇以象征手法讴歌革命的优秀之作。

象征派诗人在十月革命后出现分化，梅列日科夫斯基、吉皮乌斯、巴尔蒙特流亡国外，勃留索夫、勃洛克则转向革命。

○ 阿克梅（希腊文为“高峰”之意）派代表人物有古米廖夫（1886—1921）、阿赫玛托娃（1889—1966）、曼德尔什塔姆（1891—1938）。他们以《阿波罗》杂志为核心集结在一起。1913 年古米廖夫在该杂志上发表《象征主义的继承和阿克梅主义》，打起了该派的旗号。它既是象征主义的继承者，又是反对者。阿克梅派企图革新美学与俄国象征派的诗学，反对象征派迷恋于神秘的“来世”，提倡返回尘世、返回物质；反对朦胧不清的语言和形象，要求语言有明确的含义；反对虚幻、抽象的描写，要求对事物作具体、清晰的描绘，对人的复杂内心活动也要有明确、细微的刻画。不过，阿克梅派所说的“尘世”和“物质世界”并非当时的社会现实，而是指人类的原始状态。并且，其诗歌文辞过于雕琢，有浓厚的唯美主义倾向。实际他们信奉唯美主义的艺术观，认为艺术本身就是目的。从这点看，它是象征派诗歌运动的继续。

阿赫玛托娃在1912年、1914年、1917年连续出版《黄昏》、《念珠》、《白色的云朵》三本诗集，成为阿克梅派的代表。其诗多为抒发个人感情，包括爱情生活，大胆直露内心，技巧娴熟，用语明朗，比喻贴切，别具一格，受到普遍赞赏。也有一些诗因流露出悲观、空虚或病态的情绪而受到非议。20年代又出版诗集《车前草》（1921）和《耶稣纪元》（1922）。

◎ 未来派以1911年谢维里亚宁（1887—1941）在彼得堡的宣言《自我未来主义序幕》为开端。1912年又有马雅可夫斯基等一批青年诗人在莫斯科发表宣言《给社会趣味一记耳光》。前后二者分别被称为自我未来派和立体未来派。前者不满于现实，宣扬个人至上；后者是现存秩序的叛逆者，否定文化遗产和资产阶级艺术。未来主义者宣扬绝对的"创作自由"，反对文学艺术中的公民精神，把形式上的创新放在首位，声称要"把普希金、陀思妥耶夫斯基、托尔斯泰等等从现代轮船上丢下水去"，对同时代的作家，无论哪一派都加以蔑视。马雅可夫斯基早期醉心于未来主义，热衷于探求新词汇和形式方面的实验，故意引进一些粗俗或古怪的形象。他早期创作是未来主义的代表，对诗歌的语言和形式都有革新，也表露出对未来的向往，饱含激情，但有时不免流于形式主义，晦涩难懂。

近年来俄国文学界用"白银时代"来概括19世纪末至20世纪初整个俄罗斯文学，表示它是仅次于普希金所代表的"黄金时代"的又一个文学创作丰硕期。也有一种看法认为"白银时代"仅指以现代主义文学的出现、发展，以及同现实主义相争鸣为主要特征，因此"白银时代"所指的范围应当更小，即指象征主义的诗歌及其美学。大体的起止时间则是从1890年至1920年前后。

◎ 非主潮文学。

非主潮文学作品大致从20世纪20年代末陆续出现。内战结束后，新经济政策使得20年代的苏联国内社会生活开始活跃，苏共政策也支持文艺的自由发展，文学创作开始走向多样化。普拉东诺夫（1899—1951）的小说《切尔古文》是对意识流手法的初步探索，其中多少有着弗洛伊德精神分析理论的影响，同时带有"反乌托邦"的色彩。费定（1892—1977）的《城与年》（1924）和列昂诺夫（1899—1994）的《獾》（1924）企图以冒险传奇情节代替平直的因果关系情节模式，但仍属于现实主义文学的结构框架之内。而左琴科（1895—1958）和布尔加科夫（1891—1940）等讽刺文学高手则大量采取夸张怪诞的手法。皮里尼亚克（1894—1938）的《裸年》（1921）偏向于对阴暗面作自然主义的描写。扎米亚京（1884—1937）的小说带有强烈的主观色彩，强调超阶级的人道主义。巴别尔（1894—1940）则以《骑兵军》（1926）观照了战争的惨烈，论者认为它"极奇异的浪漫成分掩盖了历史的本质"。帕斯捷尔纳克的诗探索语言上的革新，成为先锋派的前导。沃洛申（1877—1932）追求诗歌的新形式，使之带上浓厚的神秘象征主义色彩。

20世纪30年代苏共对异己分子的"大清洗"使一批非主潮作家丧生，卫国战争中又有许多人为国捐躯。至20世纪40年代才有导演爱森斯坦、作曲家肖斯塔科维奇、作家左琴科、诗人阿赫玛托娃稍作主潮外的探索，但很快就先后受到批判。40年代末，不少作家甚至被扣上"世界主义者"的帽子，于此可见反对西方思潮入侵的运动多么强劲。

下面仅以比较突出的四位作家为例，介绍非主潮文学的大致情况。

巴别尔的《骑兵军》由34篇描写第一骑兵军的短篇小说组成，从1924年起连续发表。小说真实地表现了国内战争的残酷和纷乱，写出了来自农民的红军骑兵战士的复杂性格，崇高与卑琐、宽厚与残忍并存。作者名声大振，而骑兵军的将领却极为恼火，从而引发了“元帅与文豪”之争。骑兵元帅布琼尼指责作者写的哪像是骑兵军，简直是匪帮，说作者企图证明“我们的革命是由一小撮匪徒和无耻的篡权者搞出来的”。高尔基著文驳斥布琼尼的指责，说布琼尼喜欢从外表上美化自己的战士，而巴别尔想美化的则是战士的内心：“人在很多方面还是野兽，而且在文化上还处于少年时代。”可惜，巴别尔到1939年还是被捕入狱致死。

扎米亚京的长篇小说《我们》1921年一脱稿即被查禁，被认为是“一本敌视苏维埃政府的小册子”。小说讲述30世纪地球上的“统一王国”，用最坚固的永世长存玻璃大墙与外边的世界隔绝。王国里的居民没有姓名，只有统一的编号，人们严守戒律地作息，过着“数学般完美的生活”，甚至凭“粉红色的票子”在规定的时间与选定的伴侣过性生活。王国的统治者“救世主”拥有可怕的机器，任何号码如果有了灵魂，有了幻想，或违背现存的生活规则，便会被处死。后来，终归有人策划叛离，准备飞向太空。《我们》在世界“反乌托邦”小说史上占有重要地位，其特点是用科幻小说的形式来抨击专制的社会，表现其中个人的悲剧命运。自然，小说也被引申出作者对十月革命持怀疑态度。

布尔加科夫是20世纪二三十年代一位极为重要的作家，早就以五幕话剧《屠尔宾一家的日子》（1926）和长篇小说《白卫军》（1923）蜚声文坛。但使他扬名国内外的则是两部中篇小说《不祥的蛋》（1925）和《狗心》（1926），尤其是长篇小说《大师与玛格丽特》（1940）。这三部小说以荒诞的故事融讽刺和寓言为一体，因而独具特色。《不祥的蛋》写一位教授发现用一种“神奇的红光”照射某种生物，会使该生物神速繁殖。此项成果被国营农场主席强行拿走，去用于振兴全国养鸡业。哪知道错用到从国外运来的种蛋上面，竟孵出大批巨型爬虫，先吞吃了农场主席的妻子，又迅速繁殖，蔓延全国，吞噬一切。正当大难临头时，幸亏来了一场特大寒流，把所有这些怪物统统冻死，才使人幸免于难。作者的批判锋芒直指违背科学规律和急功近利的官僚主义分子。《狗心》是另一个荒诞不经的故事：医学教授为一条狗移植了人的脑垂体，使得狗“完全人化”，能口吐人言，直立行走，甚至担任公职，并利用职权威逼少女与他结婚。但他狗性不改，仍然偷食东西，袭击别人，调戏妇女，无法无天。教授不得已再施手术，把他又变回狗。作者对“狗性难移”的讽刺，触动了滥施淫威者的疑心，故而被视为“异端”。布尔加科夫最著名的作品是《大师与玛格丽特》。小说具有多线索、多层次，神话与现实相结合等特点，色彩斑斓而又深具哲理性。主线是法力无边的魔王到莫斯科巡行，探测人心，暴露出现实生活中形形色色伪君子的面目。其他线索还有魔王找到“大师”的情人玛格丽特，使两位有情人结合，以及耶稣被犹大出卖遭到罗马总督彼拉多处死，而后者又永世后悔等情节。书中各种人物陆续登场：魔王、神猫、总督、圣徒等古城圣地耶路撒冷的众多角色，还有现代都会及摩登女郎。小说依然是寓讽刺于怪诞的故事。

普拉东诺夫的长篇小说《切文古尔》（1929）、中篇小说《地槽》（1930）和《初生海》（1934）同样以罕见的故事情节引人注意。《切文古尔》写半夜里集体枪杀资产者好让无产者第二天一早就进入共产主义；而无产者则以拆除暖和的房子，露宿草原，不从事物质生产等为荣。《地槽》情节是说一处在挖地槽，以便建起一座统一的大厦，好让全体无产阶级都搬进去住；而另一处在实行农业集体化和消灭富农。贫农奉命“整队进入社会主义”，富农则集合到大木筏上流放到海洋里。《初生海》则写人们为了完成国家规定的肉乳交售计划，畜牧场大量增养牲畜，但严重缺水，便想起动用地层深处的岩浆水，即初生海水，结果酿成了灾祸。凡此种种荒谬绝伦的情节都把矛头指向了极“左”的、“空想的”思潮，自然难以为当时的社会所接纳，因而普拉东诺夫的小说接二连三地遭禁。

第二节
卡夫卡

德语作家弗朗茨·卡夫卡（1883—1924）是20世纪最重要的作家之一。他生前是一位默默无闻的业余作家，但是他的那些风格独特的小说，用新的观点、新的视角、新的方法，在强大的传统文学森林中独辟蹊径，开创了新的文学思潮。连他自己也未曾想到，在他去世之后，他竟然成为许多新潮派争相奉祀的一代文宗。

卡夫卡生于奥匈帝国波希米亚的首邑布拉格市。他父亲是一个犹太百货批发商人，对子女十分专制，犹如一个暴君。这使卡夫卡在成长过程中受到严重的精神压抑，后来写成的《致父亲的信》清楚地反映了这种情况。哈布斯堡家族统治下的奥匈帝国此时正是风雨飘摇，在这个政治体制已经落后的国家，社会矛盾和民族矛盾都十分尖锐。帝国治下有很多民族，犹太人是最受歧视的民族。家族小环境和社会大环境在聪明敏感的卡夫卡心上投下了过多的阴影。

早在中学时代，卡夫卡就注意阅读一些有影响的文学家和哲学家，如易卜生、达尔文、斯宾诺莎、尼采等的著作。他对文学有着强烈的兴趣。1901年，他进入布拉格大学德语部，开始学习日耳曼文学，后遵父命改学法律。但他仍继续研读文学，对福楼拜尤其注意，并在大学期间开始了文学创作。他结识了同学马克斯·勃罗德，二人成为知己。1906年卡夫卡大学毕业，获法学博士学位，在法院实习一年后，到布拉格的一家私人保险公司任职员，九个月后改到工伤保险公司任职。1909年及以后的几年间，曾数次同勃罗德一起到意大利、法国、瑞士和德国旅游。因身体状况不佳，曾独自在几个地方疗养。

1912年末，卡夫卡的18篇寓言式小说出版，其中有8篇在1908年发表过。这一年他还创作了著名小说《判决》、《变形记》，并完成了长篇小说《失踪的人》（后被勃罗德改名为《美国》）的大部分。

卡夫卡的健康状况一直存在问题，1917年开始咯血，所患病症为结核病。他一生四次与女性恋爱，但因自己有病或害怕婚姻会破坏自己写作所必需的孤独，而主动与其中的二人三次解除婚约。卡夫卡生长在捷克的城市，不过这并未给他带来民族关系上的轻松和慰藉。父亲虽是犹太人，但他是讲捷克语的犹太人，而小卡夫卡就不同了，在德奥人面前，他是个犹太人；而在捷克人面前，他是个讲德语的犹太人，尤其令人憎恨和厌恶。除了血统外，他觉得自己已经与犹太人没有什么关系，也不笃信犹太人的宗教，但从民族出身方面袭来的痛苦要比其他方面的痛苦厉害得多。他聪明睿智，并且敏锐善感，性格孤僻内向，不善交际，甚至有些胆怯害羞，加上父亲少爱和自己的病痛以及爱情上的失败，这一切都增加了他的孤独感、陌生感、失落感，形成了他独特的精神世界。他称自己是“不幸的人”和失败者，自卑、自馁和自责的情绪奇怪地混杂在一起。

卡夫卡对奥匈帝国的专制政治和腐朽现实是厌恶的，他与捷克进步的知识界曾有过较好的关系，同情那些遭受工伤事故和身受压迫、饱经苦难的工人。他也同情社会主义和工人运动，对列强在世界大战中的沙文主义喧嚣和血腥厮杀抱着批判态度。但他感到自己对一切都无能为力，只能保持冷眼旁观。尽管他“旁观者清”，却与先进的人们有很大的距离。

对于卡夫卡来说，最重要的事是他丰富的内心生活和写作。1914 年 8 月 6 日他在日记中写道：“以文学为出发点来看我的命运，则我的命运十分简单，表达自己梦幻一般的内心生活，这一意义使其他的一切都变得次要了。”他曾注意研究过丹麦存在主义哲学家克尔凯郭尔的著作。克氏的某些思想，如认为“人的存在”是个人直接体验着的一种精神状态，不是理性所能认知，以及“人的存在”无法摆脱痛苦等等，使卡夫卡产生一定的共鸣，但卡夫卡是否全盘接受了克氏的思想，特别是他和上帝接触的思想，则无法确定。卡夫卡还研究过中国的老庄哲学。

卡夫卡曾想摆脱在保险公司的职务，但未能如愿。1917 年秋确诊为结核病后，暂时地离开了公司，直至 1922 年 7 月才因病离职退休。此前，他的优秀小说《判决》（1916）、《变形记》（1916），短篇小说集《乡村医生》（1919）、《在流放地》（1919）已经出版。病中他仍继续写作他的主要长篇《城堡》，并于 1923 年将短篇小说集《饥饿艺术家》交付出版。他在创作上的严肃认真达到了真正“呕心沥血”的程度。卡夫卡的病情不断加重，虽然换过几个地方疗养和治疗，最后还是走上了“不治”之路，英年早逝。他最后告别人间的地方是维也纳附近的基尔林，终年仅 41 岁。

在病重时，他让女友朵拉·狄亚曼特烧掉了一部分手稿，后又写下留言委托他的好友勃罗德，把从书箱、衣柜、写字台、家和办公室以及想得起来的任何地方，找出来的凡日记本、手稿、来往信件等，不要阅读，一点儿不剩地全部予以焚毁，也包括留在勃罗德和其他人手中的文字。但是勃罗德却认为有理由违背朋友的嘱托，没有将他的手稿付之一炬，而是把它们加以整理、出版。他在 1935 年至 1937 年，编辑了六卷本；于 1950 年至 1958 年又编辑出版了九卷本。

卡夫卡的最初作品保存下来的极少，且影响不大。从 1912 年至 1922 年病重离职间，卡夫卡创作了 78 篇短篇小说和三部长篇小说。短篇小说除上述的《判决》、《变形记》外，重要的还有《在流放地》（1914）、《乡村医生》（1917）、《为科学院作的报告》（1917）、《猎人格拉胡斯》（1917）、《中国长城建造时》（1918—1919）、《饥饿艺术家》（1922）、《地洞》、《女歌手约瑟芬或耗子民族》（1924）等。长篇小说《失踪的人》（1912—1914）、《审判》（1914—1918，又译《诉讼》）、《城堡》（1922）都不曾写完，生前也未曾发表过。

除小说外，卡夫卡还写有散文、随笔、格言、书信、日记等。

卡夫卡的小说和传统的现实主义小说明显不同，小说的情节带有荒诞色彩，也不明确交代故事的背景和人物的来历，似乎都不受时空限制。小说的气氛虚虚实实，扑朔迷离，有时如梦魇一般。往往是一种无妄之灾，突然降临到主人公的头上。他被一些莫名其妙的麻烦缠住，无论如何努力也摆脱不掉。为了使问题得到公正的解决，主人公做了长期的努力，但不合情理和荒诞的事儿总是有增无减。他孤独无助，没有出路，陷入绝望的境地，最后往往以悲惨的结局告终。从艺术上看，小说情节谈不上引人入胜，人物性格的描写也缺乏发展变化，环境描写缺乏准确性和具体性，更难有绘声绘色的景物描写，但荒诞的事体却不时出现，还带有不少神秘色彩，加之作者叙事语言平淡、滞重，更增加了阅读的难度。卡夫卡逝世以后，人们经过多年的探索才逐渐意识到卡夫卡的小说是一种极具独特性的新颖创作，具有很高的价值。卡夫卡的作品在荒诞表面之下，隐喻着深刻的含意，小说主人公那种孤独、失落、陌生、恐惧和大难临头的感受，非常真实地表现了现代人的困惑感和危机意识，极具发人深省的力量。

卡夫卡的小说主要是一种寓言式小说，不求展示社会生活面的丰富多彩，但求包蕴深刻的内涵于其中。在卡夫卡的感受中，世界是荒诞的、恐怖的、令人痛苦和绝望的，世界上的一切都被某种力量巨大的权威笼罩着。这个权威高高在上，神秘莫测，使人感到压抑和窒息。这是一个不可理喻的世界。卡夫卡小说中的那种滞重、淡漠和沉闷的气氛，正和这样一个世界相吻合。为了更好地显示寓言式小说的哲理内涵，更深刻地表现这个不可理喻的世界，卡夫卡采取了一些独特的艺术手法和表现手段，如荒诞、象征、梦幻、佯谬、苦涩的幽默等。

卡夫卡常使用象征的或隐喻的形象来表达他对现实社会关系的理解。如《审判》中K的被捕和为申诉而奔走的过程，始终笼罩在谜一样的迷雾之中。他被捕了，但又并非真正的逮捕。这一案件的起因与内幕，作者始终没有交代。K一直想进行申辩的法庭也仿佛是在云里雾中，带有神秘色彩，但它能决定人们的生死，无疑象征着一种与人类为敌的异己力量。再如《城堡》，小说中那个时隐时现、神秘莫测的城堡，对村民是一直萦绕在脑际的权力巨魔，它就是专制政权官僚机器的象征，城堡就在眼前，但就是走不到那儿。这象征着专制统治者与普通人民之间存在着一道不可逾越的鸿沟。

佯谬也是卡夫卡常用的一种手法，有的人译为"逆说"或"反论"。佯谬作为艺术特点之一，主要意思是：作品中所叙述的事情初看起来是荒诞不经和自相矛盾的，但实际上却包含着某种真实性，即表面上是"非"的东西，实际上却是"是"，达到"似非而是"的效果。《审判》第9章《在教堂里》的"在法的门前"那一段就相当典型。农民为进法律之门等了多年，在等待期间，门卫还给他一把小矮凳，和他拉家常，并告知这是专为他设的门，但他就是进不去。一直到死也未能进入那个专门为他而设下的门。在这荒诞之中，人们可以领悟到在非正义的社会里，普通农民要想沐浴到法律之光，是难上加难的。

为了表现世界的非理性和存在的痛苦无望，卡夫卡把荒诞作为他的最基本的艺术方法。其他的一些手法大多来源于它或是它的变种。荒诞主要是指那些照一般看法是极不合情理、不合常规的事体，为意外的无妄之灾、飞来横祸，或人突然变成了动物、动物变成了人，或人死了以后还能说话、乘船到处航行，等等。至于人们不合情理的遭遇和行为则多不胜举，都属于这个范畴。

由于卡夫卡小说内容的朦胧性，长期以来一直存在着各种各样的阐释。马克斯·勃罗德，对卡夫卡及其作品最有权利进行阐释的人之一，认为卡夫卡的作品具有宗教的内容和意义，说他所写的是有罪的世人在寻求"与上帝的结合"，完全抹去了它们的社会内容和批判意义。然而文学界多数人对勃罗德的解释未能认同。还有人从卡夫卡的家族、个性和心理特点出发，认为卡夫卡作品的基本内容和主线是卡夫卡父子之间的矛盾冲突。还有人把卡夫卡视为预言家，说他的作品预言了希特勒法西斯的残酷统治……然而评论界多数人以为，把卡夫卡作品的内容和意义狭窄化、绝对化，是不符合作家的原意的，甚至会歪曲作家的面貌和降低他作品的价值。例如，小说《判决》中父亲对儿子的指责毫无道理，判处儿子投河更是荒谬之至，而儿子竟然执行了这荒诞的判决。这篇小说的人物，即一个严厉、性情乖戾的家长和一个软弱、胆小的儿子，无疑有着卡夫卡父子关系的影子。但将小说的意义仅限于揭露家长制统治造成的严重后果就显然不够充分了。有的学者认为，父亲的家长制作风跟国家的君主专制统治是分不开的，因为它们都是家长制统治的表现形式。

卡夫卡的小说有的内容比较晦涩，有的则社会含意明显，尽管它们罩在荒诞的外衣之下。短篇小说《在流放地》叙述了一个外国旅行家被一司令官邀请到山坳里参观执行死刑的故事。将被处死的是一个士兵。他在值勤时睡觉，上尉拿着皮鞭抽他的脸，他威胁了上尉，结果被判死刑。他将在一架新式死刑机上受刑。那台机器的奥妙是在犯人身上用钢针写字，行刑 12 小时，其残忍程度令人发指。但那个小兵对此完全不知。在军官向旅行家讲解机器奥妙时，他只是呆呆地站在一旁，完全听不懂。这个小兵被按照"耙子机"规定的程序给残忍地处死了。新来的司令官反对这种行刑方法，那个酷爱这种行刑方法的军官则自愿上了刑台，死在耙子机上。专制统治的残酷和灭绝人性跃然纸上，也揭露了旧制度行将灭亡时它的卫道士们的顽固不化。

短篇小说《万里长城建造时》对封建统治者残暴罪行的揭露也十分深刻，作者的态度远较其他作品鲜明。中国老百姓被驱赶去建造并无多大实用价值的长城，他们连哪个皇帝当朝也不知道。许多年前的战役，他们是刚刚得知，仿佛是新闻一样奔走相告。"皇帝周围总是麇集着一批能干而来历不明的廷臣，他们以侍从和友人的身份掩盖着奸险的用心。""那些皇妃们靡费无度，与奸刁廷臣们勾勾搭搭，野心勃勃，贪得无厌，纵欲恣肆，恶德暴行就像家常便饭。"小说还表现了作者鲜明的民主主义思想。他写道："在我看来，恰恰是有关帝国的问题应该去问一问老百姓，因为他们才是帝国的最后支柱呢。"

卡夫卡小说的另一重要内容是它们揭示了现代人已经异化、人变成了非人的情况。在现代资本主义社会中，沉重的肉体和精神上的压迫，使人失去了自己的本质，异化为非人。卡夫卡的著名小说《变形记》借用荒诞的情节表现了这种异化现象。小说叙述了一个奇异的故事。一家公司的旅行推销员格里高尔·萨姆沙一天早上醒来，"发现自己躺在床上变成了一只巨大的甲虫"。秘书主任前来询问，为何他不按时出差。格里高尔的形状吓跑了主任，母亲昏了过去，父亲气得哭了起来。只有妹妹关心他，给他送饭。后来父亲用苹果将他打成重伤。苹果在背上陷了进去。妹妹也逐渐对他生厌。家中因生计困难出租了房间，住进了三个房客。有一次，格里高尔爬出来听妹妹拉小提琴时被三个房客发现，结果造成一场混乱，房客要求退租。又病又饿的格里高尔当晚在孤寂中离开人世。他死后，全家人如释重负，便到郊外散心去了。在现代资本主义社会，科技与工业的迅猛发展，降低了人的价值，社会的商业化和金钱万能的世风，淹没了正常的人性。机器、物质财富和金钱，一句话，物，变成了与人对立的力量，形成了物操纵人、奴役人的局面。在这种情况下，人事实上变成了非人。关于人变得像物品而不像活人，卡夫卡本人也提到过。他说："不断运动的生活纽带把我们拖向某个地方，至于拖向哪里，我们自己是不得而知的。我们就像物品、物件，而不像活人。"在格里高尔身上已经出现了人为物役的现象，那么他丧失人的特性，异化为动物，从生活和艺术的角度看，都是作家奇特但合理的想象，其夸张的变异更具有震撼人心的力量。《变形记》中作家还通过格里高尔变形后的内心活动和各种遭遇，深刻地暴露了资本主义社会人与人之间冰冷而残酷的利害关系。

短篇小说《饥饿艺术家》也是一部有异化内容的作品。经理将饥饿艺术家即绝食大师关在笼子里进行绝食表演，时间长达 40 天。结束之日，他已经骨瘦如柴，不能支持。尽管如此，那些残酷的观众还怀疑他、冤枉他。后来绝食大师被一个马戏团招聘了去。人们把关他的笼子安放在离兽场很近的道口，为的是让人们在去看野兽时也顺便看他。可是人们忘记更换记日牌，绝食大师便无限期地绝食下去，终于饿死。在这篇小说里，饥饿艺术家表面上没有变形，但实际上已经异化为动物了。

在卡夫卡的小说中，揭示人在现实世界中的困境和不安全感的作品，占有重要的地位。这一类作品描写的主要是中小资产阶级及其知识分子的生活和精神状态。在这类题材的小说中，短篇小说《地洞》最有代表性。小说叙述一只作者未说明属性的动物。它为了自己的安全营造了一个精心设计的地洞，但仍然整日提心吊胆，担心它的洞被敌人掘开。一想到“敌人多得不可胜数”，它就心绪不宁。它不停地搬运食物，设计防御，由于惶惶不可终日，弄得心力交瘁。作者通过一只小动物的心理活动，生动地描绘了在弱肉强食的资本主义社会，小人物生命没有保障、生活不得安宁的困境。著名小说《审判》的内容也和《地洞》相近。

长篇小说《失踪的人》是卡夫卡的早期作品，这部小说的风格与卡夫卡多数作品不同，基本上是用现实主义手法写的。作者本人也说过，这部小说“是对狄更斯的直接模仿”。小说中写一个德国少年因被女仆引诱、被家庭逐出、前往美国的经历。小说中写的基本也是现代人的孤独、失落和无家可归的困境。

短篇小说《乡村医生》是卡夫卡内容最为荒诞的小说之一。医生要到十英里外的村子去看一个重病的少年。不巧他驾车的马死去了。室外狂风呼啸、大雪纷飞，医生却意外地从猪圈中发现了两匹冒着热气的大马，还碰到了一个马夫。由于女佣罗莎姑娘一人留在家中，马夫便居心不良，拒绝与医生同行。医生在途中一直在想着罗莎遭马夫施暴的情景。医生初视病人未见异常，病人恳求医生让他死去。医生认为自己白跑一趟，正准备离开时，病人的姐姐摇晃着一条满是血污的毛巾给他看。医生再看，发现孩子确实有病，靠近胯骨处有个手掌那么大的溃烂伤口，伤口内不时出现凝结的血块。小手指般大小的红色蛆虫“正用它们白色的小头和许多小脚从伤口深处蠕动着”想爬向亮处。医生心想，孩子是救不了啦。但这时病人的全家都很高兴，还来了些客人，都踮着脚看。这里的人虽都失去了旧有的信仰，但却认为医生什么都能，“只要一动手术就会妙手回春”。人们脱光了医生的衣服，抱住他的头，拖住他的脚，把他按倒在床上，靠近孩子的伤口，然后走了出去。门也关上了。病人对医生说：“你不但没有帮助我，还缩小我死亡时睡床的面积。我恨不得把你的眼睛挖出来。”医生设法平息了病人的愤怒，使他睡去，自己匆忙地收拾东西，来不及穿衣，跳上马车逃走了。在他后面，孩子们唱着歌：“高兴吧，病人们，医生正陪着你们躺在床上。”医生想到这样下去他永远回不了家，想到他兴旺的医疗业务完了，想到马夫正在他的房子里胡作非为，想到他这个上了年纪的老人赤裸着身体坐着尘世间的车子，驾着非人间的马，到处流浪。他的皮大衣因匆忙上车钩在车后面了，他够不到它。他那些手脚灵活的病人都不肯助他。他感到“受骗了”！

在这篇小说里，现实的和非现实的因素紧密地交织在一起。明明是很平常的一次出诊，却突然出现了一些荒诞的事情：猪圈里走出马来，马还能将头伸进窗口，还有那神秘的马夫，病人奇异的伤口……整个出诊都被一种神秘和荒诞的气氛笼罩。透过这些荒诞的细节和神秘的迷雾，仍可体味到小说隐含的寓意：人类患了重病，那些蠕动着的蛆虫不但令人作呕，还使人的机体变得无可救药。人们盲目地相信医生即理性万能，能治愈一切病患。但事实并非如此。医生的出诊，也充满着非理性因素。到最后，连医生本人也成了需要寻找家园的流浪者。《乡村医生》是卡夫卡运用艺术荒诞表现存在荒诞的著名小说。

有些学者认为，《审判》和《城堡》是造就卡夫卡巨大名声的主要作品。这两部小说都是他的代表作，虽然都包着一层荒诞的外衣，但其蕴含的社会内容和现实意义是明显的。《审判》

的主人公某银行襄理约·K在一个晴朗的早晨，准备迎接自己的30岁生日。不期两名看守突然闯了进来，宣布他已被捕，但不告诉犯了何罪。而后他又被告知仍可以照样上班，像过去一样生活。约·K自知无罪，对这种逮捕方式十分愤慨。他精神上备受摧残，虽奋力争取公道的审判，但一切都是枉然，后来竟被莫名其妙地执行了死刑。这种残暴的事情所以发生，关键在于制度。那个制度下的法律系统完全是与普通人为敌的。在开庭初审时，约·K曾指出，法院对他采取一系列行动的后面，"有一个庞大的机构在活动着"。这个机构的目的是"诬告清白无辜的人"。法庭上上下下贪赃枉法，为非作歹，对当事人的生死完全无动于衷。法官甚至肆无忌惮地拿下属的妻子满足其兽欲，下属却不敢哼一声。官僚主义严重到了令人发指的地步。谷物商勃洛克的案子折腾了五年多，谷物商为此花掉了自己所有的钱，耗尽了精力，弄得倾家荡产，递上的呈文却"全都变成了废纸"，法官们玩忽职守，案子仍一无进展。

卡夫卡的《审判》通过一个普通公民被无端被捕、申诉无门、最后被荒谬处死的故事，深刻地揭露了专制国家司法制度以及整个统治机构的残酷和腐败。在那种制度下，人的人身安全毫无保障，随时可能被捕和判刑。受害者根本无法进行申辩。约·K完全无辜，他想申诉，但那些敷衍塞责的律师和贪赃枉法的法官就像蜘蛛网一样使他这个猎物再也无法脱身，终于成了别人的果腹之物。小说《审判》中有不少荒诞和抽象的描写，但在荒诞与抽象之中却蕴含着巨大的社会真实。

《城堡》是卡夫卡特色最鲜明、含义最难解的作品之一。有的批评家认为："这部作品远远胜过他的其他作品。"

小说主人公K在一个深夜踏着雪地走进一个村子。村子近处山冈上是一个城堡。K据说被城堡聘为土地测量员，计划在村内旅店住一夜，第二天再前往城堡报到就职。令他大惑不解的是，城堡就在不远的地方，但他走了一天，仍然没有走到。后来他又用了许多办法想和城堡联系，但都没有成功。在这期间，荒诞的事儿接连不断。派给K的两个助手根本不懂测量。他虽被伯爵聘用，却被告知他的上司是个村长。而这位村长又荒谬地安排他做学校的看门人。更荒唐的是在K的地位始终模糊不清、而且根本不曾开始土地测量工作的情况下，信使却带来了克拉姆部长对K和助手们的表扬信。在这封信之后，K的地位仍旧是没有确定。城堡对于他仍旧是可望而不可即。为了见到克拉姆部长，他费了九牛二虎之力，始终未能如愿，他一直斗争，直至精疲力竭而死。村民们"围集在死者的床边，这时城堡当局传谕：虽然K提出在村中居住的要求缺乏合法的根据，但是考虑到其他某些情况，准许他在村中居住和工作"①。在这里，荒谬和不义权力成了孪生子。城堡成了专制统治的象征。卡夫卡笔下的城堡内，封建专制统治的特色一应俱全：庞大的统治机构，高高在上、毫无效能的官员，森严的等级制度和严重的官僚主义，对百姓进行的威慑式统治以及由此造成的百姓虚假的驯服。种种现象表明，这是一个专制主义的、闭关自守的、与现代气息完全隔绝的世界。官员们位高权重，整日无所事事，荒淫腐化，对治下百姓滥施淫威、为所欲为，造成人民深重的苦难。阿玛丽亚拒绝官员索尔蒂尼的所谓"求婚"，给自己造成了倾家荡产的后果。城堡官员把赫伦霍夫旅馆变成了专供他们淫乐的场所。专制统治给人民带来了致命的威胁，人民想求见官员和提出某种要求，几乎是不可能的。除了城堡官员们的严重官僚主义外，其他方面的丑恶现象也不乏其例。小说中有一个场面写到各种卷宗堆积如山、长年尘封无人过问的情况。凡此种种，都是专制统治的典型

① 参见马克斯·勃罗德在《城堡》第一版中的附注。

现象。

卡夫卡富有独创性的作品，是特定历史时期的产物，又具有超越时代的生命力。作家死后西方一次又一次掀起的“卡夫卡热”，证明了他的创作对现代文学的巨大价值和意义。他以独特的艺术风格表现了现代社会人们所体验的各种痛苦感受，如灾难感、陌生感，特别是恐惧感和无能为力感。那笼罩在人们头上的阴影，有确指的社会内涵，更有无所不在的形而上的力量。卡夫卡先于时人抓住了时代的特征，并且表现得极为深刻。卡夫卡的艺术经验已经被许多作家吸取。人们发现他作品的艺术特征同许多现代主义流派都有关系。于是一些流派如表现主义、超现实主义、存在主义、荒诞派、新小说、黑色幽默等都极力和他攀亲，把他说成是自己流派的开创人或重要代表。这一事实从另一个侧面说明了卡夫卡创作的巨大价值。

第三节 艾略特

一 生平与创作

原籍美国、后入英国籍的托马斯·斯特恩斯·艾略特（1888—1965）是现代西方的重要诗人、戏剧家和批评家。他的《荒原》被认为是现代西方诗歌中的里程碑。

艾略特于1888年9月26日出生于美国密苏里州圣路易斯一个大砖瓦商家庭里，曾祖是英国萨默塞特郡东科克地方的鞋匠，1670年移居美国波士顿。祖父毕业于哈佛神学院，是华盛顿大学的创办者。父亲经商，母亲是名门闺秀，富有诗人气质。他的家庭有很高的文化修养，而且一直保持了新英格兰加尔文教的传统。正是在这样的家庭环境中，艾略特度过了自己的童年。他于1906年进哈佛大学攻读哲学，受到新人文主义者欧文·巴比特和哲学家桑塔耶纳的影响，学习了法、德、拉丁、希腊等多种语言，涉猎了文学、宗教、历史甚至东方文化等广阔的领域。1910年至1911年去法国，在巴黎大学听柏格森讲哲学，接触了波德莱尔、马拉美、拉弗格等象征主义诗人的作品。1911年至1914年在哈佛学习印度哲学和梵文。1914年至1915年在德国和英国学习，在牛津大学完成了关于英国新黑格尔派哲学家布拉德雷的博士论文，因战争无法回哈佛进行答辩，于是定居伦敦，先在海格特学校教法文和拉丁文，后在劳埃德银行当职员。曾任先锋派杂志《自我主义者》的助理编辑，1922年出任文学评论季刊《准则》主编，直到1939年。从20世纪20年代到去世，他一直是费伯出版社董事。1927年加入英国籍，宣称自己在政治上是保皇党，在宗教上是英国天主教徒，在文学上是古典主义者，引起西方世界的轰动。

对艾略特的文学创作产生重大影响的因素除了家庭、文化和宗教气氛以及入大学后对哲学、文学、宗教的潜心研习外，还有现代文学思潮。

1908年，艾略特怀着极大的兴趣阅读了阿瑟·西蒙斯名噪一时的著作《文学中的象征主义运动》，开始迷恋象征主义诗歌，这导致了他与维多利亚英国诗歌传统的决裂。1914年结识意象主义诗歌运动的领袖庞德后，开始接受意象主义的某些观念。现代主义文学运动的影响，使他植根于传统文化土壤中蓬勃欲出的才情找到了一个突破口，终于写出了令当时文坛震惊的鸿篇巨制《荒原》。

艾略特早期诗作除一些短诗外，以《普鲁弗洛克的情歌》（1915）最有代表性，这些诗歌合成一集于1917年出版。在《情歌》中，诗人模仿法国象征主义诗人拉弗格的文体风格，写上流社会一个中年男子前往求爱的途中的矛盾心理，反映当时一些人对人生和西方文明的怀疑和幻灭感。庞德在谈到这首诗时曾说，它"是一幅失败的图景"，或者说，它描写了一个"失败的性格"。后来收入艾略特第二本《诗集》（1919）中的一些短诗如《夜莺声中的斯瓦尼》、《河马》、《艾略特先生礼拜天的晨祷》等进一步表达了诗人对西方现代社会卑鄙、下流、委靡不振的厌恶。

1922年出版的《荒原》是艾略特中期的代表作，也是他创作生涯中登峰造极的成果。《荒原》之后，他继续写出不少优秀的诗作。《空心人》（1925）描绘了现代西方社会既无内容，又无形式，一切都又干又涩、支离破碎的景象，指出这样的社会将在"嘘"的一声中告终的前景。诗人以"空心人"、"稻草人"的形象来比喻现代人，活画出西方一部分人的精神空虚，产生了惊世骇俗的作用。《圣灰星期三》（1930）写于诗人加入英国国教之后，这时诗人已从早期那种精神无所依托的状态转向对宗教的皈依，这首诗反映了他希图通过宗教获得解脱的心境。

《四个四重奏》（1935—1943）是艾略特晚期的重要作品，它描写一个人皈依宗教之后的精神历程，力图传达一种深沉的历史感和哲理。诗人想通过对个人经历、历史轨迹、人类命运的思考探求一种永恒的、普遍的真理，但又宣扬了"终点即起点"的历史循环论和尘世空幻的思想。这首诗艺术上比较精致，它借用音乐的结构，以"烧毁的诺顿"、"东科克"、"干塞尔维其斯"、"小吉丁"四个地名作为每首四重奏的标题，把诗人祖上在英国的旧居、祖籍的村庄、美国东海岸的三个岛屿以及另一个有意义的英国村庄联系起来，意欲在广阔空间的象征中讨论时间，在时间中寻求人自身的价值和安身立命之地。每首四重奏均采用奏鸣曲形式，含五个乐章，以呈示、展开和再现的方式表达作品的主旨。

"烧毁的诺顿"是第一个四重奏，也是四个四重奏的核心，它开宗明义，引出了"时间"这个主题。在作为呈示部的第一乐章中，诗人提出了四种"时间"的观念：第一种时间是事件的无限接续，仿佛一条不断的链条，现在、过去包含在将来中，而将来又包含在过去中；第二种时间是永恒的现在，它排除了历史、过程和流动，因而是不可救赎的；第三种时间是那些可能发生但实际并未发生，因而可能是另一部历史的时间的接续；第四种时间是那些已经发生的和原本可能发生的事件都指向现在这个不属于我们的神圣的目的。随后诗人提出了时间和空间、虚幻和真实、运动和静止、变化和永恒作为主部主题和副部主题的对立，进而在展开部以各种形式的变奏或者以不同的声音（声部或乐器）进行热烈的争论，到最后的再现部再回到时间这个主题上来。

"东科克"是第二个四重奏，它引入了"开始即结束"的观念，继续讨论时间空间的变化和时间绵延的关系。诗人在造访自己祖先在英格兰的居住地"东科克"时引出了对历史、人生的深沉思索，进而联想到自己二十年来的经历，通过不同音色（意象）的交响，提出了变化是永恒的、历史在循环的观点。在诗人看来，人类文明的开始就蕴含着衰败的因素，但败落之后又会有新的开始，因此人类社会总是在衰退和复苏中循环往复。

“干塞尔维其斯”是第三个四重奏，它引出了“河流”与“海洋”的对立。如果说“河”的意象象征着时间的流淌，代表着过去、现在和未来的接续，“海”的意象则象征着永恒的现在，它是非历史的、无过程的。河流是人生的微观节奏，而海洋则是大地的宏观节奏。

“小吉丁”是第四个四重奏，它以“火”的中心意象贯穿始终，火作为构成物质世界的四大元素之一，既有毁灭一切的一面，又有净化、锻炼人性的一面，关键在于人自己的选择，即如何控制它、使用它。前三个四重奏分别以“土”、“气”、“水”为中心意象，合而观之，四个四重奏又是一个整体，它从构成宇宙的基本元素出发，以“呈示”、“展开”、“再现”的音乐结构探讨时间、空间、历史、人生等哲学命题，最终归结到宗教信仰上。

艾略特于30年代之后主要致力于戏剧创作。其中以《大教堂凶杀案》(1935)、《合家团圆》(1939) 和《鸡尾酒会》(1950) 最为著名。这些戏剧在形式上采用诗体，在内容上多以宗教为题材，较为明显地宣传了宗教意识。如《大教堂凶杀案》以1170年英国坎特伯雷大主教托马斯·贝克特与国王亨利二世发生矛盾，最终被国王派来的骑士谋杀、为教会殉难的历史事实为中心线索，歌颂教徒为世人赎罪的献身精神。《合家团圆》用现代题材写犯罪的报应，犯罪使家庭破裂，只有服从天主的意志去赎罪，才能合家团圆。

艾略特的文艺理论对现代西方文坛的影响也很大。他的一些见解颇为精辟，如把欧洲文学视为一个整体来研究的思想；强调作家的创作不能脱离传统，但作家个人的才能又可以像催化剂那样促使传统发生变化的观点；号召作家努力表现时代精神；关于“感受的分化”和“客观对应物”的论点等。这些观点为当世和后来的理论家提供了有益的启迪。

二 《荒原》

《荒原》是西方现代诗歌中的一首经典诗作，它从17世纪英国玄学派诗歌和法国象征主义诗作中吸取营养，采用神话、传说、人类学和文学著作中的许多典故，形成一部小型史诗的规模，在一个复杂的象征框架中以极其强烈的暗示和多层次多侧面的意象展示了第一次世界大战后西方文明的危机和传统价值观念的没落，反映了整整一代人理想的幻灭和绝望。

西方著名人类学家弗雷泽的《金枝》和魏士登女士的《从祭仪到神话》为《荒原》提供了象征结构的总体框架。前者论述了有关繁殖神崇拜的神话，说巴比伦、叙利亚、塞浦路斯和埃及等许多地区都有崇拜繁殖神的活动。据传繁殖神因各种原因一旦死去，大地便成了一片万物死寂、毫无生气的荒原；而当其再生之际，大地便恢复了勃勃生机。在这样的时刻，先民们往往要举行种种繁殖神崇拜仪式。后者认为这类繁殖神崇拜经由腓尼基人的海上贸易活动传播到整个地中海一带，在基督教传播的早期与基督教并存且相互影响，寻找圣杯的传说中就有这类繁殖神崇拜的明显痕迹，是基督教和异教融会的一个例证。与繁殖神崇拜的原始形态最接近的圣杯传说是：某国王因其城堡位于一条河上，被人称作“渔王”。渔王生了病，失去了生殖能力，于是他的国土变成了一片干涸不毛的荒原，从此牛羊不能繁殖，禾苗不能生长，连人也失去了繁衍的机能。只有当一个寻找圣杯的骑士，闯过重重险关，来到城堡，找到失去的圣杯并治好渔王的疾病，他的国土才能恢复生机，人民才能获得拯救。这则传说可以说是一种基督教化了的繁殖神崇拜，显而易见，它对《荒原》的影响主要不在寻找圣杯，而在救治渔王，使荒原复苏上。

上述关于繁殖神崇拜的传说并没有为这首诗提供故事，而只是为它提供了一个总体的象征框架，全诗从始到终处处潜藏着与这一传说相关的暗示和意象，诗人意在说明一战后的西方失去了信仰，犹如先民失去了他们的繁殖神，因而变成一片精神的荒原；现代的西方人只有回归宗教，重新获得信仰，才能像先民找回他们的繁殖神那样，使倾颓的西方文明获得新生。

《荒原》共434行，分为五章。第一章“死者葬仪”共76行，标题是英国教葬礼上常用的一个短语。这一章主要写荒原和荒原人的意象。诗人首先用对比的手法写荒原上人们对春冬两个季节的反常心理，生动地勾勒出他们扭曲的心态。接着以一位贵夫人的回忆片断说明昔日的繁华已经一去不返，暗示西方文明的衰落。然后从《圣经》、瓦格纳的歌剧以及其他文学著作中征引典故，描画荒原上枯石遍野、干涸死寂的景象和现代人沉溺于欲望、无力自拔的情景。最后以伦敦这座“没有实体”的城的特写镜头展示荒原的全貌。第二章“对弈”，98行，通过大量的引证，把人类过去的昌盛文明与现代的破败丑陋加以对比，突出了现代人纵情声色、贪欲不止，因而丧失了有意义的人生、形同僵尸的可悲处境。这一章的许多镜头均有强烈的戏剧性。第三章“火的布道”，138行，总的精神是要通过宗教点化执迷不悟的人生。诗人指出，各种世俗的欲望是造成人生孽债的根源，荒原人只有恪守宗教戒律，弃绝一切尘世欲念，才能免除恶的报应，过一种圣洁的生活。第四章“水中的死亡”是一个仅有10行的插段，写一个腓尼基水手由于纵欲而葬身大海，诗行中多少流露出人生虚幻的出世思想，含有明显的讽喻意味。第五章“雷霆的话”，共112行，以“雷霆”代表上帝，写上帝对人的忠告，雷霆说，荒原上的人们必须服从上帝的教诲，做到“舍予、同情、克制”，才能使荒原和自己获得新生。

《荒原》是一首典型的现代主义诗作，换言之，它不是叙事诗，也不是浪漫主义的抒情诗。它把看来互不关联的戏剧性场面拼接起来，把表面上风马牛不相及的意象组合起来，纳入一个关于“荒原”的象征结构，从而使这些看似无关的场面和意象获得了内在的联系，揭示了西方文明衰退的历史必然性。为了表现一个丑恶、病态的现实，这首诗必然选用丑恶、病态、卑微的意象，这与浪漫主义诗歌往往采用健康、美好、高雅的意象截然不同，正是在这里以法国象征主义诗歌为发端的现代主义诗歌与浪漫主义分道扬镳，《荒原》继承了《恶之花》的传统，全诗充满了枯槁、干涸、破碎、散乱、空虚、孤独、丑陋、衰老、荒蛮、死尸等意象。

《荒原》思维上的跳跃很大，意象之间、场面之间的衔接常常很突兀，诗人的情绪深藏在那些奇特的意象和象征后面，这些意象和象征与诗人的感情相对应，加上众多的引语、典故、对话、场景，组成了一幅五光十色的图画，这幅图画具有不同的层次，包蕴着一团气氛，可以充分调动读者的想象力。

《荒原》具有明显的音乐结构，仿佛一首宏大复杂的交响诗。如果说展示“荒原”和“荒原人”的情景是它的主部主题的话，那么，“拯救荒原”就应该是它的副部主题，其余各种动机则围绕着主部主题和副部主题在呈示和对比中交织展开。

《荒原》采用了典型的自由体，诗句长短不一，不用规律的韵，但节奏分明，舒展自如，收放有致，这样的形式能够让诗人充分地、自由地驰骋想象，拼接意象。

《荒原》既有历史的透视，又有现实的观照，它描绘了众多的男女，这些人虽各具面貌，但本质上是同一的，所以诗人说诗里“所有的女人都是一个女人”，这就是说，他们全都沉溺在欲海中，由于抛弃了上帝，抛弃了信仰，成了一个个行尸走肉。《荒原》仿佛是一部独特的纪录片，从不同的角度提供了众多的画面，所以诗人在结尾说它是一些“片断”，但这些零碎的片断显然经过精心的剪辑，组合成了一个有机的整体，启示人们对西方世界的现状作出不断深入的思考。

这首长诗把西方文明比为“荒原”，抓住了时代特色；诗人着力抨击西方现代人的醉生梦死及灵魂堕落也切中时弊。但作者从抽象的“人性恶”出发，对西方现代人不加区别同加谴责，似乎有欠公允，至于想用恢复宗教信仰来拯救资本主义世界，显然也是不切实际的。

第四节 乔伊斯

一 生平与创作

爱尔兰作家詹姆斯·乔伊斯（1882—1941）是20世纪西方最著名的小说家之一，他运用象征结构和“意识流”手法，创立了一种全新的小说文体。他的《尤利西斯》与艾略特的《荒原》一起被认为是西方现代派文学的经典作品。

乔伊斯出生于爱尔兰的一个望族，祖上数代人都热衷于政治活动，具有强烈的民族意识。父亲约翰·乔伊斯是一个税务官，曾参与都柏林市的大选，坚决支持查尔斯·帕内尔领导的爱尔兰民族自治运动。约翰·乔伊斯喜欢体育运动，具有演唱才能。他对艺术的兴趣和对民族命运的关注对幼年的乔伊斯发生过积极的影响，乔伊斯在后来的创作中不仅采用了父亲的原型，还表达了从他那里继承来的思想和感情。

乔伊斯曾就读于克朗根斯的中学和都柏林的贝尔韦德尔学院，16岁入都柏林大学学院，1902年毕业并获学士学位。在大学期间，他发表过论易卜生的长篇文章。毕业之后不久即去巴黎专攻医学，次年因母病回爱尔兰省亲，在都柏林待了一年多。此时他邂逅一旅店女侍诺拉·巴纳克尔，并与之相爱，数月后携其赴欧洲大陆，在的里雅斯特、罗马等地以教书为业，开始创作短篇小说集《都柏林人》、长篇小说《斯蒂芬英雄》，同时也创作一些诗歌。《都柏林人》直到1914年才问世。诗歌集《室内乐》出版于1907年，共收入了他写的36首诗。《斯蒂芬英雄》写成后长达千余页，内容庞杂，自传性十分明显。此书在他生前未能出版。第一次世界大战期间，乔伊斯和诺拉移居苏黎世，开始改写《斯蒂芬英雄》，1916年出版《一个青年艺术家的画像》，这本书为乔伊斯赢得了巨大的声誉。《斯蒂芬英雄》的手稿于1944年问世，它为研究《一个青年艺术家的画像》的创作过程提供了宝贵的材料。在苏黎世时期乔伊斯开始构思《尤利西斯》。1922年，这部作品出版，在西方文学界产生了巨大的影响，从此确立了乔伊斯在西方现代文学史上不可动摇的地位。1918年，乔伊斯还出版了他唯一的剧本《流亡者》。其后十余年，他致力于创作《芬尼根守夜人》，该书于1939年出版。

要了解乔伊斯的创作，不能不了解爱尔兰当时的社会背景。乔伊斯生活与创作的时期正是爱尔兰社会剧烈动荡的时期。由于长期处于英国的统治之下，爱尔兰积弱不振，经济凋敝，人民贫困。从19世纪末起，爱尔兰人在民族英雄帕内尔的领导下掀起了轰轰烈烈的民族自治运动，但由于英国人的破坏和内部的矛盾，加上帕内尔个人生活失于检点，帕内尔的政权被他的政敌们颠覆。帕内尔下台后，爱尔兰民族运动受到极大损害，新领导者们都是不学无术、猥琐无行之徒，他们争权夺利，毫无政见，致使原本蓬勃发展的民族运动几陷于崩溃的境地。乔伊斯十分崇敬帕内尔，对后来民族运动的领导者和渗透社会各个层面的天主教反动势力深恶痛绝，对当时以恢复古代爱尔兰文化为宏旨而远离现实的爱尔兰文艺复兴运动也颇为不满。在爱尔兰政局混乱、经济衰退、民不聊生、社会生活业已瘫痪，到处弥漫着浓重的悲观气氛的情况下，他深感失望，决定自我放逐，长期侨居欧洲大陆。他虽然大半生置身于爱尔兰社会生活之外，但却没有一刻忘记生养他的爱尔兰民族，他创作的全部内容都是都柏林的人与事，浸淫着浓郁的爱尔兰民族意识，他反感的只是当时爱尔兰社会的堕落和腐败，而渴望的正是通过自己的创作造就一种全新的民族精神。

就个人禀赋而言，乔伊斯为人机敏聪慧，博闻强记，从小对文学艺术兴趣浓烈。他阅读十分广泛，文学、历史、哲学、神学、心理学、自然科学等各方面的书籍都有所涉猎。他不仅熟悉人文和社会科学中的许多领域，还非常注意积累自然科学知识。他博大精深的学问充分反映在他的作品中。此外，他在学习和掌握语言方面也表现出过人的才能。他学习了多种欧洲语言，能用意大利语、法语、德语流畅地交谈，能够毫不费力地阅读丹麦语、挪威语和拉丁语的书籍，这一点也明显地表现在他的创作中。

就文学艺术发展的背景看，19世纪后期开始的象征主义、唯美主义和后来的超现实主义等运动已经对传统的现实主义文学发起攻击，现代主义思潮正在蓬勃兴起，不满于遵从传统的许多文艺界人士开始聚集于巴黎，寻求对传统的突破。正是在这样一种氛围下，乔伊斯开始致力于小说形式的变革与创新。

综观乔伊斯的全部作品，可以说他的创作有一个从现实主义到现代主义再到后现代主义的发展过程：《都柏林人》基本上是现实主义的，《艺术家青年时期的画像》是现实主义和现代主义的混合，《尤利西斯》是现代主义的，而《芬尼根守夜人》则是后现代主义的。

《都柏林人》是乔伊斯的第一部作品，是一部短篇小说集。这部短篇小说集包括15个既独立成篇又相互关联的故事，按照童年、青少年、成年和社会活动顺序编排，在结构上具有某些象征色彩。就内容而言，这些故事力图描绘爱尔兰中下层人民的生活，反映现代社会精神和道德上的瘫痪。乔伊斯在写给出版商的信中说，他写这部作品的目的就是要为爱尔兰写一部“道德史”，而他之所以要选择都柏林为背景，是因为这座城市是“瘫痪的中心”，所谓“瘫痪”，就是一种麻木凄凉、死气沉沉、毫无作为、甘于没落的状态。乔伊斯在这部作品中描绘形形色色都柏林人在日常生活中遭遇的挫折、感受的痛苦，他拈出“瘫痪”这样一个典型的隐喻来表现现代西方人的普遍心态，同时又描写他们在受尽苦难之后，突然产生的精神感悟。乔伊斯正是要在瘫痪造成的幻灭中着力写人生中这种“顿悟”的时刻。

就创作技巧而言，《都柏林人》采用的主要是现实主义和自然主义的手法。乔伊斯更多地继承了福楼拜和契诃夫的传统，即不追求情节的生动和戏剧性，以白描的方式写普通人最平凡、最琐屑的日常生活，特别讲究对细节作自然主义式的精确摹写，在质朴自然、不露痕迹的叙述中揭示平庸事件的精神内涵，引发人们对人生许多重大问题的思考，这就是乔伊斯本人所说的那种“审慎的平庸”风格。

《都柏林人》开始的三篇以一个小三部曲构成从童年到少年的一组故事。《姐妹们》从一个小男孩的视角写一位神父因瘫痪而死引起的反应。这位神父在生命的晚年行为失常，他的死也十分蹊跷，原来他对宗教失去了信心，不堪忍受神父的圣职，因此，他的瘫痪不仅是身体上的，也是精神上的。小说以宗教的瘫痪揭开了这部写瘫痪的系列故事的序幕。《偶遇》写这个男孩不堪忍受沉闷的学校生活而逃学，和一个同学在都柏林港湾游荡，一心要找一个有“绿眼睛”的外国水手。“游荡”代表着他们精神探索的历程，而“绿眼睛”则象征了他们对某种理想的憧憬，然而当他们久觅不得而突然遭遇自己苦苦寻求的“绿眼睛”时，却发现这位“绿眼睛”不过是一个乖戾的性变态者，这在他们的心理上引起强烈的震撼，产生了某种骤然醒悟和幻灭的感觉。《阿拉比》中的这位男孩已经成长为一个萌发着青春气息和朦胧爱情的少年，他想在“阿拉比”集市上为自己心爱的姑娘买件礼物，可这集市只有礼拜六晚上才开，他好不容易盼到了这一时刻，却因为家长忘记及时给钱而延误了时机，当他来到集市时，已是收市的时刻，面对零落的灯火和稀疏的顾客，一种苦涩和怅然若失的心情攫住了他，他顿然悟到，自己不过是一个被虚荣心作弄的可怜虫。故事中的“阿拉比”是按照阿拉伯风格布置的集市，充满了东方色彩，他钟情的女孩又是个黑眼睛的姑娘，实际上他是在朦胧的爱和对异国的向往中构筑一种理想的境界。在周围巨大的黑暗和混乱中，这一理想显得十分虚幻可笑，故事结束时小主人公的自嘲自悟，表明了他从幼稚到成熟、从懵懂到觉醒的转变。

从《伊芙琳》到《悲痛的往事》的8篇，大体上写从少年到成年的生活。《伊芙琳》写一个年轻女孩无法忍受沉闷、困顿的家庭生活，决定随一个外国水手私奔，去追求美好的生活，但就在轮船起航的刹那，她突然退缩了。她的无力外逃，既象征了习俗和惯例对人性的钳制，也象征了都柏林人的精神瘫痪。《一朵小小的云》中的小钱德勒已经是一个婴儿的父亲，平庸的生活像牢笼般禁锢着他，他梦想成为一个诗人，心中隐藏着逃离这平庸生活的冲动，在听了一个久别重逢的友人大谈异国情趣之后，他旧梦复发，然而冷酷的现实无情地打碎了他的梦想，在因没有看好孩子受到妻子的斥责之后，他陷入了悔恨交加、孤苦无助的境地。本篇题目出自《圣经》，具有象征意味，对于尝尽人生枯燥的况味，盼望精神甘霖的小钱德勒来说，这“一朵小小的云”代表着或可实现的希望。《悲痛的往事》中已届中年的男主人公曾经在音乐会上邂逅一位船长的夫人，并与之发生了一段缱绻的恋情，但他为传统的道德观所束缚，不能接受那女人的爱，最终断送了她的性命。当他回顾与她的那段交往时，不仅意识到自己对她的死负有责任，而且意识到自己是“一个被排除在生活的盛宴之外”的人。其余《黏土》、《两个浪子》、《寄寓》、《车赛之后》、《无独有偶》诸篇也从不同角度描写了都柏林成年人的生活和精神瘫痪。

《纪念日，在委员会办公室》、《母亲》和《圣恩》三篇构成了另一个小三部曲，描写更广阔的社会生活。大体上说，《纪念日》写政治生活，《母亲》写文化生活，《圣恩》写宗教生活。不过，无论从何种角度切入生活，这三篇作品要表现的核心仍旧是那种无可救药的瘫痪状态。

末篇《死者》是这部短篇集中分量最重的作品，既是全书的高潮，也是全书的总结。故事几乎没有什么情节，大部分笔墨是对一次圣诞聚会细节和氛围的铺叙，但平淡的文字下却蕴含着深意。主人公加布里埃尔是一个大学教师，他带着妻子格莉塔去参加姨妈家一年一度的圣诞聚会，聚会快结束时有人唱了一支题为“奥格里姆的姑娘”的民歌，使格莉塔陷入深沉的回忆之中。聚会结束后，他们回到住处，加布里埃尔余兴未已，渴望对妻子温存和表达爱意，他误以为妻子也有意回应他的欲望，不料妻子心里想的却是另外一个人。原来她在高尔韦乡下时曾有一个恋人，那年轻人总是唱着这支歌向她求爱，得了肺结核还拖着病体，深夜冒雨在她的窗前来唱歌，不久便因病情恶化死去。这次在聚会上听到熟悉的歌声，不禁使她心潮起伏，激动不已，她泪眼模糊地向丈夫讲出了埋藏在心底的这段秘密，赞叹那小伙子为她而死的真诚。这个意外的转折使加布里埃尔猛然醒悟：自己从来也没有对妻子有过那般刻骨铭心的痴情，也从来没有得到过那样炽烈的回报，与那个为了爱置生死于度外的乡村青年相比，他的爱只能是浅薄的、无力的。这一顿悟使他感到自己接近了“死者”的领域，使他“自己本身正在消逝到一个灰色的无法捉摸的世界里去”。这篇故事有着强烈的象征色彩，在代表着复活与新生的圣诞新年聚会上引入“死者”的主题，已经把死生并陈在读者眼前，故事结尾，漫天雪花在静静地飘洒，不分彼此，一视同仁地覆盖了生者与死者，这就更进一步地表明，在茫茫宇宙中，生死本无什么区别，而真正不同的却是人的灵魂和品行。

《一个青年艺术家的画像》（以下简称《画像》）是一本自传性很强的作品。主人公斯蒂芬所经历过的事，乔伊斯几乎都经历过，但乔伊斯却对自传性的材料进行了精心的艺术加工。从小说的叙事结构看，《画像》具有那种“教育小说”（或者说“启悟小说”）的模式。乔伊斯力图表现具有诗人气质的艺术家从婴幼时期直到成年的心理和精神成长过程。斯蒂芬的童年和青年时代是在社会环境的冷漠、家庭生活的平庸、宗教气氛的压抑中度过的，他长期为精神的自由和解放而斗争，最终抛弃了天主教信仰，拒绝了宗教圣职，在艺术创作中找到了自己的位置和理想。

《画像》共五章，每一章代表了斯蒂芬心理发展的一个阶段。第一章从对自己婴幼时期的感觉和牙牙学语写起，引出一组以后将不断出现的意象。接着写他在学校生活的几个场景，通过意识流和现实交融的手法，展示他孤独的内心生活。然后以传统的写实手法记录了他们家庭中的圣诞聚会以及对爱尔兰政治和宗教问题的讨论。最后写在学校无故受罚的故事，揭示了教会的专制冷漠和同学间的缺乏相互理解。第一章提出了家庭、学校、宗教、社会和国家这些题材，在这些题材的基础上建立起全书的基本冲突和对抗，同时把主人公的成长过程置于这一冲突和对抗中。第二章以当时流行在儿童中的那种手抄本爱情小说的笔法写主人公情窦初开时首次获得的性经验。斯蒂芬产生了朦胧的性意识，他焦躁不安，在欲望与理性的冲突中不知所从，最后终于在一个妓女的拥抱中获得了欢乐和满足。第三章用自然主义的手法写神父关于地狱、罪与罚的长篇布道，交织着斯蒂芬反省自己行为的内心独白。斯蒂芬与妓女的厮混虽然暂时解决了他心理上的矛盾，但是很快就使他陷入更大的痛苦中，神父的说教使他灵魂战栗和恐惧，他终于“忏悔”了罪恶，在宗教怀抱里获得了解脱。第四章是全书的高潮，极富象征色彩。斯蒂芬忏悔之后，虔诚修炼，获得了教会学校的赞许，教会学校建议他接受圣职作为终生职业，在面临人生重大抉择的关头，他再次经历心灵的炼狱：是选择以禁欲苦修为宗旨的天主教耶稣会，还是选择充满感情、富于创造的艺术生活？就在他为何去何从而苦苦挣扎时，他在海边遇到了天真烂漫的少女，那位在水中嬉戏的纯情女郎激发了他的精神感悟，他突然意识到，他始终追求的正是一种热情洋溢、自由自在的生活，于是他毅然拒绝了神的召唤，投身到艺术创造的广阔天地中。斯蒂芬漫步海滩的一节采用浪漫的抒情手法，文笔轻灵，极富诗意。第五章写斯蒂芬的大学生涯，其中有两段是他和同学就美学问题的冗长探讨，还有关于一首诗创作过程的议论，最后是他的日记片断。这时他已完全获得精神解放，决心抛弃他不再信仰的东西，不论这些东西是家庭、祖国还是宗教。他要远走异乡，到欧洲大陆的大熔炉里去锤炼他的灵魂和民族尚未创造出的良知。无论在文体风格上，还是主题上，这章都是全书的总结。

《画像》虽然在局部上还保留着不少现实主义余韵，但在许多章节中采用了现代主义技巧，可以说它是一部现实主义和现代主义交汇的作品。其中用得最多的现代主义技巧是象征和意识流。就连主人公的名字斯蒂芬·德达路斯也充满了象征意味。斯蒂芬是宗教的第一个殉道者，因宣扬上帝的宗旨开罪了众人，被以渎神的罪名处死；德达路斯是古希腊神话中的能工巧匠，长于建筑和雕刻，曾为克里特国王建造迷宫，但却被暴君囚禁在迷宫里，他后来用蜡和羽毛制成双翼，绑在身上飞出迷宫，去创造新的艺术。这个神话暗含的意思是十分明确的：爱尔兰迷宫样的社会是一个黑暗的压抑人性和艺术才华的社会，艺术家只有高飞远走，逃出牢笼，才能真正获得艺术创造的自由。《画像》结尾点明了这一主题。

《芬尼根守夜人》的创作构思于20世纪20年代，历十余载而成书。这部作品在晦涩和神秘方面大大超过了已经相当难读的《尤利西斯》。乔伊斯把意识流技巧和操纵语言的实验推到了极端，使这部作品至今仍是研究家们众说纷纭、难于索解的"天书"。全书写一夜之间的梦呓，宣扬历史不断循环重复、文明按轮回方式发展和衰落等观念。

二　《尤利西斯》

《尤利西斯》是乔伊斯的代表作，也是经典的现代主义作品。全书共有三个主要人物。斯蒂芬·德达路斯是一个颓丧的知识分子，思想敏锐，富有艺术气质，总在思考人生、世界、自然、宇宙，但总找不到出路，他渴望摆脱生活和环境的束缚，寻求精神的归宿。利奥波尔德·勃鲁姆是一个广告推销员，11年前幼子的夭折和妻子的不忠使他深感痛苦。作为犹太人的后裔，他始终有一种流落异乡的孤独感和失落感。因此，他也渴望寻求安慰和解脱。他的妻子莫莉·勃鲁姆是一个耽于肉欲、追求享乐的女子，由于丈夫的性无能，她公开与情人来往，表现了现代小市民女性的猥琐和庸俗。

小说在写法和结构上模仿荷马史诗《奥德赛》，以象征手法写三位主人公在1904年6月16日从早8时到次日凌晨2时许，十八个多小时在都柏林的活动和精神历程。作者把勃鲁姆和斯蒂芬比作尤利西斯父子，所不同的是，他们的相互寻找不仅是肉体上的也是精神上的。他们都是漂泊无依、备受挫折的人，最后终于在对方身上找到了各自精神上欠缺的东西。作者通过他们的意识和潜意识活动，概括了西方整整一代人面临的思想困惑和危机，反映了都柏林市民的生活和精神风貌。作者通过勃鲁姆夫妇和尤利西斯夫妇的对照，用古代英雄反衬了现代人在欲望驱使下的卑微、平庸和渺小。作者悲叹人性的堕落，但他对自己笔下三个"非英雄"的种种弱点，也多少持欣赏甚至夸耀的态度，这就使这部小说的意蕴表现出相当的复杂性。

荷马的《奥德赛》共3部分，24章，第一部分4章写忒勒马科斯出发寻父的过程；第二部分的8章写特洛伊战争之后，奥德修斯回归的冒险历程；第三部分写奥德修斯回到伊塔刻岛，与儿子一道除掉骚扰妻子的求婚者，与忠实的妻子团圆的故事。《尤利西斯》以3部分18章与之对应。第一部分3章写斯蒂芬从清晨到11时左右的活动，暗含着寻找精神之父的线索；第二部分12章写勃鲁姆一天在都柏林四处的游荡，与奥德修斯的漂流大体对应；第三部分3章写勃鲁姆领着斯蒂芬回到家中的情形，这与奥德修斯回到伊塔刻的情形大致相仿佛。

《尤利西斯》对传统的小说形式进行了最彻底的变革与创新。它摒弃了以人物、情节和故事为主要因素的传统结构，开创了一种以内心独白为基本框架的新形式。这种被称作"意识流”的新小说不讲究塑造人物、编织故事，而是着力于挖掘人物的深层意识乃至潜意识活动。它往往采用复杂的象征结构，对人物的内心活动作自然主义的描述。展现在读者眼前的是一幅人物的意识屏幕，外在世界反映在这块屏幕上，引起人物的感受、反应和联想。这些联想忽远忽近，忽前忽后，有时清晰完整，有时支离破碎，甚至朦胧模糊。例如，第三章整个是斯蒂芬在海滩上漫步时的意识流，斯蒂芬的思绪随意地在哲学、历史、宗教、神话、艺术、美学等不同范畴中流来流去，其中夹杂着法、德、拉丁、意、西等种种外来语。第五、六两章主要是勃鲁姆在浴室和墓地时的意识流。最后一章则主要是莫莉的意识流，她的思绪在昏昏欲睡的朦胧状态中流淌，全章以四五十页没有标点的文字来表述这种即将进入睡乡时似睡非睡、似醒非醒的意识流。此外，作品中还有无数的隐喻、象征、典故、双关语、俏皮话、方言、俚语以及外国语。这部作品还模拟各种文体和其他艺术的风格。第七章主要采用新闻广告体语言。第八章采用了大量的烹调和饮食语汇。第九章主要采用了学术研讨的文体和旁征博引的手法。第十章主要采用电影蒙太奇手法。第十一章主要采用赋格的音乐结构。第十三章采用了通俗文学中色情故事的庸俗笔调。第十四章不仅采用了大量的医学术语，还模拟了从古英语到现代英语发展演变过程中的不同文体。第十五章主要写幻觉和梦境，同时借鉴了戏剧的结构。第十七章则采用了一种枯燥乏味的仿科学文体。

《尤利西斯》采用了现代主义的多种风格和技巧以及游戏的笔墨和文字，这使它成了一部十分艰深、费解的作品。这种完全置情节和人物于不顾的做法也未必可取。但是在展示人物内心世界的深度和广度上，这部小说开辟了崭新的途径，为后世树立了典范。从变革传统的角度看，它无疑是一部具有创造性的巨著。

第五节
奥尼尔

尤金·奥尼尔（1888—1953）是美国20世纪最重要的剧作家，在世界剧坛上也极负盛名。他以多种创作手法，写出了约50部不同风格的剧本，多侧面地反映了社会生活、探析了人生。

奥尼尔的一生颇具传奇色彩。从孩提时代起，全家人就跟随当演员的父亲四处巡演，过着近乎流浪的生活，足迹踏遍全国各地。这使他广泛接触了社会各阶层的人物，也使他受到了戏剧艺术的熏染。奥尼尔是不安分的，在大学里读了一年书便不辞而别，开始浪迹天涯。到洪都拉斯淘金，当水手去过非洲、南美、欧洲。在南美，他曾酗酒堕落，流落街头。

1912年，奥尼尔在康涅狄格州当上报纸记者，同时写作诗歌。不久因患肺结核住进疗养院。在此期间，他认真阅读了从古到今的大量经典剧作，并下定决心从事戏剧创作。1914年，他在哈佛大学的47戏剧工作室学习一年。1916年，加入普罗文斯顿剧院，开始在小剧场上演他的短剧。这一时期的研究和探索，为他日后的创作奠定了厚实的基础。

1920 年，《天边外》的成功上演，确证了他作为天才戏剧家的禀赋。其后的十年里，他相继完成了《琼斯皇》（1920）、《毛猿》（1921）、《安娜·克里斯蒂》（1922）、《上帝的女儿都有翅膀》（1923）、《榆树下的欲望》（1924）和《大神布朗》（1925）等多部风格各异的剧本，成为美国乃至世界声名显赫的剧作家。1936 年，为表彰他的"富有生命力的、诚挚的、感情强烈的、烙有原始悲剧概念印记的戏剧作品"，奥尼尔被授予诺贝尔文学奖。

成名之作《天边外》，是一部象征意味很浓的现实主义剧本。"天边外"是相对闭塞农庄而言的"外面的世界"，富于诗人气质的罗伯特相信"一切奇迹都发生在小山外面"，一心向往着到大海上去漂流四方。但是，临行前露斯的爱情告白却绊住了他的脚，代他远游的是他的哥哥——一直爱恋着露斯的安德鲁。这是一次阴错阳差的转换：不想走的走了，不想留的留了，露斯最后还竟发现她真爱的是安德鲁，而不是罗伯特。生活被搅得一团糟，每个人都没得到想要得到的，每个人都是失败者。命运戏弄着人们，理想和现实之间仿佛存在着无法跨越的距离。然而，人们又往往固执地坚持着自己的理想。临终前的罗伯特，仍艰难地爬到大路上，望着小山后面的日出，发出了兴奋的悲鸣："小山外面不是很美吗？……这一次我要走了。……我得到了旅行的权利——解放的权利——到天边外去！"现代人的无奈与困惑中，回荡着古代悲剧的旋律。

更加直面现实、也更加追求戏剧性效果的出色剧本是《榆树下的欲望》。"欲望"包含物欲与情欲，剧中展开的正是物欲与情欲间微妙而激烈的矛盾。老农庄主年轻的妻子爱碧与他前妻的儿子伊本为争夺农庄的继承权形成尖锐冲突，而青春的生命又在对峙中迸发出强烈的爱情，并生下了一个孩子。由于伊本怀疑爱碧生下孩子是为了赢得继承权，爱碧竟亲手杀死亲生婴儿以证明她对伊本的真爱。欲望摧残着人性，也昭显着人性。在物欲统治的世界里，情爱的胜利必将付出沉重的代价，甚至是生命。榆树下的欲望悲剧，仿佛是费德尔与美狄亚故事的重演。但经过现代文明涂染的情恋，却难以再现古代悲剧的崇高感。在物欲与情欲的交错中，人们更多地感受到现代人处境的尴尬。

论者通常喜欢将奥尼尔归为表现主义作家，这主要是因为他在 20 年代前期完成的几部著名剧本：《琼斯皇》、《毛猿》、《上帝的女儿都有翅膀》和《大神布朗》等。其中，尤以《毛猿》最为引人注目。

《毛猿》是一部构思独特、思想深邃的作品。明明是一部令人窒息的悲剧，作者却为它加上了一个耐人寻味的副标题："关于古代和现代生活的八场喜剧"。它暗示人们，作家要探讨的是永恒性的问题，而对人的价值的思考，则永远充满悖论，交织着令人难堪的悲喜剧因素。

主人公扬克是远洋轮上的司炉。他体格健壮，孔武有力，即使在粗野的劳动群体中，他也是更为突出的佼佼者，具有某种威慑力和代表性。对资产者他怀有本能的刻骨仇恨和极度轻蔑，作为劳动者，他却十分自信和自豪。他深信自己是世界的主人，世界的动力。资产阶级小姐在见到他时，竟大喊"这个肮脏的畜生"并被吓得晕了过去。这使他深受刺激，受辱的自尊转化为报复的冲动。他来到纽约的繁华大街上，故意寻衅闹事，以挑起纠纷，伺机发威；但绅士太太们却对他的愚蠢举动不屑一顾，根本漠视他的存在，最后他还被警察投进了监狱。在狱中他更明确了要反对资产阶级的思想，出狱后便要求加入工人组织"产联"，并表示要去炸毁工厂监狱。但是，"产联"的官僚们非但没有接纳他，反而认为他是资产阶级的奸细，把他赶了出来。孤独的扬克来到动物园，和笼子里的猩猩交谈，宣泄他的苦恼。他打开笼子和猩猩握手，猩猩却无情地折断了他的肋骨，把他扔进了笼子。

从表层看，剧本描写的是个体工人与资本社会进行抗争的故事。力量对比的悬殊，最终酿成了悲剧。

作品的深层意蕴，是探讨人类的生存境况和历史命运。“笼子”，是剧中多次出现的意象。扬克和他的伙伴们工作的轮船底舱，是“一只笼子的钢铁结构”，他们在这里“开动世界”，也在这里受到了人格的侮辱；扬克被关进监狱，更是一个名副其实的“笼子”；而最后，扬克也惨死在了一个真正的“笼子”里。“笼子”，就是人类生存的空间，任何努力挣扎，都无法冲破牢笼，获取本来意义的自由。

扬克是具体的个体，更是“人的象征”。他曾是多么自信、多么威严，俨然是整个世界的主宰。但一句“肮脏的畜生”，便猛然打破了他的幻觉，使他不得不面对严酷的现实。为寻找自我的位置，恢复人的尊严，证明人的价值，扬克的种种努力既可笑又可悲，既疯狂又无奈，作者借此表现了人们无所归依的失落感，以及终极答案难求的精神困惑。全剧的结局具有强烈的震撼力。扬克的长篇独白是凄楚的：我“没有过去，没有未来，只有现在”；而在这个“现在”，他已被社会抛弃，只能向非人的猿猴们寻求“理解”和“合作”，这无异于被迫认同了他人对他的辱骂、贬斥。最后真假毛猿地位的对换，更突出强化了人类的悲剧命运。

《毛猿》的戏剧矛盾是独特的，既可以看做是扬克与整个社会的对立，更可以理解为扬克自身的内在冲突。浓重的胸毛、发达的肌肉、满身的煤灰、凶狠的表情，处处透示着巨大的力量，也隐含着某种野性。他没有固定的对立物，他所遇到的一切都成了他的对立物。时而天真鲁莽，时而沉思冥想，时而慷慨陈词……似乎并不统一的行为举止，都是他内在精神危机的外化。这一切，都发生在象征性的大笼子里、钢铁铸成的大笼子里，更使人深刻领悟“毛猿”的“困兽”境遇。

20世纪三四十年代，奥尼尔的戏剧艺术更显圆熟。主要作品有《悲悼》（1931）、《啊，荒野！》（1933）、《无穷的岁月》（1934）、《送冰的人来了》（1939）、《进入黑夜的漫漫旅程》（1939—1941，于奥尼尔去世后的1956年上演）和《月照不幸人》（1943）等。剧本多为写实风格，但又融进了现代手法，在平实中显示出丰富和深邃。

《悲悼》套用了古代希腊悲剧《俄瑞斯忒亚》三联剧的形式，规模宏伟。剧中不但涉及了通奸杀母，还加进了乱伦的罪恶，内容十分丰富、复杂。在这部悲剧里，作家进一步探讨了人类“罪与罚”的秘密。

具有自传性质的家庭悲剧《进入黑夜的漫漫旅程》，被公认为奥尼尔最富力度的悲剧。剧本的形式是古典主义的，四幕场景都在同一间起居室里，时间跨度为从早晨8点半到午夜的不足24小时内。风格是散文化的，人物关系简单，全剧没有跌宕起伏的外在戏剧性情节，有的只是老年夫妻蒂隆、玛丽和两个儿子的日常性对话。现在时的交流和过去时的回忆，层层深入地展示人物复杂微妙的内心世界。

仅有的“事件”，是玛丽的吸毒和小儿子埃德蒙肺病的确诊。但这“事件”并非形成对立矛盾的“戏核”，而只是引发人物深层思绪的“诱因”。早晨，阳光射进窗户，戒毒归来的玛丽状况良好，全家人其乐融融，气氛和谐。但，埃德蒙的咳嗽和玛丽的异常，引起了家人的不安，渐浓的雾气代替和煦的阳光涌进了窗口。玛丽旧病复发，埃德蒙的肺病得到证实，全家陷入绝望。三个男人借酒浇愁，他们彼此指责，又各自忏悔，玛丽却沉入幻觉中回忆起美好的少女时代，回忆起她和蒂隆的初恋……人们带着爱和恨、带着怨和悔、带着记忆和迷惘，进入漫漫长夜。

这样的题材，如非大手笔是难以成戏的。从白天到黑夜，浓缩了人的一生。他们彼此相爱，又制造着彼此的痛苦；他们折磨着对方的同时也在折磨着自己；他们责备对方的同时又深感内疚；他们渴望和谐共处又总是难以达到真正的沟通。作品远远超出了家庭悲剧的局限，真实地传达了现代人的生存困境。

奥尼尔始终关注人的命运，关注人的精神世界。他的人生经历和对现实的深刻理解，使他选择了悲剧："对于我来说，只有悲剧才具有那种有深意的美，这种美也就是真。悲剧构成了生活与希望的意义。"[①] 奥尼尔的成就，大大提升了美国戏剧在世界剧坛的地位。

第六节 福克纳

一　生平与创作

美国作家威廉·福克纳（1897—1962）出生在南方密西西比州的新奥尔巴尼。曾祖父老威廉·福克纳是南北战争时期南军的一个上校，很有传奇色彩。他在战后经营过铁路与银行，当过州议员，创办过大学，并且成为庄园主，最后在一场仇杀中被人杀死。曾祖父的这些经历，福克纳十分熟悉。老福克纳也曾经是一个小说家，这对福克纳有一种潜在的影响。到了福克纳父亲这一辈，已经家道中落，全家迁到奥克斯福特镇，靠开一家规模不大的店铺来维持生计。福克纳的父亲后来还当过一段时间的银行职员。

1905年9月，威廉·福克纳进奥克斯福特小学读书，开始了九年的学校生涯，但是高中还未毕业，他就提前离开了学校，靠写诗画画和当银行小职员，在社会上混了两年。当时欧洲爆发第一次世界大战，福克纳想参军上前线，但是未能如愿，直至大战即将结束时，他才有机会进入加拿大皇家空军学校受训。大战很快宣告结束，他也就退伍回到家乡。1919年9月，不愿读书的福克纳进了密西西比大学，可是一年后又退了学。随后他干过各种各样的职业，如密西西比大学邮政所长、童子军教练等，还出版了一本诗集《大理石雕像》（1924）。这段时间对福克纳的文学创作十分有影响的一件事，是他通过熟人关系结识了当时已颇有名气的小说家舍伍德·安德森，并在他的指导和帮助下写出了他自己的第一部长篇小说《士兵的报酬》（1926）。这部作品描写了第一次世界大战在一个士兵心灵上造成的创伤，情绪低沉，表现出"迷惘的一代"的悲观色彩。但是，这部小说没有引起社会的重视，继后于1927年发表的第二部小说《蚊群》也没有吸引很多读者，福克纳只得靠做油漆工、木匠以及在发电厂打工来维持生计。

福克纳一边工作，一边勤奋地创作。到了1929年，终于迎来了他一生中的转折。在这一年里，福克纳完成了三件大事。首先是他的第三部小说《萨托利斯》于1月31日出版。这部

① ［美］奥尼尔：《论悲剧》，见《美国作家论文学》，243页，北京，三联书店，1984。

小说写一个南方青年在参加过南北战争的祖辈的剽悍精神的影响下，想以故意的莽撞和冒险，来证明自己不是一个配不上自己光荣祖先的懦夫，最终却在驾驶一架试验飞机时失事身亡。小说反映了新旧事物的斗争在南方的特定环境里对年轻人造成的悲剧。这部小说的重要意义在于，福克纳通过创作它的过程找到了最能表现自己作为南方作家的独特风格的那种艺术形式，一个庞大的创作体系自此逐渐形成。这个体系就是以一个虚构的位于密西西比州北部的约克纳帕塔法县为地理背景的所谓“约克纳帕塔法世系”。福克纳自称是这块面积为 2 400 平方英里的土地的唯一拥有者兼业主，按照他的构想，这个县在约克纳帕塔法河与塔拉哈彻河（实际上是田纳西河）之间，在田纳西州的南边，人口 15 611 人，其中白人6 298 人，黑人 9 313 人，这些不同身份、地位、职业的人构成了一个相互关联的大故事，而这个大故事又分成若干个小故事。这令人想起巴尔扎克的《人间喜剧》。事实上，巴尔扎克正是福克纳最喜爱的作家之一，他十岁就开始阅读巴尔扎克的作品，对《人间喜剧》评价很高。但是，福克纳的“约克纳帕塔法世系”绝不是对《人间喜剧》的简单模仿，而是写出了美国南方社会的典型特征，表现了这个社会自 1800 年起直至第二次世界大战以后这一百多年里各阶级之间与各阶级内部的矛盾和斗争，并且主要刻画了几个南方家族的兴衰。这些家族的故事构成了不同的小说。以萨托利斯家族为描写对象的有《萨托利斯》和《不可征服的人》（1938）；以康普生家族为描写对象的有《喧哗与骚动》（1929）；以塞德潘和麦卡斯林家族为描写对象的有《押沙龙！押沙龙！》（1936）、《去吧，摩西》（1942）和《坟墓的闯入者》（1948）；以本特伦家族为描写对象的有《当我弥留之际》（1930）；以斯诺普斯家族为描写对象的有“斯诺普斯三部曲”：《村子》（1940）、《小镇》（1957）和《大宅》（1959）。此外，属于这个世系的小说还有《圣殿》（1931）、《八月之光》（1932）、《野棕榈》（1939）、《熊》（1942）等。福克纳花费三十多年的心血创造出了这个“约克纳帕塔法世系”，被认为是自从巴尔扎克之后第二个这样宏伟的工作。

福克纳于 1929 年完成的第二件大事，是同青梅竹马的艾斯德尔·富兰克林有情人终成眷属。他们俩虽然从小相识，但其结合却经历了一段曲折的故事。艾斯德尔迫于父母之命，不得不在 22 岁时嫁给康奈尔·富兰克林做妻子，但是福克纳仍对她一往情深，还写诗送给她。为福克纳的深情所感动，艾斯德尔终于在结婚 11 年之后，又离开了自己的丈夫，于 1929 年 6 月 20 日同福克纳结婚。从此以后，福克纳在奥克斯福特他自己购置的田产——“罗温橡树田庄”定居下来，精心设计并缔造他的“约克纳帕塔法”神话王国。

福克纳于 1929 年完成的第三件大事，是他在 10 月份又发表了一部小说《喧哗与骚动》。无论从作品反映的社会内容还是从运用的艺术技巧来说，这都是一部非凡的作品，显示出福克纳对美国南方社会的深入了解与才华横溢的小说技巧。此后，福克纳便一再以一位揭示美国南方社会历史与社会心理的专家的面目出现在读者面前，不断为读者献上他的优秀作品。

1930 年发表的《当我弥留之际》在艺术技巧上很能体现福克纳的风格。全书共 59 节，通过 15 个人物的不同叙述与观察，多角度地将情节展现出来。每一节都由其中一个人物以第一人称来叙述，大量采用了内心独白或意识流的手法。小说中对每一个人物性格的刻画都是通过人物自己的叙述、自己的心理活动以及其他人对他的观察这三种方法来完成的。小说就用这样的方法，叙述了本特伦一家人的送葬旅行。为了将本特伦妻子的遗体运到杰弗逊去安葬在她娘家的墓地，一家人一路上受尽磨难，结果一个儿子被送进了疯人院，另一个儿子被大车轧断了一条腿。可是在这送葬队伍中，有不少人在打着自己的算盘。老本特伦说是为妻子送葬，实际上却是为了进城去配一副假牙，而且很快便找了另一个女人；女儿进城的目的却是为了打胎。一家人的各种心态就这样在送葬过程中被充分揭示出来，这些心态可以说是美国南方社会的特定产物。

1932年发表的《八月之光》具有反种族主义的明显的倾向性，被认为是福克纳小说创作中最具现实主义特征的一部。小说揭露了美国南方社会中根深蒂固的种族偏见给主人公裘·克里斯默斯带来的巨大不幸与灾难。他从小因为仅仅被怀疑是混血儿，便被种族偏见极深的外祖父抛弃，后来因为被别有用心的人诬告是黑白混血儿，连在育婴堂待下去的权利都遭剥夺，被无情地抛到社会上，最终被这个充满种族偏见的社会吞噬，惨死在白人种族主义者手中。福克纳让主人公的死显得如同耶稣受难一般。

1936年发表的《押沙龙！押沙龙！》是又一部颇能体现福克纳独特艺术风格的长篇小说。书名中的"押沙龙"本是《旧约》中的人物，他是以色列大卫王的第三个儿子，与长兄埃农不和，后因埃农奸污妹妹，他便杀死埃农为妹妹雪耻，最后他兴兵反叛父王，为大卫王的侄子约押所杀。福克纳这部小说的情节基础便是《圣经》中的这个古老的故事，只是将《圣经》中的人物变成了塞德潘家族的成员。主人公托马斯·塞德潘来到杰弗逊镇上，靠投机起家，成为当地一富，同时精神上也变得十分疯狂与偏执。他发现妻子有黑人血统，便将她和儿子查尔斯一起赶出家门。他与第二个妻子生下儿子亨利、女儿裘迪丝。后来，被赶出家门的大儿子查尔斯长大后成为亨利的好朋友，并要娶裘迪丝为妻。亨利在父亲唆使下杀死查尔斯后下落不明。托马斯的家业开始衰败，妻子死了，自己被杀。亨利带着重病从流浪中归来，同全家的房子一起葬身火海，最后只剩下查尔斯的白痴后裔在废墟上嗥叫。这个现代的"圣经故事"说明了人性中恶的倾向，如兄弟阋墙、欺骗、凶杀、乱伦等，总会在不同的时代以不同的形式表现出来，但是，在美国南方社会这个特定的环境里，一切罪恶又无不同当地的种族偏见和特定的攫取财富的方式及特定的人际关系相联系。因此，《押沙龙！押沙龙！》的现实意义在于它通过塞德潘家族的兴衰史刻画了美国南方社会特有的矛盾，并包含着对这个社会的批判。在艺术手法上，这部作品同《喧哗与骚动》等几部重要作品相类似：让洛莎小姐和老康普生来讲述托马斯·塞德潘的故事，并让昆丁引导读者一起来分析、探讨前两人叙述中耐人寻味的东西，填补他们留下的"空白"。作者那种多角度多层次的叙述方法的成功之处还在于它一方面刻画出了主要人物的形象和性格特征，另一方面又表现出了叙述者的精神面貌。

1940年，福克纳出版了又一部长篇小说《村子》，它和推迟近20年之久才得发表的《小镇》和《大宅》构成了"斯诺普斯三部曲"。三部曲描写了南方新兴资产阶级的代表人物弗莱姆·斯诺普斯如何凭借种种欺诈手段，从一个外来的穷光蛋，一步步跻身上流社会，爬上了董事长的宝座。但是这个要弄各种卑鄙手段的恶棍终究没有逃脱惩罚，为他曾陷害过的堂兄明克所杀。以弗莱姆为中心的斯诺普斯家族是美国南方社会的畸形儿，表现出资产阶级在这个不利于资本主义工商业正常发展的社会里所显示出来的穷凶极恶的本质。

福克纳尽管在1929年就已显示出成熟的创作才能，但是为了维持生活，他不得不腾出一部分时间，到好莱坞去为电影公司写电影脚本，或修改电影脚本。在很长一段时间里，一般读者对福克纳并无深刻印象。直至1946年，《袖珍本福克纳选集》出版，评论家们开始大力推崇他的创作，使他在美国读者心目中的地位日益提高。1949年，瑞典皇家科学院宣布福克纳为当年诺贝尔文学奖得主，表彰他"对当代美国小说所作出的强有力的和艺术上无与伦比的贡献"。福克纳在授奖仪式上发表演说，声称他的劳动是"想从人类精神原料里创造出前所未有的某种东西"。从此以后，荣誉和地位接踵而来，1951年他荣获全国图书奖，1955年1963年两次获普利策奖。他多次去欧洲和南美洲访问，受政府委派去国外参加国际文化交流；还先后担任过弗吉尼亚大学的驻校作家和母校密西西比大学的名誉教授。

1962年6月，福克纳发表了“约克纳帕塔法世系”的最后一部小说《掠夺者》。一个月以后，他便因心脏病猝然发作而与世长辞了。

总的说来，福克纳创作的重要意义在于：其一，深刻地描绘了美国南方社会的变迁与时代特征，刻画出这个社会的各种矛盾冲突与不同人物的精神面貌；其二，不仅写了南方人，而且写了20世纪的南方现代人，写出了现代人所关心的问题，如异化、精神出路等在他们身上的体现；其三，在小说创作方法上进行了大胆的革新，将乔伊斯等人运用的意识流手法更推进一步，深入地发掘人物的内心活动，并运用多角度叙述增加小说的立体层次，以“时序颠倒”、“象征”、“对位”等手法把现代生活的复杂性与神秘感充分表现出来。福克纳在小说创作上的成就，对现代作家有着深远的影响。

二 《喧哗与骚动》

福克纳在他最成功、最有代表性的作品之一《喧哗与骚动》上花费了最多的心血，他自己也对这部作品最有感情，按照他自己的说法，他对这本书“总是撇不开，忘不了”。

小说写的是杰弗逊镇上康普生家族的没落，以及没落过程中各个家族成员的遭遇和精神状态。这个曾经出过将军和州议员、拥有大量田产和黑奴的庄园主世家现在败落了。康普生先生整天酗酒，陶醉在对过去时光的缅怀之中；康普生太太则在无病呻吟中变得越来越冷酷无情。他们的四个子女中，大儿子昆丁非常骄傲，但是精神脆弱，为乱伦的爱情所苦；二儿子杰生是个冷酷无情的实利主义者，连妹妹靠卖身为她女儿挣来的抚养费他都要克扣，妹妹要看一下自己的女儿，还得给他付钱，他甚至残酷到要对自己的白痴弟弟施以阉割的酷刑；小儿子班吉精神失常，不断受到杰生的虐待；女儿凯蒂热情开朗，但是在被人玩弄之后有了身孕，匆匆嫁给一个银行家的儿子后又遭遗弃，被迫沦落为妓女。小说的情节围绕着凯蒂的故事展开，全书分成四个部分，分别由四个人从不同的角度来讲述凯蒂的故事：第一部分是“班吉的部分”，讲述的时间是1928年4月7日；第二部分是“昆丁的部分”，讲述的时间是1910年6月2日，昆丁在这一天讲完他的故事后就自杀了；第三部分是“杰生的部分”，讲述的时间是1928年4月6日；第四部分是“迪尔西的部分”，作者在这一部分里采用第三人称来写，故事发生的时间是1928年4月8日。

作者在第一部分选择白痴班吉来叙述故事，是有其深刻用意的。因为人生，尤其是美国南方社会中的人生，浑浑噩噩，就“像一个白痴所讲的故事”，这正好点明了作品的主题。作品的标题来自莎士比亚悲剧《麦克白》第五幕第五场中麦克白的一段台词：

> 人生……
> ……像一个白痴所讲的故事，
> 充满着喧嚣与骚动，
> 却无丝毫意义。

人生的毫无意义通过班吉的混乱意识而表现出来，就更具有发人深省的象征意义。这时的班吉已33岁了，可是只有3岁小孩的智力，他没有时间概念，过去和现在之间没有任何界限，都汇入一种混乱的意识流动之中。但是，我们从班吉的混乱意识中，仍然可以感受到他因失去姐姐凯蒂对他的关怀而感到的痛苦。

第二个叙述故事的人昆丁虽然不是白痴，但却是一个精神上已彻底崩溃的人。这个没落地主阶级的末代子孙，身上虽然还保留着祖先那种贵族的骄傲，但是他从小建立起来的南方传统的价值标准却是那样不堪一击。他的懦弱的本性使他陷入了对妹妹凯蒂的不正当的爱情之中，他无法接受妹妹嫁人和堕落的现实，而选择了自杀的道路。昆丁的死表明南方旧传统培养出来的后代已无力改变正在发生变革的现实，在新与旧的冲突中变得束手无策，被这种冲突吞噬是他们必然的下场。

第三个叙述故事的人杰生不同于他的哥哥，他能很快地顺应潮流，接受受资本主义冲击的现实。在他身上集中体现了南方庄园主的残忍和资产阶级实利主义者的自私自利与卑鄙无耻。他是美国南方社会造就的一个资产阶级畸形儿。他所叙述的故事，是以他那种偏执狂、虐待狂的眼光折射出来的现实。

第四部分则通过对黑人女佣迪尔西的描写，补充说明了前几部分中没有交代清楚的情节。同前三个部分的叙述者相比，迪尔西是一个十分正常的人。通过她同整个故事的联系，再回过头来看前几个人的叙述，就会对整个故事作出更加客观而公正的评价。

在小说的结尾，杰生对妹妹的仇恨，对妹妹私生女小昆丁的虐待，终于招来了长大成人后的小昆丁的报复，她卷走了杰生的全部存款，跟一个过路的流浪艺人私奔了。

福克纳通过对康普生家族没落过程的描写，为南方庄园主的没落和旧贵族精神的沉沦谱写了一曲挽歌。但是，福克纳在唱这曲挽歌的时候不免也混杂着当时西方知识分子出于人性异化、找不到精神出路等原因而对现代文明所抱有的一种幻灭感。福克纳希望从宗教中寻求出路。他把小昆丁的出走放在复活节那一天，并且以基督的博爱精神同康普生家族中人与人之间的仇视和冷酷无情形成对照，以便唤起人性中尚存的那一点点善，从而实现“人性的复活”。

在艺术手法上，福克纳在《喧哗与骚动》中第一次成功地运用了多角度叙述手法，并把这种手法同意识流和象征手法结合起来。由于运用得十分巧妙，虽然从四个不同的视角出发叙述同一事件，却没有造成重复之感。相反，四个不同的视角使得整个事件显得更有层次、更具立体感，人物内心世界和精神状态的流露也变得格外充分，显得更加自然。在意识流手法上，福克纳也是运用得恰到好处，前三部分根据三个叙述者精神方面的不同病态，他采用了适应白痴、临终前精神崩溃者以及偏执狂、虐待狂的不同的意识流手法，更加充分而准确地揭示了处于这三种病态中的不同精神状态。第四部分是以十分清醒的笔调写出来的，增强了作品的客观效果。

福克纳在《喧嚣与骚动》中所成功运用的艺术手法，为他独特艺术风格的形成奠定了基础，也为小说创作开辟了新的艺术道路。

【本章思考题】

1. 现代主义是一个统一的流派吗？
2. 为何许多现代主义流派都视卡夫卡为“宗师”？
3. 在《荒原》中“精神荒原”是如何“拼贴”而成的？
4. 通过《尤利西斯》与《奥德赛》的对应关系作家要传达什么意图？
5. 奥尼尔的戏剧如何展示现代人的人生困境？
6. 从《喧哗与骚动》看意识流小说的特点。

第十二章
20 世纪后期现实主义文学

第一节 概述

一 历史与文学概况

第二次世界大战是人类历史上空前的巨大灾难，欧亚两洲是主战场、重灾区，影响几乎波及所有国家、所有家庭。它给人们留下的不仅是废墟和荒芜，更留下了难以愈合的精神创伤。

1945 年，战争结束后，世界的政治格局发生了重大变化。苏联率领在战争中被红军解放的东欧列国建立了社会主义阵营，随后有中国等亚洲国家的加盟。西方，地处两大洋之间的美国在二战中受损最少、受益最多，战后国力更迅速增强，自然成了资本主义列强的领头羊。昔日在战场上称为“盟军”的东西方国家，此时演变为全面对峙的仇敌；两大阵营在政治、经济、军事方面的激烈对抗，也导致了意识形态领域互不包容的尖锐对立。共同抗击法西斯的“热战”为持续抗衡达数十年的“冷战”所取代，构成了二战后世界的基本特征。两个超级大国争夺霸权的斗争愈演愈烈。

东西两大板块自身的发展也不平衡。印度、巴基斯坦、阿尔及利亚等国的相继独立，激发了各殖民地国民族意识的觉醒，削弱了宗主国的经济实力，老牌帝国难以再现昔日辉煌。各资本主义大国内部矛盾重重，反战示威、工人罢工、种族抗议、激进学潮……此起彼伏，社会秩序难以稳定，社会心态不得安宁。苏联在战争中发挥的巨大作用，使其在国际上赢得了崇高的威望。而 1956 年苏共二十大对斯大林主义的批判，以及随后波兰、匈牙利事件的爆发，引起了人们对社会主义进程中功过成败的重新审视。20 世纪 50 年代与 60 年代之交，中苏展开大辩论，社会主义“大家庭”开始分裂。80 年代与 90 年代之交，柏林墙拆除、民主德国与联邦德国统一，苏联解体、东欧剧变，传统意义上的社会主义在欧洲遇到了挫折，暂时停止了它的脚步。两强相争的“冷战”时代宣告结束。各国开始在新的世界格局中确立自己的位置，寻求自我发展的道路。世界政治出现多极化趋势。

从原子弹的爆炸到宇宙飞船的升空，从“克隆羊”的诞生到互联网的普及，科技发展日新月异，成果惊人。发达国家的经济经过二战后的恢复阶段后，获得较快的发展，进入后工业时期。交通、通信、电视、网络等的迅猛发展，使地球越变越小，信息的流通越来越便捷。“信息时代”的到来，拓展了人们的视野，也在不断冲击着人们的思维方式和生活方式。

战前、战时和战后，无论在侵略国还是在被侵略国，无论在东方还是在西方，都涌现了一批反对法西斯主义、捍卫和平与正义的优秀作家。他们以现实主义的笔法，愤怒揭露纳粹集团的阴谋和罪行，真实记录抗击侵略的伟大斗争，热情讴歌英勇战斗的民众和英雄，深刻传达战争给人们带来的痛苦和不幸。战争为现实主义文学创造了勃兴的机遇，现实主义文学在战争中展现了强大的战斗力和生命力。

经过上半个世纪的交融发展，二战后的现实主义呈现更为开放的态势。作家们在坚持关注和描摹现实的同时，在继续深入开掘人物内心世界的同时，也更加有意识地吸收现代主义的多种艺术手法，使作品更显丰富多彩。二战后文坛的另一倾向是纪实性文学的兴盛。投入这一行列的不仅有现实主义作家，也有现代派作家，甚至政界的风云人物。自传、回忆录、传记文学、自传性小说等纷纷推出，形成一股有声有色的潮流。真实的人生、真实的事件、真实的情感，引起人们广泛的兴趣。20世纪五六十年代后，苏联现实主义文学的深化，使作品基调发生了较大的变化。直面社会现实，关注普通人的命运，着力再现苏联历史的真实面貌，成为境内外作家共同关心的热点。与此同时，拉美文学异军突起，并相继出现魔幻现实主义、心理现实主义、结构现实主义等多种称谓，意在强调它们与现实的紧密关系。但就创作方法而论，它们似乎更接近现代主义。以此为例，也说明二者的交融有时已达到难分彼此的地步。

二 现实主义文学在各国的发展

与国情紧密关联的现实主义文学，在二战后东西方各国经历了不尽相同的发展过程，其中尤以苏俄文学的变化最引人注目。

◎ 法国在二战中深受屈辱和创伤。巴黎的沦陷和贝当伪政权的背叛，激起法国民众的极大愤怒。他们抗击侵略者的英勇卓绝的斗争，是世界反法西斯战争的重要组成部分。正是艰苦的抵抗运动，孕育产生了洋溢着战斗精神的抵抗运动文学。在战争的特殊环境下，诗歌是最便捷而有力的武器，它们通过诗传单、地下刊物在战士和百姓中传递，戴高乐将军还在伦敦的电台亲自朗诵，极大地鼓舞了法国人民的斗志。老诗人艾吕雅、年轻诗人夏尔（1907—1988）等都写出了许多优秀的诗篇。阿拉贡的诗集《断肠集》（1941）、《爱尔莎的眼睛》（1942）和《法兰西晨号》（1945）等更是抵抗文学中最闪光的佳作。他在1949年至1951年，还发表了鸿篇巨制《共产党人》，成为对这场伟大斗争的重要艺术记录。

从1918年就开始发表作品的历史学家、小说家安德列·莫洛亚（1885—1967），二战前就曾以为雪莱、拜伦、屠格涅夫、伏尔泰、夏多布里昂等作家作传而闻名，战后又相继推出了普鲁斯特、乔治·桑和“三个仲马”的传记，其中《雨果传》（1954）和《巴尔扎克传》（1965）尤为世人所称道。玛格丽特·尤瑟纳尔（1903—1987）是位博学多才的女作家。“行万里路，读万卷书”，她自幼就开始游历，足迹遍及欧美多国，又具有厚实的古希腊、罗马、印度等古典文化的根基，因而作品显示出丰富的学养和广博的阅历。她在20世纪30年代登上文坛，而真正为她带来赫赫声名的是五六十年代发表的两部历史小说：《亚德里安回忆录》（1951）和《炼金》（1968）。作品虽以历史为题材，却渗透着对人类文明的现代式焦虑。其优美的古典文风，更使她在日益通俗化的文坛上如“鹤立鸡群”。另一位颇具特色的女作家是玛格丽特·杜拉斯（1914—1996）。她出生和成长在法国治下的越南，18岁回法国读书工作，20世纪50年代步入文坛，作品多以亚洲为背景，其代表性作品《情人》（1984）等具有明显的自传性。杜拉斯小说的特点在于传统与现代的融会，有故事但并不强化情节，注重开掘人物的深层心理活动而又有迹可循，在常见的悲欢离合中透示现代人的生存困境。她的叙事技巧受到论者的好评。

◎ 英国是二战中的战胜国，但战火并未真正烧到本土，因此，它虽也有战争题材的作品，但却未像法国那样形成抵抗运动文学。二战后的英国，由于殖民地的纷纷独立，“日不落帝国”的风光不再，国内经济发展缓慢，社会日渐弥漫起失落、怀疑、焦虑不安的情绪。于是，“愤怒的青年”一派文学便应运而生，成为50年代欧美文坛上一个醒目的现象。这批作家经历过战争时期，又多受过高等教育，人称“新大学才子”。他们塑造了一批愤世嫉俗的“反英雄”形象，个个锋芒毕露，言辞犀利，对社会上种种丑恶现象进行无情的抨击。代表性作家作品有金斯莱·艾米斯（1922—1995）的小说《幸运的吉姆》（1954）、约翰·奥斯本（1929—1994）的剧本《愤怒的回顾》（1954）等。这一文学运动的否定性指向，对呆滞的社会秩序形成有力的冲击波。

20世纪50年代开始活跃的著名作家是威廉·戈尔丁（1911—1993），处女作《蝇王》使他一举成名。这部寓言体的小说，以一群孩子在荒岛上由共处变为争斗、由善良变为狠毒、由文明变为野蛮的过程，揭示了“人性恶”的题旨，引起强烈反响。随后，他陆续发表《继承人》（1955）和《品彻·马丁》（1956）等，不断深化这一主题。20世纪80年代，他又以《进年仪式》（1980）等一系列作品重振雄风，博得好评，成为1983年诺贝尔文学奖的得主。另一位贯穿20世纪下半叶的重要作家是具有强烈女权意识的多丽丝·莱辛（1919—2013）。她出生在伊朗，1949年才回到英国。1950年，她以《青年在歌唱》跃登文坛，备受青睐。《金色笔记》（1962）更是一部构思精巧、涉及面极广的力作，为她赢得了极大的声誉。20世纪70年代，她又发表了《一个幸存者的回忆录》（1974）等多部优秀作品。对现代社会中妇女命运的关注，始终是她创作关注的焦点。艾莉丝·莫多克（1919—1999）是又一位颇有建树的女作家。她的作品《在网下》（1954）、《钟》（1958）和《黑王子》（1973）等，在多方面对小说艺术的创新进行了探索。

◎ 德国是战争的策源地，也是遭受战争破坏最惨重的国家。战后，它又被人为地切割为东西两部分，“柏林墙”成为冷战时代的象征。这一段痛苦的历史，造成了德国文学独特的景象。

从希特勒上台到战争的正式爆发，法西斯主义的独裁统治日益猖獗，迫使德国富有正义感的作家和知识分子从20世纪30年代开始就通过各种途径相继逃往国外，形成数量可观的流亡队伍。一大批新老作家在流离颠沛中，仍坚持用笔作武器，运用多种艺术形式，或直笔抨击，或曲笔影射，矛头均指向纳粹的黑暗统治，指向疯狂的战争罪行。他们的作品，林林总总，汇聚成流亡文学的强劲潮流。像托马斯·曼以《德国听众们》为题的数十次广播演讲、亨利希·曼收在《勇气》集（1939）里的政论等，都在反对法西斯的斗争中发挥了巨大作用。而后者还在流亡法国时完成了著名的长篇《亨利四世》(1935—1938)，以历史上的开明君主对照希特勒的独裁。其他如海塞、雷马克、奥地利的穆齐尔（1880—1942）等著名作家，都属于这个行列。

二战结束后，德国被分为苏联的东占区和美英法的西占区，1949年，分别建立了德意志民主共和国和德意志联邦共和国。1989年11月，柏林墙拆除；1990年10月，民主德国和联邦德国统一。在这由分而合的40年里，由于政治和意识形态的对立，民主德国和联邦德国的文学发展呈现了不同的特色。

社会主义的巨大吸引力，使许多流亡作家在战后回国都选择了民主德国。民主德国的文学深受苏联文学创作和观念的影响。二战后的作家们除了继续清算法西斯主义的罪行外，开始着力反映工农群众的生活和社会主义建设；随着苏联"解冻"文学的出现，民主德国文学也有所变化，针砭时弊的内容和艺术手法的探索都有明显的增加。民主德国最有影响的是女作家安娜·西格斯（1900—1983）。她在20年代末就加入了德国共产党。希特勒上台后，她先后流亡法国和墨西哥。流亡期间，笔耕不辍，始终坚持反法西斯的主题。为西格斯带来国际声誉的是1942年在美国出版的《第七个十字架》。作品通过集中营七个囚犯的逃亡过程，深刻反映了法西斯统治下的社会生活和民众心态。1947年，西格斯回国，后当选为民主德国第一任作家协会主席。

联邦德国战后引人注目的是所谓"废墟文学"。战争使世界变成了废墟，使德国变成了废墟，人们愤怒地控诉，痛苦地思索，深刻地怀疑，但也难以找到重建秩序的出路。稍后的一些作品，还反映了民众对军国主义复活的警惕和担忧。君特·格拉斯（1927—　）是联邦德国著名的作家。他以诗歌步入文坛，但使他名声大振的是带有荒诞色彩的长篇小说《铁皮鼓》(1959)。作品通过身体只有三岁而智力却超常的侏儒奥斯卡的奇异经历和视角，展示了从一战后到二战后德国社会这段畸形的历史。格拉斯是位十分多产的作家，对政治活动也很是热心。另一位多产而卓有成就的代表性作家是亨利希·伯尔（1917—1985)。他从"废墟文学"登堂入室，从此一直关注着战争给社会和人类带来的灾难、创伤。他擅长写小人物，擅长透过日常生活表现丰富的社会内涵。他最受人称道的作品是《一个妇女周围的群像》(1971)。作家以拼贴的手法，通过一个女人与她周围形形色色人物的关系，反映了德国社会半个世纪的历史风貌。1972年，伯尔获诺贝尔文学奖。

◎　美国是二战中最大的受益国，它不仅未遭到实质性的破坏，反而由此发展为世界第一强国。但是，美国社会并未因此而安定平稳。20世纪50年代的麦卡锡主义、20世纪60年代古巴导弹危机和越南战争时的对外政策，以及种族歧视、妇女问题等社会矛盾的激化，使美国在经济迅速走向繁荣的同时，强化了意识形态的统治，竖起了"冷战"的大旗，一时间万马齐喑，形成了文坛上"寂静的50年代"。

海明威（详见本章第二节）是亲历两次世界大战的重要作家。他早在二三十年代已写出多部脍炙人口的作品，二战之后，虽伤痕累累，病痛缠身，仍笔耕不辍，令世人瞩目。

值得注意的是，在美国多元文化格局中，黑人作家和犹太作家的崛起。早在1952年，黑人作家拉尔夫·埃利森（1914—1994）的小说《看不见的人》，就对白人世界对黑人的视而不见提出了抗议，强烈呼吁要尊重黑人的独立人格。其后，两位黑人女性作家尤为引人注目：托妮·莫里森（1931—　）和艾丽斯·沃克（1944—　）。她们的作品不仅把种族问题、妇女问题作为重要的主题，而且能深刻地触及美国社会的普遍性弊端。前者于1993年获诺贝尔文学奖，重要作品有《所罗门之歌》（1977）等；后者的主要作品有《玛瑞犹安》（1976）和获普利策奖的《紫色》（1982）等。她们在创作手法和语言运用上也多有创新。犹太作家也有一批在国际文坛上获得了赫赫声名。艾萨克·巴什维·辛格（1904—1991）是最富犹太色彩的作家（他甚至始终使用意第绪语写作），作品深含犹太文化的底蕴。他的著名作品是《卢布林的魔法师》（1960）。1978年，辛格获诺贝尔文学奖。早于他两年获奖的是另一位犹太作家索尔·贝娄（详见本章第五节）。此外，著名的犹太作家还有伯纳德·马拉默德（1914—1986）、戏剧家阿瑟·密勒（1915—2005）等。前者的《魔桶》（1958）和后者的《推销员之死》（1949），均达到了很高的水平。

◎ 20世纪50年代，苏联文学出现了明显的转折。1954年苏联第二次作家代表大会开创了文坛的新局面，活跃了理论批评和文学创作，重新提出“写真实”，并发展为“积极干预生活”的口号，有针对性地破除了“无冲突论”。这些都促进了文学的发展。同年发表的爱伦堡的中篇小说《解冻》，引发了“解冻文学”思潮，一批比较真实地反映现实的作品得以出版。

奥维奇金（1904—1968）的农村特写《区里的日常生活》（1952—1956）、特罗耶波尔斯基的特写《一个农艺师的札记》（1953）、田德里亚科夫的小说《女婿》（1954）以及尼古拉耶娃的《拖拉机站站长和总农艺师》（1956）等作品，大胆冲破禁区，触及农村存在的迫切问题，如影响农业生产的官僚主义、命令主义，提出社会主义应该更加关心人等要求。

战争题材的小说，由肖洛霍夫《人的命运》的发表而开始了战争小说的“第二次浪潮”。它从新的角度提出了“人在战争中的命运”，着重表现战争给普通人造成的心灵创伤。这次浪潮尤因一大批亲历过卫国战争的青年作家走上文坛而大为加强。他们以亲历的见闻为素材，用逼真的细节描绘战场特别是前线阵地的情景，如实地表现士兵和下级军官在战壕中的心理状态，不但表现了英勇顽强的精神，也表现了怯懦和惊慌心理，被视为“战壕真实派”。其代表性的作品是巴克兰诺夫的中篇小说《一寸土》（1959）、贝科夫（1924—2003）的中篇小说《第三颗信号弹》（1959）、邦达列夫（1924— ）的中篇小说《营请求火力支援》（1957）和《最后的炮轰》（1959）等。

苏共二十大（1956）和二十二大（1961）先后提出反对对斯大林的“个人崇拜”和强调“一切为了人”的口号之后，陆续出现了一批描写劳改营、否定斯大林的作品，如索尔仁尼琴（1918—2008）的中篇小说《伊凡·杰尼索维奇的一天》（1962）和特瓦尔多夫斯基的长诗《焦尔金游地府》（1963）等。前者写苏联劳改营的阴森可怖，后者把社会比作“阴曹地府”，影射斯大林是阎王暴君。这类作品引起评论界的争议和批评。与之相反，有的作家反对全面否定苏联社会，便以作品来为社会主义申辩，突出的如柯切托夫的长篇小说《叶尔绍夫兄弟》（1958）和《州委书记》（1961），歌颂普通工人以及基层干部。争论最后导致了柯切托夫主编的《十月》杂志和特瓦尔多夫斯基主编的《新世界》杂志的长期对立，二者互不相让。

围绕“解冻文学”的争议平息下去之后，文学创作转向反映重大事件的长篇巨著，出现一批“全景图”或“史诗性”的作品，如西蒙诺夫在20世纪70年代最终完成的战争题材三部曲《生者与死者》、《军人不是天生的》、《最后一个夏天》（1957—1971）。它描写1941年6月德军突然袭击、入侵苏联，到1944年夏天苏军最终把德国侵略军赶出国境的全过程。这已不是40年代描写为争夺一条街、一幢楼战役的“日日夜夜”，也不是五六十年代表现前线阵地为争夺“一寸土”而进行的白刃战，而是从“战壕真实”发展到与“司令部真实”相结合的“全景图”。它不但从时间上包括事件的全过程，而且从空间上包含了从前线到司令部、从士兵到统帅活动的全景。这类长篇小说还有恰科夫斯基（1913—1994）写列宁格勒抗击德军包围的《围困》（五卷本，1968—1975）以及斯塔德纽克（1920—1994）的《战争》（1970—1980）等。

塑造正面人物形象的作品也有明显的变化。瓦西里耶夫（1924—2013）的中篇小说《这里的黎明静悄悄》（1969）描写五个感人至深的女兵形象，贝科夫六部战争题材的中篇小说和邦达列夫中篇小说《热的雪》（1969）里的英雄人物，既具有英勇顽强、情操高尚、责任感强的英雄精神，又“富有人性”，充满“人情味”。

进入20世纪70年代，几乎所有题材的作品都贯穿着道德主题，它们提出社会问题，暴露痼疾，旨在引起“疗救的注意”。比较突出的道德题材作品如特里丰诺夫（1925—1981）的中篇小说《滨河街公寓》（1976），揭露新产生的野心家和两面派是如何钻营和向上爬的。利帕托夫的长篇小说《伊戈尔·萨沃维奇》（1977）触及尖锐的社会问题：特权造成了新时代的“多余人”。同时有大批作品揭露人们自私贪婪、不择手段地追求钱财、破坏法制、践踏公共道德准则。如特里丰诺夫的中篇《交换》（1969）、艾特玛托夫（详见本章第四节）的《白轮船》（1970）、顿巴泽的长篇《白旗》（1971）、阿斯塔菲耶夫的《鱼王》（1976）和特罗耶波尔斯基的《白比姆黑耳朵》（1971）和拉斯普京的《活着，可要记住》（1974）等。

20世纪80年代初还出现了诸如邦达列夫的《选择》（1980）和《人生舞台》（1985）、冈察尔的《你的霞光》（1980）等有影响的作品，但因社会动荡，作家们无心笔耕，新作寥寥。而发表以往遭禁的作品并予以重新评价则成为一个热点。其中，最引人注目的当属帕斯捷尔纳克（详见本章第三节）的《日瓦戈医生》和索尔仁尼琴的《古拉格群岛》，二者分别于1988年和1990年在苏联出版。

1991年苏联宣告解体，苏联文学的历史进程随之终止。俄国文学进入了又一个新的历史阶段。

第一节
海明威

厄纳斯特·米勒尔·海明威（1899—1961）是美国富有传奇色彩和独特个性的杰出作家，人们通常把他称为“迷惘的一代”的代表，但这一界定并不十分全面。

海明威出生于美国伊利诺伊州芝加哥附近的橡树园镇。父亲是当地的一名著名医生，业余时间喜欢带孩子外出狩猎、运动、垂钓，以培养他们的“男子汉”兴趣和性格；而母亲则喜爱音乐和绘画，希望把海明威培养成循规蹈矩、有文化教养的上流社会中的一分子。在父母之间的这场争夺战中，多半是父亲一方获胜，但从海明威的一生来看，母亲所赋予他的一些艺术素质在他身上也有明显的痕迹。然而他性格中从小有许多方面已超越了父母，如勇敢和坚忍不拔的精神，倾心于在大自然中悠然独处，愿干出大力流大汗富于刺激的事，特别爱吃捕获的猎物，等等。

第一次世界大战爆发后的第三年，美国宣布参战，海明威立即报名志愿入伍，但因眼疾未被接受。海明威以优异成绩中学毕业后，拂逆父意，未去上大学，而去了《堪萨斯城明星报》当见习记者。报社对文体风格的要求很严，有110条明文规定，首要的一条是“要简短明快”，“避免使用形容词，特别是过分的形容词”。这种训练使海明威在日后的文学创作中形成了一种特有的明快风格。

战争始终吸引着海明威。他虚报年龄终于在1918年5月领到红十字会救护队发给的军装，并被授予中尉衔到意大利前线担任救护车队司机。有一次海明威因冒着枪林弹雨去抢救一位伤员，自己也负了伤，但他还是背着伤员爬回了战壕，表现出无比的勇敢。但是他的膝盖被打碎了，人昏了过去，被抬到野战医院治疗，前后动过12次手术，取出了237块弹片。在治疗期间，他得到了护士艾格尼斯的精心护理。他苏醒时第一眼看到的就是艾格尼斯那双充满深情和温存的暗紫色的眼睛，这成了他日后创作的长篇小说中的一个感人镜头。康复后他重返战场，不再当司机，而成为一名驰骋疆场、冲锋陷阵的战士，他感到了从未有过的满足。一战结束后，他于1919年登上故土，带回了意大利政府授予的三枚奖章。但这次战争也使他带回了精神上的深刻创伤和严重的失眠症。他一闭上眼睛，那炮弹的轰鸣声和伤员痛苦的号叫声就会立即让他尖叫着惊醒过来。他把这一切都凝聚在以一战为题材的长篇小说《太阳照常升起》、《永别了，武器》中。在家住了不长一段时间，他就去了加拿大，担任《多伦多明星周刊》的特写作家。这次他可以自由地选择题材，把自己的所见所闻写出来，外加一些适合主题的幽默或悲怆。1921年回到美国，继续为一些报刊撰稿，并同哈德莉·理查逊结婚。著名作家安德森与他们是近邻又是好友，他劝他们去欧洲，以就近观察战后欧洲急变的政治风云，并寻求名师的指点和引路。1921年，海明威以《星报周刊》驻欧记者的身份偕妻子去了巴黎，开始了他的“巴黎学艺”时期。

在巴黎，经安德森介绍，他认识了诗人庞德、散文作家斯泰因、爱尔兰作家乔伊斯及其他一些作家、记者和出版商。他们之间的私谊，诚如海明威在晚年所写的回忆录《流动的宴会》中所说，20年代初巴黎习艺时期无疑是决定他一生的关键中的关键。他们给了他热情的支持和指引，亲自帮他审阅手稿，提出具体的修改意见和中肯的帮助。流传久远的“迷惘的一代”的称谓，就是这一时期斯泰因对青年海明威说的，后来成了这一派作家的代称，并成为海明威的《太阳照常升起》一书的扉页题词。

1922年，海明威在巴黎主教街74号的寒碜阁楼上给《多伦多明星周刊》写了许多稿子，受到该报编辑勃恩的赞赏和信任。他在瑞士采访时结识了美联社创办人伯德，日后，正是伯德为海明威编辑出版了短篇小说集《在我们的时代里》(1925)。这个集子和翌年发表的《春潮》，以其独特的风格引起评论界的重视。5月份去意大利旅行期间，他会见过墨索里尼，成为最早报道这位黑衫党党魁的通讯记者之一。9月至10月，他又受命去中东和瑞士洛桑采访土希战争和解决土希领土争端的国际和平会议，并同时为国际新闻社和宇宙通讯社撰稿，连续写出不少出色的电讯。后来，他还去过德国，报道过法、德在鲁尔地区的冲突。他一年中行程万里，采访过各类人物，记者生涯无疑一再挑起了他的猎奇心理，锻造了他的强壮体魄，磨炼了他的简约文风，并为他的文学创作提供了丰富的生活素材。

20世纪20年代是海明威文学创作的早期，他写出了《在我们的时代里》、《春潮》、《没有女人的男人》(1927) 和长篇小说《太阳照常升起》(1926)、《永别了，武器》(1929) 等作品。

《在我们的时代里》包括13个短篇和16篇夹在故事前的散文小段，其中不少篇描写涅克·阿丹姆斯面对社会生活中的暴力、伤残、死亡现象，所产生的思想、心理、个性诸方面的感受。这些作品表现了暴力世界中孤独的个人。"在我们的时代里"，不会有真正的和平与幸福，有的只是暴力和死亡，人们从幼年起就处在一种恐惧、孤独、迷惘、受伤害的状态中，迷失在"悲观主义的胡同"里。涅克的形象是海明威一系列重要作品中主人公的雏形，而且有作家本人生活经历的影子。

《没有女人的男人》是海明威的第二个短篇小说集，其中名篇有《打不败的人》、《五万大洋》、《杀人者》等，创造了一系列临危不惧、视死如归的"硬汉性格"，弘扬"务必当个强者"的信念，对美国的通俗文学产生了影响。

长篇小说《太阳照常升起》写战后一群流落欧洲的青年的生活情景以及他们精神世界的深刻变化。小说主人公杰克·巴恩斯是一名美国记者，战争毁掉了他的性能力。他爱上了一名英国护士勃瑞特·艾希利，后者也倾心于他，但他们无法结合。另一条线索写一个美国作家罗伯特·柯恩，对生活颇多虚妄与浪漫的幻想，他也爱上了勃瑞特，但她不喜欢他。这一群历尽战争沧桑的青年，战后浪迹欧洲大陆，整日钓鱼、看斗牛、聚饮、争吵或殴斗。战争夺去了他们的亲人，给他们留下了肉体上和精神上的创伤，他们对战争极度厌恶，对公理、传统价值观产生怀疑，对生活感到厌倦、迷惘和懊丧，醉生梦死地度日。小说从一个独特的角度谴责了战争，具有反战色彩。小说因写了战后一代人的迷惘而成了"迷惘的一代"文学流派的代表作。

《永别了，武器》(旧译《战地春梦》)是海明威的代表作之一。它以反对帝国主义战争为主题，揭示了"迷惘的一代"出现的历史原因，控诉了战争毁灭人的理想和幸福，戕害人们的心灵，并使千百万无辜生灵涂炭。

小说的主人公亨利·腓特力是一个美国青年，志愿参加意大利军的医疗队，任救护车队司机，领中尉衔。一次休假归来，在部队驻扎的小镇上结识了志愿参战的英国女护士卡萨玲·巴克莱，来往频繁。不久，亨利负伤住进了野战医院，得到了卡萨玲的精心照料和护理，两人终于产生了爱情。后来亨利被转送到米兰的一家美国医院动手术，恰好卡萨玲也被调进这所医院，他们的关系得到了进一步的发展。亨利病愈后告别情人重返前线，这时意军节节败退，亨利在撤退中被意大利宪兵误认为德国间谍。在被押去处决的途中，他跳入河里死里逃生。他认定自己从此已再无义务，决定同战争"单独媾和"。他赶回米兰，但卡萨玲已经走了。经过苦苦寻找，他终于找到了卡萨玲，两人披星戴月逃出意大利，划小船渡过马奏列湖，到了瑞士。他们在瑞士的一处"世外桃源"建造了临时小巢，避开了混乱厮杀的人间，在那里度过了三个月的安宁生活。最后，卡萨玲死于难产，留下孤零零的亨利一人在凄风苦雨中，茫然漠视悲凉的人生。

战争鼓吹者的那些"光荣、勇敢、神圣、爱国"的欺骗宣传，把无数青年召唤到了战场，但他们在战场上看到的是交战双方草菅人命的野蛮屠杀和一片混乱，"看不到任何神圣的东西"。正如亨利所说："没有什么光荣，所谓牺牲，那就像芝加哥的屠宰场，只不过这里屠宰好的肉不是装进罐头，而是掩埋掉罢了。"罪恶的战争不但夺去了无数人的生命，毁掉了人们的美好爱情和幸福生活，而且摧毁了人们的理想和传统的价值观念，只留下精神上的一片废墟。在小说里可以看到，从军官、教士到士兵、百姓，都普遍存在着强烈的厌战反战情绪，而理想幻灭后的兵士，只是一群被驱赶到战场上为统治集团卖命的"炮灰"而已。他们没有进行积极的反抗，只有消极的逃跑和亨利式的"单独媾和"。这清楚地表明作家的反战倾向，以及他对个人与社会、战争与和平、生活与战斗、生与死等一系列重大问题的思考。作家发出了“人生是一场孤独的战争”、“胜者无所获”的悲叹。

《永别了，武器》显露了海明威小说风格的基本特色和“现代叙事艺术”。作品故事情节简单，意境纯一，语言质朴无华，句子短小凝练，写实、象征、意识流、点染等手法得到综合运用，环境描写达到情景交融，叙事中间有幽默。作品具有较高的艺术性。这与作家创作的严谨作风也分不开，据他自己说，就像创作《老人与海》曾修改过200遍一样，《永别了，武器》的结尾“改写了39遍才感到满意”。

1927年海明威离开欧洲回国，后迁往古巴。他常去各处狩猎，并经常出海捕鱼。20世纪30年代他还去非洲围猎，两次飞机失事使他受了重伤。他根据非洲的见闻和印象写了游记《非洲的青山》(1935)和《乞力马扎罗的雪》(1936)。后者以现实与幻想交织的意识流手法描写作家临死前的反省，颇具艺术特色。

1936年，西班牙独裁者佛朗哥在德、意法西斯的直接参与下发动内战。海明威积极参加了保卫西班牙共和国的声援运动，并捐款购买救护车等支援共和政府。1937年他亲任西班牙共和国美国友人组织医疗部救护车队委员会主席，并以北美报业联盟记者名义先后四次奔赴西班牙内战前线，报道西班牙人民的英勇业绩，并拿起武器参加了战斗。1938年他为影片《西班牙大地》撰写解说词，并写了赞扬共和战士的剧本《第五纵队》。西班牙抵抗运动失败后，他同最后一批国际纵队人员一起撤离西班牙，于1939年回到古巴。

《死在午后》(1932，又译《午后之死》)是海明威描写西班牙斗牛的专著。他在书中总结了自己的创作经验，提出了“冰山原则”：只表现事物的八分之一，而让其余的八分之七在水下，使作品内容给人以充实、含蓄与耐人寻味之感。他说“冰山在海里移动很是庄严宏伟，这是因为它只有八分之一露出水面”，而读者自会“强烈地感受到他所省略的地方”。他尊奉美国建筑师罗德维希的名言：“越少，就越多。”这一理论不但使作品趋于精练，更重要的是缩短了作品与读者之间的距离，使读者能动地阅读和思考。这是现实主义在20世纪的一种新发展。当然，作家还必须具备丰富的生活积累和高超的题材提炼能力。

长篇小说《丧钟为谁而鸣》(1940)也是以西班牙内战为背景，是海明威的一部承前启后的重要作品。它写国际纵队的志愿人员罗伯特·乔丹为配合一支游击队的一次炸桥行动而牺牲的感人事迹。罗伯特·乔丹是美国蒙大拿大学的西班牙语教师，他自愿投身于西班牙反法西斯斗争，参加了支援西班牙人民的国际纵队。1937年，西班牙共和国政府军经过一年抗击法西斯叛乱后，决定于瓜达拉马山脉阿维拉地区进行反攻，国际纵队特派乔丹深入敌后，联络游击队届时炸掉一座有战略意义的桥梁，以阻止敌军增援。这是一项至为艰巨的任务，不但上级规定的在凌晨炸桥的时间不利于任务的执行和人员的撤离，而且因为执行这一任务的游击队长态度消极，从中作梗，加之天气骤变，暴风雪来临，上级人员泄密，使敌人已有准备，诸种情况使得执行这一任务的困难大大加剧。小说写出了乔丹在准备执行这一任务的短短三天内所进行的各种艰苦工作：做争取游击队员的思想工作、鼓舞他们的士气、联络友军的支援和配合、观察地形、检查爆破器材和采取措施修补被游击队长破坏的器材、向上级报告敌情并提出撤销原来进攻方案的建议等。然而，此时进攻信号已打响，乔丹和游击队员们冒着生命危险完成了炸桥任务。乔丹不幸身负重伤，但他仍坚持一人留在山坡上掩护游击队员们撤退。在生命的最后时刻，他仍充满必胜的信念：“即使这次进攻不成，还会有下一次的，总有一次能成功。”乔丹已经在相当程度上克服和摆脱了《太阳照常升起》中的杰克和《永别了，武器》中的亨利身上的那种孤独、迷惘与悲戚的情绪，把个人（个人主义的英雄）融入社会（社会责任）中，认识到自己是为人类理想而战，因而表现出为正义事业而献身的崇高精神。这部作品是海明威中期创作中思想性最强的作品之一。

第二次世界大战期间，海明威任随军记者，并曾亲自赴前线作战。他先后去英国和法国，曾随机轰炸德国，因飞机失事而受重伤。他随美军第四步兵师在法国诺曼底登陆，并率领一支游击队深入敌后侦察。盟军攻打巴黎时，他先于正规部队入城。他因不顾记者不得参加战斗的禁令而被捕，成为轰动一时的“海明威事件”。后经艾森豪威尔下令获释，重返前线，又两度受伤。因战争功勋，他于1947年获铜星奖章。1941年至1942年间，海明威远访亚洲和中国，发表了六篇有关中国抗日战争的文章，赞扬中国是抗击法西斯侵略的重要力量，呼吁美国当局援华。1942年至1944年，他把自己的游艇改装成反潜艇的舰只，在墨西哥湾游弋，监视纳粹潜艇的出没，为美国海军提供情报。海明威以作家、记者、战士三位一体的身份参加了第二次世界大战，并在炮火纷飞中写出了大量作品。

第二次世界大战后，海明威进入创作的晚期，其代表作是中篇小说《老人与海》(1952)。作品写古巴的老渔夫桑提亚哥独自在海上拼搏的故事。一次，他一人出海捕鱼，在海上漂流了84天仍一无所获。但他的“硬汉性格”令他不服输，坚持与命运抗争，第85天终于捕到了一条18英尺长的大马林鱼，经过两昼夜的生死搏斗才降服马林鱼而胜利返航。但在归途中又遇到一大群鲨鱼尾随而来，大口啃食他的捕获物，于是老汉又与鲨鱼展开顽强的搏斗，利用渔叉、刀子、木棍袭击鲨鱼群，终因寡不敌众，力量对比悬殊而失败。当他靠岸时，人们看到的就只有一副巨大的马林鱼骨架了，但仍引起人们的普遍惊羡。作品的主题思想是告诫人们要勇敢地面对失败，在暴力、死亡、失败面前要保持人的尊严和勇气，保持“男子汉的风度”：“一个人并不是生来要被打败的。你尽可以把他消灭掉，可就是打不败他。”桑提亚哥是一个典型的“硬汉”形象，是海明威二三十年代所塑造的一系列拳击师、斗牛士、猎人、战士等“硬汉”形象的发展与升华。海明威在这个中篇中充分肯定了人，写出了多么了不起的人！浩瀚的海洋、凶猛的马林鱼和凶恶的鲨鱼、恶劣的气候、多舛的命运，都没有把一个孤单而老迈的人征服。作家写出了他在对待失败时观念上的胜利和作为“强者”、“硬汉”的寓意深刻的悲剧性格，所以作品的结尾给予读者的绝不是颓丧，而是鼓舞。海明威后来被授予诺贝尔文学奖，他在书面受奖词中说：“对于一个真正的作家来说，每一本书都应该成为他继续探索那些尚未到达的领域的一个起点。”他本人诚可谓这方面的典范，他在《老人与海》中综合运用了写实、象征、意识流手法和电影艺术中的“蒙太奇”、绘画艺术中的点染等手法，并成功地运用了“冰山原则”，使作品色彩瑰丽，意境深邃，韵味隽永。但是，尽管海明威在《老人与海》中企图摆脱令他一生苦闷的孤独与悲戚感，但作品还是流露出淡淡的孤独与悲观情绪，使人感到有如一曲“天鹅的绝唱”。

海明威一生脑震荡达十余次之多，肝、腰、下脊椎都有严重的内伤，并患高血压、糖尿病、视觉重叠症和罕见的“铁质代谢紊乱症”。至1960年，他几乎形同“没有主意的小学生”。由于不堪忍受多种疾病的折磨，加之长期受悲观的人生观影响，他于1961年7月2日用猎枪自杀身亡。身后他的妻子发表了他的两部遗作：《流动的宴会》(1964)和《海流中的岛屿》(1970)。前者追忆20年代在巴黎的写作生涯以及他与一些作家的来往，后者写画家赫德森生活中的三个片断。

海明威一生的创作在现代世界文学史上留下了光辉的一页。他以其亲身参加两次世界大战的丰富阅历，描写和谴责了战争，撕下战争鼓吹者的一切假面具，并写出了一代青年的迷惘情绪。他的作品洋溢着对劳动人民的爱，通过描写农人、村民、猎手、渔夫、拳师、斗牛士和记者，塑造和赞美了“硬汉性格”，拓宽了文学创作中孤独、暴力、死亡的主题，探索了暴力的多义性。他探索艺术创作的新途，使现实主义在开放性的兼容并蓄中获得了新的光彩。他是简约有力的散文文体的大师，“把附着于文学的乱毛剪了个干净”，采用简洁、清新、通俗、达意的文字，使作品明晰流畅，引起了一场“文学革命”，影响甚为深远。

第三节 帕斯捷尔纳克

一 生平与创作

苏联时代的俄国作家鲍里斯·列昂尼多维奇·帕斯捷尔纳克（1890—1960）出生于莫斯科一个犹太知识分子家庭。父亲是教授、画家，曾为托尔斯泰的小说画插图，因此颇有名气。母亲擅长音乐。家庭给予他良好的影响。除了家学的渊源，他曾接触过的当代文学艺术界的多位名家，对他也有深远的影响，包括大作家托尔斯泰、名音乐家斯克里亚宾和奥地利名诗人里尔克。这促使他日后努力学习和写作，成为诗人和作家，同时在文学翻译上大有建树。

他 1909 年考入莫斯科大学法律系，后转入历史语文系哲学班。1912 年赴法国马尔堡大学攻读德国哲学，注重研习新康德主义学说，不久之后回国。1914 年爆发第一次世界大战，他因腿部有残疾而免服兵役，暂在乌拉尔一家工厂任职。1917 年二月革命后回到莫斯科，在十月革命后就到教育人民委员会图书馆任职。苏联卫国战争期间，他曾于 1943 年奔赴奥勒尔战场，采访和报道战事，写有不少战地特写和报告文学作品。

帕斯捷尔纳克早期深受俄国象征派和未来派诗歌的影响，曾加入当时的诗歌小组，写了不少诗作。1914 年和 1917 年先后出版诗集《云雾中的双子星座》和《超越障碍》，两部诗集主要写个人对生死、爱恨、天人之间关系的思考和感情。真正为他带来声誉的第三部诗集《生活——我的姐妹》（1922），主要抒发诗人对待生活的看法，表露内心感情，歌颂自然与人生。从中可以看出象征派和未来派的意蕴：一方面是有别于传统诗歌，别开生面，不落俗套；另一方面令人感到比喻奇特，文字晦涩，主题模糊。

此后，他又陆续出版诗集《主题与变奏》（1923）、《崇高的疾病》（1923）和长诗《施密特中尉》（1927）等。但是由于诗歌写法和风格与众不同，他在三四十年代初曾受到批判，被斥为缺乏思想性和人民性，严重脱离生活。诗人只好放下写作，改行去翻译诗歌，包括译出莎士比亚、歌德、席勒等人的诗作，还译过格鲁吉亚的诗歌，在俄国翻译界颇有影响。

在 20 世纪 40 年代写出的诗集《在早班列车上》（1943）和《大地的延伸》（1945）已经改

变了风格，不再过于雕琢语言，而趋向于用语明朗简洁、形象具体鲜明了。此外，他还写有诗集《雨霁》(1956—1959)、小说《故事集》(1925)、《空中路》(1933) 和自传性随笔《人与事》(1956—1957)。作家最重要的作品是在晚年写成的长篇小说《日瓦戈医生》(1948—1956)。

二 《日瓦戈医生》

《日瓦戈医生》是作者一生诗歌与小说创作的总结。全书包括小说和诗两部分，小说又分上下部，共17章，而(小说)尾声之后的第17章名为主人公的20多首诗，实是作者长期写下的诗作。

小说头绪繁复，主要以日瓦戈和情人拉拉为线索，串联出一批人物，意在展现其社会和家庭两个主题。日瓦戈在父母双亡后，10岁时被托给一位教授抚养，与教授之女冬尼娅自幼相伴，长大后分别学了医学和法律，大学毕业即结婚生子。

另一位主要人物拉拉，在16岁时曾被母亲的情夫、卑鄙的律师科马罗夫斯基奸污，后与工人家庭出身的优秀知识分子帕沙结婚。但帕沙在听过美丽妻子关于失身的自白后，精神上深受打击。第一次世界大战开始，他参加了军队，实为弃家出走。十月革命后，他参加了红军，当了部队指挥员，忠心耿耿，战功显赫，却因不被信任遭到清洗，绝望中举枪自杀。一战中，日瓦戈作为军医在前线邂逅了拉拉，两人相恋，曾数度同居，几经聚散。他曾在红军游击队中充当军医，系出于被迫，他对红白双方均感厌恶，又在战乱中身不由己，后辗转回到莫斯科，终因妻子与情人双双音讯杳然，未满40岁即心脏病发作而猝死于莫斯科街头。

作者通过十月革命和内战前后十年的经历，塑造了一位诚实、正直，但思想极为矛盾的俄国旧时知识分子形象。日瓦戈医生熟谙旧俄的腐败，所以由衷地欢迎十月革命，称之为“从未有过的壮举，历史上的奇迹”。但他对革命后的战乱和困境颇感迷惘，对无论白军还是红军的暴力都表示反对，反映了旧知识分子内心矛盾和曲折经历。作品描写了革命暴力的失误和造成的惨相，较为深入和多方面地表现了错综复杂的社会关系，以及革命时期社会付出的沉重代价。写法与以往的这类作品不同，别具一格。

回顾苏联、反映十月革命这段历史的长篇小说，显著者有三部。如果说阿·托尔斯泰的《苦难的历程》属于颂歌，肖洛霍夫的《静静的顿河》属于悲歌，那么帕斯捷尔纳克的《日瓦戈医生》则是哀歌了。三者的写法不同，格调各异，共同组成了那个时代的完整画面。无论评价如何不同，却各有明显的价值。

然而，当时正处于东西方“冷战”时期，小说一出版立刻被双方作为政治对抗和互相攻击的一个焦点而加以利用。他们从各自的政治需要出发，无论西方，还是苏联都把它解读为否定十月革命之作。作者写了8年，在1956年解冻的形势下拿出来发表，在苏联国内却遭到《新世界》杂志退稿，被斥为：“小说的精神是仇恨社会主义革命。”手稿传到西方，则被大加宣扬，极力“炒作”。1957年在意大利用意文出版，旋即被译成15国文字印行，并立即在1958年被宣布授予诺贝尔文学奖。这更激怒了苏联，《真理报》(1958年10月26日) 发表署名文章谴责作者为“社会主义革命的诬蔑者和苏联人民的诽谤者”。苏联作家协会宣布开除作者，直到帕斯捷尔纳克公开表示拒绝领奖才作罢。而在西方仍不断掀起抗议苏联的声浪，弄得作者倍感尴尬，左右为难。

小说除了很好地表现社会主题外，还细腻地描写了家庭情感问题。书中更为震撼人心的，是日瓦戈和拉拉曲折的爱情故事。其中，不但日瓦戈在社会动荡之中无法掌握自己的命运、事业、家庭，直至个人生活都无能自立，更谈不上实现理想。拉拉尽管美貌出众，异常真诚，但在少女时被诱骗，婚后又被弃，并因为帕沙的政治“问题”而受牵连，竭力逃避被抓捕。这样两个具有敏感心灵的人遭遇在一起，两情相悦，互相理解。一个是理想幻灭、有才华却不得施展而厌倦革命和战乱；一个是美丽善良，私生活上却屡遭厄运，为避免受政治株连而躲避革命，恰似“红颜薄命”。他们在乱世中碰在一起，演绎出一幕幕激荡人心、引人同情的爱情场景。小说的这一部分也是历来为论者所称道的爱情“悲喜诗”。

作者的写作方法虽然仍是现实主义，但已不局限于此了，而是加入了许多非现实主义的成分，例如象征、意象、浪漫主义等等。这也是本书在理解上的一个难点，读者需要转换角度，方能体会其中的新意。

帕斯捷尔纳克由发表此书而走红国际，也因此书而备受精神折磨，从此心情郁闷，两年后（1960 年）便去世了。死因也是心脏病，与小说的主人公日瓦戈居然同此命运。好在日后又被恢复名誉，1988 年在其本国内出了俄文版，并开办作家纪念馆，人们广泛纪念他，让他备享死后的哀荣。

第四节
艾特玛托夫

钦吉斯·托列库洛维奇·艾特玛托夫（1928—2008）原是苏联时代吉尔吉斯民族作家，苏联解体后为吉尔吉斯斯坦籍，能用吉尔吉斯文和俄文两种文字写作。他出生在农村，世代贫穷。其父早年是共产党员，担任过领导工作，不幸 1937 年遭到清洗而冤死。母亲抚养四个孩子，在农村艰难度日。艾特玛托夫 14 岁时德军入侵苏联，迫使他中断学习，直至战后才进入兽医中专和农学院就读。大学毕业后，到畜牧研究所实验站工作，1958 年以中篇小说《查密莉雅》成名，即便调入《吉尔吉斯文学》杂志，之后转任莫斯科《真理报》驻吉尔吉斯特派记者。其创作可分为三个阶段：

第一阶段，从探索走向成熟（20 世纪 50—60 年代）。

20 世纪 50 年代初曾以若干短篇小说反映吉尔吉斯的山村生活而引起注意，1956 年被选送莫斯科苏联作家协会的文学进修班培训，1958 年发表成名作《查密莉雅》。小说写反法西斯侵略的卫国战争期间，一个已婚少妇查密莉雅爱上退伍军人丹尼亚尔而私奔的故事。女主人公虽然家境殷实，生活安稳，而退伍军人却因伤跛脚，家中一无所有。为了爱情，她不顾传统的观念和习俗，毅然跟他一起出走，作品以诗意的笔调描写了山村的美景，衬托女主人公的浪漫情怀，突出她对爱情和理想生活的追求，以及她那不落俗套的带点野性的美丽。艺术手法清新优美，使得小说别有一番情趣，这在吉尔吉斯文学中实属罕见，因而引起哈萨克族老作家阿乌埃左夫的兴趣，并加以推荐。

此后，他继续写出《我的包着红头巾的小白杨》(1961)、《骆驼眼》(1962)、《第一位老师》(1962) 三个中篇，均以吉尔吉斯鲜明的民族风情和优美的山村景色为特点，一再显示了他是一位别具一格的民族作家。三个中篇和《查密莉雅》一起结成小说集《群山和草原的故事》，荣获1963年的苏联最高文学奖——列宁奖。

其后，作者继续表现和颂扬吉尔吉斯劳动人民，创作出《母亲——大地》(1963)、《红苹果》(1964) 等小说。《永别了，古利萨雷!》(1966) 则成了艾特玛托夫60年代创作的顶点。

古利萨雷是吉尔吉斯老牧民塔纳巴伊的一匹爱马的名字，他牵着这匹心爱的老马回家，一边走着夜路，一边回忆着自己悲剧的人生：从血气方刚、锐气十足的“急性子”，疾恶如仇、敢于斗争的“犟骡子”，到遭遇横祸、被冤屈开除出党的“坏分子”，再变成“缩手缩脚”、不敢反抗的怯懦者。回想着辛酸往事，塔纳巴依对迫使他落到如此悲惨境地的社会环境极端痛恨，义愤填膺，竟至发心脏病去世。

古利萨雷这匹马是个独立的艺术形象。“马通人性”，它也有像主人一样的辛酸际遇。早年它是膘肥体壮、英姿勃发的千里驹，主人心爱的伴侣，既能为他在赛马中争得头彩，又曾在风灾中替他寻回失散的马群；失意时它成了一匹暴烈的马，绝不让坏心眼的新主人靠近它，继续忠实依恋老主人；但在晚年已经体弱力衰，被塔纳巴伊牵着回家时，走在路上已奄奄一息，瘦弱不堪。老牧人看着它，想着自己的身世，百感交集。最后老马只能拉着破车，在途中倒毙，走完它劳苦而不幸的一生。老马和老牧人一生相似，互相衬托，使二者的悲剧性更加彰显。老马在小说中起着举足轻重的作用，难怪作者特意用它来为小说命名。

这篇小说标志着艾特玛托夫的创作已经从探索走向成熟。它更为鲜明地表现了吉尔吉斯山村的现代生活，扩大了题材范围，深入揭示了现实中的矛盾，加强了典型环境和细节的描写，成功地塑造了一个吉尔吉斯的民族典型——老牧民的形象。塔纳巴伊体现了老牧民的优良品质。他一生勤劳，性格耿直，不被贫穷困难的环境吓倒，更不怕强权压迫，区委特派员的威胁也不能令他弯腰，即便被开除出党，他也没失去普通劳动者的本色。他虽然有缺点，也软弱过，曾经考虑过妥协，但是面对当权者的颠倒黑白，他据理抗争，以至忍无可忍，顺手操起一把草叉，追击特派员——“穿着皮大衣的新牧主”，终于惹下大祸，按法律被追究刑事责任和开除党籍。一群打着官员的招牌，随便奴役群众的“新牧主”，实在与过去骑在穷人头上的老牧主没有什么本质的差别。由此足见这篇小说的揭露性和批判力，作者目光的敏锐和艺术的胆识也得到了体现。

第二阶段，艺术探索的新趋向 (20世纪70年代)。

20世纪70年代始，艾特玛托夫开始进行新的艺术探索，由现实主义向写实性与假定性两种手法相结合发展。反映这个倾向的代表作是《白轮船》(1970)。

小说《白轮船》的写实部分，是描述西伯利亚偏远地区的一个护林所三户居民的生活情景。在这里，人和大自然相处，森林、各种动物和人之间关系和谐。但是却存在着人与人之间的冲突，而这个冲突的焦点在于如何对待大自然。护林员莫蒙善良、温顺，把他们所喜爱的长角母鹿视为圣物，予以细心的呵护。而护林所的小头目阿洛斯古尔却是恶的化身，有着掠夺自然、占为私有的本性。他像土霸王似的主宰着那里的人和事，硬是逼着莫蒙杀长角母鹿，否则就要对莫蒙的女儿和外孙下手。莫蒙为了女儿和外孙的安全，不得不屈服于淫威，亲手杀了长角母鹿，恶势力终于得逞。莫蒙悲痛万分，精神彻底崩溃，“像死人一般”躺在地上。善屈服于恶，他虽生犹死。现实人生中善与恶不能两立，被表现得如此鲜明。

小说的假定性部分是引进了神话。吉尔吉斯民间传说中本来就有关于民族起源、长角鹿妈妈的神话，体现了游牧民族崇敬大自然的心理和感情。艾特玛托夫拿来稍加改造，引入小说，并且通过一个七岁孩童的想象，编织成完整的现代神话。

那个孩子自己想象出了白轮船的故事。他幼小的年纪当然对现实的事变无能为力，只能凭着他纯洁的心灵，抗议阿洛斯古尔迫害莫蒙及其实际上也杀害了长角鹿“妈妈”的罪行。但是他别无办法，只能用死来抗议，而这个死亡抗议也来得更剧烈：孩童不能容忍现实中如此残忍的恶，不能和残杀长角母鹿的暴行妥协，自己“宁愿变成一条鱼”，游到他梦幻的世界里去。孩童死了，但虽死犹生，因为他的善比莫蒙更高、更纯粹，他的抗议使善的精神得以永生。这是作者想借助神话故事表达出来的意思。“我在《白轮船》里揭示孩子的死，绝非要使‘恶’凌驾于‘善’之上，我的本意是要用最不可调和的形式来否定恶，通过主人公的死来肯定生活。”

这部虚实结合、真假相伴、半是小说半是童话的作品，意在更为深刻地揭露现实。孩童的爷爷所讲长角母鹿的故事，只是“善”、“恶”观念之所寄；而土霸王阿洛斯古尔为非作歹的行径，才是对社会现实的真实反映。

这个在西伯利亚叶尼塞河边上的小护林所，简直是一个微型社会。当了小头头的阿洛斯古尔竟拥有生杀予夺的权力，敢于口出大言而不惭：“凡是我们领地上跑的、爬的、飞的。从苍蝇到骆驼都是我们的，我们自己知道如何对待自己的东西。”还说：“唉，可我没有更大的权力，否则我也能使他们服从……叫他们在地上爬。”果然，匍匐在他脚下的有莫蒙爷爷、别盖依姨妈、护林工人谢赫马脱等等，他可以用皮鞭抽打80多岁的老岳父莫蒙，对妻子任意作践，容不得半点违忤，活像个新时代的“领主”。

艾特玛托夫代表了当时苏联的一代作家，在创作上虽离开传统的现实主义，转向复杂多样的艺术形式，但他们写尽社会的弊病和罪恶，仍找不出病因，自然也没有疗救痼疾的良方，结果还是复归批判现实主义。

作家的另一部小说《花狗崖》（1977）也是大量运用想象、梦幻、神话等多种艺术手法，写了远东一个少数民族尼福赫人的生活。它淡化时代背景、淡化情节，写了巫师、鬼魂、恶魔、水妖、美人鱼，并将主人公死后神化。此外还有《早来的仙鹤》（1975）、未完成的长篇《候鸟在哭泣》（1972）等。这个时期的倾向是加强主题思想的哲理性和寓意性，加强对现实的批判性，注重写实性与假定性的写作手法相结合，使作品的艺术方法显得复杂和多样。

第三阶段，向多情节、多线索、多种艺术手法的综合型发展（20世纪80—90年代）。

20世纪八九十年代，艾特玛托夫的创作有了新变化，代表作品为《一日长于百年》（1980）和《断头台》（1986）。

《一日长于百年》又名《布兰内小站》。小说背景是哈萨克荒漠里的一个错车小站。铁路工人叶吉盖带着六七个人组成的小队伍为老工人卡赞加普送葬，情节就是他在这一天途中所作的回忆和随想。而这种思绪则穿越了时代的风雨，复活了许许多多的人和事，重现了历史的烟云，来往于天上和人间，所以小说的容量极大，正所谓“一日胜似百年”。

这种创作方法综合型的类似作品还有《断头台》。它是一部多主题、多线索的长篇小说。

主要的情节为报纸编辑阿夫季·卡利斯特拉托夫为了披露贩毒集团的罪行和拯救吸毒青年的灵魂，两下中亚草原，混入贩毒团伙之中，最终被发现而被吊在十字架上毒打致死。小说揭露了恶势力的猖狂，即便是主人公诉诸耶稣的神灵，也不能铲除人间的罪恶。

小说更震撼人心的是描写了一对草原狼在连续遭到不幸之后，疯狂向人类报复的故事。中亚草原本来人迹罕见，是羚羊、狼和各种野生动物出没的地方。但大规模围猎、筑铁路、开矿等活动一再破坏草原生态的平衡，还有人专门以猎狼贩卖发财。那对草原狼从草原流落到湖畔，再躲进山谷里，还是未能逃脱厄运。母狼三次下崽，所有狼崽均先后被围猎者打死。母狼陷入深深的悲痛之中，无意中碰上一个两岁的婴儿，孩子的气息引发了狼的母性，误把婴儿当做狼崽叼回去。孩子的父亲为了追索而开枪，误打死自己的孩子。母狼万念俱灰，便带动狼群向人类报复，展开了狼与人的厮杀，从而把“人与自然”矛盾的主题引向极端的深化。同时呼吁消除人间的罪恶，达到“人与自然”的和谐相处、共同发展。

艾特玛托夫的创作视野开阔，取材广泛，方式和手法多样，很少雷同，尤因其民族特色而受到普遍赞誉。他的中篇作品无一例外被拍成了电影、电视片，有的还被改编成歌剧、小歌剧或芭蕾舞剧。他的绝大部分作品迄今已译成70多种语言，包括中文。

第五节
索尔·贝娄

索尔·贝娄（1915—2005）是当代美国著名作家，也是美国犹太文学的杰出代表。他的创作从20世纪40年代开始，直到世纪末仍在继续。在半个多世纪的创作生涯中，他出版了10部长篇小说、5部中篇小说、4部短篇小说集，一部戏剧、一部回忆录和一本散文集。他曾经5次获奖：3次国家图书奖、1次普利策奖、1次诺贝尔奖。1976年的诺贝尔文学奖为他带来了世界声誉。他的作品，主人公大都具有犹太背景，往往聚焦于现代人的生存状态，深刻地揭示了现代世界物质与精神两方面的种种问题。他采用的方法具有明显的传统色彩，而他探讨的问题却主要是现代的。从技巧与形式讲，他与现实主义传统一脉相承；从内容与观念讲，他与现代主义精神多处相合。因此，我们既不能将他简单地归入现实主义传统，也很难说他是一个现代主义作家。但有一点是肯定的：他在现今西方文学中的崇高地位是毋庸置疑的，在西方现代文学的舞台上，他始终处于显著的位置。

贝娄出生在加拿大魁北克蒙特利尔市郊的拉辛村，父母都是俄国犹太移民，从彼得堡移居蒙特利尔，再移居芝加哥。贝娄在蒙特利尔长到9岁，随后在芝加哥度过了他人生的大部分光阴。蒙特利尔是一个欧洲各国移民杂居但主要使用法语的城市，芝加哥更是一个多种文化并存的国际性大都市。因此，英美文化、俄国文化、法国文化与他天生的犹太文化交杂在一起，对他产生了挥之不去的影响；芝加哥社会生活的丰富、驳杂为他的创作提供了取之不尽的题材和灵感，他笔下的芝加哥像卡夫卡笔下的布拉格一样，成了现代文学中一个典型环境的样板。

贝娄的长篇小说有《晃来晃去的人》（1944）、《受害者》（1947）、《奥吉·马琪历险记》（1953）、《雨王汉德森》（1959）、《赫佐格》（1964）、《赛姆勒先生的行星》（1970）、《洪堡的礼物》（1975）、《院长的十二月》（1982）、《更多的人死于心碎》（1987）、《拉维尔斯坦》（2000）。中篇小说有《只争朝夕》（1956）、《真情》（1977）、《偷窃》、《贝拉罗莎暗道》、《今天过得怎么样》（1989）。短篇小说集有《莫斯比的回忆》（1968）、《满嘴跑马的人》（1984）、《往事如烟》（1991）、《短篇小说集》（2001）。此外，还有戏剧《最后的分析》（1965）、回忆录《耶路撒冷去来》（1976）、杂文集《集腋成裘》（1994）等。

贝娄曾在芝加哥大学和西北大学读本科，后进入威斯康星大学读研究生，攻读人类学与社会学，获得硕士学位。毕业后先后在普林斯顿大学、芝加哥大学、波士顿大学等高校执教。他是那种兼有学者气质的作家，拥有渊博的知识与富于思辨的头脑，能够对现代西方社会作敏锐的观察和深刻的剖析，这就使他的作品获得了相当的深度和复杂性。

贝娄的作品具有多层次的含义。他不仅强调现代人的痛苦，着力写他们空虚、惶惑、崩溃的精神状态，反映当代西方世界的精神危机，还为我们展现了一个各种关系颠倒错乱的现代世界；他的作品既充满了对理想境界的向往，又在现实与理想不可克服的矛盾中流露出悲观绝望的情绪；既有对形而上问题的沉思，又有存在主义意义上的自由选择与无奈接受。这种多层次的复杂性是现实主义、现代主义两种创作思想和方法交互影响的结果。就哲学根源讲，他既受到人文主义的滋养，又受到存在主义的冲击，传统和革新——两种截然不同的人生态度和创作思想在他的创作中相辅相成，使他在当代西方文学中达到了很高的境界。

贝娄的创作可以大体上分为早中晚三个时期。

早期主要指他 20 世纪四五十年代的作品。这个时期的作品以 20 世纪二三十年代美国的经济危机和社会动荡为背景，写现代人从物质到精神的苦难，具有鲜明的时代和社会特色。《奥吉·马琪历险记》和《雨王汉德森》是这一时期的代表作。

《奥吉·马琪历险记》的主人公奥吉·马琪出生在芝加哥一个贫穷的犹太家庭，从小不知道自己的父亲是什么人，母亲终日操劳，维持全家五口人的生计。奥吉 12 岁就开始打零工，在戏院散发戏报、在旅馆敲钟、到亲戚家帮佣、到车站卖报，后来上了高中，还要到富人家干零活。他还当过店员、到狗俱乐部养过狗、到大学生公寓传电话送信，与人合伙偷车、策划私运移民，在产业工会打过杂，也与富有阶层有过亲密的关系，甚至还和阔女子芬奇尔斯混过。通过奥吉在社会各个层面和角落的流浪，贝娄写出了 20 世纪 20 年代到 50 年代美国社会的现实特征。一方面，20 年代之前资本主义经济的蓬勃发展为许多移民实现“美国梦”提供了现实依据；另一方面，20 年代末 30 年代初的经济危机引发的大萧条又造成了中下层社会许多人的破产和贫困化。小说反映了下层社会生活的艰辛，也描写了富有阶层生活的优裕与舒适。奥吉三兄弟的经历，特别是他的哥哥西蒙的追求和成功，折射出中产阶级对物质主义的崇拜和对富有的渴望。从这些角度说，《奥吉·马琪历险记》具有明显的社会意义。但从本质上看，小说更多地表现了现代人的精神苦难与追求。由于家庭环境的熏染以及与一些中上层人士的交往，奥吉从小便有较高的精神追求，希望自己能够成为不同凡响的人物，相信自己有能力在各方面出人头地，但他更注重精神的独立和自由。他拒绝按照任何人的意志来塑造自我，虽然他始终没有明确具体的奋斗目标，然而，总是要说“不”的意志却是十分坚定、贯穿始终的，从这个角度来说，奥吉·马琪的“历险”就绝不仅是一种社会现实层面的“历险”，而更是一种精神层面的“历险”了。《奥吉·马琪历险记》采用了“流浪汉小说”的形式。奥吉在社会上闯荡，频繁变换工作和角色，他总是在追寻，却总不能如愿，在“追寻”的旅途中，他总是难免干点尴尬的事，结果使自己难堪，成了人们的笑料。他去卖报，因为顾客少付钱而遭到解雇；到商店卖圣诞礼品，又在同学的唆使下贪污了钱，最后只好退赔；他在狗俱乐部给狗洗澡，弄得一身臭味，以致没人敢靠近他；就在他由于哥哥的安排马上就要娶到漂亮而富有的女人的时候，他却去帮助一名女工做人流，结果遭到女家的误解，好端端地失去了一个时来运转的重大机遇；在他与芬奇尔斯混时，本来有机会改变命运，但却因自己行为不慎而被对方抛弃。总之，他是那种事事不顺遂的人，而他的挫折和失意从表面看多半是由于他自己行为失当造成的，这就使他的“历险”充满了笑料和喜剧色彩。也正是在这一点上，这部作品被不折不扣地归入“流浪汉小说”的传统类型中。但是从深一层看，奥吉的挫折与失败又不完全是他个人造成的，而是根源于西方现代社会的物质主义、拜金主义所造成的人们耽于物欲及不择手段地追逐财富的扭曲心态。奥吉总是在追寻，却总是不成功；他总是想进入那个成功的世界，但却总是与它格格不入，甚至失之交臂。这种乖戾和矛盾恰恰表现出某种深刻的社会悲剧性。

《雨王汉德森》把精神追求的主题进一步引向深入。如果说《奥吉·马琪历险记》既写物质现实的追求也写精神追求的话，《雨王汉德森》则只写精神追求了。因为汉德森在开始他的精神之旅之前已经是一个成功的百万富翁，他的物质追求已经完成，他所欠缺的只是一种内在的精神需求，这种精神需求体现在不断发自他内心深处、使他的灵魂躁动不安的“我要，我要”的呐喊中。汉德森有用不完的钱，有两个老婆和一大堆子女。虽已年过五旬，却身强力壮，精力过人。他经营猪场，学拉小提琴，酗酒，脾气暴躁，为人粗鲁，却有一颗向善的心，始终希望能对他人给以救助。他之所以去非洲，就是要以实际行动帮助非洲人摆脱苦难。他在阿尔奈维部落积极帮助土著清除水塘中泛滥成灾的青蛙；在瓦里里部落，他抬起了沉重的行云女神像，为土著祈来了一场好雨，而被尊称为“雨王”；他还不畏艰险，竭尽忠诚，帮助国王达夫猎捕象征其父形象的狮子；对待土著向导，他亲同手足，并立志返美后学医，以便济世救人；在返美的归途中还收留了一名孤儿。汉德森身上不乏优秀的品格，但他仍在孜孜不倦地追求，他要追求的正是美好的人性和崇高的精神。正是在这一形象的塑造中，贝娄把精神追求的主题推向了一个更高的境界。

20世纪六七十年代是贝娄创作的中期，也是他创作中收获最丰硕的时期。这一时期的3部长篇都具有更丰富的内涵和更大的影响。如果说，四五十年代他创作的主题主要是现代人的精神追求，并通过这种追求揭示现代社会的种种弊端的话，那么，这一时期他创作的主题则是现代人的精神危机和苦难，并由此展示现代社会的扭曲和现代人荒谬的存在状态。

《赫佐格》中的主人公赫佐格是一个已过中年的大学教授，他出生在一个从俄国来到加拿大的犹太移民家庭中，从小受母亲溺爱，只知读书，不谙世事，后来从大学读到博士生，专攻思想史，对浪漫主义时期的西方哲学颇有研究。赫佐格曾经有两次婚姻，第一任妻子戴茜曾陪伴他苦读，给他的生活带来过温馨，后来他结识了生性放荡浮躁的玛德琳，从此便不得安宁。玛德琳和他结婚后，逐渐与他感情不和，开始与人私通，因而使他痛苦不堪。赫佐格经历了家庭生活的失败，目睹了社会的种种邪恶，对个人的痛苦和不幸遭遇他无力抗争，只能在内心深处反复思索，他的思索外化在他随手记载的各种纸头上的只言片语以及后来无休止地写下的大量书信中。赫佐格的思索是异常深刻的、广阔的：从自我的本质到人生的意义，从政府的政策到社会的罪恶，从个人的苦难到社会的责任。他对许多问题都从哲学的高度加以思索，往往能够一针见血地揭示事物的本质。例如，关于"真理"，他认为真理只有在带给人更多的屈辱和厌烦时才是真实的；关于"传统的道德观念"，他认为，在这个非理性的世界上，宽恕、怜悯、慈善等一切宝贵的东西都遭到了一代又一代怀疑主义者的破坏、非难与攻击；关于"公道"，他认为，多少世纪以来，数十亿人像牲畜一样受苦受难，被奴役、被窒息、被弄死，哪里有过半点公道？

《赛姆勒先生的行星》中的赛姆勒是一个年过七旬的哲学家。作为一个犹太人，他曾在纳粹的集中营饱受苦难，在遭到毒打后，左眼失明。战争结束前，德国法西斯枪杀集中营的犹太人，他奇迹般地从死尸堆里爬出来，躲进一个坟墓中逃过了死劫，活了下来，如今生活留给他的只有这死生的体验。当他用那一只幸存的眼睛观察世界、观察现代社会的时候，那种恍若隔世的感觉便异常强烈。在他看来，围绕在他身边的那些年轻人，譬如他的女儿舒拉、他的甥孙华莱士·格鲁纳之辈，都是一些没有根基、没有目的、没有方向的现代人，他们不尊重传统，好高骛远，思想偏激，行为极端，缺乏道德感、责任心，没有尊严，也没有廉耻。当父亲以利亚弥留之际，华莱士不是在病榻旁守候，而是在家中到处挖掘，寻找父亲遗留的钱财；以利亚的女儿安吉拉过着极其混乱的性生活，她与即将订婚的男友在墨西哥居然和另一对年轻人玩交换性伴侣的把戏。在思想深沉的赛姆勒先生看来，现代世界已经变得面目全非，现代的年轻人已经完全没有了根基。当华莱士把象征传统的根与土壤说成是一钱不值的农民意识的时候，赛姆勒思考的，或者说要召回的，正是传统的道德观念和美好的人类精神。

《赫佐格》与《赛姆勒先生的行星》在形式与内容上具有更多的现代意味。就形式而言，两者都没有情节，也没有前因后果的行动，一些事件和人物关系只是在主人公的思索和评说中显示出来。赫佐格不断地给人写信，给亲友，给熟人，给报社，甚至给不认识的或者死亡的名人，他的行为已近乎疯狂，甚至连精神也似乎有些异样了；赛姆勒自始至终在思索、分析、比较、评论，他仿佛不是一个人，而是一种理念、一个幻象，甚至是劫后余生的一个象征。因此，在形式上，我们与其说它们是小说，不如说前者主要是书信集，后者主要是思想录。就观念而言，主人公们的精神苦难绝对是现代意义上的，其中充满了焦虑、惶恐、自我本质的丧失、历史感的丧失、信仰的丧失、无根感、无归属感等等。

1975年的《洪堡的礼物》为贝娄赢得了翌年的诺贝尔文学奖。这部作品在主题上继续探讨现代人的精神问题，在形式上却回到了现实主义的创作道路。小说以两代作家的人生际遇与创作历程为主线，展示了艺术与艺术家在金钱至上、道德沦丧的当代社会中的悲剧命运。洪堡的父辈原是匈牙利的犹太人，后来移居美国。洪堡青年时代开始创作浪漫主义的抒情诗歌，得到了社会的好评。他钟情于艺术，幻想用艺术改造人生和社会。西特林也是一个出身于俄裔美国犹太家庭的知识分子。当洪堡名声大噪的年代，西特林正在威斯康星大学读书，洪堡的作品对他具有极大的吸引力，以至使他决定放弃学业，专程到纽约拜谒他仰慕的宗师。洪堡对他侃侃而谈，举凡文学、艺术、哲学、宗教、历史，无不涉猎，西特林如闻圣乐，如获至宝，从此拜在洪堡门下，二人不仅成为师生，也成为密友。后来他以洪堡为原型写了一部戏，但为了出名，却听任导演对剧本胡编乱改，从而引起洪堡恼怒，两人自此反目，断绝往来。西特林后来专写通俗作品，名利双收。就在他的事业如日中天的时候，洪堡却因创作观念和作品过时而没落，这位昔日的大师如今遭到冷遇，甚至连一份像样的教职都找不到。洪堡身心大受打击，精神分裂，以致穷愁潦倒，流落街头。西特林成功以后，忘乎所以，大肆挥霍，加上前妻、情妇和流氓无赖等都来诱骗敲诈他的钱财，因而很快破产。就在他走投无路的时候，他得到了洪堡遗赠的两个剧本提纲，用这个“礼物”换来了一笔钱，摆脱了困境，想到恩师对自己的栽培和关爱，想到自己许多对不起恩师的行为，西特林不禁愧疚。他用这笔钱重葬了洪堡，决心到欧洲去开始一种“不同以往的生活”。像贝娄的许多小说一样，《洪堡的礼物》的主人公西特林也是叙述者。西特林通过自己人生和艺术道路上的起落以及与情妇蕾娜塔、前妻丹妮斯、骗子坎特毕利的纠葛，揭示了在一切以利益为驱动的现代社会中，艺术实在是无足轻重，也说明了在物性膨胀的商品社会中，人性不断遭到挑战和不断萎缩的可悲处境，从而提出艺术家、文人和知识分子以及一切现代人如何抗拒物质主义的腐蚀，以维护良知和一方精神净土的问题。

获得诺贝尔奖之后，贝娄的创作进入了晚期。

在20世纪在80年代初写出《院长的十二月》之后，他把较多的精力投入了中短篇作品的创作，但在近20年之后，他又写出了一部颇有分量的长篇小说《拉维尔斯坦》，这就破除了不少人认为他晚年江郎才尽、写不出长篇的推断。贝娄的创作始终有一条贯穿的主线，那就是在现代社会从物质到精神的种种缺失与弊端的大背景下，写现代人的精神苦难与追求；他把精神世界与现实的物质世界十分巧妙地编织在一起。如果说，第一个时期二者的分量大致相当的话，第二个时期的重心则多少有些向精神世界倾斜，而到第三个时期，重心又多少有些向现实世界回归。当然，对社会问题的探讨，不论在哪个时期，不论其分量如何，总是在那些知识分子主人公的内心世界里展开。

《院长的十二月》写的是芝加哥一所大学的院长艾伯特·考德偕妻子敏娜在一个寒冷的12月回布加勒斯特去看望病危的岳母瓦蕾莉娅的故事。瓦蕾莉娅曾经是罗马尼亚共产党的高级官员，因女儿移居西方而遭到了政治迫害；考德则因为撰文为被杀害的学生辩护并抨击社会弊端而惹来了麻烦。当他面对垂死的岳母，想到她戏剧性的起落、悲惨的一生以及自己未卜的前程时，不禁感慨丛生。在他的脑海里，个人的命运与大量阴郁的社会问题交织在一起。这些社会问题涉及东欧集团的专制和腐败，芝加哥社会的种种罪恶——凶杀、娼妓、黑人社会的低劣、传媒世界的虚假、监狱改革的失败、大学教育的没落乃至环境污染的严重等等。这部作品像《赫佐格》与《赛姆勒先生的行星》一样，没有多少情节与行动，人物与事件大多在主人公考德的内心世界展开。

《拉维尔斯坦》中主人公拉维尔斯坦是美国一所著名大学的教授，他的专业是政治哲学，研究和教学的范围涉及社会、政治、经济、历史等各个层面。他培养了大批高级人才，他的学生和崇拜者遍及美国政界、传媒界、思想文化界，其中许多人都是精英和重要人物，这些人形成了一个交往密切的集团，并和他保持着频繁的接触。因而他熟悉西方政要的高级机密和内部情报。由于他这种特殊的身份和地位，他常常是里根、撒切尔夫人等人的座上宾。他在大学的老朋友奇克是一个作家。奇克建议他把课堂讲授的内容写成一本通俗读物发表，他接受了奇克的建议，他的书出版后，迅速畅销，使他很快成名，从以往常靠借贷度日的穷酸文人一变而为百万富翁。拉维尔斯坦则建议奇克为他写一本回忆录或者传记。拉维尔斯坦生活奢华，和一个来自新加坡的年轻人尼基搞同性恋，后来死于艾滋病。奇克也因偶食带毒的鱼而几乎丧命。正是因为有了这个九死一生的体验，奇克才为已经谢世的老友写出了这本题名为《拉维尔斯坦》的回忆录。就形式而言，这部作品依旧是没有什么情节和行动的。《拉维尔斯坦》承续的依然是《赫佐格》和《赛姆勒先生的行星》的模式。

索尔·贝娄是一位具有社会责任感的作家，他曾明确表示要做“社会的历史家”。所谓社会的历史家，按照他自己的解释，就是作家虽然不可能不受社会历史的限制，但却要尽可能深刻地、本质地反映自己所处时代的风貌。正因为他有清醒的社会意识和历史感，因此，他的作品才能在较深广的层面上反映现代西方世界的社会现实。纵观他半个世纪的创作历程，尽管在创作的早期曾经受到存在主义等现代潮流的影响，但他创作的主流却是现实主义、人文主义。他的作品广泛涉及西方现代社会以及现代人精神世界的种种问题，正如诺贝尔文学奖授奖辞所说的那样，他“对当代文化作出了富于人性的理解和精微的分析”。

【本章思考题】

1. 20世纪50年代后苏联文学发生了什么新变化？
2. 从《老人与海》看“硬汉形象”和“海明威风格”。
3. 试比较《日瓦戈医生》、《静静的顿河》的思想内涵和艺术风格。
4. 艾特玛托夫对苏俄现实主义文学作了哪些发展？
5. 索尔·贝娄的创作如何体现了现实主义和现代主义相结合的特点？

老人与海

他是个独自在湾流里一只小船上打鱼的老头儿，他到那儿接连去了八十四天，一条鱼也没有捉到。头四十天上，有一个孩子跟他在一起，可是，过了四十天没有捉到一条鱼，孩子的爸妈就对他说，老头儿现在一定“背运”了（那是形容倒霉的一个最坏的字眼）。他们吩咐孩子搭上另一只小船到海里去，在那只船上，头一个星期就捉到了三条好鱼。孩子看见老头儿每天划着空荡荡的小船回来，心里非常难过，他总要走下岸去，帮他去拿卷起的钓丝，或者鱼钩，渔叉，以及绕在桅杆上的帆。那一面帆上补了一些面粉袋，收起来的时候，看去真像一面标志着永远失败的旗帜。

老头儿后颈上凝聚了深刻的皱纹，显得又瘦又憔悴。两边脸上长着褐色的疙瘩，那是太阳在热带海面上的反光晒成的肉瘤。疙瘩顺着脸的两边蔓延下去。因为老在用绳拉大鱼的缘故，两只手上都留下了皱痕很深的伤疤，但是没有一块疤是新的。那些疤痕年深月久，变得像没有鱼的沙漠里腐蚀的地方一样了。

他身上的每一部分都显得老迈，除了那一双眼睛。那双眼啊，跟海水一样蓝，是愉快的，毫不沮丧的。

…………

他不久就睡去，梦见了他儿童时代所看到的非洲，迤长的金黄色的海滩和白得刺眼的海滩，高耸的海岬和褐色的大山。……他不再梦见风涛，不再梦见女人，不再梦见惊人的遭遇，不再梦见大鱼、搏斗、角力，也不再梦见他的老婆。他现在只是梦见一些地方和海滩上的狮子。它们像小猫一样在幽暗的黄昏中嬉戏，他爱它们像爱那个孩子。

——节选自海明威：《老人与海》（海观译，见《老人与海》，1～2、14～15页，上海，上海译文出版社，1979）

第十三章 20世纪后期现代主义文学

第一节 概述

一 西方文学

第二次世界大战，进一步加深了西方世界的精神危机，萨特等人旨在摆脱困境寻找出路的存在主义哲学成为战后文学的主要理论基础，各种流派大多受其影响。这个时期的文学，在继续着前期文学的叛逆精神和创新意识的基础上，形成了一些新的特点：对现实的否定更加彻底，但并未放弃走出困境的努力；从内向化、梦幻化的神秘倾向，转为直面荒诞的世界和荒诞的人生；悲观色彩更加浓郁，哲理思考也更加深入；对形式的追求更加热衷，认为形式即内容，内容即形式，二者为一有机整体。这些特点，在各流派中表现不尽相同。

二战前后，萨特的存在主义哲学风靡欧美，其影响不限于思想文化界，而是波及社会各阶层。存在主义哲学的先驱是19世纪丹麦哲学家克尔凯郭尔（1813—1855），而德国哲学家海德格尔（1889—1976）和雅斯贝尔斯（1883—1969），在第一次世界大战前后，奠定了存在主义哲学的基础。但真正向社会生活和文学创作的渗透，却始于萨特时代。一次比一次更残酷、一次比一次更疯狂的世界大战，用铁和血、枪炮和生命宣告了旧价值体系的彻底破产，人的尊严遭到践踏，人的命运受到戏弄，宿命论和不可知论弥漫。适应人们摆脱日益加深的危机感和失落感的需要，萨特的存在主义哲学更加关注个人的生存问题，因而引起强烈反响。

"存在先于本质"是萨特本体论的核心命题。萨特认为，在过去理性哲学中都是"本质先于存在"，即作为个体的人只是某种"本质"的外化。而"存在先于本质"中的"存在"，是"自为的存在"，是个人意识的体现，而人的"本质"则是由自我意识支配下的行动来决定、证明的。由此，便自然引出了"自我选择"的理论。"人是他的自由"，"我选择自己就是创造世界"，人在自由选择中不断创造着自我，实现着自己的价值。但是，存在主义又认为"世界是荒诞的”：客观世界无规律可循，人生原本是毫无意义的，荒诞感则来源于世界的难以理解与人类偏要去努力把握的矛盾。因此，在荒诞中进行选择，并付诸行动，以实现自我追求的人生价值，便是存在主义哲学为人类摆脱困境、恢复尊严所设计的方案。在悲观主义盛行的战后，存在主义哲学的出现具有积极的意义。它对社会现实的否定是相当彻底的，对主体意识的强调是鲜明的，代表着对非人化趋势的强烈反抗。但它终归未能跳脱出主观唯心主义的窠臼，因而在改变社会秩序和人的状况方面，都显得软弱乏力。它在绝望中给人带来的希望是有限的。

这一时期的主要流派有存在主义文学、荒诞派戏剧、新小说、黑色幽默和魔幻现实主义等。有论者主张将这时期的文学统称为“后现代主义”，以别于前期的“现代主义”。他们认为，“后现代主义”以“消解中心、颠覆意义”为基本特点，创作中彰显不确定性和非意义化。但也有人以为，这一特点，亦可被视为现代主义在新时期的延伸、变异和发展，因而不必“另立门户”，在理论上作过多的演绎。我们主张，对各流派、作家、作品进行具体的分析，而不作“一言以蔽之”的概括。

战后，法国文学仍扮演着“先锋”的角色，美国文学也取得了骄人的成绩，但尤为令人惊诧的是拉美文学的爆炸式崛起。

◎ 狭义的存在主义文学，是指由存在主义哲学家创作的、直接体现存在主义观点的文学。它产生于20世纪30年代末期的法国，随后日渐流行于欧美。它主要表现世界的荒诞和无秩序，人生的痛苦和无意义，以及人的失落、异化、孤独、焦虑等情绪，较准确地传达了战后西方知识分子的心态；同时，它也以“自我选择”的自由，激励人们面对现实的重压而奋起抗争。存在主义文学在艺术上多保留传统风格，而着力于开掘哲理的深度。这一派作家主要有萨特（详见本章第二节）、加缪（详见本章第三节）和波伏娃等。

西蒙·德·波伏娃（1908—1986），法国女作家，是萨特志同道合的终身伴侣。她著述甚丰，且涉及面极广。她的女权主义论著《第二性》（1949）产生了较大的影响。她的主要文学作品如小说《女宾》（1943）、《他人的血》（1945）、《人都是要死的》（1946）和《官员》（1954）等，从不同的角度探讨了“存在”的意义和“选择”的重要。她在20世纪五六十年代所写的四部回忆录中，进一步以存在主义观点来阐释她的经历。

◎ 荒诞派戏剧是20世纪50年代兴起于法国的最有影响的戏剧流派，又称“新戏剧”、“先锋派”、“反戏剧”等，1961年，英国著名戏剧理论家马丁·埃斯林发表讨论该派戏剧特色的《荒诞派戏剧》一书，因而定名。

荒诞派戏剧在思想上直接师承了存在主义的“荒诞”观念，艺术上吸收了超现实主义等流派的文学手法，以荒诞的形式表现荒诞的意识，实现他们对“荒诞真实”的追求。

世界是荒诞的，人生是没有意义的，人的异化、人与世界的隔膜、人与人之间关系的疏远……仍是这一派戏剧的基本主题。但他们完全放弃了“理性手段和推理思维”，并故意采用与传统戏剧相反的手法来制造强烈的荒诞效果。他们以模糊的背景，取代确定的时间地点；以象征、寓意、夸张、非逻辑的片断场面，取代一以贯之、起伏跌宕的冲突和情节；以抽象化、普遍化的人物，取代性格化、典型化的形象；以非理性的、无意义的语言，取代动作性强、思想内涵丰富的台词……在这些戏里，表面的喜剧手法和闹剧场面背后包含着对痛苦人生的极大关注，正是这种悲喜剧性，使人在品味之余能领略其震撼人心的力量。但是，这些似乎是毫无“戏剧性”的戏剧，在刚刚搬上舞台时却受到冷遇，甚至贬斥，但经过时间的考验，终于被社会接受，其“独特魅力”得到肯定。

法国荒诞派戏剧的创始人是尤涅斯库（详见本章第四节）和贝克特。此外，还有俄裔法籍作家阿达莫夫（1908—1970），主要作品为《一切人反对一切人》（1953）、《塔拉纳教授》（1953）和《弹子球机器》（1955）等；让·热内（1910—1986），作品有《女仆》（1951）、《阳台》（1956）和《黑人》（1957）等。50年代后期，荒诞派戏剧流传欧美各国，形成为国际现象。英国的品特（1930—2008）写有《一间屋》（1957）、《升降机》（1957）、《生日晚会》（1958）、《看守人》（1960）和《昔日》（1970）等；美国的阿尔比（1928— ）著有《动物园的故事》（1958）、《美国之梦》（1962）等。

萨缪尔·贝克特（1906—1989）是爱尔兰裔的小说家、剧作家。曾任乔伊斯的秘书，小说创作深受乔伊斯和普鲁斯特的影响。他用英、法两种语言写作，较有影响的小说是三部曲《马洛伊》（1951）、《马洛纳正在死去》和《无名的人》（1951）。但真正为他带来声誉的是他的荒诞派戏剧《等待戈多》（1952）、《剧终》（1957）、《啊，美好的日子！》（1961）等，其中《等待戈多》最负盛名。剧本写两个流浪汉在荒野中“等待戈多”的情景。他们在荒诞无聊中等待，而等待本身同样荒诞无聊——等待什么、为什么等待、等待的结果是什么，统统是不可知的。该剧充分揭示了人在荒诞世界中的尴尬地位。贝克特的剧本具有丰厚的底蕴和深刻的哲理。由于“他那传奇形式的小说和戏剧使现代人从精神贫困中得到振奋”，贝克特荣获1969年诺贝尔文学奖。

◎ 新小说派几乎是与荒诞派戏剧同时出现在法国文坛的。荒诞派主张“反戏剧”，新小说派则主张“反小说”，特别是“反”19世纪现实主义小说。他们认为，20世纪的社会生活已经发生了巨大的变化，巴尔扎克式的小说模式已远不能适应当代现实，必须以“新小说”取而代之。具体而论：

○ “世界既不是有意义的，也不是荒谬的，它存在着，如此而已。”因此，小说不应该、也不必要是具有一定意义的；作家的任务不是赋予作品以意义，或是表达某种政治观点和道德标准等，而是要写出一个“直观的世界”、“潜意识的真实”，或是在紊乱的现实中建立起秩序的艺术世界。

○ 20世纪的现实是不稳定的、无法把握的，因此，有头有尾的情节结构就只能是一个臆造的“谎言世界”，小说应当从各个角度、用各种方法去写出现实的漂浮性、不稳定性。

○ 过去人是世界的主宰，是一切物的理想，小说也自然以塑造人物为核心；而现代人处在物的包围之中，世界是由独立于人之外的物构成的，因此，小说应描写人所看到的物质世界，而不是由人去赋予它某种意义或某种主观色彩。

要而言之，“非意义化”、“非情节化”、“非人物化”，是新小说派三个最基本的论点。

新小说派的代表作家和作品主要有：娜塔丽·萨洛特（1902—1999）的《马尔特罗》（1953）、《天象仪》（1959）、《黄金果》（1963），阿兰·罗伯-格里耶（1922—2008）的《橡皮》（1953）、《窥视者》（1955）、《嫉妒》（1957）、《在迷宫中》（1959），米歇尔·布托尔（1926— ）的《米兰巷》（1954）、《日程表》（1956）、《变》（1957）、《度》（1960），克洛德·西蒙（1913—2005）的《风》（1957）、《草》（1958）、《佛兰德公路》等等。1985年，西蒙获诺贝尔文学奖。

新小说是“怀疑的时代”的“怀疑”精神的产物；信仰的丧失导致对作品意义的否定，对世界真实性的质疑导致对稳定的传统形式的否定，人的失落导致对人物形象的否定。像许多流派一样，他们对传统的否定是基于对现实的否定。作家们把注意力更多地投向了艺术技巧的层面，对小说叙述艺术的发展起了推动作用。他们的探讨又各具特色：罗伯-格里耶对物的精确描写，被称为“物本主义”的发端；萨洛特对潜对话的开掘，富有开创性；西蒙的“照相笔法”自成一格；布托尔对时空结构的探索，堪称建立了“小说的诗学”……总之，新小说在文体的革新上进行了大胆而有益的尝试，而他们创造出的是一种“没有厚度、没有深度的文体”。这些作家都发表过一些很有分量的理论文章，对文学应与变化了的时代合拍提出了许多真知灼见。这一派创作，与后现代主义“消解中心、颠覆意义”的理论概括颇有契合之处。

◎ 在美国“寂静的50年代”中期（1955），“垮掉的一代”首先冲破沉寂，发出了愤怒的“嚎叫”。他们自称是“没有目标的反叛者，没有口号的鼓动者，没有纲领的革命者”，集中体现了战后一代青年人否定一切的虚无主义精神。艾伦·金斯堡（1926—1997）的诗集《嚎叫及其他》（1955）和杰克·凯鲁亚克（1922—1969）的小说《在路上》（1957），被视为这一派文学的经典。

与“垮掉一代”声气相通的一部重要作品是大卫·塞林格（1919—2010）的《麦田里的守望者》（1951）。作品主人公是一个不守规矩、屡遭开除的中学生。他拒绝与成人的世界同流合污，但他逃避和宣泄的方式也不过是抽烟、喝酒、说粗话、召妓女……而他的理想却是当一个“麦田里的守望者”，保护嬉戏的孩子们不要跌落到悬崖下。主人公的悲剧意味在于，他痛恨周围的一切，但他又自觉不自觉地接受了他所痛恨的一切。小说因其传达了当代青年的苦闷情绪而风靡全国。

黑色幽默是20世纪60年代兴起于美国的一个重要文学流派，开始被称为“荒诞小说”、“病态幽默”、“黑色喜剧”、“绝望的喜剧”等等。1965年3月，作家弗里德曼编辑了一本短篇小说集，收录了12位作家的作品，取名为《黑色幽默文集》，因此定名。“黑色幽默”一语，最早为超现实主义作家布勒东所用，他在1939年还出版了《黑色幽默文选》。在60年代这派小说中，“黑色”意味着阴郁、悲观、冷酷、苦涩，因而，有论者认为可称之为“绞刑架下的幽默”。

世界是一片荒原，历史是一片混乱，孤独软弱的个人无法改变生存的现状，更无法掌握自己的命运，但又不甘于束手待毙，便只能在无可奈何之中采取“玩世不恭”的态度。处在这种尴尬处境中的个人，既缺乏充满自信的庄严的悲剧精神，又缺乏敢于蔑视对手的明快的喜剧精神，余下的只能是“苦恼人的笑”。黑色幽默就产生于战后美国这种特定的社会心态。这里的幽默，是一种嘲弄，不仅嘲弄他人，更嘲弄自我，嘲弄人类这个“自我”的无力状态。他们的喜剧手法不仅用来处理丑恶和畸形，还用来处理痛苦和不幸，以越发加重其悲剧意味。黑色幽默为读者创造了一种新的审美意向。

黑色幽默代表性的作家作品有：海勒（详见本章第五节）的《第二十二条军规》、《出了毛病》，库尔特·冯尼古特（1922—2007）的《第五号屠场》（1969）、《冠军牌早餐》（1973）、《没有国家的人》（2005）；约翰·巴斯（1930— ）的《烟草经纪人》（1960）、《信件》（1979），托马斯·品钦（1937— ）的《V》、《万有引力之虹》（1973）等等。

◎ 魔幻现实主义是给拉丁美洲文学带来世界性声誉的重要流派，它的兴起被称为“拉美文学的爆炸”。该流派发端于20世纪40年代，到六七十年代形成高潮。在文学发展史上，魔幻现实主义堪称是“移植”与“寻根”相结合的成功范例。它既是对现实的深刻开掘，又是对历史的严肃反思；既有对本大陆传统文化的寻本探源，又有对欧美现代主义的广泛吸收。因而构成了它独特而斑斓的色彩。

在反对殖民主义的斗争中形成的“拉美意识”，是拉美文学崛起的前提。而矛盾的社会现实和复杂的文化结构，则是魔幻现实主义得以产生的沃土。高度发展的现代文明和蒙昧混沌的落后状态，形成强烈的反差；印第安人、黑人、白人以及混血人，他们的宗教、习俗、观念等等的交叉渗透，形成极其特殊的文化背景。传统文化和外来文化的撞击交融，直接促成了魔幻现实主义的诞生。许多作家，在“拉美意识”的影响下，深入研究印第安人文化和黑人文化，同时又广泛吸收欧美现代主义的新观念和新方法，这才使他们创造出既是民族的，又是世界的独特文学。

“变现实为幻想而不失其真”，是魔幻现实主义的基本特征。社会现实、历史现实是其创作的出发点。这批作家都怀着强烈的责任感和使命感从事创作，不仅着力于表现现实的严峻和残酷，而且具有明显的政治倾向性。但是，他们又不拘泥于现实主义的反映论，而是变现实为梦幻，变现实为神话，变现实为荒诞，构成一个真真假假、虚虚实实、似梦非梦的艺术世界。而这些梦幻、神话、荒诞，又都可以在现实中找到对应点，因而才能做到“不失其真”。

20 世纪三四十年代崛起的作家有危地马拉的安赫尔·阿斯图里亚斯（1899—1974）。他在 1946 年发表的《总统先生》使他一举成名。这部小说以夸张的手法描写了一个独裁者荒唐的暴政，其中插入许多印第安神话，以强化主题。他的另一部代表作是《玉米人》（1949）。阿莱霍·卡彭铁尔（1904—1980）是古巴作家，他的“神奇现实”的代表作是《这个世界的王国》（1949）。五六十年代登上文坛的最重要的作家之一是墨西哥的胡安·鲁尔福（1918—1986），他的名著《佩德罗·巴拉莫》（1955）被视为魔幻现实主义真正成熟的标志。因为它把印第安的神话传说和现代主义的观念、手法更加有机地结合为一个整体：时空交错，鬼魂与活人、现实与幻觉交错，充分凸显魔幻现实主义的特色。另一位最杰出的代表，则是哥伦比亚的加西亚·马尔克斯（详见本章第六节）。他的杰作《百年孤独》，毫无争议地成为了 20 世纪世界文学的经典。

阿根廷的路易斯·博尔赫斯（详见本章第七节）是位谜一样的学者型作家。他的作品并不注重讲述一个故事，而是充分展开幻想的翅膀，建构起一座座扑朔迷离、亦真亦幻、真假难辨的“迷宫”。他神奇的构思和技巧，使许多作家受益，因而使博尔赫斯获得了“作家的作家”的美誉，被视为后现代主义的代表性作家。

讲究神奇构思和技巧，用以深刻表现作者自己深层思考的当代作家中有两位值得一提，一位是捷克裔法籍作家米兰·昆德拉（详见本章第八节），另一位是秘鲁—西班牙双重国籍的巴尔加斯·略萨（详见本章第九节），他们都对当代文学尤其是小说艺术，作出了出色的贡献。

二　苏联文学

进入 20 世纪下半期的俄苏文学除肯定的现实主义（社会主义现实主义）在继续发展外，受政治氛围和西方文艺思潮的影响，出现了更加多元化的倾向。对这多元的现象，我们拟统称为“非主潮文学”。非主潮文学自然是一个笼统而宽泛的概念，包括批判现实主义、侨民文学、

“异样文学”（现代主义及后现代主义）等形态。

侨民文学来自流亡国外的作家，人数多，作品亦不少，从20世纪初至80年代绵延不断，既有现实主义的也有现代主义的。一般认为，俄国作家侨居国外的行动，出现过三次浪潮。三次浪潮的作家作品在俄国80年代改革前后，纷纷被收回国内，用俄文重新出版，或首次公开发表，故而形成一股“侨民文学热”。

第一浪潮在十月革命后至第二次世界大战前，时间长，人数多，在西方先后形成一个个侨民文学中心，20世纪二三十年代先在柏林后到巴黎落脚，40年代起中心移至纽约，出版了数量可观的俄文报刊。在东方则有另一个中心，即哈尔滨（后逐渐减弱，分散至上海等地）。俄国首次获诺贝尔文学奖的伊凡·布宁、著名女诗人茨维塔耶娃（1893—1941）、反乌托邦文学的代表扎米亚京，以及创作出象征主义硕果、长篇小说《彼得堡》（1914）的安德烈·别雷（1880—1934）等一批驰名当世的作家，都是那次浪潮中突出的代表人物。

第二次浪潮在第二次世界大战期间和战后，人员的数量和水平都远不及上次浪潮。但其中也有近年来屡次被文学史籍提及的谢尔盖·马克西莫夫、鲍·希里亚耶夫等，均写过一系列短篇小说；还有诗人伊凡·叶拉金等。纳博科夫（1899—1977）的长篇小说《洛丽塔》被奉为后现代主义的“美文”而风行西方。

第三次浪潮在20世纪七八十年代，多为持不同政见而被驱逐出境的人士。像曾三次入狱的索尔仁尼琴、持不同政见者的“代言人”约瑟夫·布罗茨基（1940—1996），是分别在1974年和1972年被逐的。前者写过揭露劳改营状况的长篇小说《古拉格群岛》（1972），后者写的是一系列怀乡和表述流亡境遇的诗歌和小说。两人先后于1970年和1987年被授予诺贝尔文学奖。而阿克肖诺夫（1932—2009）以虚幻讽喻的长篇小说《克里米亚岛》（1981）进入现代主义潮流。

“异样文学”是借鉴西欧现代主义表现手法，包括意识流等而在当时的苏联文坛显出“异样”，被视为另类的文学。从其出现就引人注意的有维·叶罗菲耶夫（1947— ）的小说《莫斯科——别图什基》（1989）、塔·托尔斯泰娅（1951— ）的小说《彼得斯》（1986）、皮耶楚赫（1946— ）的小说《彩票》（1987）等。其实，考察这类具有现代主义特征的小说，还可追溯到60年代早就闻名的阿克肖诺夫的长篇小说《带星星的火车票》（1961），当年它被认为是苏联出现“垮掉的一代”的标志。

到七八十年代这类作品日见增多。著名的如安·比托夫的长篇小说《普希金之家》（1971）和萨沙·索科洛夫的长篇小说《傻瓜学校》（1971）。前者写了知识分子对当代社会生活的失望，后者反映青年人对周围世界的感知，犹如身处于封闭落后的社会里。

这类作品往往以冷漠的态度、平静的笔调来调侃人生，反映平庸琐碎的生活百态和孤独厌世的“小人物”，被认为是对西方现代主义和后现代主义的模仿之作。它们在苏联解体之前被文坛视为“异样”，受到压抑。在解体之后，便大大地发展起来，成了现代主义文学的主要体现。近期有如20世纪90年代的哈里托诺夫的长篇小说《命运线，或米拉舍维奇的小箱子》（1991）。这类文学作品，无论其反映的生活内容、考察社会所选取的视角，还是所采用的写作模式、创作方法，与现代主义、后现代主义文学相比，已经别无二致了。

第二节
萨　特

让-保罗·萨特（1905—1980）是 20 世纪法国著名的哲学家、文学家和社会活动家。作为存在主义哲学和文学的代表人物，他辛勤耕耘，著述甚丰，涉猎面极广，在西方当代思想文化史上占据着十分重要的地位，其影响早已跨越国界，波及全球。

“我的生活是从书开始的，它无疑也将以书结束。”这是萨特对自己作为一个执著的知识分子的生平概括。

萨特出生于巴黎一个海军军官家庭，早年丧父后，即随任德语教师的外祖父生活，开始进入了书籍的世界。1924 年，他进入著名的巴黎高等师范学校攻读哲学，五年后以第一名的成绩通过哲学教师学衔考试，遂任中学哲学教师多年。1929 年，与波伏娃相识并相爱，共同的志趣使他们相伴终生。1933 年，赴德国柏林法兰西学院研究海德格尔的存在主义哲学和胡塞尔的现象学，开始形成其存在主义的哲学体系。30 年代中期，萨特开始陆续发表作品。哲学著作《影像论》（1936）、短篇小说《墙》（1937）和著名的中篇小说《恶心》（1938），标志着他写作生涯的开端，而且是起点很高的一个开端。

战争爆发后的 1939 年 9 月，从小就患有眼疾的萨特也被迫应征入伍，他感到自己像是一个“社会动物”，被送到了他“并不想去的地方”。次年 5 月，恰在他 35 岁生日那天，萨特在洛林被俘，在集中营关了 10 个月后因视力不佳获释。“战争使我懂得必须干预生活”，在这场莫名其妙的战争中的这段莫名其妙的经历，对萨特日后对待政治生活的态度产生了重要影响。令人惊叹的是，在枪林弹雨的战场上，萨特仍能潜心阅读和写作，动手创作长篇小说《理智年代》，并写下大量哲学笔记，成为后来《存在与虚无》的基础。获释回国后，他参加抵抗运动，并时有重要作品发表。1943 年，萨特开始专事写作。

战后，萨特著述日增，名声日隆，1945 年创办的《现代》杂志，成为存在主义的重要论坛。对存在意义的哲学思考和对社会政治的积极投入并行不悖，在哲学上的理性探究和文学上的艺术想象相得益彰，萨特的“全面”，实为当代文化史上所罕见。

萨特是西方自由资产阶级知识分子的典型。与一般知识分子所不同的是，他视野开阔，能认真对待包括马克思主义在内的、各种他认为先进的思想成果，尽管不一定完全赞同。他刚直不阿，崇尚“有权无力”的“无政府主义”，言行不受任何政治势力的制约；他旗帜鲜明，从不压抑和掩饰自己对各种事件的态度，虽然他的主张并非都是正确的。20 世纪 50 年代，他反对美国的侵朝战争，反对法国的印度支那战争，也反对苏联出兵匈牙利；他赞颂古巴革命的胜利，在反对冷战中站在法共一边。60 年代，他反对美国的侵越战争，反对法国的阿尔及利亚战争，也反对苏联出兵捷克斯洛伐克；1964 年，他以“谢绝一切来自官方的荣誉”为由，拒绝接受诺贝尔文学奖；1968 年的五月风暴中，他积极支持学生的造反行动，直至上街游行、散发传单、叫卖报纸。70年代，由于健康原因逐渐退出政治舞台，但仍参与过为救济越南的请愿活动和谴责苏联入侵阿富汗。萨特光明磊落的政治态度，受到多数人的赞许，但也招致各种政治派别的指责。

1980年4月15日萨特病逝。数十万人沿街伫立为他送葬，其盛况只有19世纪末雨果的葬礼可与之相比。

萨特首先是作为一个哲学家引人注目的。他的主要哲学论著有《存在与虚无》（1943）、《存在主义是一种人道主义》（1946）、《唯物主义与革命》（1946）、《辩证理性批判》（1960）和《方法问题》（1969）等。萨特的存在主义哲学反映了战后西方人日益深重的危机感、失落感、惶惑感，又从"存在先于本质"的命题出发，推导出"自我选择"的结论，为现代西方个人摆脱生存困境指出了一条出路，因而引起较强烈的社会反响。然而，这种返回自我寻找力量的哲学，在"改变世界"的任务面前毕竟是软弱无力的。此外，他还写过如《关于政治的谈话》（1949）、《造反有理》（合作，1974）等政治性著作。

作为文学家的萨特，其才能也是多方面的。他是文艺理论家，虽不能说他建构了一个理论体系，但从其哲学出发观察文艺问题，使他的文艺批评中确有不少真知灼见；他是小说家，写过长、中、短篇小说和自传体的文学随笔，数量不多，却大多具有独特的价值；他是剧作家，不仅创作戏剧剧本，还写过电影剧本，一般认为，其戏剧的成就高于小说。

萨特最基本的观点是主张文学应是"介入"的。最早提出这一立论大约是在《现代》杂志的发刊词上，这与战后的萨特转向对社会问题的积极关注有关，他认为作家有责任在创作时回答社会的重大问题。其后，他又写了长篇论文《什么是文学》（1948），从写作的直接目的、深层动机以及文学的本质等方面对"介入文学"的必要性作了论证。但是，萨特的"介入"观是缺乏明确含义的，且是发展变化的。如果说在四五十年代，他的"介入"更多的是指对现实生活的揭露、批判、干预的话，那么在六七十年代，"介入"的内涵更倾向于指个人经验的介入和对周围事物的"显示"。萨特的文艺批评多收入他的十卷本文集《处境种种》（1947—1975）。此外，他还有三部别具一格的作家评传：《波德莱尔》（1947）、《圣·热内，喜剧演员或殉道者》（1952）和《家庭的白痴（福楼拜）》（1971）。

萨特的文学处女作——短篇小说《墙》，在1937年3月的《新法兰西评论》上一发表就受到了好评。著名作家纪德赞扬这是篇"杰作"，并认为"可寄厚望于作者"。萨特未负厚望，不断以他的优秀作品证实了纪德的预言。

这篇小说后收入短篇集《墙》（1939），同时收入集子的有《房间》、《艾罗斯特拉特》、《密友》和《一个工厂主的童年》。萨特的短篇小说深受精神分析学的影响，多以病态心理为题材，写出人的尴尬处境和惶恐心理，已开始透示出存在主义的观点。伴随着哲学思考的艺术构想，是萨特文学创作的突出特点。这一特点，在他这些早期短篇中已显端倪。

小说《墙》以西班牙战争为背景。作家自述这不是一篇"哲学著作"，而只是写出他对这场战争的"真实感受"。但就作品实际而言，人们却无法将它和"哲学"分离；或者说，萨特对任何事物的"真实感受"都自然而然掺杂着"哲学"成分。

三个反法西斯战士被捕后即被判处死刑。面对即将来临的死亡，"我"的难友一个惊恐万状，一个勉力自持。主人公"我"的心绪却是复杂的：他厌恶难友的种种异常表现，厌恶医生假惺惺的关怀，又感到难以承受的孤独；他珍惜最后的时光，对各种往事的回忆使他意识到生的价值，而在不安的等待中又不断体味着死的恐惧；当他明白"不死的幻想"已经消失之后，便对一切都无所谓了，但当他听到枪毙战友的枪声时，又紧张得哆嗦起来……最精彩的是全篇的结局："我"出于"固执"一直没有向敌人讲出另一个战友隐藏的地点（只要讲出来，就可以免于一死），但到最后"我"却"开玩笑"地戏弄敌人说他躲在"墓地里"，不料他竟真的在墓地里被敌人发现并击毙，"我"却因此而活了下来。当"我"听到这一消息后："我"先是"昏倒在地"，继而"哈哈大笑"，以至"笑出了眼泪"。世界是荒谬的，人生是痛苦的，选择是困难的。生与死只有一"墙"之隔，但却是意义与虚无的分界。要超越这堵"墙"既是困难的，又是容易的，全凭荒诞的"偶然"。"我"最后的狂笑，是对世界的荒诞和人生的无奈发出的笑声，具有直刺人心的力量。

1938 年出版的中篇小说《恶心》，是萨特存在主义文学的代表作之一，为萨特带来极大声誉。这是一部第一人称、非情节性的"哲学日记"，几乎没有什么外在的"事件"，主要写主人公的"恶心"感。下面是作家自己为该书所写的出版介绍（略有删改），直接引用当比我们转述更能传达其精髓：

> 洛根丁在布城一群冷酷的正人君子中间定居下来。他着手撰写一篇介绍 18 世纪冒险家洛勒奇的论文。他常到图书馆去，他的朋友"自学者"也在那里。这位朋友是按字母的顺序来读书的。晚上，洛根丁到酒吧略坐片刻，为的是听一张唱片，永远是同一张《在这些日子里》。有时，他与女店主一起到二楼的一间房里去。他喜欢的女人叫安妮，可她四年来一直下落不明。安妮希望会有"美满的时刻"，时刻想重建她周围的世界，可她的良苦用心最终还是枉然。后来他们就分离了。现在洛根丁渐渐忘了他的过去，陷入一种古怪的、难以言说的现实之中。生活丧失了意义，他原以为自己是经历过奇遇的，可现在却再也没有奇遇了，有的只是"故事"。于是他便对洛勒奇纠缠不清：死人应该证实活人。他真正的奇遇就这样开场了：他的所有感觉中都产生了一种隐隐约约、又略带恐怖的变化，这就是恶心。是洛根丁变了？还是世界变了？墙壁、花园、咖啡馆一下子都沉浸在恶心之中。空气中，阳光下，还有人们的举止中好像有什么东西腐烂了。洛勒奇第二次死了，因为死人是永远不能证实活人的。洛根丁拖着沉重的身躯闲逛，他是无法证实的。在春天开始的第一天，他明白了他的奇遇的意义：恶心就是显露出来的存在，而这种存在是不那么好看的。安妮给他写信了，他将去找她，所以他仍存有一丝希望。但安妮变成了一个臃肿的胖女人，她也变得绝望了，放弃了对"美满的时刻"的追求，就像洛根丁放弃寻求奇遇一样，她也以自己的方式发现了存在，他们再也无话可说了。洛根丁重又回到孤独之中，沉到了这个笼罩在城市上空的巨大的自然物的底部，并预见了它未来的灾难。怎么办？赶快呼救，去拯救别人吗？可他们都是些正人君子；他们正相互脱帽致敬，并不知道他们正存在着。他决定离开布城，他又走进酒吧，想最后听一次"在这些日子里"。就在唱片旋转的时候，他又隐约看到了一丝希望，一丝容忍自己的微薄的希望。

《恶心》"在很大程度上是攻击资产阶级的"，萨特曾如是说。当战争的阴影笼罩欧洲的时候，当第二年萨特就被像"动物"一样送上前线的时候，作家细腻地写出了"我"对周围一切的恶心感，这不能不说是对资本主义现实的大胆而彻底的否定。一个时时处处都令人产生恶心感的社会，难道还应当继续存在下去吗！"当我写《恶心》的时候……我只看到'恶心'这个形而上学观念以及与形而上学的存在观念的关系。"萨特又说。显然，小说的题旨从社会层面进入了哲学的层面。在作家笔下，洛根丁的恶心感是无根无由的，它产生于"打水漂"那样一个纯然无意义的动作之中，但却迅速蔓延，无限膨胀。“我明白了，我已经找到了存在的答案，我恶心的答案，我整个生命的答案。其实，我所理解的一切事物都可以归结为荒诞这个根本的东西。”无法解析的荒诞的世界，无法超越的荒诞的存在，被萨特用一种人人都体验过的直感（恶心）形象地表达出来了。因此，人们把它称为“一份真正的哲学宣言”，小说的主题是：“一旦我失去了目的，世界便没有意义可言了。”

萨特认为，小说《恶心》，“从纯文学观来看，这是我写得最好的书”。与传统小说相比，《恶心》无疑是一次大胆的创新。它没有传统意义的情节，也没有传统意义的典型，甚至没有为我们提供主人公的形象。但是，作者通过主人公第一人称的叙述，却把那种无端的、令人窒息的恶心感逼真地、令人无法躲避地传达给读者，似乎具有一种穿透力。淡化情节、淡化人物的结果，却是深化了主题，强化了感染力。新小说派对其十分推崇。

《自由之路》由《理智年代》（1945）、《延缓》（1945）和《心灵之死》（1949）三部长篇小说组成，是一部“关于自由”的作品。作品通过主人公一生所走过的道路，阐释了存在主义“自由选择”这一重要命题。

戏剧，是萨特文学创作中极其重要的部分。他一生共发表过 11 个剧本（包括改编和电影），主要有《苍蝇》（1943）、《地狱就是他人》（1944）、《恭顺的妓女》（1947）、《死无葬身之地》（1947）、《肮脏的手》（1948）、《魔鬼与上帝》（1951）、《涅克拉索夫》（1955）、《阿尔托纳的稳居者》（1959）等。在四五十年代，萨特的戏剧几乎统治了法国舞台，影响遍及全欧。

萨特曾提出了“境遇剧”（又译“处境剧”）的理论，这也是一种从存在主义哲学演绎出来的观点。他认为“一个剧本的中心养料……应该是处境”，因为人只有在一种特定的处境中，才能显示他对自身选择的自由。具体到戏剧创作的特殊要求，他进一步强调：“你把一些人置于这类既普遍又有极端性的处境中，只给他们留下两条出路，让他们在选择出路的同时作自我选择：你能这样做就赢了，剧本就是好的。”① 正是遵循这一原则，萨特的戏大多将他的人物置入进退维谷、生死两难的困境，或生死攸关、情势严峻的危境，迫使他们在这一无可回避的“极端处境”中进行抉择，因而矛盾，特别是心理矛盾尖锐复杂，情节跌宕，结构紧凑，能产生较强烈的戏剧效果。相对而言，萨特戏剧作品的社会影响，要更甚于他的小说。

萨特的“境遇剧”也是其“介入文学”理论的体现，既是社会政治性的“介入”，更是哲学的“介入”。如他的第一个剧本《苍蝇》，是在战争期间写成的。它借用古希腊神话中俄瑞斯忒斯为报父仇而敢于冒天下之大不韪去弑君杀母的故事，激励法国人民投入反法西斯的斗争。在这个意义上，它是一出“政治剧”，曾受到反动舆论的抨击而被迫停演。同时，剧本所探讨的又是“与命运的悲剧相对立的自由的悲剧”问题。主人公代表着一种自由的觉醒，尽管他的行为得不到他人的理解，但他却义无反顾地在选择中实现自身的价值，并敢于承担起一切责任和后果。然而，在俄瑞斯忒斯的个人行为中带有过分的道德倾向。写于战后的《死无葬身之地》，是一个歌颂抵抗运动战士的剧本，但更深层的，作者仍然是要写出人在选择中实现其本质的基本命题。

《地狱就是他人》（又译《禁闭》、《密室》、《间隔》）最初发表时题名《他人》，这部独幕剧，是萨特剧作中的“精品”，被视为西方当代戏剧中的“经典剧目”。它在法国首演即获得巨大成功，1947 年在美国获最佳外国戏剧奖。

---

① ［法］萨特：《提倡一种处境剧》，见《萨特文论选》，434 页，北京，人民文学出版社，1991。

该剧的场景是一间豪华的客厅，封闭的密室。一男二女三个在世上犯有罪错的鬼魂被关押在这座没有刑具、也没有刽子手的地狱里，形成了一种独特的"境遇"。

加尔森是个被处决的逃兵，艾丝黛尔曾亲手溺死了自己的私生女，逼得情人自杀，伊内丝是同性恋者，又有虐待癖。他们被"偶然"捆绑在一起，结成了一个"社会"。他们都无意改变自己，但又要隐瞒自己的过去；他们并不想以诚相待，但又要探究对方的隐私。更有甚者，他们虽然已经死去，但仍忘不了别人对自己的看法，希望在别人的眼里得到证实。尤其是懦夫加尔森，总在想着他生前的同事们是否还在议论他的怯懦。

在这个三个人的世界里，他们又形成一种新的纠葛关系：同性恋者伊内丝爱上了这里唯一的女性艾丝黛尔，轻浮的艾丝黛尔爱上了这里唯一的男人加尔森，而加尔森又期待着从伊内丝的嘴里得到他不是懦夫、而是英雄的证明。这是一种既无法分离（密室共处），又无法相爱，也无法消解（三个都是鬼魂，不可能以杀死其中一个的办法来求得解脱）的"死结"。结局是："让我们继续下去吧！"结论是："地狱就是他人。"

"目光"，可看做是全剧的"诗眼"。这三个鬼魂，在地狱里还关心着世人投向自己的目光。而这客厅式的地狱，电灯是不会灭的，没有开关，永远是"亮堂堂的大白天"。而且，对于常人来说，一个小时可以眨四千次眼，即可以休息四千次；而对于鬼魂来说，他们没有眼皮，不仅不能在睡眠中休息，甚至连眨眼的休息都没有。每个人无时无刻不在用目光盯视着别人的生活，每个人又无时无刻不在别人目光的盯视下生活。目光是窥视别人存在的窗口，也是揭示自我存在的依据。在某种意义上说，正是由于他人的目光的威慑力，由于对他人目光的恐惧感，构成了他人与自我的"地狱"关系。他人的"目光"是真正的"刑具"和刽子手。

萨特将此剧的主题概括为：与他人的关系、禁锢和自由，通向彼岸的自由。作家以精巧的艺术构思和精湛的艺术手法，对西方社会扭曲、变形的人与人间的关系作出了哲理式的概括。萨特还指出："我想通过荒诞的形式指明自由对我们的重要性，即以行动改变行动的重要性。不管我们处在怎么样的地狱圈内，我想我们都有砸碎地狱圈的自由。如果有人不这么做，他们就是自愿待在里面，归根到底，他们自愿入地狱。"在这里，萨特再次强调了面对荒诞进行自由选择的重要意义。

一间密室，三个鬼魂，奇异的"境遇"，怪诞的形象，巧妙的纠葛，微妙的心理，精彩的对白，使《地狱就是他人》一剧开启了荒诞剧的先河，又保留了传统剧的精华；宣扬了存在主义艰涩的哲理，又展示了戏剧艺术独有的魅力。

《魔鬼与上帝》是萨特本人偏爱的一部戏。它以历史传奇剧的形式探讨了善与恶、个人与上帝的关系，或者说个人与绝对的关系问题。全剧情节复杂，思想深邃。波伏娃指出，"萨特在此又一次以实践的有效性来对抗道德的虚幻性"，它显示出作家对社会实践的作用给予了越来越多的关注。

萨特是20世纪最重要的作家之一，也是最复杂的作家之一。我们不会同意他的全部哲学观点，也不认为他已指出了拯救社会的道路。但是，和历史上的大作家们一样，他以他的文学作品为我们所生活的时代提供了有价值的思想材料。正如法国理论家加洛蒂所指出的："萨特首先立意要使自己成为我们这个时代的认真的见证人。他道出了我们时代的混乱状态，也表明了要摆脱这种状态的意志。"①

---

① ［法］罗杰·加洛蒂：《萨特的戏剧与小说是我们时代的见证》，见《萨特研究》，330页，北京，中国社会科学出版社，1983。

第三节 加缪

一 生平与创作

阿尔贝·加缪（1913—1960）是常被人们与萨特相提并论的法国著名存在主义作家。他出生，并长期生活、学习和工作在法属殖民地阿尔及利亚，直至40年代，才移居巴黎，参加抵抗运动，后专事创作。

加缪出身贫寒。父亲是名看酒窖的农工，第一次世界大战爆发后被征入伍，不久即战死沙场，当时加缪还未满周岁。西班牙裔的母亲是位女佣，丈夫上前线后，她便带着两个孩子住进了阿尔及尔的贫民区。贫困的生活、因贫困而受到的歧视以及17岁时染上的肺结核，使加缪形成了孤独而内向的性格。1930年，加缪入阿尔及利亚大学，主修哲学。天资聪慧，勤奋好学，长于思考，使他在中学和大学期间都得到了博学多才的教师的赏识和指点，这对他思想的成长和学识的增长都产生过深远的影响。

加缪出生于一战前夕，成熟于二战前后，因而对“屠杀、不义和暴力”充满仇恨，真诚地向往自由和纯真的人性。他走出校门时，法西斯主义的阴影已笼罩欧洲。他热忱地投身社会活动，参与编辑《年轻的地中海》杂志，先后组织“劳动剧团”和“队友剧团”，为劳动者巡回义演。加缪于1935年加入了法国共产党，但由于与法共在阿尔及利亚的政策相左，1937年11月被开除出党。1938年，他成为激进的《阿尔及尔共和报》记者，曾以一篇反映北部山区贫困状况的《卡比利亚调查》引起强烈反响。《阿尔及尔共和报》被禁后，改版为《共和晚报》，加缪出任主编。1940年，《共和晚报》又被查封，加缪被逐，来到巴黎。巴黎陷落后，加缪回到阿尔及利亚的奥兰市。1943年，他返回巴黎参与地下抵抗运动的报纸《战斗报》的编辑工作。1944年，巴黎解放，《战斗报》公开出版，加缪出任主编，他在该报上发表的大量社论、文章，后收入三卷本的《时文集》。1947年，他辞去主编职务，专心从事写作，直至1960年不幸死于车祸，年仅47岁。

加缪从中学时代就喜爱写作，擅长哲学思辨和文学抒情。他最初发表的散文随笔集《反与正》（1937）和《婚礼集》，洋溢着“地中海精神”，阳光和大海，构成了作品的基调。

对于作家加缪而言，1942年是具有重要意义的年份。在这一年里，他相继发表中篇小说《局外人》和哲学随笔《西西弗斯神话》，二者相互印证，相得益彰，共同完成了对“荒诞性”主题的探析，也使加缪声名鹊起，遂被公认为“荒诞哲学”研究的开拓者。

加缪曾不无夸张地把《局外人》的主人公默尔索称做“当代英雄”，体现了作家对“真实”和“真诚”的偏爱。更具英雄气质的人物，出现在五年后发表的《鼠疫》（1947）一书中。这部小说获得巨大成功，出版两年内竟破纪录地印行了16万余册，是作家创作的又一高峰，并为他带来了国际声誉。

一场突如其来的灾难——鼠疫，降临到一座本就“没有灵魂的城市”，使奥兰市变成了与世隔绝的孤岛、充满恐怖的死城。灾难拷问着每一个人的灵魂，谁都无可逃遁地要作出自己的抉择。“不信上帝的圣人”，积极投身抵抗行动；平时碌碌无为的小职员，也被卷入了抗争的行列；曾因思念情人而企图逃离城市的记者，终于放弃个人的幸福，留下来与大家共渡难关；也有人大搞黑市活动，乘机大发其财，希望灾难永远持续下去……在这各色人等的不同表现中，作家塑造了里厄医生的崇高形象。他明知面对的是多么巨大的危险，但他毫不考虑个人的安危，全身心地投入抢救斗争。更有深意的是，作为职业医生，他最清楚瘟疫是不会被彻底消灭的，但他却并不因此而放弃自己的责任。

突然降临、又突然退却的“鼠疫”，无疑是令人无法理解，又令人不寒而栗的“荒诞”。荒诞的力量是巨大的、可怕的，而反抗的力量同样是巨大的，人们在无望的反抗中不断净化着灵魂，透示出某种神圣的意味。在作家眼里，善与恶之争，其意义并不在于善是否最终战胜恶，而在于善的充分展示。就绝对意义而言，荒诞是无法战胜的；但在反抗荒诞的斗争中却可以有力地显示人性的美。以里厄医生为首的群体的抗争，正是西绪福斯式英雄精神的体现。

加缪是哲学型的作家，也是政治型的作家。对这部完成于二战后的作品，作家却特别强调，“它最明显的内容是欧洲对纳粹主义的抵抗”。加缪以一个庞大的象征体，融进了对现实灾难的抨击和对人类命运的思考，二者相互交织，形成了耐人寻味的哲理意蕴。因此，当人们欢庆胜利时，作为最清醒的反抗者的里厄医生却并不乐观，他并不认为这就是彻底的“胜利”，他警惕地意识到灾难还会“卷土重来”。这固然是加缪对人类命运持悲观态度的反映，但其深刻的警示意义不是更值得我们注意吗？其后的人类历史，不是一再证明着他那不吉祥的预言吗?!

1951年的政治哲学随笔《反抗者》，是一部涉及历史、文学、艺术、哲学诸多领域的著作，是加缪对“荒诞—反抗”这一命题思考的总结，也是引起最多争论、并导致与友人萨特决裂的一部作品。“我反抗，故我们在”，加缪以“反抗”抗争“荒诞”的自觉可谓与日俱增，至此，他已将反抗提升为人的本质。但是，非党派的政治立场，使他在刚刚开始的冷战时代陷入了困境。他给反抗规定了人性的尺度，从而对法西斯的“不合理的杀戮”和苏联大清洗中的“合理的杀戮”均进行了严厉的批判，自然招致了壁垒分明的左右两派势力的严重不满。历史再一次证明了加缪的敏锐和正直。

20世纪40年代，对戏剧情有独钟的加缪创作了几部继续阐发其“荒诞哲学”的剧本：《误会》(1944)、《卡利古拉》(1944)、《戒严》(1948)和《正义者》(1950)；50年代，发表的小说有中篇《堕落》(1956)和短篇集《流亡和王国》(1957)。在他惨遭车祸殒命时，随身还携带着一部未完成的手稿《第一个人》，该书于1994年被后人整理出版。总体而论，加缪不是一个多产的作家，也不是当时最进步的作家，但他以其对人类存在的荒诞的关注和揭示赢得了世人的瞩目，他那几近于古典的叙事风格，也使他在现代主义的作家行列中独树一帜。

1957年，“因为他杰出的文学作品阐明了当今时代向人类良知提出的各种问题”，“一种真正的道义的介入推动他大胆地、以全部身心谋求解决生活上的各种根本性的重大问题”，加缪被授予诺贝尔文学奖。

二 《局外人》

《局外人》是加缪的第一部小说，它最充分地体现了作家的人生思考和艺术风格。书名是平淡的，情节是平淡的，叙述是平淡的，但却“平淡有奇”，读来十分耐人寻味，且引发许多歧义。

主人公默尔索是阿尔及尔的一个小职员，普通得不能再普通的小人物。母亲死在养老院，他去奔丧，但没有流泪，还在守灵时抽烟、喝咖啡。母亲下葬的第二天，他就去游泳，看滑稽电影，和女友鬼混。他似乎对一切都漠然视之，调任巴黎、女友求婚，他都持无所谓的态度；他以同样无所谓的态度，帮助邻居对付他的情人，从而引发了一场斗殴，直到默尔索无缘无故地开枪打死了一个对手，由此他被捕、被审讯、被判处死刑。杀人偿命，无可厚非。但离奇的是，人们判决他的理由竟是他在母亲葬礼前后的表现，由此推断出他是个没有人性的杀人犯。默尔索对即将来临的死亡同样淡然处之，但他却坚决拒绝向神父作最后的忏悔。

默尔索不是反抗者，也不是顺从者，而只是一个一心只想按自己意愿生活的人。但这个“本色”的人，却最终为社会所不容；这个被人视为极端冷漠的人，作家却认为“他远非麻木不仁，他怀着一种执著而深沉的激情，对于绝对和真实的激情”，并称他为“一个无任何英雄行为而自愿为真理而死的人”。人物的核心是“不要花招”、“拒绝撒谎”，正由此，他与为虚伪的习俗、法律、道德所笼罩的社会形成互不见容的隔阂，成了这个世界的“局外人”。

萨特独具慧眼地指出，这部作品是“荒诞的证明”，是一本“关于荒诞和反对荒诞的书”，并认为荒诞即是脱节、差距。《局外人》因此是一部关于差距、脱节，置身异域他乡之感的小说。而加缪在《西西福斯神话》中强调，“荒诞不在人”，“也不在世界”，而在二者的共存，二者的关系。人与世界的“脱节”、无法沟通，就形成了荒诞。西西福斯被罚将巨石推上山顶，巨石从山顶又滚落下来，他再接着推上去，如此往返，永无休止。这是永恒的荒诞，正如现代人的生存状况。加缪称西西福斯是“荒诞的英雄”，由于他承受着无尽的痛苦，也由于他面对现实的激情。

加缪没有直接用西西福斯的哲学来诠释《局外人》，但我们不难看出，在作家心目中，默尔索正是西西福斯式的“荒诞英雄”。他生活在一个他并不理解的世界里，世界也同样不理解他。他按照自己的方式生活，从不顾忌别人的想法和看法，因而活得“真实”而“真诚”。他深爱着他的母亲，尽管已是成年人，但他始终亲昵地称她为“妈妈”，足见其感情之真挚；然而，他在“妈妈”葬礼上的表现却明显违反“常规”，为世人所不取，而对默尔索来说，真情实感与外在的表现并无关系。默尔索“义无反顾”地认真生活着，恰如西西福斯周而复始地推石上山，其中正体现着某种难以明言的“执著而深沉的激情”。

小说以一半的篇幅描述了主人公在荒诞状态中的所作所为，以另一半篇幅揭示了他在荒诞的死亡面前的所思所想，从而将荒诞主题更引向纵深。死亡蛮横地降临，以法律的名义，以道德的名义。默尔索无奈而冷漠地接受着这一事实：“活着是不值得的”、“怎么死，什么时候死，这都无关紧要”。默尔索对荒诞的“彻悟”，更表现在他对忏悔的拒绝，因为他从不相信上帝，不相信“未来的生活”会比“以往的生活更真实”。在毫无意义的审讯过程中，默尔索对荒诞有了更清醒的意识，也有了更自觉的反抗。正因此，加缪把默尔索称做是“无任何英雄行为而自愿为真理而死的人”，甚至认为，人们不妨把他看成是“当代英雄”。

《局外人》是一部既“古典”又“现代”的杰作。它“通过日常所见来表现悲剧，通过逻辑来表现荒谬”，取得了奇异的艺术效果。默尔索的经历与性格均不复杂，第一人称的叙述也很平实，但人们对这位时代“局外人”的特质却难以作出众口一词的界定。

尽管二人在特殊的历史背景下分道扬镳了，但此前萨特对加缪作出的评价总有过人之处：“他的作品使我们看到一种经典文学的希望，这种文学没有幻想而是充满了对人类伟大的信心，尖锐而没有无用的激烈，充满激情但又有节制……这种文学努力描绘人类形而上学的生存条件，与此同时又全部地投入社会运动。”①

第四节 尤涅斯库

一　生平与创作

欧仁·尤涅斯库（1909—1994），罗马尼亚裔法国作家，荒诞派戏剧的主要创始人和代表作家之一。他在理论和创作两方面，都对荒诞派戏剧的创立和发展作出了突出的贡献。

尤涅斯库的父亲是罗马尼亚人，母亲是法国人。他出生在罗马尼亚，幼年随母迁居巴黎。在法国乡间度过的一段美好时光，使他终生难忘，被他视为“失去的天堂”。14岁时回到罗马尼亚，与先期回国、另组家庭的父亲生活在一起，后又离开父亲投奔母亲。家庭的破裂，给作家的精神投下了浓重的阴影。他日后的创作中常以夫妻间的隔阂为题材，当与此不无联系。

尤涅斯库自幼喜爱文学，中学时代就开始发表诗歌和评论。1929年，他进入布加勒斯特大学学习法国语言文学，毕业后任中学法语教师。1938年，获奖学金赴法攻读博士，从此定居法国。除早年写作使用罗马尼亚语并辑有文集《不》（1934）外，尤涅斯库其后均用法语从事文学创作。

如作家所言，他投身戏剧创作，从某种意义上说，恰恰是出于对戏剧的“反感”。因为在他看来，传统戏剧从剧本到表演，都存在着“令人难受”的“虚假的东西”。他决心反其道而行之，创造一种与传统迥然相异、更加逼近“真实”的戏剧。不过，他所追求的真实，并非贴近自然的真实，而是存在主义的“荒诞真实”。

1949年创作、1950年5月11日首演的《秃头歌女》，令观众瞠目，纷纷退场，最后只有

① 转引自［法］罗歇·格勒尼埃：《阳光与阴影》，74页，北京，北京大学出版社，1997。

三个人坚持看完。这个剧本，是尤涅斯库的戏剧处女作，也是荒诞派戏剧诞生的标志。它虽曾一度受到冷遇，但其在戏剧史上的重要地位却不可动摇。

此后，尤涅斯库不为舆论所动，继续着他的大胆探索，相继写出了《上课》(1950)、《雅克或顺从》(1950)、《未来在鸡蛋里》(1951)、《椅子》(1952) 等十多部剧作，逐渐确立了他在剧坛上的地位。特别是 1956 年《椅子》的演出大获成功后，他的作品声名远播，被译成多国文字在欧美各地上演。

《椅子》是尤涅斯库前期创作中的一部佳作。其形式近乎闹剧，内涵却耐人寻味。地点是孤岛上的一间大屋子，人物是一对年近百岁的老夫妻和一位聋哑演说家。这对在孤寂中度过漫长人生的老人，突发奇想，从四面八方邀来许许多多的“客人”，声称要向他们宣布“人生的秘密”。剧中的“客人”都是以不断搬进的椅子为代表的，主人就面对这一张张代表着不同身份的椅子诉说自己的苦闷与愿望。最后二人一起跳海自尽，留下哑巴给众人讲解“人生秘密”。虚妄的情景和嬉戏般的对话，给人以阔大的思索空间：孤独的无奈、沟通的不可能以及人生的虚空等等。越来越密的门铃声和逐渐充斥舞台的空椅子，将空虚的主题反衬得愈加强烈。

从 1957 年起，尤涅斯库的创作进入第二个高潮。《非雇佣的杀人者》(1957)、《犀牛》(1959)、《空中行人》(1962)、《国王正在死去》(1962)、《提旅行箱的男人》(1975) 等一批剧作，涉及主题更加多样，艺术手法也更为丰富。

《犀牛》是根据作家自己的一个短篇小说改编而成的，首先在联邦德国上演，后在法、英相继搬上舞台，使尤涅斯库开始走出国门，获得了国际声誉。

《犀牛》写的是一个人变兽的怪诞过程。在一座小城里，人们过着平庸无聊的生活。突然一头犀牛闯入，它不但搅乱了这里的一切，而且竟引起了一场变异的灾难：开始引起的是莫名的恐慌，而后全城居民一个个竟趋之若鹜，以变为美，遂成为个人意志无法阻挡的大潮。只有平凡的校对员贝朗瑞坚持着不肯变，要求他的女友苔丝和他一起繁衍后代，以“拯救人类”。但苔丝搞不清究竟是“变”有理还是“不变”有理，究竟是“犀牛”该被拯救还是自己该被拯救，因而最终离他而去。孤独的贝朗瑞陷入了极大的困惑，他开始感到“自己很丑”而“犀牛很美”，开始为自己未能和大家一起变异而后悔不已。他最后发出的“决不投降”的誓言，只不过是自觉无法变异后的无奈。这出戏，既以极端的夸张渲染了“恶”的膨胀、“恶”的无孔不入，更尖锐地指出“唯一值得重视的是每个人内心深处存在的犀牛”，形象地揭示出这种群体盲目的从众心理的可怕与可悲。

《国王正在死去》是尤涅斯库 60 年代的又一部杰作。死亡，是荒诞中的荒诞。人人都要走向死亡，人人都拒绝死亡。曾是不可一世的国王贝朗瑞，也终于不得不面对已经来临的末日。昔日辉煌的王国，正天塌地陷，摇摇欲坠，恰与国王的命运相呼应，也可以说是国王命运的象征性写照。尽管他的第一夫人和大夫不断提醒他死期将近，尽管种种迹象表明颓势已不可挽回，但他却宁愿相信不死的神话，相信只有自己愿意去死的时候才会死去，相信他还能扭转乾坤、重整河山。本能的求生欲与异化的权势欲相交，使人难以认知自我的荒诞十分突出。在国王的心目中，自己的末日就是世界的末日；面对“万岁”的渴求，则只能成为一出永远的闹剧。

尤涅斯库不仅以他的大量剧作为荒诞派戏剧提供了多样的经典，而且在理论上也颇有建树。他的理论性著作主要有《意见与反意见》(1962) 和《在生活与梦想之间》(1977)。尤涅斯库认为，当今戏剧要面对的是“无以解决”的矛盾，而正因其“无以解决”才具有真正深刻的戏剧性。他把自己的"反戏剧"称为"喜剧性的正剧"或"悲剧性的闹剧"，意在追求一种全新的喜悲剧韵味，以充分展示人类尴尬的生存境况。他主张为突现戏剧效果而竭力夸张，以至"把一切都推向极端"。无论是夸张的平庸，还是夸张的变形，以及一切舞台手段的夸张运用，目的都在于揭示当代的思想危机和直观地展示意义缺失的荒诞。

1973年，尤涅斯库发表了他唯一的长篇小说《孤独者》，主人公是一位孤独慵懒的局外人，冷眼观察着周围万花筒般的无聊生活。同年，作家将小说改编成剧本《这绝妙的混乱》。《提旅行箱的人》(1975) 则以梦幻剧的形式，尽写漂泊者的孤独感。此外，还写有随笔散文集《零星日记》(1967)、《过去现在　现在过去》(1968)、《发现》(1969) 和《解毒剂》(1977) 等。

1970年，尤涅斯库被增选为法兰西学士院院士。

二　《秃头歌女》

《秃头歌女》是一部典型意义上的"反戏剧"。"反情节"——它没有一个有头有尾的故事，更没有步步展开的戏剧矛盾；"反人物"——剧中人虽有名有姓，但既无明确的身份，更无鲜明的性格；"反语言"——全剧充斥的是空洞、无聊、紊乱、自相矛盾的台词；甚至连剧名都具有"反"的色彩——剧中并无"秃头歌女"出现，并无关于"秃头歌女"的任何事情，只是在排练时一名演员偶然把"金发女教师"一词错说成了"秃头歌女"，剧作家便拍案叫绝，当即决定以此作为剧名，以更突出其"不知所云"的荒诞色彩。

尤涅斯库曾言，他创作《秃头歌女》的灵感，来自学习英语时的一本速成教材，它要求人们不断简单重复诸如"一周有七天，星期一、星期二、星期三——"之类的"绝对真理"。这些尽人皆知的真理，在语言的机械重复中，竟神奇地变得如此空洞、如此乏味、如此滑稽可笑。作为思想载体的语言，在不断使用中，竟完全失去了其本来的意义。语言价值体系的坍塌，正意味着现实价值体系的崩溃。

《秃头歌女》是一出共11场的独幕剧，大体可分为四个段落：史密斯夫妇的闲谈，马丁夫妇的对话，两对夫妻闲谈时消防队长来访，消防队长走后两对夫妻的谈话由毫无逻辑的对谈演变成无缘无故的叫喊。

史密斯夫妇的谈话，平庸无聊，家长里短，不时还夹带着明显的悖谬。说话，似乎只是一种需要，一种习惯，并不是为了交流、为了传达某种意义。悖谬之处，更说明他们说话的不假思索。语言的空白、意义的缺失，得到了直观的展示。当局者（人物）痴迷地、认真地、絮絮叨叨地讲着并无实际内容的"废话"，旁观者（观众）则能清醒地意识到其中的荒诞，意识到这种荒诞的无所不在。

第四场马丁夫妇的戏，是精彩绝伦的神来之笔。从此前的交代中，人们已得知上场的是一对夫妻。但他们落座后，却以平淡、呆板的声调开始如下的对话：

马丁先生：请原谅，夫人，如果我没弄错的话，我好像在什么地方见过您？

马丁夫人：我也是，先生，好像在什么地方见过您。

马丁先生：夫人，我会不会在曼彻斯特碰巧见到过您？

马丁夫人：这很可能。我就是曼彻斯特人！可我记不很清楚，先生，我不敢说是不是在那里见到您的。

马丁先生：我的天！这太奇怪了！我也是曼彻斯特人，夫人！

马丁夫人：这太奇怪了！

“奇怪”的故事在继续：他们不仅来自同一座城市，还乘的是同一趟火车，坐的都是英国没有的二等车，座位都在8号车厢、6号房间，到达伦敦后都住在布隆菲尔特街19号，房间都是6层楼8号，睡的是同一卧室里的同一张床，盖的是同一张绿色的鸭绒被……还有，他们都有一个两岁的、名叫爱丽丝的女儿，她一只白眼珠、一只红眼珠……至此，他们才“确认”他们原本是夫妻：

马丁先生：哦，亲爱的夫人，我看我们肯定已经见过面了，您就是我妻子……

[……他们拥抱，毫无表情。……]

在人际关系中最密切的莫过于夫妻关系。朝夕共处，日夜厮守，彼此间理应是知人知面更知心的。但是，马丁夫妇虽为夫妇，却无缘无故地互不相识，形同路人，令人啼笑皆非。这正体现了剧作家要表现“剥去外衣的本质”的主张，即以此极端的方式直喻人与人之间的无法沟通、难以理解。夫妻尚且如此，其他关系便可想而知。这种人际关系的疏离、隔阂是绝对的，是无需解释、也无法解释的，因而具有普遍的品格。

全剧在两对夫妻互不相干的一片叫嚷声中结束。这些叫嚷，情绪越来越激愤，但却既无逻辑，又无内容，最终变成了嘈杂的噪音。语言彻底丧失了意义，人物在操练语言时没有任何心理依托，现实的混乱与无序展露无遗。

几段并无关联的戏，构成一个怪异的整体。贯穿其中的是语言的失落。当语言的背后空无一物时，世界的荒诞性便得到了突出。对戏剧语言的逆向改造，并非仅是形式的创新，而是根基于存在哲学的形象阐发。

如果说，尤涅斯库曾将剧本定名为《速成英语》是为了突出语言的悲剧的话，那么，他想定名为《英国挂钟》则表明他对调动音响、道具、灯光、布景等种种手段强化荒诞效果的意图。

史密斯夫妇家里的挂钟，有“精神矛盾”，它胡敲乱打，毫无规律：忽而五下，忽而两下；忽而七下，忽而三下。紊乱的钟声，意味着标志秩序的时间也失去了意义。在马丁夫妇终于相认后，出现了长时间的静场，钟声竟一连敲了二十九下；当他们拥抱时，钟又很响地敲了一下，响得足以使观众吓一跳。此时的钟声，已与时间似乎无关，而成为一种直接刺激观众思考的音响。消防队长上场前，先后响起四次门铃，三次开门没人，第四次是消防队长。因而引发了关于“门外门铃响，到底有没有人”的争论：根据逻辑，铃响准有人；根据经验（三次开门），铃响准没人。结论是：“门外铃响的时候，有时候有人，有时候没人”。逻辑和经验都不能正确地解释现象，现实永远是个混沌不清的谜。

作者曾这样谈论《秃头歌女》：“在这个剧本中，正是通过深入日常的平庸生活，把那些日常语言中最滥用的口头禅夸张到极点的办法，来表现我觉得整个生活都沉浸在其中的奇特性。悲剧的与闹剧的，散文的与诗的，现实主义的与空想的，日常的与不平凡的，也许正是这些矛盾的成分（没有对立，便没有戏剧）构成了戏剧建筑物的基础。”①

---

① ［法］尤涅斯库：《戏剧经验谈》，见《荒诞派戏剧》，51页，北京，中国人民大学出版社，1996。

1994年3月28日，尤涅斯库辞世。在他的祖国罗马尼亚，有一份报刊撰文悼念，称："戏剧的国王死了，国王的戏剧仍在。"荒诞派戏剧已成戏剧史、文学史上不可或缺的篇章。

第五节 海 勒

一 生平与创作

约瑟夫·海勒（1923—1999）是20世纪后半期美国的重要作家。

第二次世界大战期间海勒在美国空军服役，战后在美国的哥伦比亚大学和英国的牛津大学等几所大学上过学，1950年以后在《时代》和《展望》等杂志任编辑。1958年海勒开始在耶鲁大学和宾夕法尼亚州立大学任教，讲授小说和戏剧创作。1961年，海勒发表的《第二十二条军规》引起极大反响，成为畅销小说，作家因此一举成名。《第二十二条军规》以二战为背景，整部小说充满作家特有的机智和幽默，但也让人感到心酸和恐惧。这个作品被看做是黑色幽默的代表性作品，成为后现代主义的一部经典名作。

黑色幽默是20世纪五六十年代在美国兴起的一种文学倾向，后来竟形成一个流派。它的特点是渲染人类愚行所造成的灾难，并加以嘲讽和挖苦，而在小说的结构和叙述上不受拘束，叙述话语故意荒诞不经，所以又被看做是小说中的荒诞派。黑色幽默在故事的叙述和话语的使用上有一种贯穿始终的幽默感，尽管讲的是悲惨的事件，也常常让人读来忍俊不禁。人们可以在这种幽默的表面下发现深刻的悲哀，这是对社会体制难以改变的不合理所产生的极度失望但又无可奈何的感觉。这种感觉、思想与存在主义有渊源关系。但是法国存在主义作家大都积极地面对人生和社会，而黑色幽默作家在作品中体现的却是消极或逃避的态度。法国存在主义小说虽然揭示社会和存在的荒谬，但在故事的叙述上有较强的逻辑性，常讲述一个较为明晰的故事，而黑色幽默作品则大不相同。黑色幽默的几部代表作都是以二战为背景，这可以说是一个并不偶然的巧合。它的原因恐怕在于：战争是最能体现人类社会荒谬性的行为。

海勒的第二部小说是《出了毛病》（1974）。这部作品以公司的高级职员作为主人公，是一部独白型小说。主人公罗伯特·斯洛克姆尽管有较高的收入和稳定的工作，而且一切还在不断改善，但是他并不感到快乐，似乎总有什么地方出了毛病。让他感到不对劲的都是一些小事。实际上是他的精神状态有了问题：他总是处于一种疑惧之中，在公司里对同事充满了疑惧，在家里对妻子充满了疑惧。这显然不是一种正常的心态，它产生于灵魂的空虚和环境的压力。海勒在一次谈话中说，这部小说和《第二十二条军规》不同的地方在于那一部写外部力量或制度对人的压迫和侵蚀作用，这一部则写人的内心世界和精神生活。

1979年海勒创作了小说《像高尔德一样好》。这是一部以犹太人的"异化"作为主题的小说。主人公高尔德是一个犹太教授，他研究政治，梦想像基辛格一样成为国家的栋梁。后来他因为总统的书写了一篇书评而被白宫启用，成为政客式的人物，但他又厌恶这样的生活。一方面他和情妇花天酒地，纸醉金迷；另一方面他又非常痛苦。最后证明，他的政治梦不过是一场南柯梦。这部作品以海勒特有的方式充满夸张和讽刺地抨击了美国政治，表现了水门事件后美国人对政治的幻灭感。

海勒后来又写了四部长篇小说：《天晓得》（1984）、《可不是闹着玩的》（与斯皮德·沃格尔合著，1986）、《给他拍张照》（1988）和《最后一幕》（1994）。这几部作品都像《第二十二条军规》一样成为畅销书。但评论家普遍认为海勒的作品中仍以《第二十二条军规》的文学价值为最高。值得一提的是，20世纪90年代出版的《最后一幕》实际上是对《第二十二条军规》的续写，其中的主要人物都是在《第二十二条军规》中出现过的，例如尤索林、迈洛、希普曼牧师等等，但是背景已是今天的美国社会，而这些人物都是儿孙成群的老头子了，然而这部作品仍旧保持了黑色幽默的风格。该小说的主旨是讽刺当今美国社会（或推而广之整个人类社会）存在的种种荒唐可笑、腐败透顶以至于无可救药的问题。“最后一幕”原意是“关门的时间”，借用到戏剧上可指戏剧结束的时间。那么它可以是指《第二十二条军规》中的人物所演出的戏剧结束的时间，也可以指美国社会以至人类社会这一大戏结束的时间。

二 《第二十二条军规》

《第二十二条军规》是海勒最为成功的作品。虽然《第二十二条军规》没有一个井然有序的、符合发展逻辑的故事情节，也没有传统小说中那样的一个主人公，但是它却有一个基本的故事框架和一个主要的人物。故事的背景是第二次世界大战期间驻扎在意大利皮亚诺扎岛上的一支美国空军轰炸机联队的作战经历，主要人物是这支联队的中尉飞行员尤索林。尤索林已经执行了40次飞行任务，按联队的规定飞行50次以后可以停止飞行而回国，但是上司却想方设法让每一个飞行员更多地执行飞行任务，不让他们回国。尤索林不是一个英雄主义者，他对战争的目的并不理解，更不热衷于去无端杀人。于是他从开始的装疯逃避发展到公开反抗，但都无济于事。最后他在正直的希普曼牧师和丹比少校的帮助下，搭乘一架飞机飞到了中立国瑞典，终于逃离了这场卑鄙的战争。

作品对资本主义各国为了争夺权益而进行的世界战争进行了深刻的批判。我们看到，被人们称为反法西斯正义战争的第二次世界大战，在《第二十二条军规》的主人公尤索林的心目中完全没有那种炫目的美丽光环，而是成为他避之犹恐不及的灾难。尤索林公开宣布不再参加战斗、不再执行飞行任务之后，卡思卡特上校和科恩中校将他逮捕，对他进行审问。科恩中校问他：“难道你不愿意为你的祖国作战吗？”“难道你不愿意为卡思卡特上校和我献出你的生命吗？”尤索林听后大吃一惊，他说：“你和卡思卡特上校跟祖国又有什么关系？你们和祖国完全是两回事。”科恩中校却说：“你要么拥护我们，要么就是反对你的祖国，事情就是这样简单。”这是一种多么荒唐的逻辑！然而它揭示的正是第二次世界大战中的真实情况：统治者理所当然地代表国家，驱使老百姓去为他们卖命。尤索林对此状况说了一段颇有哲理的话：“我抬头一看，就只看见人们拼命捞钱。我看不见上帝，看不见圣人，也看不见天使。我只看见人们利用每一种正当的冲动，每一出人类的悲剧，拼命捞钱。”这就是尤索林为什么再也不愿意去执行那无休止的轰炸任务的根本原因。作品中还写了一个特殊的人物迈洛来揭露战争的本质。迈洛本来是一个中尉飞行员，到了联队的营地后，被任命为食堂管理员。他利用管理员的身份大做生意，能够把从马耳他七分钱一个买来的鸡蛋，以五分钱一个的价钱卖给皮亚诺扎岛的食堂，而他还要赚钱。后来这个迈洛组织了一个迈—明水果土产联合公司，让联队里的许多军官成为股东，包括指挥官卡思卡特上校等。最后迈洛竟然发展到和德国人联合做买卖，让德国人成为迈—明联合公司的股东。他分别和德国、美国订了合同，进行战争的游戏。他派飞机轰炸德军在奥尔维耶托防守的一座桥梁，美军付给他一笔轰炸费，外加百分之六的小费。同时他又用高射炮阻止他自己的进攻，由德军付他一笔防卫费用，外加百分之六的小费。另外约定，迈洛每击落一架美国飞机，德军就再给他一千元奖金。迈洛的这种经历和交易，看起来十分荒唐，简直令人难以置信，但是这实际上是资本主义世界战争的实质：尽管许多国家动用大量的人力物力，使无数生命和财产遭受损失，但最后得利的却是少数操纵战争利用战争的商人，他们的生意跨越国界，而祖国和正义对他们来说毫无意义。所以我们可以这样说，第二次世界大战一方面是各国人民反抗法西斯侵略和压迫的战争，另一方面又是各国的战争贩子为争夺一己私利，利用机会发财而进行的战争。

作品对极不合理的社会体制也作了辛辣的嘲讽。我们看到，作品中的人物大致上可以分为两个阵营：一个是战斗人员的阵营，另一个是非战斗人员的阵营。这两种人物之间的对立和差别非常明显。战斗人员是指那些自己去执行飞行任务、冒死参加战斗的下级军官，包括尤索林、斯诺登、奥尔、邓巴等人。这些人物虽然也有自己的欲望和利己的想法，但是他们基本上是一些正直的人，服从命令、遵守纪律、敢于正视死亡。这些人即使没有崇高的目标，也尽到了一个公民应尽的义务，如果没有战死，他们也可以毫无愧色地面对祖国和人民。与战斗人员对立的非战斗人员主要是那些坐地指挥的行政人员，他们都是一些官高位显的上校、将军等，例如卡思卡特上校、科恩中校、谢司科普夫将军，当然也包括迈洛。这些人不参加战斗或很少参加战斗，但却掌握权力。例如联队指挥官卡思卡特上校，不断地增加战斗人员的飞行次数，从原来的25次增加到70次仍不满足，而他自己总共才参加了两次飞行。他让飞行员们增加飞行次数的原因无非是为了让自己升官发财，得到上司的褒奖。谢司科普夫将军则是一个检阅狂，他原来不过是一个少尉，只是在检阅学生军官的时候别出心裁，让他们操练时双手不摆动，于是就被上司视为军事天才，官阶不断提升，从少尉升到中尉，从中尉升到上校，又从上校升到将军。在联队里的奇怪现象就是：行政人员原来是派来给战斗人员服务的，但战斗人员发现，自己不知怎么却受到行政人员的支配，受尽他们的威吓、侮辱、折磨。这一描写实际是对官僚社会的影射。

在政治意义之外，小说更具有丰富的哲理内涵。海勒曾说："尤索林的情感并非我在战时的情感，我是战后才体会到的。这本书在更大的程度上是对50年代的反应，对麦卡锡时期的反应。在《第二十二条军规》中，我写下了自己对一个处于混乱中的国家的感受，我们至今仍在忍受这种混乱，二战时暂时的举国一致分崩离析了。"这就是说，作品虽然写的是战争时期的故事，但它着意表现的是某种作弄着人们命运的超自然的力量。正因为"军规"的"根本不存在"，所以它才无所不在。这是一种既可笑又可怕，既荒谬又十分真实的形而上的力量。

《第二十二条军规》在艺术上有以下几个比较突出的特色：

其一，将深刻的讽刺隐藏在看似荒唐的幽默之中。

《第二十二条军规》自始至终表现了一种很强的幽默感，让读者在阅读过程中常常不自觉地笑出声来，但读后又掩卷沉思。整体上看作品的幽默是围绕“第二十二条军规”来展开的，第二十二条军规本身就充满了幽默。所谓的第二十二条军规其实并不是什么真正的军规，它就是一个无所不在的圈套。在尤索林希望通过申请停止飞行时，第二十二条军规让他根本无法申请，因为他假如申请了，就说明他头脑清醒，他就应该再上战场。但是如果他不害怕飞行，又说明他神经有问题，因为他面临危险时不知道害怕是精神失常的表现。只有深深懂得幽默的人才能创造出这样令人哭笑不得的幽默，这样的幽默实际上是一种尖锐的讽刺。例如尤索林同老婆子的谈话。老婆子说：第二十二条军规规定说，他们有权为所欲为，我们不能阻拦他们。尤索林问：难道没有让他们将第二十二条军规念出来吗？老婆子说法律规定他们不需要将军规念出来。尤索林问是什么法律，老婆子说是第二十二条军规。这样的循环论证也是暗含深刻讽刺的幽默。当然其他情节中的幽默也是随处可见。如迈洛的故事、梅杰少校的故事也是充满幽默。而这种幽默往往是隐藏着深深的讽刺。

其二，放射状的结构和无主角的人物世界。

《第二十二条军规》的结构是一种放射状的或螺旋状的排列。它的基本故事在开头几章里就已叙述出来，但在后来一系列的人物介绍中，基本的故事又多次重复，只是不断增加新的内容。从小说的章节安排来看，绝大部分章节是以人物的名字命名的，而该章节的内容即与这一人物直接相关，但因为人物的活动并不是孤立的，总与其他的人物有联系，所以又掺杂别的人物的活动，于是有的人物的活动就在好几个章节里被提到。这样给读者的感觉是，整个作品似乎没有中心，也没有中心人物。而尤索林作为从一开始就出现的人物，故事的最后又以他的逃走作为结局，显然他在作品中的地位是至关重要的。他相当于传统作品中的主人公。但尤索林在作品中并不起左右情节的作用，因而他又难以成为理所当然的主人公。

其三，荒唐的逻辑和荒诞的情节。

《第二十二条军规》的叙述话语的一个基本特点是不讲逻辑。这样的特点在传统小说中会被看做是语无伦次。但是这正是作者用以加强讽刺效果的一种手法。当然，很多情况下作者是在故意自相矛盾，以取得幽默的效果。例如叙述中说丹尼卡医生有一副热心肠，富于同情心，总是觉得自己怪可怜的。这里的自相矛盾是明显的，因为通常同情是对别人而不是对自己而言的。说卡思卡特上校富于民主精神：他相信人生来是平等的，因此他用同样的热忱抛开了不在大队司令部工作的全体部下。抛弃部下又怎么能是民主呢。作品又说他是一个不屈不挠的人，一个日夜都为自己盘算的、勤奋紧张、孜孜不倦的战术家。同时他又是个作茧自缚的人，既是一位勇敢的、一贯正确的外交家，又常常因为坐失良机而痛骂自己。这些前后矛盾的反话，包含着尖锐的讽刺。

整部作品的故事从整体上看就是荒诞不经的。历史上的二战尽管发生了许多荒唐的事情，但美国军队中并没有一个什么第二十二条军规或者类似的东西。就具体的人物和具体的情节而言，荒诞不经的东西就更多了。例如梅杰少校的故事简直就是天方夜谭。梅杰在学校读书时因为选了英国历史专业，惹恼了一位参议员，因此受到联邦调查局的调查。联邦调查局的人为了整他，才送他到军队中去并且当他还在受训时就把他提升为少校。等他一下到联队，又莫名其妙地将他提升为中队长。梅杰少校完全不知道怎样来做这个中队长，于是乎在所有的文件上签上华盛顿·欧文的名字来做游戏，弄得罪犯调查部的人员大伤脑筋。而且，梅杰少校发觉自从他当了中队长以后，所有的军官都同他成了敌人，于是他干脆躲了起来，拒绝见任何人。他躲在办公室里，来见他的人都被他的勤务兵挡在了门外，而他一旦听到通报有人求见，就飞快地跑出办公室去躲避。这么奇怪的指挥员在现实中显然是不可能有的。作者写这个奇怪的人物可以说有两方面的意义：一是表现现实的荒诞可笑，二是讽刺官僚体制的不近情理。迈洛的故事也很奇怪。这个迈洛本来是一个新来的飞行员，不知怎么当上了食堂管理员，他利用这个身份大做买卖捞钱。而且最后他居然成了奥兰的王储、巴格达的哈理发、大马士革的教长和阿拉伯的酋长。这样的故事也显然是对现实的扭曲。它的用意在于讽刺富商大贾利用战争发横财以至操纵战争的现象。

第六节
加西亚·马尔克斯

一　生平与创作

哥伦比亚作家加夫列尔·加西亚·马尔克斯（1928—2014）是 20 世纪拉丁美洲魔幻现实主义文学的杰出代表。

加西亚·马尔克斯生于哥伦比亚的阿拉卡塔卡镇，父亲原来学医，后来成了当地邮电所报务员。外祖父尼可拉斯·马尔克斯是受人尊敬的老自由党人。阿拉卡塔卡镇过去是美国公司的香蕉种植园，在“香蕉热”时期有过繁荣的阶段，后来，国际市场上香蕉的价格暴跌，美国公司撤离，阿拉卡塔卡立即衰落下来，社会矛盾随之恶化。1928 年，也就是加西亚·马尔克斯出生那年，香蕉工人举行大罢工，政府派军警来镇压，死亡八百余人。此后，居民大量外迁，阿拉卡塔卡成了孤独、萧条的地方。加西亚·马尔克斯自幼在外祖父家长大。外祖父经常对他讲当地的历史故事。外祖母更是一位讲故事能手，对他讲了许多印第安人的神话传说。她相信人死以后灵魂继续存在，为了不让亡灵们感到孤独，她特地为亡灵们安排了两间空房，经常在房间里与他们谈话。加西亚·马尔克斯的姨妈也笃信鬼神，有一天，她感到自己将要死亡，便坦然地躲进自己的房间，成天在里面织尸衣。孤独而带有神秘色彩的阿拉卡塔卡给作家留下了深刻的印象，培养了他独有的思维方式。

12 岁时，作家来到首都波哥大教会学校读书。18 岁后在波哥大大学读法律，参加了自由党。1948 年内战爆发时，他中途辍学，不久进报界工作。1954 年任《观察家报》记者兼电影专栏负责人。此后，他从事新闻工作，同时进行文学创作。他曾到过意、法、英、苏、波、捷、匈等国。1959 年回国，担任古巴“拉丁社”驻哥伦比亚办事处的负责人。1961 年任该社驻联合国记者，后迁居墨西哥，至 1976 年才返回哥伦比亚。为了抗议军人政权，他曾于是年举行“文学罢工”。1981 年，受军政府迫害而流亡墨西哥。1982 年，哥伦比亚新政府成立，作家才得以返回故土，从事文学创作。当年获诺贝尔文学奖。同年，应法国总统密特朗的邀请，担任法国—西班牙语国家文化交流委员会主席。

加西亚·马尔克斯在大学时期就开始文学创作。从1947年到20世纪50年代初期，是他学习创作的阶段。此时，他在《观察家报》上先后发表过14篇短篇小说，模仿海明威、福克纳、卡夫卡的手法进行写作，主要内容是写个人对死亡的忧虑。他的第一篇短篇小说《第三次无可奈何》（1947）写一个已死的儿童的孤寂感。那已死的孩子继续得到母亲的关怀，而且仍继续生长，但不久又第二次死亡，被人活埋，无可奈何地忍受死后生活的孤寂。他幻想在第三次死亡时能获得再生。然而，老鼠已经在贪婪地将他啃咬，他将化为乌有。这篇作品说明他在模仿前辈的同时，在选材和手法上，已经表现出自己的某些特色。

1955年后，他发表了一系列中短篇小说，如《伊莎白尔在马孔多的观雨独白》、《枯枝败叶》等。这些作品以奇特的想象、新颖的构思和深刻的寓意，表现了处于深重灾难之中的拉美人民的独特感受。神奇的土地、恶劣多变的气候、接连不断的灾难，与处在落后、保守的社会环境中的人物的孤独感交织在一起，构成一幅幅令人难忘的图景。这些作品已经表现出魔幻现实主义的某些特征。从《伊莎白尔在马孔多的观雨独白》开始，作家把神奇的“马孔多”镇作为自己描写的主要地点。小说描写马孔多久旱之后突然天降暴雨，马孔多人丧失了行动自由。伊莎白尔感到腹痛。她预知灾祸将要来临。果然，暴雨来势凶猛，三天不止。伊莎白尔又感到腹中有异物蠕动。她大声呼救，无人听见，结果，庞大的植物从腹中萌芽，毒蘑在她的腋下生长，苔藓在周身蔓延。她却全无自救的能力。“马孔多”本是阿拉卡塔卡附近一个庄园的名称，作家用它来取代阿拉卡塔卡，并赋予它神奇的色彩。小说以象征的手法写灾难的降临。《枯枝败叶》则写出了孤独的马孔多人所遭受的数不尽的人为灾难，包括党派争端、帝国主义侵略等。

进入20世纪60年代，加西亚·马尔克斯的创作达到成熟时期。1961年他发表长篇小说《恶时辰》，获美国埃索石油公司在波哥大举办的埃索文学奖。同年，他发表了自认为“写得最好的小说”——中篇小说《没有人给他写信的上校》。作品的主人公是一个退伍的上校，他在内战中出生入死，在选举中为自由党尽了力。战争结束时，政府答应给他退伍金。15年来，他一直在等待这笔钱。他穷困潦倒，孤独而无人过问。老妻病饿在床，家中所有的东西都已变卖，但是他还要强装笑颜，维持自己的荣誉。上校的形象中融进了作家外祖父的经历和作家自己在《观察家报》被封后生活艰难时的切身体验，因而这一形象塑造得极为成功。作家用幽默诙谐的笔法来写他忧郁沉重的心情，使作品具有一种独特的艺术感染力。

1962年，加西亚·马尔克斯发表了短篇小说《格兰德大妈的葬礼》，描写马孔多一个权势显赫的女族长活了92岁，终于病死的故事。她的家族统治马孔多达两个世纪之久。谁也不知道她的祖产有多少。政府要员都必须尊重她的意志。她死后，总统、教皇、政府各部长都来奔丧。她占有一切，连雨水也不能幸免，她的遗嘱中竟然包括地下资源、领海和国家主权、自由选举等。格兰德大妈实际是美国势力的化身，马孔多则影射着哥伦比亚乃至整个拉丁美洲。小说通过一个荒诞的故事，影射美国对拉丁美洲长达两个世纪之久的掠夺和统治。格兰德大妈的死，暗示这种控制的衰亡。

1967年，作家发表了他的代表作——长篇小说《百年孤独》。这部小说达到了他的创作的高峰，而且也奠定了他在拉美文学界的重要地位。

70年代以后，作家的创作虽然没有离开魔幻现实主义的轨道，然而现实主义成分显著增强。1975年发表的《族长的没落》是他用八年时间写成的一部长篇小说，1976年就被美国《时代》周刊评为当年世界十大优秀作品之一。这是一部用魔幻现实主义手法写成的反独裁统治的小说。主人公尼卡诺是对拉丁美洲许多独裁者的艺术概括。他的暴政引起了人民的不满。为了镇压人民的反抗，他派出大批特务。这些人到处横行，滥杀无辜。不久，军队哗变，尼卡诺下令全国戒严，封锁港口，实行大屠杀。结果陈尸遍野，酿成一场可怕的瘟疫。外国占领军不敢居留，纷纷撤走，临走时把房屋割碎装成箱，把草原卷起来，把大海切成块，都运了回去。这个国家成了茫茫荒原。尼卡诺也耳聋眼瞎，倒在污地上孤独地死去。作品就这样运用象征、寓意和高度夸张的手法，打破了时空的限制。一切都服从于揭露专制统治的创作目的，不受任何陈规的束缚。

1981年，加西亚·马尔克斯结束了“文学罢工”，重新开始文学创作。这一年发表的中篇小说《一件事先张扬的凶杀案》，描写青年人圣地亚哥·纳赛尔无辜被杀的故事。小说以采访式的纪实手法，深刻分析了产生悲剧的原因，揭露哥伦比亚的落后现实，批判封建观念和仇杀行为。

1982年，加西亚·马尔克斯因《百年孤独》的成功而获诺贝尔文学奖。获奖之后，他继续辛勤工作，创作新作品。1985年发表的《霍乱时期的爱情》是一部以爱情为主题的力作。作品以一对恋爱中的男女在青年时期未能成功而到老年才接续旧情的故事为主线，引出了各种各样的爱情故事，批判了拉美社会的封建等级制度和拜金主义。作家一改其拿手的魔幻现实主义手法，用接近传统现实主义的方法，写出了这部不同凡响的作品。1989年，他又出版了长篇小说《迷宫中的将军》，写19世纪拉丁美洲解放者玻利瓦尔的斗争事迹。作品写的是伟人及其光辉业绩，但并不加以神化。

二 《百年孤独》

长篇小说《百年孤独》是加西亚·马尔克斯最重要的作品，同时也是拉丁美洲文学史上一部难得的杰作。它的发表，被认为是拉丁美洲的“一场文学地震”。现在，人们公认它是拉丁美洲魔幻现实主义文学的典范作品，是现代西班牙语文学的最好的作品，是当代的《堂吉诃德》。

《百年孤独》的故事发生在马孔多（这是作家多次写过的地方），描写了布恩迪亚家族六代人的历史。第一代何塞·阿卡蒂奥与他的表妹乌苏拉私自结婚，离家出走。他们带着一批人来到了马孔多，垦荒耕种，过着安居乐业的日子。后来，大批外来移民迁来，外国资本侵入，政府派人来掌权，布恩迪亚家族和马孔多人便灾难不绝。他们的第六代生下了一个长猪尾巴的婴儿，全世界的蚂蚁一起出动，把它拖进了蚁穴。马孔多也被一阵飓风刮得无影无踪。

这是一部奇书，书中的内容如它的题名所示，包括“百年”与“孤独”两方面的意义。“百年”指的是历史。作者虚构的马孔多，是哥伦比亚乃至拉丁美洲的缩影。书中写从它的建立、发展，一直到它消亡的百年间的历史，其中处处包含着哥伦比亚乃至拉丁美洲历史的影子。布恩迪亚家族的第一代阿卡蒂奥带领人们开辟马孔多，起初只有二十多户人家，过着世外桃源式的生活。自从吉卜赛人到来，乌苏拉发现向外的通途以后，马孔多的封闭状态被打破，一批批移民来临。吉卜赛人带来了火车、电灯、电影等使马孔多人惊讶不已的外部文明。从此它就失去了平静的生活，发生了巨大的变化。这段历史显然暗示16世纪前后拉丁美洲的变化。小说中还写到，政府派来了镇长和警察，镇长玩弄选举骗局，在自由党反对保守党的过程中，奥尔良诺发动了32次起义，都被政府军镇压，他的17个儿子都被杀害。他的一个儿子曾经接管他在马孔多的权力，在镇上胡作非为，随意杀人，就像拉丁美洲历史上出现过的许多凶残的统治者。小说中还写到美国公司到马孔多开办香蕉园，掀起了一阵“香蕉热”。他们在这里作威作福，大发横财。随之而来的是经济衰退和劳资矛盾的激化，香蕉工人大罢工，政府派军队来镇压，三千多名工人的尸体被火车拉走，扔进了大海。事后，政府却矢口否认。美国人一走了之，被糟蹋得破败不堪的马孔多却难逃最后毁灭的命运。这些事情虽经作家的艺术处理而已经变形，却是哥伦比亚历史上确曾发生过的事实。布恩迪亚家族的历史、马孔多的历史，就是哥伦比亚的历史、拉丁美洲的历史。作家在他的作品中描写这百年历史，是为了让人们看到拉丁美洲百年沧桑中经历过的种种苦难和灾祸，痛恨造成这些灾难的外来入侵势力和内部的反动统治。

作家在描写布恩迪亚家族和马孔多的百年历史时，把历史和生活构想为循环反复的过程。布恩迪亚家族的第一代害怕生育猪尾巴怪胎，经过六代人到第七代果然生下猪尾巴女孩，完成了一次大循环。马孔多从最初的开发，经过内战、香蕉热、大罢工等等，后来一场大暴雨，又回到初建时的贫困落后和与世隔绝。最后将被一阵飓风吹得无影无踪。这一百年，从零开始，又回到零，走了一个大圆圈。难怪布恩迪亚家族的老祖宗乌苏拉在亲身经历了这百年历史后说，“时间像是在打圈圈”，“世界好像老是在打转转”。这种循环论的构思贯穿在全书的情节结构和人物性格描写之中，其用意显然是为了说明：拉丁美洲的百年历史并没有摆脱贫穷落后和愚昧的困境；循环意味着停滞，拉美人民面临的历史使命是寻找新的出路。

全书题名的第二层意义是“孤独”，这也是作品所要表现的另一层意义，或者说是它更重要更深层的意义。马尔克斯在写拉丁美洲的历史时，更注意挖掘和表现拉丁美洲人民的精神生活。他看到，造成拉丁美洲不幸和灾难的，既有外来的原因，也有本身存在的内部的，尤其是人们精神上的原因。他把这种精神生活上普遍存在的问题归结为“孤独”。他笔下的布恩蒂亚家族的成员，尽管在外形和个性上各有不同，但是孤独精神却是他们的共性。这种特性代代相传，支配着他们的行动。他们生活在一个贫穷闭塞的环境中，一些人被落后的迷信的意识支配，一些人纵欲、乱伦，固执己见，一意孤行；还有一些人虽有过改变现状的意图和行动，然而一遇挫折便离群索居。老阿卡蒂奥被吉卜赛人的魔术吸引，一心想搞发明创造，迷恋于炼金试验，结果精神失常，被人们捆在大树下不予理睬。奥尔良诺是一个革命家，当过起义军的领袖，但是，在起义失败后，他便闭门独居，把自己关在小屋子里做小金鱼，做了化，化了做，无休无止。雷蓓卡在丈夫死了以后，把自己关进破房，多少年不出门，以致被人们认为她早已离开人间。阿玛兰塔预知自己的死期，便躲在自己的房间里织尸衣，等待末日的来临。整部作品都沉浸在这种孤寂、郁闷、忧伤的气氛之中。俏姑娘雷麦黛丝是书中一个与众不同的光彩照人的形象。她貌若天仙，内心纯洁无瑕，是美的象征。但在这个污浊丑恶的世界中，她无法生存，最后只能飞上天去，消失在太空之中。这也是一种孤独，是另一种意义的孤独。

个体的孤独使得这个社会缺乏凝聚力，使人不图变革，离群索居，而这就等于容忍客观上存在的愚昧、落后继续蔓延。家族和村落与世隔绝、封闭孤独，只能等待衰败甚至灭亡的命运。作家看出这是拉丁美洲百年来逃不出循环往复的苦难处境的内在原因。他希望这种孤独而苦难的历史能早日结束。在小说的结尾，他写道：“一切将永远不会重现，遭受百年孤独的家族，注定不会在大地上第二次出现了。”可惜整篇作品并没有回答：如何才能结束这种苦难与不幸。不过，当有人与他谈到这部作品中的人物的孤独感时，他曾回答说，“孤独的反义词是团结”，“布恩迪亚整个家族都不懂爱情，不通人道，这就是他们孤独和受挫的秘密”。作家的回答可以帮助人们了解这部作品的内在含义。闭关自守使拉丁美洲长期处于落后和愚昧状态，再不打破闭塞和混乱状态，拉丁美洲就会像布恩迪亚家族一样毁灭。必须通过人道和团结的途径，结束拉丁美洲长期以来连绵不断的落后苦难的历史。

从创作方法上讲，《百年孤独》也是一部奇特的作品。作为一部叙事性的作品，它既包含着许多现实历史的真实成分，同时又打破了传统的时空观念，打破了主观世界与客观事物的界限，而且把许多非理性的幻想的因素掺杂进来，从而把现实与幻想、真实与荒诞、写实与夸张、严肃与嘲讽等等，都巧妙地结合在一起，形成了一个独特的世界。这个世界，似历史而非历史，似神话而非神话，似现实而非现实。在这样一个似非而是、似是而非的世界中，作家可以自由地放开自己的手笔，高屋建瓴地、自如地总结哥伦比亚和拉丁美洲的历史，同时寄寓深邃的内涵。

对于本书的叙事方法，特别是全书的开端，作家曾经作过长期的反复思索。最后，他选择了这样的开头："多年以后，面对行刑队奥雷里亚诺·布恩迪亚上校将会想起父亲带他去参观冰块的那个遥远的下午。"这一句话包含着现在、过去和未来三个时间层面。作家站在"现在"这个时间层面给读者讲故事，但是，他从一开始就预指人物未来（多年后）的遭遇，而书中的人物又可以回想比现在更早些时候发生的事情。全书的叙述方式也是如此。从时间的总体顺序上看，讲的是马孔多从创建到毁灭的历史演变，但是吉卜赛老人梅尔加德斯早在一百年前就在羊皮书上预写了马孔多的命运。书中的人物都在不断地回忆过去。所以全书时间概念的总体设计虽是现在—未来—过去—现在的循环，而在具体叙述时，却是把三者互相穿插在一起，自由地描写现实、回顾历史、预见未来。在叙述语气上，作家以严肃客观的态度来讲述那些神话传说和荒诞不经的神奇事物。作品中写到许多非理性的、荒诞的、虚幻的或者极度夸张的东西，作家本人并不信以为真。但是，他相信这是拉丁美洲的现实，是拉丁美洲人的思维方式，所以必须以认真的口吻写来，只有这样才能写出拉丁美洲的真实，作者说过这是他从自己外婆那里学来的方法。

这部小说虽然描写了拉丁美洲的百年历史，但是它的重点不在交代事件，叙述过程，而在塑造人物，更确切地讲，是在描写人物的心灵，刻画人物群体中的不同个性以及他们的总体特征——孤独。作家以简练的笔法，直接刻画人物的多种意识层面和心理活动，甚至有意忽视外形的描写，舍弃那些对表现人物心理无关的细节。因此，他笔下的那些人物，就其外形和经历来讲，往往是模糊不清的，而就其心理和性格特征来讲，却是极其鲜明而突出的。从这个意义上讲，《百年孤独》是一部描写拉丁美洲人的心灵历史的小说。

魔幻无疑是这部小说的又一重要特征。构成其中魔幻特色的根源是多种多样的。为了写出马孔多人的迷信和落后，作品中大量借用印第安人的信仰。印第安人相信，人死之后，鬼魂依然活在世上，与活人生活在一起，甚至还继续生长。他们有思想感情，可以与活人谈话，交流思想。《百年孤独》中的老布恩蒂亚与邻人发生口角，把人刺死，从此那人的鬼魂便时常出现，乌苏拉几次发现他在用芦苇堵刀口。布恩蒂亚和乌苏拉逃离家乡后，那鬼魂追踪来到马孔多。可是，两个冤家变成朋友，经常在一起聊天，通宵达旦。在作品中，鬼魂、预言、征兆等等神秘因素层出不穷，充分衬托出拉丁美洲这片土地的神秘色彩。神话传说是构成这部小说魔幻特征的最重要的根源。作家把古代神话和印第安神话互相结合，建立了一套现代神话的开放体系。在这里，神话作为一种隐喻，加强了作品的艺术思维，扩大了作品的时空范围。神话又作为一种文化积淀，引发了读者的文化认同感，使作品中的历史反思、现实描写都具有纵深感。另外，神话的神秘感又可以与现代意识中的反理性成分以及开放性的思维接通，使后者表现得更加富于艺术感染力。《百年孤独》中这种多元融合的神话特色，使作品本身变成可以从多角度理解的隐喻体系。人们可以从基督教的角度把它理解为宗教神话：创世记—人类因原罪而受到惩罚—启示录；也可以把它看做拉丁美洲的历史：氏族社会末期及新大陆的发现—共和国年代—新殖民主义时期；而且还可以把它看做拉丁美洲文化史：乌托邦时代——英雄史诗时代——神秘论时代。

小说的魔幻因素也来源于作者的独创以及所采用的象征手法。譬如在书中，黄色是一种不祥的象征。老布恩蒂亚临死时，天上下起了黄花雨；老人假牙的缝隙中生出黄花，不久就死去；当布恩蒂亚家的水泥裂缝中长出黄花时，这一家族就开始衰败；马孔多通火车时，第一辆进村的列车的车头是黄色的；当黄色的水果——香蕉在马孔多普遍生长的时候，大罢工、大屠杀的灾祸就随之降临。黄色可以理解为黄金的暗示。作家用象征手法来说明金钱的祸害。马孔多人害集体健忘症的情节也是一种象征的手法，作家用这种手法讽刺马孔多人的愚昧，他们生活在浑浑噩噩之中，不知总结历史的教训，以求得国家民族的新生。

第七节
博尔赫斯

豪尔赫·路易斯·博尔赫斯（1899—1986）是阿根廷著名作家、诗人。他出生于首都布宜诺斯艾利斯一个有英国血统的富裕家庭，从小就阅读了大量的英语文学经典。1914 年全家侨居瑞士日内瓦，他在那儿读完中学，之后去了西班牙。在西班牙期间，参与了以西班牙诗人拉斐尔·坎西诺斯·阿森斯为首创立的极端主义流派，博尔赫斯便是极端主义文学运动五位发起者中的一员。

1921 年对西班牙人来说意味着极端主义的结束，而对拉美人则是极端主义的开始。在这一年里出版了博尔赫斯主编的杂志《棱镜》，该刊的第一期刊出了极端主义的纲领。他的极端主义刊物《船头》1922 年问世，1923 年停刊。1924 年《船头》杂志复刊时，极端主义到达高潮，不久便停刊，取代它的是以埃瓦尔·门德斯（1885—1955）为领导的《马丁·菲耶罗》杂志。《马丁·菲耶罗》杂志的出版表明了极端主义文学运动的深化，它团结了更多的诗人，反对现代主义和后现代主义。《马丁·菲耶罗》1927 年停止出版，宣告了极端主义的终结。

西班牙的极端主义与当时风行的其他文学流派一样有纲领、宣言，但值得注意的是博尔赫斯把极端主义归纳为四点：第一，抒情诗的首要因素是比喻；第二，删去无关紧要的句子、无用的形容词和句子之间的联系；第三，废除各种装饰、陈词、烦琐、说教、故意的晦涩；第四，把两个或更多的形象合而为一，以便扩展联想力。

1923年，博尔赫斯出版了第一部诗集《布宜诺斯艾利斯的激情》，之后又出版了诗集《面前的月亮》(1925)，散文集《探询集》(1925)、《我的巨大希望》(1926) 和短篇小说集《恶棍列传》(1935)、《小径分岔的花园》(1941) ——后者为博尔赫斯带来了声誉。20世纪30年代后期，他进入布宜诺斯艾利斯公共图书馆任职，因在反庇隆政府的宣言上签名而被解职，1955年庇隆政府倒台后才恢复名誉，被任命为国立图书馆馆长。在一定意义上说，他的大部分生命是在图书馆里度过的，书籍是他的终身伴侣，也是他思考和创作的源泉。20世纪50年代后，作家以小说创作为主，先后出版的短篇小说集有《虚构集》(1944)、《阿莱夫》(1949)、《布罗迪的报告》(1970)、《沙之书》(1975) 等。

博尔赫斯的小说以想象力丰富、寓意深远、哲理艰深而著称，他的时间观如同他的哲理那样具有多重含义，结构的多层面仿佛是一座迷宫，故我们称博尔赫斯的时间观为迷宫时间。他的迷宫时间颇为复杂，令人费解。

在博尔赫斯众多的短篇小说中最能反映他的时间观的是《小径分岔的花园》。在这篇小说里，博尔赫斯认为时间有无数系列，背离的、汇合的和平行的时间织成一张不断衍生、错综复杂的网。由互相靠拢、分歧、交错或者永远互不干扰的时间织成的网包含了所有的可能性。如果不从全书的内容去琢磨，合逻辑地去推理，这种表述就使人难以理解。每个人在世界上都占有一定的时间和空间，也就是说每个人在宇宙中都是一个点，“如果空间是无限的，我们就处在空间的任何一点。如果时间是无限的，我们就处在时间的任何一点”。而时间的线是由点组成的，由线而编织成时间的网，作为时间的一个点（这一个人）在做直线运动时，无疑与另外的一个点（那一个人）所形成的时间线或接近、交叉、平行，或隔断，甚至“几个世纪各不相干”，但在某个时间里，这一个点（这一个人）与另一个点（那一个人）的直线运动发生交叉、产生矛盾和冲突，“我便是您的敌人”，“包含了一切的可能性”。因此，如果用这种观点来解释小说中描述的人与事，诸如此类的句子，“一个人可能成为别人的敌人，到了某一个时候，我又成为另一些人的敌人”，“他就这样创造了各种未来、各种时间，它们各自分开，又互相交叉。小说的矛盾就是这样产生的”，“我觉得房子周围潮湿的花园里充满看不见的人物，直到无限。这些人物就是阿尔贝和我……”[①] 就比较容易理解了。

时间是无限连续的，又是永恒的，过去、现在和将来形成一条时间线，三者同时并存。这是博尔赫斯迷宫时间结构的另一层面。为了阐述这种时间线，博尔赫斯引用了《古兰经》第二章259节的一段文字：“故真主使他在死亡的状况下逗留了一百年，然后使他复活。他问：‘你逗留了多久?’他答：‘我逗留了一日，或不到一日。’”这段引言与我国神话小说《西游记》中孙悟空在“天宫”当差，“天上一日就是下界一年”在时间的计算上是相仿的，因为在物质不同的领域里，时间是不同的。例如宇航员以近光速度在空中飞行一年，就相当于地面上50年。博尔赫斯受启发杜撰了一篇奇特、有趣的小说《秘密的奇迹》，这篇小说以主人公拉迪克被德国秘密警察处死前夕的心态为起点展开。为了在死前完成他的诗剧《敌人们》，他向上帝要求给予他一年的时间来完成他的工作。上帝答应了他的要求，为他创造了一个秘密的奇迹。当敌人的“所有武器伸向拉迪克，但是那些要杀他的人却一动不动。上士的胳膊举在半空，停在那里”，就在敌人下达命令到枪响起的一瞬间，在拉迪克的思想里经历了一年的时间，完成了他的剧作。拉迪克最后被处死，但在他的主观时间里却赢得了一年的时间，而客观时间并未有丝

① 《博尔赫斯全集·小说卷》，132页，杭州，浙江文艺出版社，1999。

毫的加快或减慢。因此，在同一时间里拉迪克经历了过去、现在和将来的三种状态，它是在上帝的安排下才完成的。

博尔赫斯迷宫时间的另一组成部分是时间的循环，他认为时间是一个圆，在圆的轨道上，现在重复着过去，永无止境。“历史是个圆圈，天下无新事，过去发生的一切将来还会发生。”（《神学家》）历史在无意义地兜着圈子：“在永生者之间，每一个举动（以及每一个思想）都是在遥远的过去以及发生过的举动和思想的回声，或者是将在未来屡屡重复的举动和思想的准确的预兆。”（《永生》）“举动”和“思想”只是对过去的重复，也不过是重新的出现。这种时间的循环既表现在事物的重复上，也体现生命的轮回上。除了生死的交替之外，行为的重复也是一种生命的轮回形式。“我就是别人，任何人就是所有的人；在某种情况下，叔本华的名言：我即他人，人皆众生，也许有道理。从某种意义上说，莎士比亚就是可怜的约翰·文森特（《刀疤》中的人物）。”（《刀疤》）“我曾经是荷马，不久之后，我将像尤利西斯一样，谁也不是；不久之后，我将是众生，因为我将死去。”（《永生》）博尔赫斯的时间循环观点是否受到了叔本华时空观的影响，这还很难断言，但他是不赞成叔本华的时间观的。他在《小径分岔的花园》中这样写道：“您的祖先跟牛顿和叔本华不同的地方是他认为时间没有同一性和绝对性。”此外，博尔赫斯对时间的有限与无限也有精辟的见解，他认为宇宙是无限的，时间也是无限的，同时它们又是有限的。“我是说，把世界想成无限，并非不合逻辑。谁把它判断为有限的，那就是自以为远处的回廊和楼梯以及六面体在偏远的地方也许会不可思议地中止——这是十分可笑的。谁把它想象成无限的，那就是忘掉了书籍可能有一定数目。”（《通天塔图书馆》）博尔赫斯的空间观如此，他的时间观亦然。这种有限与无限的时空观是合乎辩证法的，但在他的时间观上也有很唯心主义的东西，如过去、现在和将来同时并存的时间线的形成仰仗于上帝，上帝才创造了这种时间，这无疑是唯心主义。

发轫于 20 世纪 60 年代的后现代主义文学将阿根廷作家豪尔赫·路易斯·博尔赫斯推上了该流派的先驱、鼻祖的位置。这缘自博尔赫斯独特的想象力，他凭借这种想象力从哲人之言、经典、历史事件中虚构出远离社会现实的一篇篇鲜活、灵动的小说。这种虚构性与小说中假设、推测的不确定性便是后现代主义文学的主要元素，博尔赫斯也由幻想文学大师成为后现代主义文学先锋。他的《阿莱夫》便是后现代主义小说。

何谓阿莱夫？博尔赫斯解释说它是希伯来字母中的第一个字母，它也是一个点，一个包罗万象的点，它还是直径大约为两三厘米的、闪烁的小圆球，通过这个小圆球可以看到整个世界，“我看到浩瀚的海洋、黎明和黄昏，看到美洲的人群、一座黑金字塔中心、一张银光闪闪的蜘蛛网，看到了残破的迷宫（那是伦敦）……”

作者还神秘地告诉读者，这个阿莱夫在加拉伊街一幢房子地下室阶梯下方靠右一点的地方，它虽是一个小圆球却是宇宙，从它的任何角度都可看到世界万物，甚至商店里的一幅西班牙纸牌，以及“我”的女友贝雅特丽齐写给她的表哥卡洛斯·阿亨蒂诺的猥亵的、难以置信但又千真万确的信。通过阿莱夫不仅看到了世界，也看到了自己，看到了自己的脸和脏腑。更令人惊奇的是，“所有场面在同一个地点，没有重叠，也不透明，我眼睛看到的事是同时发生的”。

阿莱夫究竟为何物不得而知，这种不确定性揭示了人对世界的认知方式：世界万物是由人的意识决定的，它本身不会自然地彰显出来，正如《百年孤独》中建村立镇的家族长者老布恩迪亚，不得不对周围的东西指指点点，给它们起名字，它们才得以存在。博尔赫斯对阿莱夫的多种解释正是他的认知方式使然，他本人便是一位怀疑论者，对社会、人生持怀疑态度，对世界的认知是模糊的、不确定的。

《阿莱夫》便是作者想象的展现，他把希伯来的第一个字母衍化为一个点、一个球、一个宇宙，借此敷衍出一篇幻想的杰作。博尔赫斯在《阿莱夫》的 1943 年 3 月 1 日后记中写道“我认为加拉伊街的阿莱夫是假的”，一语道破《阿莱夫》的虚构性。在《阿莱夫》中也直言不讳地指出：“这篇故事会遇到文学和虚构的污染。”他在后记中又辩解说，宇宙（即阿莱夫）在中央大院周围许多石柱之一的内部，后又诘问：“难道石头内部存在阿莱夫？”这种叙述方式既是一种文字游戏，又具有后现代派元小说的特点：自我指涉。

这种元小说的创作形式早已有之，可以追溯到塞万提斯的《堂吉诃德》，但直到后现代主义文学兴起，才受到人们的重视，并被视为后现代主义文学的重要创作手段。元小说是自我指涉的小说，或者说以小说为对象的小说，向读者揭示小说创作的虚构过程并加以评说，在《阿莱夫》中作者明白无误地向读者说明阿莱夫是假的，完全是作者的虚构。

博尔赫斯的虚构在《小径分岔的花园》已成为创作主导。人物是虚构的：充当德国间谍的俞琛、了解俞琛家世的传教士、汉学家阿贝尔、英国反间谍军官理查·马登上尉。情节也是虚构的：马登上尉发现了俞琛的间谍活动；俞琛急于要把获得的情报通知德国情报机关；阿尔贝惨遭俞琛的枪杀，这是因为阿尔贝的名字与英国炮兵阵地的名字相同，他的死在报纸上披露，等于告知德国柏林英国炮兵阵地的方位；德国立即派飞机轰炸了英国炮兵阵地。小说情节的发展显然是作者的故意安排，充满了偶然性，虚构的痕迹处处可见，所以作者将这篇小说编入他的《虚构集》中。

作者虚构这篇小说绝不是仅仅为了讲述一个故事，而是叙述他对世事的认知。小说中描写的迷宫便是人生本身，人生便是迷宫，找不到出路，一旦看清了迷宫的出口，人的生命也就到达了他的终点；小说中的时间也是如此，时间如同花园中小径的分岔，有无数个未来，不管时间如何错位、平行和无序，最终是一个可能性的结束，预示着一种可能性的发生，周而复始，无限循环，显示人的无奈与宿命。

《特隆、乌克巴尔、奥比斯·特蒂乌斯》是博尔赫斯虚构小说的名篇，这篇小说想象力之广阔、内容之庞杂令世人惊叹。小说中赫伯特·阿什是“我”父亲的密友，与“我”相识 28 年，经常在一起议论 12 进制计数法。1937 年 9 月，阿什因动脉瘤破裂去世。几个月后“我”在酒吧里发现了从巴西寄给他的一本八开本的书，在“在黄色的皮书脊和外封上都印有这些奇怪的字样：特隆第一百科全书。第 11 卷”。何谓特隆？作者说它是一个宇宙，“有一套隐秘的规律在支配它的运转”。又说特隆是由一个不可捉摸的天才人物领导的一个秘密社团集体创作的星球，在这个神秘社团中有一批天文学家、生物学家、工程师、玄学家、诗人、化学家、代数学家、伦理学家、画家、几何学家等专业人员。这些特隆人对时空的观念有着独特的理解。他们否定空间的存在，“宇宙是一系列思维过程，不在空间展开，而在时间中延续”，“世界并不是物体在空间的汇集，而是一系列杂七杂八互不相信的行为”，因此宇宙和世界不是空间，只是“思维过程”、“互不相关的行为”，不承认空间的物质性。他们也否定时间的存在，但有几个不同的学派。一派人认为，“目前不能确定；将来并不真实，只是目前的希望；过去也不真实，只是目前的记忆”，过去、现在和将来都是虚无的，彻底解构了人们的时间观。另一派人认为，时间已经死亡，“全部时间均已过去，我们的生命仅仅是一个无可挽回的衰退过程的回忆或反映”。还有一派人宣称，宇宙的历史是一位低级的神父为了同魔鬼拉关系而写出来的东西。与此观点相似的人则把宇宙比作密码书写，其中的符号不都是意义。总之，他们将宇宙视为人为的杜撰，不存在的东西。最后一派人指出，“我们这里睡觉时，在另一个地方是清醒的，因此每个人都是两个”。这种不确定的表述在《我和博尔赫斯》和《博尔赫斯》里均有出现，在《特隆、乌克巴尔、奥比斯·特蒂乌斯》中所涉及的时空观、几何学、语言学、哲学、唯心论和唯物论都带有博尔赫斯不确定性的印记。这种不确定性正是对虚构的强化，使被虚构的事物更加模糊、变形。

凡是小说都是虚构的，所不同的是现实主义小说的虚构是为了追求现实的逼真，现代主义小说的虚构是为了张扬人的个性，后现代主义小说的虚构是为了揭示世界的无序、混乱、不确定，颠覆人为预设的真理、崇高、理想等宏大叙事。博尔赫斯的后现代主义小说往往将小说虚构成他所钟爱的迷宫，既有有形的、空间的迷宫，如阿莱夫、特隆、“巴别图书馆”、“小径分岔的花园”、城市、宫殿等，也有无形的、时间的迷宫，如思想、观念、梦幻等，不管何种迷宫都被博尔赫斯用来表达他对人生的思考：人在迷宫中迷茫，找不到出口，不知路在哪里。从博尔赫斯的小说看来，似乎作者超凡脱俗，在他眼里一切皆虚无。然而，真实的博尔赫斯却对荣誉的获得津津乐道，每次获奖必亲自前往，乐此不疲。他获得的勋章、文学奖、荣誉博士学位五花八门，包括西班牙语国家的最高奖项塞万提斯文学奖。

第八节 米兰·昆德拉

原籍捷克斯洛伐克的法国籍作家米兰·昆德拉（1929— ）是当代著名小说家、戏剧家、诗人、评论家，曾获得过捷克斯洛伐克国家奖、耶路撒冷文学奖、奥地利国家欧洲文学奖等多项重要奖项，并多次被提名为诺贝尔文学奖的候选人。

一 生平与创作

米兰·昆德拉生于原捷克斯洛伐克的第二大城市布尔诺。父亲路德维克·昆德拉是捷克一位重要的音乐理论家和钢琴家，曾经师从著名作曲家莱奥什·亚纳切克，并在布尔诺以亚纳切克名字命名的音乐学院当过十几年院长。米兰从小受父亲影响很大。他继承了父亲的音乐天赋，跟父亲学会了弹钢琴，并旁听父亲给到家里来上课的学生讲课，从中激发了他对音乐理论的兴趣。他喜欢在父亲的书房里读书，父亲藏有很多文学名著，这个文学宝库奠定了他日后从事文学创作的基础，开启了他文学想象的心智。还在高中时代，他就创作了他的第一批诗歌，其中第一首是纪念他的音乐老师帕沃尔·哈斯的。他十来岁时就跟这位当时捷克斯洛伐克最出色的作曲家之一学习作曲，但是，当时是德军占领时期，这位他如此尊敬的老师因为是犹太人而被送进了集中营，再也没有回来。这位老师的不幸遭遇给他和他的生活留下了深刻印记。大约在25岁以前，他的兴趣主要集中在音乐、电影等艺术上。第二次世界大战结束后，他曾成为一名爵士音乐家。这时，经历了德国纳粹统治的很多年轻人都为共产主义的美好理想所吸引，他是其中的一员，在上高中的时候，年仅17岁的他就加入了共产党。1948年他从文科中学毕业以后，到布拉格查理大学哲学系学习文学和美学，但在两个学期以后就转到了布拉格表演艺术学院的电影系，主要听电影导演和剧本写作方面的课程。他在大学期间有一个插曲，就是他因所谓的"个人主义倾向"和"反党活动"被清除出党，这件事情激发了他后来写小说《玩笑》（1967）的灵感。经过波折，他于1952年完成学业，被电影系任命为讲授世界文学的讲师。他于1953年发表自己的第一本诗集《人，一座广阔的花园》。从1954年开始，他的主要兴趣开始转移到文学和电影剧本的创作上，于1955年发表了叙事长诗《最后的五月》和文论《关于遗产的辩论》。1956年，他被恢复党籍。1957年，他发表第三部诗集《独白》。1958年他被晋升为表演艺术学院的副教授，并开始写短篇小说《我，悲哀的上帝》，这成为他小说创作的开始，接下来他又写了不少短篇小说，后来收在短篇小说集《可笑的爱》（1969）中发表。1959年，他开始写长篇小说《玩笑》，于1967年由法国著名作家阿拉贡作序后发表，受到广泛好评。这一年，38岁的他和薇拉结婚，建立了自己的家庭。但是，由于他积极参与了要求改革的运动，并对苏联的专制和霸权有所批评，1968年苏联占领捷克斯洛伐克以后，他受到了惩罚，他的作品遭到封杀，他在1969年完成的长篇小说《生活在别处》也被拒绝出版。他还被"双开"，再次失去了他的党籍，也失去了他的教师资格。他坚持自己关于创作自由的主张，但是他在国内遇到了很大困难。1975年，在法国议会主席埃德加·伏奥雷斡旋下，他和妻子一起来到法国，先住在法国西北部的雷恩，在当地大学任教，于1978年移居巴黎，任职于巴黎高等社会科学院。他于1981年正式加入法国国籍。这期间，他继续创作长篇小说，发表了《告别圆舞曲》（1976）、《笑忘录》（1979）等，直至1984年，发表了他最有影响的作品《不能承受的生命之轻》，获得巨大成功。在发表了最后一部用捷克语写的作品《不朽》（1990）以后，他便从此改用法语创作，发表了《慢》（1995）、《身份》（1996）、《认》（2000）、《无知》（2000）等小说。除了诗和小说外，他还发表过《谬误》（1969）等剧本和《小说的艺术》（1960）等文论。2013年，米兰·昆德拉以84岁高龄写出新作《庆祝无意义》，低调出版仍引起轰动。

米兰·昆德拉的文学创作，主要是小说创作，和他的个人经历，尤其是1968年苏联入侵捷克斯洛伐克以后他的遭遇，有密切关系。他的小说大多涉及苏联入侵，及其给捷克斯洛伐克人民，特别是捷克斯洛伐克知识分子带来的伤害。但是他写的并非政治小说，他反对给他贴上"异见作家"的标签，强调脱离一切政治意识形态的艺术自治。他写一定的政治背景是要用以衬托出他对普通捷克斯洛伐克人日常生活的关心，他写他们的爱情、欢乐、痛苦、性生活等，并通过这些表面的描写，深入到关于人、存在、时间、历史、遗忘、身份、回归、笑等哲学问题的思考中。

米兰·昆德拉关于这些哲学问题的思考，明显带有尼采、胡塞尔、海德格尔等哲学家有关思考的痕迹。米兰·昆德拉在《被诋毁的塞万提斯的遗产》中提到，胡塞尔认为，欧洲危机的根在"伽利略、笛卡尔那里，在科学的片面性那里。这些科学把世界缩小为技术与算术勘探的对象，而把具体的生活的世界即他所说的 *die Lebenswelt*（生活的世界）排除在他们的视线之外"。米兰·昆德拉进一步认为："科学的高潮把人推进到各专业学科的隧道里。他越是在自己的学问中深入，便越是看不见整个世界和他自己，因而陷入胡塞尔的弟子海德格尔用一个漂亮的近乎魔术般的名言所形容的‘存在的被遗忘’中。”[①] 米兰·昆德拉在作品中通过艺术手段来探讨“人的存在被遗忘”这样一个在20世纪意义特别深远的哲学问题。他说：“哲学与科学忘记了人的存在，如果这是事实，那么更为明显的事实是，随着塞万提斯而形成的一个欧洲的伟大艺术不是别的，正是对这个被人遗忘的存在所进行的勘探。”[②] 所以，他要接过塞万提斯的遗产，用小说来追回历史，追回被遗忘的人的存在。

联系到捷克斯洛伐克的历史，米兰·昆德拉认为，苏联入侵后扶植的傀儡领导人“从大学和专科学院驱赶一百四十五名历史学家这件事情，是极为意味深长的”[③]。他借一位历史学家的口说，为了消灭被入侵的民族，侵略者“首先夺走他们的记忆，毁灭他们的书籍，他们的文化，他们的历史”[④]。尼采认为：“动物非历史地生活着：因为它融入当下。人类与此相反，要扛住过去巨大的、而且越来越大的重负。”[⑤] 米兰·昆德拉的小说创作是试图把他的同胞从非历史的动物状态中拉回来，使之恢复人的本性，但同时也扛起越来越大的历史重负。他的小说创作几乎都是在探讨人的存在在历史问题上的“轻”与“重”的较量。人的悲剧精神就在于不遗忘、不逃避历史的重负。不仅他的代表作《不能承受的生命之轻》，而且几乎他的全部小说创作，都在通过关于“轻”与“重”的探讨，弘扬人的这种悲剧精神。

米兰·昆德拉在谈到他的小说如何对待历史时，提起过他的四个原则：第一，对于所有的历史背景，“在处理上都尽可能简练”；第二，“只抓住那些能给他的人物创造一个有揭示意义的存在境况的历史背景”；第三，避免“历史的编纂只写社会的历史”的倾向，选择人的历史中根本不可能进入历史学家历史的事件作为描写对象；第四，“历史背景不仅应当为小说的人物创造一种新的存在境况，而且历史本身应当作为存在境况而被理解和分析”[⑥]。可以说，米兰·昆德拉的所有小说，都是在说他所处的那个历史时代，但他有他自己的人物和他们独特的故事，他对历史背景的描述是极其简单的，因为他抓住了对人物的存在状况“有揭示意义的”“历史背景”，所以简单描述的历史背景又像梦魇一样紧紧纠缠着人物，左右其命运。这样，他就通过使用不是写史的方法来写史，通过描写一般不入史的史料来写史，从而写出一部为所有尚未丧失人性的人所共同拥有、所能共同理解的历史，一部真正的阶段性的人的历史。

在小说艺术上，米兰·昆德拉有很深的造诣。他得益于对经典文学作品的广泛深入的阅读和思考，尤其得益于诺瓦利斯、斯特恩、陀思妥耶夫斯基、福楼拜、普鲁斯特、乔伊斯、布洛赫、卡夫卡等小说家的艺术创新。他特别欣赏卡夫卡小说艺术创新所带来的巨大美学革命。他认为诺瓦利斯在梦所特有的“想象技巧”的启示下对小说艺术做出了新的尝试，这种尝试在卡夫卡手中得到了完善，实现了“梦与真实的绝妙混合”[⑦]。卡夫卡小说创作中特有的“卡夫卡现象”被米兰·昆德拉十分巧妙地搬到了他自己的作品中。他吸取了卡夫卡朴实无华、深邃而明晰的风格，他从中发展出一种小说对位式的新艺术，把哲学、叙事与梦合为一支音乐，也就是用简洁凝

① ［捷］米兰·昆德拉：《小说的艺术》，孟湄译，1～2页，上海，三联书店，1992。
② 同上书，3页。
③ ［捷］米兰·昆德拉：《笑忘录》，王东亮译，244页，上海，上海译文出版社，2004。
④ 同上书，第245页。
⑤ ［德］弗里德里希·尼采：《尼采全集》，第1卷，杨恒达等译，180页，北京，中国人民大学出版社，2013。
⑥ ［捷］米兰·昆德拉：《小说的艺术》，孟湄译，35～36页。
⑦ 同上书，79页。

练的技巧来抓住现代世界存在的复杂性。所以他的小说既是复调式的、各部分相对独立的，又是整体不可分的；既是客观叙事式的、完全没有内心独白的，又是主题倾向明确、逻辑严密的论文式的；既是流畅的文字，又是包含着不同节拍速度的音乐，例如，按他自己的说法，《生活在别处》的七章分别具有以下节拍速度：中速、小快板、急速、极快、中速、柔板、急板。

二　《不能承受的生命之轻》

1984 年发表的《不能承受的生命之轻》被认为是米兰·昆德拉最有代表性的作品。它代表了作者的基本思想探索和艺术追求。

实际上，这部小说无论是作者创作时使用的语言——捷克语，还是它被翻译成的其他主要语言，如法语、德语和英语，所表达的书名之意似乎都应该理解为“不能承受的存在之轻”。无论从米兰·昆德拉小说创作的总体思想倾向，还是单就他的这部代表作的内容来看，他主要都是在探讨存在以及存在的轻与重的问题。

小说一开始就谈到了尼采提出的“永恒轮回”学说。尼采站在哲学家的立场上认为，一切都在无休止地变化，所以只有生成而没有存在。当人们意识到某物的存在时，实际上它继续在发生变化，因而人们认定的某物，转瞬之间便不再是同一物了。所以，一切都只有一次。小说中一再提到的那个德国谚语“*Einmal ist keinmal*”（一次即一次没有）的意思是说，只有一次是没有意义的，所以一切本无意义。但是，即使世界上的一切都能承受这样的无意义，人也不能承受。由于人特有的记忆而形成的历史意识和人的感官尤其是视觉所具有的局限性，人需要确认“同一物”的存在，从而使没有“同一物”的世界从无意义变为有意义。尼采的“永恒轮回”学说就是针对人的这些特点所做的一种观念假设。有了“同一物”，人才能感受到逝去者再度回来，人才能感受到“同一物”的存在。“永恒轮回”就是指这样的存在。尼采在《查拉图斯特拉如是说》中说：“万物皆去，万物皆回，存在之轮永恒转动。”[①] 人需要有这样的存在，不然，人的自我认同都无法进行。但是，尼采又假设了一个魔鬼来对孤独中的人说：“你现在过的、曾经过的这种生活，你将不得不再一次并且继而无数次地去过。”尼采认为，你想不想过这种无数次重复的生活，“这个问题会作为最重之重让你的行为来背负！”[②] 米兰·昆德拉自己在小说中也说：“如果我们生命的每一秒钟得无限重复，我们就会像耶稣钉死在十字架上一样被钉死在永恒上。这一想法是残酷的。在永恒轮回的世界里，一举一动都承受着不能承受的责任重负。”[③] 米兰·昆德拉在这里是为了引出古希腊哲人巴门尼德关于轻重选择这个问题给出的答案，以及米兰·昆德拉本人对巴门尼德这种答案的质疑。他指出，在巴门尼德看来，宇宙被分割成一个个正与负对立的二元，包括在与非在、轻与重的对立。巴门尼德认为在与轻者为正，非在与重者为负。所以在或存在之轻是巴门尼德所肯定的，那么到了米兰·昆德拉这里，存在之轻又如何变成不可承受的了呢？这是因为米兰·昆德拉接受了尼采“永恒轮回”的思想。他要说明，人有了“永恒轮回”的理念，存在之轻必然变得不可承受。整部小说

① ［德］弗里德里希·尼采：《尼采全集》，第 4 卷，杨恒达译，220 页，北京，中国人民大学出版社，2011。

② ［德］弗里德里希·尼采：《评注版尼采全集》（德文版），第 3 卷，570 页，de Gruyter 出版社，1999。

③ ［捷］米兰·昆德拉：《不能承受的生命之轻》，许钧译，5 页，上海，上海译文出版社，2013。

中响彻了贝多芬最后一个四重奏最后一个乐章的动机“*Es muss sein*”（必然），这个德文句子中的第三个词“*sein*”就含有“存在”的意思。如果说“一次即一次没有”，那么一切就都是偶然。而小说中强调 *Es muss sein*，则是强调不同于偶然的必然，而且这种必然又是和人的命运相关联的。米兰·昆德拉在谈到产生于贝多芬音乐的信念时说：“重、必然和价值是三个有内在联系的概念：必然者为重，重者才有价值。”他接着说：“人的伟大在于他扛起命运……贝多芬的英雄，是托起形而上之重担的健将。”① 贝多芬的英雄代表着人的价值，人左右不了命运，但可以直面命运，扛起命运，热爱命运。热爱命运是尼采“永恒轮回”学说中的一个关键思想，也是人的价值、人的悲剧精神之所在。如果重、必然和价值是人之为人所必不可少的，那么存在之重就必然是可以承受的，而存在之轻，即人在存在中失去了人之为人的价值和意义，反倒成为不可承受的了。

米兰·昆德拉关于这个问题的讨论贯穿整部小说，使他的小说像是一篇逻辑严密的论文，他所讲述的故事则不过是说明论文观点和逻辑的案例而已。这种论文式的小说，正是米兰·昆德拉自己所总结的小说艺术之一。他讲述的故事结构上比较松散，故事和故事之间关联不是很紧密，尤其是他运用对位、复调等手法，往往打乱了情节进展的时间顺序、情节结构的有机性以及传统叙事对轻重缓急的要求。但是，他强调主题的统一，他认为这是保证小说的连贯性的一种更深的东西。他这部小说的主题就统一在“不可承受的存在之轻”这一问题上。

在这样的主题统摄之下，小说讲述了托马斯和特蕾莎之间的爱情与婚姻的故事，托马斯和萨比娜的情人关系故事，以及萨比娜和弗兰茨之间的情人关系故事。作者把这些人物之间的感情纠葛放在苏联入侵捷克的背景下，更加突出了人的存在中轻与重、灵与肉的冲突。

托马斯是一个业务上很有发展前途的外科医生。他和第一个妻子生下一个儿子，但和她一起生活不到两年就离婚了。他让自己从妻子、儿子处脱了身，甚至也从父母处脱了身。他不想负任何责任，于是他开始和许多女人发生性关系，建立所谓的“性友谊”。他对“性友谊”有一套不成文的规定，比如，可以在短期内去会同一个女人，但绝对不要超过三次；也可以常年去看同一个女人，但两次幽会间至少得相隔三周。这是他遗忘的一种方式，更准确地说是淡忘，是在设法接近于“一次即一次没有”的心理效果。这是托马斯身上“轻”的一面。在每个人身上，“轻”和“重”都是同时存在的。自从遇见特蕾莎，托马斯身上“重”的方面开始显现。本来，托马斯遇见特蕾莎纯属偶然，按他自己的说法是“六次偶然”把他推到了特蕾莎身边。开始他也把她当做他的众多性伙伴之一，但是，特蕾莎发高烧使他把她留在了身边，细心地照料她，并违背他自己的规定，娶她为妻。虽然在婚后他继续同其他女子保持他的“性友谊”，但是他对特蕾莎却不离不弃。甚至当他在苏黎世有了待遇更好的工作，专业上大有发展前途的时候，一旦特蕾莎离开他，他立即就毅然决然地回到布拉格，和特蕾莎在一起，他将此视为“必然”。尽管他后来的工作越来越差，甚至被迫离开了他心爱的医生职业，当起了擦玻璃的工人，甚至到了偏远的乡下，他都无怨无悔地始终和特蕾莎在一起，直至最后和特蕾莎一起死于车祸。他还有一方面的“重”体现在他写的那篇关于俄狄浦斯的文章和他默默地承受为此而招来的种种惩罚上。他背负起责任和正义感给他带来的沉重压力，他的生活因此而一步步下降到最底层，但是他绝不妥协，这是因为，再沉重的压力他也能够承受，可是他却不能承受无知和遗忘这样的存在之轻，所以尽管他的专业是医学，和古希腊戏剧相去甚远，他一般与政

① ［捷］米兰·昆德拉：《不能承受的生命之轻》，许钧译，40 页。

治也无缘，可是他却奋起用俄狄浦斯的故事来抨击那些罔顾历史也不敢正视现实、灵魂肮脏却声嘶力竭地为自己的灵魂进行辩护的人，让他们把眼睛戳瞎！

特蕾莎遇见托马斯虽然出于偶然，但是她却顽强抵制“一次即一次没有”，努力确认“同一”。她喜欢照镜子，她在镜子里审视自己，“心里想，要是自己的鼻子每天长长一毫米会怎么样，过多长时间，自己的脸会变得让人认不出来?”她的身体会变得使她一点都不像特蕾莎，但是“在她体内，始终是一个灵魂，它只能惊恐万状地看着她身体的变化”[①]。她像每一个人一样，都有着灵与肉的二重性。她的肉体所经历的变化，都是一次性的，一点点在变，变过就不会再回来。这也就是“一次即一次没有”。但是她完全不能承受。她的灵魂总是在认同自己，认同它所关心、所爱的对象，抵制遗忘。她喜爱的摄影就是要留住那逝去的一刹那，以便于今后的认同。当然，她绝对不会想到，她照下的苏联人侵布拉格的照片帮助了苏联警察抓捕捷克斯洛伐克爱国者，这引起了她灵魂的震撼。她对托马斯的爱是她的灵魂所认同的，是专一的，也要求托马斯对她爱得专一。但是托马斯把爱和性爱分开，既要特蕾莎的爱，又要他和其他女人的“性友谊”。她不能承受这种存在之轻，她受噩梦困扰，甚至打算在托马斯会情人的时候也跟上他。她的灵魂同样不能容忍她以爱和性爱分开的名义让自己的肉体陷入别人为她设下的陷阱，即使只有这一次，她也不可能遗忘，不能将这一次等同于一次没有。其实，特蕾莎在抵制遗忘，坚持灵魂对爱、对所爱对象的认同过程中，是否也有值得反思的地方呢？米兰·昆德拉说，眩晕是理解特蕾莎的关键。小说是这样来谈到她的眩晕的：“托马斯的不忠突然间让她明白了自己的虚弱无助，正是这份无助的感觉，让她感到发晕，产生了一种强烈的往下坠落的愿望……她时刻感受到一种不可抑制的想要摔倒的渴望，她活在一种时刻发晕的状态之中。”[②] 而托马斯则耐心地一次次扶起她来。直到小说的最后，特蕾莎躲在树后看到托马斯已经显得年老地在那里修车，她终于从那种状态中清醒过来：她自以为独自离开苏黎世回布拉格是不想成为他的负担，“可是这种好意难道不是遁词吗？其实她知道托马斯会回来，会来找她的！是她在唤他，拖累他，一步步把他往底层拖”[③]。她终于明白了托马斯的价值，也似乎明白了她没有很好地理解托马斯的价值和他对她的爱，并相应地做出自己的努力，这才是她不能承受的存在之轻。

托马斯一段时间内相对固定的情人萨比娜是一名画家。作为一名艺术家，她认为自己最大的敌人是媚俗（kitsch)。米兰·昆德拉对这个源于德语的词有他自己的理解：“媚俗者对媚俗的需要，即在一面撒谎的美化人的镜子面前看着自己，并带着激动的满足认识镜子里的自己。”[④] 他在小说中多次谈到媚俗，他说：“无论是从字面意义还是引申意义讲，媚俗是把人类生存中根本不予接受的一切都排除在视野之外。”[⑤] 比如说对粪便的绝对否定。人们总是为自己虚构出来的伟大和美好激动不已，却对实际存在的丑陋视而不见。小说通过萨比娜这个人物，涉及人的存在中的媚俗，尤其是政治媚俗。她对东西方政治中的媚俗都持反对态度，她认为都不真实，而她要活在真实里。可是对她来说，要不欺骗自己也不欺骗别人，唯有与世隔绝才行。于是她坚守自己的隐私，关于她的情人和性生活，她从来不声张，她从来不需要像弗兰茨那样靠撒谎来掩盖。她活在隐私中，因为这才是她的“真实”。弗兰茨向自己的妻子承认了

① ［捷］米兰·昆德拉：《不能承受的生命之轻》，许钧译，162页。
② 同上书，74～75页。
③ 同上书，371页。
④ ［捷］米兰·昆德拉：《小说的艺术》，孟湄译，130页。
⑤ ［捷］米兰·昆德拉：《不能承受的生命之轻》，许钧译，295页。

同她的关系，这无疑是暴露了她的隐私，于是她立刻离开了他。她说自己最大的敌人是媚俗，但是她是用一种消极的方法来反对媚俗。她只是在离开、在逃避，用她自己渴望的一个词来说，就是在“背叛”。她身上什么也没有发生过，也就是“一次即一次没有”。所以，“压倒她的不是重，而是不能承受的生命（存在）之轻。”①

小说中的其他一些细节，如乌鸦之死、家犬卡列宁之死及其微笑，实际上都是围绕这样一个主题来设计和刻画的。

第九节 略　萨

马里奥·巴尔加斯·略萨（1936—　）是一位同时拥有西班牙国籍的秘鲁作家、政治家、新闻记者、大学教授。他是一名多产作家，除了小说、诗歌以外，他还写过剧本、散文随笔、文学评论、政论杂文等。由于他在小说技巧上的独特创新和不同凡俗的艺术家眼光，他被赞誉为“结构现实主义大师”，并获得了许多重要奖项，终于在2010年成为诺贝尔文学奖得主。瑞典皇家学院宣告的颁奖理由是因为“他对权力结构的解析和对个体反抗、反叛和失败的犀利描写”。

一　生平与创作

马里奥·巴尔加斯·略萨（以下简称“略萨”）出生于秘鲁南部的一个中产阶级家庭。他的父亲叫恩内斯托·巴尔加斯·玛尔朵纳多，在一家航空公司当过无线电信技师。母亲叫朵拉·略萨·乌蕾塔。略萨出生前父母即已分居，出生后不久，他父亲公开了和一个德国女人的恋情，略萨就随母亲和她的娘家人住在一起，直到一年后他父母正式离婚，他的外祖父被任命为秘鲁驻玻利维亚的荣誉领事，他随母亲一家人搬到了玻利维亚的科恰班巴，后来由于外祖父新的任命，他们又搬回秘鲁，在皮乌拉居住。略萨在皮乌拉就读于一所教会小学。1946年10岁时，他到秘鲁首都利马第一次见到了自己的父亲，他以前一直以为父亲早已去世，这是因为他母亲及其家人不愿意让他知道，他的父亲抛下了他和他母亲，和别的女人去另组家庭。但是，他的父母又重新结合了，他随父母住在利马郊区的中产阶级居住区，上一所名叫拉萨勒学校的教会中学。14岁时，他父亲送他去上利马的军校。他在上军校期间就开始显示出对文字写作的兴趣，为当地报纸当起了业余记者。他最终没有完成在军校的学习，而是在皮乌拉完成了中学学业，同时为当地报纸《工业报》工作。从1953年开始，略萨就读于利马的国立圣马尔科

① ［捷］米兰·昆德拉：《不能承受的生命之轻》，许钧译，144页。

斯大学，主修文学与法律。大学期间开始所谓的“姐弟恋”，与舅妈的妹妹、比他大10岁的胡莉娅·乌尔吉蒂·伊利亚内斯相恋并结婚。大学期间他还为两家报纸工作，并在1957年首次发表短篇小说《领袖》和《祖父》。1958年他大学毕业，获得到西班牙首都马德里深造的机会。然后又申请奖学金到巴黎学习，没想到携妻到达巴黎后，才知道申请遭拒。但两口子决心留下来克服经济上的困难。略萨开始大量写作。这倒促成了他创作上经久不衰的繁荣时期。1963年，他发表第一部长篇小说《城市与狗》，为他今后的创作初步积累了国际影响。不过他与胡莉娅的婚姻走到了尽头，1964年，在过了七年婚姻生活之后，两人离婚。略萨很快组建了新的家庭，和他的表妹帕特丽西娅·略萨·乌尔吉蒂建立了稳定的婚姻关系，育有两子一女。

《城市与狗》是以他本人在利马的莱昂奇奥·普拉多军事学院的经历为基础的。书名中的“城市”指秘鲁的城市社会，“狗”指军校学生。军校就是一个集各种社会丑恶现象于一身的大染缸，学生在这里学会了暴力、赌博、嫖娼、欺诈等丑恶行为。略萨在作品中以自己为原型，塑造了一个试图在文学中寻找出路、不愿同流合污的年轻人形象阿尔贝托。也许人们可以从这个人物身上看到略萨在军校中途辍学的某些真正原因。因为揭露了军校的很多丑陋，略萨遭受到猛烈抨击，但也赢得了文学上的声誉。

他随后的长篇小说《绿房子》(1965) 取得了更大艺术成就，使他1966年获得西班牙文学批评奖，1967年成为第一届罗慕洛·加列哥斯国际小说奖获得者，加西亚·马尔克斯的《百年孤独》在其之后成为第二届获奖者。关于《绿房子》我们将在后面详细讨论。

1969年，略萨发表另一部成功的长篇小说《酒吧长谈》。小说的主人公桑蒂亚哥·萨瓦拉受进步思想的影响，和有钱有势的父亲发生了矛盾，离家出走，当上了一名默默无闻的小记者。有一次他采访一个凶杀案，发现凶手正是他父亲的司机。后来他偶遇司机，从他口中知道了很多内幕。作品通过一桩命案，牵扯出独裁政权下那些权贵们许多极其肮脏丑陋的所作所为，包括主人公父亲的种种丑行。略萨自己的经历对他这部小说的成功有很大帮助。他自己说，军校让他认识到他的国家，新闻工作帮助他打开了他的国家许多方面的大门，使他能深入探索各个领域、各个社会阶层、各种地方和各种活动。因而他所揭露的社会黑暗十分惊心动魄，又非常真实可信。

1973年发表的长篇小说《潘达雷昂上尉与劳军女郎》是一部揭露军人独裁统治时期军内丑闻的作品。作品讲述一个严肃而办事效率很高的陆军上尉被派去执行一项秘密任务，就是组织劳军女郎，为驻扎在亚马逊丛林地区犯了性饥渴的秘鲁士兵提供性服务。由于他的组织能力，他的业务办得很成功，但是他对妻子的忠诚却出现了问题，他受到自己“部下”的诱惑。后来他自己和他的业务都遇上了麻烦，他的上司只能把他派往别处，他的劳军女郎又成了那些反对为士兵提供性服务的人身边的服务者。略萨在作品中用夸张的手法描写了军中的各种荒诞，让人在滑稽可笑中领悟到秘鲁社会与军队的黑暗、丑陋与腐败。

1977年发表的《胡莉娅姨妈与作家》是一部半自传体的作品，故事的基础同作者自己的第一次婚姻有关。作品分20章，凡是单数的各章再加最后一章，都是由和作者一样也叫马里奥的一个青年学生叙述出来的。他们在性格、爱好、写作才华、爱情婚姻的遭遇等很多方面都很相似，连胡莉娅姨妈的名字和身份也和略萨的第一任妻子一样。18岁的法学学生马里奥一心想成为一名作家，但是他从来不满意自己写的东西。他爱上了32岁的胡莉娅姨妈，遭到了非议和强烈反对。尽管他们不顾一切地结了婚，可最终还是分了手。小说同时讲了玻利维亚人佩特罗的故事，他是一个很成功的肥皂剧的作者，但是却由于劳累过度而导致精神崩溃。作者用佩特罗这个人物引出他写的肥皂剧故事，用除了第20章以外的双数各章来描述各个肥皂剧故事，从而表明马里奥和胡莉娅的爱情婚姻也不过是众人眼中的肥皂剧而已。

1981年出版的《世界末日之战》是根据19世纪末巴西北部卡奴杜斯地区农民起义的历史写成的。作品描写了在宗教信仰鼓动下起义的农民和残酷镇压的军事当局之间的殊死斗争。这部作品和略萨其他描写当代社会的作品不同，是一部历史题材的作品，但是它和一般历史题材的作品又不一样，并不刻意追求历史事实的真实性，而是着重于人物性格的塑造。例如作品塑造了一个无政府主义者加雷利奥，他热衷于革命完全出于自我中心主义的狂热，最后为不顾一切的男女之情付出了生命的代价。

略萨还发表了其他许多长篇小说，如：从心理上描写一个现代革命者的《狂人玛伊塔》(1984)，讲述乱伦与凶杀的《谁是杀人犯》(1986)，讲一个文化人类学的学生放弃自己过去的身份而和当地土著生活在一起的《叙事人》(1987)，描述继母和继子之间乱伦关系的《继母颂》(1988)，讲述在略萨作品中已多次出现的利图马受命在一个偏远村庄调查三人失踪事件的《利图马在安第斯》(1993)，充满了同性恋、性虐待、窥阴癖、恋母、恋物等怪异性行为的《情爱笔记》(1997)，描写了多米尼加独裁者拉斐尔·特鲁希略被暗杀及其影响的《公羊的节日》(2000)，将作为社会活动家、工人运动组织者的外婆的故事和作为艺术家的外孙的故事平行叙述的《天堂在另外那个街角》(2003)，讲述一个将金钱看做唯一追求的女孩和一个平庸的翻译工作者之间若即若离感情纠结的《坏女孩的恶作剧》(2006)，讲述由英国外交家变成了爱尔兰民族主义者的罗杰·凯塞门的生平的《凯尔特人之梦》(2010) 等。

略萨是一位十分多产的作家，他写过各种类型的作品和著作，如博士论文《加西亚·马尔克斯：弑神者的历史》(1971)，论著《小说秘史》(1971)，剧本《塔克纳小姐》(1981)，论著《萨特与加缪之间》(1983)，3卷本文集《顶风破浪》(1983；1986；1990)，论著《谎言中的真实》(1990)，论著《作家的现实》(1991)，回忆录《水中鱼》(1993)，剧本《阳台上的疯子》(1993)，论著《文学的激情》(2001)，剧本《奥德赛与佩涅洛佩》(2007) 等。

略萨也是积极的政治活动家，曾参加过总统竞选。他除了诺贝尔文学奖以外，得过许多重要的大奖，如当时仅次于诺贝尔文学奖的委内瑞拉罗慕洛·加列哥斯国际小说奖，1994年的米盖尔·德·塞万提斯奖等。1971年，他获选为第41届国际笔会会长。1977年出任秘鲁学院院士。1994年被委任为西班牙皇家学院院士。他曾在英国剑桥大学任过教职，在美国哥伦比亚大学、哈佛大学担任过客座教职，还在普林斯顿大学任教。他的精力之充沛，阅历之丰富，成果之巨大，绝非一般人所能比，可谓拉美文学中的一枝奇葩。

二 《绿房子》

《绿房子》是略萨的早期代表作，但是也包含了后期创作的许多重要特征。

还在略萨的童年时代，他随母亲和外祖父由玻利维亚搬回秘鲁后，在沙漠中的城市皮乌拉居住，皮乌拉的环境和当地的第一家妓院“绿房子”给略萨留下了深刻的印象。后来在1958年，他获得了一次从利马到亚马逊的上玛腊尼昂河流域森林地区旅行的机会，参观了当地的部落和村镇，看到了、听到了以前闻所未闻的事情，当地的落后，当地土著的贫穷和遭受的种种欺凌与不公正待遇，使略萨感觉简直是来到了一个地狱一般的世界。略萨的第二部长篇小说《绿房子》就是从他的这些经历和见闻中产生的。在他眼里，“绿房子”是一个象征，象征着社会中违背人性的落后、野蛮事物。他在作品中把秘鲁两个相距遥远的地区——已经由落后小城变得现代化的近海滨沙漠中城市皮乌拉和仍然处于原始状态下的丛林地区——连接起来，说明存在着各种问题的现代秘鲁社会也还是一个莽林世界。

作品的故事情节就分别在这两个地区展开。

在皮乌拉一带：神秘的陌生人安塞尔莫郊区沙漠中建起了一所妓院“绿房子”。有一个叫安东妮娅的女孩，养父母被匪徒杀死，自己也奄奄一息，眼睛和舌头被老鹰啄掉，但她活下来，得到一穷苦村民的养育。后来她受到安塞尔莫的引诱，在生女儿琼加的时候死去。安塞尔莫的死对头加西亚神父率愤怒的民众烧毁“绿房子”。可是，安塞尔莫的私生女琼加长大以后，又开了一家新的“绿房子”，这时的安塞尔莫不过在其中演奏音乐而已。“绿房子”有一个妓女叫塞尔瓦蒂卡，原名鲍尼法西娅。她本是圣玛丽亚德聂瓦镇传教所的孤儿，嫁给来自皮乌拉的当地警长利杜马后，随利杜马回皮乌拉。但是利杜马惹上了官司，她受到他朋友的诱骗，就这样她进“绿房子”当了妓女。最后利杜马获释回到皮乌拉，靠老婆的卖淫所得生活。

在丛林地区：20世纪20年代，日本人伏屋原在巴西给一个土耳其人老板管账，老板告他偷窃，他被投入监狱，他越狱逃到秘鲁，和一个叫阿基里诺的人合伙做些水上贩运的买卖。由于他不老实，他不得不继续逃亡，最终逃到丛林西部的依基托斯，和胡利奥·列阿德基一起做非法的橡胶生意。他诱奸了15岁的拉丽达，后来和拉丽达一起生活在丛林深处的小岛上，经常袭击附近的土著村庄，偷盗橡胶和毛皮，诱拐年轻女孩子做他的小老婆。拉丽达厌恶伏屋所做的一切，跟伏屋认识的阿德连·聂威斯私奔到圣玛丽亚德聂瓦镇。他们在这里接纳了因帮助被诱拐的女孩逃走而受传教所驱逐的女孩鲍尼法西娅。正是在这里，鲍尼法西娅认识并嫁给了利杜马。阿德连·聂威斯最终因为与伏屋同伙而被捕，拉丽达嫁给了利杜马。伏屋染上了麻风病而被隔离，他的上了年纪的朋友阿基里诺一年来看望他一次。这里还有琼丘族印第安人一村社首领胡姆的故事，他因为反抗掠夺而遭受到残酷的迫害。

由于这两个地区所包含的故事不是连贯地讲述出来的，很分散，有很多穿插，所以在这里集中起来概括一下故事情节很有必要。从这个概括可以看出，这两个地区的故事本无关联，只是由于鲍尼法西娅和利杜马的婚姻关系，这两个地区才关联到了一起。作者略萨之所以被称为“结构现实主义大师”，原因从这里可见一斑。这是作者的早期作品，他在结构现实主义方法上做出的尝试和探索是十分难能可贵的。他在作品中对事件、人物、活动、谈话、环境都尽量客观地按照实际模样来描写和刻画，避免主观感情和作者见解的介入，但是对他来说，传统现实主义的方法不足以再现极其丰富和千奇百怪的社会，所以他不像一般现实主义作家那样回避太丑陋的行为和事件，避开太具刺激性、太怪异的性关系的描写，而是把现实生活中存在、一般人看不到或不愿意看到的方方面面，包括妓院里的生活，都呈现出来。但他仍然觉得这还是离对现实社会的真实再现有距离。于是他从结构着手，选取了两个相当遥远的地区。由于地理原因和环境的闭塞，这两个地区确实没有什么联系，他采用这样的方法来展现两个地区，既写出了秘鲁这两个地区的实际情况，写出了现实生活中并没有一般小说所描写的那么多巧合、那么多巧遇，从而让读者真正感受到小说的真实性，又通过鲍尼法西娅和利杜马在两者之间建立起来的桥梁，使他的小说在整体上又有一个完整的结构。

《绿房子》分成四部再加一个尾声来叙述这两个地区的故事。这五个部分各自都有一个引子，这些引子除第三个引子以外，又各自都是一大段不分段落的叙事，主要叙述丛林地区、圣玛丽娅德聂瓦镇发生的事。这五个部分又分成三到四章，单数部分分成四章，双数部分分成三章。各章中又分成多个场景，一个场景交代以一个或几个人物为中心的故事，随着某个人物故事的消失或线索的合并，场景数量又会有所调整。两个地区的多头线索就是这样在各个场景中交叉发展、进行，也有一些情节、对话的穿插错位。这样一种复杂的结构，是为了表现一个纷纭庞杂的世界。虽然这给读者的阅读带来困难，经常要回过头来读好几遍才能理清楚线索、头绪，但是当你真正读明白了的时候，你会有一种发现的喜悦和美感，你会为他的独特的结构现实主义拍案叫绝。

【本章思考题】

1. 请说明存在主义对第二次世界大战后西方文学的影响。
2. 如何理解萨特是“时代的见证人”？
3. 《局外人》中的默尔索是怎样的一个“当代英雄”？
4. 从《秃头歌女》、《等待戈多》等剧看荒诞剧对传统戏剧观的“颠覆”。
5. 《第二十二条军规》等作品中的“幽默”为什么是“黑色”的？
6. 为何说“拉美文学的爆炸”是“寻根”与“移植”相结合的成功范例？
7. 如何从“百年”与“孤独”两个层面解读《百年孤独》的寓意？
8. 从《小径分岔的花园》看博尔赫斯小说的后现代主义特色。

百年孤独

多年以后，面对行刑队，奥雷里亚诺·布恩迪亚上校将会回想起父亲带他去见识冰块的那个遥远的下午。那时的马孔多是一个二十户人家的村落，泥巴和芦苇盖成的屋子沿河岸排开，湍急的河水清澈见底，河床里卵石洁白光滑宛如史前巨蛋。世界新生伊始，许多事物还没有名字，提到的时候尚需用手指指点点。每年三月前后，一家衣衫褴褛的吉卜赛人都会来到村边扎下帐篷，击鼓鸣笛，在喧闹欢腾中介绍新近的发明。最初他们带来了磁石。一个身形肥大的吉卜赛人，胡须蓬乱，手如雀爪，自称梅尔基亚德斯，当众进行了一场可惊可怖的展示。号称是出自马其顿诸位炼金大师之手的第八大奇迹。他拖着两块金属锭走家串户，引发的景象使所有人目瞪口呆：铁锅、铁盆、铁钳、小铁炉纷纷跌落，木板因钉子绝望挣扎、螺丝奋力挣脱而吱嘎作响，甚至连那些丢失多日的物件也在久寻不见的地方出现，一窝蜂似的追随在梅尔基亚德斯的魔铁后面。“万物皆有灵，”吉卜赛人用嘶哑的嗓音宣告，“只需唤起它们的灵性。”何塞·阿尔卡蒂奥·布恩迪亚天马行空的想象一向超出大自然的创造，甚至超越了奇迹和魔法，他想到可以利用这个无用的发明来挖掘地下黄金。——

……………

“这是世上最大的钻石。”

“不是。”吉卜赛人纠正道，“是冰块。”

何塞·阿尔卡蒂奥·布恩迪亚没能领会，他伸手去触摸却被巨人拦在一旁。“再付五个里亚尔才能摸。”巨人说。何塞·阿尔卡蒂奥·布恩迪亚付了钱，把手放在冰块上，就这样停了好几分钟，心中充满了体验神秘的恐惧和喜悦。他无法用语言表达，又另付了十个里亚尔，让儿子们也体验一下这神奇的感觉。小何塞·阿尔卡蒂奥不肯摸，奥雷里亚诺却上前一步，把手放上去又立刻缩了回来。“它在烧。”他吓得跳了起来。但何塞·阿尔卡蒂奥·布恩迪亚没有理睬，他正在为这无可置疑的奇迹而迷醉，那一刻忘却了自己荒唐事业的挫败，忘却了梅尔基亚德斯的尸体已成为乌贼的美餐。他又付了五个里亚尔，把手放在冰块上，仿佛凭圣书作证般庄严宣告：

“这是我们这个时代最伟大的发明。”

——节选自加西亚·马尔克斯：《百年孤独》第一章（范晔译，见《百年孤独》，1～2页，海口，南海出版公司，2011）

附录

阅读书目 100 种

（带 * 号者为必读书）

斯威布 《希腊的神话和传说》
荷马 *《伊利亚特》《奥德赛》
埃斯库罗斯 《普罗米修斯》
索福克勒斯 *《俄狄浦斯王》
欧里庇得斯 《美狄亚》
阿里斯托芬 《鸟》
维吉尔 《伊尼德》(又译《埃涅阿斯纪》)
*《罗兰之歌》
《熙德之歌》
*《列那狐的故事》
但丁 *《神曲·地狱篇》
彼特拉克 《歌集》
薄伽丘 《十日谈》(选)
拉伯雷 《巨人传》
塞万提斯 *《堂吉诃德》
莎士比亚 *《哈姆雷特》 *《威尼斯商人》《罗密欧与朱丽叶》《李尔王》
弥尔顿 《失乐园》
高乃依 《熙德》
拉辛 *《费德尔》
莫里哀 *《伪君子》《悭吝人》
笛福 《鲁滨孙漂流记》
斯威夫特 《格列佛游记》
菲尔丁 *《弃儿汤姆·琼斯的历史》

伏尔泰 《老实人》
狄德罗 《拉摩的侄儿》
卢梭 *《新爱洛伊丝》
博马舍 《费加罗的婚姻》
席勒 《阴谋与爱情》
歌德 《少年维特之烦恼》 *《浮士德》
拜伦 *《恰尔德·哈洛尔德游记》《拜伦诗选》(选)
雪莱 《解放了的普罗米修斯》
奥斯丁 《傲慢与偏见》
海涅 *《德国——一个冬天的童话》
雨果 *《悲惨世界》《九三年》
普希金 *《叶甫盖尼·奥涅金》《普希金诗选》(选)
霍桑 《红字》
惠特曼 *《草叶集》(选)
司汤达 *《红与黑》
巴尔扎克 *《高老头》《幻灭》
梅里美 《嘉尔曼》
狄更斯 *《双城记》
萨克雷 《名利场》
勃朗特 《简·爱》
果戈理 *《死魂灵》
屠格涅夫 《父与子》
陀思妥耶夫斯基 *《罪与罚》
福楼拜 *《包法利夫人》
哈代 *《德伯家的苔丝》
托尔斯泰 *《复活》《安娜·卡列尼娜》
契诃夫 *《第六病室》《樱桃园》
安徒生 《安徒生童话选》(选)
易卜生 *《玩偶之家》《人民公敌》
裴多菲 《裴多菲诗选》(选)
波德莱尔 *《恶之花》(选)
王尔德 《道连·格雷的画像》
左拉 *《萌芽》
莫泊桑 *《羊脂球》《漂亮朋友》
罗曼·罗兰 *《约翰·克利斯朵夫》
托马斯·曼 *《魔山》
德莱塞 *《美国的悲剧》
高尔基 *《母亲》
马雅可夫斯基 《列宁》

肖洛霍夫 *《静静的顿河》《人的命运》
布莱希特 *《大胆妈妈和她的孩子们》
卡夫卡 *《变形记》《城堡》
艾略特 *《荒原》
乔伊斯 *《尤利西斯》
普鲁斯特 《追忆逝水年华》
奥尼尔 *《毛猿》
福克纳 *《喧嚣与骚动》
海明威 *《老人与海》《永别了，武器》
帕斯捷尔纳克 *《日瓦戈医生》
艾特玛托夫 *《断头台》
贝娄 *《洪堡的礼物》
萨特 *《地狱就是他人》（又译《禁闭》《密室》《间隔》）《恶心》
加缪 *《局外人》
尤涅斯库 *《秃头歌女》
贝克特 *《等待戈多》
海勒 *《第二十二条军规》
马尔克斯 *《百年孤独》
博尔赫斯 《小径分岔的花园》
米兰·昆德拉 《不能承受的生命之轻》

1985 年修订版（第二版）说明

本书从 1980 年出版以来，得到广大读者的热情鼓励，被全国许多高等院校采纳为教材，使我们深受鼓舞。在此，我们谨向多年来关心本书的同志们表示深切的谢意。

最后，我们利用重印的机会，对全书作了必要的修订，个别部分改动较大，并在下编第十六章中增补了“肖洛霍夫”一节。

本次修订，是在各执笔者自行修改的基础上，由编委陈寿朋、李广博、黄晋凯三人组成的小组进行统一审订的，最后由主编复审定稿。由于修改时间短暂，不当之处，期望读者和专家给予指正。

编 者

1985 年 12 月

1994年修订版（第三版）说明

1985年本书作过一次修订。今年，根据各方面的要求，我们在此基础上又进行了一次较大的修订。

本次修订重点在加强对20世纪文学的评价，为此将下编改为“20世纪现实主义文学”、“苏联社会主义现实主义文学”和“现代主义文学”三章。为保持教材的原有规模，以便于教学实践，修订时对原有的章节作了适当的调整增删，并对全书进行了审读修改。

此次修订由原编委匡兴、陈惇、徐京安、曹淑芬、李明滨、黄晋凯对原书稿进行审改，后由朱维之、赵澧、徐京安、黄晋凯统稿，最后由两位主编定稿。

本次修订，得到中国人民大学出版社的大力支持，在此再次表示感谢。

编　者

1994年4月

1999年修订版（第四版）说明

本次修订，对全书的结构进行了适当的调整，由原三编十六章，改为三编十三章。上编为“古代至18世纪文学”，分五章；中编为“19世纪文学”，分四章；下编为“20世纪文学”，分四章。在第三版的基础上，新增了“卢梭”、“惠特曼”、“福楼拜”、“波德莱尔”、“茨威格”、“艾特玛托夫”、“乔伊斯”、“尤涅斯库”和“海勒”等作家专节。我们还对全书进行了审读修改，压缩了部分代表作家和代表作品的分析，以使教材的规模能与教学实践相适应。

此次修订，由原编委会在京成员匡兴、陈惇、李明滨、徐京安、黄晋凯组成编委会，对原书稿进行审改。鉴于两位主编无法亲自参与工作，编委会一致推举黄晋凯出任本次修订版的主编，负责全书的定稿。特此说明。

中国人民大学出版社对本次修订工作给予了大力支持，在此谨致谢意。

编　者

1999年4月

2004 年修订版（第五版）说明

本次修订，除再次审读全书外，在第四版的基础上主要作了以下调整改动：

1. 改写“导言”；

2. “目录”中增加三级标题；

3. 补充修订调整各章的概述，以增强史的勾勒；

4. “中编”增加“莫泊桑”一节；

5. 着重对“下编”作了增删调整：

(1) 按时序将 20 世纪分为前后期，再按思潮分章；

(2) 删除“茨威格”、“马雅可夫斯基”两节，增加“帕斯捷尔纳克”、“布莱希特”、“贝娄”和“加缪”四节；

6. 为更密切配合教学，在每章后新增“思考题”部分，我们希望“思考题”能激发师生的创造性思维，而不是着眼于应试；

7. 开列“阅读书目 100 种”作为附录，供读者参考。

此次修订，仍由原编委会在京成员匡兴、陈惇、李明滨、徐京安、黄晋凯组成编委会，对全书进行审读修改，最后由执行主编黄晋凯定稿。

中国人民大学出版社对本次修订工作给予了大力支持，责编陈泽春同志提出了许多宝贵的意见和建议，并做了大量协调工作，在此一并表示感谢。

编　者

2004 年 5 月

2011 年修订版（第六版）说明

本次修订，除再次认真审读、修改全书外，在第五版的基础上主要作了以下调整改动：

1. 删去原中编第六章第三节“海涅”；
2. 下编第十章增加第三节“托马斯·曼”；
3. 下编第十三章增加第七节“博尔赫斯”；
4. 根据上述增删对思考题和阅读书目作了相应调整；
5. 在各编前增加“绪语”；
6. 在版面空白处增加“补白”。

此次修订，我们荣幸地邀请到北京外国语大学李德恩先生撰写“博尔赫斯”一节，特此深表谢忱。

此次修订，由原编委会在京成员陈惇、李明滨、徐京安、黄晋凯组成编委会，商定修订计划，审读修改全书，最后由执行主编黄晋凯负责定稿。

此次修订，是在中国人民大学出版社积极敦促和支持下进行的，策划编辑翟江虹同志提出了许多宝贵意见和建议，并做了大量协调工作，在此一并表示感谢。

此次修订启动于 2010 年，正值本书正式出版三十周年。三十年来，承蒙读者厚爱，以不断的需求促使我们一版再版，使它能在多次修订中逐步提高完善，努力跟上学科的发展和教学的要求。在此新版付梓之际，我们恳请学者专家和广大读者一如既往地继续关心这本教材，坦诚地给以批评指正。

编 者

2011 年 3 月

图书在版编目（CIP）数据

外国文学简编（欧美部分）/朱维之等主编．—7版．—北京：中国人民大学出版社，2014.12
新编21世纪中国语言文学系列教材
ISBN 978-7-300-20316-4

Ⅰ.①外… Ⅱ.①朱… Ⅲ.①欧洲文学-文学史-高等学校-教材②文学史-美洲-高等学校-教材
Ⅳ.①I109

中国版本图书馆CIP数据核字（2014）第276451号

新编21世纪中国语言文学系列教材
外国文学简编（欧美部分）
第七版
主　编　朱维之　赵　澧　黄晋凯
副主编　杨恒达
Waiguo Wenxue Jianbian（Ou-Mei Bufen）

出版发行	中国人民大学出版社		
社　　址	北京中关村大街31号	邮政编码	100080
电　　话	010－62511242（总编室）		010－62511770（质管部）
	010－82501766（邮购部）		010－62514148（门市部）
	010－62515195（发行公司）		010－62515275（盗版举报）
网　　址	http://www.crup.com.cn		
经　　销	新华书店		
印　　刷	唐山玺诚印务有限公司	版　　次	1980年6月第1版
开　　本	787 mm×1092 mm　1/16		2015年1月第7版
印　　张	23.25	印　　次	2025年1月第12次印刷
字　　数	577 000	定　　价	58.00元

关联课程教材推荐

ISBN	书名	作者	单价
978-7-300-15457-2	世界文学名著赏析	钱谷融 刘洪涛	49.00 元
978-7-300-15854-9	中外现代诗歌导读	王家新	28.00 元
978-7-300-25373-2	20 世纪外国文学选讲	杜吉刚 周　丹	35.00 元
978-7-300-20707-0	文学欣赏	金元浦	32.00 元
978-7-300-18195-0	20 世纪外国文学史	曾艳兵	45.00 元
978-7-300-13740-7	马克思主义文艺论著选讲（第五版）	陆贵山 周忠厚	45.00 元
978-7-300-19046-4	外国文学简编［亚非部分］第五版	梁立基 何乃英	39.80 元
978-7-300-18194-3	外国文学简史	黄晋凯 何乃英	58.00 元
978-7-300-16758-9	西方文论概览	杨慧林 耿幼壮	39.80 元
978-7-300-08052-9	西方文艺理论史——从柏拉图到尼采	章安祺 等	35.00 元
978-7-300-12114-7	西方文艺理论史精读文献（第三版）	章安祺	48.00 元
978-7-300-08230-1	西方语言学名著选读（第三版）	胡明扬	34.00 元
978-7-300-14072-8	新编马克思主义文论	冯宪光	38.00 元
978-7-300-14071-1	新编西方文论教程	杨守森	45.00 元
978-7-300-19996-2	比较文学概论（第二版）	曹顺庆	28.00 元
978-7-300-21905-9	外国文学通用教程（第三版）	杜宗义	45.00 元
978-7-300-20418-5	新编简明东方文学（第二版）	何乃英	29.80 元
978-7-300-17055-8	《外国文学史》学习辅导与习题集	曾艳兵	35.00 元

配套教学资源支持

尊敬的老师：

衷心感谢您选择使用人大版教材！相关的配套教学资源，请到中国人民大学出版社网站（www.crup.com.cn）免费下载，或是直接与我们联系。

欢迎您随时反馈教材使用过程中的疑问、修订建议以及您个人制作的课件。您的课件一经采用，我们将署名并付费使用。

样书申请及课件处理，请联系：
龚洪训
电话：010-62515637
电子邮件：6130616@qq.com

选题策划及出版，请联系：
刘　静
电话：010-62513587
电子邮件：12918646@qq.com

地址：北京海淀区中关村大街31号
邮编：100080

俯仰天地　心系人文